論創ミステリ叢書　119

# 渡辺啓助
# 探偵小説選 I

論創社

# 渡辺啓助探偵小説選Ⅰ

目次

# 凡　例

一、「仮名づかい」は、「現代仮名遣い」（昭和六一年七月一日内閣告示第一号）にあらためた。
一、漢字の表記については、原則として「常用漢字表」に従って底本の表記をあらため、表外漢字は、底本の表記を尊重した。ただし人名漢字については適宜慣例に従った。
一、難読漢字については、現代仮名遣いでルビを付した。
一、極端な当て字と思われるもの及び指示語、副詞、接続詞等は適宜仮名に改めた。
一、あきらかな誤植は訂正した。
一、今日の人権意識に照らして不当・不適切と思われる語句や表現がみられる箇所もあるが、時代的背景と作品の価値に鑑み、修正・削除はおこなわなかった。
一、作品標題は、底本の仮名づかいを尊重した。漢字については、常用漢字表にある漢字は同表に従って字体をあらためたが、それ以外の漢字は底本の字体のままとした。

# 屍版

　午前の強い陽ざしの当る窓際近く、真木は寝台《ベッド》に埋《うず》まって、皮膚一面にしみわたる心よい暖かさを感じながら、懶惰《らんだ》に瞼を閉じていた。――勤人の多いこの郊外の安アパートの昼間は、休校になった校舎のようにしいんとして、ペンキの罅《ひわ》れて剝げ落る寂しさだけが残っていた。死んだ妻のことも、間もなくその後を追うに到った嬰児《みなしご》のことも、もはや、その事件の鮮明な細部《デテエイル》を失って、一様に単色の寂寥の中に濾過されてしまって、ただ虚無感だけが一面にひろがって、真木の心の活潑な機能を全く覆いつくしているのだった。

　異常産に依る妻の突然の死――妻の声とも思えぬあの動物的な呻きが、耳の底にいつまでも幻聴のように残っていた。不思議にも、胎児だけは、それを望まなかったにも拘らず生きて生まれたのである。それは亡妻《なきつま》と瓜二つと云いたいほどよく似た男の児であった。その嬰児を見ると、父親としての争われない本能が猛然と目ざめてきて、どうしても満足に育て上げねばならぬ念願に燃えた。それは一種悲壮なものであった。妻が生きていた当時は、むしろ甚だ家庭的でない学究肌の彼ではあったけれど、この妻の忘れ形見を育てあげようとする上において、彼ほど綿密に、こまめに働いた父親はかつて無かったと云っていい。ところが、人工営養児としてのハンディキャップを、父親の用意周到な科学的な思慮をもって充分取り除く決意でのぞんだにも拘らず、嬰児は僅か一月ばかりで、死んでしまった。それは、落胆と云うような生やさしい言葉では云い現わすことの不可能な、つまり、もっと激しい物理的な衝撃を彼の全身に与えた。彼は、アパートの扉に錠を下ろして、死児を抱いたまま、二日二晩、ベッドの上に睡り続けた。おそらく哀傷からではなしに、全く無感情な、全身的な疲労から熟睡を続けたのであろう。死児の氷塊のような冷たさが、すでに分解を始めたらしい悪臭と共に、彼自身の皮膚に浸み込んで、彼は漸く目を醒ました。哀愁と云うような感情《センチメント》の動き始めたのは、それからであったらしい。

彼の目覚めたのは、大方草木も眠る丑満頃《うしみつ》であったのだろうか。コトリとも音もしない深々《しんしん》とした夜の重味の中に、彼はむくりとベッドから起き上ったのであった。窓外には月の光とて無く、ただ眉を圧するほどの濃い闇が押し迫っていた。彼は何故か、明々皎々《めいめいこうこう》たる電燈を点ける気がしなかった。古びた燭台を探し出して蠟燭を点じた。このように古めかしい宗教的情緒が湧いてきたことから考えて彼は今や、よほど冷静になってきたのであろう。彼は蠟燭の月暈《つきかさ》めいた光の下に、今更のように死児の顔をしみじみ見守ったが、外面的には、まだそれほど傷んでいなかった。乳幼児の死顔は、大人の場合と違って、おそらく混濁した人生の塵埃を全く吸っていないためであろうか、死相らしくもなく不思議に清麗なものであった。カリカリ歯音を立てて喰べてしまいたいような食欲を感ずるほど美しいものであった。彼は、それがママー人形のように抱き起すと、ママアと含み声で機械的に鳴くようにさえ思われるほど、生ものという感じがしなかった。彼はこの神秘的な玩具を抱いて、部屋中を半ば無意識にコトリコトリ歩き始めた。この数週間櫛一つ入れないままの頭髪は伸びに伸びて、浪花節語りの総髪のように、襟元まで汚ならしく覆うていた。その異様な姿で部屋中をぐるぐる廻っているのが、蠟燭の炎を浴びて壁に映し出されると、まことに救い難い煩悩の鬼のごとく、浅間しくも、みじめにも見えるのであった。彼はぐるぐる廻っているうちに、死児そのものが、この父親の動物的な哀嗷《あいごう》を、恬《てん》として知らざるもののごとく、あくまでも清麗で冷やかで、父親の到達し得ない涅槃《ニルヴァナ》の世界にすでに悟入しているかの如くに思われた。彼はかつて大和の古寺で菩薩像を見たことがあるが、そのほのぼのとした美しさと冷たさが、死児の上にも浮び出ているのを見た。何かしら、光輪めいた眩《まば》ゆきものが死児の頭上に揺曳しているのを見た。哀しき父の顚倒した錯覚を嗤《わら》わば嗤え——蠟燭を吹き消してもなおその典雅な光の輪はチロチロと燐の如くに闇の中で燃えていた。彼は再び灯を点じてこの死児の肉体が、腐肉と化する前に、あまりにも天上的なその美しさと哀憐《いとしさ》とをこの世にひきとめておこうとして、一つの仕事にとりかかった。彼には絵心もなく、デスマスクの取り方も知らず、写真機も持ち合わせていなかった。この場合、彼の心に霊感の如くに浮び上った思いつきは、この死児の拓本を取っておこうということであった。彼は、或る文科大学の歴史学の教師だった関係から、拓本を取っておかねばならぬ機会がかなり多かった。古代民族の土器の紋様から、磚瓦《せんが》、刀剣、鐘銘《しょうめい》、墓碑銘といった類の拓本、俗に石刷りと云うのを、かなりの数に渡ってとった経験を持っていた。魚拓、即ち鮮魚類の拓本を取って風流とする人のあることも聞いているが、彼自身は、まだ生物の拓本をとる趣味も経験も無かった。しかし、今や異常な熱心と期待とを持って、死児の肉体の上に白紙を広げて水引きをした。鳩居堂《きゅうきょどう》の釣鐘墨《つりがねずみ》を溶いた墨汁を印肉として、パンヤを絹布《けんぷ》で包《く》るんで作ったタンポにこれをつけて、生乾きになってピッタリ皮膚に貼りついてる白紙の上から、ペタペタと押しつけると、軀《からだ》の形なりに、皮膚の肌理《きめ》が精密に黒々と紙面に浮び出てくるのであった。勿論、タンポを押しつけるコツはかなり技術上の手加減を要するのであったが、とにかく、夜のほのぼのと明け初める頃、死児の拓本もどうやら出来上った。これは、彼の最初の試みとしては、不思議なまでに上出来だった。死児の面影を、拓本独特な性質において、充分伝えていた。簡単に云えば、指頭に印肉をつけて指紋を印すると同じ原理を全身に及ぼして作り上げた拓本のことだから、雪白な死児の皮膚が、無数に繊細な条紋として紙面に表われてきて、見るからに黒々とグロテスクを極めた、平べったい異形な姿を紙上に印するのであるが、それが却って、千万無量の感情を含蓄し、しかもこれを一気に圧縮した冷たさと神々しさとがしんしんとして発散するものであった。魂魄あるが如く無きが如く、一枚の紙っぺらに写しとられた死児の姿が、折からの黎明の隙間風に煽られて、二三度はためいた時には、懐かしさとも有難さともつかぬ感情が彼の鼻梁を擽《くす》ぐって、霊験あらたかな神仏の前にひれ伏した時の如く、思わず大粒の涙がポロリとほうり落ちたのである。

しかし、思えば、それも一時の狂気の沙汰であったのであろうか、何日か経つと、そうしたヴィヴッドな感慨は次第に伴わなくなってきた。——ただ一様に物憂い虚無感だけが彼の燃焼しきった生活の残滓としてあるに過ぎなかった。空中分解した飛行機のごとくすべては飛び去ってしまって、ただ真白な空間そのもののような無感情があるばかりであった。

もしこの時、一人の女性が、忽然として、現われなかったならば、彼のこうした状態もなお暫くは続いたかも知れなかったが、幸か不幸か、月輪《つきのわ》弓子なる新野蛮《ネオバーバリアン》座の歌劇女優が、突風のように訪れたのであった。

ハテ、月輪弓子？——彼にはこの少女歌劇のピカ一を知らなかったほど、そういう世界についての知識に欠けていた。したがって、彼がかつてその苦学時代の内職に女学校の教師であった頃の教え児であると、彼女自身から云い出されても、暫くは、この風変りな美しい訪客をただまじまじと見据えるにすぎなかった。彼女は、その期待に反して、初手からこの病み呆けた野良猫のような彼の凝視をあびたのであるが、月輪のように無邪気な女というものは割合に無神経でもあるが故に、彼の凝視をむしろ物珍しげにキョトンとして見返えしたのである。よく見ると、彼の凝視というものも、どこか視光がボヤッとしていて、彼女が舞台や、街上でファンたちから浴びせられる物欲しげな注視に較べると、むしろ甚だ散漫で柔《なご》やかな、それだけ鋭い意力に欠けている性質のものであった。――(先生は、きっと甚《ひど》く病気に罹っていらっしゃるに違いない)彼女はそう思わざるを得なかった。彼女は、その女学校時代にこの無愛想な、そのくせどこか理智的な温情と鋭い新鮮さをもっている真木を数多くの教師の中で、一番崇拝していたのだ。女学生の信仰や崇拝や憧憬は、その中核においてはおそらくつねに恋愛の萌芽と共存する。したがってまたつねに詩的でもあった。月輪弓子の心にはこの真木駿先生がつねに香ぐわしいシルエットを残していたのだ。若い大学教授が妻子を殆んど一緒に失うて神経耗弱《もうじゃく》的状態にあることを、何かの雑誌のゴシップで彼女は読んだのと、しかもそれが旧師真木駿その人であることを全く同時に知ったのであった。――彼女は郊外のややっこしい地理にも辟易することもなく、ついに真木のアパートをさぐりあてたのであるが――尋ねるその人は、もはや昔日の面影を大部分喪失した姿で発見されたのである。

「僕が――ふん、僕はオブロモフのように退屈だね。一日《いちんち》――ただこうして、窓ぎわの寝台に寝そべってひがな一日《いちんち》、ねて暮すのがいい――いいも悪いもない――そうするより外、手がないんだよ」洵《まこと》に虚ろな笑いだった。

「いまの中《うち》だけよ先生――たんと悲しんだがいいわ。わたし、やっぱり先生が快復なさるものと信じているわ。先生は、たしか秋田県生れでしょう。神経が細かくって鋭敏でも性根の奥深いところには、やっぱり東北人特有のガンバリの強さがあると思っているわ」そう云う彼女の小麦色《オークル》の頬には涙の粒がキラキラと輝き始めていた。

「ほんと云えば、先生は早くこの白っちゃけた墓地みたいな、アパートから引越すことですわ、もっと明快な住宅をわたし一生懸命探してみるわ」

「うん――ありがとう、けれども、まあいまんところ、これで別に不満がないよ、極端に厭人的傾向があるし、まあ結局墓場みたいなところが俺の柄だね」こうして彼女はこの旧師を救う一切の手段を失った形であった。けれども彼女は、これで旧師救済の念願を放擲したわけではなかった。

この女優が帰ってしまってから、彼は、またもとのように瞳を閉じて全く惰眠の中に落ち込んだ。――しかして再び目ざめた時、彼は何んとも知れないすがすがしくも艶《なまめ》かしい香が亡妻と亡児のまだ失せぬ死臭の記憶とまじりあっていることを意識した。多分これは月輪弓子の移り香であろう――現世的なするどいその香りに彼は思わず小鼻をひくひくさせたのである。けれど、彼にはそれはむしろ妙に馴染まない印象しか与えなかった。いわば彼自身蹌踉《そうろう》たる死霊にひとしい者であるから、静謐な墓場の空気を、こうした現世的に華麗な生物《いきもの》によって混濁されることを反撥せずにはいられなかったのであろう。

ところが――更に、もう一つの現世的の油っこい声によって彼は掻きみだされた。扉があいて、こういう場合まるで礼儀を知らないこのアパートの管理人の息子である不良少年黒田銀之助が、非常に生々とした目つきで、ノックもせずに這入ってきた。彼の性来遅鈍な目つきが、かくも獣的な輝きを見せるのは、殆んど例外なしに、彼が何か好色的な興味を持った場合に限られていた。

「先生――来たんでしょう、来たんでしょう、月輪が――ニッポンのボアイエが、うまくやってるな、おごらせるぜ。先生も潜行的に相当たのしんでるんだね。人は見かけによらないとは、先生のこったあ」

妙に息をはずませる口調で、狂噪的に云うのである。相手の心情を忖度《そんたく》することを知らないこの少年の、無神経にかかっては誰にしても明白に敗北するのである。結局黙ってるより手《て》段が無かった。

「月輪と親戚かい、友達かい、それとも恋人かい、――アベックでハイキングに出掛ける相談に来たんじゃない？――やけちゃうな。今度来たら、サインを頼んでいいでしょう」

このふてぶてしい、ませた能弁は蠍《さそり》のように真木のうらぶれた神経をいたぶるのである。だから真木もとうとう爆発した。

「サイン？――サインがほしけりゃ何枚でも貰っといてやる――から、きょうのところはさっさと引き取ってくれよ。俺は病人だからな、ベラボーめ、サインって、つまりインキじゃねえか、しみったれなことを云わないで、月輪の拓本でもくれって云うもんだ。厚かましいくせに、云うことはケチだぞ」彼にしてもこんなことを云うつもりはなかったが、苛立《いらだ》った昂奮のあまり、ついこんな心にもないことをすべらしてしまったのだが――その瞬間、月輪のすんなりとバランスのとれた、たとえば夢殿の救世観世音像にも比すべき、たぐいまれな容姿の美しさが、ちらりと閃光のように脳裡をかすめて、ほんとうに拓本にしたい清新な慾望がふっと起った。

「拓本——そんなのがあるかい、ああ、知ってる、先生の坊ちゃんの屍体をうつしたのかい、そのベッドの枕元にかけてある額縁のがその拓本って云うのだろう——嫌だよ先生艶消しじゃないか。色は黒うても南洋じゃ美人ってことにするかな、やっぱりプロマイドにサインしてもらう、しみったれでもなんでも、彼女のインキのにおいは——」

「うるさい——出て行け」

彼は病犬《やまいぬ》のように目を剝いて、この底知れない好色少年に飛びかかる気勢を示したので、さすがの銀之助もひょこりとドアのすきまから消えてしまった。その日はそれですんだけれども、この少年の執拗さはその位のことで屈しなかった。それから引続いて毎日毎夜のごとく彼に、月輪のサイン入りのプロマイドをせがむのである。彼は、夢うつつにこの少年の爬虫類のようにぬらぬらした、つねに同じ調子の不潔の饒舌が、まとまわりついて離れなかった。

彼は亡妻、亡児の霊前にそなうべき香りの高い線香を求むべく外に出たついで、ふと思いついて彼女の出演している劇場に車を寄せることにした。痩せさらばえて夢遊病者のように蹌踉として這入ってきた彼を見て劇場の案内人達は私語したほどであった。

彼は月輪の舞台を一幕だけ見た。ボアイエ張りの歌声も瑰麗《かいれい》にして潑剌たる舞踊も美しいには美しかったけれど、それは結局あまりにも生々しくって彼がかつて死児の上に黎明の仄明りで見た幻怪無比な天上的な美しさに比すべくもないと思った。ここで演ぜらるるすべての美しさと階調はそれと一つになる神経を彼はもはや失っているかのように思われた。月輪の訴えるような彼へのまなざしも彼には何ら感応する力もなく、ただ例の不良少年撃退策として彼女のサイン入りのプロマイドを彼女の情なさそうな苦笑と共に受取ったにすぎなかった。

銀之助は月輪のサインに満足して、もはや真木を悩ますことが失くなった。——したがって昂奮も感激もない懶惰倦怠の時間が、青白く真木の上を音も立てずに流れて行くだけだった——真木は縊死することを考えた。それは非常に楽しかるべきものとして彼の脳裡に映った。——しかし真木がそれを決行しようとする一歩手前で月輪弓子の失踪が伝えられた。引続いてその変死が。——新聞の大々的に伝えるところを要約するとこうである。彼女はファンと考えられる者と共に——こういうことはむしろ日頃の彼女らしからぬことであるが——ハイキングに榛名《はるな》に出掛けた。その相手はいまだ判明されていないが、彼女の絞殺屍体だけが榛名湖畔の草叢の中に遺棄されてあった。裸体であったこと、更に全身にわたって仄《ほのか》に植物油の匂がしていること等であった。真木は月輪の記事ののっている新聞紙を殆どアパートの管理人に読んできかされた。人生の煩わしさと没交渉になったはずの彼がまたもや、こうして引もどされた形であったがさすがにギョッとしたらしかった。彼は彼女の死因を一応たしかめたい慾望が起った。——これはまったく彼にとって久方ぶりに慾望と名づくべき新鮮な意志の動きであった。

「ふん、——あいつやったな、——これはてっきり銀之助の仕事にちがいない」真木は、彼女の全身に植物油の匂いのしたということから推して銀之助が月輪弓子を殺して、拓本をとったという結論に到達した。拓本用の釣鐘墨は種油で溶かして作るものであり、その移り香が死体の皮膚に浸み込んだものと考えられた。果して、彼の想像のごとく犯人は銀之助であり、まもなく捕縛された。

　犯人の自供によると、月輪が悲愁に閉ざされている真木を、ハイキングに誘うべく彼のアパートに訪れて来たが、昏々とねむりつづけているらしく起きる様子も無かったので、彼女は手紙をかいてそれを銀之助に託して、真木に手渡してくれることを頼んだ。——ところが銀之助は、それを開封して、彼女の計画を知ると、真木駿がすでに榛名の湖畔ホテルに先発していると偽りを伝えて、彼女を榛名につれ込んだのであった。彼女の屍体の拓本は、むしろ甚だ醜怪なものであった、といっていい、いやそれが却って魅力であった。

　真木はその拓本によって、彼女の舞台のライトを浴びて輝いたどの姿態よりも一層あざやかに、彼女の本然の美しさを摑みえたと信じた。殊にこんもりと盛上った乳房のふくやかな隆起や、腹部から腰部へ流れ落ちる曲線のすばらしさを、永らく拓本をとりあつかった経験——殊に愛児の拓本をとったその経験から生み出された鋭い直感から充分生々しく想起することが出来た。

　それはしかも、かの死児の場合とは違って微塵も抹香くさい幻夢ではなく、おのが肌と彼女の肌とピッタリ触れ合せて、はじめて感じられるところのエロチックな現実性をもって押し迫ってくるものがあった。彼はじっと彼女の拓本をおのが肌に抱きしめて、不思議な歓喜に慄《おの》のいた。いままで彼が彼女の現身《うつしみ》と額をつきあわせておりながら、感じ得なかった頼もしさがひとつびとつほれぼれと甦り、彼と死神との緊縛を断ち切って、若々しい性慾を全身に湧き立たせるものであった。それは何か疼くように荒っぽい生活力《ヴァイタリチィ》の衝動であった。

　彼はバスルームに飛び込んで、久しくあたらなかった無性鬚を剃り落して、しげしげと鏡におのれの顔をうつして見た。蒼白に憔悴していたとは云え、その美しい稜角の中にはどこかに逞しい若さが潜んでいる顔つきだった。彼は湯の中にひたりながら、まるで精悍な漁色家のように、活力を附与してくれた月輪弓子の恋情へ、そうして不思議な魅力を漲らして、黒々と汚れている拓本へ、おのずから合掌する気持になった。

# 幽霊荘に来た女

## 1

その別荘は、もと幽閑荘と云っていたのであるが、あの事件があって以来、いつのまにか皆んなが、幽霊荘と呼ぶようになってしまった。久しく住い手もなく、貸別荘としても売家としても、すっかり敬遠されて、潮風に打ち曝されたままになっていたのを、二年ほど前から、黒木青蛾と云う小説家が借りて住んでいるとのことであった。

ここの海岸町の三等郵便局で、午過《ひる》ぎの手隙きの時間に、局員たちの間で、ひとしきりこの幽霊荘について雑談の花が咲いたのであったが、ハッキリした正体なるものが、なかなかわかりかねた。

「何んでも、黒木青蛾ってのは、怪談じみた薄っ気味悪い小説ばかり書いてるって云うじゃないかね」そんなことにたいして興味も無さそうな局長代理の村井までが口を出した。

「黒木青蛾の小説なら、二つ三つ読んだことがありますがね」って、文学好きの若い局員の細川が云い出した。「その中に『幽霊荘綺談』って云うのがあるんですがね。あること無いこと取りまぜての話ですが、当時の事件が割合に濃厚に出ているし、とにかく『幽霊荘』なるものの片鱗を伺うに足るものらしいですね」と、いかにも、その方面の通らしく説明した。

「その荒筋を云うとざっとこんな風なんです。一体、この幽霊荘と云うのは、もとこの町出身の杉浦氏のものであったが、杉浦氏が落目になってからユーラシヤ商事会社の東京支店長浜六郎の手に移った。ところがこの少壮企業家は、いろんな複雑した原因から、かねがね魅力を感じていた自分の会社の美人タイピストを道づれに、飛行機から飛び下りの無理心中をやったんです。タイピストだけは、奇蹟的に助かったんです。しかし両眼は完全に失明してしまったので、会社の者が不憫がって、六郎夫人には秘《かく》して、コッソリこの別荘につれて来て、当分の間住まわせることにしたのです。このタイピストにしてみれば、浜六郎なんか別に上役として以外の感情をもっていたわけではなし、単に捲き添えを喰っただけのことで、実に諦めきれない災難だったわけですが、温順な女だけに、まるで影のようにヒッソリと、語るべき言葉もなく住み暮らしていたのです。ところが、浜六郎夫人が、いつのまにか、彼女の在所《ありか》を嗅ぎ出して、ある日、コッソリやって来た。六郎夫人にしてみれば、この女のために、六郎が死んだものだと一途に思い込んでいたので、復讐する気になったらしい。この盲目《めくら》の女を幽閑荘の奥深い一室に封じ込んで堅く錠をおろすと、自分はさっさと東京の本邸に帰ってしまった。別荘には召使と云っても耳の遠い婆さん一人っきりだったので、このことは誰にも気づかれずにしまったのです。その不幸なタイピストは勿論監禁されたまま死んでしまった。が、その後、しばしば変なことが起ったのです――たとえば琥珀《こはく》色に月が輝き、空気がしいんと水のように澄んだ晩など、監禁された部屋とおぼしき辺から美しいソプラノの、しかしどこか鬼哭啾々《きこくしゅうしゅう》たる感じの歌声が流れて来る。都塵を避けてこの土地へやって来た文学者某が、その歌声を夕涼みの砂丘の上で聞いて、空屋《あきや》になっている別荘の方へ足を向けた。人気の絶えた森閑としたガラン洞の別荘の中へ這入りこんで、階段を一歩一歩上って行く、歌声のする部屋はどこかと探して歩く。歌はどうもグノーのセレナアドらしい、やがてその部屋がわかった。それは屋根裏のようになった小さな部屋で、入口の扉はすでに錆び腐れていたのだろう。その文学者の瘦腕でも開けることが出来た。這入ってみると縊死した姿のまんま白骨だけが部屋の中央《まんなか》にぶらさがっていた。部屋の壁に船室風の小窓が一つあいていて、それの欠けた硝子《ガラス》の隙間から夜風が吹き込んでいた。グノーのセレナアドのように思ったのは自分の幻聴にすぎなかったのだと文学者は考えた。或は隙間洩る夜風のために摺れあって鳴った白骨のひびきであったかも知れない。文学者はそう思いながら、ぶら下った白骨に、ひどく哀れを感じて、じいっとこれを凝視したとき、すでにユルユルになりながらも脱け落ちずに左の薬指の骨にはまっている指環にふと気がついた。その指環から、この白骨の女が一度は自分と同棲したことがあったがその後行衛不明になってしまった女だったということがわかる――グノーのセレナアドはこの女が好んで歌ったものだったと今更のようにしみじみと憶い出す――『幽霊荘綺談』はまあ大体こんな風な筋で、いかにも黒木青蛾氏の病的な筆で、しかし、相当面白く読めるように書いてありましたよ」

「しかし――その話のどこまでがホントウなんだろう」

「さあ――無理心中の片割れが『幽閑荘』に暫くいた

ことは事実だと云われていますよ。しかし、幽閉されたまま白骨になったなんかは嘘で、やはり病死したとの噂の方が真相でしょう。しかし、不思議なことは、その後もしばしば、例のセレナアドを聞いたと云うものが現われてきたんです。その歌声が、細々と、海岸を歩いてゆく人たちの耳に絡みつくように聞えてくるんだそうですが、――こいつは少しどうかと思いますね。幽閑荘を幽霊荘だなんて呼ぶようになったのは、やっぱり黒木青蛾が『幽霊荘綺談』なんて書き始めてからだと僕は信じていますよ。それ以来、いよいよ皆んながあの別荘を薄気味悪く思うようになったんですよ」

「誰か、その黒木青蛾なる人物を見たことがあるかね」

「無いんですよ、イヤ、無いとは断言出来ないけれど、どうもまだハッキリしないんですね。いくら出不精の黒木青蛾だって、たまには町中へ出て来ることもあるだろうから、吾々だって見てるんだか知らないが、直接紹介《ひきあわ》されたわけじゃないから、あれが黒木青蛾だと云い切るものがいないんです――だから、或者《ある》は、青蛾は蝦蟇《がま》のように醜怪な男だと云うし、そうかと思うと、江戸前のキリッとした美男子で、いつもキチンと白足袋を履いてるなんて、もっともらしく云うものもいるんです」

「じゃ――あたし、幽霊荘に行って、黒木青蛾に会ってこようかしら」今まで黙って聴いていた丹間百合子は頬杖をついていた顔をピクリと起してこう云った。

「青蛾先生とやらを一口、簡易保険に加入せしめる――幽霊荘見学のついでに」

丹間百合子は、この局の女事務員の中では一番年下であった。今年女学校を卒業したての、したがってまだ局の事務に充分慣れてるとは云いかねるが、何をやらせても、向う気の強さと、少女らしい一筋の情熱とで、クルクルと立ち働いて、相当の成績を上げる怜悧な娘だった。

「丹間さんが、黒木青蛾のとこへかね――それは若干突飛すぎるしそれに殆んど無駄だね。いったいにああいう芸術家なんてものは、貯金だの、保険だのと云うものは、律義な平凡人のやることとして、へんに超然としているのが多いからね。そんなことは、みんなケチくさくって小面倒な俗務だとしか考えていないんだよ。殊に黒木青蛾なんぞはそういう点では徹底してる方じゃないかな。それよりも丹間さん、その盲目のタイピストみたいに監禁でもされたらどうする――」

「いいわよ、あたし、芸術家なんて、変人はいるかも知らないが、ホントの悪人なんていないと思うわ、――監禁されたって、あたし逃げ出してくるまでだわ、それに黒木青蛾一人を捉まえれば、あたしの簡易保険勧誘率は、村井さんを凌駕して、いよいよ局第一ということになるし――ハバカリながら真剣よ、物事は何んだって当って砕けろだわ」

「エライ――いい度胸だぞ。わしゃまけた」と云いながら、煙草を銜《くわ》えたまんま、若い集配手が、ふらふらと佇れる真似をしてみんなを笑わせた。

2

「黒木青蛾は、いつも昼間は寝て、夜仕事するんだって云うから――青蛾に会おうとするなら、軒下の三寸さがると云う丑満《うしみつ》頃だね」なんて云う人もあったが、丹間百合子は、昼間のカンカンの日盛りに出掛けていった。

立秋後の海原は灰色がかって、どことなく荒涼としているけれど、陽ざしは相変らず強く、白っぽい砂坂道の照り返えしは百合子の頬っぺたをチリチリするほど焼きつけた。

砂坂道は崖の方へ続いて、やがて林の中に紛れ込み、それが杜切《とぎ》れると、そのまま幽霊荘の庭先に出るのであった。

別荘そのものは、建ててからそれほど年代を経ていないのだけれど、いやに時代を喰ったような古びようであった。贅沢に自然石を積み上げて作ったこの洋風の建物には、古めかしく蔓薔薇などが絡みついていて、どこからともなく、甘い、物哀しい香が日溜りの中に匂い漂うているようであった。表面の石階を上りつめると、物々しい樫《かし》の一枚板の扉ががっしりと立ちふさがっていた。

百合子は、自分がどこか西洋の物語にでもあるような、たとえば、僧院を訪れた尼僧のようにも思えるのだったが、お河童頭《おかっぱあたま》で、黄色いシヤサッカー地の簡単服の下からニョキリといかにも跳ねかえりらしい脛の出ている自分の姿を思うと、クスッと笑いが込みあげてくるのだった。

勇敢にベルを押した。二度も三度も――しかし、森閑と静まり返えった邸内から何の応答もなかった。ベルなんか壊われてしまったのかも知れない、そう思いながらも諦めかねて、もう一度とギュッと力をこめて押してみた。そうするとゴトリと扉の向うに物音がして、扉は重々しく軋みながら内側に引かれた。『ノートルダムの佝僂男《せむしおとこ》』のような男が顔を出すかも知れないと思っていると、姿を現わしたのは、極めて平凡なお婆さんで、丁寧な物腰で来意を尋ねた。

「何か御用なら御伺いしておきますが――先生は今御

寝中《やすみ》で、とても御目にかかるわけには――」

「イイエ――先生には先日ちょっとおめにかかりましてね。ぜひ遊びに来給え。睡っているかも知らないが、そんなときは遠慮なく叩き起してもいいと、こう仰有いましたんですけれど」

丹間百合子は非常手段に訴えて、ヌケヌケと嘘をついてしまった。こんな場合は押しの一手以外にない。当って砕けろ――出来るだけ図々しく構えて、そんな風に百合子は吾と吾身に云いきかせた。そうすると不思議にピンと勇気が五体に張り切ってくるのであった。

こんな風にして、結局、厚つぼったい絨氈《じゅうたん》を敷いた階段を上って、奥まった部屋に案内された。別に暗らすぎると云うほどの部屋ではなかったけれど、今までピッシリ閉め切っていたと見え、どことなく黴臭い匂いが漂うていた。

そこへ、カチリと把手《ノッブ》の廻る音がして、背の高い痩せぎすの男がヒョロリと現われた。

「ああ、睡い、睡い――ひどいや、君は、一体だれだね、鼠や幽霊共と同居してるこの黒木青蛾に何の用があって来たんだね――ああ睡い」そう云いながら、後頭部を二三度握拳《にぎりこぶし》でコツンコツンと叩いてから、度の強い眼鏡ごしにジロリと百合子の方を見た。

「ははあ――なるほど『目の醒めるような美しいお嬢さん』と婆さんが云ったがこいつあホントウだ――だが、わからんね、一体、君は、何んだって、こんな所へ迷い込んで来たんです」

「わたくし郵便局に勤めております丹間百合子でございます」ここで漸く口をきく機会を見出した百合子はピヨコリと断髪を一振りして御辞儀をした。「容易にお目にかかれないと聞いておりましたので、ついあんな嘘を申上げたりして――」

「嘘は、どうでもいいんですが――ホウ郵便局から、僕に何の用です」

「簡易保険に加入していただきたいと存じまして」

「カンイホケン――きいたような名でもあるが、おどろいたね、この私に、簡易保険に這入れって云うんですね、幽霊みたいなこの私に」

「幽霊幽霊って仰有っても、先生はそんなに御元気じゃありませんか」

「まあ、そう云えばそうだが――何にしろ君は驚くべき娘だ」

そう云いながら、青蛾は、うす汚れたナイトガウンの衣嚢《かくし》から、一摑みの両切煙草を取り出して、卓子の上に投げ出すと、いかにもうまそうに吸い始めた。ひどい煙草好きと見え、指先が脂《やに》で黄色く染まっていた。

「僕すっかりびっくりしちゃったんです――煙草の味もわからない位に」

「たいへん煙草がお好きのようですね」

「そうですね――一日バット四箱位ですかな」

「一日二箱位にお減らしになれないでしょうか」

「それや――また、何故ですね」

「そうすると、一日バット二箱代十四銭ずつ浮きますわ――つまり一月四円二十銭だけの節約が出来ます。それを毎月郵便局に支払って下さいますと、十ケ年満期で保険金額四百四十一円に相当する養老保険に御加入になったことになります。先生は御見受けしますところお年は三十二、三歳のところでございましょうから」

「年は大体そのへんのところですが――しかし、僕みたいな、死のうと生きようと、どっちに転んだところで、たいした変りのない幽霊詩人――つまり明日に対して、あんまり情熱をもっていない不精者の僕に保険なんて、まるっきり無意味ですな――そんなことを云って、あんたは、この幽霊荘の探訪にやって来たんでしょう――隠したって駄目ですよ、僕には、すっかりわかっているんだから」

「ちがいますわ。今の世の中に、幽霊なんて私、全然信じません。私の信じてるのは生きてゆくことの悦びだけですわ。ちゃんとした将来への用意をもって、コツコツと一日一日を積み重ねてゆく悦び――それや四百四十一円位はお金としちゃたいしたもんじゃないでしょうけど、一日バット二箱を倹約して将来への用意とする、その気持は私、軽蔑できないと思いますわ。ほんとに自分の生活を愛してる気持じゃないでしょうか」

「エライ。僕は実際そんな気持になれたらと思う。だが当面の問題としちゃ、十年後の千円二千円より、僕は今日の一本のバットに執着を感じてるんだから仕方ないじゃないかね、こいつはたしかに悪魔の煙みたいなもんですがね、しかしこの悪魔の煙の煙幕の中にあって僕は始めて小説を書き得るんだからね、こいつをプカプカと吹かしてると――」

「『幽霊荘綺談』も結局、そのプカプカから生れたと仰有るんでしょう――あたしあの小説、失礼ですけれど、好きじゃありませんわ」

「なかなか辛辣だね、しかし、僕もあの小説あんまり好きじゃないんだ」

そう云い終ると、黒木青蛾は急に両手で自分の頭を覆うてしまった。何《な》にとも知れぬ発作的な感情に襲われたらしい、指の間から、涙が滲み出してきて、ツルリと手の甲を流れた。

「先生、どうか、なさいましたの」

百合子が、訊いても青蛾は何んとも答えなかった。彼女はなんだか次第に不気味になってきた。真っ昼間の静けさの底でただ青蛾の啜《すす》り泣く声が聞えるだけであった。やがて青蛾は泣くのを止めた。そうして、トロリと油のように煌《きら》めく瞳をじいっと中空にとどめて
「ホラ、あなたにも聞えるでしょう」と云った。

「何んですの」百合子の声も思わずハズんだ。

「聞えないですか——よく耳を澄ましているとわかるんだが——白骨の触れあう音です、いっ時、僕の女房であったタイピストが死んでいたのは丁度われわれの頭の上にあたってる屋根裏部屋でした」

そういえば何んだか（百合子は吾知らず聞耳をたてた）、微かに、天井裏から聞えてくるようだった。初めは気のせいかとも思ったが細々ながら次第に明瞭になってきた。しかしそれは白骨の触れあう音でなく、何やら歌う声であった。あれがグノーのセレナアドだと百合子が感じたとき、全身の血がズーンと引くように思われ、彼女はふらふらと前のめりに仆れてしまった。

3

——百合子さま、結局、僕の敗北のようです。昨日貴女が失神した時、僕はそれ見たことか、出すぎたお転婆娘《てんばむすめ》が、と思ったのですが、自動車で貴女を婆さんに送らせて御宅にお届けしてから、独りになっていろいろと考えていると、やはり僕の敗北が明瞭であることに気がつきました。ひとりの少女をトリックで気絶せしめた僕の悪趣味は一体何を僕にもたらしたのか——結局、僕自身の惨《みじめ》な敗北感でした。僕が聞えると云った白骨の触れ合う音なぞは全然デタラメですし、あなたが聞いたセレナアドも実は蓄音機を出来るだけ弱々しく調節して、聞かせたものに過ぎません。セレナアドの思いつきは、このレコードをある晩何気なしに、蓄音機に掛けて鳴らしていたところが、誰かが遠くで聞いて、幽霊の歌だなぞとまことしやかに誤り伝えたことに依るものです。それで、この別荘に対する町の人達の迷信をいよいよ深くしてしまったのですが、僕の方では結局それをいいことにして、その後もしばしばこの幽霊の歌を、利用して、「幽霊屋敷」としての噂さの衰えないようにつとめて来

たのです。と云うのは、「幽霊屋敷」であればこそ、僕の如き貧乏文士がただみたいに格安でこの宏壮な屋敷を借りることが出来るからでした。僕はこの家のいかにも城荘《シアトウ》めいて古びはてたような風情が好きでした。どうやら怪談じみた僕の小説を書くには、お誂え向きの静けさであり、雰囲気でありました。だから、僕としてはいつまでもこの別荘が「幽霊屋敷」だとの噂さが続き、したがって僕以外の借り手の現れないことを念願するに到ったのですが、結局それが昂じて、ついに貴女まで失神せしめたのは、何んと云っても僕の悪趣味だと云わねばなりません。しかし、貴女の幽霊荘訪問は、いろいろな意味で、僕に影響するところ頗る大でありました。実際この幽霊屋敷の睡りこけているような蒼白《あおざ》めきった雰囲気の中に突然、前触れもなしに闖入して来た貴女！　まるで取り立ての魚のようにピチピチとした健康な少女を見た時、僕はむしろ一種の反感をさえ覚えたのです。と云うのもつまり、私が年月久しく、自分だけの偏よった病的な世界に沈湎《ちんめん》していたのが、案外、脆くも、ひとりの少女の魅力によって破られそうになったからです。それほどあなたは、パッチリと目の覚めるような鮮かな印象を僕に与えたのです。いや、それはただ貴女が美しい少女であったから、ということばかりでなしに、生き生きとした生活力に溢れて、自分の職業を熱愛する立派な気品が漲っていたからでしょう。僕は内心、貴女の魅力に惹かされながらも、あんまり朗かすぎるこの少女を少し苛めてやりたくなって、ああした種々のトリックを用いたのです。それで、とうとう貴女は失神されてしまったのですが、それが決して貴女の意気地なしを意味するものでなく、却《か》えって、極めて自然な素直さのあることに、僕は打たれたのです。僕は失神した貴女の軀を抱き上げながら、汗ばんだ乱れ髪の纏《まつわ》りついた蒼白な顔を打ち眺めたとき、宗教画に出てくる殉教の聖女のような気品の高さを感じたようにさえ思われたのです。

しかし、貴女はもうすっかり恢復されたことと信じます。この手紙は、貴女が元気よく働いておられる職場でひらかれることでしょう。

僕の病的すぎる幽霊生活もこの辺で打ち切るのが汐時のようです。平凡な常識的な中にこそ、案外素晴らしい真珠がある！　僕は微笑をもって、あなたの簡易保険の勧誘に応じます。毎日バット二箱代を節約して一ケ月四円二十銭の保険料を浮かせること――これが、年月久しい幽霊生活と絶縁する僕の記念事業です。さよなら。

# 死の日曜日

## I

どうした気分からか、なんでもないフリの客と、妙にキャッキャッと騒いで乱酔したため、今日起き出してみると、軀の芯が重く、冴えた爽かな心になれなかった。黒沢田鶴子《たづこ》は、いつもは、ああした種類の男たちを相手にあんな馬鹿噪《さわ》ぎをすることは絶対にと云ってもいい位に無かったのだが、ふとそんな心理になったところに、自分の生活にヒビの入ったのを糊塗するような不快なものが滓《おり》のように沈んでいた。昨夜の間のびした馬面や、鼻の下のチョボ髭が曖気《おくび》みたいに思い出されてきて、浜川万平を失ってしまった自分が、いかにもしみったれな女給心理から、また新しい相手を用意する瀬踏みをひそかにしてるように考えられて、非常に不潔な感じに襲われるのであった。

ああ、そんなことはどうだっていいや――彼女は大仰なアクビを思い切りすると、モゾモゾした幽鬱をパッと撥ね退《の》けるようにして、寝台から飛びおりた。

窓にはすでに午下《ひる》りの明るい陽ざしがあり、温室咲の鉢植が白い花びらを、陽溜りのうちに浮かせて新鮮な匂を漂わしていた。

サッパリした軽い食事を摂《と》り、窓際の椅子に倚《よ》って、手紙と新聞を見た。手紙はみんな下らないものばかり。新聞の方は――新聞には、今が人気の中心の映画女優花木カホルの写真入りで化粧品広告が全頁《ページ》大にデカデカと出ていた。田鶴子は、あわてて、それを見まいとしたが、そのトタン、心の中で卑怯だ！　みっともないぞと叫ぶものがあり、彼女は敵に後を見せてはならないゾと強《し》いて目を瞠《みは》って、花木カホルの写真を、凝《じい》っとまるで御灸《おきゅう》の熱さにでも耐えるような気持で見詰めた。――そうすると、心の芯に滲み透るばかりの新鮮な嫉妬《ねたみ》がヒリヒリと感じられるのだった。

なんとかして花木カホルをやっつけたい、ああ、やっつけたいナと、田鶴子は軀を軋ませながら唸り出した。花木カホルは田鶴子と同じこのアパートについ半年ほど前まで一緒に住んでいて、おなじく銀座七丁目の大カフェー「紅廊《べにろう》」の女給だったじゃないか、これが、そこに来るR映画会社の連中の間にうまくもたれ込み、顔立ちは綺麗は綺麗だけど、あの位のなら、二百人から居る「紅廊」の女給群のうちにいくらでも転がってる、その程度の器量で、うまうまと撮影所に抜かれ、今では、大幹部どころの人気の上をいってる位になってる。出世のいとぐちなんて、どういうところに転がってるものかわからない。このアパートに二人で住んでいる頃は、おない年齢《どし》ではあったが、黒沢田鶴子の方が、万事に、姉さん気分で、花木カホルの方がずうっと子供っぽくッて、いつも田鶴子が主となって、生活の設計をやるのだった。花木カホルの、すべてが貴方まかせの、甘ッたれ気分が、むしろ田鶴子には嬉しく、ときには、ひどくカホルをキメつけてみたり、またある時は、カホルの抜けるように色白な、むっちりして脂肉《あぶらみ》の多い肌を、くたくたになるまでに、揉みほぐしてやりたくなるほど、情熱的に愛撫してやるのであった。そんなとき、いやいやと云い、からだをユラユラさせながらも、目を半眼にとじたまま、それほど厭がりもしないほど、甘ッたれな処女《むすめ》ッぽい花木カホルであったのに――それが、いつどう工作したものか、まんまと黒沢田鶴子を出し抜いて、映画女優になったばかりか、田鶴子のパトロンだった日東鋼管の若い専務浜川万平までも手繰《たぐ》りよせている――浜川万平はどこまでも教養ある紳士で、弱い者いじめはしない男としての印象が、ついこの間まで、好ましく脳裡にしみこんでいたのだが、あれで一皮剝くと、やっぱり海千山千の汚ならしい漁色家なんだ。

カホルが、まだ『紅廊』にいた頃は、万平の奴、「あのお嬢さん、少し足りないんじゃないかね、どうも、おッとりし過ぎているね」位で、取り合《あお》うともしなかったくせに、いつのまにか、しっかりとタイアップが出来たらしい。

カホルについても、万平に関しても、数多い懐しい想い出が、あれもこれも、みんな嘘ッぱちのカリモノだったと思うと、一瞬にして夢潰れた女のうらみつらみ――おどろに髪を振りみだし、目を吊し上げて、ああ、口悔しや怨めしやと、歯を喰い縛って悶絶する――その芝居がかりな古風な心理も決して誇張であるはずはないと、田鶴子は思い詰めるのであった。

そういう激しい絶叫を発したい気持は、田鶴子にも充分あった。しかし、もしかして、そんな気持がアリアリと容貌に現われて出るものとしたらと考えると変に不安でもあり不気味でもあった。田鶴子としては、どんなに激しい怨恨のためであっても、自分の容貌まで歪ませるほど動物的でありたくなかった。泣き喚《わめ》くなんてみっともない話だ。恨みはじっと押し蔽《かく》して、ハガネのように澄み返っていなくては――

田鶴子は鏡台の前に立っていって、凝《じ》っと自分の顔を映してみた。たしかに、少しばかり青い――けれど、いつもより綺麗な位だと思った。深酒も、睡眠不足の曇さえも、殆んど、現われていない、むっつりと肉付の堅い肌には潑剌とした感じが漲っていた。

実際、黒沢田鶴子は不思議な女だ。花木カホルには出し抜かれ、浜川万平には捨てられて、弱り目に祟《たた》り目というこの際なのに、グングンと、磨き出すように異常な美しさが加わりつつあった。

もっとも、それは今までのように、パッと明るい、咲き誇る牡丹《ぼたん》のような魅力とは違って、冷酷なほど、ツンと取澄ました美しさだ。グルリと大きな瞳が、薬品を点眼したように水々しく澄んでいて、一度笑えば、国をも傾けるていの煌《きら》めきが窺われ、鋭く通った鼻筋がいよいよハッキリした輪廓を示し、殊に血紅色の唇がペタリと吸いつくような新鮮さを増してきている――まあ、いくらか誇張して云えば、そんな風な、つまり、ピチピチと跳ねかえる魚類の肌に触れたような、一種、特別な冷たい澄明な美しさがだんだん加わってきているのだ。

彼女は、棄てられた身でありながら、自己の容貌のもつ澄みとおった魅力については、むしろ自信を感じた。たいつまで見ていても倦《あ》くことのない陶酔をおぼえた。たとえ、心の中で、どんなに嘆いたとて、このグルリと大きい瞳からは涙一滴だって、滾《こぼ》すようなことはしない。――と胸を叩いて威張ってみたかった。何故って、あたしは復讐する気なんだもの、復讐しようって女が、メソメソと泣いていられるかッて云うンだ――そのくせ、田鶴子は、こんな風にタンカを、独りぼっちの部屋で、呟いてる自分自身に気がつくと、プウフと、どこからか吹き上げてくる木枯のように腸《はらわた》を嚙むほどの冷たい寂しさを覚えるのだが、さあ、いくらでも寂しがりなさい。タントタント寂しがりなさい――けれど泣くんじゃないヨ、って自分で自分に云いきかせるのだった。彼女はゴロリと寝そべりながらチウインガムをくちゃくちゃに嚙んで、出来るだけ悠々としていた。

彼女は立ち上って、蓄音機をヂャンヂャン鳴らし始めた。幾枚かの甘いダンス曲をかけた後で、(ああ、そうそう、『暗い日曜日』をかけてみよう) と思った。あれは、このレコードが売り出された頃浜川万平がこのアパートに訪ねて来るついでに、いち早く買ってきてくれたものだから、かなり前のことになる。そうして、あれを思えば、浜川万平が、この部屋へ来た最後だった。あの頃からもう、万平は、何喰わぬ顔で、花木カホルの方に移りかけていたくせに「カホルか——あの低脳人形を、いったい、どうしようって云うのかナ、撮影所の腹がわからないね、馬鹿と鋏は使いようって云うからインチキ監督よろしくやって案外売り出すかも知らんが、どうせ倦かれちゃうネ、だけど、君は相当コタえるだろう。親身な妹を浚われたようなもンだから——、君には、いつでも独裁的に支配できるペットが必要なんだろう」とかなんとか云って誤魔かしていたんだ、それを真に受けて、田鶴子は「そうでもないわ——その分だけ貴方のほうへ執拗《しつこ》くなるかも知らないわ」と、今から考えると、歯の浮くような甘ったるい言葉を囁いたりしていたもんだ。でも、あの頃は、そこまで気が付かないだけに、まだ幸福だった。きっと、浜川万平は、これがこの女のところへ来る最後だと、いくらか仏心を出したに違いない、——いつもよりずっと愛情が濃《こまや》かだった。

　その施し的愛情に夢中になっていた田鶴子は万平の持ってきたレコード『暗い日曜日』をかけて踊ったものだった。

　この曲がハンガリアで何十人かの自殺者を出したという話と、それもそうかも知れないと思わせる哀調を帯びた旋律とは全く、あの場合、田鶴子を反対に度ぎつい情慾の中に溺れさせたものだ。幸福の中に身を浸しながら哀切極りなきメロディに身を揺すぶられていることはなかなかにタノシキものであるワイ——と思っていたその時のあさはかさを考え出すと、この自分が、ひっぱたきたくなるほどイマイマしくも情なくもなるのだった。

　で、考えてみれば、この自殺を唆《そそのか》す『暗い日曜日』を田鶴子に与えて死ねと云わぬばかりの万平のイタズラ心であったかも知れぬ。（なかなかもって、そんなに安っぽくは死ねませぬ。いかに少女《おとめ》心でも、そんなフワフワした芸術的センチメンタリズムばかりじゃないからね）——田鶴子は、寝転びながらチウインガムを口から、引張り出したり、絡ませたりして、くりかえし、盤の摺り切れるほど『暗い日曜日』をかけてみた。

　あの頃、あんなに野呂馬《のろま》で甘チャンであった自分にきびしい刑罰を加えるもののように、この『暗い日曜日』の陰気な旋律をできるだけ深く、これでもかこれでもかという工合に、今の自分の心身に軋み込ませておきたい気がしたからだ。今の自分こそ、あの頃とは全く逆に、この曲に自殺をそそのかされる註文通りの弱味を百パーセントに持っているのだからまるで赤剝ぎの生肉《なまみ》を塩でこするようなものだったけれど、これが、却って厳しい快感だった。あたしは決して死にやしないんだと張りあっている気もちはたしかに楽しいものだった。

田鶴子の隣室に間借している学生が、この時、とつぜん扉《ドア》を細目にあけて

「これはこれはヤケに鳴らしているネ——今頃、『暗い日曜日《グルーミイサンデイ》』でも無いじゃありませんか。今や、世をあげて明朗を讃えているというのに——僕が、こないだ買った『あなたの心臓強いわネ』を持って来ましょうか」

田鶴子はフフンと肩をそびやかして

「ありがとう——でも、あたし、今幸福すぎる位なんだから、これを聴いて気分を調節してるの、また後で借りるわ、そこをピッタリ閉めていってね」

## Ⅱ

これも生肉を塩でこするような快感を味うためだと思って、黒沢田鶴子は、花木カホルの第一回主演映画『室内ハイキング』を日比谷のS劇場に見にでかけた。

場内に這入ってみると、「紅郎」の、きょうが遅出の女給たちが五六人一塊りになって婦人席に坐っていた。

それがみんな、田鶴子がここに誘ったにもかかわらず、生返事をしてゴマかしていた連中じゃないか——彼女たちは、花木カホルと浜川万平に関する限り、すくなくとも黒沢田鶴子を敬遠していた。それは田鶴子の痛い哀しい個所《とこ》に触れないようにしようという憐み心からかも知れない。自分が強がりを云ってる虚勢をみんな虚勢だと知りぬいているのかも知れない。それに、田鶴子と一緒に行くと、花木カホルの映画を見ても、上手《うま》いとも感心したとも、あからさまには云えないし、泣くにしても笑うにしても、田鶴子に対して、いちいち気兼ねをしなければならないとでも思って窮屈がっているンだろう。ああ、なんて、外々《よそよそ》しい人達なんだろう——そう思うと、強いて、こちらから声をかけたら、アラッと云って自分をみて、彼女たち同志で、暗号みたいな含み笑いを交わされるのが、イマイマしかったから、田鶴子はやっぱり黙って、独りぽっちで腰かけていた。

花木カホルの映画『室内ハイキング』は、もちろん他愛もない若い会社員の新家庭もので、アッハッハゲラゲラと笑うだけのものだったが、満場ぎっしりと針の落ちる隙間もないほどの大入りで、その観衆が、どれもこれも、みんな大口あいて、だらしなく笑っているのだ。

こんな低級なギャグが何んだって可笑しいんだろう、

ちっとも可笑しいことないじゃないか。田鶴子は笑えなかった。石のように黙りこくっていた。さながら、暴風《あらし》のごとく湧き返るゲラゲラ笑いのただ中に、彼女だけがしいんと静まりかえっていて、まるで何も見ることのできない盲目《めくら》が、ポツネンと坐っているようなものだった。

これが、花木カホルの主演映画でなかったら、彼女と云えども、きっと、軀をくねらし、腹を捩《よ》らして、みさかいもなく笑ってしまったに違いない、と思うと、余計に笑えなかった。

朋輩の中《うち》では、自分がここにすわってるのを、知らん顔はしていても、気がついていて、「田アちゃん大いに笑うか」どうか賭をしているようにも邪推されてくるのだった。ああ、どうせ、あたしは笑いやしないヨ、あたしは嫉妬しに来てるンだから——そう云って、頭から彼女たちに浴びせかけてやりたかった。

まったくそうだ、笑うことはできないけれど、嫉妬することばかりは、ジリジリと焼饅《やきこて》を胸板に当てられたみたいに充分嫉妬することが出来た。

花木カホルに、あんなにも水々しい才能があるのには、正直なところ、田鶴子も目を瞬《みは》り、息を凝さなければならないほどだった。まるで、人間が変ったみたいであった。人間というものは、その置かれた位置によって、どんなにでもなるものだ、と田鶴子は今更のようにしみじみと痛感した。生れた時からの女優ですヨと云わぬばかりの、スッカリ観衆を呑みつくした演技振りだった。二人で一つ寝台に寝ていた時分には、カホルは、しょっちゅう、鼻が悪いからって頭の重いのをくやんでいたし床に這入ると口を半開きにしたまま、鼾《いびき》を立てて睡る癖があり、田鶴子はどんなに安眠を障《さまた》げられたかわかりやしない。どう見たって、頭脳のハキハキと働ける人間には見えなかった。いつまでもコドモっぽさの抜け切れないのが、いわば彼女の唯一の魅力だったはずのが——どうだろう、銀幕上の花木カホルは、軀もぐっと大柄に見えたし、その四肢の隅々まで、成熟しきった逞しいエロッぽさが溢るるばかりに流れていて、縦横無尽に新家庭の蜜の滴るごとき甘ったるさを表現しているのだ。いやその録音された声までが、まるで人違いのように、さわやかに艶っぽく聞えてくるじゃないか。

監督やカメラや、衣裳や、メイキャップや、いろんなものが彼女を引立てているにしても、とにかく彼女が、花木カホルであることには違いないのだ。どうだろう、あのすっかり自分の役にはまり込んで、ハリキッた芸を楽しんでる様子は——田鶴子は頭からぎゅうッと圧《おさ》えつけられるような息苦しさをおぼえて、とても真正面から見ていられない気がしたけれど、激しい反抗心だけが、田鶴子の軀をシャンと支え通してくれたのであった。

彼女はこの映画が終になる二三分前に、席を抜けて、外廊下の休憩室の方へ行った。明るくなった観客席で、ひょっとして仲間の女給たちに顔を見られたりするのは気恥しくって厭だったから……

そこの長椅子にひとまず、くたくたになった軀を沈めた。――まだ、軀の芯がヂインと熱しているようだった。

（ああ、つまンない映画《しゃしん》を見に来たもんだ――おかげで、カホルちゃん、あたしはほんとうに心ゆくまで嫉妬した。いよいよあたしはお前を殺したくなっちゃった！）

やがて、花木カホルの映画は終ったらしく休憩の合間を、モリモリと人群れが、外廊下に喰《は》み出して来た。

華かな人波のさんざめき――大方は、まだ赤く上気した頬で、カホルの映画の昂奮を持ち越していた。

――ここ暫く、カホルはR撮影所の弗《ドル》箱だナ、凄いよ」

――『紅廊』に、彼女《あれ》がまだ居た頃、僕は口説いたことがあるんだがね」

――柳に風と受け流されたンだろう」

――まあ、結局、そうなんだ――何《な》にしろ、あいつ、妙にアドケなくってね。いまから思うと、あいつ、よくよく人をナメていたんだ」

――今じゃ銀幕の女王だ、おれもナメられたいね」

男たちの口の端《は》に上ってる花木カホルの人気のことを思うと、自分は、どうしても、カホルを殺さなければならぬ悪い星の下に生れ合せたんだと、田鶴子は、いよいよハッキリと感じた。

## Ⅲ

自分が罰せられずに人を殺すにはどうしたらいいか――花木カホルを殺すには。

黒沢田鶴子は、夜ひる、そのことに思い悩んだ。

まず、探偵小説の智慧を借りることにした。自分の手に入れ得るほどの探偵小説は、ことごとく目を通した。

だが、どれもこれも小説としては可能であっても、いざ実行となると作者の描いていない場所に、大きな不可能が巧に蔽されていたし、結局、万巻の探偵小説を読んだとしても、それから、具体的な殺人の方法を導き出すことは、まったく絶望であった。

だが、田鶴子は、結局、彼女自らは発覚されることなしに花木カホルを殺してしまったのである。

これについて、筆者は申上げます。この事件の真相はわからず仕舞いになったけれど、もしかりに判明したとして、それが新聞記事などになったならば、必ずや探偵小説の悪影響によって黒沢田鶴子の犯意が醸成されたと、記事の末尾にもっともらしく附け加えられるでしょう。何故ならば、彼女の部屋には前述のごとく探偵小説が堆高《うずたか》く積まれてあったから――。

けれど、事実においては探偵小説の影響などは全然なかった。彼女をして、その巧みな犯罪を敢行せしめたものは、彼女の性格と、その性格に結びつけられた現実の偶然性の結果にすぎない。探偵小説の構想においてはこの偶然をなるべく避けようとする。けれど現実世界では、この偶然と云う奴がひょいひょいと吾々の生活を横切るものである。実に、黒沢田鶴子は、この偶然の一つをピタリと摑まえて、彼女の殺人計画に結びつけそれを敢行するだけの性格、つまり怨愁《えんしゅう》と嫉妬によって研ぎ澄まされた激しい性格を持っていたのだ。

さて、彼女の捉えたその偶然とは何であったか――

あら、彼女は思わず声をあげた。それは彼女がS劇場で例の映画を見たその翌日のことであった。だって、一帳羅《ちょうら》のアストラカンの外套が、綻《ほころ》びているのではなくって、明かに誰かによって、鋭利な刃物で背から腰にかけて、一尺ほどの長さに切り裂かれているのだ。ゆうべ、クタクタに疲《くた》びれてしまった軀を、ベッドに潜り込ませて、泥のように睡り落ちてしまったのだが、今起き上ってみると、引っかぶった毛布の上に投げ出していたその外套の裂《き》れ目から、チラリと派手な裏地が喰み出ていた。彼女にとってまことに贅沢すぎる、それだけ、かけ換えのないアストラカンだ。これは浜川万平が彼女のために買ってくれたものなんだが、再びこれ位の品物《もの》を手に入れる望みは、まあ当分のところありそうにもない。

浜川万平という人間は、たとい、どんなに彼女を愛しているように見えた時でも、決して彼女を、その女給生活から足を洗わせて、どこかに囲ってやろうなどと、温情めいた趣味を絶対に持ち合わせていない男だった。そんなことをして、万平自身の、それはそれで充分和やかな家庭生活を、下手《へた》に乱したりしないためにも、いやな後腐れを残さないためにも、その方が賢明であったかも知れないがその代り、着物その他の装身具などは、ひどく太っ腹のところをみせて、どしどし作ってくれた。田鶴子のアストラカンの外套も、そんな風に無造作に出来たものの一つであった。――彼女は、ああ、ああ、ひどい、ひどい、と呻きながら、その豪奢な外套の捲毛の中に、蒼褪め切って美しく冴えた顔を埋めた。

　いったい、誰が、こんなヒドイことをしたのか、そのスッパリと切った切り口は、まだ充分生々しいものであったし、昨日、映画館に行くまでは確にこんなにはなっていなかったはずだ。

　だから、映画館の中でやられたか、或は、そこから「紅廊」まで歩いてくる途中か、乃至《ないし》は、「紅廊」の女給更衣室に掛けておいた間か、いずれこの三つの場合以外には考えられなかった。その夜、店から帰ってくるときは、アパートまで自動車でやって来たのだし、自分の眠っている間に、部屋に忍び込んで外套を切るなどということは、なおさら、あり得ないことだった。

　そうして、また、どういう目的で、やったことなんだろう。一応は所謂色情狂などの行為とも考えられたし、朋輩のいたずらとも思えたし、最後に、ひょっとすると花木カホルが何者かを唆《そそのか》してやらせているのではないか、とも勘繰《かんぐ》ってみた。田鶴子が、浜川万平との縒《より》を戻そうとでもしてると、カホルが邪推して、こんな厭味なコワガラセをやり自分を牽制してるのかも知れない。あの女ああ見えても性根の深さを量り知られないほどだ、何をするか予測できない……それにしてもナンテ妙なことをするンだろう。

　いや——その後も、変なことが、ヒンピンとして起った。外套のポケットに入れておいた手袋——この手袋を脱いでいた時間は極く僅かであったのに、——無くなっていた。そうかと思うと、帽子のピンが抜かれていたし、つい最近は、地下鉄からデパートへの上り口で折悪しく混みあったそのドサクサに、小脇に挟んでたハンドバックをスポリと抜きとられてしまった。振り返った時は、もうあたりにそれらしい人影も見当らない始末で、犯人はよくよく素早い人間に違いない。

　こういう悪質なイタズラ、——どうも単なる盗み本位の行為とは思えない——が、何か目に見えない神秘な針のようにチクリチクリと黒沢田鶴子を刺し、彼女が、花木カホル殺害計画に振り向けようとする精神の集注をさまたげ、乱そうとするようにさえ思われてきた。

## Ⅳ

「田アちゃん——あの少年《こども》知ってる？　あんたの御客さんよ」

「あの少年って誰《だ》アれさア——」

田鶴子が、註文を通しにいったとき、行きずりに出会った女給の一人から注意されて、その目配せの後を逐《お》うた。その女給みずからも、一二段低く谷底みたいになった奥のコンパートメントの方へ、アーンと背のびをするようにしながら、

「ここからよく見えないわ——たった今しがたフラフラと這入って来たの、ちょいと粋な顔をしていたわ、罪と罰の役者の何んて云ったっケ、ほら、ブランシャールさ、あれのラスコルニコフをそのまま子供にしたみたい」

「あたし——そんな少年《こども》、まるッきり知らないわ」

「それがね——二十六番の女給は黒沢田鶴子ッて云うンだろう、あの女《ひと》に来てもらいたい——ってちゃあんと貴女《あんた》を指《さし》で来てるんだもの——コワイみたい」

「そうオ、——なんか、いやアね」

そう云いながらも、田鶴子は、好奇心を一杯にして、その少年のいる方へ降りていった。

少年は、あたかも教員室で先生から訓戒を受けるのを待ってでもいるように、ひどく畏縮《かしこ》まって椅子の端の方へ軀をかた寄せていた。田鶴子が現われると、ビクリとして、もし背中を椅子で支えられていなかったら、後退《あとずさ》りでもしかねまじき様子だった。

ブランシャールのラスコルニコフに似てるなんて出鱈目だった。ただ頭の恰好と頬のこぞけた点がほんの少し似ているばかりじゃないかと田鶴子は思った。

「どうしたのさ——あんたみたいなコドモの来るとこじゃないわよ」

少年は気まり悪そうにオドオドと顔を上げ、しかし、何か抗《さから》うようにパチリと目を瞠って、田鶴子の方を見た。水々しいけれど、どこか熱病染みたものが、瞳の底にあった。

「僕は遊びに来たってわけじゃないンです、——僕は用があるンです」

「どんな御用？　誰かに頼まれたの？」

「べつに頼まれたわけじゃないけど……」

「それじゃア、なにさ、だいいち、どうしてあたしのことを知ってンの？　不思議ね」

「僕、品物を返しに来たンです」

「品物ってなアに？」

「これです」少年はそう云って、ハンドバックを、ジャケツの下から取り出すと、田鶴子の方へ、ずいと押しやった。

「ソンなかには、帽子のピンも手袋も、みんな這入っています。ハンドバックの中味もそのまンまです。一銭

だって使っちゃいませんん」

「――」

「驚いたでしょう――僕はチャキなんです」

「チャキって」

「巾着切《きんちゃくきり》です。つまり掏摸《すり》です。僕は、どんな札つきの不良少年よりもタチの悪いコドモです」

「じゃア――外套を切ったのも、あんたでしょう」

「ええ、僕がやったのです」

「何か、あたしにウラミでもあるの、それとも誰かに頼まれたの、あいつの外套を切ッちゃえッて」

「そんなこと何もないんです」

「真個《ほんと》のことを云ったら、どう――白ばッくれてると警察へ電話かけるわヨ、すぐ捉《とっ》かまってしまうから――」

「捉ったっていいンです。ただ、僕は、返すべきものを貴女に返してしまえばいいンです。外套を切ったのはどうにもなりませんが――あれだけはどうか、見逃して下さい。別に悪気があってやったことじゃないンですから」

「ふッふふ――だってへんじゃない、悪気の無い人が、あんなこと出来るウ?」

少年は、そう突っ込まれると、黙って俯向いてしまった。少年の皮膚の色は、青ぐろくって健康色とは云えなかったが、なんとなく精悍に引き緊まったものが見えた。

「僕は――何と云っていいか自分のこの変な気持をうまく云い現わせないンです。つまり、僕、変質なンです。僕の祖父はひどい精神病者で座敷牢に這入っていました。父はそれを嫌って独りでアメリカへ行ってしまいました。お母《か》っさんと僕とだけで暮していたんですが、お母っさんの、ぶすっとした陰気な寂しそうな顔を見てるのが厭さに僕も家を飛び出してしまい、――それからまあこんな風になってしまったんです。もちろん、何度も家へ引き戻されましたがいつも永続きがしませんでした。お母っさんは再婚して、それはたしか幸福そうでした。新しいお父さんもサッパリした人格者で僕を引き取ってしっかり教育をしなおしてくれると、云ったのですが、僕はいろいろと気詰りなので、いつも逃げて廻りました。丁度、貴女の外套を切った日も、実は珍らしく永く新しいお父さんの家で謹慎していたのですが、使いに出た途中、ふっと、魔がさして日比谷のS劇場に這入ってしまったんです。世間であんなに騒ぎ立てている人気女優の花木カホルの映画がどんなものか、ちょいと覗いてみたかったンですが、案外、下らないンで、ガッカリしちゃったんです。上手《うま》いか知らないけど、ああいう擽《くすぐ》り一方のゲラゲラものは僕の性に合っていないンですね。で、僕は少しばかり早目に席を立って喫煙室の方へ出ていったら、貴女が腰掛けていたンです。その時、貴女は今晩みたいな和服じゃなくって、アストラカンの外套に、朱色のサテンかなんかの服を着ていたでしょう。――椅子に腰かけたまま貴女は何か物に憑かれたようにじいっと考えごとに凝ってる様子でした」

田鶴子は、この妙に早熟な少年が、自分の全く気がつかない間に、そんなに熱心に自分を観察していたんだと思うと、へんに軀じゅうを擽ぐられるような不気味さが今更のように蘇ってきた。

「アストラカンの黒とサテンの朱の配合工合《うつりぐあい》は凄いほど綺麗であったのもおぼえていますが、何よりも、僕を惹きつけたのは、そのじっと椅子に腰を沈めて考え事に凝っておられる貴女の顔の象牙の面のように白く冴え冴えとした、何か、こうドキッとするほどの美しさでした、――」

(フン、そんなら、あたしは、きっと、花木カホルを殺そうと考えていた時なんだ。人殺しを考えてる顔ってそんなに綺麗に見えるものかしら――あたしは喜怒哀楽を、そんなに安っぽく顔色に出さない性質《たち》なんだけど、カホルを殺そう殺そうと夜昼考えてると、その氷のように冷たい思想に磨かれてだんだん綺麗になってくるのかも知れないわ――それにしても、なんてイヤミなことを云う早熟《わせ》な少年《こども》なんだろう)そう思って田鶴子は凝然《じっ》と睨むように、この少年の眼を見詰めた。そうすると、彼は面映ゆげに眼を伏せたが、その癖、スッカリ、田鶴子の心を見抜いたような鋭い感じを罩《こ》めて、

「僕、自分でも、ビックリするほど早熟なんです。堕落という堕落はみんな知り尽くしてしまったようなコドモなんです。僕、今数え年十七ですが、十五の時、もう童貞を失っていました。浅草公園《エンコ》のゴウガイヤやズベ公の玩具《おもちゃ》になって、大人のするようなイタズラをやっていました。何しろ、それまでにだって、ガゼピリのハリ場で立番をやったりしていい加減、摺れていたんです。しかしこれが真実《ほんと》の恋だと思ったことは一っぺんもなかったんです――」

「それが、S劇場で、花木カホル嬢の活動にのぼせた後口で、ちょいと田鶴子姫を見染めてくれたッて気持、わかるわ、何ンでも皆んなおとなしく聞いて上げるわよ、しかしね、あたしの一帳羅のアストラカンを切ったり、ハンドバックを盗って、それをまた返しに来たりする気持は、ちょいとわからないわ、それを聞かして頂戴、――さあ、これ、どう」彼女は、そう云ってフルーツポ

ンチを少年の方へ押しやった。

「それが、どう説明したらいいか、うまく云い現わせないンです、つまり、こんな、僕みたいに堕落しちゃった子供が、貴女に、どんな色目を使ったって、相手にされないにきまってる。まともなことを云えば云うほど、ますます軽蔑されるばかりだ、と僕だってチャンと知ってるんです。汚らしいコドモ汚らしいコドモと、しょっちゅう、自分を反省してるんですが、そのくせ、三つ四つの年上の貴女の凄い美しさがどうにも、忘れられない。このむしゃくしゃと絡《こんが》らかった気持、このどうにも遣り場のないイライラした熱情、これをスウッと散らしてしまうために、貴女の後を逐《つ》け廻しちゃ、外套を切ったり、ハンドバックを掏摸《す》ったりしたんです。そうするとたしかに、いっときは、重苦しく詰まった気持が、カラッとするのです。——けれどだんだんそれだけでは満足できなくなりました。とうとう、きょうは貴女の前に正体を現わして、どんなにでもキメつけてもらうためにやって来たんです」

(フン、この色餓鬼《いろがきめ》奴、厚かましいったらありゃしない)けれど、田鶴子は静かに、

「よく、わかったわ、だからキメつけることなんか何もありゃしないわ、女って者は、嘘でも、綺麗だと云われると嬉しいものよ、外套を切られたり、ハンドバックを掏摸られたって、それがつまり、自分がシャンだったためと思えば何も云うことありゃしないじゃないの、ありがとう、御礼を云いたい位だわ」

そう云いながら、彼女は、ジロジロとこの変質少年を観察してやった。少年は毛糸のジャケツの丸襟の中に頤《おとがい》を埋めるようにして俛首《うなだ》れていた。良家の坊ちゃんみたいに上品な繊細《かぼそ》い線の横顔だが感情的な弱々しさと、へんに不潔な逞しさが皮膚の上に青白く這っていた。

「じゃ——何もかも許して下さい。僕これでお暇《いとま》します」少年は、ようやく立ち上った。そうすると田鶴子は(この少年《こども》を手馴ずけておくと何か出来そうだ)とチラリと考えた矢先だったので、周章《あわ》ててこれを引き止めた。

「あたし——何んにも出来ないけれど、お友達位にはなれそうよ。気取ってみたって、あたしだって高が、女給じゃないの、——失礼だけど、あんたの方が格が上な位だわ。明日、遅出《おそで》だから、昼間のうち、あたしのアパートの方へいらっしゃらない？」

そうして、吾からハッキリ意識して、野性的な色ッぽさを罩《こ》めた目付でこの少年の弱い性格を突き崩すように、グッと見詰めてやった。

V

黒沢田鶴子は寝床に腹這いになったまま、ゆうべ買ってきた映画雑誌をパラパラとめくっていた。美事な写真版の清々《すがすが》しい紙の匂が彼女とはまるで違った世界から吹いてくるもののように強く鼻に滲み込んだ。映画批評家の高踏的な立場からは、花木カホルのことを悪《あし》ざまに云ってる向もあったが、一般的にはむしろなかなか好評で、興行成績から云って『室内ハイキング』は確にヒットであったと証明していた。そうして、更にこれに続く花木カホルの第二回作品『大べラボーの日曜日』はすでに撮影が終り、近く上映とのニュースが載っていた。これは『暗い日曜日』を逆にもじった喜劇映画で、前作以上のヒット疑いなしとの前景気が報じられてあった。彼女はパタリと雑誌を伏せて目をつぶった。また世間では、ゲラゲラと底抜けに笑うつもりなんだろう。笑え、笑え、いくらでも笑え、その笑いが何を笑ってるか気がつくときが来る。幽霊を見て笑うってこともあるからね——そう独言《ひとりごち》ながら、田鶴子はうつうつと浅い眠の中へ再び落ちかけていた。

「黒沢さん——黒沢さアん」

おや、支那蕎麦の丼《から》でも取りに来たかと思ってると、昨夜《ゆうべ》の少年だった。こんなに早く来いとは云わなかったのに、

「まア——早いのね」田鶴子はムクムクと軀を持ちあげて「お這入りなさいよ。だがこっちの部屋を覗いちゃ——アラ、駄目よ、今起きかけてるとこなんだから」

そう云われると、少年はパアと赤らんでしまい、次の部屋へ顔を引込めると、そのままクスンとも云わずに坐ってるらしかった。

田鶴子は悠々と顔を洗って、目の醒るような古代紫と銀茶の染別《そめわけ》になった御召の半纏《はんてん》を引っかけて、鏡を覗き込んだ。ナニ、念入りの化粧なんか要らないさ、花木カホルを殺そう、殺そうと考えてさえいりゃ、吾ながらドキッとするほど厳しい美しさが、知らず知らず出てくるんだもの、それがあの少年《こども》には堪らなく魅力《チャーム》なんだ——彼女は断髪に櫛を入れて、軽くクリームを顔にこすり込んだだけで済ました。

「もういいわ——こっちへ這入ってきても、御待遠さま」

窓際の椅子に二人向きあって腰をおろした。

この少年が顔を綺麗に剃《あ》たって来たのはその陶器のよ

うに冷え冷えとしている感じでわかったが、全体の感じはどことなく貧相で骨っぽかった。殊に目の色は、こうして明るい日射しの中でみると、ドロンと濁って、視光がユラユラと煌《きら》めいていて、彼がこれまでその背後《うしろ》に引き摺ってきた生活がどんなにか病的で不健康であったろうと想像されるものがあった。

「ゆうべよく睡れた?」少年は頭《かぶり》を振った。「あんなに昂奮しちゃとても睡れっこない」と少年は瞼を伏せた。

「駄目よ、そんなじゃ――これから、もっともっと昂奮する御話をしてあげるんだから」

「え? どんな話」少年は恥しそうに片頰を歪ませた。

「人殺しの相談よ――よくって?」

「冗談云って」

「冗談? じゃないわ、貴方を見込んで頼むんだけど――花木カホルを殺してくれない?」田鶴子はこう云ってギュッとチェリーの火を灰皿に押しつぶし、その手で、少年の両の手頸を素早く摑んで自分の両膝の上に持ってきた。少年はグッと前かがみになった。

「冗談だ、嘘だ、と思うでしょう。ところがあたし正気で云ってんのよ」田鶴子は抑え込んだ手頸に一層力を加えた。少年は上体を引こうとしたが出来なかった。ただほんの少しばかり顔を、この美しい野獣からそむけて低い蚊の鳴くような声で云った。

「とても、僕には、とても」

「その目付で――とてもだって、――何がとてもさ、私はゆうべから、しみじみ見てるんだけど、貴方《あんた》の目付はたしかに人を殺す目付よ、今殺さなくって、とどのつまり、殺さずにはすまない目付だわ、私は、もうせん、少年刑務所を見学したことがあるのよ、人殺しの少年囚を何人も見たわ、それで私はハッキリ自信をもって云えるのよ、貴方の目付はそういう少年囚の呪われた不幸な目付とソックリなんだもの、それに貴方の生活なんか、これまでのこと考えてみたって、善くなりっこないわ、だんだん悪くなるばかりだわ、足搔《あが》けば足搔くほど泥沼にめり込んでゆくばかりさ、絶望だわ、だから、どうせ、今のうち腹をきめていい思いをした方がそれだけ得よ、花木カホルを殺しさえすりゃ、私の軀はスッポリ貴方に上げちゃうわ、イヤ、貴方が、どんなに思ったたって、結局、殺しちゃうわ、そんなにギロギロ光ってる目なんだもの――」

少年はピクピクと頰を震わした。

「イヤだ、イヤだ――僕には、とても出来っこない、なんて云われたってそんな恐しいことが――」

「駄目、駄目――きっと人殺しをするわ」

「嘘だ、嘘だ、僕はそんな――」

そう云いながら、少年は、その細い首を、田鶴子の分厚な、膝の上に押しかぶせて、彼女の太股《ふともも》に顔をグリグリこ摺りつけながら激しく泣き始めた。


それから三日目に、花木カホルは、撮影所からの帰り道で惨殺されていた。加害者の少年佐伯喬《さえききょう》の姿は探すまでもなく、カホルの屍体から五十メートルと離れていない草叢の中に自殺体となって転がっていた。

花木カホルは『大ベラボーの日曜日』の封切に際して上映館に挨拶に出場することに予定されていたが、これは勿論、立ち消えとなった。しかし映画の方はそのまま封切られた。その日は、まだ寒の最中《さなか》であったが、珍しくホッカリと暖く春めいた光が蒼空《あおぞら》一杯に流れていた。映画館の上空には広告気球《アドバルーン》が鮮に浮び上り、大きく花木カホル主演映画と抜き出した文字が、天国へ上る梯子のようにフワリフワリと眺められた。館内は、花木カホルの不気味な死とは全く無関係に、ワッハッハ　ゲラゲラと笑い上り笑い崩る爆笑ではち裂れんばかりだった。しかし、今度こそは腸《はらわた》の千切れるほど笑ってやろうと思って出掛けた黒沢田鶴子だけはやっぱり笑えなかった。彼女は浮かない顔をしてアパートに帰り、独りぽっちの自分の部屋で、始は『あなたの心臓強いわネ』を掛けていたが、やがて『暗い日曜日』に換えた。この分では彼女も、近く自殺するであろう。

# 亡霊の情熱

## 1

　野瀬は校長に連れられて、生徒達が集っている講堂へ新任の挨拶のために這入っていった。この二人のスリッパの音が近づいてゆくと、騒《ざわ》めいていた講堂の空気がピーンと張りつめて咳《しわぶき》一つ聞えなくなった。水兵服の少女達が好奇心で一杯になった瞳をいっせいに瞠《みは》ってこっちを向いていた。野瀬が講壇に上った時、声の無いアラシがさあッと満場の生徒達を薙《な》いだ。

　野瀬は、女学校は始ての経験だけに、何かしら新鮮な野菜の甘い香に接したように爽《さわやか》な心持だった。挨拶は至極平凡だったけれど言葉の端々に、これから手掛けようとする女子教育に対する熱情が吾知らず罩《こも》ったようであった。

　けれど、後から思い出してまことに不思議に感じたのであるが、この新任式の場内で、野瀬は、校長や同僚教員の表情にしろ、居並ぶ女生徒の表情にしろ、一切目に這入らなかったけれど、ただ一人五年B組のいちばん後列に立っていた門馬《もんま》ユリの顔だけが、ひどくハッキリと望遠レンズで拡大したように写ったことであった。つまりこの広い講堂に門馬ユリだけがたった一人いたと同じことであった。野瀬の視線がこの一人の背の高い美少女だけに注がれ、彼の新任挨拶も結局彼女に向ってだけ云われたようなものかも知れぬ——そう思うと、職員室の自分の新しく決められた机に戻ってきても、ひどく恥しく昂奮《あがり》気味だった。

　野瀬の生徒への印象は非常によかった。それは月末に組主任の許へ提出される生徒日記にすぐ現れ初めた。野瀬は最初この生徒日記を軽視していた。どうせ先生に見せる日記のことだから、単調無味なお行儀のいい記事ばかりだろうと思っていた。ところが、必しもそうでなかった。ここに、男生徒と違った女の不思議さがあるのだと、野瀬は新しい発見をしたのである。この学校へ転任する前まで野瀬が取扱ってきた男生徒すら、気にも留めないでサラリと忘れてしまうような詰らないことでも、女生徒は執拗に記憶していて、何らかの形でその鬱積した気持を外に現わさずにいられないらしかった。だから、先生から見られるとか見られないとかはさほど気にしないで、日記の中に知らず知らずにお喋りしてしまう変な大胆さがあった。

野瀬についての批評《しなさだめ》ばかりでなしに女教師の誰先生が近頃イン・ハラ・ベビー（妊娠）の御様子だとか、四年の三羽烏の誰さんが、禁じられてあるのに頬紅をコッテリつけていらしったとか――あけすけに書いてある日記がかなり見受けられた。

野瀬は、偶然、五年B組の担任になったから、門馬ユリの日記も、自然注意して読むことになった。しかし門馬の日記は、これまた、あまりに簡単であり過ぎた。

×月×日　静かで平和な明暮《あけくれ》。

×月×日　これも、少女心《おとめごころ》の習《ならい》かや。

×月×日　今日いちんち、とても幽鬱。

こんな風に、抽象的な言葉だけをチョッピリ並べておくに過ぎない。底を割ってみればありきたりの女学生の生活だけしか無いのだろうけれど、簡単なだけ、妙に余情が含まれていて、それだけ門馬の日記にはいちばん長い時間を費やされた。

何につけても、門馬ユリのことと云えば、神経がパッと点火されたように冴えてくるのには、野瀬はすくなからず引け目を感じた。

着任早々、門馬ユリの捕虜《とりこ》になることは、自分ながら不甲斐ないと思った。いかに女学校は初めてであるとは云え、教育その者には相当年功を積んできているはずの自分がこの辺で妙にぐれだしたら、前任地の口さがなき同僚《ともがら》から「それみたことか、独身のピュリタン先生」などと囃《はや》されることは必然だし、それはいいとしても、自分の中にある確乎不抜の教育者たる自身をこの位で見失うことはいやだった。

当分門馬は警戒しておこう――門馬に心を惹かれるのは、急に女の学校に飛び込んできて環境に慣れていないせいだ。今に甲羅《こうら》が生えてくれれば、門馬ユリなど、平凡な女生徒として十把ひとからげに取扱うことができるようになるだろう――それまでは門馬に対して目立たない程度に警戒しておこう。

野瀬は門馬とテニスをするのが大好きだった。背の高い門馬はスマッシングがよく利いた。門馬と戦うと、誰よりもよく筋肉を働かせ全身に心よい疲労がゆき渡るのであった。ひとしきり打ちあっての後、ラケットを捨て、二人並んで芝生に腰をおろしていると、理窟なしに幸福だった。空には白雲の峯が夕日に赤々と照りはえていて、それが生きることの悦びを感じさせてくれるようだった。

他の生徒達が周囲《まわり》にいなかったならば、野瀬は門馬の汗ばんだ軀をしっかり抱きしめて、詩のような言葉でも囁いたかも知れない。

しかし、野瀬は門馬の軀には指一本ふれなかった。体格検査の時でも、胸囲や体重を計ったり、多かれ少かれ、その皮膚に手や目を触れなければならない仕事は出来るだけ回避した。門馬と自分との距離をキチンと厳密に保ってゆこうとする努力で一杯だった。

一度生徒たちから、学校ならびに組主任に対して、こうして欲しいとの希望があったら腹蔵《ふくぞう》なく書けと云い渡したことがあった。腹蔵なく書かせるためにわざと無記名投票ということにした。

投票が終って、野瀬はひとりで、用紙を一枚一枚調べていったが、案外生徒には、進んでこうして欲しい、ああして欲しいなどとの希望は無いものだということがわかった。彼女達は学校の施設がいいの悪いのと、小むずかしいことは考えていないのだ。そんなものがあってもが無くても、彼女達はどしどし肥《ふと》ってゆく、生長してゆく、あっちこっちに若い体臭を氾濫させて伸びてゆくのだ。

しかし、ひとたび、感情的の問題になると、彼女達はへんに生々しく拘《こだわ》るのであった。

「先生はもっと遠慮なさらず、胸襟《きょうきん》をひらいて、私たちをグングン可愛がって下さいな――先生少し取り澄ましていらっしゃるんだもの」

「あたしはエコヒイキ大嫌い――先生にはそれがございませんけれど、今後も何卒《どうぞ》無いように」

「美しき門馬嬢には既に御婚約の君あるかに洩れ承わる――独身の先生に御注意までに」

「野瀬門馬、芝生よろしき眺めかな」

野瀬はこう云った種類の投票を数葉拾い上げて苦笑した。しかし、苦笑しただけでは拭《ふ》ききれない曇りが残った。

自分は門馬に対してこんなに警戒している。これ以上、警戒することが教師として必要であろうか。この投票はもちろん当てにはならないけれど、門馬に婚約者があるというならなおさらだ、こんなに馬鹿馬鹿しく固くなるには及ばない、これからはもっと、おおらかな囚われない気持で接してゆこう、と思った。

ある日の昼休み――野瀬は校庭の芝生が尽きて、それから先きの緩やかなスロープが生徒実習用のお茶畑になっている方へ歩いていった。

門馬は、そこで、見はるかす緑の野を眺めながら、ピケの運動帽を脱いで、胸の辺《あたり》を煽《あお》いでいた。どこかで運動してきて独りでここに休みに来ているらしかった。

「門馬さん、ちょっと」

野瀬は別に用もないのに彼女を呼んだ。呼んだけれど話題もないので別に深く考えてもいないことをもっともらしく云った。

「門馬さん——貴女の日記はもう少しどうにかならないものかしら——秀《すぐ》れた抒情詩の最初の一行だけをいって聞かせられているようなものですね。ひどく暗示的なだけに物足りませんね」

「でも——私、ああしか書くことが無いんですもの」

彼女は野瀬の方を見なかった。彼女の手に触れるところにあったお茶の葉をピリッと引き裂いた。

「先生に見せる日記を書くことが大体変な規則だと云えば変な規則だけれど、それにしても貴女方の生活なら、そう秘密っぽい陰影《かげ》がある訳でもなし、相当秩序正しく書いて、その日の終りに反省的な気持になることが、まあ、生徒としての日記の意味でしょうな」

「でも、——書くのが厭なことだって、そりゃ随分ありますわ、私達の生活がいくら簡単だからって。——でも、これからは出来るだけ沢山書きますわ」

「そう、何もかも書かなくたっていいですよ」

「恥しいことだって書きますわ」

そう云って門馬ユリは運動帽で顔を掩《おお》うた。泣いてるのでは勿論なかった。ただじいっとそうやって目を瞑《つぶ》っているらしかった。上背のあるその肩先がいくらか慄えていた。横あいから見ると、白い首筋が少し日に焦《や》けて赤らんでいるのがいかにも初々《ういうい》しく健康そうであった。それを非常に美しいと思いながらも、野瀬は、彼女がどんな恥しいことを書くつもりなのかしら、と一瞬ドキッとした。

「恥しいことなんて——別に僕は要求しやしませんよ」

「いいえ、書きますわ、私、急に、書いて書いて書き捲《ま》くりたくなりましたの」

運動帽を顔から外すと、彼女は水々しく潤んで、急に見違えるほど情熱的になった瞳に、微笑《ほほえみ》とも受けとられる陰影を含ませて、野瀬の方をチラリと見たのである。

野瀬は、その後、職員室にいても、教室で授業を続けていても、ずうっと門馬の所謂「恥しいこと」が気になって仕方がなかった。

門馬はその翌日（それは日記提出日ではなかったけれど）、すぐ日記を持ってきた。平常《いつも》なら組長である彼女は級《クラス》の全部の日記を集めて持ってくるのであったけれど、その日は彼女のが一冊きりだった。それも平常のように無造作に剝き出しのままではなく、新聞紙でいかにも仔細らしく包んで、野瀬の知らない間に、職員室の彼の机の上に置いてあった。

野瀬は平生《ふだん》のようにそれを気安く開いてみる心持になれなかった。何か厳粛な、そのくせ後ろめたい気持でそれを持つと人気の無い職員図書室へ這入っていった。そこの虫除けの金網窓近く、初秋らしい白い光の中でそっと開いて見た。

恥しいこととは何んだろうか――一枚一枚めくりながら、胸がドキンドキンするのが判った。しかし、どの頁《ページ》も真ッ白だった。いつもの詩の冒頭句のような短い言葉も全然書いてなかった。

ただある日附の頁に来たとき、そこへ、びっしりと細かに書き詰めたレターペーパーが二三枚貼りつけてあった。明かにそれは彼女に宛てられた或る男からの恋文だった。

――僕の総てである門馬ユリ様、僕はもうこれで十三通目の手紙を貴女に差上げることになるのです。僕は貴女がちっともお読みになって下さらないのが悲しいのです。けれど僕は、貴女がお読みになろうがなるまいが、ただもうやたらに書かずにいられないのです。書かなければ、僕の身も魂も燃え尽きてしまいそうです。恋するとは、それも片恋とは、こんなにも残酷で、息苦しいものなのでありましょうか……。


こういった風に、子供ッぽい稚拙な文字で、しかし激しい情熱を一杯に傾け尽して、綿々と書きつらねてあった。文字のひとつびとつが熱で浮き上ってるように見えた。

野瀬は、図書室の静けさの中で、これを読み終って、暫く呆然としてしまった。全く門馬のように美しい少女には、この手紙の主でなくとも、夢中になるのが当然だという気がしてきた。この年少の求愛者の苦悶している体熱が、そのまま野瀬の肌にも憑《の》りうつってくるようにさえ思われた。

それにしても、門馬はこの手紙を見せて、自分から何を期待してるのだろう――野瀬は放課後、ゆっくり門馬に聞き訊してみようと思った。

彼女は温室清掃の週番に当ってるらしいので、野瀬は花壇の方へ行ってみた。温室の白いラック塗の縁《ふち》に囲まれた硝子《ガラス》の向うに、びっくりするほど、大きな瞳《め》をひらいて、こっちを瞶《みつ》めている門馬の顔と視線が合った――が、合ったと思うと彼女はクルリと向うをむいてしまった。

「門馬さん――そこが済んだら、理科準備室の方へ来て下さい」

出来るだけ、命令的に、素ッ気なく云って野瀬は引っ返した。

理科準備室は、当番がすっかり拭掃除《ふき》をしたばかりで、床板はつやつやと水に濡れて光っていた。白いカーテンがすっかり閉ざされて退《ひ》け後の教室はしいんとしていた。

門馬は、うつむき加減に、それでも、もう覚悟をきめたらしい、悪びれない態度で這入ってきた。

「門馬さん――あの手紙すっかり読みましたよ――あれについて、僕に教師としての立場から批判しろと云うのでしょう、まず、あの人はどういう人なんです?」

「あの人はまだ中学生です――小学校時代は同級でしたけれど、中学校へ這入ってからあの人と口を利いたことは一度もありません――何ですか一ケ月ほど前から急にあんな手紙を寄越し始めたのです」

「貴女はその人に好意を持っていますか」

「いいえ――でも、この頃、私は黙っているのが怖《おそろ》しいのです。何んとか返事を書かなければと思いますが、書くこともまた怖しいんですの」

「まあ――僕の考えじゃ、チャンと貴女の意志を表した方がいいと思いますね、あの人の情熱は怖しいようですけれど、子供ですから燃焼してしまえば結局、灰が残るだけです――貴女の方で、うかつな火遊びをしてはいけません。男は失敗しても取返しはつくけれど、少女時代の失敗は一生とり返しのつかない痕跡をつけますからね――キッパリ断るべきです」

「でも、あんなに一生懸命になって――私すまないような気がします――いっそあの人を愛しちゃおうかしら」

門馬はこうイタズラっぽく最後の句を云ったけれど、野瀬が見た彼女の瞳は、真剣な焔がぽッと一瞬燃え立ったようであった。

「馬鹿な――そんな馬鹿なことがありますか、済まない位の感情で人を愛しちゃうなんて」

野瀬は荒々しい声で叱りつけた。その時、立っていた門馬はグシャリと潰されたように膝を突いて、野瀬の膝の上にガバッと顔を伏せてしまった。

「わたしは――わたしは、先生がそう仰有れば、その通りにします。わたしは先生が――先生が――いちばん、好きなのです、断ります。今日中に断ります」

重い門馬の頭を載せた野瀬の膝には湯のように熱い涙が浸み込んでくるのを感じた。野瀬はくらくらと眩暈《めまい》がするようであった。

「門馬さん――昂奮して、支離滅裂なことを云うもんじゃありません、貴女には婚約者があるって云うじゃありませんか」

「そんなこと——嘘ですわ、デマですわ。わたしは先生を先生を、いちばん御慕いしているのです」

「お止しなさい。僕は教師で、貴女は生徒ですよ。それ以上のことを云うのはお互に慎みましょう」

野瀬は痺れるほど芳醇な青春の美酒《うまざけ》に胸塞がる思いをしながらも、声だけは教育者らしい鋼鉄《はがね》のような冷たさを響かせていた。

「貴女の美しい青春を軽ハズミなことで濫費しないで下さい。貴女はどんなにでも幸福になれる女《ひと》じゃありませんか、僕は貴女の組主任だから、貴女に代って先方の少年に断ってやりましょう。貴女御自身では、先方の情熱に打ち負かされる惧《おそれ》があるから——」

2

先方の少年は澄心寺《ちょうしんじ》の養子で、この町の中学校でも秀才の方だというようなことは、野瀬が深く調べるまでもなく、すぐ判った。その少年なら前に中学校の授業参観に行った時、たしか見憶があるはずだ。非常にカッキリした個性的な顔立ちの児であったから——。

野瀬は、いずれ近いうちに会って、しかるべく注意しておこうと考えていたがある日、ひょっくりと学校帰りのその少年に路傍で出合った。

「ちょっと君——君は氷室《ひむろ》健一って云うんでしょう」

少年は不意を喰《くら》って、いかにも稚児《ちご》僧のようにクルリとした、しかし、いくらか神経質な蒼味のある顔で、まじまじと野瀬の方を瞶《みつめ》た。

「僕は女学校の野瀬だが——夕方勉強がすんだらやって来ないかね、僕はね、ホラ、寿屋って知ってるだろう——あの旅館に下宿しているんだから——少し、君と真剣な話がしたいの、こう云えばもう君にはわかってるかも知れないけど——うちの生徒の門馬ユリのことでね」

そう、おっ被せるように云ってやると、相手の顔はさあっと紅潮したが、そのために逃腰になるどころか、鋭い感激が五体を貫いたようにピンと軀を硬直させて肩からかけた雑嚢を揺《ゆす》り上げた。

「ああ、門馬さんの！　——僕嬉しいです。きっと御伺いします」とハッキリ云った。

野瀬はもう氷室健一を単なる不良少年として考えることは出来なくなっていた。水のように清冷で典雅な顔立ち——それには、お寺で生活しているためか、一種の形而上的な気魄が漲っていた。野瀬はこれは油断ならないと思った。まるで自分はこの少年に対して、門馬を争奪する必死の競争者《ライヴァル》の位置にあるのではないかとさえ、考えられてきた。

夕飯を済まして待ってると、氷室健一は薩張《さっぱ》りした紺絣《こんがすり》の単衣《ひとえ》に、兵児帯《へこおび》を胸高にしめて、いかにも育ちのいい少年らしい姿で訪ねてきた。野瀬は少年を伴うて、旅館の庭と地続きになってる町の公園へ上った。そこの四阿《あずまや》風になってる見晴しで、二人ならんでベンチに腰をおろした。レモン色の細い夕月がほのかに出始めたところだった。

野瀬は、一通り、この少年が、云いたいだけの情熱的な言葉を、思いきり云わせてみた。それからユックリ、一つ一つ言葉を吟味するようにして、野瀬は相手に云って聞かせた。

「なるほど――よく分ったよ。苦しい苦しい君の気持は、僕も身に徹してよく分った。けれど僕は冷酷な事実を云うがね――相手は君に対して何等の関心も持っていないんだ。君の貴重な情熱が燃え上れば上るほど、相手はそれを回避して行く、つまりどこまでいっても君の一人角力《ずもう》なんだ。蔦葛《つたかずら》、絡みつくによしや想えども先に樹が無きゃ是非もなや――って歌があるがね、それだね諦め給え、諦めたからって君の恥じゃない。君の一徹な情熱を、こんな無益なことに浪費することこそむしろ恥だよ。男には恋愛は全部じゃない、君の情熱をもう少し有効に使うんだな。男には一生の仕事《ライフワーク》と云うものがあっていいはずだ。君のライフワークは何んだね、君位の年頃になりゃ、生命《いのち》を打ち込むに足る仕事のプランをそろそろ建ててもいいじゃないか、そのライフワークに熱中して、女などをかまい附けない男の姿にこそ、女には却って魅力があるもんだよ。恋愛そのものを夢中に追い求める男には、女って者は妙に反撥するらしいんだ、ね、サッパリ思い切り給え――それに最も根本的な問題は、門馬には婚約者があるということだ」

少年は行儀よく両手を膝の上に突いて、首を下げて謹聴していたようであったが、野瀬が最後に冷然と云い放った「婚約者」の一語にギョクっとして頭を上げた。

「婚約者があるんですか――誰、誰ですか」

「その人物は誰だっていいじゃないか、ただ婚約者のある事実を認めれば――仮に僕だとしてもいい」

「先生が――先生が門馬さんの婚約者なんですか」

「ああ――仮りに僕だとしてもいい」

そう云いながら、野瀬は言葉の調子に我知らず、不思議な情熱が籠っているのを感じた。

少年は黙って、真新らしいハンケチを出すと、息苦しそうに額にびっしょりかいた汗を拭うた。そうして、すっくと立ち上ると、叮嚀にお辞儀をした。両眼はキラキラと手負獅子《ておいじし》のように光っていたが、夕闇の中にクッキリと白く浮んだその顔は、精巧な能面のように、情熱のすっかり氷結してしまった厳《おごそ》かな相を呈していた。

「先生──失礼致しました。門馬さんにどうぞ宜しく──いや、すっかり諦めたと仰有って下さい」

それだけ云うと、彼はクルリと背を向けてふらふらと土手下の方へおりていった。野瀬は何か不安な圧倒された気持ちで、その少年の後姿を見詰めながら、いつまでもベンチから腰を上げることが出来なかった。

今日の少年との会合は失敗だった。──少年が諦めたとは云え、明かに失敗だと云わざるを得ない憂鬱が野瀬の心の底にへばりついていた。

土手下に駅のシグナルが立っていた。カタリと信号の下る音が風の具合で非常に明瞭に聞えた。

野瀬が帰りかけた時、激しい汽笛が起って、貨物列車が急停車したらしかった。機関車から飛び下りた火夫が何か大声に叫びながら、駅の方へ駈けていくのが見えた。野瀬は直覚的に「失敗《しまっ》たッ」と思いながら、いそいで土手を駈け降りた。

前部車掌が、ランターンで線路の上を調べていたが、その燭光の薄い光の下に、いちめん血に染った砂利が照し出された。光が移動すると今度は、大腿部から美事に切断された片足が、全然血に汚れず、非常に綺麗でまるで洗ったような真白さで投げ出されていた。

軀の方はどこにあるか判らなかった。車掌は角燈をちらつかせながら枕木を先の方へ渡っていった。

野瀬は線踏側の草叢に立って夕闇に包まれたまま、動く勇気がなかった。その時野瀬の毛脛に誰かがギュッと両手で摑《つか》った。それは氷室健一の手であった。非常に力強く摑んだのであるが、次の瞬間にはその氷のような手はそのままダラリと滑り落ちた。

野瀬は反射的にそこを飛び退《す》ざると、土手を夢中で駈けあがったが、土手の中腹にいつのまに来たのか、半身萱草《かやくさ》に埋まったまま、門馬が幽霊のように突立っていた。

「見た?」と野瀬が、ゴクリと生唾を飲みながら乾いた声で訊くと、彼女の白い顔が黙ったまま大きくガクンと頷いた。

## 3

野瀬はこの少年の轢死《れきし》事件があってから、出来るだけ門馬と口を利かないようにした。少年が自殺したのを知った瞬間、野瀬は、ハッキリ自分も門馬を愛している。あの少年に劣らず、真底から彼女を愛しているんだ、と自覚した。それだけ一層、門馬にそのことを打ち明けるのを自分で牽制した。それは、教師としての職業的ブレーキが働いていたばかりではない。この際のめのめと門馬に愛を囁くことは、この純情的な少年の亡霊に対して済まないと思ったし、また下手《へた》に愛を告白したら美しい門馬をいっそう陰惨に深刻にしてしまいそうだったからである。そっと門馬への愛情は押し殺してしまおう、そうすることが自分として一番潔癖な道だと思った。

この事件の直後のある日——放課後だった。野瀬が白い上っ張りを被《き》て、理科準備室で明日の実験材料を揃えている時だった。門馬がひっそりと忍びやかに這入ってきた。彼女はあれ以来ずうっと蒼褪め切った顔をしていた。何も云わず側《かたわ》らの椅子にそうっと置物のように坐った。

「何か用？　門馬さん」

「先生！　あたし、どうしたらいいんでしょう」

「どうしたらって、どういう意味？」

「卒業したら、すぐ結婚するように両親が決めましたの、相手の人は、私、まるッきり知らない人です」

「結構じゃないか——知らなくたってその人物さえ立派なら——新しい楽しい生活を建設するんだね。今からその輝かしい夢に思い切り浸っている方がいいよ」

「それ皮肉？」

「皮肉でもなんでもない。衷心から僕はその方が一番いい思うよ。つまらない事件のためにへんな感傷に耽って幸福を取り逃がしたりしたらそれこそ馬鹿げているからね」

「氷室健一って犠牲は永遠に私の胸から消えませんわ」

「その犠牲は君が作ったんじゃない。僕が責任を負うべきものだ。僕が貴女の婚約者だなんて、その場遁《のが》れの思いつきを前後の考もなしに喋ってしまったからさ」

「それはホントウにその場遁れの思いつきでしたの？」

「まあ、そうだね」

「ハッキリ仰有って下さいまし」

じりじりと詰め寄せるばかりの門馬の態度だった。野瀬は息苦しげに襟の間に手を入れて喘いだ。

「ハッキリ云う、僕は教師で君は生徒だ。——それ以上の関係は僕は厭だ。婚約者だなんて全く出鱈目の思い付きだった」

「真実《ほんと》に仰有って下さったのなら、死んだ人に対しても許せると思いますわ、嘘を吐《つ》いて出鱈目を云って、あの人を自殺させたんですか。先生は——あんな犠牲、あんな酷い犠牲まで払って――」

門馬は額に手を当てがいながら、ふらふらと理科室を出ていった。野瀬はじっと堪えようとしたが駄目だった。追い縋《すが》るようにして出口の所で門馬の肩を摑んだ。

「結婚しよう――僕は君を愛していたからこそあの少年を自殺させる結果になったのだ。僕は教師の臆病を棄てて君と結婚しよう――そうしてあの少年の亡霊と潔く闘おう」

4

野瀬と門馬は結婚した。門馬が卒業して暫くの期間を置いてから結婚したのであるが、しかし予期したほどには悪質な非難も蔭口も二人の周囲《まわり》に起らなかった。それは二人の態度の中には、揶揄《やゆ》や冷かしを打ち込むスキが全然ないほど、厳しい清らかなものが漲っていたからである。

彼らは慎しやかではあったが、それだけ彼等の愛情は強烈なものであった。

しかし野瀬もこの頃になって、漸く心身の上に疲労を感じてきた。疲労という言葉では云い現せないかも知れぬ、それは彼の心理の上に翳り落ちてきた一つの陰影であった――つまり一旦薄れかけていた氷室健一の死の姿が、急にまた明瞭な形をとって復活し始めてきたのだ。結婚当初の刺戟の強い甘美な泡立ちが次第に斂《おさ》まって、平かに凪《な》いだ家庭生活が続くようになると、待ち受けたように現れ出してきたのである。

門馬のような美しい女を獲得するには多少の犠牲なくしては済まされない。そのことは野瀬も肯定していた。氷室健一の死はその已《や》むを得ない犠牲であった。しかしこれに拘《こだわ》りすぎて、自分の生活を陰鬱にし、心身を疲労させることは馬鹿げたことだと信じていた。けれども、この頃のように急に門馬が病弱になり出したりすると、知らず知らずあの少年の死と因縁づけて物を考える習性にいつしか陥込《おちこ》んでいる自分を認めざるを得なかった。

自分はまだ幾多春秋に富んでいるのだし、一生あんな少年の亡霊に慴《おびや》かされていたんでは堪らないと思った、――野瀬が大学を卒業する時、自分が中等学校に就職することに決ったのを、指導教授が半ば慰撫するように「まあ、生活のためにはやむを得ないけれど、なるべく俗っぽい教育屋になることは警戒した方がいいぜ――せっかくこれまでにした研究《アルバイト》の方は、やはり勤務しながらでも、継続することを絶対に忘れるな、僕は君ならきっとやると思う」――と云ってくれたことを想い出した。野瀬自身もそのつもりだったけれど、門馬との恋愛事件が、まる二年間も、そういう学問的な世界から、すっかり自分を引き離してしまった。野瀬は少年の下らない幻影を抹殺するためには、暫く手をつけなかったこの学問的な仕事を再び猛然と開始するより外ないと思った。

門馬には、しかし、それが不平のようだった。夕飯を済すと、すぐ机に獅噛《しが》みつこうとする野瀬の態度が冷淡だと門馬は駄々をこねた。

「あんな犠牲――あんな酷い犠牲を払ったくせに」と口癖のように云うのである。

「犠牲、犠牲って――僕はいつまでもそんなことを云ってる女は尊敬出来ないね」

ある夕方、そんなことで、ちょっと口論《いさかい》が二人の間に行われた。

「よろしいわ――先生はやはり真底は冷い人なのね、火のような情熱――あたしはそれを望んで先生のところへ嫁《き》たのに」

「馬鹿な――いつまでもそんな子供みたいなことをよく云っていられるね――そんな火のような情熱が毎日続いたら第一君のその軀が持たないじゃないか」

「持たなくてもいいの」

そう云って門馬はニッコリ笑った。

しかしその顔は、陰影のカッキリした冷い白蠟のような顔だった。人妻になってからも処女のような清潔な感じが、肌理《きめ》の細かい緊《しま》った皮膚の上に匂い出していた。女学生時代のあの豊かな脂肪が薄くなって、むしろ、ずっと霊的な鋭い美しさが深まってきたようで――それが、時々、野瀬には太刀打ちの出来ない、別の世界のもののように見えてくるのであった。

「先生――先生は亡霊を信ずる？」

「信じない――絶対に信じない」

「あたしも信じたくないわ――けれどその人についての記憶があんまり鮮かに残ってることは今の場合苦痛だわ――それは恰度亡霊が在ると同じキキメがあるのよ」

「みんな下らないことだ――それは皆んな君の神経のせいだ」

「先生は冷淡ね――氷室健一の十分の一も情熱が無いのね」

「ありゃ子供、僕は大人だ、それだけの違いさ、――僕は調物《しらべもの》があるからもう引込むよ、君も寝たらどう？冷えるといけないよ」

「あたし、こんなに月がいいから寝る前に散歩してくるわ――貴方はお独りで勉強していらっしゃいな」

門馬はそう云い捨てると、降るような月光の下を、スタスタと裏木戸をあけて出ていった。

野瀬は、外国雑誌からの切抜を部門分けにしながら、整理帖に貼り出したが、貼りながら、自分はほんとうに門馬を愛していないだろうかと思った。いや、お互がお互を消耗するような愛し方をしないだけのことじゃないか、充分愛してる――そう云い切れると思った。

ふとみると、部屋の壁に、目の醒めるばかりの古代朱の、門馬の普段羽織が掛っていた。それに包まるべきはずの門馬の細っそりした肉体を考えると、急にまた新しい愛惜《いとおし》さが迫ってきた。(彼女《あれ》は、羽織も着ないで、この薄ら寒いのに散歩してるのか)野瀬は羽織を小脇に抱えると、急いで外に出た。

公園地の見晴しの上に立って、月光に照し出された土手下の鉄道線路の方を眺めたとき、野瀬はハッとしてしまった。――恰度、氷室健一が轢死した個所に凝然《じいっ》と門馬が立っているのだ。それと気が付いた時、既にシグナルは青に変っていた。野瀬は矢のように土手を下ると、いきなり門馬を羽交い締めにして、線路側《わき》の草叢まで引き摺り下した。

「き、君は――なんという赤ン坊だ――気狂《きちが》い染みたセンチメンタルは止せッ」

門馬は押し黙ったまま、体で反抗し続けた。貨物列車の進行して来る音が、少しずつ足裏を擽《くす》ぐるほどに響いてきたが、やがて地球全体が喚声を挙げるような、物凄い地響となって迫って来た。

門馬は必死になって野瀬の手から逃れようとした。女と思えぬ力がややもすると彼の腕を撥ね退けようとした。それに貨物列車それ自身が恐しい吸引力を持っているかのように、ややもすると、ズズッと足元から前方へ引き摺り寄せられる感じだった。

野瀬は、まるで、亡霊その者と必死に争うかの如く、門馬の細いくせに弾力のある軀を、痺れるほど、強く強く、抱き締めていた。――そうしながら、何んとも云えない、寂しい恐しい悲痛な涙が後から後からと野瀬の頬を伝い流れた。

列車が寸前に迫って来た時、全然違った考え――それは、悪魔の、いや神の、考えであったかも知れぬ――が、チラッと混乱した脳裡を引き裂くようにして横切った、と同時に、野瀬は双腕《もろうで》をパッと放した。確に放したのだ。自分の力が尽きたのだとはどうしても云い得なかった。

門馬の軀は、風に吹き千切られた花弁《はなびら》のように前方へ躍った。捲くれた裾からチラリと白い脛が、見えただけだった。と同時に疾走する鉄壁が、永遠に彼女と彼との間を隔てた。

野瀬は反動を喰って、ペタリと草叢に後手を突いて坐ってしまった。

失敗《しま》ったと思うよりは——何かしら、亡霊の緊縛からやっと解放されたような、すがすがしい安堵の感情が、ホッと嘆息と一緒に湧き上ってきたことは否定出来なかった。

# 薔薇悪魔の話

## 1

私が、まだ中野に引越して来て間もない頃、空巣狙《あきす》いにやられたことがあった。

もっとも盗まれたのは、たった女帯一筋にすぎないけれど、それが次ぎ次ぎと妙な因縁を生んで、とどのつまりあの薔薇悪魔のカタストロフィにまで到達したのである。私は最初それが盗まれたということを信ずることは出来なかった。長いことそれは私達の間で疑問とされていた。

「だって、空巣狙いに盗られたとしか考えられないじゃありませんか」と妻は云った。

彼女は、偶然、箪笥を整理しながら、それが紛失《なく》なっていることに気がついたのであった。空巣狙いの仕事——全くそう云えば、そうとしか考えられない。しかし、たいして高価でもない帯一筋だけを盗ってゆく心理は不可解である。外に、それ以上の金目の品が無いわけでもなかったのだから。

私は、女性の着衣類の或る特定の品物だけを盗み歩く厭らしいエロトマニヤの仕事かとも考えた。しかし、帯などが、そういう病的なフェチシズムの目的に叶うかどうか甚だ疑わしいではないか。

だから、結局、こう云うよりほかなかった。

「つまりお前が、だらしがないからだよ。着換した後など、二階の欄干に不用意に掛けておいて、何時間も打っちゃっておくことがあるじゃないか、長ったらしく垂れ下った帯などはパッとして目につくから、垣根の外を通る拾い屋なんかちょいと悪心を唆《そそ》られることは有り得るだろう。特にあの帯にはムラムラ盗心を誘発する変な魔力みたいな美しさが罩《こも》っているからな。そういう帯を二階の欄干などに掛けたまま、チョクチョク近所に買い出しに行くようなことをお前はしやしなかったかね。これも日頃のルーズな遣口《やりくち》から考えてあり得ることだね。——大体、お前には、あの帯の美しい魅力が判らないから投げやりにするんだ。無神経すぎるよ」

「嘘——そんなことは無いわ。あれは私には似合わない帯だけれど、帯そのものの特別な美しさはわかってるつもりだわ。それにあの帯の歴史には、あたし十二分の好意を持ってるんですもの――そんな風に云うもんじゃないわ」

妻は、悪魔の帯と云いたいところをこんな風に誤間化したのだ。彼女は帯の歴史という個所に特別なアクセントをつけて、いくぶん皮肉な、痒ゆいような一脈の甘味を湛《たた》えた目つきで私を睨んだ。私は帯の歴史と云われて少しテレながら、しかし帯についての自分の執着が改めて強められたような気がした。

その帯は妻の所持品のうちで、後にも先にも、たった一つだけ私が自分で見立てて買ってきた品である。

それは確に私には柄にもないお節介《せっかい》であった。女の服飾品を選ぶにはあれでもない、これでもないと牛の如き忍耐と特別に鍛えられた執拗な神経とを持っていなければやりきれないことは私とてもよく知っていた。それを、私は、何の躊躇もせずに、一種のインスピレーションから（妻はそれを悪魔からの啓示《インスピレーション》だと云うが）出たとこ勝負にパッと買い付いてしまったのである。

勿論、妻と同伴であったならばそういう風には出来なかったかも知れない。その時、いいあんばいに私は独りであった。独りで、吹っきれた凧みたいにぶらぶらと、銀座の東側を新橋寄りの方へと歩いていたのである。

ふと、粋な純和室風に作った飾窓《ウインド》のある呉服店の前に佇んだ。呉服店に用があったのではなく、ただそこの飾窓を風除けにして煙草に火を点ずるつもりであったのが、見るともなしに、そこに陳列されてあった帯を見てしまったのである。

それはウインドウの真正面に、まるで落ちかかる滝のような素晴しさでかかっていた。すうっと足元から引入られるばかりに深々とした印度藍《インディゴ》の地色に、銀灰色《シルバーグレイ》の刺《とげ》を持った紅暈《べにぼか》しの薔薇が頗る大胆に刺繍してあった。

それを私はパッと飛びつくように買ってしまったのである。思ったほど高くなかったことも私の購買欲を唆る一因ではあったが、最大の原因は、なんと云ってもその薔薇の花びらと、刺の美しさだ。特に薔薇の刺をこんなにも美しく率直に露出させたふてぶてしい刺繍工の心意気に感動したからであった。その銀灰色の刺が、女人の柔肌に突き刺さって、滴々《てきてき》としたたる血汐が紅暈に花びらへ浸み込んでいったのではあるまいかとの幻想さえ抱かせるものがあった。

だが、こんな生《き》一本な感動や、幻想は服飾品を選ぶ場合にはむしろ有害なものである。その証拠には、妻が、その帯をそれほど気に入らなかったことでもわかる。妻はそれを胸に当てがってみるまでもなく、彼女にはちっとも似合ない系統に属するものだということを、いち早く感づいてしまったらしかった。つまり帯は、それだけ取り離して、どんなに美しくっても、その人の顔立ちや肌色や着物との調和において美しくなければいけないという、もっとも至極な妻の俗説の前に私は一応降服した形であった。

しかし、妻にこの帯が似合わないという事実はいささか悲しかった。彼女のように、単純な善人型の、個性のハッキリしていない平べったい顔には、この警抜な意匠の帯が調和《うつ》らないのは当然かも知れぬ。——あの時は、そんな当り前のことさえ考える余裕がなかったのだ。ただ一図に帯そのものに魅《チャーム》されてしまったのだから。

私は、妻のあまりに当然な俗論に征服された腹立ち紛れに次のようなイヤミをならべた。

「それはそうだよ。お前のような泥臭さい女にはこの帯の美しさが判りもしなければ、また事実似合もしない。まあデパートのおつとめ品級のものが恰好のところさ。僕はこの素晴しい帯が、いきなりピッタリ似合うような女性を選択すべきだったよ」

私はその時、妻の地味すぎる平凡な顔がやたらに癪にさわったらしく、まことに愚かな口喧嘩をやらかしてしまった。もちろん妻の方でも負けていなかった。

「この帯の薔薇のトゲが気に入ったなんて、フン、貴方も温良なインテリ紳士のように構えていてもずいぶんイカモノ喰いね。お腹の中には、きっと薔薇のトゲのような意地悪な変質的なところがあるのよ。それに相当浮気らしくもあるわ。貴方はきっとこの帯が似合うような女のひとを探し出してくるに違いないわ。——早くそういう結構な女のひとを見つけて頂戴。私は貴方みたいなむずかしい悪趣味の旦那さまをあやすことは出来そうもないわ。しみじみそう思うの。そういう女《ひと》が見付かったら、早速その女に肩替りしてもらって、さっさとおいとま頂きますから」

私達のこうした馬鹿げた争論《いさかい》は多分、私が日記か手紙かを書いていた机の傍《そば》で行われたと記憶している。とどのつまり、私はお饒舌《しゃべり》では彼女の敵でなかったためかイキナリ彼女の方を向いて、持っていた万年筆を投げつけたのである。その時、彼女は素早く身を躱《かわ》したからインキの飛沫を浴びることは無かったけれど、せっかく買ってきたその帯には二三点の汚染《しみ》をつけてしまった。

似合うとか似合わないとか、愚痴を云ったけれど、妻はやっぱり女だ。一言も私とは言葉をかわさなかったけれどさっさと立って、吸取紙を持ってきたり、牛乳を含ませたタオルで拭いてみたりして、とにかく、人目につかないだけに汚れを胡麻化すことが出来たようだった。

しかし、それと意識してみるときは、薔薇の花びらの一個所に小蜘蛛ほどの黒点が匍《は》ってることを認めざるを得なかった。

もっとも、こうした小蜘蛛めく黒点があればこそ、あの不気味な事件に遭遇するようなキッカケが与えられたとも云えるのであるが——。

## 2

さて、その問題の帯に私がめぐり合ったのは、それから三月ほど経った冬のうすら寒い日のことであった。

早朝からの用事を片づけて、急に熱い珈琲《コーヒー》を飲みたくなった私は、店の貧相な割にはうまいとの噂のある新宿駅ちかくのチロルと云う小喫茶店に立ち寄った。

店のなかはキチンと清掃されてあったが妙にうす暗く、私はほんの一掬《ひとすく》いほどの微かな日射の当ってる椅子に背を凭せて、新聞を読み始めたのであった。

新聞の方にすっかり気を取られているうちに、いつの間に来たのか、和服姿の女客がたったひとり、私と筋向いのテーブルに腰をおろしていた。

私はビックリした。いつになく早起きして頭の心《しん》に靄《もや》でも掛かっているような冴えない気分でいた私も、清冽な泉に顔を突込んだみたいに急に目を瞠《みは》った。

非常な美人である。——色白なむしろ淑《しとや》かな顔立ちの女ではあるが何か強い印象を感じさせるものをもっていた。周囲のうす暗い陰の中で彼女だけが象牙彫りのように、白くクッキリ浮き上って見えた。

やや早すぎる時間であったから、客と云っては私と彼女だけであった。その私が新聞を読み耽けっている様子なので安心したらしく、彼女はハンドバックを拡げて、静かに顔を直し始めた。それがすむと、厚ぼったい華美《はで》なコートの前を外して、襟元を繕ろったり、帯留を直したりした。その時私は見るともなしに彼女の帯に目をやったのであるが、思わず声を立てるところだった。盗まれた帯と寸分違わない。いや、あの小蜘蛛めいた汚点《しみ》までがそっくりそのままあるじゃないか、ああ、それにこの女には、なんとこの帯が似合うことだろう。私は一瞬間、それが盗まれた帯に違いないことさえ忘れて、この帯と彼女の容姿との調和に見惚《みと》れていたのである。つやつやとなめらかな肌の白さが、清浄と淫靡《いんび》を二つながらに溶かしこんだような、うすら青い脂肉《あぶらみ》をすかせて見せている。——あの帯の銀灰色の薔薇のトゲが、一層とげとげしく鋭く見えるのも、彼女のしなやかな肌の美しさに一種肉感的な情緒をそそりたてているかのようであった。

私はこんな風にとりとめもない恍惚《エクスタシ》の中におち込んでいながらもこんなに美しい女が、疑うべくもなく、私の女房の帯をしめている事実に思い到ると、いっそう心をときめかさなければならなかった。

この時、彼女はすでにコートの前はかけてしまって、再び帯を覗き込むことはできなかったが、それだけいよいよ私の好奇心を抑えつけることが出来なくなっていた。

私は自分の椅子から、やや上体を乗り出して、はすむかいの彼女のテーブルにとうとう声を掛けてしまったのである。

「もしもし——甚だ唐突でナンですが、気を悪くなさらないで下さい。貴方の帯をちょいと拝見させていただけないでしょうか」

「エッ——何んでございます」女はギョッとして私の方を見た。

「いや、貴方の帯を見せて下さらんかと云ってるんです——コートの下に締めていらっしゃる帯をですな、ほんのチョイト」

思い切って無作法に出る方が向うの虚を衝《つ》いて、却って効果あるはずだと考えて、いささか強引に云って退けたのである。

「あらッ」

女はそう低く叫んで、じりじり後退りすると、ぱっと袂で顔を覆うて、突き転ぶようにして出ていってしまった。

その時、この店の親父らしい男が私の側へやって来た。慇懃《いんぎん》に揉手をしながらではあるが、明かに非難と軽蔑とを含めて、

「何か、あったのでございますか、手前の店ではな、どうもあんな御冗談をなさっていただいては——」

「いや、すまなかった。別にワルサをするつもりじゃなかったんだが、ちょっと、人違いをしちゃって、あんまり似てるもんだから」

「あの方は大学の先生の奥さんでして——よく手前どもへお立寄りになります」

「そうかね、それじゃいよいよ人違いだ」

こんな次第で、その場は大恥を搔いた恰好で引き下ったが、私はただちに、彼女の身許しらべにかかった。

彼女の夫が某私立大学教授菰田《こもだ》嘉六であると判ると、私は根が暢気《のんき》な性分のくせに、こういう場合は甚だ性急《せっかち》

になるので、早速同氏宛――事の次第をありのまま、書き綴った。最後に或《あるい》は自分の錯覚かとも思うが、不躾ながら一応、自分の疑問にお答え下されたしと書き添えた手紙を投函した。

こんな奇妙な手紙が舞込んだら、菰田嘉六教授はどんな顔をするであろう、私は哲学講座叢書でこの人の写真を見たことがあるが、いかにも無愛想な容貌の、自我の強そうな印象の人であるが、それだけ内容はひどく愛妻家に違いない。この平和らしい家庭を少し苛めてみたいような下心が私に満更なかったわけでもない。

それから五日ばかりしてから速達が届いた。――委細御拝眉の上で申上げるから拙宅まで今夕御足労煩わしたい、という意味の簡単な文面、今度は私の方が何んだかうす気味悪くなってきた。

その晩は、恰度パラついていた氷雨《ひさめ》も止んでカラリと晴れ上った大気は気持よかったが、それだけ却って凛《りん》とした底冷えが加ったようだった。

菰田教授邸も私とおなじ中野にあったが、ずっと奥まった高等なお屋敷町で、そこまでゆくのには相当歩かせられた。

八時を少し廻った位の頃合だったが、その界隈はもうしんとした深夜の闇が漂い、もちろん人通りなどありはしない。ポツンと間遠に灯る街燈もつめたい侘しさをにじませていた。やっと菰田氏の家を探しあてて玄関に立った。ひっそりとして暫くは応答されなかった。いくら哲学の先生の家でもこれはあまりに寒々としてはいないか、あんな美人の愛妻がいるからにはもう少し華かな温《ぬく》もりがあってもしかるべきだなどとあまりに玄関の混和土《たたき》に待たされて寒さの骨身に沁むものだから、ついそんなことも考えたのであった。

「いや、お待たせしました」

そう云って、当の菰田氏自身が、のそりと玄関口に現われて、

「春木（私の名）さんですね」と眼鏡の位置を直しながらジロリと私の方を見下した。私はあわてて、グルグル巻にした襟巻とマスクを外した。

玄関横手の応接室へ這入ると、いきなり菰田氏は云った。

「家内は死にましたよ」

私はまるで鼻柱をひどく打ち叩かれたようにビクッとして相手の髯の濃い蒼黒い大きな顔を見守った。

「まさか、帯のことからではないでしょうね」私は立ち竦んだままやっとこれだけ喘ぐように云った。

「まあ――おかけ下さい。あれは変質者でしてね。薔

薇のことになると一種の狂人《きちがい》なのです。薔薇マニヤとでも云うべき女なのです。あれの髪飾にしろ、ハンドバックの留金にしろ何かしら薔薇がかった細工がしていないと気に入らないんですよ。そのことはあなただってもう気がついておられるでしょうが」

「いいえ、まだそこまでは気がついてはいません。何しろ奥さんがあの通りの美人でいらっしゃるし、何かしら眩しいような気がしましてね、せいぜい気がついたのはあの帯位のところで」

私は、正直なところ云ったつもりだが、それが自分ながら変に卑屈にひびいて下手《へた》なお世辞みたいにしか聞えなかった。

「なるほど家内は顔は綺麗ですが、それが必ずしも精神的健全を意味してはいませんからな、私にしてからが、あれの美貌に迷った揚句、結婚したのですが、ああまで病的な女だとは始のうちは気がつきませんでした。

私もよくよく呪われているんです。とにかく寝室でもそこらじゅうを薔薇の花で埋めなけれや、寝つかれないと云う始末です。一輪二輪の花影が枕辺にあるのなら、まあロマンチックな気もしますが、ああまで、うじゃうじゃと目も鼻もふさがれるまでに持ち込まれては地獄でしかありません。薔薇地獄です。それに匂です。ああ沢山になると匂と云うよりは毒気です。それも始のうちは閨房の気の利いた刺戟剤のように思われ、妻の生暖い肌の匂と混じりあって、疼くような痺れるような快感にゾクゾクしたこともありますが」

そう云って菰田氏は実際息窒《いきづま》るような表情をした。それでも苦しげな瞳の底には、気のせいか陶酔の余炎が明滅したかの如く見えた。

「しかし、そのうちそれが、ただもう厭わしく苦しくなるばかり、息が窒《つま》り、頭がギンギン罅裂《ひびわ》れるように痛み、脂汗が全身の皮膚をたらたらと流れて、鼻血が噴き出してきそうになるのです。それだけの刺戟がないとあれは満足しないのです。あれは全く美しい野獣です。こうした閨房のサーヴィスが夫として、実に堪らない負担でしたが、私は今日までどうにかこうにか持ちこたえて来たのです。あのケモノを私はやっぱり思い切れませんでしたからな、しかし、破廉恥罪を犯すようではもう万事休すと思いました」

「まさか奥さんが帯を盗むなんて――」

「いや、それが盗んだのです。あなたからの手紙を突きつけて厳しく糺命すると、あれは白状しました。ちょうどあれが貴方のお宅の前を通りかかった時に、二階の欄干に掛けてあるあの素晴しい薔薇の帯が目に這入ったそうです。そうなるとあれはもう全く常識では判断出来ない背徳者になるらしいのです。それで、あの辺をウロウロしていた拾い屋に幾らか摑ませて、コッソリ盗ませてしまったと云うのです。いやはや性根の知れない怖《おそろ》しい女です。こうなると、私も自分の社会的立場を考えねばなりません。それで、貴方のおいでになる少し前、キッパリ別れる事を申し渡しました。すると、あれは、トリカブトの毒汁を塗った薔薇の刺で目茶苦茶に自分の肌を引搔き廻して、まるで、血膨れた女郎蜘蛛みたいになって死んで行きました。――屍体は寝室の方に警察から人が見えるまでそのままにしてありますから、もし御覧になるならば……」

そう云いさして、菰田氏は扉《ドア》の把手に手を掛けようとした。私はぶるっと身慄いして、

「いやいや、もうお話だけで結構です――」

と吾にもなく辟易したのである。

その時、菰田氏の無精髯の生えた燻《くす》んだ顔には、ほんの一瞬ではあるが、ニヤリと微かな笑《えみ》が掠めたようであった。――やっと薔薇地獄から解放された安堵の笑いでもあろうか。

## 3

やがて、所轄警察署の係員が見えたので、私もありのままを述べた。

もちろん菰田氏についても長時間訊問が行われ、夫人の手先に使われたというルンペンの拾い屋も探し出されて来て泥を吐いたが、結局菰田氏の陳述と符合した。

だが、いよいよ夫人の屍体が一応解剖の必要があると云うので運び出されようとすると側に呆然と突立っていた菰田氏は、やにわにガバッと屍体の上に押しかぶさって身を悶掻《もが》くので、どうにも手がつけられない。係員も、菰田氏が愛妻の見るも無残な死様に逆上したのだろうとの思い遣りから、いろいろと宥《なだ》め賺《すか》して、やっとのことで引き起した。

その時である。目敏《めざと》い一人の刑事が、いきなり菰田氏の手首をギュッと捩《ねじ》り上げた。その握拳《にぎりこぶし》の中には男の短くちぎれた髪の毛が一筋はいっていた。それも菰田氏自身のものらしいことがわかった。彼は、それが見つかると白紙のようにあおざめながらも、ニヤリ笑ってペタリとそこへ坐り込んでしまった。

「こいつは千慮の一失だった。こいつを咬《くわ》え込んでいるとは思わなかった。どうしてこれが気がつかなかったかな、僕は寝台にうとうと睡りかけてる妻を薔薇のトゲで突き殺しにかかった時、あれはまたいつもする僕の薔薇マニヤの悪戯位に考えて、小うるさそうに軀を捩じらしただけだったが、今から思うと、やはり苦しまぎれに、僕の頭に喰いつこうとしてほんの髪の一筋だけ咬えたらしい。僕は妻を殺すのにすっかり夢中になっていたとみえ、そいつが今の今まで気がつかなかった。今ひょいと見ると燈《あかり》の加減で、喰い縛った白い歯の間にそいつが細々と光っているので、コリャ失敗《しま》ったと思ったのがお不可《いけ》なかった」

怖るべき薔薇狂《マニヤ》の方は菰田氏自身であったのだ。夫人はその人身御供《ひとみごくう》に過ぎなかったのだ。ルンペンを抱き込んで帯を盗ませたのも勿論菰田氏の仕事であることは、その後ルンペンの再陳述によって明らかにされた。夫人にあの帯を締めさせて素晴しくよく似合うのにすっかり満足をしきっていたのが、発覚しそうになって、かくも虐《むご》たらしい地獄絵巻を描き上げる情慾を急に昂進させられたのだ。

今でも、私は時々、あの新宿の喫茶店チロルへ行って、悲しい思いに耽けることがある。——パッと袂で顔を覆うて逃げて行った夫人の項《うなじ》の白さが心に沁みてきて、自分も夫人殺害の共犯者の一人であったかのごとく、悲しみに沈むことがある。

いや、ありていに云えば、あのような美しい滑っこい肌の女であってみれば、薔薇の針でチクチクと突っつきたい気になるのは、あながち菰田氏ひとりであるまいなどと思ってはみずから竦然《しょうぜん》とするのである。

# 三吉の食慾

## I

　三吉は身を二つに折り曲げて、机の縁に腹をギュッと押しつけながら夜学の講義を聴くのが癖になっていた。蛙のようになよなよした白い腹の皮に学生服の釦《ボタン》の押型がめり込む位、強く机を抱くのだ。時々、腹を押しつけるから空腹感がいよいよ募ってくるのか、空腹感が募ってくるから、腹を押しつけて紛らわそうとするのか判らなくなることがあった。

　そんなに猛烈な空腹感に毎夜のごとく襲われながら、結局朝まで何にも口に入れないで通すのがシキタリだった。

　神田の夜学が終って水道橋まで行く道すがら、汚い狭苦しい宝来屋と云う饅頭屋がある。蒸《ふか》し立ての饅頭――実にそれは蒸籠《せいろ》から上ったばかりの湯気の立つ奴で、とても熱くって手など触られたものじゃない、と夜学の友達が頻《しきり》に推奨していた。

　――だから竹箸で挟んでフーフー云いながら食うのさ、アンコだってお前、色つけとはちがうぜ、正真正銘のあずきのアンコだ！

　相当大きいのが一皿に四個のっかって来る、それで茶《あがり》がついて五銭だという話だ。

　三吉には、しかし、五銭でも一銭でも自分の金というものが無かった。手垢で汚れた裸銭《はだかぜに》など直接自分で使うことを禁ぜられてる大家のお上品な坊ちゃんみたいに、必要なものは（但し最少限度で）主人から現品をもって支給された。現ナマのナマナマしい感触から、三吉の掌はずうっと隔離されていた。

　一戸《いちのへ》三吉が今のS商会に給仕として住み込むに至ったのは少年職業紹介所を通してであった。その時、係員が、夜学に通学を許す所、と云う三吉の希望に添うものとしては差し当ってこのS商会しか無いと云った。実は、ここではあまり使いが暴《あら》いせいか、二ケ月と勤め上げるものはないんだから、君も、どうせその位のところじゃないカナと、永い間、虐げられた求職少年の脆い性格や体質を眺め続けてきたこの係員が、見通しをつけたような物の云い方をしたのであった。

しかし、三吉は悦んでS商会に住み込んだ。どんな境遇でも、今までと違うというだけですでに胸の湧き立つような新しい希望を感ぜずにいられなかった。いずれにしても、乱酒の継父と一緒にヨナゲの仕事をしているよりはましに違いない。

「君か――イチノヘサンキチってのは、ふん、憶えやすくっていい名前だ。サンキチ――給仕には打ってつけの堂々たる名前だ。頭の鉢がちっと開き過ぎてるな、もう少してッぺんが平べッたいと、大型のダグラス機でも着陸出来るぞ、はははは、とにかく頑張れ、ここは人間を酷使するんで有名な商会だ。ぐいぐいとコキ使うところだ。めそめそしてるとすぐ肺病になるぞ。まあそれほどでもないが、とにかく油断するな」社員の一人が、揶揄《からかい》半分に三吉に云った通り、次から次へと雑務のために逐いまくられた。表（事務所）の仕事ばかりでなく、奥の方の分まで手伝わされた。この木造建築の奥の方は商会主の私宅になっていたが、俄雨でも来ると、三吉は受付の窓口から三階上の物干台まで一気に駆け上って洗濯物の取込みまでやらねばならなかった。

くるくると水澄《みずすまし》のように働くので、主人側の心証はよかった。しかし、まだ現金を扱わせることだけは極端に警戒された。三吉のように極端な窮乏の中から拾われてきた少年は自由に現ナマの匂いを嗅せることは禁物だ、どんなに志操堅固のように見えても、また事実堅固であっても、現ナマばかりは魔性だからいつどんな不心得を起させないとも限らない。一定の修練期を仕上げるまで、極端に厳しい鉄則で縛っておく方が当人のためだ――というのが、この商会主一流の偏り過ぎた持論だった。

したがって、三吉は徹底的に無一文だった。またそれに慣れるとそれでやってゆけた。しかし、空腹には弱った。主人の方で三度の食事まで切りつめているわけではなかったが、結果においては同じ事になった。つまり夜学にゆく時間は夕方、ギリギリ決着のところまで働きづめに働いているので、夕飯を摂《と》るだけのほんの微かな余裕さえあるかなしかだった。夜学に遅刻することは立身出世そのものへの遅刻だと、三吉は信じていたので夕食を食わずにゆくことはしばしばだった。

こうして絶えず減食されてると同じことであったが、それも下女《しも》中のおるいがちょっと手加減さえしてくれればどうにでもなることだった。おるいは、その大柄な肥り過ぎの軀つきや、顔の道具立てのいかにも大まかな、魯鈍そうな容貌にも拘らず、どこか常人外れのした細かな鋭い神経をちらつかせて、三吉にはことごとに意地悪に出た。人の鼻息を窺うに機敏でソツのないはずの三吉も、おるいの機嫌を取り結ぶことだけはいつも失敗に終った。奥と店とを繋ぐ狭い光の乏しい廊下などで摺れ違う時など、おるいはしんねりむっつりした顔つきで三吉の方をチラリとも見もせず、そのゴツい指先にヒステリックな力を罩《こ》めて、ギュッと三吉の皮膚を捻り上げた。それが時々、紫がかった痣《あざ》となって残ることがあった。同じく主人から酷使される側の一人として、更に一層無力な新参者の三吉に、女らしい細やかな気遣いをしてくれてもいいはずなのに、この種豚《たねぶた》にはそれが出来なかった。年頃の充実した女の生理的な鬱《うさ》晴らしを、三吉をいびり散らすことで紛わしているのかも知れない――そういう因業なおるいのために、三吉は夜学が退けて戻る頃には、まるで一枚の紙っペラのようにふらふらになってしまうのだ。

そんな時の例のふかし饅頭屋の前を通ると決まって、夜学生や、残業がえりの薄給勤人が、立ち上る湯気の中にふやけたような顔を並べてパクついてるのが、いかにものびやかで団欒《だんらん》的なぬくもりを感じさせた。しかし五銭玉一つ持たない三吉はそそくさと素通するより外仕方がなかった。

そういう不幸《ふしあわせ》な三吉が、水道橋駅近くの路面で三円入りの財布を拾った。それが五銭か十銭位の端金《はしたがね》であったら、天の恵みとばかり、何の反省もなしに快活に宝来饅頭に取って返えしたに違いない。しかし三円と纏った金高なので、三吉は、ちょっとぼんやり路上に立ち止まっていたが、すぐ交番へ届け出た。――届け出た後の気持は、激しい空腹感にも拘らず、すがすがしい男性的な覇気に満ちたものであった。気高いヒロイックな力をハッキリと胸板に感じて、ふらつく足元を踏みしめながら家へ帰った。

ところが、その三円が、落主《おとしぬし》が見つからないために、満一ケ年たって三吉の手へ再び戻ってきた。彼は急に充実した気持になり、おるいから抓《つね》られても、その時ばかりはへらへらと不敵な笑いを洩らして澄し込んでいた。

## Ⅱ

こうして極めて正しい筋道を経て確実に三吉の支配下に帰した金ではあるが、さてその使い道については頗る大きな煩悶となった。後々まで残る物を紀念の意味でも買っておくことが正当だと思ったけれど、それは却っていけないと考えた。主人から直接支給された以外の物品を所持していることは、不正な金でもチョロまかしたのではないかと要らぬ疑惑をかけられそうであった。だから結局、後腐れのないように完全に浪費してしまうことだ。

憧れの饅頭を食うことは今となっては不思議に魅力が喪《な》くなっていた。三円で饅頭を食うとすれば二百四十個も食える計算になることが何故か馬鹿らしく、急にそれへの渇望を減退せしめた。同じ食慾を満すなら、思い切って贅沢な、立ちどころに舌端の痺れてしまいそうな物を鱈腹食うべきであると思った。

その夜、彼は夜学がすむと、いつもの通い慣れた平凡で無愛想な道筋でない方へ足を進めた。内懐《うちふところ》には、五十《ギザ》銭玉を六個キチンと重ねて、堅くノートの切れ端に包んで入れてあった。

星影も吹き飛ばされるような空っ風の吹く寒い晩だったけれど、銀座は相変らず人出だった。光が影がモミクチャにちらちらする中を、三吉は夥しい人波をあちらこちらと潜り抜けながら、各種各様の食物屋の立ち並んだ街筋を一軒一軒スリのように敏捷に油断なく見詰めて歩いた。まるでたった今、絵具で塗り上げたとしか思えない美しい色彩の料理が、定価表と一緒に飾窓《ウインドウ》に氾濫していた。そのいちいちを、三吉は硝子《ガラス》に鼻面を摺りつけるばかりにして丹念に眺め入るのであったが、さて、どれにしようかとなると、決断力が急に鈍るのである。一世一代の豪奢の食い物を食い当てたいという執拗な考の下では、何んだって空ッ腹にはおなじ味しかしないんだぜ、と急き立てる食慾がグツグツと煮え返っていた。それを強《し》いて抑えつけながら、あれでもないこれでもないとフラフラになって歩いてるのが、また奇妙にジリジリした楽しみだった。

何軒目かの食堂のショウウインドの前に立った時、疲労と空腹と寒気とがいよいよ彼の決断力を麻痺させてしまっていた。三吉はまるで何の目的もなしにただ呆然と、その硝子板のまえに押し立たされているようなものだった。

「あたし——これにするわ」

そう云う滑《なめ》らかな光沢《つや》のある女の声が、三吉のすぐ後から聞えてきた。その声と一緒に生あたたかい一種の香気を伴うた息吹きが、三吉の寒さのために殆んどバカになりかけた耳朶の下をたゆたいながら潜りぬけて来た。

「じゃ、チエもそれにするわ」

もういちど、しかし違った女の声が、三吉のキンチャク頭の横鬢を擽《くすぐ》って流れた。

三吉は思わず振り返った。姉妹らしい明眸皓歯《めいぼうこうし》の二人づれだった。厚いふっくらした外套に、気品のある非常に美しい潑溂とした顔がおとがい辺まで埋めて立ってい た。反射的に振り向いた三吉の位置から、しげしげとこの少女達の顔を見詰める自然の成行きになったのであるが、三吉はこんなに間近にしかもこんなに美しい女の顔を凝視したことは生れて始ての経験であった。ドキリとして少し横摺りに軀を引いた三吉は顔一杯が焔で煽り上げられて赤くなった。

けれど、姉妹の方では、見るに甲斐なき三吉の存在などてんで気にも止めてないらしかった。

三吉は彼女たち何を食べようと決めたかまるっきり見当がつかなかった。しかし、こんな飛び切り美しい少女達が食べようと決めた物は当然自分も食べるべきだと、まるで神の啓示のように考えたのは蓋《けだ》し已《や》む得ないことである。

今や、彼は何の躊躇もなく女達のすぐ後にくっついてその食堂の階上へのぼっていった。明るい清潔な感じの漲った食堂内は、客を一杯に立てこんでいた。しかし彼等が這入ってゆくと同時に一組の客が立ち上ったので、美事に白色の光を冴え返らした食卓がポツリと一つ空席になった。姉妹たちはそこへすぐ坐ってしまった、そうしてなおその食卓には悠に二人分以上の椅子が空いていたのだが、三吉はちょっと二の足を踏んだ。オーバーも無く、膝のあたりが抜けそうに地の薄くなった詰襟の給仕服を着て、妙に頭でっかちの、どこか脳膜炎でもやったような馬鹿げた印象を与えるに違いない自分の姿が、この美しい磨《みがき》のかかった少女達と同席するにはあんまり際立ち過ぎると思った。その癖、他の客の間に空席を見つけて割込むのも不甲斐ないようでもあり、思い切って、この令嬢と同じ食卓へ椅子一つだけの間隔をつくって坐ってしまった。しかし、三吉のそんないじいじした気持などには周囲の総ては無関心であった。当の令嬢たちも別して気にしないらしかった。

受持のボーイが来ると彼女達はメヌーを指さして何か注文したらしかった。ボーイが三吉の方へ伺い来た時、「僕もね――おんなじでいいんだよ」と云った。三吉自身はすっかり狼狽《あわ》てていたはずだけれど、言葉だけは臆面もなくスラスラと出て、しかも令嬢たちには気どられないように落着いた低い声でボーイに通ずることができた。

「ああ左様ですか、やっぱりビフテキですね」

そうすると、この令嬢たちは、今しがたビフテキを注文したわけなんだ。何ンだ、テキか、と少し拍子抜けがした。テキなら、まだ給仕になる前、石浜町のドヤに巣喰っていた頃、あの界隈の簡易食堂で、親父が酎割を飲んでる側で自分は一枚十銭のテキを親父の皿から半分だけ削いで食ったことがある――。

三吉は、夜学の教室でするように、食卓《テーブル》の縁に習慣的にペシャンコに空いた腹の皮を摺りつけ捩らしながら、どんなビフテキが今度現れるかを推測した。と同時に、眼前の令嬢たちのちょっとした仕草や会話にも充分に気を配り、それが持つ陰影の深い美しさにいちいち美しい感動を味っていたのである。

「しみじみ友田恭助の戦死したのは寂しいと思うわ」

「そうね、きょうの舞台だって恭助がいたら、と思うところがあったわ、チエはあのひとの舌たるいようなセリフが好きなの」

「あたし、飛行館で見た『にんじん』の舞台が最後よ――彼のルピック氏が見おさめになっちゃった」

三吉には、「にんじん」だのルピック氏だのは何のことやら判らずじまいだったけれど、その爽やかな会話の諧調が、空っ腹の腸《はらわた》に浸込んで何とも云えず楽しかった。

そのうちにビフテキが三人一緒に配られた。それは見るからに豪奢な皿だった。分厚な肉の大切れが真中に、その周囲にはトマトだのキャベツだの、外に三吉にはちょっと見別けのつかない特別の調理法で仕上られたらしい鮮かな色彩のいろんな野菜が何やらドロリとしたもので和《あ》えられて豊富にのっかっていた。肉そのものも焼き上った途端に持ってきたと見えチューンと脂肪の煮えたぎる鼠鳴きの余韻がまだ皿の上で鳴ってる位だった。

三吉はぶるんと身慄して、フォークを突き刺すのももどかしげに口に頬張った。腹の中では臓腑という臓腑が一時にワーッと喚声を上げたようだった。唇の周囲《まわり》についた脂や野菜の滓《かす》をナプキンで拭き取るほどの余裕が出てきたのは暫く後の事だった。やっと人心地が出てきて、令嬢達の方に目を転ずると、彼女達は勿論、三吉のように口の端をベタつかせるような性急《せっかち》な食べ方ではなく、ナイフとフォークを器用に裁いて、適当な肉片を充分な唾液と、そうして爽かな饒舌とを混ぜ合せてユックリと咀嚼《そしゃく》しているのであった。白い貝殻のような歯並びが、茱萸《ぐみ》色にぷくりと膨らんだ唇の間にチラチラしていた。そのチラチラをビフテキの曖気《おくび》としながら、倦かず眺めている気持は贅沢な紳士の気持だった……。

しかし、三吉はいつまでもゆっくりしていられなかった。夜学が退けてからもうタップリ二時間を空費していた。晩《おそ》くなり過ぎると、女中のおるいは平蜘蛛のようになって哀訴したところですぐには戸を開けないだろうし、開けたところでその途端にギュッと太股のあたりにあの強力な捻り方を喰わせるに違いない。

三吉は食塩の瓶の下に差し挟まれてあった伝票を手にすると、階下のカウンターの方へ下りていった。

「三円いただきます」と云われて、三吉は一瞬ドキリとした。伝票をよく見ると、三人分がそのまま記入してあった。同じ食卓で同じ注文だったたから、ボーイは、あの令嬢達と自分とを連れだと思い込んだに違いない、まあいいや、どうせ拾った金だ。あの令嬢達に奢ってやることが出来るなんて、思いもつかない素晴しい廻り合せじゃないか――三吉は一種異様な嬉しさで目頭《めがしら》がへんに熱くなった。彼は躊躇なく三人分を支払って外に出た。

三十歩と歩かないうち、後の方からハイヒールのかたかたという気忙《きぜわ》しい音が追って来た。もちろんあの姉妹たちであった。三吉はあたふたと人波の蔭に身を潜めてしまった。

「食い逃げって云うのは聞くけど、奢り逃げなんて――たしかに新手だわ」

「お姉さん、犯人の容貌を憶えている?」

「それがね、まるでボーッとしているの、何んだか頭の鉢のひらいた、そのくせ軀の細っそりした学生のようだったわ」

「あたしはどうしたって捉《つかま》えるわ――気持が悪い」

彼女達は夥しい人波に打《ぶ》っつかりながら、あちこちと探し廻ってるらしかった。彼女達の姿が次第に遠のいて彼方の光の渦の中に溶け込んでゆくのを見送りながら、三吉はホッと安心した。

「お嬢さん、僕に奢られたってそんなに気持悪がらないで下さい。どんな名探偵だってこの犯人ばかりは容易に探し出せませんよ。僕は誰からだって虱《しらみ》ほどにも注意されない、たかが給仕なんだから――でも僕は貴女方に奢ってとてもとても感激してるんです――じゃ、おやすみなさい」

そう云って、三吉は芯の崩れた学帽を夜空に高く打ち振りたい気持だった。ビフテキと一緒に、あの上品な素晴しく美しいモダンガールをペロペロとしゃぶり尽してしまったような、男らしい満足感が給仕一戸三吉の痩せた肉体を貫いて流れた。

# 幽霊の歯型

## 一

　私は寂しい人間であるし、また悪い人間でもある。悪いことをしたから寂しがり屋なのであるか、寂しがり屋であるからつい悪いことをしてしまったのか、その関係は自分でもよくわからない。

　私は六十を過ぎてから殺人罪を犯した。六十は耳順《じじゅん》と云って、天地万物の理が聞くに従って悉く理解できる年齢《とし》であるそうだが、私はまるでその反対な人間であった。

　私は二十三の時、気に入らなかった結婚に失敗して、妻子を振りすて、メキシコへ密航を企てた。そこで刻苦精励の果、漁業会社を興し、かなり成功した。物質的には運は悪い方ではなかったが血縁に薄く、身寄知辺《しるべ》は殆んど無く、その点では全く不幸であった。

　私と同じく密航をして来た仲間に虹崎と云う男がいた。彼もやっぱり家族運が悪く、その上貧乏で苦労し、結局、異郷の魚油臭いベッドで窮死してしまったが、性質はむしろ楽天的なボヘミヤン型《タイプ》の男だった。そいつが死ぬとき、

「俺はどこで死んだって、別に悔む気持はないが、とつぜん今おれは思い出したよ。俺に孫娘が一人いたっていうことを――それが俺の世界中のたった一人の身寄だった。それに一生に一度、何か素晴しい贈物をして驚かしてやろうと俺は考えたことがあった。小説なんかによくあるじゃねえか、ホラ、自分のまるっきし知らない親戚が死んで、とつぜんゴロッと遺産が転げ込んできたっていうような――あんな気持を俺の孫娘にいっぺん味《あじ》わせてやりたかったよ。それが、この通りのスッテンテンの文《もん》なしの空《から》っ尻《けつ》ときちゃ、擬《イミテエション》物の宝石一つ贈れやしねえ――そいつがまあ心残りと云えば心残りだな――俺はまだ一度も会ったことはねえが、そいつは素晴しい別嬪だ。この写真をみな」

　虹崎が死の床で、差し出した一枚の古ぼけた写真を、私はしみじみと見た。それはもう十数年前のものに違いない。ところどころ黄色い斑点《ほし》が出ていて、ひどく頼り

ない写真なのだ。

なんでも、まだ虹崎の一人息子が生きていた当時、その家族一同の写真を遥々日本から送ってよこしたものだそうだが、その後、つぎつぎに死に絶えて、孫娘の真澄ひとり生き残り、それが今他人の家に仮寓して、女学校に通っているらしいとのことであった。

その写真に出ている真澄は、生後一年八ケ月と裏に書いてあったから、まだほんの赤ん坊《ぼ》だった。しかし、この赤ん坊の真澄の顔だけは、外の連中がみな幽霊みたいにボヤけているのに、不思議にハッキリしていた。それも、普通の赤ん坊みたいにブクブク肥りでなく、彫の細《こまか》い、精巧な豆雛のように、クッキリと目鼻立ちの整った色の白い顔の子供だった。

「フン――こりゃ美人の相じゃ。きっと、今頃は目の覚めるような娘になっておることじゃろう」

私は、虹崎がむしろ羨しい位だった。自分など、全く天涯の孤客だ。虹崎は死に際しても、その孫娘の上に、いろいろと夢を描いてみることが出来るのに、私は夢のカケラもない。粉骨砕身、一生を働き抜いて来たのに、ただ墓場が待っているきりなのか。なまじい金があるだけ、人一倍寂しいのだ。

しかし、その時、ひょいと、新しい考えが、天からの啓示のように閃めいた。

「虹崎――よろしい。俺が、お前の孫娘に俺の財産をゴロッと呉れてやろう。お前の代りに俺がお前の夢を――」

だが、その時は虹崎の病状はもう救いようのないほど悪化し、殆んど昏睡状態にあった。したがって、私の言葉が通じたかどうか疑問である。思いなしか、彼のぼやけた視光が私を見詰めていたようであった。何か云おうとして唇のあたりがひくひく痙攣した。

虹崎から返事を聴き取ることは出来なかったけれど、私は自分の思いつきを是非実現しようと決心した。それは虹崎真澄を幸福にするばかりではない、誰よりも自分が一番幸福になれそうな気がした。晩年の孤独を、真澄のような少女によって劬《いたわ》り慰めてもらえるとすれば、そのために全財産を投資したって、精神的な利廻りは素晴しく大きいものだ。私はニヤニヤ笑い出した。身内がホッカリと温《ぬく》まったような気がした。若返るという言葉は私のために作られたもののようだった。私は単に自分の財産を真澄に贈るという計画を更に一歩進めて、私自身が真澄の祖父に化けようと思った。その方が、真澄から慕われ懐しがられる率が大きいに違いない。幸い、その時の一切の条件が、別に無理もなく、この人間のスリカエを成功させるようになっていたので、私がなおさらその気になったことも確だ。

よし失敗して化《ばけ》の皮が剝がされたとしても、私は六十の老人のことだ。どれほどの恥でもあるまい……。

私は、虹崎の亡骸《なきがら》をねんごろに葬って煩わしい後片付をすますと、便船を待つ間も、もどかしく匆々《そうそう》として日本へ帰ってきた。

六十のお祖父《じい》さんが成功して外国から帰ってくるという突然な知らせで、真澄の寄寓先の家族と一緒に彼女は迎いに出ていた。

私が当時十六歳の彼女の手を握ったとき、涙が止度《とめど》もなく流れ出た。自分が偽者の祖父であることなどまるで気にかける余裕がなかった。それほど私は感激していた。六十年の孤軍奮闘が、この見も知らない少女を抱き上げた時、やっと報いられたという気がした。やることなすことが、微塵も芝居気がなく、極めて自然に行われて、何の苦もなく真澄を手中に収めることが出来たのは、私が天才的な役者であったからではない。私はただ正直に感激の浪に押し流されるままに任していたからに過ぎないのだ。

「おじいさん、あまり泣いちゃ厭よ――みんなジロジロとこっちを見てるんですもの」

「う、う、う――な、泣かないよ」

私は、そう云いながら、なおもダラシなく水洟《みずばな》を啜《すす》り上げていたのである。

いや、当の虹崎真澄も、女学生らしく人前を気にしながら、円《つぶら》な眼に一杯涙を湛《たた》えていた。

私は涙を拭きながら、眼の隅から、充分、この少女を見ていたのだ。舐めるように見ていたのである。

見違えるほど美しくなっている――見違えると云うのは、始めっから見たことのない私には当てはまらない言葉だが、あの古ぼけた写真から想像していたよりは、遥かに遥かに美しくなっていた。幼顔がどんなに可愛らしくっても、年頃になると、ズングリ肥えて、団子鼻《だんごっぱな》になったり、金壺眼《かなつぼまなこ》に変ったりする娘がよくあるものだが、真澄は、黒っぽい質素な水兵服が雪のような肌にピッタリと映って、すらりと上背のある貴族的な娘になっている。顔の小道具のひとつびとつが、いずれも造化の神が、丹念に磨き澄まして、くっつけてくれたように底冷たいほど気品のある光沢《つや》を見せている。

私はこの年になるまで外国《あちら》で、美しいと云われる女を随分見てきたが、日本の土を踏んだ瞬間に見たこの虹崎真澄ほど、しみじみ綺麗だと思った少女に出会ったことは無い。――しかもこの少女が私の孫娘になるんだ。

私は自分の人品骨柄を振り返る気持だった。身なりは小綺麗にいかにも老紳士らしく拵えて来たけれど、この少女と連れ立って町中《なか》を歩いてみて、似つかわしい老人と孫娘のように果して見えるであろうか、多年の孤独な鰥夫《やもめ》暮し、ただガツガツと金儲にばかり心胆を砕いてきた歳月の間に、豺狼《さいろう》のような卑しい食い辛棒な表情が滲み出してはいないだろうか。しかし、そんなことはたいして問題にならなかった。真澄は少しも疑わなかった。たとえ世間がどのように私を怪訝《いぶか》しげな眼でみようと、彼女だけは兎《う》の毛でついたほどにも疑おうとしなかったのである。ただ一人の祖父、生涯会えそうにもなかった祖父が、目の前にひょこりと現われて来たというだけで、彼女はもう充分満足で嬉しくってたまらないのであった。

　つまり彼女はその容姿が立派であったと同じように、純真無垢であったのだ。決して馬鹿でも迂闊でもなかった。いや人並すぐれて怜悧な性質《たち》であったことは、この物語の結末まで見てくれれば判ることである。

　とにかく、私は彼女を早速その寄寓先から引き取って一緒に住むことにした。

　彼女が住んでいた土地は、東京から五六時間の距離の海岸町であったが、震災後海岸一帯に地盤の変動があって、昔ほど海水浴場として客を吸収することは出来なくなっていた。恰度そこの雨月ホテルと云うのが、経営困難になって売物に出ていたのを買い取って、とりあえず、そこへ私達は引き移ったのである。何にしろホテルのことだから、だだっ広くて不都合とは思ったが、そこは太平洋を真下に臨んで眺望絶佳、私は一目惚れして買う気になった。

　ホテルと云っても田舎ホテルのことだから、洋室が二つ三つあるばかりで、あとはみんな純日本風の部屋で、それも大分木口《きぐち》なども凝った古風なものであった。いずれもガッシリしていてまだ充分使えたが、柱にも壁にも襖にも、どことなく潮臭い暗い陰気な匂いがしみ込んでいたから、私はもっと明るく快適《カムファタブル》に建て直すつもりでいた。だが、それも手をつけないうちに、私はとうとう偽祖父《にせじじい》の本性を現わして血腥《ちなまぐさ》い殺人沙汰をやらかしてしまったのである。ああ、それも虹崎真澄を猫可愛がりに可愛がりすぎた煩悩のはての兇行であった……。

## 二

　虹崎真澄が女学校を卒業するまでは、私は頗る幸福だった。寛大な世話好きなおじいさんだった。

それに彼女はまだほんの子供だった。

私は湯の中で彼女の驚くほど肌理《きめ》の細い背中を流してやったり、ふさふさしたお河童《かっぱ》の髪を洗ってやったりした。彼女はツルツルと滑《すべ》っこい玉石のような踵《かかと》まで私の洗うに任せた。私はそれを皺の多い節くれだった手にとって、ほんとに玉でも磨くように丹念に愛撫しながら磨いてやったものだ。

だが、だんだんそれは出来なくなった。彼女が女学校を卒業すると、そういうことはみんな自分でするようになった。今まで通り気軽に洗ってやろうとすると、「いやヨ、おじいさん」とか「擽《くす》ぐったい」とか叫ぶようになった。その声は艶《なま》めかしい成長した少女の甲高《かんだか》い調子だった。そう叫ばれると、私も変に狼狽し、顔を赤らめるようになった。

これが真個《ほんと》のお祖父さんなら顔など赤らめはしないだろう。ドキッとして横っ面でも撲《は》られたように赤面するところが、偽祖父の本性なんだ、と思うと私は次第に息苦しくなってきた。

私は自分が偽祖父だという苛責《かしゃく》が次第に加わってくる一方、真澄は日毎に少女から一人前の女に移り変ってゆく——その移り際の何んとも云えない嫋々《なよなよ》した美しさは、生絹《すずし》を通して見る有明行燈《あんどん》の火影のようにちらちらと燃え立って見えるのだ。

水兵服を脱ぎすてて、堅肥りの玉の肌に、紅鹿子《べにかのこ》の長襦袢をひっ掛けたり、目の醒めるような花模様のある訪問着をつけたりすると、もう完全に発育しきった一人前の女になっているのだ。

そういう彼女を見るにつけ、私は、いつまでものんべんだらりと、孫娘として可愛がっておくことが出来ないと悟るようになった。この美しい真澄のために、三国一の花婿を探してやらねばならない。それが自分としての当然な義務であり責任であると思うようになった。

だが、いよいよとなるとそれはなかなか難しいことであった。こちらから求めずとも、彼女の美貌や、私の資産に目をつけて、慕い寄る求婚者たちは、蟻の蜜に集うが如く、引きもきらざる有様であったが、当人の真澄の方は、一向乗り気にならなかった。

「だって、あたし、まだ十九ですもの、結婚なんて考えるだけでも何だか怖いわ。おじいさんと二人っきりの生活の方が、ずっとのんびりしていて気楽にきまっているわ」

私は彼女が嘘にもそう云ってくれると、何故ともなしに心の和《なご》むのをおぼえるのである。真個は私としても、第三者の影の射《さ》さない二人っきりの生活、祖父と孫娘の生活をもう暫く楽しみたかった。しかし、偽祖父としての弱味が、二人っきりの楽しみを支え切れなくなりそうな不安が次第に濃くなって来ていた。誰かにこの重みをスポンと手渡して、自分は傍《そば》から楽隠居として、彼女の新婚生活を静に眺めて暮せばいい。

だから、私は、沢山な候補者の中から、厳選に厳選を重ねて、これならば、人柄も容貌も体格も申分ないという人物を到頭探し出したのである。

選ばれた男は葛原杏太郎《くずはらきょうたろう》である――（杏太郎め。うまくやりやがったな）私は自分であれほどの苦心の末に、探し出しておきながら、心の底ではこの男の幸福を、ひそかに羨み嫉《ねた》みたいほどであった。

「新郎は美男子で秀才で運動選手で家柄がよくって――真澄はこんな条件の揃い過ぎてる人、底が知れなくって怖いわ。もう少し抜けていてボーッとしてる方《かた》が好きだわ」

「まあ――そんなことを云わんで、つきあって見なさい。すぐ結婚する必要はないんだよ、相当に理解し合えるまで婚約期間を置くことは先方でも承知したんだから」

真澄の口前はどうでも、彼女が葛原杏太郎に心を奪われ始めたことは争われない事実として私の眼にも映るようになった。杏太郎とても同じことであった。私の見抜いた通り、杏太郎真澄は全く似つかわしい二人であった。簡単に婚約期間のお互の探りあいではなかった。激しい恋愛が両人を全く吸い込んでしまった。

もちろん、清純な、何一つ後暗いところのない精一杯に楽しい恋愛であったに違いない――私は、そうなることを公然と許し、希望した、その通りに彼女達はなっていったのである。こういう風になった二人は一日も早く結婚式を上げさせてやることだ。私は暦を取り出してきて黄道吉日を探しに掛ったのである。

しかし、私はなんとなく寂しかった。アッケなかった。冷たいものが腹の底から滲《し》み出してくるようだった。何もかも自分の計画してる通りのプログラムにしたがって、順調に進んでいることが、なんとなくイマイマしくなってきた。

真澄の私に対する態度には何の変りもなく、むしろ前にも倍して人懐《ひとなつ》っこく優しかった。しかし、私は知っている。彼女の胸の中では、この老爺《じじい》は、ずっと片隅の方に押しつぶされて、その代り美男で逞しい葛原杏太郎がドッカリ坐り込んでいるんだ。

それでいいじゃないか。自分で望んでいた通りになったのだから。あとはもう、結婚式の細ごましい事務的な仕事を面倒をみてやればいい。それがすんだら、奥座敷の方へ引込んで、プカリプカリ刻み煙草でも喫《ふ》かして、あまり差出がましいことをして、若い者達に嫌われないようにすることだ。

ところが、因業《いんごう》な私にはそれが出来なかった。出来なかったばかりでなく、とどのつまり自分で選んだこの葛原杏太郎を殺すような破目に落ちてしまったのである。

ひそひそ話が聞える――ひそひそ話が。壁から天井から、昆虫の這い廻るように、しつっこく私の聴覚に絡みついて来る。私はなるべく、気を利かして、杏太郎真澄を二人っきりにして置いてやるのだが、そのくせ、どんな甘い睦言を囁き交わしているのか、聞きたくって仕方がないのだ。青春も知らず、恋も知らず、一生を生魚の脂で塗り潰してきた漁師上りの私は、彼らの会話の中身を、砂糖壺に手を突込んで舐めるように、コッソリ味わって寂しさを紛らわしたかった。

彼女達が話しあってる部屋は、この雨月ホテルの中でも一番明るい二階の洋室だった。海に臨んで張出窓がついていて、その窓べりに彼女たちは椅子を引き寄せて話しているのだ。私は蛇腹《じゃばら》伝いに匍《は》いよって張出窓の真下へ、年甲斐もなく、へばりついて聴耳を立てたのである。

「僕達が結婚したら理想的には、やっぱり、別居する方がいいと思いますね」そう云ったのは葛原杏太郎だ。

「どうして――でもお祖父さん寂しがりますわ――キット」――真澄の声。

「寂しがるようだから、なお、若い僕達と生活を一つにしない方がいいんじゃないでしょうか、ほんとうの話は、真澄さん、おじいさんは貴女を永久に手離したくないんですよ。僕たちが結婚しておじいさんと一緒にいるようになれば、きっと、何か恐しいことが起りそうな気が僕にはするのです。僕はおじいさんは敬遠します。僕は財産なんか要らないんだ。ただ貴女だけが欲しい……」

「――」

しのびやかに真澄の泣く声が聞えた。私は神話のアトラスが、地球を支えているような恰好で、背を跼《かが》め、腕を曲げて張出窓の下にへばりついていたのであるが、グッタリ力が抜けて真下の海の中へ危《あやう》くころげ落ちるところだった。しかし、私はやっと踏み堪《こら》えて、

「畜生！」と歯嚙みをしたのである。

葛原杏太郎の云うことはいちいちもっとも至極だ。まるで、こっちの急所をギュッと抑え込んでいるんだ。あいつは、真澄を私から奪い取ったばかりか、そのうち、私が偽祖父であることも、あの眼力では遠からず看破《みやぶ》っ

てしまうに違いない。――私が老ぼれ頭に描いた夢などは何もかもメチャメチャになってしまった。

まだ結婚式はあげていないのだから、破談にしてしまえばいいようなものだが、しかし、その口実は何もない。下手《へた》にすれば、こっちのボロを出すばかりだ。

結局、葛原杏太郎という人間を不意にこの地表から隠してしまうことだ。――つまり殺してしまうことだ。この突飛な、奇妙な考えは、非常に危なかしげに見えていて、その実、いちばん正確な方法だと、私は思った。それから四六時中、その考えは脳裡にこびりついて離れなかった。真澄を始め誰からも絶対に悟られずに、どうして、杏太郎をバラすか、私はその具体的な方法をくりかえしくりかえし、頭の中で組み立てながら、その後もしばしば杏太郎と顔をつき合せる機会があった。どっちも嫌い怖れている人間同志が、猫をかぶって朗かに談笑していたものである。

三

その晩は、私の家即ちこの雨月ホテル附近一帯において、近県中等学校聯合夜間演習が行われることになっていた。私はずっと前からその日のことを頭の中に入れておいた。真澄は前日から、東京へ、年長《としかさ》の女友達と一緒に婚礼着その他の用件で出かけていって留守だった。しかし、その女友達（女親のない真澄のために何くれとなく世話を焼いてる）の都合で、慌ただしく出掛けていったので、葛原杏太郎に知らせておく時間がなかった。私が真澄に代って言伝《ことづて》してやることを承諾しておいたが、私は忘れた態にしてあった。だから杏太郎は真澄がいると思って無駄足を運んで来たが、私はそれとなく彼を引き留めておいた。

「まあ、ユックリし給え、終列車までには必ず帰ってくるから」

彼は当り触りのない話題を要領よく持ち出して、暫く話し込んでいたが、やがて、夜間演習の銃声が景気よく聞え始めた。雨上りのまだ湿り気を含んだ空気をひき裂いて、タターン、タターンと胸をそそるような音だった。

「やあ、始りましたね、ちょいと観戦してくるかな」

杏太郎は、そう云って庭の方へ出ていった。

庭の一隅に、雨月ホテル時代からの六角形の鉄塔が建っていた。この展望塔の上に、雨月ホテルと書いた旗が、盛業当時は翻えっていたそうであるが、いまは、ただ物々しい鉄骨だけが風雨に曝されているばかり――登ってみる人などは滅多にない。だが、杏太郎はそれに登っていった。実際その上からは、眼下に展開する遭遇戦が手に取るように見えるはずである。あちらの丘、こちらの草叢から、闇を擘《つんざ》いて散る火花の美しさを杏太郎は恍惚として見ていたのだ。

銃声がいよいよ熾烈《しれつ》になってきたので、私もコッソリ庭に下り立ち、植込みの蔭に身を潜めて、持ってきた猟銃を構えた。鉄塔の上では杏太郎はこの世の別れの煙草を喫《の》むためマッチを摺った。

演習の学生達は、私の屋敷内までは勿論這入って来なかったけれど、北軍の右翼端は殆んど垣一重の所まで展開して、南軍と相対峙し、ポンポンポン激しい射ち合いが始まったところだった。私は学生達の銃声の最も激しい頃合を見計らって発砲したのだ。中学生のは空砲だし、私のは実弾が罩《こ》めてあったのだから、耳敏《みみざと》い者なら、その区別は充分ついたろうが、場合が場合なので、誰も気に留める者はなかった。

一発で美事に命中した。葛原杏太郎はクワッと両眼を開いて、瞬間的にこちらを覗き込むような姿勢をとったが、やがてよろよろと鉄塔の欄干にもたれこみ、軀を二つに折って、ぐったりと前のめりに首を突込むと、そのまま下の草叢へ落ちてきた。

私が近づいてゆくと、杏太郎は全く動かなくなっていた。彼の屍体をとりかたづけるために、私は並々ならぬ努力をした。その間中、屍体からは馬鹿に重いという感じしか受けなかった。庭園の一角に、別棟《むね》になって茶室風の建物があったが、その裏手に掘ったまま ちっとも利用されていない井戸が、薄《すすき》や枯れ蓬《よもぎ》の中に埋もれているのを前から私は知っていた。私はその中へ、屍体を投げ込もうとして、引き摺り上げたとき、死にきっていたと思っていた杏太郎が、いきなりザクッと膝頭に噛みついてきた。噛みつかれたまま私は、どしんと尻餅をついた。振りちぎった位ではなかなか離れないので、私は自由の利く片足を、杏太郎の面《かお》に掛けて、グイグイ踏みこくった。杏太郎は苦味走った好い男で、ちょっと映画俳優みたいに色白な整いすぎて安手な感じもなくはなかったが、とにかく、自他共に許したその美貌が、私の土足にかかって、瞼は引き剝《む》くられ、鼻柱はゆがみ、唇は千切れ、滅茶苦茶に荒されてしまったに違いない。私はこれでもかこれでもかと、フン張り踏みこくってやっと、噛みついていたその首を取り離すことが出来た。

こうして屍体は古井戸の中へ放り込み、前もって掃きためてあった落葉の山をその上から幾重にも、蔽《かぶ》せてしまった。

その翌日、早朝から人夫を入れて、井戸を完全に埋めてしまった。その上を立派に地均《じなら》しして、猿小屋をそこへ移転させた。この猿小屋というのが、いわば私にとって厄介な代物で、南洋猿が十匹近くもいたが、居抜きのままホテルの屋敷ごと譲られたもので、私は処置に窮していたのである。しかし真澄など可哀相がって、何くれとなく世話をやくので、売るもならず、殺すもならず、とにかくあまり庭の風致を損じない方へ移すことにしたのである。これは真澄も承知の上だし、工事を請負う者達にも、ずっと前から、話して見積まで出させてあったのだから、別に疑惑の眼をもって見られる心配はなかった。

しかし、葛原杏太郎が、匆然として行衛不明になったことは大センセーションを引き起した。いろいろな取沙汰が行われたが、最も有力な説としては、杏太郎と真澄の縁談を羨望嫉妬した誰かの仕事に違いない。夜間演習のあったのを幸、雨月ホテルの庭に忍び込んで、鉄塔上で見物していた杏太郎を突き落したのであろう、とのことであった。その説を裏書きするように、その附近に血の染った彼の遺留品——たとえばシガレット・ケースとか眼鏡とかが落ちていた。

では屍体は？——

鉄塔の上に立って、先日、夜間演習の行われた丘陵とは反対側の海の方を見ると、誰にしても足下が、いまにもぐらぐらと崩れそうな、妙な強迫観念を抱かせられる。——十数丈の脚下《あしもと》には寒々と浪頭を砕いて、抉《えぐ》り込んできている深藍《しんらん》色の淵が見える。赤錆びたまま傾きかけている欄干《てすり》から、覗き込むと、ゾーッとちり毛たってくるのであるが、それでも覗き込まずにいられない不思議に強い吸引力を感じさせる美しい水の色だ。

このホテルが空家になっていた期間は長くなかったのだが、それでも数名の自殺志願者がこの塔に上っているとのことだった。

投身自殺を遂げても、その屍体は、十中八九までは、深淵の水底までは吸い込まれず、岩角に嚙み込まれたまま、白くふやけた手足が海草のように、ちらちら、水面に見えつ隠れつしているのが常であるそうだが、稀には水底深く吸いつけられてしまってなかなか浮き上らないし、また潮流の加減で、飛んでもない方角ちがいの遠方に持って行かれてからポカリと浮き上ることがあって、そうなると屍体捜索は甚だ困難を極めると云う。——葛原杏太郎の屍骸も多分、そんなわけで、当分は見付かるまいとのことであった。種々様々な臆説が、結局そういう風に統一されてしまった。

私に対して疑惑の目を差向ける者は全くなかった。実際、誰が私を疑い得よう？　葛原杏太郎以外には天下に真澄の婿はないと、会う人毎に話していたほど大事にしていた男のことだから……。

# 四

真澄が婚約者葛原杏太郎を失ってどんなに甚《ひど》い打撃を受けたか、それは私が予期していたよりもずっと深いもののように見えた。

与えたり、奪ったり、好き勝手に、この純真無垢な美少女を苛《さいな》み虐《しいた》げているこの偽祖父を私自身どんなに呪わしく思ったことか。しかし、それは私としてはどうにもならないことであった。

哀しんでいる真澄の姿！　それはそれでまた違った一種凄艶な趣きのある魅力を秘めた美しさであった。抜けるように白い雪肌が礬水《どうさ》引きの絵絹のような蒼味を加えて、強く抱きしめたら、そのまま消え入らんばかりの痛々しい風情であった。ついこないだまで、凛々《りり》しい水兵服に身を包んで、ピチピチ撥ね上る魚のように活潑であった無邪気な少女が、こんなに古めかしい可哀相な女になってしまうなんて、恋と云うものは、どうしてこうも魔性な者だろう……、私は思わず彼女の五体を抱きしめて、くたくたに揉み砕いてしまいたいような激しい愛着と後悔とを、犇々《ひしひし》と身に感じた。

「私は悪魔だよ杏太郎を惨殺したのはこの私なんだ、さあ、存分にどうでもしておくれ」と喉仏のところまで声が出かかっていたのだが、私は辛うじて踏み止まった。

そうして、何喰わぬ顔で云うのである。

「まあ、そんなに哀しまんでもいいじゃないか、まだ若すぎるほど若いんだし、悲劇の主人公になるにはもっとお婆さんになってからにしない」

真澄は、そう云われると、寂しげな微笑をみせながら、案外しっかりした声で云った。

「エエ、私はもう泣いたりなんかしないわ――これからせいぜい元気になるつもりなの」

「そりゃ、そうだとも、――葛原君のことは、もう警察に任かせておけばいい。私達が考えたからってどうにもなるものでなし、それより私達は私達で、別の新しい幸福を見つけるのさ」

「別の新しい幸福って？」

彼女は、腑に落ちない顔で私を見返した。

「葛原君以上のお婿さんを探すという意味だよ」

「そうオ、でも、それは、おじいさん暫くやめてて下さらない、――だってまだ葛原さんの屍骸がみつからないんですもの、あの人が、真個に死んだってことは、まだ決まっていないんでしょう」

「そりゃもう死んだに決まってるよ。鉄塔から落ちたことだけは動かせない事実だし、あすこから落っこちりゃ、生きてるとは考えられない……」

彼女は暫く黙っていたが、やがて、低い熱の罩った声で、

「気のせいか知りませんけど、生きてるという信念が近頃だんだん強くなってきましたの――だって、こないだ、私は葛原さんの姿を見かけたような気がして、いいえ、たしかに、見かけました」

彼女はキッパリ、そう云ったのである。私はその瞬間、冷たい風が背中を吹き抜けたようにピクリとした。

「なにを、馬鹿な――、それこそ疑心暗鬼だよ――それにしてもどこでみかけたんだ」

「やっぱりこの屋敷の中《うち》ですわ」

「つ、つまらないことを云うもんじゃないよ」

「あたし、この雨月ホテルに引越して来てから、あんまり部屋数が多すぎて、何んだか変な気がしてならなかったわ、ホテルを営業していた頃は、どの部屋だって、みんな使われていたから、賑かな人声がして寂しいことなんかなかったでしょうけれど、この頃はずうっと閉め切りでしょう。たまに這入っていっても、薄暗くって、空気がムーッと黴臭くって、畳なんかひんやり足裏に吸いつきそうで――私、ほんとに嫌だったわ、そんなに怖がってばかりいたから、今度のことも、気の迷いだと云われても仕方ないんですけど、実はこの四五日、私達家族以外の誰かが、空部屋のどこかに、忍んでいるように思われてなりませんでしたの、私は今まで黙っていたんですけれど、一昨日《おととい》の晩、怖かったけれど、まるで何かに引張られるように、あの二階の、二十九号室 楓《かえで》の間まで上って行きましたの、楓の間の上り口、階段の突き当りに大きな姿見があるでしょう。そこに葛原さんが立っていました。ええ、たしかにこの眼で見たんですもの。葛原さんは姿見に向って、海草のようにびっしょり濡れて頭にへばりついた髪を一生懸命梳《と》かしていました。階段を上っていった私の姿が鏡に写ったのでしょうか、廊下の電燈が薄いもんですからハッキリわからなかったけれど、こっちを振り返えった顔はたしかに葛原さんでしたわ、眼鏡は奪られたのでしょうか、していませんでした。目をじいと細めて、私の方を見ました。私はそのまま気が遠くなってペタリと階段に俯伏せになって

しまい、気がついて、もう一度見たときはいませんでした。――でもあれはたしかに葛原さんです。幽霊なんてあるはずはなし、やっぱり葛原さんは生きている。いったん殺されたにしても生き返って、このホテルに潜んでいるんですわ」

彼女はこんな夢のようなことを云い出したのである。私はもちろん腹の中で笑ってはいたけれど、そのくせ、蜘蛛の糸みたいな、ネットリしたものに絡みつかれたような気がした。

「幻覚と云う奴だね――神経がひどく疲れた時は、よくそんな現象が起るらしいよ。まあ、気にしないことだ。この家が気に入らなければ、真澄さんの好きなように明く建て直してもいいし――それよりか、少しの間、気晴しに旅行してみようか」

私も、実際、真澄に劣らず疲労していた。この家から、しばらく離れていたかった。それで、彼女を説き落して、上信地方の温泉場めぐりをすることにした。これは彼女にもたいへん効果《ききめ》があったように思われた。

相当深い心の痛手も、真澄のような発育盛りの少女になると、体力の方で、グングン癒《なお》してくれるものらしい。――すくなくとも、私の眼には、彼女は、もと通りの、肉付の豊麗な女に立ち戻ったように見えた。もう、葛原杏太郎の幽霊などからは二度と喰い物にされまいと安心したのだが、何んぞ知らん、その間に幽霊は着々と陥穽《かんせい》を掘っていたのである。

## 五

湯治から帰ってきて一週間ばかり経ったある夜、土地の有志達の間に、この景勝地を昔日の繁栄に盛り返すための振興策について寄合があった。大体そういう会合などに顔を出したことのない私であったが、どういう風の吹き廻しか、珍しく上機嫌で出席したのであった。

酒量も元来飲《い》ける方ではなかったが、年下の連中と伍して、地酒を大分過した。

「老いてますます御盛んですな、ああいう美人のお孫さんを朝な夕なお側にひきつけておいちゃ、ホルモンの吸収度合が吾々とは格段の相違で、へへへへエ……」

こんな下卑た冗談を云われながら、私は顔を、老人《としより》らしくもなくテラテラさせて、笑っていたのである。

家へ帰ってきたのは大分晩《おそ》かった。がらがら含嗽《うがい》して寝着《ねまき》に着換えたのであるが、すぐ寝込むにしては、何故か、物足りなかった。アルコールの余炎が軀の隅々に音をたてて、まだ燃えているような気がした。

私は真澄が寝室に使っている洋間の前までいってみた。彼女は起きてる様子はなかった。扉《と》には鍵がかかっていなかった――音もなく誘い込むように開いた。

天井から下っている燭光の強い飾電燈は勿論消えていた。薄すらと遮光した仄暗い床《フロアー》ランプが寝台間近に引き寄せられてあって、円い柔い青ばんだ光が、形のいい初々《ういうい》しい頬を夢のように浮き出させていた。湯から上ったまま寝込んでしまったのだろう、よく磨きをかけた、引き締った顔の光沢《つや》だった。

私は、後手に、腕を組んだまま、暫く陶然として眺め入っていた。

唇だけが、寝化粧したのか、目に喰い込むように赤い――私は、むずっと摑みかかりたいような激しい愛着を感じたが、心を鎮めるために煙草を取り出した。煙草の煙が横にすうっと流れた。

おや風が這入ってくるのかしら――私は、すぐ窓が一個所しめ切ってないことをみつけた。窓掛は完全に下りていたのだが、それをめくってみると、硝子《ガラス》窓が、ガラッと開け放しになっている。しっとり重い夜気が流れ込んできているのだ。

不用心過ぎると思って閉めかけたが、こりゃ変だなと考えた。戸は確に最初は閉めてあったのに違いない。それを後で、外部から硝子を壊し、捻じ込み錠を外して、開けたものとしか思えない節があった。

私は慌ただしく、真澄の側へ戻ってきて、もう一度その寝姿を注意深く見た。先刻《さっき》は燈火《あかり》の蔭に這入っていて、朦朧《もうろう》として気がつかなかったが、よく見ると、掛けた羽根蒲団の裾が無造作に捲くれていて、真澄の脚が膝頭の上まで露出《むきだ》しになっている。寝行儀が悪くて、そんな、だらしのない有様になっているのではなく、それ以外の悪質なことを想像させるものがあった。

窓から誰かが忍び込んで来たに違いない――そいつが、何をやらかしたのか。

窓のカーテンが、ふわりと風を妊《はら》んでふくれた。まるで私を冷笑《あざ》けるように。

「おい、起きなさい、真澄、――へ、変なことがあるんだ」

私はいつになく、乱暴に真澄を揺すぶり起した。

真澄はやっと眼を開いた――それはしかし、まだ深い深い悪夢の底に彷徨《さまよ》い続けているような、視点のボヤけた虚ろな瞳だった。

「何か、あったんだろう」

「おじいさん――あたし夢を見ていたのかしら」

「夢？――何の夢だね」

「いいえ、やっぱり夢じゃない――ほんとうに幽霊が」

「何んだ、また幽霊か――その幽霊がここへ忍び込んで来たって云うんだろう」

彼女はコックリした。そうしてキョトンと窓の方を見た。それから急に軀を蝦《えび》のようにぎゅっと曲げて、恐しくってたまらないかの如く、私の手に獅噛《しが》みついた。

「夢でも幽霊でもない――ほんとうに、葛原さんがやって来たの」

まざまざと大きな恐怖の影が彼女の瞳に蔽《おお》いかぶさった。

「葛原杏太郎が――また下らないことを云う――そんなこと絶対にあるはずはない、だが、いずれにしても誰かが這入って来たことは確かなんだね、それで、そいつは何をしたんだい」

「あたし、始め、まるっきり気がつかなかったの、床の中に這入ってはいましたけれど、まだ睡ってはいなかったの、読みかけていた雑誌を誰かがスーッと取り上げたので、びっくりして、おじいさんかと思ってみると、それが」

「葛原だって云うんだね」

「そう――そうして、イキナリ、私の腕を摑《つかま》えて何んだか注射したの、ホラ、ここに注射の痕があるでしょう――その時、私は夢中だったし声を立てるなんてとても出来なかった。きっとそれは催眠薬みたいなものに違いないわ、あたし、そのまま引き込まれるように睡ってしまったんですもの」

「まさか、軀をどうかされたんじゃないだろうね」

そう、私に念を押されると、彼女は急に掛蒲団を引き上げて、顔を蔽《かく》してしまった。その縁《へり》を摑んだ手が少し慄えているように見えた。そうして、夜着の下から、喘ぎ喘ぎ、

「そんなこと、そんなこと無いわ――おじいさん、寄って来ちゃ厭、軀に触っちゃ厭――私を独りにして、おじいさんはもう、あっちへ行って頂戴」

私は急に真澄が憎らしくなってきた。

「ははア――読めた。真澄、あんたは幽霊だなんて云って、どこかの生っ白《ちろ》い不良でも引ッ張り込んだんだろう、そんな上品な虫も殺さない顔をして、飛んでもない芝居を企らんだもんだ。おじいさんはな、何んだって、あんたを今まで、荒い風にも当てないように六十面下げて、気骨を折って来たんだ――立派な花嫁になるまでは、清浄無垢の軀に一点のしみもつけないように念じて来たんだ――それが、泥棒だか、地廻りのゴロだか知らない

奴等に、ほんのチョンの間に、穢されてたまるか――葛原の幽霊だなんて嘘の皮だ。おじいさんはそいつの、その色魔の正体をひん剝いてやるゾ――屋根瓦を引っぱいでも天井板をこじ開けても、必ず引き摺り出して窮命してやる。さあ、その男がどこへ隠れているか云え」

あれほど完全に息の根を止めて、井戸の中へ抛り込んだ杏太郎が生き返ってくるものでなし、私はぜひそのインチキ幽霊をとっちめたかった。――それと云うのも、杏太郎を失った真澄を、思い切り慰め、愛撫しようとしたその出鼻を美事に挫かれて、どうすることも出来ない嫉妬のほむらが、老いさらばえた骨を軋ませて燃えさかったからである。

こんな風に、私はあられもなく息を弾ませて、真澄の寝台に近づいていったが、途端にギョッとして飛び退《すさ》った。――寝台の下から何者かが私の毛脛を、ざらっぽい手で二三度逆撫《さかなで》したからである。

「へへへエ――おじいさん、僕ですよ。葛原杏太郎へエ、その幽霊でござんす。おじいさんほどの色悪《いろあく》が何も今さら、ガタガタと慄えるがものはありますまい。僕が、こうして忍んで来るのが、何も昨日や今日に始まったことじゃない、もうこれで十三四回目ですよ、真澄さんの軀は、もう打ち切りにしてもいいのだが、こうしたことはどうも後を引きましてね、幽霊だって情《なさけ》がありますからね――アレ、僕を引き摺り出そうというんですか、オットコどっこい、これが見えないんですか、こう、ちゃんと、ピストルが用意してきてあるんですヨ、おもちゃじゃありません、邪魔すると射ちますよ。幽霊は手加減なんかしませんからね、ホラ」

パンと鋭い銃声、ガチャンと床電燈《フロアー・ランプ》が砕け散って、きなくさい煙硝の匂いがスーッと鼻先の闇を掠めた。私は思わず、のけ反って、二三歩背後《うしろ》の壁へどすんと背中を打ち当てたが、すぐ気を取り直して電燈を点ずると窓の方へ走り寄った。たしかに今の男がそこから蝙蝠《こうもり》のようにふわり飛び下りたらしい気がしたからだ。

しかし、窓外は陰々と磯臭い闇が立ち罩めその底に、寂しげな潮騒が聞えるばかり――

葛原杏太郎が生き返って、この辺に巣喰っている、いや、そんなことは絶対にない。誰かのイタズラに違いない。私はピシャリと窓をしめると、真澄の方を振り向いた。

真澄は、なおも半睡半眠の境を彷徨うているかの如くであった。睫毛《まつげ》の深い翳が、青いしみのような目隈《めぐま》をつけていた。ふつふつと汗が髪の生え際に滲み出していた。唇の赤すぎるのが、こんどは、不潔な娼婦のように度強《どぎつ》く私の眼に映じた。私は抑えても抑えても噴き上ってくる忿《いきどお》りのために、真澄をどんなに折檻してもあき足りないとさえ思った。

私は、真澄の蒲団を引きめくると、まるで茹卵《ゆでたまご》を剝いたようにペロリと彼女の円いむっちりした肩先が現われた。寝衣《ねまき》までがひきちぎられて肌が丸見えになっているのだ。あいつは彼女の昏睡に乗じて、こんな酷いことをしたのだろうか。

驚きは、それればかりではなかった。燈火《あかり》を引き寄せて、よく見ると、彼女の白綸子《しろりんず》のような肌には、ハッキリ歯型がついている。あいつが、喰いついたものに違いない。紫じみた痣《あざ》になって微《かす》に血さえ滲んでいる。――歯型は足を拡げた毒虫のように、ありありと浮き出しているのだ。

偽幽霊め！　なんという厭らしい悪どいことをやらかす奴だろう、どこまでも、こいつの正体は見窮めなければならぬ、私は歯噛みをしながら、何か手掛りになるものはないかとそこらじゅうを探し歩いた。

あった！　私の足裏にカチッと触れたものがあった。絨毯《じゅうたん》の上から拾い上げてみると、義歯だった。犬歯型の陶歯《とうし》に金で裏打してあり、歯根に打ち込んであったと見え、細い釘様《よう》のものがついていた。あいつが真澄の肩に噛みついた時、あまり夢中になったためにボロリと脱け落ちたものに違いない。

ははア――幽霊の入れ歯が見つかったゾ。葛原杏太郎の幽霊だなんてうまいことを考えやがったが、入れ歯を落してゆくなんて案外正直な奴だ。これさえあれば犯人の目星はわけなく付くぞ――私は夜陰を罩《こ》めて大笑いしたのである。

私の胴中《なか》を吹き抜けていったこの大笑いが結局、私の愚かさを笑う大笑いだったとはその時はまだ気がつかなかった。

翌日私は早速その義歯を持って、近所の歯科医を訪ねた。この町で一番繁昌《はや》ると定評のある歯科医だから、ひょっとして心当りがあるかも知れぬと考えて訊いてみたのである。

心当りがあるどころではなかった。古い台帳を繰ってみて、それは私が、×年×月×日に作ったものであると明瞭すぎる答をした。

「これは、葛原杏太郎さんのに違いありませんよ。だが、杏太郎さんは死んだはずなのに、どうして、今頃これが――」

歯科医は、眼鏡を掛け直して、不思議そうに私の顔を覗き込んだ。

私は脳貧血を起してブッ仆れそうになるのを、やっとこらえ、なんとかその場のお茶を濁した。

六

この義歯が葛原のだとすると、ああ、やっぱりあいつは生き返ったのだ。真澄を手籠《てご》めにし、噛みついて痣まで作ったのは、やっぱり葛原杏太郎だったのか。

湯灌の最中に正気に返えったり、墓場の真っ暗闇の中で、息を吹き返えしたりする例は古来から無いわけではない。あれほど完全に殺《やっ》つけて古井戸の中へ放り込んだのだから万が一にもそんなことはあるまいと思っていたが、あの翌日埋立てする前に、もう一度、屍体を覗いてみなかったのが返えす返えすも私の手落ちだった。

あの夜のうちに杏太郎は息を吹きかえして井戸から這い上ってきたに違いない。人相などもあんなに酷く踏み躪《にじ》られたのだからよほど変って、二目と見られないざまになったのであろう。真澄が幽霊と考えたのも無理からぬ次第だ。この幽霊杏太郎が復讐の手始めとして、私が命に代えて溺愛している真澄を、私の手中に預けたまま、虫のように、徐々に喰い散らし、舐《ね》ぶり散らしてしまおうと企らんだのだ。法の裁きに訴えるよりもこの方が千倍万倍の効果《ききめ》あるやり方に違いない……

私は足元の地べたがズーンと沈み込んでゆくような恐怖をおぼえた。

そのくせ、すぐまた別の疑が、むらむらと起ってくるのだ。あれほど、完全に屍体を処理したのだから、どんな不思議な場合を想像しても蘇生できるはずはない。

いや、生き返ったのだ、いや、そんなはずはない——私は無限にこの疑問の周囲をどうどうめぐりしていつ果つべしとも思われなかった。このままでは私はきっと発狂するだろう、いや、もう発狂しているのかも知れぬ……

私はもう辛抱できなかった。とうとう、もう一度あの古井戸を掘り返して見ようと決心したのである。それが真相を摑む一番確かな方法だ。ほんとうに死んだからには骨が残っていなければならない——

宵から下《お》り始めた海霧が雨月ホテル一帯を厚く塗り罩めて咫尺《しせき》も弁ぜぬ有様だった。猿小屋で古井戸掘返し作業をやるには、この深夜の煙幕はまことにお誂え向きであった。猿はみんなそれぞれ小さな檻に入れてしまい、スコップだの鍬だのを持ち出して、必死になって掘り出した。根《こん》かぎり精かぎり働いた。内からは汗が、外からは霧が、まるで湯につかったように全身をびっしょり濡らした。

そのうちに風が出てきたと見え、厚い霧の層が、少しずつ吹きやられて薄れ出してきた。天井のどこからか、うすボヤけた琥珀《こはく》色の月光が、微かに、霧の渦の中へ融けこみ始めた。私は霧の霽《は》れ切らないうちに仕事を終了させねばならない。ツルツル滑る柄を握り締め、掘って掘って掘りまくるうち、漸く底に近づいた。あった。あった、骨が――私は危《あやう》く叫び出すところだった。まだギロギロと脂滑りのする肋骨《あばらぼね》の一本を握りしめ、うす白い光の中へ差し出してみた。

ざまア見ろ！　葛原杏太郎は完全に死《くた》ばってることはこれで確実に証明されたんだ。生き返ったなんて嘘の皮だ！

私はなんとも云えない痛快な気持で、またサッサと埋めにかかった。

もうスコップ一すくいか二すくいですっかり埋め尽せると思った時だった。ゴーッと一陣の風が鳴って、霧がひと所ペラリと剝がれるように吹きまくられて、桔梗《ききょう》色の深い夜空が覗かれ、氷を打ち抜いたような満月がギラギラと輝き出した。

私は、思わず見上げると、どうして檻を抜け出たのか小屋の天井の金網に一匹の猿が縋《すが》りついているのだ。そうして、一方の手で、杏太郎の頭蓋骨の片割れをぶらさげているではないか。

その時、ドヤドヤと声がして、小屋の周囲《まわり》に人影が近づいた。

「ハハア――猿め、大事な証拠をしっかり握ぎっていやがる――これで殺し場がやっと判りましたよ、どうも変だ変だと思っていましたが、まさか、ここで殺ったとは考えつきませんでしたね。犯人は一度、必ず犯行現場に帰ってくるというのが犯罪心理の定則みたいに云う人もありますがね。――これはまた酷く念入りすぎますな。もっともここまで犯人を心理的に追い込んできたのは幽霊芝居がうまくいったからですよ」

そう云う声は私の見知り越しの警部補であった。

猿は金網の外側に真澄も来ているのを見つけると、スルスルと彼女の傍《そば》に下りていった。彼女は杏太郎の髑髏《どくろ》を抱いたまま凝乎《じい》っと私の方を見詰めた。睨《にら》めたと云うよりは、むしろ、この老爺《じじい》に対する千万無量の憐みと哀しみとを湛えた瞳であった。私はその美しい瞳を見ると、何《な》にも云わず、泥の中へ泥そのもののように崩れ伏してしまった。

今となって、始めて自分の愚かさを悟った。

杏太郎の義歯は、私が彼の屍体を古井戸へ運び込もうとしたら、不意に嚙みついてきた——あの時、脱《と》れたものだということを、今の今まで気がついていなかったのだ。古井戸を埋めて安心していたが、杏太郎の怨念の罩《こも》った義歯は埋立ての土には紛ぎれ込まずに猿小屋の砂の中に残っていたのだ。その歯に見覚えのある真澄が、拾い上げて、杏太郎の弟の銀二郎に見せた。銀二郎は幽霊の役を買って出て、うすうす感づいていた犯人の正体を確実に突きとめると同時に兇行現場を探り出そうとしたのである。

「真澄——おれは悪魔だった。寂しい悪魔だった。さあ、思い切りおれを責め苛なんでくれ」

私は居堪《いたたま》れず、真澄の方へ蹌踉《よろめ》いていった。

「ナニ、余計なことを云うんだッ——この色情狂《いろきちがい》の狒々老爺《ひひおやじ》め！」

警察官に素気なく押し返されてしまった。

私は所詮、真澄とは違った世界に住まねばならぬ悪人のひとりだと思うと、一時にドッと新しい悲しみがこみあげて来て、子供のようにわあわあ泣き始めた。その声は、さながら、傷つける海豹《あざらし》のように、四辺《あたり》に木霊《こだま》し海鳴をも圧して響き渡った。

私は衰え疲れた眼《まなこ》を瞠《みは》り、真澄の姿を求めたけれど、涙か、霧か、朧《おぼろ》げなるものに遮ぎられ、最早、彼女の仄白い輪廓のみ、微《かすか》に映るに過ぎなかったのである。

# 蛍小僧

## 一

しらしら明けの空には和風《なごかぜ》が吹いていた。天心にはまだ消えやらぬ星が青く水のような涼しい光で瞬いていた。この二三日寝不足で通してきた中岡巡査の眼には、その星さえ、欠伸《あくび》したあとの涙の粒で、ボヤッと滲んで見えた。

蛍小僧の出没で帝都は怖《おび》え切っていた。中岡巡査の受持区域も非常警戒に這入っていた。

嬉ケ丘《うれしがおか》住宅区の、まだ人ッ子ひとり通らない新開道路が森閑として真直ぐのびていた。その幹線路から左右に横町がいくつもついている――その横町の一つに中岡巡査は這入って行った。木立の影が多いだけまだ夜半の闇がモヤモヤと消え残っているような感じがした。片側がある大実業家の別邸の裏手に当っていて灰色のコンクリート塀が蜒々《ながなが》とめぐらされ、その反対側には、身綺麗に行い澄ましているような小住宅が、合間合間に土地会社の分譲地の空地を挟んでポツンポツンと建っている。

主任級の会社員だの、退職官吏だのが、永年苦心して蓄《た》め込んだ小金か、あるいは低利資金でも利用して建てたような小住宅が多かった。芝生と洋風応接間とが必ず附いていた。けれど全体として安手な感じがして、羽目板なども薄いペラペラ板を使ってあるから、窃盗《のび》でも強盗《たたき》でも這入る気なら、数分間で仕事が出来そうに見えた。

中岡巡査は、夜が明けかかったための気緩《ゆる》みもあって、のんびりと歩いていたのだが、雑草の生えた空地に接して、近頃建てたばかりの真新しい家の応接間が、低い植込み越しに目についたが、そこの窓の戸が無造作に開けッ放しになっているのに気がついた。中岡巡査のぼんやりした寝不足の頭にも、その戸の開いてる様子が変だなと、ピンと響くものがあった。決して家人が早起きして開けたようには見えなかった。昨夜《ゆうべ》からずうっと開け放しになっていたものか、或は、夜中に何かの理由で開けられたものか、――中岡巡査はズカズカと足早に近づいていって、その窓から中の様子を一渡り見廻したが、思わずハッとして立ち竦んでしまった。その応接間から奥の方へ通ずる戸口にレースのカーテンが掛っていて、ふんわり、窓から這入り込む朝風に揺られていたが、それに蛍が一匹とまっていて、スーッスーッと深呼吸でもしてるように青ッぽい光を明滅させていた。

「アッ、蛍小僧だ！」

中岡巡査は、そう絶叫するや、躊躇なく中へ踏み込んでいった。

茶の間六畳、奥の間八畳には何の異変もなかった。二階の階段に足を掛けた時、プーンと血の匂いがした。上ってみると、二階八畳の間には、いちめんに水色の絹麻の蚊帳《かや》が吊ってあった。それには赤インキを霧噴きで吹いたように、裾濃《すそこ》に、血飛沫《ちしぶき》が飛んでいて、中にはこの家の女主人ソーニャ（ソフィヤ）・ペトロヴェナが寝床《とこ》に這入ったままの姿で惨殺されていた。

中岡巡査はしばしは魂を引き抜かれたように呆然と立ちはだかっていた。

残虐この上もない感じがしたことは勿論だが、その癖、何んとも云いようもない艶《なま》かしい光景でもあった。何故と云って、青い絹麻の蚊帳の中には、無数の蛍がふわふわと飛んでいて、まるで殺された当人の魂が、一団の青火と化し、それが千々に砕けて蛍火となったかの如く、妖しい美しさをいちめんに撒きちらしていたからである。

ソーニャ・ペトロヴェナと云っても、或は御存知無いかも知れないが、この界隈では誰一人知らぬ人も無い露西亜《ロシア》美人である。映画や外国雑誌の口絵などでみると外人は美人ばかりのように思われるほど沢山いるが吾々がよく街中などで見かける日本在留の外人には、あまり美人と云える婦人もいないようだ。けれどソーニャ・ペトロヴェナだけにはこういう不満は当らない。少し肥り過ぎてる嫌いはあるが、とにかく姿容《すがたかたち》――目鼻立ちなら、肌の色なら、まあ申分の無い西洋美人である。

それに、彼女はもう永く、日本にいるのですっかり日本趣味に馴染んでいるから、なおさら人目を惹くのである。もっとも、その日本趣味が板についてるとは贔屓《ひいき》目にも云いかねるが、板についていなければいないで、彼女のような美人には、その不器用な着附が却って特別の魅力を添えるものである。シミーズ一枚に無造作に黒ッぽい明石などを引っかけて、ハイヒール型に作った銀色の木履《ぼくり》を素足に突っかけて、臆面もなく散歩してるのを見かけたならば、誰にしてもこの金髪碧眼の美女の和服姿には目を見張らずにはいられないのである。そんな訳で、ソーニャ・ペトロヴェナと云えば、この嬉ケ丘一帯の注目の的だった。

そのソーニャ・ペトロヴェナが殺されている――豚のように無造作に。

中岡巡査は、注意深く、血飛沫のついていない方から、裾をあげて、蚊帳の中に這入ってみた。彼女は白地に藍の観世水《かんぜすい》を大きく絞った浴衣《ゆかた》をきて、片手に涼しげな日本団扇《うちわ》を持ったまま、心臓部と下腹部を、鋭利な刃物で突き刺されて即死を遂げていた。裾や、胸元がだらしなく、はだけられていて、そこから肥り肉《じし》の真ッ白な肌が、むくりと盛り上がるように喰《は》み出していた。つまり一目で犯行の目的をおおびらに示しているような殺され方であった。

犯人は誰か――今更訊くだけ野暮な、もちろん蛍小僧だ！　このような淫靡《いんび》な殺し方と云い、屍体の上に繚乱《りょうらん》と蛍を撒きちらしてゆくやり方と云い、その手口は蛍小僧独特のものである。蛍小僧は主として、下町の女理髪店とか小料理屋などを襲うて、ひとしきり独身女達を縮み上らせたが、それも迷宮入りしたまま、十日ほどパッタリ消息を絶っていたのである。それが、この四五日ほど前から、河岸《かし》を変えて、もっぱら山の手の方へ隠見出没し始めた。阿佐ケ谷の女歯科医殺し、中野の女店員殺しと通り魔のように、矢継早《やつぎばや》な犯行振だった。行く所、必ずふわふわと蛍火が飛ぶと云う。だから、庭先や路傍《みちばた》の草叢や木蔭などに、蛍でも見つけようものなら、誰でもギョッとして立ち停まってしまうのである。こんな風で、年若い婦人、殊に結婚前の処女などがビクビクするものだから、たとえ、恋人同志でも男はウッカリ暗がりでは、煙草も喫《す》いかねるという怖《おび》え方である。蛍小僧の正体については依然として暗中摸索で誰も姿を見たものは無いだけに、種々《いろいろ》な臆測が流布されていた。青いクリクリ坊主の雛僧だとか、金ボタンの中学生だとか、いや小店員だ、少年俳優だと噂はちりぢりばらばらであった。しかし、未成年者らしいということには皆一致した。その手口が、実に抜目ないけれど、どことなく子供っぽいからである。蛍をわざわざ撒き散らしてゆくのもそうだが、ただ美しい女を惨殺して行くだけで、品物には何一つ手をつけていないのである。よほど変質的な早熟少年だろうとのことであった。

中岡巡査の急報によって、所轄警察署及び警視庁からの一行が、現場に乗り込んで来たのだが、新しい捜査上の手掛りは一向認められなかった。独身のソーニャ・ペトロヴェナは、女中もうるさがって置かず、ひとりで気儘自由に暮していたのだから、参考材料を第三者から聴き取ることも出来ず、捜査は一層困難であった。応接室の窓から這入り込んでソーニャを殺すと、再びそこから立ち去ったらしいこと以外に何もわからなかった。

ソーニャの殺害された時刻は、警察医の言に依れば、午後十時から十一時の間であると推定された。

考えてみれば、ソーニャ・ペトロヴェナのような女が、蛍小僧に今まで狙われなかったのが、むしろ不思議な位であった。来るべき所に、当然の禍《わざわい》がやって来たのだと、今になってやっと誰でも判ったのだが、今まではソーニャがやられる危険があるなどと、この界隈の人は勿論、警察だって頭に入れて置かなかったのである。それは彼女が外人であったばかりではない、――一般に白系の露人と云えば、祖国を逐われた流浪の民で、その身辺には数々の悲劇が纏《まつわ》りついているはずで、どことなく憔《やつ》悴れはてていて、涙さえ疾《と》うの昔に涸れてしまったような、うらぶれた印象を与えるものであるが、ソーニャ・ペトロヴェナにはそんな悲しげな所は微塵もない。よく営養のゆき渡った肥った体、柔くって眩いばかりの金色の捲毛《まきげ》、パッと張られた水々しい碧眼――どこを見たって亡命露人の廃残者らしい影など見当らないのである。どんな不幸だって、彼女の前は多分素通りして行くに違いない――そんな風に誰の眼にも映っていたのだから、警察側も非常線を張っていながらも、他の方面に気を取り過ぎて、特別の注意を彼女のために払わなかったのであろう。その隙を見事に蛍小僧に衝かれたのだから、警察側も今更のように後悔の臍《ほぞ》を噛んだのである。

だが、警察の身許調査の御蔭でソーニャ・ペトロヴェナの前身もすっかり洗い出された。

大抵忘れっぽい人でも、あの沈没露艦S――号引上事業会のことは記憶しておられるだろう。日露海戦の際、莫大な軍資金を積んだままS――号が沈没したことは当時の記録にもハッキリ出ているので、それを引上げようと云うのであった。大々的に広告して、引上資金を一般から公募したが、何にしろ、一口十円が成功の暁には確実に二千円、いやそれ以上になって還ってくると云うのだから、まるで夢のような話だ。ところが決して夢ではなく、成功率九十九パーセントと云う触れ込みで、日比谷公園で掃海《そうかい》技術の優秀さを一般に知らせるために講演会を開くやら、写真や地図入りの刷物《すりもの》を配布するやら、大童《おおわらわ》の宣伝ぶりだった。だから人々は馬券以上の熱狂をもって応募した。

その時、この講演会の席上に姿を現したのが、ソーニャ・ペトロヴェナである。彼女はその当時、現在のようにスラスラと流暢《りゅうちょう》な日本語が話せたかどうか知らないが、講演会場ではペラペラと露西亜語で喋り立てた。講演会の聴衆は半分以上弥次馬の集りではあったが、彼等は、このまるで判らない露西亜語を水を打ったようにしいんとして聴いていたから妙である。それと云うのもソーニャ・ペトロヴェナが凄いほど美人だったからに違いない。ひとくさり彼女の露西亜語が続いてから、通訳がそれを日本語で話して聞かせた。それに依ると、彼女の祖父は露西亜の貴族で、日露の海戦当時はS――号乗組の上級将校であったが、S――号沈没の際、浪間に漂うているのを日本側に救済され、俘虜生活を暫く我国で送っていた。だから、彼女の祖父は、S――号の沈没個所はもとより、船内のどこに、どれだけの金貨が、どんな風に蔽《かく》されていたかを極めて明瞭に指し示すことが出来た。彼女の父は革命軍に捕われて銃殺されてしまったが、祖父と彼女とは国外に脱出することが出来た。祖父も間もなく病死したが、彼女は祖父からS――号に関する総てのことを委細洩れなく聞いて知っていた。それをいよいよ日本の紳士達と協力して引上げることの出来るのは何んという深い神様のみ情けであろうか――という趣旨だった。こうしたソーニャ・ペトロヴェナの演説によって、引上熱は更に昂《たかま》り、応募の口数は見る見るうちに殖えていった。

ひょっとすると、その時、聴衆の中にはその頃、やっと十三四歳の少年であったろう蛍小僧も、目を見張って聞いていたかも知れない。そうして、この少年が爪に火を灯すようにして給金を貯えたのをもって、あるいは、主人の金でもちょろまかして、一口か二口、張ってみる気になったかも知れない――と穿ち過ぎた想像をめぐらす警官もいた。全く、このS――号引上事業会の資金には、女中だの、丁稚《でっち》だのの下層階級から一口二口と集まってきた零細な小口投資がかなり多かったのである。しかし、その結果はどうであったか。誰でも知ってる通り、金貨はおろか釘一本引上げることは出来なかった。勿論裁判沙汰になったことはなったけれど、表面は巧妙に合法的にやっていたこととて、たいした罪にもならず、会計簿の書き入れ方について少しばかりの不正をきめつけられたに過ぎなかった。結局うまい汁は発起人や清算にたずさわった弁護士連に皆んな吸われてしまったとのことである。だから二千円の配当金を夢みていた正直者はただ泣寝入りするだけだった。

「ソーニャ・ペトロヴェナは色気抜きとしても、蛍小僧から狙われる理由はありそうですね」

「そう、先走っちゃ困るよ、まだ蛍小僧が引上の資金を出したかどうかわからんじゃないか。それにソーニャ・ペトロヴェナは引上会の連中にただうまく踊らせられた操人形《あやつりにんぎょう》に過ぎないと云う説もあるし――いずれにしても禍は、やっぱりソーニャが外国人の癖に（いや癖には可笑しいが）とにかく非常に美人すぎたことに端を発しているのだ！」と署長はもっともらしく云った。

写真掛《がかり》は、二階の硝子《ガラス》戸を一杯に開けひろげて清々《すがすが》しい朝の外光を室内に漲らせてから、現場写真を撮り始めた。

「なるほど、美人ですな――チェッ、蛍と銀蠅とが一緒に乳房の上に留っていやがらア」

## 二

警察では、蛍小僧の犯行に違いないと睨んでいたものの、一応嬉ケ丘一帯の青少年の当夜の言動について、殆んど虱《しらみ》潰《つぶし》に洗ってみることになった。新市内に属する嬉ケ丘は、いわば高級住宅区であって、青少年と云っても大抵良家の子弟であるから、当局の嫌疑に触れる者は殆んど無かった。

ソーニャ・ペトロヴェナの隣家の小室良一も長時間にわたって調べられたが、これも完全な不在証明《アリバイ》があって、翌晩、おそくなってから帰宅を許された。事件当夜、良一は受験勉強で二階の勉強部屋に上ったきり一歩も外出しなかったことは両親や女中の証言によって明かであった。

しかし、小室良一は、穏かな調べ方をされたにも拘らず、警察から帰ってきた時はすっかり憔悴していて、まるで拷問でもされたようにグンニャリと参っていた。

「まあ、この児はなんて顔色をしているんだろう――どうしたの、警察で打《ぶた》れでもしたの？」母親は土色に蒼褪めきってる良一の顔を覗き込みながら訊いた。良一は頭《かぶり》を振った。

「ウウン――ぶたれやなんかしなかった。でも構わないで下さい。何でもないんだから」

「おや、涙ぐんだりして――それじゃ、あなたが、ソーニャ殺しの犯人みたいじゃないの、お母さんはね、あなたが帰ってくる時の元気な足音を聞いてホッと安心したの、――いいえ、お母さんは始っから安心していましたよ、それや誰だって、あなたが蛍小僧だなんて馬鹿げた疑は持ちやしないからね。けれど、玄関まで元気で帰ってきた人が、急に萎《しお》れちゃうのは可笑いわ、――さあ、涙をお拭きなさい。警察の人にでもこんなところを見られたら、また新しい疑を掛けられるじゃないの」

そう云われると、良一はギョクンと肩を慄わして四辺《あたり》を見廻したが、

「お母さん、お冷《ひや》を一杯下さい、そうして、もう何も云わないで、僕を暫くひとりきりにして下さい。僕はとにかく寝たいんだから」

良一はそう云って、水をゴクリと飲み乾すと、そのまま二階へ上って蒲団を引っ被ってしまった。

（僕は蛍小僧が誰だか、チャンと知っているんだ）――それを警察では曖気《おくび》にも出さずに、何喰わぬ顔で頑張り通してきたが、家に帰ってくると、急に気疲れが出たためか、一時にドッと不安と苦悩が募ってきた。良一は目を瞑《つぶ》ると、この事件を中心としていろんなことが夢幻しのように湧き上ってきた。

今年は七月に這入るか這入らないうちに、ジリジリと暑苦しく、例年の平均温度を遥かに越していた。じっと勉強してるのはとてもやり切れなかった。どこか涼しい所へいってやれば、相当能率が上るんだがなあと良一は思わずにいられなかった。三好も片倉も、高等学校が休暇《やすみ》になると、すぐリュクサックを肩に、ピッケルを振り振り登山班に加わって行ってしまった。良一も、海か山へ行って勉強したいという口吻《くちぶり》を洩らすと、父は、

「馬鹿！　そんな考だから高等学校へ這入れないんだ。三好や片倉のように立派な高校生になれ、そうなれば、お父さんはな、逗子だろうが、軽井沢だろうが、一流ホテルを借り切ってお前を倦きるほど避暑にやるぞ、落第坊主の癖に避暑も避寒もあるものか」そう父から頭ごなしにやっつけられると、良一は返す言葉もなかった。

頑張るぞ――そう意地になって机に獅噛《しが》みついてみても暑さには変りなかった。僕は人一倍暑さには弱いんだ。小さい時から夏は苦手だった。そう思うと尚更、汗がジクジクと流れ出してくるのだった。

ラジオがお寝《やす》みなさいを云う頃になると、階下《した》では戸締りして、サッサと寝てしまう。親父の空咳も聞えなくなる。それで、良一は十時を打つと、勉強を二十分だけ中休みしてその間は屋根に上って涼むことを考え出した。一週間ほど前からやり出したのである。二階の張出窓から、屋根の上にのぼることは造作も無いことであった。屋根の上はさすがに涼しかった。それにゴソゴソと屋根瓦を匍《は》いのぼってゆくことは、何となく冒険的な興味もあった。

通路《とおり》からは、位置の関係で、見咎められる心配は絶対に無かった。それにもうこの時分になると、この辺は森閑としてしまって、通行人などは全く見かけないのが常である。空を仰ぐと天の川が、薄白く、雲のように流れていて、その周囲には幾多の星が金鋲《きんびょう》のようにキラキラと輝いていた。屋根瓦はまだ昼間の炎熱のほとぼりが冷

め切れず、足裏が幾分生暖かで擽《くすぐ》ったかったけれど、夜気は毛穴に冷え冷えと水のように浸み込んで来るのであった。ああ、こりゃいい。下手《へた》な海岸宿へコミで叩き込まれて小便臭い蒲団に寝かされるよりは、ずうっとハイカラだ。と良一は負け惜しみでなく思った。

だが、そう思ったのも一時で、彼はやがて全身がキュッと焦げつくような熱気を覚えたのである、と云っても、屋上を吹いてる微風《そよかぜ》の涼しさには少しも変りはなかった。彼は見てはならないものを見てしまったのである——それは事件の五日ほど前の夜のことであった。

ソーニャ・ペトロヴェナの二階にその時突然灯りが這入った。

二階の縁先きに岐阜提灯《ちょうちん》が吊されてあって、蠟燭代りにコードを伸ばして電燈が入れてある。奥の方で誰かスイッチを捻ったものと見え、涼しげな秋草を描いた提灯がパッと明るんだ。なるほど、あすこがソーニャ・ペトロヴェナの二階か、前から分っていたようなものの、暗がりの中では、別して気に止めていなかったものだから、明くなってみると、今更のように物珍しく見渡された。丁度芝居でも見てるような気持だった。それは周囲の暗黒《くらがり》から、クッキリと一段明い光で区別されて浮び上った舞台のようにしか思えなかった。それも幕があいたばかりで、舞台にはまだ人影は見えないと云ったところだ。始め、良一は屋根の上で膝小僧を抱いたまま、面白半分に見ていたのである。

だが急に胸が弾んできた。二階に水色の蚊帳が吊ってあるのが見えるが、その中に誰がいるんだろう。云わずと知れたソーニャ・ペトロヴェナが寝ているのさ。ひとりでだろうか、二人でだろうか、勿論独りに決まってる。あの人はいつだって独りじゃないか、二人だなんて妙に気を廻すものじゃない。良一はそう自問自答しながら、ふと汚ならしい想像をめぐらしかけた自分に気が付いて、思わず闇の中で顔を赤らめた。

しかし、その蚊帳を瞶《みつ》めている内に、段々息苦しくなってきた。喉がカラカラに乾いて、何度も生唾を飲み込んだ。自分の体の中《うち》にも、こんな汚ならしい悪魔が潜んでいたのだろうか、——そうっとあの二階へ匍い上っていって、蚊帳の中へ忍び入って、ガバッとソーニャ・ペトロヴェナの真っ白な体にのし蒐《かか》ってみたいような情慾が抑えても抑えても盛り上ってくるのであった。ああ、僕は、今から、こんなじゃ、いったいどうするんだ、こんな意気地無しじゃ、高等学校の受験もヘチマもあるものか、僕はなんて早熟な子供なんだ！　と誰に見ていられなくとも、両手で顔を覆い蔽したいほど恥じ入りながら、それでも良一の両眼は、相変らずグーッと大きく開いて、焼きつくように蚊帳を凝視していたのである。

そうすると、どうだろう――蚊帳が一揺れしたかと思うと、当のソーニャ・ペトロヴェナが中から、のっそりと出てきて、その大柄な全身を二階の欄干《てすり》のところへ現したのである。多分暑くって寝ぐるしかったのであろう。無造作に華美《はで》好みの浴衣を引っかけて、手にした日本団扇で蚊を追いながら、くり拡げた胸に、縁先の夜風を入れようとしているのだ。良一は慌てて、逃げ出そうとしたけれど、屋根瓦の上にハンダ附けになったようで、足指一つ動かすことができなかった。ナニ、こっちさえ凝《じ》っとしていれば、相当距離もあることだし、第一、こんなところに人間がへばりついていようなどとは誰だって思いつくはずはない。良一は無理に糞度胸を据えて、ソーニャ・ペトロヴェナの様子を見守った。

恰度、岐阜提灯の朱房が微かに揺れている真下の辺に彼女の金髪が見え、顔は光を背負ってうす暗かったが、ほんのりと青っぽい翳の中に夜目にもしろく、雪白の肌の色が分るのであった。彼女は特別大きな瞳で、天の川の方をグルッと見廻し、晴れ上った夜空の美しさに見惚《みと》れているようだった。が、そのうちに彼女は銜《くわ》えていた煙草をポイと空高く抛った。それがまるで蛍火のようにくるくると廻って、闇の中へ消えていったが、その行衛を見ていた視線が、屋根の上の良一の方へ向いていたのだ。

これやいけない、と良一は身を退《ず》らせようとしたけれど、もう遅かった。――ソーニャ・ペトロヴェナはニッコリ笑ったらしかった。彼女は持っていた団扇で良一を手まねきしていた。何か彼女は云ったようだったが、距離が大分離れているし、低い囁くような声だったから半分以上は、こちらで想像するより仕方がなかった。

「坊っちゃん、涼んでいらっしゃるの、理想的な涼み場所ね。でも少し高いわ。怖くありませんこと」

それから一層低い声で、

「ね、坊ちゃん、ほんとうは涼んでいらっしゃるんじゃなくて、――あたくしを見ていらっしゃるんでしょう、狡《ずる》いわヨ、そんな所から敵状視察をするなんて、ホホホホ――あたくしのところ、誰《だあ》れもいないのよ、そこを降りて、裏の耳門《くぐり》から忍んでいらっしゃいよ、あたくし貴方を沢山満足させてあげるわ」そう云ってから、また二三度団扇で手まねきした。何か、火のようなものが、氷のようなものが、良一の五体を刺し貫ぬいたようにさえ感じられた。良一はブルブル慄えながら、歯を喰い縛って、「畜生！　馬鹿にしてる、馬鹿にしてる。絶対に行きやしないゾ、絶対に」そう腹の中で叫んで、自分の部屋へ転げ落ちるようにして逃げ帰ったのである。

寝具《ねどこ》の中へ潜込《もぐりこ》んだものの、夜っぴて安眠出来なかった。とろとろと眠りかけると、すぐソーニャ・ペトロヴェナの牛酪《バター》の塊みたいに真ッ白な肉体が浮んできて、その中へ自分が虫けらのように融かし込まれてゆく夢とも現《うつつ》ともつかない幻に脅《おびや》かされた。良一は、その夜かぎり絶対に屋根には上らないぞと決心したけれど、日が暮れかかると、心ここにあらざれば見れども見えずで、いかに書物の上に目を曝《さら》しても無駄だった。とどのつまりは、やはり屋根へ――、泥棒猫のように匍い上るのであった。今度は勿論、涼みにではなく、ただソーニャの寝巻姿が見たいばかりに……。

だが、決して彼女の所へ忍び込もうなどとは思わなかった。ただ、彼女の姿を遠望して帰ってくるだけだったけれど、こうして人間が段々堕落して行くんだ、堕落して行く筋道が、ハッキリ判るような気がして、良一は、身も世も無いほど悲しかった。しかし止《や》められなかった。

ソーニャ・ペトロヴェナの殺された晩も、やはり屋根の上で小半時《こはんとき》過した。時刻は十一時近かった。彼女の姿は欄干の所に現れなかった。灯《ひ》もついていなかった。消えたままの岐阜提灯がボーッと薄白く軒先に見えていただけだった。彼女を憎み軽蔑していながら、姿が見えないと千万無量の寂しさが胸底から吹き上ってくる、ああ俺は、子供の癖にあの毛唐女に惚れているんだ、と思うと、身を切られるほど辛かった。

失望して良一が帰りかけた時、鼻先の中空へスイスイと蛍が一匹飛んで来た。この辺にこんな大きな青火をちらつかせる源氏蛍はいないはずだ、どこかの家で田舎からでも持ってきたのを放したんだろう位に勝手にきめて、噂に高い蛍小僧のことなど、チラッとも考えなかったのは不思議と云えば不思議だが、それも結局良一が、ソーニャ・ペトロヴェナの事ばかり考えていたせいかも知れない。

蛍は方向を変えて今度はソーニャ家の向う隣の千木良《ちぎら》家の木立の方へ飛んで行った。その時、良一は思わずアッと声を立てるところだった。それも無理はない。千木良慎吾（そうだ、あの姿、形、は一目で千木良慎吾だと云うより外ないものだ）が、ソーニャ・ペトロヴェナの二階からコッソリ出て来たのだ。コッソリと硝子戸を開けて欄干を跨いで屋根の上に足をおろすと、また静かに戸を閉めて歩き出したのである。どんな着物をきていたか暗すぎてハッキリは判らなかったけれど、茫《ぼう》と仄白く闇の中を千木良家との境の塀の方へソロソロと歩いて行く後姿を見ると、いつも慎吾が着ている蚊絣《かがすり》の白い単衣《ひとえ》に違いないと断定した。

ああ、あいつは平常《ふだん》はあんな糞真面目な勉強家を装いながら、ソーニャ・ペトロヴェナの所へ通っていたのか。いつの間にあんなに堕落してしまったのだろう。そう思ったものの良一は、腹の底では千木良慎吾に先手を打たれたような、掌中の珠を掠め取られたような嫉妬が沸《たぎ》り立ってくるのを抑えることが出来なかった。

だが翌朝になって、ソーニャ・ペトロヴェナの惨殺されたことを聞いた時、良一の心持はどんなであったろう——慎吾がソーニャの二階から這い出してきた時刻は恰度、彼女が惨殺された推定時間と一致する。良一は突然、崖から突き落されたような恐怖と驚きとを感じた。

## 三

だが良一は警察で、柔い物腰の司法主任から劬《いたわ》るように、しかし一方なかなか執拗《しつこ》くあれこれと訊問されたけれど、彼は決して自分が屋根に上ったことも、その屋上からチラリと千木良慎吾の姿を見掛けたことも、深く胸底に畳み込んで、それらしい気振《けぶり》さえ絶対に見せなかった。もっとも警察の方ではそんな事はてんで気がついていないのだから、良一が事件の当夜、勉強部屋に閉じ籠っていたことには少しも疑を挟まなかった。それだけに最後まで頑張った良一の胸の苦しさは並大抵のものではなかった。

良一が、千木良慎吾のことを云い出せば、自分が毎晩屋根に上ってソーニャ・ペトロヴェナの寝室を覗く忌《いま》わしい習慣をまず白状しなければならぬ。いや、それは自分一個の問題だから堪え忍ぶとしても千木良慎吾のことは殺人問題だけに軽率には口外することは出来ぬ——。

「千木良慎吾君を君はよく知っているだろうね」

「ハイ、中学一年からずうっと一緒でした——中学を出るとすぐ一高に入りました」

「実は慎吾君も今別室で取り調べられているんだ——君は親友だから何もかにもよく知ってると思うが、彼の性質とか態度とかについて一風変ったようなところはなかったかね、どんな詰らんことでもいい、その詰らんことの方がむしろ当方《こっち》では聞きたいのだ、高等学校の方へは勿論元の中学校へも問合せてみると慎吾君は相当の秀才で勉強家でもあるそうだが、まあそういうことよりも学校の先生などの気がつかない点、つまりお互打融《うちと》けた友達同志の間だけで判ってるような事で、たとえば、酒煙草はどの位いけるとか、レヴューガールの誰れかれが贔屓だったとか――そんなごく詰らんことでも知っていたら話してくれないかね、何もそんなに赤い顔をするには及ばんよ、いずれ年頃だし、それに慎吾君はなかなか精力的ないい軀をしてるではないか、誰にしたって卒業証書の額面通り品行方正とばかり行かん位のことは、何もたいした悪い意味じゃなしに、僕も相当理解《わかっ》てるつもりだがね」

「中学生の時、煙草も面白半分に吸ったことはあります、女の話も随分しました。だが慎吾君はイザという時は鉄のような意志を持っていました。人前じゃ時には不良じみたことを云ってみることもありましたが、真実は怖しいほど糞真面目でした。高校生になった最初の一年は誰にしても気が浮き浮きして遊んでしまうらしいですが、彼はこの夏だって海へも山へも行かず頑張っているんです」

良一はこういう風に、どんな点から見ても慎吾の不利なことは口にしなかった。それも嘘をついているのではなかった。少くとも、昨夜《ゆうべ》の事件前の慎吾は懸値なしに自分の云う通りの男であると信じていたからだ。

だが、昨夜、屋上で彼の姿を見た瞬間からこの信念を全く捨ててしまわねばならぬはずだった。あいつは魔が射したんだ。慎吾ほどの石部金吉でもソーニャ・ペトロヴェナのあの露骨な誘惑には勝てなかったに違いない、自分が心を動かされながら、そこまで行かなかったのは品行方正であったからでも何んでもない、ただ臆病であったからに過ぎない。自分も慎吾ほど大胆であったらば、進んであのような蠱惑《こわく》的な冒険に身を投じたかも知れぬ。それにソーニャ家と慎吾の家の屋根とは殆んど続いているも同然だった。自分の家との間のように空地などはなく、両家の境にある板塀が、先方に渡ってゆくには却って都合のいい足場になる位だから、なおさら誘惑を感じ易いのだ。ふらふらと強烈な火にまねき寄せられる蛾のように慎吾は吸いよせられていったのだ。

だが、それにしても何故ソーニャ・ペトロヴェナをあんなに酷たらしく惨殺しなければならなかったのか、痴話喧嘩が昂じた果だろうか、じゃあの蛍は？――無数に彼女の屍体の周囲に群がっていたあの蛍はどうしたんだ。ああやっぱり彼は蛍小僧なんだ、誰が、高等学校の秀才が、あの有名な蛍小僧だと気がつこう！　良一は底の知れない恐怖でガタガタと軀が慄え出しそうになるのを凝っと堪《こら》えて、しかし、それでも、警察官の前で昨夜の真相を白状することはしなかった。白状しなかったのは、心の底には、千木良慎吾を信じようとする気持がまだ残っていたからだ。自分が彼の姿を見たと考えたのは、真実の彼ではなく幻みたいなものであったかも知れぬと無理にでも思い込みたかったからだ。また仮令《たとえ》、彼が鬼畜の如き変態性慾の蛍小僧に間違いないとしても、一応自分が彼に直接問い訊《ただ》して、充分説得した上で自発的に自首するよう勧告しよう――それが、今まで親友づきあいしてきた慎吾に対する最後の友情的な手段であると思ったからである。

当の千木良慎吾も警察から至極あっさりと調べられただけで還されたらしかった。良一はあの事件から三日目に、出来るだけ怪しまれないように慎吾の家に行ってみた。その折、自然に探偵的な心理が働いて、ソーニャ・ペトロヴェナ家との間の塀に目を留めた。奴はこれを足場にして向うの屋根に匍い上ったのだと今更のように見たのであるが、塀越しに向うから千木良家の方へ伸びてる庭木の小枝が一本折れかかっていて、その先へ糸屑みたいな細い布切が引っかかっていた。手を伸ばして取ってみると男の兵児帯《へこおび》の端が引っかかって裂けた切れッ端だった。それにはよく見ると赤黒く乾いた血糊がくっついていた。――最早疑う余地は全然なかった。慎吾が塀から自家の屋根に飛び移る時に引掛かったものなのだ。

慎吾は家にいなかった。いつも病気勝ちで口数の少い彼の母親が珍しく愛想よく、

「慎吾は今散歩に出かけました。いつもきまって行くあの崖っぷちの草原《くさはら》でしょう。――それにしても良ちゃん、私《あたし》はもうお隣の方を向くだけでもゾーッとしますよ、ああ鶴亀、鶴亀――警察だって酷いじゃありませんか。たとえ一時《いっとき》が半時でも慎吾や貴方を警察へ引張っていって訊問するなんて私は口惜《くや》しいと思いますよ。一目みただけで判りそうなもんじゃありませんか。でも慎吾はあんな性質《たち》ですから、ちっとも気にかけてやしませんけれどね」そう云う母親の吾児を信じ切ってる言葉にこそ、良一はゾーッとするような寒気を覚えた。いいかげん生返事をしておいて慎吾の後を良一は追っていった。

慎吾はやはり草原にいた。草原と云ってもそこは或る信託会社の所有で、嬉ケ丘の丘陵の末端に当る傾斜面を平に地均《じなら》しして、石垣まで築いていつでも住宅の建築に着手出来るようにされた、かなり広い売地であった。まだ買手は附かないらしく、夏草が一杯に茂っていて見た目にも涼しく、晴れた日は富士がクッキリと天際に浮き上って眺められた。慎吾が、猛勉強をやった後は、きっとここへやって来て一息入れることは、良一も知っていた。

良一が近づいていった時、慎吾は詩吟をやっていた。

一方の肩をグンと張り、片足を斜につき出し、兵児帯を片手でしごき下《おろ》すようにしっかりと摑《つかま》えた姿勢で、いかにも高校生らしい蛮声を天空に向って張り上げていた。

孤軍奮闘破囲還《こぐんふんとうかこみをやぶってかえる》。
一百里程塁壁間《いっぴゃくりているいへきのかん》。
吾剣已摧吾馬斃《わがけんはすでにおれわがうまはたおる》――。

「おい千木良――今更わざとらしい子供ッぽい虚勢を張るのは止せ」良一は背後《うしろ》から声を掛けた。慎吾は振り返りながら、

「虚勢？　変なことを云うね、詩吟をやるのが虚勢かい。何の必要があって虚勢を張るんだい、これはね、僕の保健法なんだ。テニスをやるには相手はなしさ、それにそんなことをするのは時間が惜しいんだ、天空海闊《てんくうかいかつ》の境《きょう》にあって蛮声を張り上げると、瞬間にして自《おのず》から胸廓が広くなるんだ。声上げて歌うに如《し》くはなかるらん思えば憂《う》しや涙流るる――か、ハハハハ」

巧妙な胡魔化《カムフラージュ》だ。その手には乗らんぞ、俺は落第坊主だ、慎吾は一高生だ、彼が一高に入ってからは何となく頭が上らなかったけれど、今日は何が何んでも泥を吐かせてやるぞ――と良一は決心したのである。

「そんな話はどうでもいい、親友として、ちょっと云っておきたいことがあるんだ」

良一は慎吾を無理に石垣の縁《へり》の草の上に並んで腰をおろさした。

「君は、ソーニャ・ペトロヴェナが殺された晩、何をしていたんだ」

「勉強していたさ」

それを聞くと、良一はやにわに慎吾の手を摑んで、しっかと自分の胸に押しつけた。涙がハラハラと抑えられた慎吾の手の甲に流れ落ちた。良一は涙に噎《むせ》びながら、

「僕は落第坊主だ――だが、君のような卑劣な嘘はつかんぞ、目を醒ませ、目を醒ませ、なあ千木良、真実《ほんとう》のことを云ってくれ、君はなア、これが何んだと思う？」

そう云って良一は先刻《さっき》見つけた帯の切っ端《きれ》をさしつけた。

「僕は、今詩吟をやってる君の背後から君の兵児帯に目をつけていたんだ。そうするとやはりカギ裂きをした痕がハッキリ判ったんだ。君の帯とこれとがピッタリ合うじゃないか、この通りだ！」彼はぐっと慎吾の帯の端を摑んで手前の方へ引き寄せた。

「僕は――あの事件の晩、自家《うち》の屋根の上で涼んでいたんだ。イヤ、打あけて云えば、ソーニャ・ペトロヴェナの寝巻姿を見ようとしていたんだ。ところが彼女の姿は見えず、見えないはずさ、その時彼女は殺されていたんだ――代りに君が彼女の二階から脱け出して行く姿を

僕はこの眼で明瞭《はっきり》見たんだ――君は蛍小僧だ」

「――」

「なア、千木良、君は変態性慾の蛍小僧だろう、ハッキリ云い給え」

　慎吾のその時の顔つきは正視に堪えないものであった。ガクッと首を折って今にも石垣の下へのめり落ちそうになるのを、やっと草の根を握って堪《こら》えている様子だった。青褪めきって、口も急にはきけないらしかった。暫くしてから、

「ああそうか、君が見ていたのか、――僕は、――僕は、なるほど、ソーニャを、ソーニャ・ペトロヴェナ――あれを殺した」低い息詰まるような答だった。

「僕は、なア、千木良、君を悪い人間だと思いたくないんだ。君はきっと精神病者なのだ――君の高潔な精神が眠ってる間に、その悪魔的な病気が発作的に起って、あんな酷たらしいことをやらかすんだと僕は信じてる」

「――」

「ね、潔く自決し給え、即座に自首し給え。きっと警察の方でも精神鑑定をやって、ほんとに病気だと決まれは、案外無罪とならないとも限らないじゃないか――この場から、真直ぐ警察へ、僕と一緒に行こう――ね、千木良」

「ああそうしよう。きっとそうしよう、――だが今晩十一時頃まで待ってくれ、それまでに思い残すことなく自分を清算して、それから君に附添ってもらって自首しに出るから」

　千木良慎吾の体がブルブル顫えていることは、お互にしっかと握り締めた手を伝わって良一にも不気味なほどハッキリ分った。

「ところで、つかぬことを聞くようだが――良一君、今夜も君は屋根に涼みに出るのかい」

「そ、そんなこと――これから絶対にやる気はしないよ。ソーニャがいなくなったから屋根に上っても疾《やま》しいことはないはずだが、――しかし、何だか怖いよ、ゾーッとするよ、どうしてそんなことを今更訊くんだい」

「ソーニャは死んでも――僕は、あの露西亜美人が寝巻姿で二階の欄干に凭れているような気がするんだよ、あれの亡霊が死んでもなお僕を誘惑するんだ――だからあれを殺した時間が来ると、僕の人格が二つに分裂して、不健全な悪魔の方の自分が、健全な千木良慎吾の体から脱け出して、屋根の上をソーニャ・ペトロヴェナの二階の方へ匍い出して行くような気がするんだ、――それがつまり蛍小僧なんだ――君はね、それが何をやらかすか屋根の上から、今度こそしっかりと見ていてくれない

か」

　そうボソボソと呟くかの如く云った千木良慎吾の顔は一枚の鞣革《なめしがわ》のように真ッ蒼だった。良一は真昼間の静かな草原の中に、このような不思議な男と向き合っていると、全身の毛穴から冷たい汗がビッショリとしみ出してくるのだった。

「あア、じゃ今夜も屋根に上ろう」そう半分夢中で良一は答えたのであった。

　良一はその晩、ソーニャ・ペトロヴェナが殺された時刻（十時半）になると約束通り屋根に上った。約束通りと云うよりはむしろ、恐しいくせに抵抗する事の出来ない奇怪な魅力に惹かされたからである。

　ああやっぱり恐るべき病気の発作が起きたのであろう――千木良家とソーニャ家の境の板塀の上にムクリと慎吾の姿が浮びあがったのだ。この間と同じように白絣の湯上りに白い団扇をもって、ふらふら、ソーニャの二階に近づいてくると、硝子戸を開けて中へ這入った。再びピタリと中から戸を閉めたようであった。あの事件後、すぐ家の中の電燈は、会社の方で全部休燈にしてしまったから、中は真ッ暗だった。慎吾はその闇の中へ吸い込まれたきり、何をしているのか良一の方からは全然わからなかった。

　しかし、そのうちに、驚くべきことには、硝子戸の中では、いちめんに蛍が飛び交い出した。二階全部が一つの大きな蛍籠のようであり、透きとおったエメラルド色の目も綾なる光がちらちらちらちら燃え立ち始めたのである。――だが、ああこれはまたどうしたことであろうか、縁に面した鴨居の所から、ぶらりんと首吊した人間の形が、その周囲に群がった蛍火に照らし出されて、炙出《あぶりだし》のように朦朧《もうろう》と浮き出したのである。飛び交う蛍のちらちらと明滅するがままに、ある部分はクッキリと煌《きら》めき、ある部分は暗がりの中にぼやけて見えるこの首吊り姿を、良一は、両手を後手に屋根瓦についたまま、ただ呆然と白痴《ばか》のように瞶めていたのである。

　やっと吾に返ると、良一は慌《あわ》て、屋根を下り、裏木戸を廻ってソーニャ・ペトロヴェナの二階に駈け上った。ボツンボツンと顔に衝き当るほど、うじゃうじゃ飛んでいる蛍火の中を掻き分けて、その首吊り屍体に近づいてみると、それはやはり千木良慎吾だった。懐から喰《は》み出している良一宛の遺書が一通――蛍火にすかして見れば「良一君、蛍小僧はこうして自分を清算した。呪わしい悪性の病魔もこれで消滅したんだ。しかし、良一君、僕のもう一つの正しい人格、真実の千木良慎吾はやはり、君の友人に相応《ふさわ》しい立派な健全な学生であったことを是非信じてくれ給え。そうして、もうこれ以上、この事件を追求することはしないでくれ給え――ではさよなら」

## 四

丁度その時刻、外出先から帰ってきた後備《こうび》海軍大佐、慎吾の父恒彦は、ふと二階へ上り、慎吾の勉強部屋へ這入っていった。慎吾がいないので、グルグル室内を見廻したが、机の上が仔細らしくキチンと整理してあって真ん中に便箋が置いてあった。――父恒彦に当てられた遺書であった。

「お父さん――僕はお父さんが、どうしてソーニャ・ペトロヴェナを憎んでいるかを知ってるつもりです。S――号引上会に、それも国家的事業の一つであるとのお考から、乏しい財産をすっかりはたいて注込《つぎこ》んだことも、その結果が、二三の黒幕的人物のペテンにかかっておしまいになったことも、うすうす知ってるつもりです。お父さんが特にソーニャ・ペトロヴェナが一番甘《うま》い汁を啜《すす》った人間として憎んでおられたことも、今度の事件でハッキリ分りました。僕はお父さんがあの有名な蛍小僧の犯行らしく見せかけて、実は御自分の手でソーニャを殺害されたことが、ふとしたことから分りました。と云うのは、僕は今日自分の帯が、お父さんのと同じような色合でしたから、偶然とり違えて、お父さんの兵児帯をしめて、散歩にでかけたのです。ところが、小室良一君が、あの帯のカギ裂きに目をつけて、あの当夜の犯人が締めていた帯はこれだと云って、当夜、屋根伝いにソーニャの二階に忍び込んだ犯人は僕だときめてしまいました。もっとも当夜良一君は、屋上でその犯人を目撃したそうですが、僕とお父さんとは背丈も恰好もよく似ていますから夜分など遠くから見たら間違えられても仕方がないのです。僕は自分が犯人だと良一君からきめつけられながら、ではお父さんが真犯人だなと心の中で感づきました。しかし僕は、お父さんを真犯人として発表する位なら、自分が犯人であった方が遥に我慢出来ます。清廉剛直をもって通ってきた、いかにも帝国軍人らしい父上に、どうしてソーニャ殺しの汚名をおきせすることが出来ましょう。それは老後の父上にはあまりに悲劇すぎます。僕自身、蛍小僧になりすました方がずっと気が楽です。僕は犯人として自決する手段を取りました」

ここまでぶるぶる慄えながら読んでくると、老大佐は、「バ、バ、馬鹿めが」と大声叱呼《たいせいしっこ》したかと思うとそのまま材木のようにバタリと倒れてしまった。しかし倒れ

ながらも、

「ああ慎吾、俺もお前も断じて蛍小僧でもソーニャ殺しの真犯人でもないぞ、俺はいくら老耄《おいぼ》れても軍人だ。私怨をもって一婦人を殺すような馬鹿げたことは断じてせん。なるほど、俺は屋根伝いにソーニャの二階に忍び込んだ。それはＳ――号引上のペテンにかかって財産を無くした不平を霽《は》らさんがためでも何んでもない。引上会当時から薄々気がついていたことだが、ソーニャ・ペトロヴェナは白系露人とは云え、どうも某国スパイの嫌疑があったからだ。この頃、それがいよいよ俺の眼には動かすことの出来ないように見えてきたので、証拠物を手に入れるべく忍び込んだまでじゃ――だが忍び込んだ時はすでに彼女が何者かのために惨殺されたその直後だった。あの当夜、早速、それを警察なり憲兵なりに告げるべきではあったが、生憎《あいにく》と、スパイ嫌疑の機密書を当夜探し出せなかったことと思い合わせて、下手にすると、周囲の情況から自分がソーニャ殺しの犯人と目されても申開きの無い立場にあることを考えて、暫く躊躇したのじゃ、しかし数日熟考の果、自分の手で真犯人を挙げるよりほか良策なしと思った。丁度、当夜、逃げて行く犯人の後姿を朧《おぼろ》げながら、見たような気がしたから、苦心惨憺の末、そいつの居所を突き留めて、たった今警察と協力して、取押えて来たばかりじゃ――ああそれを貴様は、貴様は――」老大佐の両眼からは涙が止め度なく溢れ出た。

その頃、警察の保護室には蛍小僧がぐっすり寝込んでいた。蛍小僧とは云え、一般の臆測を裏切って、齢《よわい》すでに五十を越えた気品高い風貌の老紳士だった。――某伯爵家の伯父に当る精神病者である。彼は自邸の監禁室を巧に脱け出しては帝都を縮み上らせていたのだ。保護室で熟睡しているこの老人の側には、彼が惨殺した女達の頭から二本三本と引き抜いてきた髪の毛を編み合わせて作ったまるで精巧な美術品のような蛍籠があった。その中には犠牲者の怨霊さながらに源氏蛍がピカリピカリと明滅していた。

# センチメンタルな蝦蟇《がま》

私がもし詩人であったならばこの堪え難い暑さに際して、お伽噺を書く以外のことは何もしないであろう。
(ケーベル博士著続々小品集)

春めいて来た、といっても凍った土の解《ほ》ぐれる甘い匂のするのは日向《ひなた》だけの話で、樹々の下蔭は肌理《きめ》の荒れた冬の肌ざわりであった。

R街道の片翳り路を、芒野《すすきの》寒三郎は、両手を袂の中から鳩尾《みぞおち》のあたりに差し込んで、ぶらぶら歩いていった。

そういった風態は、その頃になると、消化不良か何かの原因で、胸板に無性に痒ゆい、皮癬様《ひぜんよう》のものが発疹してくるのでそれをときどき引ッ掻くために自然にとられた姿勢であった。

彼は、文学青年であるが、すでに齢《よわい》三十の半ばを越しているので、新鮮な物慾しげな面脂のたぐいはもう出なくなってしまった。老い込んだ文学青年というものは、どこか水ッ涕《ばな》を啜《すす》り上げるといった点が特に目について、哀れッぽくも弱々しくも感じられるのであるが、それと同時に、長い間貧乏に、鋭く磨き立てられかつはあれこれと文学的放浪を重ねてきたために、一種の風格が出来上っていて、それは少しも卑しげなものではなく、時にはなかなか得難い気品のヒラメキ、云ってみれば、貴族風の颯爽《さっそう》たる香気や、物に動じない余裕綽々《しゃくしゃく》たる渡り者の風韻さえ感じさせるような域にまで達している者がある。

芒野寒三郎にしてからが、ぼうぼうたる櫛の歯一つ入れない芸術家風の頭髪(こんな頭をとくに芸術家風だなどと移り気な世間はもう疾《と》うの昔に云わなくなったが、雲脂《ふけ》のまみれた伸びすぎた髪の毛に納豆の藁稭《しべ》のきれっぱしなどくっつけてるあたりは一つ事に一心不乱に凝りに凝って夜明しなど屁とも思わないところのある種の逞しさが見えていて、まだまだこういった式の不潔な頭髪を芸術家風といって差支えないと思う)それからよれよれの鉄無地の羽織や、大きすぎるメリヤスのズボン下が足袋のコハゼを覆いかくすまでにだぶだぶとたるんでいる様子などを見ても、必しも貧乏ッたらしい印象ばかりではなく、どこかぼうっとしたユーモラスな上品な気品や、鋭い我執的な芸術家の稟質《ひんしつ》が縹渺《ひょうびょう》と感じられるのである。

更に打ちあけて云えば、彼の懐には、二百円という大金が這入っていて、それが時として神経質にヒョコつくこともある腰骨を、どっしりと固定させ、いかにも、望月の欠けたることもなきわが世顔にぶらぶらと懐手して歩いてゆける理由でもある。

更に、この二百円の使途について彼が現在抱いている馬鹿げきった計画を読者が知るならば、文学青年などという代物は幾歳になっても救いようのないロマンチストだという考えに今さらのように打たれて、惘《あき》れた果てが、ひょっとして芒野寒三郎を尊敬するようになるかも知れないのである。

この金は、二百円に過ぎないにしても、彼の境遇としては、まことに目がハッキリ醒めるほどの大金である。これは久方ぶりで売れた彼の探偵小説の稿料である。探偵小説といっても、勿論論理整然と築き上げられた明快な理智的探偵小説などは彼に書けようはずもない。したがって、犯罪から発覚までの筋道の立った話などではなく、犯罪心理の漠然たる雰囲気を書くにすぎない。そうして一番いけない彼の欠点は、堂々と息詰まるような前代未聞の大犯罪を頭に描いて書き始めるのであるが、性来が強度に悪の華に心ひかれながらも、どこかに弱気な善人風なところがあるために、最後まで冷酷に仮借《かしゃく》することなく最初の構図通り描き上げることが出来ないで、筆半ばにして、嘆息をついてしまうことである。人間の魂をこんなに悪どく書いてもいいものだろうか、こんなにいけ図々しい悪魔の細胞で骨の髄までびっしり詰まっている人間ってほんとにいるだろうか、自分は人間の本来善良なる魂をあまりに嗜虐的に踏みつけ歪めているのではなかろうか……そんな風に戸惑いして始め考えておいた絢爛《けんらん》眼を奪うばかりのストウリイが、中途で惜しくも腰挫けとなりそれからさきは古めかしい感傷癖がじくじくと滲み出してきて、甚だ水ッぽい小説になってしまうのである。

だから、彼の小説は「芒野寒三郎の小説、あたし好きよ、なんとなくしみじみとしていて変に物哀しくって……」という少数の女学生のファンを除いては、一般大衆層の支持を受けていないのである。

だから、彼の小説は滅多に売れたことはない。彼が年月久しく北千住の工場地域に挟まり込んだ陋屋《ろうおく》で、間借世帯の細々とした煙ひとすじを棚引かせて燻ぼり込んでいるのも、心柄なんともいたしかたない次第である。

それに更に悪いことには、庇続きの隣りの煎餅《せんべい》屋の二階に間借していた女と親しくなったことである。彼女の勤めていたのはサロン満月という怪しげなカフェーであるが、そういう商売の女にもかかわらず、珍らしく清潔な気立のしっかりした女であった。クルリと茹で卵を剝いたような、清らかなおとがいが彼女の善良さをさながらに現わしていた。それがピカソの描いた初期の作品のある少女像に似通うているように錯覚して、芒野寒三郎はこのおとがいの少女に、次第に好意を感じはじめ、二階の出窓に干してあった彼女の肌衣など俄雨の際にこちらの屋根から匍《は》い出していって取り込んでやったりしたのがひどく女から感謝されるキッカケとなり、別にサロン満月に通いもせずに、女を手に入れてしまったのである。

清純とか、気立がいいとかは（ましてピカソの絵に似ていることなどは云うまでもなく）この世の浪立ち荒い渡世に関しては、あまりに秀れた徳性ではないことを寒三郎といえど万々承知していたに拘らず、これも持前の感傷癖から、ズルズルと同棲してしまった。

しかも、彼女は、胸が鳩胸で、どことなく、ひ弱な骨組みに見えたけれど、実はそういう内気でひかえめな女にありがちな多産系の強靱な骨盤を持っていることを発見したときは、すでに手おくれであった。

彼は某々大家の妻君のごとく、石女《うまずめ》で、しかも原稿売込みに並々ならぬ手腕を有するような女を何故娶《めと》らなかったのであろうかと、売れない原稿の堆積と、その堆積の上にときどきおしっこを洩らす子供たちの中にあって長嘆息をしてみるのであった。

だが、石上三年功空しからず、というほどでもないが、とにかく、彼の小説だって、ポツポツ、市場へ出るようなそんな風の吹き廻わしとなって来た。それはもうありきたりの探偵小説や犯罪小説以上の、血みどろ三昧《ざんまい》の悪事が、都会の隅々で泥溝《どぶ》ドロのように搔き雑《ま》ぜられ、搔き上げられて、人々の鼻につくようになり、薄暗い町裏の甃路《しきみち》などを通り抜けるとき、キャベツや竹の皮のや脱脂綿喰《は》み出た黒いタール塗りのゴミ箱を覗けば血綿《ちわた》の凝《こ》りついた人間の臓腑がゴボリと油紙に包まれて落ち込んでいそうな、実にたまらなく厭あな錯覚に、ともすれば、捉えられそうになるくらい、人の世のどんづまりの辛辣な悪どさが肌にしみ入るのである。だから、その上、さらに旧式な殺人小説を読んで、グロだの怪奇だのと、脂ぎった曖気《おくび》をメタン瓦斯《ガス》のように吐く必要はなくなってきている時世なのである。

そういう時世には、血の滴たるビフテキを貪《むさ》ぼりくった後で、ニチャつく舌や唇を洗うためにタンサン水が必要のように、犯罪心理をとりあつかっていながら、どこか間が抜けていて水っぽいペエソスの泌みふくらんでいる芒野寒三郎の小説も、たまには、乙な味もするといった風なことになってきたのかも知れないのだ。そんなわけで彼の小説「恋の剝製」がやっと世の中に出たのである。

某批評家は、「恋の剝製は犯罪と感傷の二つの全く対《たい》蹠《しょ》的なものを適当に調和させた傑作であり、寒三郎こそは不思議な感傷蝦蟇」であると評した。不気味な蝦蟇と感傷とを取り組ませて寒三郎を評したこの批評家は、みずからのこの思いつきにニヤニヤと薄笑いを洩らしたことであろう。

まったく、陽の目もあまり射さない陰湿な裏町の貸間で、生汗をかきながら、昼はひねもす夜は夜もすがら、浪漫世界の魅力に浸り込んで、われとわが魂をキザミつつある彼の姿は、たしかに蝦蟇めいた陰気さと、蝦蟇めいた滑稽さとがあった。それに出来上った作品が、異様に奇怪かぶれのした構成であるにもかかわらず、どことなくスミレ色の甘さが漂い、さらにどことなく涙っぽいもので膨《ふく》れているのをみれば、蝦蟇の皮膚から滲み出た、野末のはての古沼の水滴みたいなものを想わせるのである。——けだし、感傷蝦蟇とはいろいろな意味で、芒野寒三郎を諷し得た適評と云わねばならない。

それはさておき、筆者は二百円をもって、寒三郎が懐手をしたままR街道を歩いていったことから書き出したのであるから、このへんで書き出しに戻って、その二百円についてあれこれと頭を痛めることにしよう。

その二百円は、考えてみれば、今までの彼の借財の支払いなどに全然振り向けないにしても、これまで辛酸をともに嘗めてきた妻子のために季節の着物を質屋から出してきて、若干の家庭愛を示すことには決して不足ではない……

けれど、彼は、まざまざと見通しがついているのである。この二百円の裸銭《はだかぜに》を見せたら、妻はきっとこういうであろう。自動菓子販売機に白銅を入れると、チョロリと包装菓子の出てくるそれ以上な正確さで、妻はこういうにきまっている。

——篤《あつ》ちゃんと浩《こう》ちゃんにだけ機関銃を買ってやって下さいな、二つで一円位のでいいんですから——あたし？　あたしは何も要らないわ。残りの百九十九円で、どこか温泉か高原にでも行って静養なさることが、あなたには必要だわ」

そう云いながら、妻は内職の三文《さんもん》玩具の色つけで青く染まった指さきで、ちょっと目がしらを押えて、善良な妻としての犠牲になりたがる趣味を露骨に示すに違いない。

——ほんとに行ってらっしゃいよ、ちイたア、殺生してきてもいいわ、あんまり苦労したんで変に爺いむさくなっているわ、少しぐらい浮気する方がからだのためだと思んだけど……、何にしろ、そんな風に猫背にしてかじかんでいる恰好は、今をときめく新進作家のように見えないわ」

「それをいうな」

彼も妙にハニカムと同時に、いままでの盤根錯節《ばんこんさくせつ》のあけくれが、一どきにドッと思い出されてきて、キュッと胸の締まるような哀しさに襲われて、しっかり妻子を抱きしめてしまうに違いない……。

そうして、温泉行きなどを実現する前に、妻や子のためにあれこれと散財してしまうだろう。（実際彼ら家族のために買ってやらねばならない必要欠くべからざる細ごましい品々が、ちょっと油断していると、次から次へと想い出されてきて、とどまるところを知らないのである）

R街道をぶらぶら歩きながら、芒野寒三郎は、ここまで考えてくると、急に不快な表情をした。そうして、胸元の麻疹をやけにバリバリと引っ掻いた。

この二百円によって引き起される家庭内のわあッといったような悦びも、次第に着実な現実的考慮によって細々しく分解され、配分されそれぞれ必要な品物を買い整えてしまうならば、手のひらで掬《すく》い上げた水が、指の股から立ちどころに洩れてしまうように、アッと思うまに消えて無くなることは必定である。

この二百円をそんな風にして使用することが、いちばん平凡なしたがって正しいあたりまえな方法だと思えるだけに、ひどくアッケなくも感じられるのである。

そんなにアッケなく砂を嚙むような方法で使ってしまっては、この二百円をもたらしてくれた自分の作品そのものについて、何となくすまないような気がする。

「恋の剝製」は、まことにデタラメ極まる空想裡に生れたものである。寒三郎はこの空想を愛した。こんな途方もない空想から生れた稿料を、しめっぽいケチケチした現実の世帯苦労などに費してしまうことはいけないことではなかろうか。

何かコイツは、寒三郎自身の浪漫的な性癖を更に深め、劬《いた》わってくれるような、「空の空《くう》なる」ことに費してしまった方がいっそ小ザッパリしているのではなかろうか、つまり、香のいい一本の高価な葉巻を煙にしてしまうように煙にしてしまった方が、かえって後腐れがなくって詩神の御心にそぐうことではあるまいか、と考えるにいたった。

これというのも、貧乏人の常として、たまに金が這入ると、あれも買いたいこれも買いたいと必要品が、まるで地獄の亡霊のように雲霞《うんか》のごとく思い出された揚句が、つぎつぎと目移りして、ついにはヤケを起して、全く愚にもつかない不必要品を、えいままよとばかり買ってしまうか、あるいは、柄にもなく飲めもしない洋酒などをグイ飲みして、不必要にチップを弾んだりしてかえって女給共から小馬鹿にされる結果に落ちてしまう、あの憐むべき貧乏階級の、持ちつけない金を扱うことによって生じる逆上的心理に寒三郎も多少捉《とら》われていたのであろう……それに寒三郎の場合は、さらに彼がロマンチストであったことが一層この傾向を強化したとみなければならない。

芒野寒三郎は二百円を懐にしたまま、遂に待ちあぐんでいた彼の家庭には帰らなかった。帰らなかったら家族たちが、どんなに張合いをなくすだろうと、彼らを劬る思いは実に彼の胸を小突くように猛烈に湧き上ってきたのであるが、ああ、そのような世帯染みた感傷には、すっかりくたびれたよ、と強がりを自分に云ってきかせた。おれは、女房が、おれに対して最初に示したアイデア即ち「あなた温泉へでも行ってきたら」といったあの実に思いやりの深い考だけを極力尊重したいんだ。実際温泉に行こうなどとの言葉が、十年に一度も彼らの口を割って出たことがあろうか。

妻にしても、根が善良なだけに、二百円の大金を示されて、ハッと吐胸《とむね》をつかれた途端に、温泉行きなどという、そのような美しいロマンチシズムの虹を彼らの黴くさい現実の生活の上に、そうっと棚びかせたい情緒に襲われるのは当然とみなければならない。しかしそれはあくまでも空想でしかない。そんなことはとても実行できないことだし、実行しようとも思っていないことは妻も、寒三郎自身もよく知っているのだ。臨時にいくらかでも金が這入れば百千《ももちぢ》に引き裂いて、退引《のっぴき》ならぬ日頃の不足を補わねばならぬ胸算用がおのずから条件反射的に出来上ってしまうことはこれまでもちゃんと経験していることだ。

しかし、きょうの彼はいくらか違っていた。即ち、そのような条件反射的なものに対して、きょうこそは反逆してやろうという妙にコスイ考えが湧いてきたのだ。

妻子のことなど、この際一切思いうかべまい、篤ちゃん、浩ちゃんに機関銃を買ってやる必要も黙殺してしまう。……

R街道はそのまま、まっすぐ行けばアメリカ村にいってしまう。彼はそのまままっすぐアメリカ村にいってしまった。

俗称アメリカ村は荒浪が巌頭を嚙む海岸に面した半漁半農の小村であるが、そこは海岸出稼人の多いことでは、こないだのラジオの報告した統計によれば、日本第二とのことである。ざくざくと金を蓄《た》め込んだ南米移民は、錦を衣て故郷にかえると、それぞれ海に面した高台の地所を買い込んで、家を建てるのでそこかしこに場違いの洋館がいくつも見えている。根が百姓か漁師である故に、洋館といっても、植民地帰りの彼らの建てる家は、どこか泥くさいところがあり、それがしかし、かえって、文化村の文化住宅などと違って、小市民的な臭味がないので、無恰好ではあるが、堂々として汐風に吹きさらされているのだ。

寒三郎は、村端れの、往還から、ずっと離れた所に建ってる一番大きな家の前まで行って立ちどまった。

学校か、病院かと思われる位大きな構えの木造建築であるが、家の主人は、この邸宅を建てるとまもなく、結局植民地の方が居心地がいいらしく、再び家族全員を引《ひき》具して渡米してしまったとかで、そのまま空家になっているのだ。芒野寒三郎は、実はこの村の一駅さきの贅沢な温泉地で、悠々と逗留するべく計画を持っていたのであるが、行きずりにふと見たこの家が、妙に注目を引いてしまった。

温泉もいいが、こういう馬鹿々々しく大きい家に一週間なり十日なり住んで、ひとりであちらの部屋に移ってみたり、時には窓をひらいて、ガサ藪《やぶ》だらけの廃園や、その廃園のむこうの雲母色《きららいろ》に輝く海面《うみづら》を眺め入ったりするのもよかろう。北千住の煤煙に黒《くろず》みながら、六畳の貸間に逼塞《ひっそく》していた寒三郎にしてみれば、こましゃくれた温泉宿の小綺麗な座敷なんかよりは、この方がずっと、のびのびとしていて尨大で豊富贅沢感を満喫させてくれそうである。少し埃ッぽい嫌いはあるかしらないけれど——

寒三郎は、この空家の管理をしているという農夫に会って、彼の希望を卒直に告げると、彼はニヤニヤ笑っていうのである。

——虚言《そらごと》じゃあんめいなア」

——虚言ってことがあるか、本気で云ってるんだよ」

――まさか化物屋敷と感ちげえして御座らっしゃるじゃあんめい、そんなことの鶏の毛でついたほどもねえ立派な家だがなア、但し電燈は廃燈になっておるから、夜は真ッ暗だ。石油ランプだの蠟燭だの使ってもらっちゃ、万が一のこともあるで御断りするだが、それが承知なら貸すべい」

――ああいいとも。家賃はいくらだ？　二百円ばかり僕は持ってるから、値切るような真似はしないぜ、欲しいと思うだけいいたまえ」

――なあに、十日か一週間だもの、どうせ空いてる家だ、ただで貸してもいいだが、二百円なんて、でけえことを膨らまして御座らっしゃるなら一円も貰うべいか」

そんな次第で、芭野寒三郎は案外たやすく、この宏壮な屋敷を借りることに成功したのである。管理人のうちから村の小学校の補習科に通っているという女の子がきて、寝室に当てた部屋だけを掃除した上、カーキ色の軍隊毛布まで貸してくれた。三度の食事は小料理屋から出前が這入ることになり、温泉場へ行きたけれやバスも通うという。燈火を除いては何の不自由もない次第であった。燈火は仕方がないので、大型のナショナルランプを使うことにした。

家具調度は、またいずれは家主の家族が戻ってくるつもりか、新聞紙で包んだなりにそのままの位置に置き去りにしてあった。

芭野寒三郎は、頑丈づくりの安楽椅子に深ぶかと腰をめり込ませて、まるで千年もまえから、そうして住み古しているように、すっかり馴染みきった気持で坐りこんでいた。赤錆びた金具を軋らせて鎧扉を押しひらいてみれば、空の彼方は、すでに紫ばんだ石油色の、煙とも靄《もや》ともつかぬ紗《しゃ》のような黄昏《たそがれ》どきの薄幕がひきまわされ、邸宅も廃園も、海づらも、かえって奇妙にハッキリした陰影をきざみこんで浮かびあがって見えていた。

窓近く廃園の枯れ蓬《よもぎ》の密生した中に梅樹が四五本あって、白い貝殻のようなひんやりした花びらをひらいていた。

だんだん昏くなってきた。

寒三郎は、それでも軀を動かすのが大儀のように、いささか陶然とした気取った恰好でいつまでも安楽椅子に腰をネバリつかせていた。

窓から、ほの白く漂うてくる微かな空明りで、ジォルジュ・ロオデンバッハの詩など読んでみる――これが温泉物の安ホテルのヴェランダなどではキザなスタイルでもあろうが、ここではキザであるもないもまったく問題ではない。何もかも、昔ながらにしっくりと贅沢な雰囲気に融け込んでいて極めて自然のように見える。

彼は低く声をたてて読んでみる——

夕暮がたの蕭《しめ》やかさ
燈《あか》り火無き室《ま》の蕭やかさ
かわたれ刻《どき》は蕭やかに
物静かなる死の如く
まず天井の薄明《うすあかり》
光は消えて日も暮れぬ

なんとなく昔の封侯《ほうこう》のような豪奢ないい気持であった。これが北千住の庇の低い陋屋だと女房が、わかめの味噌汁など作りながら、妙にしみじみした声で歌う彼女の得意な米山甚句《じんく》が聞えてくるのだ。

行こかめえらんしょかアあ、米山薬師イ
ひとつ身のためエ　さあサ　主のため　主のたあめエ

——

彼女の、いくらか鼻に抜ける古びた殉情の、だが、多少世帯づかれのした身にしみる歌声がこの際聞えてこないのはたいへんいい具合だと、寒三郎は思うのである。


夜の帷《とばり》はますます濃く周囲を封じ込んでしまった。

彼は、まだ充分にスプリングのきいてる大型の寝台に匍い上って、毛の摺り切れた軍隊毛布にくるまって、ぐっすりと寝込んでしまった。

しかし、夜中にふと目をさました。風が出たらしく、じいっと聴耳をたてると、バタンバタンと、階上の方で、どこかの扉でも開け放しになってるのか、風にハタめく音が聞えてきた。

彼はナショナルランプを点ずると、二階へ上っていった。古びた木作りの階段を上ってゆく。古びて傷んでいるらしい階段は、ひんやりした夜気の底で、微かに軋んだ。ゆらゆらと揺めくランプの光で、ところどころの隅に引っかかっている蜘蛛の巣が煌《きら》めいて見えたりして、しんしんと更けた夜の深さが皮膚にしみ透ってくる……

——化物屋敷と感ちげえして御座らっしゃるんじゃあんめい、そんなこと鵜の毛でついたほどもねえ立派な家だがなあ」といった先刻の管理人の言葉を想い出した。化物でも妖精でも出てくるがいい。そういう多彩な経験は悪くないからなあ、彼はそう独言《ひとりご》ちながら扉のバタついている閾際《しきいぎわ》に立って、信号でもするみたいに、ナショナルランプを室内の闇に向って左右に振ってみた。

部屋の海の方に向いた窓硝子《ガラス》が壊れていてそこから洩

れてくる潮風のために扉がバタついていることがわかった。

気にするほどの変化《へんげ》も出て来ないので、いくらか張合抜けがして、寒三郎は窓際に立って、薄いクリーム色の寒ざむとした月魄《げっぱく》が中央にかかっていて、その光が、朧《おぼ》ろげに廃園の白梅を照しているのを、暫く眺めてから、再び元の部屋に戻って寝台に潜り込んだ。

中途半端に起されて、目が冴えて容易に寝つかれないでいると、コツコツと扉を叩く音がして、褞袍《どてら》姿で、毛糸の首巻でぐるぐると頬冠りした管理人がのそりと這入って来た。

——何かあったのけえ、おれはまったく魂消《たまげ》ただよ。おめえさんは、いましがた、二階で、電池ランプを振っていたじゃねえか、俺、しょんべんしに外に出て、こっちの二階に、光りものがするで、びくッとして、しょんべんしょぐるのを半分でやめただよ。朝鮮人の化物でもおんでたかね」

——なんだい、その朝鮮人の化物ってのは？　君は、化物屋敷じゃねえとあれほど保証したじゃないか」

寒三郎は、頬冠りの髭面に目玉のギョロリと底光りする管理人を、寝台に寝たまま、毛布から首だけ出して眺めた。夜目にはなるほど、うっそりとしていて、管理人そのものが化物染みて見えたが、もんぐりもんぐり分厚い唇をうごかして喋る恰好は、底深く暖い好人物の感じが罩《こも》っていた。

——化物屋敷じゃねえがね、旧正月の三日に、ここの二階で朝鮮人のボテ振り女が子を姙《はら》んで、始末に困って縊《くび》れ死んだことがあっただが、さっきはちょっと云いはぐってしまって申訳ねえよ」

——そうかね、そんな可哀相な女の幽霊なら出てきたところでたいしたことも無いじゃないか、今夜は何の異状もなかった。ただ戸が風でバタバタやってただけさ」

管理人はホッとしたらしく帰っていった。

寒三郎は、しばらくナショナルランプのスイッチを開けッ放しにしたまま、ぼんやりと闇の漂うている天井裏を眺めていた。白い上衣をつけ袴をはいた朝鮮女の狸腹をした縊死体を空想したが、凄い感じはちっとも湧いて来なかった。廃園の白梅が、貝殻のように冷え冷えと月光の中で咲いていたのをなんということもなく一緒に想い出し、水のような悲しさが胸底を擽《くすぐ》り出した。

——二百円あったらその女は死ななかったろう。おれはそのとき、ここに泊り合わせたのなら、何の躊躇することもなしに二百円を彼女に提供したに違いない、ああそれが出来なかったことはしみじみ残念だ。

寒三郎は、人の生命を救うということが、あらゆるロマンチックなものの中で、もっとも豪奢なロマンチックなものであると考えた。その飛び切り上等なロマンチシズムの中に耽溺できなかったことはずいぶん物足りないと思った。

そう思いながら、寒三郎は、おれは何故こんなところに泊り込んでいるのかと自分で自分を訝かり出した。あやっぱりおれは篤ちゃんと浩ちゃんに機関銃を買ってやるべきだ。女房にも名古屋帯ぐらいは心配してやらなけりゃ、あしたの朝ここを立とう……そう腹をきめると、柔いふんわりした疲労が心よく全身にゆき渡ってきていつ睡るともなく、深い睡の中に落ちて行った……。

# ヴィナスの閨《ねや》

祐天寺《ゆうてんじ》裏

あんな血腥《ちなまぐさ》い事件が起るとも知らず、その家を借りたときの印象はたいへんよろしかった。

家賃の割には気が利いた作りであった。もちろん見るからに安普請《やすぶしん》だったけれど、間取りなど相当考えて作ったらしく、それにいかにも若夫婦の好きそうな洋間もついていた。つる代には二百円からの貯金があるらしいし、それでひとときおりの世帯道具以外に相当な寝台も買えるだろうと、鵜飼三吉は扉の錠前を弄《いじ》りながら胸算用していた。

「あら、富士が見えてよ」

つる代は、びっくりするほど大きな声で三吉に呼びかけた。いつの間にか彼女は裏庭の縁先へ出て買いたての桃色の上履《スリッパ》をつっかけていかにも惚々《ほれぼれ》したように富士を見ていた。都会の空は裾濃《すそご》に濁っていたが甍《いらか》の波や、燻《くす》んだ雑木林の向うに、地平線をちょっと抜いて、オブラートのように、明るくふんわりと富士の麗姿が浮いて見えていた。

そのうちにそこら中をパタパタと掃除し始める音が聞えてきた。一刻もじっとしていられないふわふわしたリズムが、つる代の軀いっぱいに溢れているらしかった。

彼女は水玉模様のワンピースに割烹着《かっぽうぎ》をきて、姐《あね》さんかぶりの手拭を必要以上に深くおろして顔を隠すようにしていた。早くも引越と聞いて手伝いにやってきた御用ききの連中から、新婚の奥さんらしく、チョロリチョロリ見られるのが皮膚が痒ゆいほど気恥しかったからである。

しかし、その御用ききの連中も、少なすぎる引越道具を運び入れてしまうと、あっけない顔つきで帰っていってしまった。彼らが帰ってしまうと、二人は青々と真新しい畳の上に向きあって、熱い番茶をいれた。

「幸福ね」

つる代は、唇に湯呑をあてがったまま、白い形のいい歯ならびを見せて、聖書の文句でも誦《しょう》するごとく、深呼吸するみたいに、しみじみといった。それはちっとも衒《てら》い気のない清水のように湧き出してきた、すなおな真情であった。

鵜飼三吉は、それをきいて、ハッと肚胸《とむね》をつかれた思いだった。三吉とても決して幸福でないことはなかったが、女の一生懸命な悦びように比較すると、自分の心の底には、まだいくらか遊びの気持が消化しきれず残っているように思えた。用心深く、堅く蓋を閉じたまま寄せつけないようにしていたつる代を、大手搦手《からめて》から、手をかえ品をかえて、攻め落して、同棲するまでの三吉の情熱は決して徒らごとではなかった。自分で自分の情熱の激しさに噎《むせ》び泣いたことさえ幾度かあった。それがいよいよ彼女を手に入れてしまうと、ケロリと狐憑きがおりたような、あっさりした気持になりがちだった。結局、三吉の情熱にひかされて、一緒になることを同意した女の方にこそ、三吉の何倍もの情熱が、慎ましやかではあるが一パイに湛《たた》えられていることがわかって、三吉は妙に太刀打ちのできない圧倒される恰好になるのであった。

いくら、何んでも、商売が商売だから、もう少し摺れているかと思ったら、まるで赤ん坊みたいに純真なんだ。今まで愛情の技巧《テクニック》だとばかり思っていたのが、みんな生《き》地《じ》なんだから驚く――三吉は、つる代の秘密を隈なく知りつくした今になって急に、ドッシリ重たい荷物を抱え込まされたような、身を躱《かわ》すことのできない女の真情に激しく骨身を叩かれる思いであった。

悪魔の三吉という彼の不名誉な通り名が、サロン深雪《みゆき》でも知れていないはずはなく、つる代が彼を長い間拒み続けてきたことも、この悪名に対する用心深さによるものであるが、とうとう、その悪魔の三吉の手に、彼女がズリ落ちてきたのでそれ見ろと会心の微笑《えみ》を洩らしたとき、おなじ女給仲間から聞いたつる代の心持は、まるで冷たい刃のように、三吉の胸に触れたことは確であった。

朋輩が口を極めて、意見をして、三吉なんかと同棲することは、まるで底なしの泥沼に踏み入れるようなものだというと、つる代は、

「そりゃ私だって考えたわ。でも、あのひと、何べんも泣いたわ。顔に当てた指の股から幾筋も幾筋も涙が流れているのを見たら、悪魔だなんて思いたくなくなったの――つまりあのひとは赤ん坊みたいじゃないかしら」

「この女《ひと》ッたら、人のことより自分の赤ん坊がわからないの。あの人いつだって、玉葱でも用意してるみたいに泣くことなら自由自在なんだから、それが手よ、常套手段よ」

「それにあの人の瞳《め》、じいっとみているととても綺麗に澄んでいて、基督《キリスト》の目みたいに見える時だってあるわ

よ——とにかく、私は自分でそう思い込むようになってしまったんですもの、仕方がないわ」

「それ、お惚気《のろけ》？　ああ、厭になってしまう。三吉さまの瞳が、イエス・キリストの瞳に似ていらっしゃるだってさ。そこまで思い込んでるなら諫言《かんげん》無用だわね。もう何にも云わない、心から貴女の幸福をお祈りするわ」

そんな風で、朋輩たちも、とうとう匙を投げたという話である。

× × × × × ×

三吉の帰りの遅い理由は、つる代もハッキリ判っていたから別に心配は要らないわけであるが、それでも心細くないことはなかった。三吉は商店街の店頭装飾の仕事をしているので、中元を差し控えて、今が忙しい節季《せっき》で、三日も四日も帰ってこないことがあった。しかし今夜は、どんなに晩《おそ》くなっても帰ってくると言ってあるので、つる代は十二時すぎても、風呂の加減など見ながら、こうして待っているのだ。

祐天寺裏のこの家は陽が落ちると、一気に寂しくなってしまうのだが、夜の深く闌《ふ》けてゆく底に、昼間は気がつかなかった郊外電車の音が、思ったよりもずっと間近かに強く響いてきたりすると、つる代は不意にびくっとするのだ。近ごろいろんな下らないことが気になり出すのは、きっと、普通の軀でないからであろうと考えるのであった。電燈の白い笠が電車の地ひびきが消え去っても、まだ夢のように微かに揺れているようで、それが気になり、いつまでもそれを瞶《みつ》めていた。

と、そのうち、ガタンと玄関口の扉に軀を打《ぶ》っつける音がして、

「おい——何んだってこんなに厳重に戸締まりをしておくんだ。僕は、今夜はきっと帰ってくるとあれほど云っておいたじゃないか、オタンチンめ」

大分酒の這入ってるらしい夫の威勢のいい声が聞えた。郊外は物騒だから、たとえ陽のあるうちでも、戸締は厳重にしておいた方がいいというのはむしろ三吉の意見のはずなのにと思いながら、それでもいそいそと走り出て戸をあけると、ドタリと上りかまちへ重い袋でも投げ出されたように転がり込んできた。三吉ひとりではなかった。三吉の腕には、彼よりももっと正体なく酔い潰れた大柄の女がひとり、べったりと絡みついていた。

さすがに、三吉はつる代と顔を合わせると、面映ゆい気の毒そうな表情で（厄介なものを背負《しょ》い込んできたが、

万事よろしく頼むぜ）といった風に、素早く目顔で了解を求めたがそれでも、しかし、新妻に甘すぎるところを女客に見せたくない風のところもあって、妙に権柄《けんぺい》ずくで、つる代に当り散らすのであった。はじめ彼女はおどおどと戸惑いするばかりであったが、だんだん気が落着いてきて、女客だからといって、卑しく神経を昂ぶらせることはしまいと思った。

三吉の口裏から察すると女客は織田マヤ子らしいと判った。織田夫人だとすると大切なお客さんである。

織田夫人とは、その宏壮な邸宅の寝室に、壁画を描かせることを三吉に、かねがねから約束してある鉄成金の未亡人である。有りあまる金持の酔興な仕事だけにずいぶんいい収入《みいり》になるらしいのだ。もともと、このマヤ子の前身は、どこの馬の骨とも知れないモデル女で、三吉が画学生時代からの知合いで、四十以上も開きのある千万長者の老人と結婚したのである。いわゆる、近世玉の輿伝の筆頭に位していい女だ。その結婚の条件がまた非常に物わかりのよすぎる自由のものらしく、そうして自由に羽根を伸ばさせておくことが、この女の本来の美しさを一層美しく磨き上げることだという、へんに徹底したその老配偶者の意見のお蔭で、マヤ子夫人は、独身時代とちっとも変らない、奔放自在気随気儘な生活をしていたが、その夫にも最近先立たれた。

そういう噂さを聞いてるだけに、つる代は始終圧《お》され気味だった。マヤ子夫人が真個《ほんと》に酔っているのか、それほどでもないのに真似だけしているのか、何んだか時々チラリチラリ刺すように見られるのが、つる代には辛かった。

マヤ子夫人はドーラン化粧のまるで舞台女優のような、あくどいメエキャップであったけれど、それはそれであくどいなりに、見る者の瞳を奪うような激しい美しさで輝いていた。それに較べると、自分なんか、太陽の直射を浴びてす枯《が》れた野菊のようにしか見えないと、つる代は洗い晒しの浴衣《ゆかた》着の自分をかえりみて、消え入りたいみすぼらしさを感ずるのであった。

サロン深雪にいた時分から、北陸の百姓娘の泥臭さがすっかり抜けきれず、それが却って都会ずれのした女たちの間にあっては、一種可憐な特色ともなって、朋輩を凌ぐ人気も出たのであるが、こうして世帯持ちになってから、いっそう田舎もんの生地が丸出しになってきて、マヤ子夫人の前では臆病な山だし女中と何ら選ぶところがないように見えた。

事実、マヤ子はつる代をすっかり舐めていた。

「ホントに、可愛らしいお嫁さんじゃないこと——三吉氏には過ぎものじゃないかしら。つる代さんていうんでしょう。知ってるわよ、深雪のナンバーワンであった位のこと——おやあんた、お腹が大きいのね、フフフ、ひょっとすると多産系よ」

酒が云わせる無遠慮なのか、それが本音の意地悪なのか、つる代は耳の根まで、真赤にしてヒリヒリと身を縮めるより仕方がなかった。

マヤ子は、なお飲み足りないらしく、空のコップをコツンと餉台《ちゃぶだい》に音をさせて、

「ね、これでもうおひらきにするの？　つまんないなア、今夜は徹宵《てっしょう》痛飲するっていってたくせに。——あ、やっぱりねえ、三吉氏も結婚すると、すっかり要領がよくなって、——でも、奥さんいいでしょう。あと一本だけ、ね、お願いするわ」

マヤ子は、むっちりと堅肥りの白い手を出して拝む真似をした。つる代が笑顔で頷くと、

「ほら、お嫁さんの方がよっぽど物わかりがいいじゃないの」

（どうせ、買い置きなんかしてないだろう）

と云わぬばかりに、スポンと帯の間から、紙入れを抜き出すと、つる代の、慎ましく坐っている膝の上に抛ってよこした。

つる代はそれには手を触れないで、戸外《そと》に走り出した。すっかり門燈の消してしまってある勤人ばかりの町並をひた走りに走って、寝入りばなの上州屋を起すと、ビールと缶詰の抓《つま》みものをエプロンの裾に包《くる》んで、どうもおそくなって相すみませんと云いながら、台所口から戻って来たが、家の中は、散らかったまま、藻抜けの空だった。

長火鉢の猫板の上にコップで押えた便箋が載っていた。鉛筆の書き流しで——「奥さん、今夜は三吉氏を拝借していくわ。飲み直しになんかいくんじゃないから誤解しないでね。三吉氏はムラムラと湧き上った情熱、（これも誤解しないでね、芸術的情熱よ）それを抑えかねて、あたしの部屋の壁画にいよいよとりかかる気になったらしいの。何にしろ今夜はとてもはり切ってるのよ。芸術家なんて恐らく気紛れもんだから、このムラムラとインスピレーションの湧き上ったところを手早く活用しないと、またいつ描く気になるか当てにならないでしょう。だから少し遅すぎるけれど、これから連れてゆくの、酔っぱらいの座興だなんて思っちゃ厭あよ。部屋の壁いちめんにヴィナスを描いてもらうつもりなの。悪魔の三吉（御免なさい、だって、彼氏のことを、みんながそういうんですもの）、その悪魔の三吉画伯に、ヴィナスを

描かせたらどんなヴィナスが出来上るか、それがあたしにはゾクゾクするほど楽しみなの。奥さんは軀が軀だから、心配しないでおやすみになった方がいいわ。酔っぱらいの字でクシャクシャしてるけれどよろしく御判読を乞う。　マヤ子——」

つる代はペタリと蛙坐りに坐ったまま、ちょいと動く気になれなかった。なんということもなしに泪があとからあとからと流れ出た。便箋を摑んでいる青く静脈の透いて見える手の甲に大きな藪蚊が一匹、血膨れになったままなおも血を吸いつづけていたが、それさえ逐い払う気がしなかった。

これが嫉妬というものかしら——そうしたら私もつまらない女だわ。芸術のために、もう少し寛大でなくてはいけない。三吉だって一生ウインドウの飾りつけばかりやっているんじゃ腐るって口癖のようにいってた矢先、今度の壁画の話があって、子供のように悦んでいたんだもの。わたしは美術家の妻らしくもなく絵のことなんかちっとも判らない馬鹿な女だけれど、とにかく辛気《しんき》くさい女のヒガミは起さないことにしよう。ヴィナスって美の女神だそうだけれど、どんな風なものかしら——

そのくせ、つる代は、ズーンと血の引いてしまいそうな、たまらない寂しさで、身体全体が引き吊れそうになるのであった。

その翌日、三吉はひどく疲労した恰好で帰ってきた。たいへんすまなそうな憂い顔でつる代を劬《いたわ》りながらいうのであった。

「彼女《あいつ》は全く自分勝手な女王さ。根が素性の怪しいモデル女だもんだから、金が自由になると、なおさら、下卑た根性がムキ出しにでてくるんだね。けれど僕は彼女を怒らせるわけにはいかないんだ。そこはお前だって判ってくれるだろう。お前のお産のためにだって相当物入りがするんだからね。この機会にできるだけ稼いでおかなけれやならないだろう。どうせ、マヤ子みたいな女の部屋の壁画なんか、金さえとってしまえば、いい加減な戯《ざ》れ絵を描いておけやいいと思うだろうけれど、僕は、そんないい加減なことはしたくないつもりだ。描くからには、あんな不潔な女の部屋にしろ、とにかく精魂を尽して、美しく清らかなヴィナスの大壁画を描き上げるつもりだよ」

つる代はなんにも云わなかった。

## 鳥山吉次

鶏飼三吉が織田家に泊り込んで帰らない日が幾晩も続いた。サロン深雪の昔の朋輩達が心配して遊びがてらにやってきてはいろんなことをつる代にいうのである。

「あんた、どうしたのさ、あんたみたいなお人善しってないわ。苛《じ》れたくって抓《つ》めってやりたいくらいだわ。あの御殿みたいなお屋敷を二人でわが物顔にふるまっているんですとさ。それは単なる噂だけではないらしいわ。壁画壁画っていうけれど、それはほんのツケタリじゃないの。しっかりしなさいよ。あんた、来月が産月《うみづき》でしょう。子供の始末だってつけなけれやならないでしょう。駄目よ、そんなにあっけらかんと坐り込んでばかりいちゃ」

そんな風にツケツケ云われても、つる代は別にむきになりはしなかった。根が百姓育ちで蔬菜《そさい》園芸に趣味のあるつる代は手作りのトマトなど、涼しそうな硝子《ガラス》皿に出して勧めながら、湖のような明るい目の色をして云うのであった。

「そんな風なこと、うすうす聞かないでもないわ。でも私構わないの。三吉は普通の人と違って芸術家なんだもの。あんまり八釜《やかま》しくいっちゃ、あの人の腕は伸びないと思うの。こんな風に平気でいられるのも、やっぱり、あたしはあの人を信じているからだわ」

「そう、じゃ仕方ないわ——おおきに御馳走さま」

友達はむしろ腹立たしげに帰って行くのであった。

しかし、実際は、つる代は決して口で云うほど平気ではなかった。友だちの尾鰭をつけたらしい悪口をそのまま信じやしなかったけれど、夜っぴて睡れない幾夜かが続くと、普通の軀でないだけに、神経も次第に苛立ってきて、自分はほんとうに三吉から棄てられやしないかと、だんだん不安な寂しさが濃くなって来ることは争われなかった。

つる代はある晩外出した。胎児が丈夫に育つようにと、常用していたカルシウム剤が切れたし、その外いろんな出産の細々しい用具も整えておかねばならないと渋谷の方へ出向いていったのである。

買いものをして帰りしなに俄雨にふられてしまい、道《どう》玄坂《げんざか》の或るビルディングの軒下に雨宿りをしていた。閉った鉄扉の前にしょんぼり佇んで硝子の簾《すだれ》のように街一杯を降り罩《こ》めている雨足を眺めている自分の姿が、何んとなく貧しげに哀れに思われてならなかった。人造皮の草履が、気持悪く水気を吸って、足先から冷込みが匍《は》い上ってくるようだった。

渋谷駅まで駈けてゆくことはわけないことではあったが、これ以上雨に打たれてますます冷え込んできたら、胎児に悪く影響しそうに思えるのであった。いや、どんな丈夫な児が生れるにしても、その生れた児を幸福に育て上げることができるかどうか、三吉があんな風だと甚だ心もとないとも考えられた。

雨はいよいよ本調子に降り込んできて、いつ上るともわからなかったけれど、つる代は鉄扉にもたれかかったまま相変らず、どうしようというハッキリした心が動いて来ず、ぼんやり雨足を眺めているのが妙に楽な気持だった。

と、ひとりの、ノッポの痩男《やせおとこ》が、蝙蝠《こうもり》のようにふわりと、横合いの暗い路次から飛び出して来た。大きな蛇《じゃ》の目傘を持ってるくせに、つる代と同じようにビルディングの庇の下へ軀を入れてきて、うっそりと目を光らして、つる代の細い襟足のあたりをみながら、

「どこまでね?」と訊いた。

「祐天寺まで」と、つる代は薄気味悪く思いながらも答えないわけにはいかなかった。

「じゃ、渋谷駅から東横《とうよこ》でゆくんかね。私も駅の方へ行くんだから送っていって上げよう」そう云って、尻込みしているつる代の手首をギュッと無造作に握って引張り出すようにしながら自分の傘の中に入れて、歩き出した。

「あんた、身重だね」無遠慮にジロジロ見ながら云うのである。声帯に何か異状があるのか、いくらか掠れたような不明瞭な発音だった。

「ええ」つる代の方もいがらっぽく喉が乾いて蚊の鳴くような低い情けない声しかでなかった。

「あんた——どうして、小半時もあんなとこでぼんやりしていたんだね。ただ雨宿りをしていただけなの?」

「ええ——考えごとをしていたんです」

「あんた、不幸なんじゃないかね」

男は執拗《しつっこ》く探りを入れてきた。

(そんなことありませんわ)そういうつもりであったのに、何故か、それが自然に出てこないで、われにもなく、

「ええ、不幸ですの」といってしまった。そういって、つい自分の言葉に誘われて、涙が一粒ほうり落ちた。

「この世の中を悲観してるんだね」

「亭主から棄てられたんです」

急に胸の中《うち》がじくじくと水ッぽく膨らんできて悲しい

言葉がいくらでも出てきそうだった。

「僕も実はこの世の中がいやになっているんだよ――一緒に死のうか」

男はクッと含み笑いとも、発作的な嗚咽《おえつ》を中途で押し殺したとも受けとれぬ奇妙な喉音《のどおと》をさせた。

傘の柄を握ったつる代の手の上を更に男の手ががっしりと握りしめているのに気がついてハッとした。その生《なま》湿《しめ》りした男の手脂《てあぶら》がペタリとくっついて、振り解《ほど》こうとすると、男の指の節々になお力が罩もるのであった。

「まあ、そんなに驚くには及ばないさ、行きずりにふと出逢っただけの知らない者同志《もん》だって心中する例は世間にいくらだってあるからね。僕は無理になんていうじゃないよ、あんた死ぬ気ならっていうだけさ」

つる代は相手が狂人《きちがい》じゃないかと、まじまじと男の顔をみた。男は街頭の雨飛沫《あましぶき》の中に融け込んでいる光にちらちらと照らし出されながら、へんに美しい蒼褪めた顔立ちをしていた。鼻の稜角《かど》が鋭くとんがり、頬桁《そ》が削げていた。何か絹布のハンケチみたいなものを頸に巻きつけているのも妙な印象だった。男は雨気《うき》に噎《むせ》せんで、ときどき空咳をした。

「ハハハア――何をそんなに僕の顔を瞶ているんだい。僕はどんなことだって相談に乗って上げるよ。死ぬ相談だって尻込をしないよ。僕はね――」そう云いさして、彼は、そこから這入る細い、ゴミゴミと建て混んだ路次を指さした。

「ホラ――この路のどん詰りに、ポチンと赤い軒燈が滲んでみえるだろう――あすこが曙館って僕の居るアパートさ。用があったら、いつでもおいでよ。傘は持っていった方がいいよ。あんたはお腹が大きいんだから濡れちゃ毒だろう」

そのまま、押してくるように傘をつる代の手に預けて、降りしきる雨の中をサッと身を翻えして、その細い路次裏へ飛び込んでいった。頭を抑え、水溜りをパシャパシャと跳ねて行くその尻からげした長い細い脛《すね》が、奇妙に生々しく、つる代の目に残っていた。

彼女は、追いかけて傘を突き返えそうと路次の方へ足を踏み出したが、雨はますます激しく降り募るばかりであったので、考え直して、借りてゆくことにした。

祐天寺裏の自家《うち》まで帰ってみると、消して出たはずの電燈が煌々《あかあか》とついていた。三吉が帰ってきたのかしらと這入ってみると、マヤ子夫人が、勝手に三吉の掻巻《かいまき》などを出して、寝転んでいた。

「なんだ――あんただったの、――んなら水《おひや》を一杯持ってきてくれない」

目をさましたマヤ子は、相変らず女中に命令するような調子でいうのである。

つる代は、云われるままに水差しとコップをお盆にのせて枕元におき、自分もそこへ坐った。三吉の消息を聞こうと思い、マヤ子が真白な喉首をぐびぐびと鳴らしながら飲み終るのを待った。

「ウイ——とても美味しい水ね。三吉画伯とはつい先刻《さっき》まで一緒だったの。きょういよいよ、例の壁画が出来上ったので、そのお祝を浜町でやったら、三吉氏はそこから悪友たちに誘われて、またどこかへ行ったわ。あの人、あんたも知ってる通り、とても梯子だからね。あたしはもうそれ以上はお相手できないから単独行動をとることにしたの。あんたがさぞ、キナキナ気を揉んでいるだろうと思って、壁画完成の報告にやって来たのよ。とても素晴らしい出来栄《できばえ》よ。あんたもそのうちやってきて拝む必要があるわよ。何にしろ御亭主の傑作だものね。おや、——あんた泣いてんの、どうしてさ、悲しいから？　嬉しいから？　どっち？」

つる代は、お盆に滾《こぼ》れた水を指先で撫でながらポロリポロリ涙を流していた。

「三吉画伯だって、あんたのこと万更嫌いというわけでもないらしいわよ。でも少々センチメンタルなのが玉に疵だって——ほんとにヴィナスの閨《ねや》を見に来ない？　そのヴィナスの顔が誰れに似てると思う？　あたしそっくりなの、別にそう注文したわけじゃないけど、三吉氏の筆先が、自然にそうなってしまったんだって。悪魔の三吉の描くヴィナスだもの、結局私ぐらいのところが相当なんだね。——男なんていい加減なもんね。あんたも御亭主が帰ってきたら、胸倉を攌《つかま》えて、ピシピシ取っちめてやった方がいいわよ」

他人事《ひとごと》のようにそんなことを言ってから、つる代をタクシー屋まで走らせて、悠々と乗り込んで帰っていった。

クッションに収りかえって、ルームランプの薄い光をあびたマヤ子の姿が、恰度自動車の窓枠にうまく担《は》まり込んで豪華な絵のように見えた。栄養の行きわたった明るく強い肌の色だった。非常に綺麗だった。つる代は思わず嘆息をついた。美しいには違いないけれど、あれがヴィナスなら、一生、ヴィナスなんかにお目にかかりたくないと思った。

暫く、闇の中に融け込んでいった自動車の尾燈《ランプ》を見送っていたが、そのままつる代はふらふらと渋谷の曙館アパートの前まで来ていた。

雨はもう止んでいたが、まだそこら中に雨気が漂い、その中に、路次の両側に出ている塵箱《ごみばこ》から発散する臭気が流れこんでいて、それがそのまま人の世の汚《けが》れに汚れた悪徳の香りのように思えた。泥溝《どぶ》板に、カタリと鳴った足駄の音に、アパートの二階の窓障子がすうっと開いた。

「おや、やっぱり、君だったね、――僕はきっと君が来るだろうと思っていたよ」

先刻の男は何もかもひとり合点に頷ずいて出てくると、つる代をかき抱かんばかりにして、二階の部屋へ招じ入れた。

「ちょっと、傘を返しに上っただけですわ」

つる代はきびしい顔をしていった。

「嘘をいってらあ――やっぱり死ぬ相談で来たんだろう――僕はね、君がさっき、薬屋で買物をしていたときから、どうもこの女《ひと》は死にそうだなと直感したよ。不思議と僕のカンは外れたことが無いんだ」

薬屋にいたときから、この男は自分をそんな風にみていたのかしら――いやな男だと思いながら、つる代は、その男の軀の磁力のようなものに次第に引き込まれてゆく感じだった。

そういえば、自分が薬屋にカルシウム錠を買いに這入っていったとき、店から出ていったのがどうもこの男らしかった。この男について、薬屋の女店員たちが何やら噂していたのを今、ハッキリ思い出した。

（今、出ていった男ね。いきなり這入ってくると、あたしにヴェロナアルの致死量は何グラムかってきくのよ。もちろんあたし相手になりゃしなかったけれど、あの男、あんた誰だか知ってる？　烏山吉次って、ホラ、一時新聞に大きく出たことのある有名な、時々心中したくなって厄介な男よ。心中常習犯として、記録保持者なんですって）

その話を脳裡にうかべて、つる代はもういちどこの男の顔を見た。

「あなた、烏山吉次っていうんでしょう」

「知ってるのか――そんなら、なお都合がいいや。僕はもうこれで五回も心中をやっているんだよ。君とすりゃ六人目ということになるね。いつも運悪く、こっちだけ生き残る結果になるんだけれど、こんどは、失敗したくないもんだね。生き残って刑務所に這入ることだけは僕は懲々《こりごり》しているからね。僕は君が雨宿りをしながら死を思い詰めているような可憐《いじら》しい姿を見て思わず声をかけてしまったさ」

そういうなり、烏山吉次は、毛ばだった古畳をジリジリと居ざりよってきた。

「そんな執拗《しつこ》くなくたって死ぬときは死ぬわよ。でも、どうやって死ぬの？」

「薬でも刃物でもいいし、——少し遠出をして御神火《ごじんか》に焼かれるという手もあるし——」

「薬も噴火口もいやだわ——それよりもグッスリ寝込んでいるところを、胸元を一思いに刺された方が楽じゃないかしら。あたしは臆病だから、そうして死ねるんなら死んでもいいわ。外の方法はどれもきらい！」

冗談とも真実ともつかない調子で云ってるうちに、ほんとうに自分が、死を望んでいる気持が不思議なほどハッキリ滲み出してきた。どうせ三吉との生活が破綻に終るものなら、生きてることはただ重荷になるばかりだ。

「でも、今夜すぐは厭よ——あたし、今夜はただふらふらと出てきたばかりだし、まだ何んにも身の廻りの整理もしていないし、——あしたの晩ならいいわ。こっそりと私の家に忍んできて、睡眠剤を飲んでグッスリ眠り込んでいるところを殺《や》って下さるのなら、心中するわ」

この申出を、烏山吉次は、始は本気にしていなかったけれど、「これがあたしの部屋の鍵よ」と、ちゃらんと、水色のリボンのついたニッケルの鍵を放って寄越したのを見ると、吉次はやっと頷ずいた。

そして、わざわざ、湿った路次の出口まで送ってきて、「じゃ、あしたの晩だね」と、まるで、楽しいランデブーの約束の念でも押すように、朗らかに云う男であった。

（みんなヒステリーの発作の云わせる出鱈目だわ）一方では、そう思いながらしかし、コックリするつる代の目顔には嘘らしい色は現れていなかった。やっと霽《は》れ上った夜空には、洗ったような涼しげな星が瞬いていた。

× × × × × × ×

いよいよ今夜は殺される——いや心中するんだ、いつ死んでもいい、水のようにさらさらした気持だったけれど、一向切《せ》っぱ詰った実感は湧いて来なかった。第一、あの烏山吉次という男が、ほんとうにやって来るかどうか、その疑問が半分以上つる代の胸を占領していた。昨夜《ゆうべ》からのことは何もかも夢のようにしか思えなかった。

しかし、ともかくも、寝化粧して、平生飲んだこともない催眠剤を薬箱から出して飲んで床に這入った。そのお蔭で間もなくグッスリ睡ることができた。

三十分ばかりして、この部屋に這入ってきた者があったが、しかし、それは烏山吉次ではなかった。鵜飼三吉と織田マヤ子の二人づれであった。

「あたし――今夜は、あんたん家《ち》で眠りたいわ」

とマヤ子はいった。

「また、そんな天邪鬼《あまのじゃく》を云って――君にはヴィナスの閨があるじゃないか。こんなガタガタの安借家の部屋なんかお気に召さないはずじゃないか」

「えらそうにいったって、あたしだってもともと九尺二間《けん》の裏長屋の出身だからね、たまにはこんな所の方が、懐しみがあるわよ。それに、この頃ではヴィナスの閨も倦々《あきあき》してきたの。それというのも、あのヴィナスの顔が、気に入らないからよ。誰かに似てる似てると思ったら、なアんだ、――あんたは自分の女房に似せて、描いたんじゃないの。そりゃ、あれだけの騒ぎをしてお嫁さんにしたんだから、マヤ子みたいなお婆さんとはかけ換えができないだろうけれど、あんたは始終、あたしからお金をせびり続けてきたじゃないの、その手前から云ったって、ヌケヌケと女房の顔を、あたしの部屋に描き散らって義理はないはずだわ。三吉画伯も相当の心臓ね」

「いや、それは飛んでもない、ヒ、ヒガミだよ。僕は、こんな野暮ったい女房のことなんか爪糞ほどにも気にしていないことは君がハッキリ承知してるくせに――それは織田夫人らしくないケチな厭味というもんだ」

「フフフ……、甘《うま》いことをいって胡麻化そうたって駄目、このつるちゃんの寝顔を見てごらん、壁画のヴィナスそっくりじゃないの、あたし、昨日、つるちゃんに、ヴィナスは私に似てるなんて、わざと反対に云っておいたんだけど、御当人はお人善しだからそのまま信じているらしいの、――とにかく今夜は、あたしここに泊ってヴィナスの閨には帰らないつもりなの、よくって」

「だって、つる代が寝ているじゃないか」

「だから、つるちゃんにヴィナスの閨にいってもらえばいいじゃないの。入れ変りよ。たまには保養させてやるものよ」

いうことが、極めて常規を逸していて、そのくせ、一旦云い出すと、どこまでも執拗《しつっこ》くなるマヤ子には三吉もこれ以上反対ができなかった。彼女から意地悪く、つれなくされると大損なことはよく心得ていた。いくらマヤ子を軽蔑していても、その尨大な金力から離れることは享楽好きの三吉には甚だ辛いことであったから。

当のつる代は何も知らず、生際《はえぎわ》のあたりに薄らと汗をかいて睡っていた。いくら三吉が揺り起しても目がさめそうにもなかった。

「そのままの方が却っていいわ」

結局、マヤ子たちは、門口《かどぐち》に待たせてあった自家用車の運転手に命じて、睡ったままのつる代を、そっくりヴィナスの閨に運び入れさせることにした。マヤ子は、この座興的な皮肉なやり方に、肉付の豊かな肩先をゆすって、クスリと笑った。

つる代を送り出してしまって、寝台に這入って眠り込んでしまったが、その後一時間ばかりしてどんなことが起ったか、想像に難くない。

云うまでもなく、情死マニヤの烏山吉次が這入ってきたのだ。闇の中を影のように寝台により添うてきて、それがマヤ子とも知らず、女の顔を探り当てると、手にした大形ナイフを、女の心臓部目蒐《めが》けて、ブスッと押し立てた。

三吉は、寝呆け眼《まなこ》で相手の男の姿を見附けると、強盗と思ったらしく、呀《あ》ッと叫んで起《た》ち上った。こっちの男は三吉へも一太刀二太刀、前額へ鋭く斬りつけてきた。

たらたらと溢れ出る血潮が目に這入ってくるのを片手で抑えながら、それでも、寝室を飛び出して、最寄りの自働電話まで駈け込んで、警察と、それからヴィナスの閨に寝ているはずのつる代へ電話をかけた。出血が激しく致命的な重傷にも拘らず、これだけのことをしたのだから、三吉も相当気が張っていたに違いない。

電話は警察にはすぐ通じたけれど、そのあとで、つる代の方へかけたのは、いくら呼び出しても応じないと、キンキン声で、交換手の断る声が聞えるばかりであったが、それが三吉の耳に這入ったのか這入らないのか、或は、これだけのことは命のあるうちに、是が非でも云わねばならぬと思い詰めたせいか、委細構わず三吉は喋りつづけるのであった。その声は急に高くなったり低くなったり、杜絶《とぎ》れたり、語尾が不明瞭に消えかかったりしたが……

「俺が悪かった。許してくれ。俺はなるほど堕落した。悪魔の三吉なんて汚ならしい名前はとうに雪《そそ》ぐつもりであったが、おまえにとっては俺はまったく悪い夫でしかなかった。だけど、精神の奥の奥では、お前のことを思い続けていたんだ。だからヴィナスの壁画だって知らず識らず、お前に似た女が描けてしまったんだ。おれは、おれは、やっぱり精神の奥の奥の方では……」

そんなことをくどくどと、何遍も繰りかえし繰りかえし掻きくどいているのであった。人の死せんとするや、その声や美《よ》し‼　何かそくそくと身に迫る真実味が夜気の底を縫うて慄えながら聞えたはずである。

## 死後の世界

こちらはヴィナスの閨――

枕元に備えつけた寝室の電話が、どんなにジリジリと急き立てるように鳴り続けたところで、当のつる代は自分がここに運び込まれたことさえまだ知らずに睡っているのだから、どうしようもなかったわけである。

　彼女が目をさましたのは、ずうっと後のことで、あるか無しかの、東明《しののめ》の薄明りがほんのり窓掛の隙間から室内の闇へ匍い出した頃であった。

　その日の醒しかたも、夢ともうつつともつかない、ひどく曖昧模糊《あいまいもこ》たる境を緩慢にたゆたいながら、のろのろ、のろのろと醒めてきたのである。

　それというのも、天蓋つきの豪奢なベッドで、何か香料でも焚きしめてあるらしい、お蚕ぐるみの褥《しとね》にふんわりつつまれていたせいもあるだろうし、不馴な催眠薬を飲んだあとの妙にかったるいような放心的な神経の疲れもあったであろうが、しかし、やっぱりいちばん主要な原因は周囲の壁から天井いちめんに渡って繰り拡げられた鵜飼三吉作の大壁画から醸《かも》し出されたコンモリした夢幻的な雰囲気のせいだとしなければなるまい。

　つる代はもちろん、自分がどうして、こんな所にいるのかてんで判らなかった。だから、こう思うより仕方がなかった。

　自分は約束した通り、あの情死常習者の手で、きっと、非常に上手《じょうず》に殺されたのであろう。

　生きてるときは、死後の世界なんて一度も考えたことはなかった。つる代は地獄だの天国だの、というものは、小学校の生徒の時でも、どうしたものか、信じられないタチであったが、これが死後の世界かしら、そうすると、たいへんいいものだと思いこめる気がした。

　大壁画はサンドロ・ボッチェリーの「ヴィナスの誕生」とはまるで違った構図ではあったが、あんな風に豊麗絢爛《けんらん》で、神話風の美しさをもって、つる代の頭上に揺曳していた。

　紗《しゃ》のように薄すらと棚びいている春霞の向うにはスミレ色の夜空がひろがり、満天に散らばっている星屑は青貝色に息づいているのだ。

　その下の、百草《ももくさ》千草《ちぐさ》の緑なす褥には全裸の美女が奔放に描き出されている。

　もちろんそれはマヤ子には似ていなかった。むしろその天上的な気品高い輪廓は、よく見れば、つる代の方によりよく似通うていた。すくなくとも、つる代の美しさを理想的な高さにまで引き上げていったとすれば、この美女の顔になるだろうと感ぜられるものが含まれていた。

しかし、つる代には、そんなことはもとより気がついていなかった。三吉の移り気な放蕩癖にすっかり世帯窶《やつ》れがして身も細る思いの揚句、とうとう、あんなふうにして死んでしまったが、今は、こうして、このような楽園に、のうのうと手足を伸ばして、まるでヴィナスそのもののように、甘い香ぐわしい幸福に恍惚としているばかりである……。

やがて、しかし、冷酷な現実が扉を排して闖入してくることだろう。すくなくとも祐天寺裏の殺人事件の関係者として警官は一応彼女をしょっ引いていくことだろう。しかし、この珍奇な死後の世界の、たとえ、それが一時《いっとき》の夢であるにしても、その円《まど》らかな夢の裡に、つる代を少しでも長く涵《ひた》しておきたいと、筆者自身も思うのである。

# 白薔薇教会

## 指の無い妻

ちょうど、その日は日曜日でもあったので、これまで、忙しいために思いながらも来られなかった靖国神社に、私は静江と連れだって参拝した。

静江の兄殿村賢吉の霊に、二人が彼の遺志にしたがって結婚したことを報告した。

参拝をすませてから、銀座に出て、食事をしたりニュース映画をみたりして、すっかり若夫婦らしい和《なご》やかな気分にひたることができた。

月はなく、ただ星だけが、むやみと綺麗にきらめく夜空の下を、私は新妻と肩をならべ、買物の包みなどさげて、ぶらぶらと、家の方へ帰えりつつあった。いやに凍《し》みる晩だったけれど、私達は、なんとなく、温かい思いに身内がいっぱいにあふれていた。

私の家の手前の原っぱに、こんど新しい工場が建ちかかっていて、その工事場を囲うトタン塀が小一町ほども続いていていた。昼間は八釜《やかま》しいが、陽が落ちると急にヒッソリとしてしまう。

二人は、その塀わきの道に来ると、人目がまったく絶えるので、急に遠慮が無くなり、ぴったり寄り添うて歩いた。私は、そうッと、静江の手をさぐりあて引き寄せようとすると、彼女はギョッとしたように、手を引っ込めたのである。

「ああ、そうだったか、悪いことをしたな――」と私はすぐに思った。私が触れたのは静江の左手であった。彼女は不具《かたわ》の手に触れられるたびにギョッとするらしかった。彼女の左手は人差指が欠けていた。

彼女の兄殿村賢吉とは、小学校時代からの親友で、その時分は彼女の一家とも絶えず行きき していたが、お互に大人になってからはおなじ町内に住まなくなり、殊に私が勤先《つとめさき》の関係で、ながらく海外の支店詰めになっていたりして、殿村一家の消息は、結局、賢吉からの時々の便りで知るよりほかなかった。両親が相つづいて亡くなり、莫大な負債を遺されて賢吉はずいぶん悪戦苦闘をしたらしい。しかし女学生の静江には、学費の不自由な思いなどは少しも知らさず、のびのびと勉強させた。

その賢吉が、静江が女学校を卒業した翌年、支那事変に出征して壮烈な戦死を遂げた。しかし、そのことはかねてから覚悟していた賢吉であった。戦死直前に、ニューヨーク支店宛に寄越した私への手紙には、独り残された妹の身の上を案じ、私が妹の将来をみてくれるならば、なんら後顧の憂《うれい》なく、バンザイを絶叫して護国の鬼と化することができる、という文面であった。つまり妹静江との結婚を、それとなく希望している彼の気持は私にもよく判ったので、折よく東京の本店詰めとなったのを幸、まもなく帰朝して、彼の遺志を実行したのである。

しかし、彼のどの手紙にも、妹が指を怪我したようなことは一言も書いてなかったから、静江が、悪性の瘭疽《ひょうそ》に罹ったというのは、兄賢吉の戦死以後のことになるわけだ。

静江は瘭疽のためといったけれど、実はこれについて彼女はたいへんな嘘を吐《つ》いていたことは、この奇怪な物語の終りまで読んでもらうとハッキリ判るのであるが、もともと正直な性質《たち》の静江は上手《じょうず》に嘘が吐けない女である。静江が私に指のことを聞かれて、瘭疽といったときも、もっと注意深く静江の表情を見詰めたら、容易にそれが嘘であることに感づいたに違いない。急に慌てふためき、美しい顔に、サッと紅葉《もみじ》を散らしてうつむいたときの彼女の表情を、私はただ不具の点を指摘された年頃の娘の恥しさとばかり考えた。

なるほどね、瘭疽ってそんなに恐しいもんかと思い、なにしろ、兄の戦死後、日給九十銭の女事務員をして自活していた静江としては、なるべく売薬ぐらいですまそうとして手遅れにしてしまったのだろう、私が、も少し早く帰朝していたら、相当の外科医にでも診せて、その白魚のような綺麗な指を、むざむざと切り落させはしなかったものをと、ずいぶん残念に思った。

私が結婚申込《プロポーズ》したときも、彼女は手の不具を理由にして、実に頑強に拒んだのであるが、私は私で、兄の遺言だといい張って、結局、静江を納得させたのである。

私は、静江が、あんまり指のことに拘泥《こうでい》するのが少し神経質すぎると思った。今夜の仕草も、いつものこととは云いながら、他人行儀すぎて、いささかあきたりなかった。もちろん私は、そういう静江の気持を劬《いた》わるつもりは十分あるにはあったが、今夜はわざと反対の態度に出てみた。

私は、彼女が引っ込めているその不具の手を引張り出してギュッと握り締め、ぶらんぶらんと、お手てつないで野道を行けば、といった調子に、二三回強く振ってみせたのである、そうして云った。

「ね、静江さん、夫婦仲で水臭いじゃないか、僕はね、静江さんが、指の二三本はおろか、片腕がポッキリ根元から無くたって、愛してる気持はちっとも変りゃしないよ、片腕がなくたってミロのヴィナスは依然として美しいじゃないか、僕は、指の一本ぐらい、静さんほど綺麗なら、ちっとも気にする必要はないと思うがな、そんなことにいちいち拘《こだ》わっていられると、僕の方がへんに敬遠されてるみたいで、なんだか寂しくなるよ、――ね、これから、そんな風な態度はやめて欲しいな」

「ほんとに、すみません。私、こんなに愛していただいているのに、馬鹿ですわねえ、つい悪い癖が出てしまうんですもの」

彼女はそう云って、ショールの端で目頭《めがしら》を抑えた。

「こんな気持、ほんとに早く卒業してしまいたいと思いますわ、けれど仕方がありませんの、どうしても隠したくなってしまうんですもの、ね、離して下さいませんか？」

そう云いながら、彼女は、私が固く握りしめてる指を解《ほど》いて、左手をコートの袖のなかに隠してしまった。

私は諦めた。夫婦といっても、まだ結婚後日が浅いためにこうなんだろう、そのうちに平気になれるかも知れない。

「あなた、お怒《おこ》りになりゃしない？」

「ウ、うん、怒りなんかしないよ。僕少し意地悪だったかな」

私たちはすぐ機嫌を直して、自家《うち》の檜葉《ひば》の生垣のところまできたのであるが、そのとき、ハッとして立ちどまってしまった。

門燈の薄い光が、植込み越しに、玄関前をぼんやり照らし出している。こないだの暴風で木作りの門を倒されたので、こんどは大谷石《おおやいし》にするつもりで、石材をそこに置いてあったが、それに一人の男が腰かけて、すぱりすぱりと煙草を薫《く》ゆらしているのが目に這入った。ちかごろ、大工場が出来るというので、この界隈、急に素性のわからない人夫などの出入りが激しくなり、ちょいちょい物騒な話もきくので、私はその男の姿に何か厭なものを感じた。しかし私より、静江の方がもっとびっくりしたらしい。私たちは玄関へは廻らず、勝手口の方からコッソリ家に這入った。

「なアに、別に怪しいものとはかぎらない、何か用があるんだろう、静さんはここにじっとしていなさい。僕が玄関に出てみるから」

私は静江を茶の間に残し、玄関へ出て、格子の差込錠を抜いた。

「何か御用ですかね」

男はむっくり立ち上り、玄関へ這入ってきた。ぐるぐる巻きの襟巻を外し、外套《とんび》を脱ぐと、ちょっと苦味《にがみ》走った色白の男が現れた。紋服に、袴、白足袋という装《なり》で、差しだしたやや大型の名刺には、「白薔薇教会日本支部主事神谷剣三郎」としてあった。

## 霊界通信

ともかくも玄関わきの応接間に招じ入れた。

「実はお留守とは存じていましたが、間もなく、お帰りになるような予感がしましたもので」

男は、鼻の高い唇のうすい、整った容貌だが、目つきが少しきつすぎた。

「して、早速ですが、御用向きはなんでしょうか」

「当白薔薇教会の新しい発展について何分の御援助をいただきたいと存じまして」

「いくらか出せと仰有るんですね。白薔薇教会なるものが私にはてんで見当がつきませんが、御趣旨によっては必しも出し惜みするわけでありません。しかし、この頃は時局柄寄附ばやりでしてね。なかにはずいぶん訝《いか》がわしいのもあるし、実はこんど町会で申合せまして、町会から予め通知の無い寄附には一切応じないということにしてあるんですがね」

「いや、私の方でも、御町内をいちいち戸別的に歩いて寄附の御願《おねがい》をしているわけではありません。お宅一軒だけなんです」

「こいつあ驚きましたな――僕の家だけを特に見込んで、そりゃあ、またどうしたわけですか」

男はパチンとケースを開いて、煙草を一本とり出すと、薄い唇の間から、ゆっくり煙を吐き出した。それから、私の問には答えもせず、藪から棒に、

「奥さんは御在宅ですか」と訊いた、「殿村静江さんが、もしお宅の奥さんでいらっしゃるなら、くどく申上ませんでも、寄附の性質についてはすぐ御了解いただけると思いますが」

「ははあ――そうですか、しかし生憎《あいにく》と、妻はいま、留守です」私は、何故か、妻をこの場に出したくなかった。

「そいつはたいへん困りました。簡単に申上げますと、奥さんはもと当白薔薇教会の熱心な信者でして因縁浅からざるものがあるはずでございます」

「だいいち、僕には、その白薔薇教会ってものがまるでわからないなあ」

神谷主事の説明によると、これは霊界通信を司る教会である。平くいうと、日本にも古来からある巫女《いちこ》とか口よせとか呼んでいる霊交術の一種であるが、それよりもずうっと高等なものだ。教会主は欧洲大戦当時、ヴェルダン要塞戦で隻脚《せききゃく》を失ったシャルル・ブルーヌ大佐である。大佐は、いくたびか物凄い死人丘《モルトーム》を彷徨しながら、遂にひとつのすばらしい霊感に触れ、白薔薇教会を作る最初の暗示を受けたというのである。大佐は塹壕の暗がりで、亡き戦友たちの霊《たましい》と自由自在に通信をとり交すことができた。こうして、シャルル・ブルーヌは、人間はたとえ死んでもその霊は、親しい人の身辺にいつでも忍びよってくるものであると確信し、エヂンバラ心霊大学を卒業すると、新しい霊魂教の世界的伝道に従うことになった。

彼が日本にやってきたのは満洲事変前後で、その頃はまだ、淀橋区の裏路次の、ほんの借家住いで何をしているのか、殆んど知られていなかった。

しかし、そのうち、白薔薇教会という表札が、なんとはなしに優しく床しいものに思われ、一人二人と若い女などが覗いていくようになり、支那事変勃発当時には、正会員以外に隠れた信者の数まで算《かぞ》えたなら、びっくりするほど多くなった。

教会員は、みんな白薔薇の徽章《きしょう》を胸につけていた。白薔薇のように、清らかで美しい心身をもっていなければいけないというのが信仰箇条の第一だった。いっさいの邪慾を去って、無思無念の境に自分を置かなければ、いわゆる交霊の法悦にひたることができないと教えるのだ。

「実のところ、私は」と神谷は続けていうのである。

「シャルル・ブルーヌ博士を、ひどく横着な山師とばかり思っていましたよ、私って人間は元来宗教めいたものは一切食わず嫌いでしてね、神や仏を信じないことを、むしろ自慢《はば》にしていたくらいでした。

まして、魂だの、酢だの、蒟蒻《こんにゃく》だの、という問題はてんでふり向いてもみなかったんです。それがどうです。親戚の娘が、あまり白薔薇教会に夢中になっているので、親達から意見を頼まれましてね。意見するには、ともかく、一度この眼で、白薔薇教会のインチキな正体を見届けてからでないと効目がないと思い、その娘と連れだって教会にいってみたんです。

行くみちすがら、その娘、清子って云いましたが、それにきいてみました。

（いったい、あんた、どうした量見で、あんなビッコ

の毛唐のところへ、足繁く通うんですね。大和撫子《やまとなでしこ》の恥みたいなもんじゃないか）

清子は、胸の白薔薇のバッヂを弄《いじ》りながら、顔を赤めてしばらく俯向いていましたが、やがて低い声で、

（いやだわ、そんな訊き方をして、シャルル・ブルーヌ先生ってとても立派なエライ先生よ。ほんとにお慕いするに足る方だわ。でもあたしが教会にいくのは、なにも、ブルーヌ先生に会いにいくんじゃないわ。しかし、真個《ほんと》のことというと、笑うから、いや）

（可笑しいこと云や、誰だって笑うさ、――しかし、きょうは冷笑《ひやかし》はつつしむつもりだ。ね、お話しよ）

（あたしはね、教会へ通うのは海東《かいとう》春夫さんに会いにいくためよ）

（それじゃまるで牡丹燈籠《ぼたんどうろう》だね）と私はあきれました。

その海東春夫というのは清子と婚約のあった男で、結婚があと一月というところで、チブスに罹って死んでしまったのですが、その死んだ男の霊を白薔薇教会に呼びだして、ちょくちょく会っていたわけなのです。

これには私も二の句がつげなくなり、こんな小娘に何を訊いても始らないと思い、じかに、シャルル・ブルーヌ博士に会うことをいそいだのです。

会ってみると、さすがにシャルル・ブルーヌ博士は、ヴェルダンの生き残りの軍人だけあって、眼光炯々《けいけい》として人を射るといった趣きのある、すばらしく体格の大きな老人でした。

老人とはいい条、どうしてまだなかなか若々しく、大きな鼻のへんが脂光りしているほどでした。私はこの先生の前に立つと、先刻の意気込みが、急にペシャンコになりそうな、危なっかしい気持になっちゃったんですね。なんて云いますか、こう鷹に見込まれた小雀のように総身が、急に固くなってしまいました。ブルーヌ先生は、その大きな盤広《ばんびろ》な手を無造作につき出して私に握手をもとめると、

（ははあ、あんたは無神論者らしいね。神も仏も要らないという人間は一目でわかります。意地ッ張りのくせに、どことなく瞳の色が疲れています。あんたは、白薔薇教会を探りに来たんじゃろう。いや隠さんでもよろしい。当教会は、あんたみたいに少し骨ッぽい人を歓迎しているんです。どうぞ、隅から隅までさぐっていって下さい。霊魂があるとかないとかは、もはや問題ではなくなっています。在ることはきまっているが、ただ問題は要するに霊魂を呼び出す方法に気がつかないために、無いと思ってる人が沢山あります）

私はノッケからこんな風にいわれて、それもそんなも

んかな、と思い、平生の意地ッ張りにも似ず、実に素直なしみじみとした気持になってしまったんです。

つまり、ブルーヌ師の魅力に、案外もろくも、誘い込まれつつあったのです。ブルーヌ師は何もかも見透《とお》しているような調子で、

（当今では、科学的にさえ、霊魂の存在は証明されています。ロンドンの心霊研究会《ソサイエティ・オブ・サイキスト》では、霊魂をフラスコ内に捉えることに成功し、霊魂の重量《おもさ》はたいてい百分の十七ミリグラム程度であると発表しています。これに紫外線を当てると水母《くらげ》のように青光りを発するそうです。

それから写真霊媒バックストン夫人が試みた幽霊撮影は七十六パーセントの成功を収めました。費府《フィラデルフィヤ》の心霊協会《スピリチュアリスト》が取った霊魂指紋は百六十種の多きにのぼりました。こんなわけで魂の存在は、もはや疑うことのできない事実であります。

しかし白薔薇教会では、そんなおおげさな実験をする設備がないので、ただもっぱら精神を統一して霊魂に触れることをやっています。ただじっとしているだけでよろしい。じいっとして暗室《キャビネット》に坐っていさえすればいい、あとのことは私がします。間違なく霊魂がフワフワとあんたの身辺に飛んできますよ。さあ、きょうは私が霊媒になって、あんたの亡くなったお父さんの霊魂《たましい》でも招霊しますかな）

こんなわけで私は変てこな部屋に引き入れられました。その霊界通信実験室は、あんまり広くない、何の飾りつけもない殺風景な部屋でした。窓には厚手の黒羅紗《ラシャ》で裏打ちした扉がついていて、それを閉めると、髪の毛ほどの光線も洩れて来ない全くの漆黒の闇となるのです。

シャルル・ブルーヌ師は、私に松葉杖を預けて、部屋の片隅に退《す》さらせ、自分はべたッとリノリューム張りの冷たい床に坐った音がしたきり、あとしばらくは、何の物音も聞えてこない。私はあんまり何の音もしないので、非常に不安になり、まるでブルーヌ師がそのまま気化してしまったのではないかとさえ思いました。

そのうちに、私の膝頭が、ぴたぴたと生温い液体にふれたのです。私はびっくりしましたが、それは、なんだと思いますかね。汗でした。ブルーヌ師の全身から滝津瀬のように滴りおちた汗が、リノリュームの床を流れ出してきたのです。

呼吸《いき》の音《ね》ひとつたてないで端坐しているブルーヌ師が、こんなに汗を流しているのは、全身全霊を罩《こ》めて、ひたすら降霊の黙禱に凝っていたからです。

その汗の匂いを嗅ぐと、何か自分も、心耳を澄まして、精神を統一しなければ、相すまぬような気がしてきまし

た。私はブルッと身慄《みぶるい》して、背中をしゃッきりと立て直し、なに祈るともなく祈らずにいられない切ない気持になり、思わず合掌の姿勢をとりました。その途端に、どうでしょう、いきなり、ブルーヌ師の五体から、激しい声が奔《ほとば》しり出たのであります。

（馬鹿野郎！　誰かと思えば、そこに平《へい》つく匍《ば》っているのは剣三郎の奴じゃないか。よくものほほんと、こんな神聖な場所に出しゃばってこられたもんだ）

まったく、あんなに驚いたことはありません。つまり、親父の亡霊が、霊媒のブルーヌ師に憑《の》りうつったのです。怒鳴られても、それが親父の亡霊と思えば、懐かしくも嬉しい。私自身もびっしょり汗をかいた額を、床にくっつけて平伏しました。

（剣三郎！　お前という人間は相変らず、ぐうたらだなあ、わしが死んだら、いくらか性根を取り戻すと思っていたんじゃが、薩張《さっぱ》りじゃのう、まともな商売が嫌いで、相変らず株の思惑ばかりやっておる。それも近頃は大怪我つづきじゃないか。わしの少しばかりの遺産などは、なくなった方が功徳《くどく》に思うてるくらいじゃが、兜町《しま》通いだけはやめにせい。そうして白薔薇教会に這入って、せっかく精神修養をするがえいぞ、といったところで、お前のように我の強い人間は直接、霊魂威力の験《げん》を見せんことには、何事も納得しまい。これ一回で相場をフッツリやめるという考で、もういっぺん場を張ってみるがいい。T・S興業の株を三百ばかり買ってみるんだ）

（エッ、あのT・S興業を？）

私は、声を出そうとしたが、なんだか金縛りにあったようで、第一舌が動かない。喉をいがらッぽくひくひくさせるばかりです。

（心配するな、ちかごろひどく人気のないボロッ株だが、あしたの前場《ぜんば》寄附成行《よりつきなりゆき》で買いに出るのじゃ、それが、トコトンの底だからな、明後日《あさって》になると、払込み五十円をぐっと上廻って、五、六円がたは大丈夫噴き出すゾ）

私は漆黒の闇の中で思わず会心の微笑を洩らしましたね。いいえ、疑う気持なんか微塵も起らなかったのです。ただただ親父の亡霊のお告を鵜呑みにして、ひたすらその指令どおりにしたのです。果して予言は的中しました。軍需方面の好材料が突然舞い込んで、T・S興業株は奔騰を続け、私は、どっかりと大きな利喰いをしたのです。もちろん私はそれっきり兜町から手を引き、利喰いの大部分は白薔薇教会へ献金して、今までとは打って変って、熱心な霊魂信者となりました。たしか殿村静江さん、いやお宅の奥さんが、教会に見えられたのも、その前後ではなかったでしょうか」

こうして神谷主事は、ひとまずこの長話を区切って私の顔をおもむろに凝視した。私はその凝視を撥ね返すようにして、

「と、するとなんですかな、私の家内も、女だてらに、霊のお告げで、競馬の穴でも当てて、御利益にあずかったというんですか、それで、そいつを寄附金に振り当てろ、と」

「いや、そう先走って云われては困ります。奥さんはただ、支那事変で亡くなられた兄さんの魂とお話がしたかったのだと思います。そうした方は、戦争が始ってからめっきり殖えました。未亡人とか恋人とか姉妹《きょうだい》母親、まあ女のひとが大部分ですが、男も相当ありますな、女にしても始はマサカと思ってくるんですが、慕わしい故人の声を生々しく身近に聞かされて、ワアッと泣き出してしまうのが普通ですな。女ってものは、男以上に疑深いだけに、いったん信じ込んでしまうと微塵も動揺しませんよ」

ははあ、なるほど、そんな訳であったのかと、私は、静江がもと白薔薇教会員であったことに、それが迷信であるにしても、まことに無理からぬ次第だと思った。

「だが、ただそれだけの話でしたら、とくに、私のとこだけを見込んで寄附を申しつけるというのは、まだよく飲みこめませんな」

「まあ、終りまで聞いてくれませんか、まだ先があるんですよ、実はそのシャルル・ブルーヌ先生が突然、何者かのために殺されたんですよ」

この時、茶の間へ通ずる廊下に向いてる側の、把手《ノッブ》がカチッと鳴ったようだった。誰も這入って来ない。静江がコッソリ向側で立ち聴きしているようにも思われた。

## ブルーヌ先生殺し

神谷主事は、誰かいるのを悟ったのか、ちょいと目を光らせて扉《ドア》の方を見たが、別に変った様子もないので、そのまま話を続けた。

「ブルーヌ師が殺されたのは、ちょうど四月《よつき》ほど前ですから、あなたがまだ帰朝中の船のなかにいらしった頃です。或は御存知ないかもしれませんね。とにかく白薔薇教会にとってはたいへんなことでした。

その晩、私はもう全く、ブルーヌ師の魅力に嵌《はま》り込んでいて、いわば一番弟子のような位置にあって、ずっと教会に住み込んで、いろんな雑務を引き受けてやっていました。

　或る晩、ブルーヌ師の代理で、信者の家で催された霊交会に行って戻ってきて、その会の模様を報告しようと思い、ブルーヌ師をさがしたが見当らない、では暗室だろうと、いってみると、室《へや》の中央に前屈みになって蹲《うずく》まっている姿はやっぱりブルーヌ師です。

　先生の黙禱中を障《さまた》げてはと思い、いったん引き退がろうとして、私はストンと転がってしまったんです。

　ああ、やっぱりひどく汗を流していらっしゃる、その汗のために滑ったのだと考えながらも、ベタッと床の上についた手に喰っ付いた生ぬるい液体の感じが、どうも少し、ただの汗ともちがうようだと思い、手のひらを鼻先に持ってきてみると、プンとした匂いが、なんと、血の匂いでした。

　私はギクッとして電燈をつけてみました。

　ブルーヌ師の軀には、まだいくらか温《ぬく》みが残っていましたが、左胸部を背中から一思いに突き刺されて、もうまったく縡《こと》切れているのです。

　私が先生の背中にふれた弾みに、前かがみに、黙禱の姿勢のまま、うつ伏せになっていた軀が、ぐらりと横ざまに倒れました。銀色のふさふさした捲毛の頭髪《かみ》が、血の海のなかに浸り、みるみるうちに、赤黒くなっていきました。

　ああ心霊界の先覚者も屍体となると、まるで肉屋の店頭に、紫の判を押されて吊さがってる豚肉と、ちっとも変りゃしない。それだけに、私は霊魂というものの尊さがはっきり判りました。霊魂あっての肉体だとしみじみ思いましたな。

　私は、何から手をつけていいか判らず、暫くは、ただあっけらかんと屍体のそばに、馬鹿みたいに坐っていたのですが、やがて、急に頭の中が、洋燈《ランプ》の灯がともったように明るくなったのに気がつきました。

　そうだ。屍体なんかにかかわっていないで、ブルーヌ先生の魂を呼び出そう。まだ屍体が生あたたかいくらいだから、先生の霊魂《たましい》はまだ室内をフワリフワリ彷徨《さま》よっていらっしゃるかも知れない、そう考えて私は、一心不乱に降霊《かみおろし》の黙禱を始めました。

　ブルーヌ門下の一番弟子として、相当の修練をつんだ効《かい》あってか、血と汗の匂いがむんむんと鼻を衝《つ》く密室の淀んだ空気のなかに在りながらも、心は中秋の明月のように、いささかの曇も雑《まじ》えず、きよらかに澄み渡り始めました。こうして霊魂との所謂「直接談話現象」が起りました。

　（ブルーヌ先生！　先生はいったい誰に殺されたのですか）

（女を捜せ《シェルシェ・ラ・ファンム》――まず、女の指から捜すんだ）

紛うかたなきシャルル・ブルーヌ先生の声でした。目も眩《くら》むばかりの光りものが、一瞬パッと脳裡に閃《きら》めいたかと思うと、それっきり電波が切れたように、直接談話現象の感能力《サイキック・フォース》が消え去ってしまいました。

えい、なんのこったい、これじゃ、まるで取りつく島もないじゃないか、そう思わず、つぶやいたのです。

しかし、意外な亡霊の言葉に、もう精神《こころ》の均衡《つりあい》を喪ってしまったためか、いくら心耳を澄まし、下ッ腹に力を入れても、二度とブルーヌ先生の声を聴くことはできませんでした。一番弟子などと大きな顔をしても、私などは、霊媒《サイキック》としてはまだまだ新入生《しんまい》だと思いましたね。

それにしても、女を捜せ――とはなんだろう、女がブルーヌ師を殺した犯人だというのかな。とにかく、女が関係しているに違いない。しかし、指、指を捜せとはどうしたことだろう。

私は皆目、見当がつきかねたのです。

しかし、警察の方では、まもなく、現場を臨検し、心霊のお告などとは無関係に、それぞれちゃんと手配をしました。そうして、たちまち、犯人の目星をつけてしまったらしいのです。

警察側の所謂犯人というのは、犯行前日までブルーヌ家でコックをしていた印度人《インド》で、そいつが何回も教会の金を持ち出しては新宿のカフェーに通っていたことが判明し、ブルーヌ師からとうとう解雇された男でした。

それが犯行の翌夜、ぶらりとそのカフェーに現れ、女を連れ出そうとしたところを、張っていた刑事に手もなく捉まってしまったのです。

そいつは、頑強に犯行を否定し続け、いまだに自白しないそうですが、結局、それが犯人だということに決められてしまいました。

だが、私には、不思議でならないんです。

女を捜せ――というブルーヌ先生の亡霊のお告どおり、なるほどこの犯罪の裏には女が関係していた。しかし、どうにも私の腑におちないのは指のことでした。

女を捜せ――というその女は案外、ほかの女ではなかろうか、いずれにしても、もっと深い謎が、この事件の底の底に潜んでいるような気がしてならなかったのです。

それがどうでしょう、実に妙な発見をしてしまったのです。オヤ、大変、お顔の色が悪いようですな、どうかなさいましたか」

神谷主事は話をやめて、私の顔を覗き込んだ。実際、私の顔は紙のように白かったに違いない。

「いや、構いません、なんでもないんです、どうぞお話をつづけて下さい」

「そうですか、じゃ、もう少し――で、それというのがですな、ほら、こないだの風速三十何米《メートル》とかの大暴風雨ですね、あれで白薔薇教会の屋根瓦も大分、めくられましてね、殊に婦人信者の控室の方が雨漏りがひどく、押入れのなかなんか、びしょびしょに水漬《みずびた》しになってしまいました。それで、天気があがってから、中のものをみんな日向《ひなた》に出してみました。ところが押入れのずうっと奥の方に、変ものが見付かったのです。

中に入れてあった行李《こうり》やトランクのために、壁際に押しつけられて拉《ひし》げたようになっていましたが、それが紛れもなく、ハンケチに包んだ女の指でした。

はははあ、ブルーヌ先生の魂が仰有ったのはこいつだな、とやっと思い当ったのです。

その指の傷口は、何か歯で咬《か》み切ったような工合になっていました。ブルーヌ先生が殺される断末魔に、相手の指を食い切った――そういう風にも考えられんことはないですね。

私は、それからというものは、その指の主を捜し出すのに並大抵でない苦労をしました。

それが、きょう、偶然、あなた方御夫婦が睦しげに銀座で御飯を召し上っているところを、コッソリ拝見しちゃいましてね。どうも奥さんのフォークの使い方が、奇妙だワイと思って、それとなく注意してみると、人差指が無いことが判りました。

奥さんだって、あの当時は、白薔薇教会の信者でいらしったんだ。ブルーヌ先生殺しと奥さんとが、どういう関係にあるか、もちろん私にはよくわかりません。だが、指をくるんだハンケチだって、エスと縫いがしてありましたし、とにかく、もし、この指が、奥さんのであったとしたら、何かそこに在ることは確ですね。あなただって、そう思いになりませんか、もしこの指が奥さんので……」

「いや、わかりました。なんべんも仰有らんでも勘どころだけは、どうやら判りました」

私は、もうすっかり腹が坐っていた。

「つまり、こうなんでしょう、先刻寄附金と云われたのは、その指を、いくらかで引きとれ、とこういう意味なんですね」

「まあ、早い話がそういうことになります。――白薔薇教会も、ブルーヌ先生に死なれてからは、会員数もぐっと減りましてね、私がまあその後を引き継いでやっているようなものの、実際の話が、ここんところ、家賃も出せんような始末で」

「いくら差し上げたらいいんです？」

「千円といいたいところですが、さしあたり、その半分の五百円で、どうでしょう、――五百円で、あなた、この指が買えるんなら、安いもんですよ」

## 暗室の怪物

ともかくも、私は指とひきかえに、男の要求通りの小切手を渡して男を帰えらした。

足音の遠のいてゆくのを聞き届けてから、茶の間に戻ってきてみると、妻の静江は、小さな風呂敷包み（実際、彼女が嫁いできたとき、そのくらいの持物しかなかった）を膝のうえにのせ、

「どうも申訳ございません、なにも仰有らず、どうぞお暇を下さいませ」といい、血の気のまったく引いてしまった白い項《うなじ》を覗かせて、深く頭をたれた。

「どうしたの？　これから、どこかへいこうっていうの？」

柱時計がボンボンと、ひっそりした夜気に沁み入るように十二時を打った。

「まっすぐ、警察へ行ってこようかと思います」

低いけれど、割にしっかりした声であった。

「それやいいだろう、しかし今夜は大分遅いし、それにひどく凍みるじゃないか、明日にしなさい、――明日、僕と一緒に行こう。僕はね、あんな男のいうこと、一時はドキッとしたけれど、今はたいして気にしてやしない。僕は結局静江さんを信じているんだ。さあ、寒いから、もっと火鉢の方へきなさい。静江さんも、この指のためにはずいぶん、苦労をしたらしいな、可愛相に」

私は、妻の不具の手を引き寄せ、静かに撫でてやった。

「僕はね、何んにも恐れやしないよ、ただ君が、僕に遠慮して隠さなくってもいいことを隠して、かえって物事を拙《まず》くしているのを恐れるんだよ。ね、真実のことを云い給え。ほんとに君は、白薔薇教会で、兄さんの魂と話すことが出来たの？」

静江は、ほうり落つる涙をおし拭いながら頭《かぶ》りを振った。

「すみません、ほんとに私馬鹿でしたわ、あたしは昔から田舎のお婆さんなんかよく話している巫女だの、口寄せだのってことは信じられない性質《たち》でした。でも兄さんが戦死したと聞いたときは、覚悟していましたけれど、とても悲しかったのです。死んだことを嘘だとは思いませんでしたけれど、あんないい兄さんがヒョッコリ

消えてしまって、もう、これッきり永久にあえないなんてことはとても信じられませんでした。どこか、どこかで、まだ、いっぺんぐらい会えそうな気がしてならなかったんですの、そんな気持でいたもんですから、口寄せってことがもしあるなら、嘘でも真実《ほんと》でも、いちど、験《ため》してみたくなりました」

「そりゃ、そうだな、——白薔薇教会へ静江さんが行き出した気持はすくなくとも判るよ。それに白薔薇教会だの、シャルル・ブルーヌ心霊学博士だのって聞くと、どことなく、もっともらしい新味があって、相当教養ある人間でも、ちょっと覗きたくなるからね」

静江は、誰でもはじめはそうであるように、半信半疑で通っているうちに、例の暗室でどうやら、ホントに戦死した兄の亡霊から話しかけられたような気がしたという。彼女のその頃の、ただ一筋に頼り切っていた兄から引き離されて、ひどく弱々しくなっている心持が、ちょいとした暗示にもすぐかかるのは無理もない話だ。殊に相手がブルーヌ博士のような、その道の大家なんだから——

「なんでも知ってるだけの讃美歌を、ゆっくりした気持で、次から次へと、しずかに歌ってごらん、とシャルル・ブルーヌがいうのです。あたしは鼻を抓《つ》まれてもわからないような闇のなかで、細い声で歌ってるうちに、だんだん自分の声で自分が睡《ね》かしつけられるような、ぼんやりした気持になってしまうんです。そのうち、闇の一角から兄さんの声が聞えてくるような気がしました」

こんな風な入神状態は、しかし、静江の場合はあんまり長続きしなかったらしい。

「やっぱり、心のどこかに、いくらか疑を持っていたんでしょうか、私は他のひとよりも早く、普通の気持に還ってしまうんです。あのとき、兄さんの亡霊《たましい》と話しあってるうちに、私はふと、こんな駄々ッ子みたいなことがいってみたくなりましたの。

(兄さん、何故、声しか聞かせてくれないの？　何故、姿を、ちょっとでもいいから現してくれないの？)

そうすると闇のなかで、

(へんなことをいうね、真ッ暗な暗室だから判らないだけだよ、僕はちゃんとお前のまえに坐っているよ、嘘だと思ったら触ってごらん、ホラ)

そういわれて、手を出してみると、わたしの唇と一寸と離れないところに剛《こわ》い鬚の顔が、ヌーッと近づいてきているのです。

(嘘だわ——兄さんはこんなに鬚深じゃなかったわ)

(あんなことをいって——、兄さんは最前線で飲まず

食わずに奮闘していたんだ。鬚なんか剃《あた》ってる暇なんかないじゃないか）

その顔はそう云って、覆いかぶさるように迫ってきました。私は、（いやいや）といいながら、手を出してぐうッと押し退けましたの、その顔はシャルル・ブルーヌの顔だったのです。馬のように荒い息を吐きながら、迫ってくるのを必死になって押し退けた弾みに、アーンと開けたブルーヌの口の中へ指が一本咬《くわ》え込まれてしまいました。そのトタン、どういうわけかブルーヌは、ううムーと唸りながら、ギリギリと歯をくいしめたので、私はその激しい痛みに、いっとき気を喪ってしまいました。が、しばらくたってやっと気がつき、膝元に落ちていた指を半ば無意識にひろいあげ、ただ夢とも現《うつつ》ともつかない気持で、ボーッとして真ッ暗闇のなかに、かなり長い間坐っていたようでした。

（あ、兄さんなんか、やっぱりこんなところにいるはずがないんだ。いるのはただ、山師のペテンの、憎らしいブルーヌだけなんだ）

そう思うと、いちどきに涙が出てきて、指の傷口も、急にズキズキしてきたので、私はふらふらと暗室から脱けでました。そのとき誰か帰ってきたような気がしたので、ここの家の人はブルーヌにかぎらず、もうみんな悪者のように思われ、見付かるのが恐しく、いったん婦人控室の押入の中にかくれました。そこから逃げ出すとき、あわてていたので、すっかり指を忘れてしまったのです――でも、あのとき、ブルーヌが殺されたなんて、わたしは、まるで考えもしなかったのでございます。なにしろ霊媒というものは、憑依《かみがか》りになりますとき、とても奇妙な声を出したり、痙攣を起したりするらしいので、ブルーヌが、あんな仕草をしたのも、きっと、とても乱暴な狗霊《いぬがみ》でも憑いたのかも知れないと思っただけで、そのときは、ただ口惜《くや》しい恐しいのいっぱいで、深く注意してみるなんて、とても私にはできないことでございました」

## 白薔薇は咲けり

私は、翌朝、静江をつれて警察に出頭し、いっさいを報告した。

ブルーヌ殺しは、いまさら新しく問題にするまでもなく、やっぱり、ブルーヌ家の使用人印度生れのコックであることは、動かすことのできないものになっていた。

ブルーヌが、暗室で、静江をもてあそぼうとした恰度その時、片隅に潜んでいたコックが忍びよって、背後からブルーヌを刺殺したのである。こうして静江は、危《あやう》く虎口《ここう》を遁《のが》れたのだが、そんな恥しいことは人に知られたくないため、ひた隠しに隠していたのが、却って神谷剣三郎から、巧妙に利用されてしまったのである。

シャルル・ブルーヌの罪はこれのみでない。暗室の怪しげな交霊術にことよせて、なお幾多の犠牲者を毒牙にかけていたらしい。しかし、この種の被害者のつねとして、大抵泣き寝入りをしてしまうのが多い。またそれが彼らの附け目でもあるのだ。もし、私たち夫婦も、これ以上世の外聞を憚かって、警察に一切を報告しなかったならば、白薔薇教会の美名は、なおしばらくは、人目を偽《あざむ》き了《おお》せたかもしれない。

さらに、これ以上、重大なことは、シャルル・ブルーヌ一味のスパイ行為だとも云われている。信者の中には、静江みたいな戦死者の遺家族などが割に多く、その他、軍需関係の技術家の信者も多少あったらしく、それらの何人かを、巧みに霊交術の夢遊状態に導いて、機密資料を嗅ぎ出そうとした事実もあったかに伝えられているが、勿論詳しいことは私にはわからない。

神谷剣三郎の方は、さすが、スパイ行為とは無関係であったらしいが、これもシャルル・ブルーヌ以上の大法螺《おおぼら》吹きの喰わせ者で、白薔薇教会が疾《とう》から邪教であるのを十分見抜いていながら、かえってそれを利用し、婦人信者を籠絡《ろうらく》したり、金品をチョロまかしたり、強請《はいだし》をかけたりした点は、相当憎まれていい人間だ。

いずれも目下取調べ中なので、白薔薇教会も、淀橋の裏通りに釘付けとなったまま猫一匹住んでいない。屋上に掲げた、黒地に白薔薇を染め抜いた教会旗も、空しく雨露にさらされて、いッ時まえの隆盛は忍ぶべくもないそうだ。

私は、静江の指を、自家《うち》の庭の片隅に埋めた。そこへ、帝国薔薇観賞会主催の即売会で、いちばん素晴しい白薔薇と折紙のついた苗木を買ってきて植えてみた。今やこれが馥郁《ふくいく》たる芳香を発して開花中だ。これは悪魔の匂はしない。

「あたし、なぜあんな夢みたいなことに迷わされたんでしょう、——ほんとに馬鹿でしたわね」

静江はこの薔薇を愛撫しながらいうのである。私も寛いだ爽やかな気持だった。

「ウン——少し馬鹿だった点もあるし、無理もない点もある。でももういいよ、これからは、薔薇が好きだったらこの白薔薇を愛すべし、兄さんの霊《みたま》に会いたかったら、心霊教会《サイキック・チャーチ》などへは行かず、まっすぐ靖国神社に行くべし、——それがいちばん素直で正しい日本人の交霊術だろうじゃないか」

# 落書《らくがき》する妻

私と染谷アイとが結婚したとき、省内の廊下ですれちがう同僚などがポンと私の肩を叩いて、

「結婚したってね、そのうちに奢らせるぜ——時に今度のお住居《すまい》は？　所謂愛の巣はどこだね」

「今までの所ですよ——相変らずです」

私は表情を変えずに答えた。相手はパチッと目をしばたたき、私のために気の毒そうに嘆息《ためいき》をしてくれる。それからすぐ軽蔑的な眸《まなざし》を私の上に投げかける。

（結婚したら、希望ケ丘へでも進出して一戸を構えるぐらいの気概が必要じゃないか、それが相変らずの間借世帯か、このケチン坊め！）

相手はしかし、それを言葉に表わすことの徒労をさとって、そのまま口を噤《つぐ》んで行きすぎてしまう。

私が住んでいる所は絶望の谷《ホープレスヴァレイ》と俗に言われている場所で、出世の道の塞がれた下級サラリーマン階級、つまり雇員だの無能凡庸な平社員だのが労働者達に雑《まじ》って住んでいる。家賃間代はむろん割安である。

この谷底から見上げる丘陵地帯は、土地会社が希望ケ丘と名づけて分譲したら、瞬く間に文化人の趣味を誇示し、思い思いに数奇《すき》を凝らした住宅が、色とりどり、さながら百花繚乱《りょうらん》の姿で丘陵一帯を染め上げてしまった。

それだけに絶望の谷（この名称は、勿論希望ケ丘という呼び方が一般に流布されて暫くしてから自然に谷底の街一帯に附いてしまったものである）はいつも不景気で泥溝《どぶ》のように陰湿で燻んでいた。

私はそこの建て混んだ一画の古本屋の二階に間借していた。

彼女はその隣の薬局《くすりや》の二階に住んでいた。私は永いこと、隣の二階にどんな女が住んでいるか知らなかった。お互の公休日その他が妙にかけ違っていて、彼女の姿も垣間みるチャンスは容易になかったのである。

ある日——それは私の休日であった。激しい勢の俄雨《にわかあめ》があって、隣の二階の出窓際に乾してあったシュミーズが吹き込む雨のためにびしょ濡れになりそうだったので、

私は屋根伝いに匍《は》い出していって、それを取り込んでやった。その洗い晒しのシュミーズは大分生地も薄くなっていたが、こまめに継《つぎ》が当ててあり、その丹念な繕い方から判断して、私はまだ見たこともないその女の性格の一端に触れたような気がした。

「杉山さんじゃございませんでしょうか――わたくし、お隣りの二階に居ります染谷アイでございます。さきほどは洗濯物を取り込んでいただきまして」

そういう声をきいて私はびっくりして振向いた。

私は郵便を投函するために、夜の街筋に出たところを、素早く彼女から挨拶されたのである。

彼女はまるで兵隊のようにキチンと爪先を揃えて、かっきりとお辞儀をした。

夜目にもこの女の美しいことが鋭く私の胸に突き刺った。

このゴミ溜《ばこ》のような谷底の街筋の、折からの花店《よみせ》ひやかしの人通りで雑踏する中を彼女と二人で五六間《けん》と歩かないうちに、私は彼女に一種憐憫《れんびん》に似た愛情を覚えたのである。

彼女は私の四季兼用《オールシーズン》の一着きりしかない服の、肘《ひじ》のところが摺り切れかけているのを目敏くも見咎めて「今晩でもここをお繕いして上げますわ」と云って、ちょっとその白い指先で私の肘をさすってみた。

それから「私はこの先で、明日のお弁当のお菜《さい》を買わなければなりませんの、――では、また後ほど」そう云って彼女はチョコチョコと足早に人波の向うに消えてしまったのである。後で聞くと、彼女は二つ五銭のコロッケを買い、一つはその晩の夜食に、も一つはお弁当のお菜にしたということであった。

私と染谷アイとの仲が結婚にまで進み、いよいよそれを実行することになったとき、彼女は、

「二人の暮向《くらし》きは、出来るだけつつましくやりましょうね」

と云った。

彼女は隣りの薬局の二階から、私のいる古本屋の二階に引越してきた。

天井の低い私の部屋の出窓からは、希望ケ丘一帯が見渡された。丘陵は層々と重なりあい、深紫《ふかむらさき》の夜空に融け込んで、その天とも地とも分たぬ空間に、耀《かがや》く星かとも見紛う高級住宅の窓灯《まどあかり》が、樹《こ》の間がくれに燦爛《さんらん》として点綴《てんてつ》していた。

彼女は熱い息吹と共に勢い込んで云った。

「私達はいずれあすこに引越すのよ。あすこに土地を買って家を持ちましょうね、あなた！　きっとよ、その

ために私たちは思い切ってケチケチして暮らすの、爪に火を灯すようなケチン坊の生活を徹底的に実行するの、よくって?」

×省の技手《ぎて》である私と、日本橋の食料品会社の会計課に十年以上も勤続している染谷アイとの月収を合せると百五十円、それに賞与を加算すると月額二百五十円近くになる勘定だから、もはや絶望の谷に住んでいなくともいい訳だが、彼女は生半可な暮しは厭だ、どうせ暮すなら、希望ケ丘に自分自身の家を持つべきだ、そのためにウンとお金を蓄《た》めなければならないと主張するのだ。

「オーライ――私は生れつき困苦欠乏に耐えられる人間だ。よろしい、爪に火を灯すような徹底的にケチケチした生活に今からただちに没入しよう」

彼女が手摺れのしたハンドバッグから豆算盤《そろばん》を取り出して、パチパチと弾き出した数字を基礎に、私たちの極端に切り詰めた生活鉄則が出来上った。

真冬といえども、薪炭《しんたん》類は計上されていなかった。

さらさらと粉雪《こゆき》が、カーテン無しの窓硝子《ガラス》に吹きつける晩、私は可憐《いとお》しくなって、妻のかじかんだ小さな手を私の掌のなかに挟んで温《ぬく》めてやろうとすると、彼女は蝦《えび》のように撥ね返した。

「いや――そんな敗北的な、感傷《センチ》な仕草きらいよ――だって私、冷たくないんですもの」

いずれの日にか、希望ケ丘に快適《カンファタブル》な館を占拠することを夢み、彼女の瞳は、幻想的な美しさで暖かく燃えている! 豪華な吝嗇《りんしょく》心理、火を発する倹約のエスプリ! 外は相変らず粉雪が降りしきっていた。

私たちの計画は案外早く実現された。希望ケ丘のある家が、それも専門の設計家が、自分自身のために建てた家が、その設計家が今度渡欧するに当って急に金が必要なところから、家具調度類も殆んど居ぬきのまま手離すことになり、運よく私たちの手にそれが割安に落ちることになった。

ヒマラヤ杉の合間に見えるギリシャめいた円柱のある玄関の円《まる》天上のステンドグラスから広間のモザイクの床に落ちる虹色の香彩、それから螺旋《らせん》式の階段、英国風の煖炉。

私達は大満足であった。客間の長椅子の上に寝そべって、過ぎし日の困苦忍従の明け暮れを思いやって恍惚たるものがあった。しかし、いつまでもそうはしていられない。この美しき館をいかにして美しきままに保つかが、新しい心労のタネとなった。芝生の手入れから家具調度の拭《ふき》掃除まで、微細な神経を必要とする労働を私達に課した。疵を付けないためにあまりにも用心深く滑かな階段を昇り降りした。私はかえって足を踏み外して階段の一ケ所にちょっと疵をこしらえた。私達は慌てふためいて、その個所をサンドペーパーでこすったり、ラックを綿に含ませて塗ったりして、なんとか胡麻化すことができた。その後しばらくそのことが苦になって夥しく神経が疲労した。殊に妻は長い間不機嫌で、ふくれていた。

そのうちに彼女は、結婚後七年振りで妊娠し、男の赤ん坊を産んだ。彼女は子供の養育に多くの時間を取られたにも拘らず、邸《やしき》の内外の拭掃除に細やかな心遣いをすることを、依然として怠らなかった。床を艶出油《つやだしあぶら》で拭くこと、絨氈《じゅうたん》にちょっとした汚点《しみ》が出来たといってはマルセル石鹸液で洗うこと、とても大した奮闘ぶりである。それが馬鹿々々しく過労であることを認めたにも拘らず、私たちは何者かに憑かれたもののようにそれを止《や》めることができなかった。

そのうち、すでに四歳なった坊やは、漸く物を描く興味が萌《きざ》しかけていたので、そこら中に落書されては困るところから、あの絶望の谷の子供たちが持ってるような蠟石《ろうせき》や安クレオンの端くれでも決して与えられなかった。

ところが或る日のことである。妻がぐったり疲《くたび》れ切って仮睡《うたたね》をしていたとき、おそらく彼女は悪夢にうなされて目を醒ましたのであろう。ハッとして眼をひらいた。彼女はそこの薔薇色の壁に、木炭《すみ》の燃え残りで、デカデカと描かれた馬を発見したのである。

彼女の激しい驚き、それはむしろ恐怖戦慄に近いものであった。だが、彼女はそれを見詰めているうちに次第に気持が落着いてきてなんとも言えない和《なご》やかな、のびのびした感情がわき上ってくるのをおぼえた。この美しい邸を汚さないように必死になって守り続けてきた、その息苦しいまでの努力が水泡に帰したことの、一種の安堵に似た気持であった。

だから彼女は坊やを摑まえても叱りはしなかった。

「このお馬とてもよく出来てるわね。だけど尻尾がないのは可笑しいわ、お母ちゃまが描いて上げましょうね」

そう云って、木炭のカケを拾い上げ、勇渾《ゆうこん》に馬の尻尾を描き上げて、何かこの邸に復讐したようなすがすがしい快感をおぼえた。

私は後でこの話を妻から聞かされ、その落書の場所を見にいったが、私自身もその落書きに一筆《ひとふで》何か書き加えたいような衝動がわき上ってきて、思わず豪傑笑いをしてしまったのである。

# 壁の中の女

## 1

「ああ、もしもし姉ちゃん」

戸田綾子が呼びとめられたのは小学校裏、竹籔に沿うた道である。この辺一帯は住宅向き分譲地が多く、東京郊外でも特に閑静な地域で、まだ草の生い茂った空地が相当にある。真ッ昼間でもシーンとしている。殊にきょうは休日なので小学校の児童たちの騒《ざわ》めきも聞えて来ない。

「お前さんは、千草洋裁店の人なんだろう、折入ってお願したいことがあるんだがね」

そういう男は、年の頃五十がらみ、和服の着ながし、黒い眼鏡、上等のステッキで地面を叩きながら話をつづける。

「お前さんとこの店の飾窓《ウインドウー》にフランス人形が飾ってあるね。あの人形はたいへん綺麗な服をきているが、あれはなんて服だね」

籔から棒に妙な質問だった。綾子は変な人だと思ったけれど、商売柄答えないわけにもいかない。ふくやかなイキイキした頬に微笑を浮べて、

「あれ――セミ・イヴニングですわ」

千草洋裁店の飾窓の人形は綾子の姉千草の手製で、手先の器用な姉は、その人形を綾子の顔に似せてつくった。それに着せてある衣裳は、目も鮮かな紅薔薇のような夜会服《セミ・イヴニング》、少しケバケバすぎるぐらいであったが、広告人形としては申分なかった。充分人目を引いた。

「ホー、そうかね。あれが、イヴニングかね、実は――あの手のものを大至急一つ作ってもらいたいんだが」

そういう男の言葉に、綾子は思わず胸を躍らせた。正直な話、千草洋裁店はこの頃景気がいいとは云いかねる状態である。土地会社の宣伝に乗って、遠からずこの地域が相当繁華な住宅街になるとの見込みで、洋裁店を開業したのだけれど、そう思惑通り行くものではなかった。早く両親に死別した千草、綾子の姉妹《きょうだい》二人は、なかなかのハリキリ方で独力経営しているのだが、ややもすると

喰い込みがちである。

妹の綾子の方はもっぱら外交の方を受け持った。知人や、女学校時代の同窓生などを歩いてせっせと注文を取って歩き廻った。きょうもその帰りである。古服の裏返しや繰廻《くりまわ》しばかり引き受けているこの頃では、堂々たるイヴニングの注文はたしかに胸をとどろかすだけのことはある。姉さんだってどんなに嬉しがるか、その顔が目に浮ぶようだった。

「ありがとうございます。仕立だけは、どちら様でも賞めていただいておりますの。お宅のお嬢さまでもお召しになるのでございますかしら、これから早速御寸法をいただきに上りますけれど」

「イヤ、そいつが、ちょいと困るんだ。一通り事情を話さないとわからんがね、実は、注文の服を着たいという娘が、永いこと患っているんだ」

「まあ、御病人でございますの」

「うん、それもなかなかの重態で、明日の日も知れぬ露の命というところなんだ。しかし病人にはよくあることだが当人はそれほど重く考えていないので、いろいろ我儘を云って手古摺《てこずら》している。夜会服《イヴニング》をきたいというのもその我儘の一つなんでね。あの軀じゃ夜会服なんかきて、シャンシャン出歩くことなんか夢みたいなことにきまっているけれど、しかし、まあ無駄だとわかっていても、当人が嬉しがることなら、できるだけのことはしてやりたいと思っている。仕立下《したておろ》しの夜会服を蒲団の上から掛けてやるだけでも当人は、嬉しがると思うからね」

「ホントにお可哀相でございますこと――私どもでもせいぜい立派なものを作ってお見せしていくらかでもお嬢さまの御気分をお引き立てして上げとうございますわ――それにしても着地《きじ》とか寸法とかはどう致しましょう」

「生地は人形が着てるのと同じでいいが、寸法の方は、これを参考にして作ってもらうかな」

そう云って新聞包みから取り出したものは一枚の簡単服であった。

「なにしろ、今云ったような寝たきりの甚《ひど》い病人だから、そこへお前さんを案内して行っても始らないし、結局、こいつでもみてしかるべくやってもらうよりほか仕方がないよ」

綾子はクシャクシャになっているのを拡げてみると、ポプリン地のワン・ピースで、可愛らしい水玉模様を散らしてある。プンと汗くさくってひどく汚れていた。なんべんも水を潜ったものらしく、もう大分着地も傷み、模様も禿ちょろになっている。

「ずいぶん汚れているだろう。お前さんの前にこんなものを曝《さら》け出して、親として娘のナナ子に対してもすまない気がするよ、なにしろ、こっちも忙しい軀だし、男手では洗濯物までは廻りかねるんだ。それだけに、今度は思い切って、素晴しい衣裳を、たとえ娘が手を通すことなんか、とても出来ないと判っていても作っておいてやりたいんだ。そこんとこの気持は、お前さんにもわかってもらえると思う。そんなわけでナナ子の息のあるうち見せてやりたいから、できるだけ急いでやってもらいたいんだ――明後日《あさって》までは、どうだろう」

「え、承知いたしました。なんとかお間に合せしますわ。しかし、仮縫いの方はどう致しましょう」綾子は膝の上でその簡単服を丁寧に畳み直しながら訊いたのである。

「ウーむ。仮縫いか――そいつは」と云って、その男は、綾子の軀を一通り見廻してから、

「どうせ今のところナナ子の軀に合せてみるわけにはいかんから、いっそのこと、お前さんの軀に当《あて》がって作ってもらおうか」

「私の軀で」

「ああ、お前さんの軀で結構だと思うよ。もちろんナナ子は病人のことだから、お前さんのようにタップリ肉は附いていないが、年恰好から背丈の具合は、どうやら似寄ったようなものだし、それに、どうせ本人が、そいつを着られるかどうか怪しいものだし、結局寸法なんか二の次ぎでいいわけだ。まあ、その簡単服を参考にして、大体はお前さんの軀に合わして作りゃいいんだ。じゃ頼みますよ、明後日の二時頃までに間違なく――出来たら届けてもらおう。家はね、この竹籔を右へ折れたところだ。鴉田久蔵《からすだきゅうぞう》という表札が出ている」

そう何もかも一人合点に云いすてると鴉田久蔵は、汗くさい簡単服を胸にかかえて狐につままれたようにポカンとしている綾子を残して、スタスタと竹籔の右へ折れていってしまったのである。

## 2

不幸《ふしあわせ》な病気のお嬢さんのために、できるだけ気分を引き立たせることが出来るような立派な衣裳を――それだけのことを頭に入れて、ほかのことは何も考えないで作り上げたのである。

凝り性の姉千草が夜の目も寝ずに作り上げた真紅の夜会服《イヴニング・ドレス》！　愛情と自信とがたっぷり溢れている衣

裳！　綾子はそれを抱えて、鴉田家の門を潜った。

ずいぶん古くから建ってる家に違いない。

門にはびっしり蔦がからみついているし壁も最近修理を加えたらしいあとが目につく。古くて少し陰気ではあるが、近頃やたらに殖えるバラック建ての家とはちがって堂々とした構えである。午下《ひるさが》りの陽ざしがしんかんと照らしている芝生の間をとおって、玄関の扉《ドア》を叩いた。

「やあ、出来たね、御苦労だった。さあ上んなさい」

鴉田は綾子の抱えてるボール箱にちらりと目をやって、いかにも安心したらしい様子であった。

「ええ、徹夜で頑張りましたの、一刻も早くお嬢さまにお目にかけたくって」綾子もいそいそ御愛想をいいながら、玄関脇の応接間に通された。

「じゃ、早速、お前さんに着てみてもらおうかな」

「えッ？　私ですか、お初に私がきるなんてそんなことといけませんわ」

「構やしない。こっちから頼むんだから遠慮しなくてもいいじゃないか、まあ、一応、品物に手を通してもらおう」

なんだか気恥しかったけれど、男の言葉には妙に反抗の出来ないものが罩《こも》っていた。

綾子は部屋の一隅に置いてある衝立《ついたて》の背後《うしろ》に廻った。

コソコソと自分の服を脱ぎすてて、仕立下しのその燃えるような真紅の夜会服に、思い切って手を通してみたのである。

「ウーム」と鴉田は唸った。「こいつは良い、まったく素晴しい」

彼の云う通りであった。全く世界中で、これほど真紅の衣裳のよく似合う娘が、他にいるとは思えないほど素晴しく似合った。うす黄味を含んだ牛酪《バタ》のような滑々《すべすべ》した綾子の皮膚に、この紅薔薇さながらの夜会服が、いかにも晴れがましく照り映えて、部屋の燻んだ壁色までが、パッと点火されたように明るんで見えた。

「もう脱いでよろしいんでしょう」

あまりに一心に見詰めてる鴉田の目が異様に眩しく思われたので、綾子は顔を伏せながら早く脱いでしまいたくってモジモジしていた。

「いや、そのまま、――ずうっとそのまんまで居てもらいたいね」

「アラ、お揶揄《からかい》になっちゃ困りますわ――御病気のお嬢さまはどうなさったのです」

「イケなかった？」

「あれかい――あれは到頭イケなかった」

「あれは一昨日《おとつい》の晩、この家から病院に移すと殆んど同時ぐらいに息を引きとった」

なんとも名状すべからざる息詰るような沈黙が暫く続いた。

綾子はがっくりと肩を落して、

「なんというお傷《いたわ》しいことでしょう、ではこの夜会服《イヴニング》もとうとう無駄になっしまったわけでございますね」

「いや、そういうわけではない。覚悟はしていたものの、まさか、ナナ子がこんなに早く逝ってしまうとは思わなかったので、いろんな手違いが出来てしまったわけだが、それについてお前さんにお願いしたいことがある。ぜひ一役買ってもらいたいんだ。つまりナナ子の替玉に今夜一晩だけなってもらいたいんだ」

「替玉?」

綾子は鸚鵡《おうむ》返しに云って、思わず軀をぶるッと慄わせた。

何か底気味の悪い夢でも見ているような気であったが、鴉田の説明を訊いてるうちに一通り事情が飲み込めてきた。

ナナ子は鴉田の実の娘ではなく、親代りに他所《よそ》から預っている子であった。実の親は柏木豊吉といい、若い時分、或る水商売の女との間に出来たいわば秘密の子である。

そこへ関東の震災が来て、女の方も死ぬし、関係事業もすっかり灰燼《かいじん》に帰して、相当の身代であった柏木家もすっかり破産してしまった。柏木は無一文《むいちもん》のままメキシコへ飛び出した。その時恰度三つのナナ子は友人である鴉田の許へ預けられたと云うのである。

柏木は無一文から働き出して、今では米国果実会社《アメリカン・フルーツ》と大量取引をしているトマト農場の所有者で、さらに銀鉱業とも関係しているそうである。とにかく在墨邦人《ざいぼく》中の成功頭だ。ナナ子の養育費はもちろん送ってくるし、現在のこの家も、元は柏木家の所有であったのが人手に渡っていたのを鴉田に送金して、ナナ子達のために買い戻させたものである。十六年間一度も帰ってきたことはなかったが、ナナ子に対する親としての心づかいはなかなか行き届いていた。

そういう親心に対して、鴉田はナナ子の永患いのことはついぞ一度も知らせずにしまった。つまり知らせるに忍びなかったのである。癒ってから知らせるつもりであったのだ。それが癒るどころか、実の親が今度十六年ぶりで帰って来るというのに、それさえ待たずにナナ子は死んでしまったのだ。

ナナ子に会うことをどんなにか楽しく期待しながら帰ってくる柏木豊吉に対して、自分は合せる顔が無いと鴉田は云うのである。どの面《つら》さげて、ナナ子は脊椎カリエスで死にましたと云えるだろうか、いずれは後で云わなければならないにしても、この際はどうしても云い出す勇気がない。もし、今そのことを正直に告白したならば、異郷で粒々辛苦《りゅうりゅうしんく》して築き上げた豊吉の生活にヒビを入らせることになるのだ。

「だからね――今夜一晩だけお前さんにナナ子の代役をやってもらいたいんだ。柏木は今夜の七時頃までにここへ来ることになっているが――それに実際の話が、お前さんの顔立ちが、他人の空似と云えるほど、ナナ子に似ているところがあるし、また、たとえ全然似ていなくたって構いやしないんだ。なにしろ三つの時に別れたきりだ、ナナ子の顔なんぞ、てんで柏木は憶えていないに決まっている。柏木は、その上今度の帰国というのが、ひどく慌ただしい商用でやってくるので、自分の隠し子にコッソリ会う時間は今夜一晩しか無いらしい。また、あたふたとメキシコへ舞い戻らねばならないと云ってきてる。そんなわけだから、ナナ子の替玉をつとめるのは今夜だけでいいんだ。ね、ぜひ一つ頼むよ」

「あたし、なんだか怖いような気がしてなりませんわ。あたしにうまく出来ることかしら、そんな罪なこと」

「何が罪なもんか、むしろ相手を悦ばせることじゃないか、こんなに立派に成人した別嬪さんを眼《ま》のあたりに見たら、柏木は生き甲斐を感じて、きっとまたバリバリと働き出すに決っているよ、真実《ほんと》のことを云って絶望させるより、なんぼ功徳になるか知れやしない――ね、ぜひウンと云ってもらいたいんだ」

3

いよいよ柏木豊吉が着いたらしい、車寄せの辺で自動車が砂利に軋む音がした。

その時までは実際の話が、綾子としてもまだ腹がきまっていたわけではない。千草洋裁店の姉の方へは、女学校時代の友達の家に不幸があってその方のお通夜に出るから、今晩は帰れないかも知れない、と一応電話だけはしておいたけれど、ほんとに自分が、ナナ子の替玉になりきって今晩一夜を過せるかどうか、そんな自信はまるで無かった。また自信があったところで、その行為の中に潜んでいる何となく後暗い気持が綾子は厭であった。

しかし、一番困ったことは、ナナ子の代役を引き受けないと、せっかく無理して作った夜会服の代金を、鴉田が素直に支払ってくれないだろうということである。これはその日暮らしの千草洋裁店にとって何よりも深刻な打撃である。それが替玉を思い切って断りきれない理由であった。

ところが、不思議なことに、自動車の着いた気配を感じたその途端に、逡巡《しりごみ》していた気持が一ぺんにシャンと立て直ったのである。

「あ、お父さまだ」そういう言葉も、実に思いがけないほど、自然に口を衝いて出てきた。綾子はその瞬間ナナ子の魂がそっくり自分の軀の中に這入り込んできたように感じた。

二階の自分の居間と決められた部屋から、綾子は飛び出して、スリッパを階段の絨毯《じゅうたん》の上にズリ落さんばかりの勢いで、パタパタと駆け降りた。

ぴたッと玄関の円柱の前で立ちどまって、ぐっと涙を堪えるようにして大きく嘆息《ためいき》をついた。

それから、また小走りに、真赤な夜会服の裳裾をひらひらと花びらのように翻しながら走りよって、自動車から立ち現れた柏木老人の前に出て、

「お父さま、お帰りなさいまし」と云った。

できるだけ落着いた調子でいったつもりだが、言葉尻が少し涙声になることを抑えることができなかった。自分でも訳のわからない劇しい情熱がそうさせたのである。

「あア、ナナ子か——大きく、とても大きく立派になったなア」

老人の目にも、たしかに涙粒らしいものが光っていた。柏木老人は成功して海外から帰朝したらしい晴がましく気取った様子はちっとも見えなかった。どこまでも野暮ッたい移民上りの田舎紳士の恰好である。

老人が、綾子の肩に置いたその盤広《ばんびろ》なガッシリした手のひらも農園の乾草《ほしくさ》の匂いがするようであった。

父親というものに早く死別した綾子は久振りで、父親に対する忘れていた懐しさが、ひとりでに甦えってきたような気がした。

空々しいお芝居をしている危なげな気持が次第にうすれていって、今夜一晩ぐらいホンモノの娘らしく振舞える自信がだんだん強くなってきたのである。

別にわざとらしく喋舌《おしゃべ》りしなくてもいいのだ。老人の側に黙ってくっ附いて、口数を少くしている方が、ボロを出さなくって、かえって自然な効果を出すことができると思った。二階の客間で、柏木老人と鴉田との間にいろんな四方山話《よもやまばなし》が取り交わされたが、綾子はただ嬉しそうに目を見張って静かに聞き惚れているだけであった。

柏木老人は時々ちらりちらりと眩しいものを見るように、健康色のあざやかな綾子の顔を眺め入りながら話を

つづけた。老人は、綾子のふっくらした処女《むすめ》むすめした手を、自分の膝の上に持ち添えて、この立派な娘の側にいる幸福を静かに味っている様子であった。

しばらくして、老人の瞳が、綾子の手首の時計に注がれたかと思うと、

「あ、これは、あの時の時計かね」

まったく不意に云い出したものである。

「エッ？」

「ほら、三年ばかり前に、儂《わし》が、あっちから、女持の時計を送ってよこしたはずだが」

喫驚《びっく》りしたのは、綾子よりも鴉田の方である。彼は明らかにドギマギしながら、

「あ、あの時計ですか、ありゃね。ちょっと故障があって修繕に出してあるはずだ、——ね、ナナ子さん、そうだったね」

鴉田は合槌を促すような鋭い目つきで綾子の方を見た。

「ええ、先週の金曜に駅前の時計屋に出したんですが、あそこはとても仕事がノロくさいもんですからまだ出来ないんですの——私なんだかお父さまに悪いわ」

綾子はヌケヌケと嘘をついて調子を合せたつもりだったが、胸は激しく動悸を打っていた。

なにしろ綾子自身の時計は、場末の小店で割引させて買った見るからに安物とわかる品であったから老人の疑を招いたのは当然である。何から何まで抜け目なく気がつくはずの鴉田が、ナナ子の時計を綾子の腕に嵌《は》めておくくらいの準備を何故怠ったのであろう——人間の猿智慧はやっぱりどこか手落ちがあるものだ。

「あの時計でもやっぱり狂うかね、——その点はずいぶん吟味して機械だけは相当いいのを自分で択《えら》んだつもりだが」

そう云って柏木老人は小首をかしげたが、別にそれ以上追求しようとはしなかった。

綾子はしかし、とても不安でたまらなかった。今までの自信がグラグラと崩れていくのを感じた。老人はなんとなく様子の可笑しいのに気が附いたに違いない。時計のことを訊き出した時の老人の目附にはたしかに動揺の色を浮べているようであった。

いかに老人を絶望させないためのお芝居だとはいえ、それは結局偽善のための努力にすぎないのだ、もうこうなったからには綺麗に一切を告白した方が一番いいのではないか——綾子はそう思って鴉田の方をみると、鴉田は実に凄い底光りする目附で「つまらないことを云い出すんじゃないぞ」という必死の気構えを見せたので、綾子は、つい一言も真個《ほんと》のことは云えずにしまった。

柏木老人の話題は実に豊富であった。時計のことなんかケロリと忘れて、メキシコの珍話奇談。バナナ村を根こそぎに吹き倒す烈風《ノルテ》の話から、山賊に山刀《マチエテ》で嚇かされた経験談など、話のタネは尽きそうにもなかったが、

「ああ、もう大分おそい――儂もどうやら永旅で疲れが出たようだ。さあ、ナナ子も自分の部屋へ戻ってゆっくりおやすみ、話の続きはまた明日にしよう」

## 4

どういう弾みで目が醒めたかわからない。

宵の口に、庭木を騒《ざわ》めかしていた風がもうピタと止って、それだけに夜の深さがしんしんと感じられる。しばらくして、頭がハッキリしてくると、綾子は「あらッ」と口の中で叫んだ。

西側の隣室、即ち柏木老人の寝ているはずの部屋から、微かな物音が聞えてきた。始は微かだと思ったが、耳慣れてくるにしたがって、それは低いながらも力の罩った音で、隣室で何か熱心に作業しているのだということが次第にわかってきた。

綾子の部屋と境になっている壁を壊しにかかっているのだ――そう思ったとき、彼女は寝台の上にムクリと上半身を持ち上げた。

こころみに、咳払いをエヘンエヘンとやってみた。先方に聞えるようにやったつもりである。何の反応もない。

壁を打ち壊す作業は依然として、慎重にコツコツと続けられている。なるべく物音をさせまいと気を配って用心深くやってるらしいが、綾子には何もかも手に取るように見える気がした。

何を一体、柏木老人はしようとするのだろう。

老人は、もう、とっくに綾子が偽者のナナ子であることを見抜いてしまったに違いない。見抜いていながら、シラを切って調子を合わしていたのじゃないかしら、時計問答で躓《つまず》いてから、そのあとの自分の態度はスキだらけであった。老人の面白い話だって上の空で聞いていたから、ますます変に思われたに違いない――

やがて、柏木老人は境目の壁を破壊して綾子の寝室に這入ってきて、それからニセモノの化《ばけ》の皮をゆるゆる引き剝ぎにかかるのだろうか、何故、扉《ドア》の方から堂々と這入って来ないのだろう。移民生活を永くやった人の心理なんか、普通の内地人の考えでは推しはかることはできないのが真実《ほんと》かも知れない。

何か、とても残忍酷薄なやり方で、自分を苛《いじ》めようと

するのではないかしら。

綾子は居堪《いたた》まれず、寝台《ベッド》を抜け出して、壁際に蹲《しゃが》んで、聞耳をたてた。

ガチッと鏨《たがね》のような物を壁に打ち込む音、ざらざらと壁土が床の上に零《こぼ》れ落ちる気配、その埃に噎《む》せんで柏木老人は堪えきれず二三べん咳をしたらしい様子。

今にもボスッと壁に穴があいて、そこから拳銃《ピストル》の銃口でも覗かせるのではないかしら、――綾子は蹲みながら、パジャマの肩をすくめ、両手でじいッと吾れと吾身を押さえつけるようにしたが慄えは止まらなかった。

彼女はもう一度寝台に戻って、毛布をピッタリ腰に巻きつけて、迫りくる最後の審判を、ただじいっと軀を固くして待ってるより方法がなかった。泣き喚《わめ》き、扉を叩いて叫び廻ったところで、今の場合どれほどの効果があろう。ただ怪我を大きくするだけとしか思えない。

東側の隣室、すなわち鴉田のいる部屋からコソとの物音もしない。鴉田は、この大芝居が計画通り成功したと信じ込んで、すっかり満足して熟睡しているのに違いない。

ゴツゴツバラバラ、ゴツゴツバラバラ――と丹念に壁を削り落している音は、その後もしばら執拗に続いて、西側の部屋から聞えてきていたが、それがふッと止んだ。一休みしてまたやり出すのかと思ったがそれらしい気配もしない。

音のしない闇の方が音の継続してる時よりも一段と不気味であった。何か想像もつかない、もっと悪いことをやらかす準備をしているのではないか、とも思われてくるのである。

ピンが一本落ちても聞えるほどの静けさが闇を支配していた。その深夜の静けさの底から低く忍び足のスリッパの音が廊下伝いに聞えてきた。柏木老人がどこかへ出て行くらしい。足音は鴉田の部屋の方へ近づいてゆき、扉をガチャつかせて中へ這入っていったが、間もなく引返して、階下の方へ降りていく様子だった。しばらく杜絶《とだ》えていたその足音が再び聞え出して、今度は間違いなく綾子の部屋の前で止まり、コツコツと扉を叩いた。錠前がカチッと鳴って扉を細目にあけられた。一筋の蠟燭の灯りが揺れている。その隙間から見ると裸蠟燭を持って立っている柏木老人の顔はびっくりするほど蒼褪めて切っていた。

「お嬢さん、お嬢さん、儂はどうも寝つきが悪くて始末がつかん――ちょいと話し相手になってもらえんだろうか」

今しがた、ボンボンとどこかの部屋の時計が二時を打った。この真夜中になんという奇妙なことを云い出す柏木老人であろう。つい先刻《さっき》まで、ガサコソと壁破りの作業を続けていたのはこの老人に違いないくせに、寝つきが悪いもないじゃないか。

それに、変なことには、老人は、自分のことをもうナナ子と呼ばない、ハッキリお嬢さんと改めているではないか。この一つだけで老人が綾子の正体の底の底まで見抜いていることはもう疑う余地はなくなっているのだ。

綾子は腰に捲きつけた毛布をほどいて、小刻みに慄える胴の上から、すっぽりと例の真紅の夜会服を着込むと、蠟燭の光の輪の前に蹌踉《よろめ》き出たのである。

すっかりバレてしまったと悟ると、かえって度胸がすわったようであった。彼女は最早悪びれずに軀を真直ぐに立て直した。

「お許し下さい。もう疾《と》うにおわかりでしょうが、私はナナ子さんではありません。戸田綾子でございます」

老人は聞いているのかいないのか、ずんずん先に立って自分の部屋の方に歩き出していた。

「私はナナ子さんではありません、——あの方とは何の関係もない洋裁店の娘でございます」

老人の後をバタバタと追いながら、綾子は二三度くり返してそのことを云わずにいられなかった。

老人は自室の扉の把手に手をかけたまま、綾子の方をちょっと振りかえって、

「ああナナ子かい——ナナ子なら儂の部屋にいるよ」

低いながらハッキリした声だった——綾子はまるで、鏨を自分の胸板に打ち込まれたようにビクッとした。

（ナナ子なら、儂の部屋にいるよ）だって、ああ、この気の毒な老人は到頭気が狂ったのかしら。

5

柏木老人の部屋に連れて行かれてみると、そこら中、煉瓦の破片《かけら》やセメント屑や壁土が足の踏み場もないくらいに四散していた。その中に、椅子をすえて老人は、

「まあ、お坐んなさい」と綾子にすすめ、自分も、どっかり腰を下すと、大きなハンケチを取り出して、首筋のあたりを熱苦しそうに拭いた。

「儂はたいへん疲《くた》びれた、——このくらいの仕事にへタばるような生な軀じゃないつもりだが、なにしろこの作業ばかり、少し性質《たち》が違うでな」

柏木老人が、境の壁を毀しているのだと綾子が考えていたのとは少し様子が変っていた。壁と云っても差支な

いが、正確に云うと壁に取りつけてある煖炉を、老人は毀しているのであった。もともとこの壁煖炉は、長い間使っていなかったし、最近、煖炉の前面をすっかり煉瓦で塞いでしまい、その上を漆喰《しっくい》で塗り立ててあったから、最早煖炉とは云えない形になっていた。

老人が毀していたのはその新しく塗りたてた部分であったが、綾子が這入っていった時は、どういうものか、煖炉の焚口《たきぐち》は、一旦取り崩した煉瓦を再び元通り積み重ねて外から見えないようにしてあった。

「お嬢さん――イヤ、なんとか云いましたッけな、ああ戸田綾子さん――たしかそうでしたな、儂はな、綾子さん、始めはすっかり騙されましたよ。あんたをみて、そのまんま、これがわが娘ナナ子かと思いおりましたよ。だが、これは、あんまりイキイキとし過ぎている、美しすぎる、立派すぎる、とだんだんみているうちにそんな疑が萌《きざ》し始めました。親から置き去りにされて日蔭の花のように育った娘ならそういう不幸な影がどこかに滲み出しているはずじゃ、と考えました。儂は、もちろん、ほんの赤児のとき、ナナ子を手離したきり、どのように成人したものか、まるで見当がつかんから、これがナナ子ですと云われや、ハイそうですかと信じるより外ないわけだが、血を分けたしんみの親には、善《い》いにつけ悪いにつけ、虫の知らせみたいなものがある。儂は、じいッとあんたを見てるうちに、これはナナ子じゃないとハッキリ信じるようになりました」

老人は暫し言葉を途切らして瞑目した。凹《へこ》んだ眼窩《めくぼ》からは滂沱として涙が伝い流れていた。老人はそれを子供のように手甲で拭いてからまた話し続けたのである。

「儂は鴉田を信用しすぎていました。彼はもと儂の実家に出入りしていた左官屋の悴《せがれ》でしてね。儂とは小学校時代同級だった。非常に実直な利口な人間でしたが、十六年という長い年月《としつき》には人間もずいぶん劇《はげ》しい変り方をするもんだと、儂も呆れましたな。儂は日本に着くまでは彼《あれ》を信じ込んでいたが、上陸して間もなく、あれの悪い評判が耳に這入りました。黙って左官屋をやっていりゃ、あれも無事でしたろうが、建築材料の泡沫会社を作ってみたり兜町に出入りしたりして、柄にもなく華《はで》な暮しをやらかしたから、とどのつまり収拾がつかなくなった。儂がその都度ナナ子の養育費として送ったものでも、何に使ってしまったか怪しいもんで、もちろんナナ子のためになんか一厘だって使やしなかった、それどころじゃない。ナナ子はな、綾子さん、横浜の小湊《こみなと》とかいうところのチャブ屋に売り飛ばされておりました話じゃ、儂が、今度とつぜん帰朝することを知って鴉田は慌てくさってチャブ屋から連れ戻したらしいが――何にしろ、ナナ子の居らんことには金蔓が切れることになりますからな。儂は今度帰えるに当って、ナナ子のために、将来の用意として、月々の養育費以外に、纏まった金を後見人の鴉田に渡しておく約束を通じてありましたから、なおさらナナ子がいなくては具合が悪い。家に連れかえって急にチヤホヤし始めたが、ナナ子はポクリと自殺してしまったのです」

「御病気でお亡くなりになったように聞いていましたけれど」

「ああいう商売柄軀も相当イケなくなっていたのは事実です。汚《けが》れた軀を、久振《ひさしぶり》で帰える儂の前に見せたがらん潔癖な気持もきっと死ぬ動機の一つでしたろう。しかし何よりも彼女《あれ》は、自分を食い物にした鴉田に復讐したかったんでしょう、果して鴉田は、これには、相当慌てくさったようです。まず何よりもナナ子が達者でいるようにしておかんことには拙いから、その屍体の処理にも大分四苦八苦をやらかしたに違いない。とどのつまりこの古煖炉のなかに屍体を隠し込んで、それから、ナナ子の替玉を探しにかかった――結局、あんたにその白羽の矢が立ったわけですな。儂はまったく偶然のキッカケからそういう事情を探り当てることができました」

一区ぎり話し終って柏木老人は顔を煖炉の方に向けた。その顔は甚《ひど》い寂しさをすっかり味い尽して、漸く今しがた一つの諦めに辿りついたといったようなところがあった。

## 6

柏木老人の更に委しい説明によるとこうである――

ナナ子の屍体を隠匿するのに、鴉田は、根が左官職の玄人《くろうと》だから、非常に手際よくやった。屍体を煖炉の奥に封じ込んで、正面を煉瓦で塞ぎすっかり上塗りしてしまったから、誰がみても、不用な煖炉をそんな風に要領よく模様がえしてしまったとしか見えなかった。

しかし上手《じょうず》の手から水が洩れる喩《たと》えの通り、彼は全く気がつかないヘマをやらかしていたのである。ナナ子の髪の毛が一筋、煉瓦の接目《つぎめ》から喰《は》み出ていて、それが漆喰の上塗りに紛れ込んで、よくよく注意してみれば、それと判るくらいハッキリと表面に貼りついていた。

柏木老人が今夜それを発見したのは、寝つかれないままに、電燈を点けッ放しで、部屋の中をぐるぐると歩いていたとき、ただなんとはなしに、その煖炉の前に足を留《と》めた弾みにそれと気がついたからである。しかし勿論、始めからそれが髪の毛だと思ったわけではない。ただその時、もう一つの実に奇妙な現象が起った。すっかり塗り塞いでしまった煖炉の奥の方から、微かに時計のセコンドを刻む音が聞えてきたのである。おそらく普通では、到底聞きとることのできないほど、微かなものであったに違いない。

自分が引き合わされたナナ子が偽者であると気がつき、それならば真実《ほんと》のナナ子はどうしたのだろうと、突き詰めた疑惑が、老人の神経を普通人以上に昂《たかぶ》らせ鋭敏にしていたものに違いない。であればこそそれほど微妙な時計の音さえ聴きわけることができたものであろう。

老人はぴったりと煖炉の壁面に耳をくっつけた。チクタクチクタク――ああたしかに紛れもない時計の音だ。――そう感じたと殆んど同時に、老人の冴えきっていた眼は、漆喰に貼りついている糸筋のようなものをみて、ひょっとしたらこれや人間の髪の毛じゃないかとの疑がすぐ第六感にひびいたのである。

老人のそれから先の行動は殆んど夢遊病者のようなものであった。彼は、裏庭の納屋にコッソリ降りていき、そこから、鏨だの金槌だのを探し出してきて煖炉の塗壁を取り毀しに掛ったのである。

皎々《こうこう》と点火《あかり》をつけていては外部から気づかれる心配があるので、全部消燈してしまい、これも物置から持ち出してきた蠟燭を一本だけ床の上に立ててコツコツ仕事を始めた、と云うのである。

「綾子さん――やっぱり儂の当推量に狂いはありませんでしたよ。可憐《いとし》いわが娘は、真実《ほんもの》のナナ子は、虫の知らせの通り、煖炉の中に居りました。遺書《かきおき》をピッタリ肌につけたまま死んでおりました。これを見ても、鴉田の奴は相当慌てていたことに違いない。屍体を隠すことだけに気を取られて、遺書のことも、時計を腕から外すこともすっかり忘れて、ただ一刻も早く塗り上げてしまおうと焦《あ》せっていたことが判る。儂は屍体を永く見ているに忍びませんでした。それで、とにかく煉瓦だけは元通り積み上げて、塞いでおいた訳です」

「あたくしにも是非、お目にかからせて下さい」

綾子はそう口走らずにいられない気持で一杯であった。普通なら怖くてとても見られないはずだ。しかし、今綾子は露さら怖いとは思わない。何か火のように激しい愛惜――まるで肉親の妹にでも対するような居堪《いたたま》れない嘆きの思いであった。

「そうですか、そんなに仰有るなら、一目見てやって下さい」

柏木老人はナナ子の全身を曝《さら》け出す気はなかったと見え、塞いだ煉瓦を、ほんの覗き口だけ取ってくれた。

ナナ子の顔はぼんやりとしか判らなかった。手首だけは、置かれた位置の具合で、まるで差しのべるようにすぐ間近にハッキリ見えていた。ちっとも不気味な感じはしない。瘦せてはいたが、白くて可愛らしい。その死人らしくもない美しい手首には、老人のいった通り、小さなクローム時計が、止まりもせずにチクタクと可憐な愛情を囁くように時を刻んでいるのだ。

「ほんとにナナ子さん、御免なさい。あたし替玉になったりして――これからどんな償いでも致しますわ」生ける人に物云うような調子だった。綾子の瞼からは涙がポロポロあふれ出た。

「鴉田は――あれはもう風を喰《くら》って逃げてしまったらしい。ずいぶん気をつけたつもりでも、ガサゴソやっていたのが感づかれたものと見え、あれの部屋を今しがた覗いてみたら藻抜けの空になっていましたよ。儂は、すぐ警察の方へ電話して手配を依頼しておきました。いずれこの部屋にも係官が見えるだろうが、あんたは別に何にも云わなくてよろしい。あんたはただあのペテン師の手先に使われたきりだ。あんたとしては、むしろ儂を失望させないために、あれだけ美事な芝居をしてくれたんだ――あんたは良い人です、儂はそう信じておる」

綾子はこの老人の前で今さら弁解することは何一つ残っていないような気がした。

取り外されたままになっていた煉瓦は再び積まれて、ナナ子の屍体は全然見えなくなったが、あの美しい手首の時計の音だけはまだ綾子の耳の底に残っていた。その微かな幻聴は両人の胸にしみじみとした嘆きを伝えて、彼らはまるで真実の親子のようにしっかりと抱き合っていた。

# 獣医学校風俗

## 1

「殴ろうか——あいつを」

男爵が、僕の小脇を突っついて云った。

男爵のきめのいい顔には精悍な獣類に近い表情がきらめいた。——そんなときに見られるナマナマしい脂がうすく鼻翼に浮いていた。

秋のあたたかい陽ざしのなかで、肌の下を流れる血液が、ほどよく、ぬくめられているらしく、そのぬくとい血を、じいッと抑えているのか、いかにもモッタイないという顔つきだ。

「そうだな——やっつけるか」

僕は相づちを打ったものの、ほんとうの腹の中では、このまま軀を動かさずに、獣医学校前の広っぱの、出雲屋敷の草むらで、もう少し、じいっとしていたかった。

男爵が殴ろうかと云ったのは、政治屋のゴリカンのことである。五里貫一は三年B組の生徒で、なんでも田川先生を排斥しようという気運をあおり、生徒の重だった者を集めて彼一流の弁舌で（彼は弁論部員）、あの旧弊な親父を級主任の位置からズリこかそうと、密議をこらしたということが、それとなく、男爵や僕の耳に聞えてきていたのである。

なるほど、オヤジはやかましい。だいたいが、二十代（三十代の老武者も、学校の性質として、ここには相当いりこんでいた）の、干渉がましいことの嫌いな男たちを、まるで小学校の児童を扱うように、我鳴りたてるのだから、たしかに気受けはよくない。

僕たちをみると、目くじりたてて、何かと云わなければ気がすまない。——あの気持は年をとって孤独な田川先生の愛情さ。できるだけ生徒の生活の中に食い込んで、あれじゃいけない。これじゃいけない。ああしろ、こうしろ、といちいちやかましく云わないと、自分の可愛いい生徒を見失ってしまいそうな気がしてたまらないんだ。生徒と生徒との間に、目白押しに、はさまり込んで肌と肌とをピッタリとくっつけていないことには、あの世話好きな親父の神経がおさまらないんだ。

「諸君！　わしはな、陸軍では、ずいぶん真面目にやったつもりじゃったが――その頃は軍縮思想のさかんな頃だったで――クビになったじゃ。しかしナ、この学校に勤めるようになった。わしはまた、わしの世界をみつけた、わしはこの貧乏学校と生死を共にするつもりじゃ、及ばずながら、この老骨は諸君の教育のために、一命をさし出して居るつもりじゃ。ええかネ、おい、加藤、横倉、もちっと胸を張って、シャンと前を向いてなくちゃいかん、坂西！　何を書いとる。ノートするに及ばん。病理学の講義じゃない。これはわしの諸君に対するあいさつじゃ。何んでもいい、諸君の思いにあまることがあったら、学校でもよし、拙宅へ来てもよし、何？　ビールを出すかって、バカ！　うちに来たって酒など馳走せん。就職の問題でも、成績の心配でも、学費のことでも、なんでもよろしい。打ちあけにきてくれ、そうしたら、わしは嬉しいぞ」

僕らは、この東京私立亜細亜《アジア》獣医学校に這入ってきた当座はたしかに憂鬱だった。馬や豚の医者になるんだ、と思うと、なんとなく悲痛だった。入学祝いを貰っても親戚へ挨拶に行くのは気が引けた。「オヤ、こんどは獣医学校へはいったの、人間のお医者よりは動物の相手の方が、あんたにはきっといいわ――気楽だわよ、とにかく、お目出度う」いくぶん、さげすみの気のある祝辞を伯母さんから述べられると、クサらざるを得なかった。

高校の理科、と工業大学の予科とを一度ずつしくじり、それから医専の方も踏み外したので到頭クサリ水が、泥溝《どぶ》に流れ込むように、この学校に流れてきたのである。そういう連中は僕以外にいくらもいた。最初から獣医学校を第一志望にしてきた生徒なんて、数えるほどしかいなかった。満身創痍と云うほどでないにしても、多かれ少なかれ、青春のスタートにおける負傷者の一群であった。陰気な躓《つまず》きの記憶とためらいとを絡ませて、心のなかではずいぶん卑下しているのだが、そのため却って弱味をみせたくないと、へんなイキミ方をするのであった。

肩で風切る、啖呵きる……式の、豪傑学生がウヨウヨしていたのである。獣医学校の生徒と云えば歌にあるごとく「末は馬賊か犬殺し」だとみずから、それを承認するような、不遜な気構えを見せたがるのだ。

そういう型の生徒を、ひとりひとり、これに自信を持たせ、国家有為の材に仕立てようとすればこそ、田川退役獣医大佐は、老骨に鞭うって生徒の生活奥深くに潜み込もうとしているのじゃないか。

僕も男爵も、はじめは、田川先生が、頑固な軍人臭味はあっても、教授らしい知識的スマートさのちっとも無いのが、なんとなく、私立亜細亜獣医学校生え抜きの無能教師らしく見えて、鼻先でお茶らかしたものである。

がこの頃では僕も、この先生の単純な良さがだんだんわかってきた。

いちど、僕の姉が、田川先生の歩いているのを見かけたことがある、その時の話で――もちろん田川先生の方では、彼女が僕の姉であることなんか知りもしないし、前後して同じ道を歩いてる彼女の存在にも気がついていなかった。その時、もうそろそろと暮れかけた郊外の道端で、ひとり鮮人《せんじん》の子供がこごまっていた。鼻水を啜り上げながら泣いている。田川先生は泣いてる鮮人の子の頤に手をかけて、これをしゃくい上げて、「なんだって泣いてるんだ」と、訊いた。子供は片言ながらコシェン（五銭）落したのだ、という意味のことをいった。「なんだい五銭ばかり、五銭で泣きベソ掻いとる奴があるか、笑え、笑え、馬鹿めが、ホラ五銭やるゾ」と、ポイと五銭を自分の財布から取り出して子供の手に握らせてやった。鮮人の子が泣いていたって気に留める人はすくない。まして声をかける人に至ってはゴクまれだ。たとえ声をかけて、五銭の紛失をきかされても、気軽に五銭出してやれる人は、なおさらすくない。この小僧こんなことを云ってペテンに掛けるつもりじゃないか、よくやる手だ――などと、妙に気を廻わして、五銭をめぐむことを知っていても、めぐんだ結果が却って悪いのじゃないか、と疑い深い反省さえする人の方が多い。気軽に無反省に、五銭玉をポイと投げ出して立去った田川先生の態度には、全然ニヒリスチックなところがなくて、彼は非常にいい先生だと思った。――獣医学校の生徒に対してもこれだ。相手が、彼の干渉を嫌うか、どうか、などと考えてはいない。イキナリ生徒の生活のなかへ飛び込んでくる――そうせずにはいられないのだ。


男爵と僕とは、地方出身の多いこの学校では、数の少ない生れからの江戸ッ子である。

入学式当日、彼は、不意に僕の側にやってきて、「君はどこから来たんだ」と、ブッキラ棒に浴せかけた。

「僕か？　――僕は深川の木場生れだよ、××中学出身さ、君は」

「僕か――神田の×商業さ――お互に江戸ッ子だな。それにしても、酷く汚ねえ学校じゃないか、これも分相応と云うところか」

生徒控室の漆喰《しっくい》壁が剝げ落ちて、床は泥靴に踏まれて、土間だか板張りだかわからないくらいに汚れているし、窓硝子《ガラス》の満足に嵌《はま》っているのは殆んどない。破れ硝子から洩れてくる隙間風は馬糞くさい匂いを運んでくる。××医専の新校舎で、そのすがすがしい塗料の匂いにつつまれながら、入学試験を受け美事にスべってしまった僕には、男爵のいわゆる「分相応」な馬糞くさい隙間風が、云いようもなく哀しく、せつせつと肌身に泌みてきたのである。

地方出身の新入生たちも、青雲の志を抱き、笈《おい》を負うて上京してきたときは、もっと田舎ッぽく、夢みるような澄んだ立派な瞳をしていたに違いないが、先刻から控室を出たり這入ったりしてる新入生たちの群れは、東京の下宿に、二三年も巣喰って、予備校ずれのした「兄さん」ばかりで、新入生らしく、物怖《ものお》じしたところなどは、まるで見当らない連中だらけである。味気なく、殺風景な新入生控室であった。

僕は男爵から同じ江戸ッ子だというので、心やすく話しかけられても、上の空で口先だけの応答をしていた。この男爵と打ち解け合うほど、晴々とした気分ではなかった、こいつも受験界の食い詰め者だろうと思うと、同病相憐れむと云うよりはむしろ彼を避けたい気持の方が強かった。

僕は男爵よりも、むしろ、岩月五郎の方に、興味を持っていた。もちちん、僕は、彼が、岩月五郎という名であることも青森県八戸《はちのへ》から来た男だということも、全然知らなかったが、彼がおそらく、かつて一週間日程の修学旅行で、東京を見たことがある以外、これまで、東京とはまったく関係のなかった男、つまりきのうか、おとcosì、田舎からボウッと出てきた新入生であることを一目で見てとった。——小さな所ッぱげのある坊主刈の頭や、小倉《こくら》の袴をつけて、キョトンと控室の机に腰かけたまま、所在なさそうに、かしこまってる様子からして、充分、この新入生が、まるッきりウブな田舎もんだということがわかったのである。と云って、僕は、彼の肩を叩いて話しかけてみるほどの気もなく、ただ、少し離れて、この至極真面目な岩月五郎を好感をもって眺めていたにすぎない。

そのとき——その頃三年生であり、僕たち新入生にとっては、まさに一目も二目も置かねばならない馬術部の元ちゃんが控室に、そこに群らがってる新入生の首実験でもするつもりか、上は黒サージの学生服のホックを外したまま、下はカーキ色の乗馬ズボンに、拍車つきの長靴をガチャつかせて、煙草を横くわえにして這入ってきたのである。

こういう一癖ありげな先輩が闖入してきたって、別に僕らは気圧《けお》されはしない。僕ら新入生の中には、必ずしも中等学校出たての坊ちゃんばかりでなしに、かつて県庁の雇いであった男もいれば、既婚者もいるし、小学教員上りの紳士も雑《まざ》っているのだから、この種の先輩の示威運動は、それほど効果がない。みんなチラリとその男の方を一瞥したきり、たいして気にも止めないのである。

鞭をピュッピュッとしごきながら、ひとわたり控室を見渡した元ちゃんは、岩月五郎の方に眼を据えた。

先刻から、五郎君は新兵が古兵の一挙手一投足に、多大の関心を持つように、この控室のなかをノシあるく先輩を、半ば気をのまれ、半ば好奇心をもって、見まもっていたのである。そして、先輩の勿態《もったい》ぶった様子に、自分でも気がつかない自然の笑いが、五郎君の鼻先に浮かんでいた――元ちゃんはそれをどう解釈したものか、ツカツカと五郎君の方に歩みよって、

「オイ、笑ってるな、俺の面《つら》アみて笑ってるな、それが新入生の挨拶か、――俺の面に何か不足があるか?」と高飛車におッかぶせてきたのである、いかにも「末は馬賊か犬殺し」の学校に、ふさわしいセリフだと僕は思い、ますます索漠たる気分のうちに沈んでしまった。

不意をくらった五郎君の驚きは非常なものだった。彼が、はぐくまれた青森の中学校では、上級生にたいしては、絶対服従する習性が伝統的にあったたし、それが必ずしも不快を伴うことなしに守られてきたのである。もちろん彼は、東京私立亜細亜獣医学校に入学するにあたっても、上級生にたいして、当然、絶対服従の習性をそのまま持ちこしてきていた。

彼は元ちゃんが変な云いがかりをつけても、それがあまりに不意打ちだったので、その云いがかりを咀嚼《そしゃく》するだけの余裕すらなかった。彼は、何が何だか見当がつかず、ただびっくりして反射的に立ち上り、つまさきを揃えて、直立不動の姿勢で、敬礼してから、

「そでねエでス――わスは何も悪気あってしたことでねエども――」と汗をかきかき百方陳謝したのである。

「新入りの癖にして、ナメタ真似をするな。――俺の面に不足があるなら、いつでも相手になってやる」

相手が、ペコペコと頭をさげている上から、もう一度胴間声をあびせて、悠々と立ちさりかけた。さすがに満場は粛然として鳴りをひそめていた。そのくせ、みんな胸糞のわるい気持で一杯であった。

僕のそばに肩をならべて、控室のボロ壁によりそうていた男爵は、蚤《のみ》にでもたかられたように軀をムズムズやっていたが、やがて、もくりと肩を上げて壁を離れた。

「そっちに不足はなくとも、こっちに不足があらア」

獣医学校風俗

と男爵は叫んだものである。ピリッと、斬り込んでいく
ような気合の鋭さがあって、そのくせ、糞落つきに落つ
いた声であった。男爵はカッと激昂しても、僕らみたい
に、声まで、上ずってシャガレるようなことはないから
不思議だ。

男爵は、身長が五尺そこそこの小男で、顔も、むしろ、
きゃしゃな感じで、彼の親戚筋が貴族院議員×× 男爵と
いう噂をうなずかせるような、どこか貴族的な血の匂い
が漂うていた。——彼は、咄嗟に、元ちゃんの鞭を奪い
とって、ピュッと空鳴りを呉れて見せてから、

「オトッツァン——弁当箱を忘れた馬方みたいな面す
るな、新入生だとみくびって、あんまりイタぶると俺が
承知しねえゾ。式がすんでから、新入生総代で、俺がお
前に挨拶してやる」

こうなると、相手は醜態だった。初対面だけに、男爵
が、いかにも脆そうな軀つきながら、俊敏目にもとまら
ぬ喧嘩早い気合があり、これから、どんな痂癖の強い無
鉄砲な早業にでるか、相手は見究めがつかないらしく、
止めにと這入った連中の後から、コソコソと尻ッぽをまい
て引きさがってしまったのである。

僕は、これ以来、男爵に興味を持つようになったので
ある。僕は必ずしも男爵の喧嘩早いのを面白がったので

はない。その単純な正義感が、何のためらいも無く、た
だちに行動の上に表現されるその素早さに心ひかれるの
だ。

それに、男爵は、あっちも失敗り、こっちもしくじっ
た果てに、獣医学校に落ち込んできたような、受験界の
あぶれ者だと自分なみに、考えていたのは誤りであった。
彼は彼自身の頭の程度を、充分ハンブルに考えて、分相
応なところ、すなわち、この私立亜細亜獣医学校を第一
志望として撰んだのである。

「僕は、Bacillus anthracis の研究を徹底的にやるんだ。
この炭疽桿菌にやられると、患馬の九十パーセントは死
んじゃうんだ——」

彼は、大和乗馬倶楽部の会員で、そこの廐舎は、自馬
を置いていたのが、炭疽病で死んでから、彼は急に獣医
になろうと決心したのだ。そうして、商業学校卒業生で
ありながら、直進的にこの獣医学校に入ってきたのだ。
これだけのことをちっともテレ臭がらずに、僕に説明し
たとき、僕は男爵と一層仲よくしようと思ったのである、
——僕は自分が獣医学生であることを卑下する癖をスッ
パリ止めることにした。

## 2

政治屋のゴリカンを殴ぐろうかと、男爵が云ったとき、僕は「殴ってもいいな」と生返事をしたが、ほんとうは気がすすまなかった。

僕らはすでに三年生になっていて、就職口の取りきめがボツボツ行われていた。——その頃ゴリカンが、級主任の田川先生を排斥しかかっていたのだが、これは大いに制裁する値打ちがあると僕も男爵の提案を支持してきたのである。

しかし、ゴリカンは、僕と、それから、もう一人三年A組の某と共に、明和牛乳株式会社へ就職希望を申出ていたのである。人事課の面会日には三人とも一緒に行ったのであるが、ゴリカンだけが採用され、他は刎ねられてしまった。これは僕にはかなりの打撃であった。

明和牛乳に勤めれば、東京にいることができる。つまり自宅から通勤できる、僕個人のいろいろな家庭事情もあるし、とにかく東京で引続いて生活できることは、相当の魅力であった。

亜細亜獣医の卒業生は、スベカラク満蒙に行くべし、満蒙の曠野《こうや》にあって畜産増進の指導者となるべし——というのが、校長や田川先生の日頃からの主張だった。事実、満蒙の方からは、大量に卒業生をもとめ、手をかえ品をかえ勧誘にくるのであったが、だが、その割に応募者は増加しなかった。日頃大言壮語していた連中も、イザとなると、粟《あわ》や稗《ひえ》ばかり食っていたんじゃもたねえとか、文化施設が貧困だとか、と愚図をならべて、内地、とくに東京に踏みとどまっていたいと、本音をもらす者がかなりあった。彼らはイージーな、東京市民としての安穏な暮らしの中に自分をつつみたがっていた。——僕も正直なところその組だった。直情径行的な男爵のように気軽に満蒙行きを決めることができない心理的な後くされが、僕のうちに陰影をつくっていた。しかし、東京生活に心ひかれながらも、満蒙の、原始的な家畜業者の、殆んどゼロに近い知識の不足から、年々夥しい数の家畜が、無意味に仆れているのだ、——こういう事実が、僕らの良心に疼痛を感じさせたこともまた真実であった。僕らが行かなくて、いったい誰が行くのか——僕は東京への郷愁と、新しい満蒙の天地からの吸引と、この両者の間に宙ぶらりんにさまよいながらも、結局手近な「明和牛乳」へ志願した——そうして刎ねられてしまったのである。

「ゴリカンを今殴るのは、たとえ他に理由があっても、僕としては、明和牛乳をしくじった腹いせのようで、きっと寝ざめの悪い思いをするから――僕は厭だなア」

僕は正直なところ男爵に打ちあけたのである。

「なんだ、そんなことか、――気が弱いんだな、お前は正直だが、インテリで駄目だよ、――そうまで云うんならゴリカンを叩くのはやめとこうか、しかし癪だな」

とにかく、彼はひとまず殴る提案を引っこめたのである。

僕は放課になって、校門を出た。近道するために、学校の広っぱを横切っていくことにした。

いちめんの枯草の上に夕陽があたり、芒《すすき》の穂さきが、金茶色にきらめき、風に薙《な》がれ、せまい校舎から出てくると、一時に胸廓の広くなるような、都会の一隅とも思えぬ、壮大な風景であった。

そこの原っぱに建ちくされているのは、もとある株屋の所有の、和洋風の大きな屋敷で、これを学生たちが幽霊屋敷と誇称しているのは、そういう風に云い触らして、自分たちで独占したいからで、のんびりと昼寝をするにはもってこいの日当りのいい空家であった。この敷地は株屋さんが失敗して、某信託会社の所有となり、近々分譲地として売り出されるとの話があるが、まだ実現されずにそのままになっている。

僕は、そこを通り抜けるとき、男爵がこの古家の壁にゴリカンを押しつけて、片手に古煉瓦のカケをもっているのを目撃したのである。ゴリカンは古煉瓦のカケに気をのまれて、手も足も出せないでいるのだ。男爵は古煉瓦のカケをもった手にモーションをくれながら、その手ではなく、ゴリカンの胸倉を抑えつけてる方り手を、すばやく引き離すと、いきなり、パン、パンと、鳴りのいい平手打ちをゴリカンの頬っぺたに食わしたのである。

その音は、斜陽に燃えたつ枯野を越えて、蒼空に心よくひびいた。

「あんないい田川先生《おやじ》の排斥運動を起すなんて飛んでもねえ野郎だ。――明和牛乳にはいったからって、大きな面をするな。亜細亜獣医がこれまでになったのは、みんな田川先生のためじゃねえか――先生のところへ行って謝まってこい」

僕は平手打ちの鳴りをきくと、――それがどういう心理的影響をしたか知らないが、よし、俺も、田川先生の云う通り、満蒙へ飛び出して行くゾ、と胸を張って叫びたくなったのである。

# 謎の金塊

一

北京《ペキン》市王府《ワンフー》大街――

救世軍本部の屋根を、暮れ残る空明りがクッキリ浮び上らせていた。

その前の路を駛《はし》ってゆく洋車《ヤンチョ》の上で、ふッと目を転じた英助は、今しも、自分の側を、飛燕《ひえん》のように、すり抜けていった一台の自転車に気がついた。

「あ、淑春《シュチュン》！」

英助は、思わず、洋車の上から声をかけるところだった。

ピカピカに光る真新らしい婦人乗りの自転車に、紛れもない淑春が乗っていたのだ。

彼女の旗袍《チィパオ》から、するりと伸びた形のいい脚が、ペダルを一杯に踏みこくって、英助の眼を幻のごとく掠めていったのである。

身装《みなり》も、洗い晒しの藍衣《らんい》ではなかったし、それに耳飾だってしていた……

一ト目で、舶来の新品だとわかる軽快な婦人乗りの自転車が、もし彼女の物だとしたら、どこから、それを買うだけの金を工面したのだろう。

なにしろ、だいぶ金廻りがいいらしい。

（ほんとに、あの貧しげな姑娘《クーニャン》が、見かけ通り幸福になったのであろうか）

チラリと掠めていった幻のような淑春の姿を見ただけでは、もちろん、何もいうことはできないにしても、英助は何故か漠然たる不安を感じた。

支那事変という大きな歴史の進展に揉み抜かれている最中《さなか》の北京であるだけに、いろんな不思議な謎めいたことも相当あるらしい。おそらく、きょうの淑春の、打って変った晴がましい姿なども、そうした謎の一つにつながっているのではなかろうか。

英助は、東亜新報の求職欄に、支那語の出《で》教授をするという淑春の名を見つけだして、ものは験《ため》しのつもりで、この未知の女性を、支那語の先生に頼んでみたのだ。

会ってみると師範学校卒業生で、まだうら若い姑娘だった。

報酬は月二十元《げん》、土曜日曜をのぞいて、毎夜欠かさずにやってきた。

膝小僧の見えそうな短い服をきて、素足にズック靴をひっかけたきりの、見るからに貧しげな娘だった。

しかし、金縁眼鏡の老嬢《オールドミス》を想像していた英助にとっては、淑春の若さは、ちょっと意外でもあった。

何の娘らしい装身具も持っていないということは、淑春にとって、引け目とならずに、かえって、不思議な魅力でさえあった。初々《ういうい》しい美しさが、剝きだしのままで、匂いだしてる淑春であった。

彼女が、老父母と住んでいるところは、東四牌楼《トンスーパイロウ》近くであった。そこから、英助の下宿している蘇州胡同《ホートン》までテクテク歩いてくるのだ。

蘇州胡同と云えば、北京市内では、中心の繁華街にも近く、たしかに便利のいいところであったが、英助の住んでいる一画だけは、特に、ゴミゴミしていて、裏路次特有の小便くさい匂いが、泥塀に染みついている。

そういう薄暗いゴミっぽいところへ、淑春がくると、ホンノリ灯《あかり》がさし込んだように明るんでくるのだ。

英助はここの古めかしい房子《ファンツ》の一隅を間借りしているのだが、院子《いんし》（中庭）に、槐《えんじゅ》の老木が聳えていて、それが空を覆うている。その木下蔭《このしたかげ》に、古ぼけた籐椅子が置いてあって、長い道のりを歩いてきた淑春はここで一休みするのだ。

額に滲んだ汗を拭きとってから、脚の埃を払って、それから、ひどく取り澄ました顔で英助の部屋に這入ってくる。

それにしても、なんという無愛想な娘であろう。たとえ、生活のために、支那語の出教授をしていても、やたらに日本人なんかに愛想笑いなどしてやらないといった風な頑《かたくな》な心構えが、淑春の色白な顔を、いっそう冷々《れいれい》とさせている。

「支那語の出教授をして廻る姑娘なんて、半分は野鶏《ヤーチィ》（娼婦）ですヨ」と、ここの家主のボーイが知ったか振りのことを云う。「あの淑春だって怪しいもんだ」と蔭口をきくのだ。

果して、そうであろうか。

英助はボーイの言葉などを信じる気になれなかった。野鶏なら野鶏らしく、もう少し人摺れがして、応接の物腰が、艶っぽくていいはずだが、淑春ときたら、その点、まったくゼロである。

しかし、無愛想ではあるが、教え方は、いたって几帳面で、英助の方で、ズルけたくっても、先生の淑春にはその隙がなかった。

だから、支那語の先生としては、申分なかった。淑春の前に、燕京《えんきょう》大学出身の青年に来てもらったことがあったが、これは白干児《バイカル》（支那酒）ばかり飲むことが好きで、支那語の方は一向能率が上らないで、英助は凝りたことがある。

それにくらべたら、淑春の方が、どれだけいいかわからない。

それに、彼女の北京語は、聞いてると、ウットリするぐらい美しい。彼女の教え方がひどく無愛想であるにもかかわらず、その純粋な北京語が、滑かな、上品な発音で、彼女の唇から洩れてくると、それが一つの美しい音楽の流れとなって、英助の耳に滲《し》みてくるのだ。これが、どうせ習うなら、半端な支那語は習いたくないという英助の心を満足せしめた。

彼女が、ツンと澄していようが、お高く止まっていようが、それは、たいした問題ではなかった。

淑春にしてみれば、もう少しましな生き方があったら、英助などに、支那語の出教授なんかしたくないのだ。彼女は、日本人を軽蔑している。イヤ、憎んでいるのだ。

彼女が、直接触れ合わねばならない英助に対して、チラリとも笑顔を見せず、火のような敵愾心《てきがいしん》を胸深く燃しながら、老いたる両親を抱えて、その日その日を生き抜くために、辛い出教授を頑張りとおしているのだ——その苦しさに磨かれたせいか、かえって、日毎に、淑春は妖しいばかりの美しさを加えていくようにさえ見える。

支那人同志のことなら、何んでも聞き嚙っている宿のボーイの口裏では、淑春の長兄は重慶に奔《はし》った上校《シャンチャオ》（大佐）級の抗日分子だというし、次兄の方は、昨年まで、時たま、北京や天津《テンシン》に姿を現わすこともあったが、かなり悪質な密輸事件に捲き込まれて、いまだに行方が知れないという。

「へえ、その密輸事件というのは、阿片かね」と英助が、ボーイに訊くと、

「おおかた、そんなもんでしょうね、張家口《ちょうかこう》から、一トランクも持ち込めば、一生楽寝が出来るという話ですがね」とボーイは黄色い歯並をチラつかせて、薄笑いをした。

重慶の旗色は日に日に悪く、その上、危い刃渡りの次兄の消息も絶えてしまった今では、淑春はただ自分だけの力で、両親を養いながら、物価高の北京の嵐に揉まれて生きていかねばならない。

爪に火を灯すようにしながら、暮している彼女である

だけに、ひどく勘定高くもあった。

バス代も電車賃も倹約して歩いてきて、帰りには、決まって洋車代を請求するのだ。

稽古が終ると、支那語教本《テキスト》の急就《きゅうしゅう》篇の上に、英助は、黙って、洋車代として四十銭の小銭を置く。そうすると、彼女は、美爪《マニキュア》も何にもしてない、いささか爪ののびすぎた指先で、それを掻き寄せ、しかも、贋金であるかどうかを調べるために、一枚一枚、丹念に指の腹で押してみるのだ。

その日にかぎって、英助は、十円紙幣《さつ》を彼女のふっくらした娘らしい掌の上にのせた。

「四十銭で結構です――これは……?」

彼女はむッとしたようにいう。困りきってる癖に、さすがに、淑春は、意味のない金を貪《むさぼ》ろうとはしないのだ。

「淑春さん、これを侮辱という風にとらないで欲しいんだ」そういいながら、英助は、彼女のズック靴のさきが破れて、そこから足指が覗いているのが、可愛らしくもあるし、妙に傷ましくも見えた。英助の心持は、十円やって、彼女に新しいのを買わせるつもりであった。しかし、人一倍強い自負心が、きっと、彼の思いやりを撥ねかえしてくるに違いない。

だから、彼は、違ったことをいうのである。

「実は、こういう意味なんですよ。支那語も急就篇のお習《さら》いだけでは、なんだかこう物足りない気がするし、それに貴女の発音が、吾々の耳には、すばらしく音楽的なんです。ひとつ、番外に、何んでもいい、歌を一つ聞かせてくれんですかな、つまり、十円は、歌ってもらいたいので、その御礼のつもりですよ」

彼女は、しかし、この申込みを屈辱に似た感じで受け取ったらしい。

顔を真赤にし、一瞬五体を硬《こわ》ばらせた。がその硬ばった指先は、当然それを取る権利を自覚したもののように、十円紙幣をいきなり鷲掴みにした。そうして、まるで兵隊のように、身体をしゃんとして、歌いだしたのである。

……………

夜来香《イエライシャン》はいかがです
夜来香、夜来香
花は好《よ》き花、白き花
薫《かおり》もいとど高き花

……………

……………

花を召しませ、ひとびとよ、
夙《と》く来ませ、夙くもとめませ、

明日《あす》ともなれば匂なし
花の価《あたい》は高からず、
されど妾《わらわ》が父母を養う糧の資ぞ
…………

夜ひらき、夜に匂うと云う支那の名花夜来香——その花売娘の歌は、日頃の片意地な淑春らしくもなく、甘く感傷的すぎていた。彼女にしても、生活の激しい闘いの僅かな隙に、吾にもなく、感傷の流れに身を涵《ひた》しているように見えた。が、歌い終ると、急に腹立たしいような、荒々しい声で、

「もうこれっきりですよ、もう絶対に歌いませんわ、誰が、歌なんか、ああ嫌なこった」

そう云い終ると、飛鳥のように身を翻して消え去った彼女であった。

それっきり、ふっつり来なくなった淑春の変った姿を、十日ほど経って、王府大街の黄昏《たそがれ》の街中《まちなか》で見つけた英助は、自分の乗っている洋車で跡をつけてみたいような気がしたけれども、思いとどまった。

第一、のんびりしすぎるこの老車夫の足では、見る見る遠ざかって行く先方の自転車には到底追いつけるはずもなかった。

それに、英助は、自分の勤めている華北交通の急ぎの用事で車に乗っているのだから、淑春にばかり興味は持っていられなかった。

しかし、あの意地っ張りな淑春が、どんな風の吹き廻しで、金蔓にありついたのか、これには何となく秘密ぽい謎がひそんでいるような気がして、英助は洋車の上で呟いた。

(まさか、淑春の兄が阿片のトランクをひっさげて、この北京に姿を現わしたのでもあるまい)

二

「それで何かい? その淑春という女に、もうそれっきり会わないのかネ」

ひどく凍《しみ》る晩である。産金会社の警備隊の泊っているトーチカ式の哨舎《しょうしゃ》には、凍《こご》えそうなランプの火が、小揺《こゆる》ぎもせずに灯っていた。

産金会社の技師で、三十年この方、荒涼たる長城《ちょうじょう》線一帯の鉱脈調査をやっている殿村老人は、英助が公用でここの山間部落に出張してきて泊り合せたので、佗しい

冬の夜の退屈しのぎに、淑春物語の続きを催促するのであった。

「それが、いわゆる奇遇という奴でしてね。――ヒョッコリ淑春と顔を合わしてしまったんですよ、ところもあろうに張家口でね」

それは、英助が北京の本社から張家口の運輸公司《コンス》へ転勤になって間もない頃であった。

「貴公が、淑春の跡をつけてきたんと違うかね――奇遇とは、少々臭いぞ」

殿村老人の山嶽焦《や》けのした矍鑠《かくしゃく》たる顔に、ニヤリと微笑が刻まれた。老技師は、ストーヴの上から沸《たぎ》ってる鉄瓶を取って、茶を淹《い》れながら、

「ホレ、熱い茶を一杯――貴公の惚《のろ》け話も相当熱そうだが、今夜みたいに凍る晩には結構御馳走の部類だ。老人だと思って遠慮しなくってもいいよ」

「淑春の後をつけてきたなんて、あんまり気を廻しすぎますよ。それは、もちろん興味以上のものを感じてはいましたがね。彼女は、不幸《ふしあわせ》な周囲の事情から、相当執拗な抗日精神の持主になっていて、私のところに支那語を教えに来ていた当時も、口にこそ出さないが、それがハッキリこっちに感じられたんです。彼女には、大東亜建設とか聖戦の意義とか云うものは、まるで判っていない。判ろうともしない。皇軍の連戦連勝が、ただもう憎らしく嫉《ねた》ましくって仕方がないのですが、しかし、女の身で、さし当り、適当な生き方もないので、支那語の出教授をやっていたんです。私の方では、この頑固な淑春を、どうにかして親日女性に仕上げてやろうと、それとなく見守っていたんです。これが私の野心と云えば野心でしたが、こっちのやり方が気永すぎたせいか、間が抜けていたためか、到頭、中途で逃げられてしまったわけでした。それが、こないだ、ヒョッコリ出会ったときには、ちょっと想像のつかないような変り方をしていて、いや、よく考えてみれば、そんな風な変り方こそ淑春らしいと云えば云えるのですが」

英助は、飲みさしの、もう冷え切った茶をぐっと呑みほして、

「張家口へ転勤したばかりで、北京住いに馴れた自分は、北京に較べると、すっかり辺境じみた感じのする寒々とした泥の街の張家口が、簡単に馴染みきれなくって、それに私の下宿というのが、これがまた、まったく泥の家で、要するに、ひどく汚穢《むさく》るしい炕《カン》の上で寝起きするのが、覚悟の前とは云いながら、どうにも頭の閊《つか》えるような気がして、そんなら、むしろ、朔風《さくふう》の吹きすさぶ街なかを、ほッつき歩いてやれ、その方が蒙疆《もうきょう》の天地

に、いっそう早く自分を馴らすことだ、というふうなつもりで、白干児二斤《きん》ばかり飲んでは、張家口のそこここを当もなく、ぶらついてみたんです」

その日もこうして、彷徨《さまよ》い出た英助が、大境門界隈《タアチイメン》をを歩いていると、とつぜん声をかけられた、と云うのである。

「あら、中井さん、中井英助さんじゃありません？　まったく、こんなところでお目にかかるなんて驚いちゃうわ」

驚いたのは、むしろ英助の方であった。

にこやかに笑って立っているのは、淑春ではないか。北京の王府大街で見かけたときよりは、また一層変っていた。暖かそうに着込んだ貂《てん》の獣皮《けがわ》外套の襟に、愛くるしい頤《あご》をうずめて、英助の、あっけに取られたような顔を、面白そうに眺めていた。

あれから、僅か半歳ばかりの間に、すっかり大人びてしまっていた。

「お久しゅうございます、お変りありません？」と爽かな調子で云ってから、

「――まア、そんなに、ボンヤリしていなくってもいいじゃありませんか――こんなところで立話もできませんし、そこまで、お交際《つきあ》い下さいません？」

妙に、親しげなませた云い方が、英助を苦笑させたが、しかし、すっかり娘離れしてしまった淑春の瞳の底に、やっぱり以前と少しも変らない、日本人《リーペンシン》に対する憎しみの色が宿っているのを感じた。それが、英助を特に引きつけたと云ってもいい。

「どこへだってついて行きますよ、僕は、あなたの謎の雲隠れについちゃ、相当心配したもんですよ」

張家口では、ともかくも、第一流だと云う飯店《ファンテン》に、英助は、淑春の誘い込むままに入った。紅や黄の塗料で食堂はあでやかに色どられていたけれど、沙漠から吹き越してくる風塵のために、どこもかしこも埃っぽかった。

「張家口なんて、ひどく埃っぽいところへ、どうしてまたやってきたんです、――支那語の出張教授というわけでもないでしょう」

「まさか――、妾《わたし》は、久しく会わない次兄《あに》にちょっと会っておきたいと思って、この街にやって来ましたの。次兄を張家口で見かけたという話を耳にしたもんですから――兄の放浪性は、いつになっても止まないので、困ってしまいますわ、もっとも敗戦国の人間でなくても、誰にしたって結局、浮浪人と変りありませんわ」

何もかも日本の侵略行為のせいだと一図に思い詰めている淑春の眼が、難詰めいた閃きを見せて、英助の方に

注がれた。英助は、視野の狭すぎる若い女にありがちな頑な心持を、ひと捻りしてやりたかったが、ひとまず云わせるだけのことは云わせる方がいいと思って、おとなしい聴き手になっていた。

（浮浪人とは云いながら、淑春の兄は、阿片密輸の巨魁だそうじゃないか）そのことも口の端にでかかったが、素知らぬ顔で、聴いていた。

「その浮浪人の兄に一目会っておきたいという気持も、実は、妾は、アメリカに行ってしまうからです」

「あなたが、アメリカへ。そいつは驚いたな、なんだって、アメリカみたいな下らない国へ行く必要があるんですッ」

はじめて、一種異様な、腹立たしさとも歯がゆさともつかない気持で、英助は、口を切ったのである。

「荒された祖国にいるよりも、アメリカで暮した方が愉しそうですわ」

固意地な女だけにいよいよとなると云うことが、はっきりしていた。

「いつまでも、日本人に支那語を教えたり、夜来香を歌ってやったりしないだけでも妾は嬉しいんです」

英助は、これですっかり淑春を王府大街で見かけた時からのややこしい謎が解けたような気がした。淑春が、生れ変ったように、金廻りがよくなったのも、アメリカ人と交際するようになったからだろうが、この女の心ばかりでなしに、白玉《しらたま》のような純東洋風の美貌が、アメリカ的に、モダンガール化されていくとしたらば、これはなかなか傷ましい損失だという気もしてくるのであった。

淑春の口裏だと、北京の東交民巷《とうこうみんこう》へんに住んでいるアメリカ人と親しくしているらしい。戦雲の動きにつれ、日米関係は日毎に微妙な気配を示し、アメリカ人は続々と引揚げて行くこの頃だ。淑春が、アメリカ人にくっついて、渡米するというのも、あり得ないことではない。

「その人は貴女を愛してるんですか」

結局甚だ剝きだしな質問を、英助は口に出さずにいられなかった。

「米国《むこう》に着いたら、すぐ結婚すると、ロビンソンは云うのです」

淑春は少しの躊躇《ためら》いもなく、至極あッさりいって退《の》けながら、これも、アメリカ製らしいコンパクトを取りだして、パフで鼻柱を叩いた。結局、彼女が英助をこの飯店に誘い入れて御馳走したというのも、昨日に変る現在の彼女の幸福を英助という日本人にこれ見よがしに、誇示したかったからだ。

「ヘエ、それで貴公は、そのまま振られ男という形で帰ってきたんだな」

殿村老技師は、英助の話を一通り聴き終ると、相変らずの皮肉な調子で、たしなめるようにいうのである。

「そりゃ、もちろん、そんな女に振られたって、別に痛くも痒くもなかろうがさ、問題の中心は全然別のところにあるらしいぞ」

「別のところに？」

「そうだよ、淑春という別嬪よりもだ。わしのような慾張り爺は、彼女の兄に着眼するね。ホラ、阿片密輸の危い刃渡りをやってきたという男さ――それが、彼女の幸福とも、いろいろ連《つらな》り合っているのではないかな」

そういわれると、英助は、自分の淡白《あっさり》すぎる態度がなるほど間が抜けているようにも思われてきた。彼は、阿片密輸の噂の主、淑春の兄の名が、ただ趙天竜《チョウテンロン》という以外、なんにも知っていない。と殿村老に告げるより仕方がなかった。

「そうか、趙天竜、趙天竜――待てよ、なんだか、はじめてきく名でもなさそうだゾ」

しばらく黙然と腕を拱《こまぬ》いていた殿村老は、とつぜん点火されたように活気づいた口調でいうのである。

「趙天竜という男は、たしか三日前に、半匪区《はんひく》地帯になっているK部落で、八路軍の手先のために殺された男の名に似ているような気がする――こいつは再調査してみる必要があるな――ひょっとすると、英助君、貴公のいわゆる白玉のような美女の淑春も、案外物凄い事件に捲き込まれている薄命の佳人ということになるかも知れんゾ」

なにしろ、殿村氏は、長城線一帯の峨々たる山間で、金鉱探しに三十年もゲートルを捲いたまま暮してきた老練烱眼《けいがん》の技師だ。採掘権のあるもの、無いもの、公認のもの、盗掘のもの、合せてざッと三百五十余ケ所にのぼるという金鉱脈を、おおかたは暗記《そらんじ》ていると称せられる殿村老だ。山巓《さんてん》の鷲の巣も知ってれば、岩蔭の貂《てん》や野鼠の穴まで心得ているくらいだから、万里の長城下では、殿村技師は良民たちにとっては、もちろん老朋友《ラオポンユウ》だし、土匪《どひ》や八路軍の連中からも一目置かれている存在である。いろんな情報が、いち早く殿村老の耳に這入ってくるのも、あえて怪しむに足りない。

「もし、趙天竜という人物が、わしの知ってるあの男だとすると、彼は現在、阿片の密輸などはやってはおらん、もとは、相当大掛りに阿片を扱っていたらしいが、今のところは、良民化しているはずだ。ただ、やる可能性があるとすれば、いわゆる狸掘りで盗掘した金塊を敵地区や租界の毛唐筋にこっそり流してやることさ。これはこのへんの土着民が、ちょいちょいやることで、この種の利敵行為がなかなか、後を絶たんので、わしらも手を焼いているんだ。

それというのも、一昔前から放ったらかしていた貧鉱も、純分三十万分の一、四十万分の一ぐらいなら、いやそれ以下でも、結構採算がとれる時代になったんだから恐いよ、それに長城線一帯には、その土地の人間——それも運のいい人間だけしか知らない金脈が、数えきれないほどあるんだから、取締るにしても簡単にはいかない。——あの男が、昔、阿片で占めたボロい経験を、金塊密輸で味わいたくなったとしても、あながち、不思議でもないかも知れぬ。八路の兎人兵《トウツピン》（共匪《きょうひ》）は土着民の盗掘した金塊の頭をハネるのが普通《あたりまえ》になっているから、おおかた、そういう点のイザコザが、あの男を死なせたのかも知れない——イヤ、もっと深い秘密がありそうな気もするが、とにかく、こいつは、念入りに洗ってみるだけのことは必ずあるよ」

殿村技師の煙草は灰になったままだ。またしても、深い沈思に囚われているのだ。山上のトーチカでは、夜鳥《よどり》のねぼけた声もきこえず、ただしんしんたる夜気につつまれていた。とつぜん、殿村老人は立ち上ってトーチカの銃眼から外を覗いていたが、

「いい月夜だ——性急《せっかち》のようだが、これから、すぐに出掛けよう。ちょっと聞き込んだこともあるし。こんな仕事は手早くやるに限るよ。——」

殿村老は、壁から、拳銃のサックを外して肩にかけ、英助の方にむきなおった。

「まずK部落へ行って趙天竜のことを調べてみよう——もちろん、貴公もわしと一緒に行くのさ、夜の山歩きをするからといって、狼や兎子兵にばかり会うとはきまっておらん、——案外、淑春のような馥郁《ふくいく》たる美人にめぐり会わないともかぎらんよ」

殿村老に、英助——それから警備隊員（これは産金会社で傭っている中国人から成る武装員）三名——これだけの人影が、ちらちらと見えたり隠れたりしながら、月光にさらされた岩肌にとり縋《すが》って、K部落へ通ずる間道を下りていった。

渓谷の隘路《あいろ》にむかって散在するK部落は、昼間なら、それと指さすことができるはずであるが、天心には皎々《こうこう》と昼を偽《あざ》むくばかりの月光が冴えわたっていても、それはただ明暗をくっきりさせるだけで、その蔭の方に沈んでしまっているK部落の所在は、ちょっと見当がつかないくらい暗かった。その部落まで、六キロはたっぷりあ

ると云う。

　見はるかす、ただ岩と月光だけの蕭瑟《しょうしつ》たる世界であった。一木一草《もくそう》も止《とど》めぬ剝き出しの岩肌は、触れると手のちぎれるほど凍《い》てついていた。しかし、英助はいささかも苦にならなかった。朔北の産金地帯に、金塊密輸の謎を探るというだけでも、英助は、たしかに、歩き甲斐があると思った。

　しかし、こんなところに、淑春のような女が姿を現わすかも知れない、という殿村老人の話は、とても信じる気にはなれなかった。

　彼女《あれ》は、今頃は、アメリカ行きの引揚船のなかで、「北京の鶯」としてでもあるロビンソンとかがそう云って（彼女の新しい夫であり、パトロンめそやしたそうだが）、大いに噪《はしゃ》ぎ廻っていることだろう。そう考えると、いささか胸糞悪い思いであったが、しかしそんな思いは、この匪区地帯の風変りな夜歩きで、さっぱり発散させてしまえる気がした。彼の脚は若者らしい気早さで、ぐんぐん歩きつづけた。

「おーい英助君――そんなにハリきらなくってもいいんだよ、そっちへ行っちゃ第一、方角違いだよ」

　殿村老に後から声をかけられた。英助はつい調子に乗りすぎて、先頭立って歩いてるうちに、枝路《みち》にそれたらしい。しかし、方角をちがえて、崖縁を北側二三歩廻ったとき、突如として「北京の鶯」の歌声を耳にしたのである。脚下の渓谷から湧いて澄みきった月明の中空《なかぞら》に消えて行く「夜来香」！

　これには、英助も呆れかえって、しばらくは、殿村老のところへ引ッ返すことさえ忘れていた。

三

「何ッ――淑春がいるって？」

　英助の報告に、殿村老は、風雪に鍛えられた古木《こぼく》のような骨っぽい顔にいささか得意らしい薄笑いをうかべた。

「実は、そんなことも当然あり得べきことと、わしは考えていたんだが、案外、早いおでましだ。そんなら、もちろんK部落の調査の方は後廻しだ。淑春の声の聞えた方へ、さっそく急行しよう」

　だが、もう歌声は聞えなかった。その代り、一台のトラックの、それとおぼしき前燈《ヘッドライト》が鋸歯のような峻嶮の間に、こんど新しく開通したばかりの産金会社の輸送路を、あわただしく縫いながら、××車站《しゃたん》の方向へ疾走してゆくのが見えた。

「チェッ——間に合わないかな、あれは、淑春たちのトラックに違いないのだが——イヤ、間に合わんとも限らんぞ、よし、この尾根を越して、南側へ廻れば、トラックより一足ぐらい先に出られそうだぞ、さあ、続け、老骨ながら拙者が先陣だ」

日頃から机上の仕事ばかりすることに馴らされていた英助には、この岩場越えは、なかなかの難コースであった。しかし、六十に近い殿村老の、長い固そうな瘦脛《やせずね》が、ひょいひょいと岩から岩へ月光をハネかえしながら飛んでゆくのをみてると英助は気負いたたずにいられなかった。

……ばらばらと、岩屑や土塊《つちくれ》と一緒に、やっと目ざす狭間の道に、殆んど滑り落ちるようにして辿りついた。と、殆んど同時ぐらいに、前方から走りきたった目眩《めくら》むばかりのトラックの光芒のなかに、殿村老や英助らの立ちはだかった姿が、曝しだされた。

「嗐《ハイ》（おいッ！）站住《チャスチュ》（止まれ！）」

殿村老の甲高《かんだか》い叱咤が、凛烈に夜気を引き裂いてひびいた。

「ちょっと、見せてもらうものがあってな——何《なア》に手間は取らせんよ」

こんどはむしろ柔かすぎる調子で云って、殿村老はトラックに近づいていった。トラックの真ン中に、白じらと柩らしい木箱が載っていて、その側ちかく、蒼白な顔をした淑春が、ロビンソンと想われる外人の腕に、抱き寄せられたまま、まるで夜光虫のように眼だけを、激しく光らせていた。

「この木箱のなかには何が入っているのかネ」

殿村老は、不敵な笑いを漂わせながら、泥靴で木箱を蹴ってみた。

「妾の兄、趙天竜の屍体《なきがら》ですッ——失礼な」淑春の声も負け嫌いな調子をひびかせていた。

「よろしいッ——じゃ、開けてみるからね」

殿村老は、すかさず、同行の警備隊員に手伝わせて、柩の蓋をメリメリ剝がしてしまった。

「ははア——こいつは、ただの屍体《ほとけさま》よりは、気が利いてるぞ」

趙天竜が生前きていたらしい垢染みた綿衣《めんい》をめくると、屍体ではなく、素晴らしい金塊ばかりが、射し込む月光を撥ねかえしながら人々の眼を射た。

「ロビンソン君、今、租界じゃ金塊の闇相場は××円だと云うが、ほんとうですか。——まあ、そのことは警備隊の事務所でゆっくり伺いますかな」

もうこれまでと糞度胸を据え、ロビンソンは、葉巻を取り出して悠々とふかしだしたが、その側に、ぶるぶる慄えながら、何か懸命に叫び出そうとしている気ちがいじみた淑春を見ると、ロビンソンの顔色が、急に一つの冷々《ひやびや》とした決意を示した。

「あッ、拳銃」

英助は、すばやく、ロビンソンの取りだした拳銃を見てとると、さッと踏み込んでその利腕を捩《ね》じあげたのであるが、もう、すでに銃口は火を噴いていた――淑春の口を封ずるべく狙ったその弾丸《たま》は、いくらか手許が狂ったとはいえ、彼女の肩先を掠めて、こんこんと血汐を月光のなかに、噴きだしていた。

× × ×

「ユダヤ的愛情というものは、みな、ああしたもんですよ」

殿村老技師は、張家口鉄路局の附属病院に収容された淑春のベッドの側で、この人らしい賑かな饒舌をふりまいていた。

「まず第一に、この事件に愛の問題があるとすれば、それは、金鉱に対するロビンソンの愛情だけですな。失礼ながら、貴女は、ロビンソンから目をつけられたのは、何よりも狸掘りの名手、趙天竜の妹であったからです。彼が長城線のＫ部落界隈に、秘密な金脈を知っているらしいのは、この殿村も感づいていましたよ。しかし、彼は、この儂《わし》にもついに洩らさなかった。うっかり、外国人に洩らすと、八路からかならず、殺されることを知っていたからですよ。ロビンソンは、まず貴女を手馴《てな》ずけて、つまり肉親の妹をおとりにつかって、とうとう金脈の在所《ありか》を嗅ぎだしたのです。永年、老父母を貴女に預けぱなしにして、浮浪していた手前、趙天竜は金脈の秘密を洩らす気になったんですな」

淑春は、しばらく虚ろな瞳で天井を眺めていたが、溜息といっしょに殿村老に訊いた。

「じゃ、兄は、そのためにやっぱり八路に殺されたのですね」

「よく調べてみると、それが八路じゃなくて、ロビンソンが土匪を使ってやった仕事なんです。つまり、ロビンソンは、自分一個だけが、金脈の秘密を握っていたかったからですな。あいつ、一旦本国へ引揚げても、いずれまた、舞い戻って、その金脈を大々的に採掘するつもりでいたらしい。東亜の新情勢を知らない馬鹿な奴ですが、馬鹿ほど恐いものはない。それだからこそ、貴女の知らない間に、兄さんの屍体と金塊を摺りかえるような、大それたことも出来るはずですよ。土壇場で貴女を射ち殺そうとしたのも、貴女の口から金脈の在所が洩れることを恐れたからです。——それが、つまりユダヤ的愛情です。英助君のは、いささかのんびりし過ぎているけれども、あれが、ほんとの愛情でしょうな」

そこへ当の英助が会社の仕事が終って、ふらりと這入ってきた。

「ホラ、夜来香の歌の好きな英助君がやってきた」

淑春は、黒々とした瞳で英助を見つめながら、

「でも、妾は夜来香は歌いませんわ、あれは妾が感傷的になったときだけ歌うのです。先夜も兄の死が哀しくって、つい歌ってしまったんですが、——こんなに嬉しい時には、ただじっとこうしていたいのです」

淑春のしなやかな指が、いささかの含羞《はにかみ》もなく、しっかり、英助の手を握りしめていた。

# 雪の夜の事件

## 一、殴られた紳士

ひとしきり降り続いていた雪がようやく止んだ。院子《いんし》（中庭）の楡《にれ》の裸木《はだかぎ》からすべり落ちる雪の音が時折り聞えるばかりで、夜の更けてゆくのがしんしんと感じられた。

私は、北京《ペキン》の冬は初てであり、こんなに深々と降りつもった北京の夜の街筋が、なんとなく物珍しかった。

冬の夜の北京には、たとえば、アラビアンナイトにあるような何か面白い不思議なことが沢山充ちているような気がしてくるのであった。

殊に燈節《とうせつ》の宵、中央公園に立ちならぶ冰燈《ピントン》の凄涼たる美しさは、どこやら怪談めいていて、私はその氷をくりぬいてつくった燈籠《とうろう》のなかに、青く透けて燃えたっている幻《まぼろ》しのような焔の色を忘れることができなかった。

私は、もう一度、中央公園に冰燈を見にゆくつもりで、家を出た。防寒帽をかぶり、長靴を履いて、ボカボカと降り溜った雪のなかを歩いて行った。

ところが途中、東来順《とうらいじゅん》に寄って、暖いものを腹のなかに入れると、すっかり、蕩然とした気持になり、冰燈のことなど、どうでもよくなってしまった。

そうこうするうちに、いい加減、夜も更けてしまったので、私はそのまま、公寓《やど》へ帰えることにした。

私が、東来順を出て、王府井《ワンフーチン》の通りを、独りで帰ってくるころは、もう殆んど人影もなくなっていた。

私は、とつぜん前方を見つめたまま立ちどまった。

（オヤ、なんだろう）

喧嘩か？　喧嘩かも知れないが、それは一風変った喧嘩であった。

なにしろ、前後のハッキリわからない活劇映画を、とつぜん、途中から見せつけられたようなもので、まるで、その事情がのみこめないのである。

車夫とお客の喧嘩である。

お客の方はあきらかに酔ぱらっていた。

やたらにステッキなどをふりあげて、車夫を威嚇している様子だ。つまり、どこそこまで乗せて行け、イヤ、こんなおそくなってから、そんなに遠くまで行くのは御免だ――そんな風な云い争いらしかったが、到頭車夫の方で折れたように見えた。お客は、意気揚々として車の人となったが、静かに梶棒を上げた車夫は、お客がいい気持ちで、車上にフンぞりかえってるのを、ちらッと横眼で見やりながら、走りだす構えをしたかと思うと、とつぜん梶棒を上向けて突っ放してしまったから堪らない。車上の紳士は、フンぞりかえったままの姿勢で、ドーンとばかり、街路の雪上に抛り出されてしまったのである。

よっぱらい紳士は雪まみれになりながら、猛《た》け狂って、この支那人車夫に喰ってかかったが素面《しらふ》の車夫にはかなわなかった。紳士の方は日本人だし、少し位の無理は没法子《メイファース》として、引き下るのが普通であるが、この支那人車夫は、よほど向っ気の強い奴とみえ、引き下るどころか、逆にお客を撲り返した。

紳士は、ふらふらになり、またもや、雪の上にぶっ倒れた。

私は、あえて仲裁には入らなかった。

堂々たる日本人のくせに、酔い痴れて、支那人車夫から殴りたおされる恰好は、とにかく醜態と云わざるを得ない。私は寂しい気がした。

それも、トコトンまで闘うなら、とにかくも、酒を喰《くら》いすぎた紳士は、雪の上に崩れ伏したまま、二度と立ち上る気力もなくしているのだ。――というよりも、もうそのまま寝《ね》り込んでいるのだ。

車夫は、そんな風になっている相手を二三度小突き廻していたが、とうとう張合抜けがしたと見え、車を引いて立ち去ってしまった。

車夫の姿が見えなくなると同時ぐらいに、私は、雪の上に居汚く、倒されたまま寝り込んでいる紳士を、えりがみを摑んで引立てた。

「おイ――おやじ、シッかりしろよ。水ッ洟《ぱな》が、氷柱《つらら》になって鬚の下に下ってるじゃないか――いったい、あんたの行先はどこなんだえ、何ッ、北総布胡同《ベイスーフフートン》だ？」

相手は、見れば見るほど、恰幅も立派な、育ちのいい紳士らしいが、相当ひどく殴ぐられたと見え、夜目にも著《しる》く、一杯に鼻血を噴きだして、可哀相でもあれば、歯がゆくもなるのだ。

私は、とりあえず、雪の上いちめんに散らばっている紳士の帽子だの、懐中物だの、拾いあつめて、それから、やッこらサと、紳士の大きな図体を抱えあげたとき、一台の洋車《ヤンチョ》が、あきらかにこちらを目ざして、走ってきたのである。

「おいッ――洋車！」

私は車夫に云った。

「この男の行先は、ハッキリわからないが、なんでも北《ペイ》、北、なんとか云ったぞ――」

「明白明白《ミンパイ》――北総布胡同××番地の権藤《ごんどう》勇三さんですよ、このお客さんは」

車夫はそう云いながら、紳士を車に乗せると路上の雪を蹴散らして見る見るうちに、闇のなかへ遠ざかっていってしまった。

どこからともなくやって来た車夫が、至極心得顔に、よっぱらい紳士の住所氏名をスラスラと云い棄てて走り去ったことから考えれば、権藤勇三なる人物は、この界隈の洋車曳きには相当顔が売れているのであろう、――私は、いろいろと、殴られた紳士権藤勇三を中心に、思いをめぐらしたのである。

前後の事情が、一向わかっていないけれど、どうやら、非は日本人側にあるように見受けられた、――それだけにあの時、雪の上に物も見事に叩き出された紳士の不様な姿が、かえって、なんとも情けない印象となって鮮かに私の脳裡に染みついていたのである。

それにしても、これまでは日本人がステッキでも振りまわして一喝するともうそれだけで車曳きとの口論などは一方的に片づいてしまっていたのであるが、その夜の支那人車夫が、いかにも大胆不敵で、腹が坐っていて、あッと云う間に、あれだけのことをやってのけ、しかる後、悠々と空車《からぐるま》を曳いて立ち去ったのであるから、これまた、すこぶる鮮やかな印象を私の脳裡に刻み残したのである。

そのくせ、私は、あの車夫の背中に縫いつけられてあったはずの登録番号を見定めるのを、すっかり忘れてしまっていたのである。

車夫の登録番号さえわかれば、北京の洋車が何万台あろうとも、あの男を探し出すは決して難かしいことではないのに――私は自分の迂闊さ加減にガッカリしてしまった。

私としては、よっぱらった紳士、権藤勇三氏の身許しらべよりは、むしろ相手の車夫に、ずっと魅力を感じていた。あの小憎らしいほど、骨っぽいところを見せた中国人《チウクオレン》の洋車曳きに、もう一度、なんとかして、めぐりあいたい、そういう思いが、まるで燈節の冰燈の焔のように私の胸のうちに妖しく燃えはじめた。

## 二、李《り》という男

当時、私は、報道上のある任務を帯びて、北京に来ていたので、北支軍報道部の××大尉などとは、始終顔を合わせていた。

私は、雪の夜更けの王府井で偶然目撃したその事件を、その翌日には、もう××大尉に一通り話しておいた。

「僕は、その相手の洋車曳きを、もっとよく調べてみたいんですがね」

「洋車曳きのことは洋車曳き仲間にまず渡りをつけて、その上で、しらべてみることですね。——登録番号がわからなくとも、一クセあるような男ならなんとか探し出せますよ、李なんか、どうだろう、——あれは洋車仲間では相当顔の利く方だから案外造作なく、当人をみつけてくれるかも知れませんよ」

××大尉の言葉に私はますます乗り気になった。

「李というんですか、——その洋車ひきに会うにはどうしたらいいんです」

「なアに、造作ないですよ——鶯々荘《おうおうそう》ホテルの前で李はいつも客待ちしているんだから、会おうと思えば、いつだって会えますよ」

洋車曳き仲間には、おのおの縄張りの協定ができていて、これは相互に相侵すべからざるものになっている——だから、鶯々荘ホテルの前で客待ちしている車夫の顔ぶれはいつも決まっているわけだ。李もその中の一人だとすると、大尉の言を待つまでもなく、極めて容易に会えるはずだ。

私は、さっそく、と云っても仕事の都合で、結局、夜になってしまったが、鶯々荘ホテルに行ってみた。

きびしい寒気のために昨夜《ゆうべ》からの雪は殆んど溶けておらず、ホテルの庭の槐樹《えんじゅ》や楡の梢に、ふりつもった綿のような新雪に、窓から漏れてくるシャンデリアの灯影が照り映え、寒いながらも、どことなく豊な感じであった。

ホテルの門前で、まるで石塊《いしくれ》のように凍《こご》えきって、客待ちしている幾台かの洋車の方に近寄っていって、私は、どれが李の車であるか聞いてみたのであったが、今宵は、あいにくと、李は、早仕舞してしまったのか、そこに姿を現わしていなかった。

——自分とても何も今夜、ぜひ、李に会わなければならぬほど、さしせまった用事があるわけでもないのだから、私は、そのままホテルのなかへ足をむけたのである。お茶でも飲んでゆくつもりで——

私は、帳場で、帽子と外套を渡しながら試みに、訊いてみた。

「君は李という車夫を知ってるかネ――その男はいつもこのホテルの前で客待ちしているそうじゃないか」

そう云われて、ボーイは、ハッとしたような面持で、私の方を見つめた。この支那人ボーイは、なかなかの美少年で、そのパッチリとした円《つぶら》な眼が、私を視たとき、私はその黒い艶やかな眼の表情からして、このボーイは、李について、かなり委《くわ》しいことを知っているに違いない、という感じを読みとったのである。

「ね、君、李は今夜、早仕舞したのか」

私が、そう追求すると、ボーイは、含み笑いをうかべ、それから非常にゆっくりした丁寧な口調で、答えた。

「李さんは只今、御食事中でございます」

ボーイの、この爽かな言葉をききながら、私は自分の耳を疑わずにいられなかった。ボーイはいささかもふざけているのではない。

(李さんは只今、御食事中!)そんなことがあり得るであろうか。一介の洋車曳きに過ぎない李が、北京では、とにかくも一流どころとして通っている鶯々荘ホテルで、悠然と御食事中とは!

私は、すっかり煙にまかれてしまった。

ともかくも、私は、ロビイで、李の食事の終るのを待つことにした。

が、間もなく李は出てきた。彼は微薫《びくん》を帯び、しごく上機嫌であった。彼の身辺には、十五人以上の小孩《ショウハイ》が群がって、ゾロゾロとロビイへ出てきたのである。

協和服を着、赤銅色《しゃくどう》の顔をテラテラとシャンデリアの下で、輝かせながら、小孩たちに取りまかれ、何やら、高らかに喋り、笑ってる男、――ボーイは私にあれが李であると指し示したのであるが、その男なら、私はかなり前から見知り越しの間柄である。

「冗談を云ってはいけない。あれは、李ではない。合《ごう》屋達人《やたつんど》、――日本人の合屋達人ではないか」

私は、半ば、腹立たしげに叫んだのである。

「李さんは、すなわち、合屋達人さんであります」

ボーイは落着きはらって、至極あっさり云って退けた。

私の知ってるかぎり、合屋達人は、すでに今事変の十数年も前から、手広く支那奥地と雑貨取引をやっている何とか公司《コンス》の社員で、その多年の経験から、旅先のいろいろな面白い話をしてくれる――私にとってはなかなか得がたい知己であった。

「合屋さん――いったい、こんなことがあってもいいんですか、貴方が洋車曳きの李だなんて」

私は顔には、苦笑に近い笑いをうかべていたが、口調はまるで、喰ってかかるような勢いであった。

「なんだ――貴方《あんた》はまだ知らなかったのか、――そうだ、あんたは北京に来てまだ半年にしかならないんだから、無理もないな」

さすがに、勢込《きおいこ》んだ私の出鼻もこんな風にやんわりと摑まれては、ますます面目を失した恰好になってしまった。

いや、それればかりではない。合屋氏の副業がいろいろあって、洋車曳きなどもその一つに過ぎないこともなかったが、それ以上にびっくりしたことは、彼の本職が何んであるかを聞かされたことである――つまり、彼は北支派遣〇〇部隊の嘱託であって、いわば軍事探偵みたいな任務をもっていたのである。

私はいつも丸刈りの頭に、薄紫の遮光眼鏡をしてカーキ色の協和服をきている――その姿は、どこまでも立派な日本人で、しかもなかなかユッタリした感じで、私はとても好感を持っていたのである。

合屋氏が、洋車曳きでもあり、軍事探偵でもあるという実に驚くべきことを、一どきに聞かされて、私はすっかり面喰ってしまったのであるが、冷静に考えてみれば、北京で、洋車曳きができるほどの人物であるならば、軍事探偵といったような困難な仕事も、抜かりなく仕遂げることができるはずである。

それは変貌術《メエキャップ》とか、つけ髭とか小むずかしい道具だてなしで、極めて簡単に日本人合屋達人は、支那人李何某《なにがし》に変ることができる。しかも容易に正体を見破ることができないほど巧みに、そして実に自然に、支那人車夫李になってしまうのだ。

これも、後になって聞いたことであるが、彼は、この春、寧夏《ねいか》まで行ってきたそうである。寧夏と云えば、敵地区も相当奥地だ、そこへ合屋達人は単身潜入して行ったのだ。包頭《ほうとう》から、オルドスの沙漠を越えて、寧夏にいたる隊商の群れに投じた。貨物駱駝《らくだ》を曳いて行く駝夫《だふ》として彼は半歳にわたる旅をつづけたそうである。

その間日本人たることを全く気づかれずあらゆる情報を抜かりなく集め、軍の作戦や宣撫班《せんぶはん》の仕事に資するところがすこぶる大であったという、もちろん、その間の詳細な事情は、私などのあずかり知るところではないが、寧夏行きは、合屋氏の如き快男子にして、はじめて出来ることだと私はしみじみと感心させられたのである。

「たとえば――この燐寸《マッチ》の小さな箱一ツがだね――」

合屋氏は、自分の莨《たばこ》に火を点じ、それから、私の莨にも点けてくれて、その燐寸をさし示しながら、

「こいつが――、寧夏あたりでは一ツが八円もするんですよ。――そんな気ちがい染みた値段にどうしてなるか、というと――」

合屋氏は説明するのである。包頭で、隊商たちは、獣皮や甘草《かんぞう》などと交換して、マッチ、薬品、その他日用雑貨を仕入れて行く、それが、沙漠の長旅を経て寧夏につくまでの間に、途中何回となく、偽《にせ》国民政府軍や共匪《きょうひ》や土匪《どひ》やのためにきびしく課税され、それが積りつもって結局寧夏の市場に出る頃には、マッチの小箱一つが八円ぐらいに売らんことには引き合わなくなるのだという。

私は、このベラボーな燐寸の値段にも驚いたが、それ以上に、そんなにややこしい危険きわまる敵地区を、駝夫に化けて、往来することのできる合屋氏その人の人柄を、云いようもなく美しく思われたのである。

そのようなことは、ただ単に勇気があるとか、度胸が据っているとか云うだけでなしおわせることではなく、おそらく、それ以上の何かが必要なのだ。なるほど、合屋氏は支那語は支那人よりも上手《じょうず》だ。東京の外語の支那語科を出て、満支の大陸を遍歴すること二十有余年、北京官話などよりも、奥地方訛りの方が得意だと云われる。しかし、それだけではない。中国人を、どこまでもアジアの同胞として愛する心。それは、もはや、理窟ではなく、合屋氏自身の人柄から、ひとりでに滲みでてくる大きな愛情だ。

彼は、こんな風にして、寧夏に行き、西安《せいあん》に行き、さらに、重慶近くまでも潜入していった。そういう秘密な、敵地区遍歴の旅から帰ってくると、次の旅に出るまでの間を合屋氏は北京で、洋車を曳いて暮すのである。彼は、○○部隊の嘱託であるが、べつに軍の方から、洋車を曳けなどという命令が出るわけではない。全く、合屋氏が、勝手に道楽で洋車を曳いているのであって、北京にいる間だけにも、ユックリ骨休みをしたらよかりそうなものだ、と誰にしても思うのだが、氏の性分としては洋車でも曳いてる方が、気楽らしいのである。

## 三、浄められた一画

その洋車曳きの李が、おおぜい小孩どもを引具《ひきぐ》して鶯々荘ホテルの食堂から、ゾロゾロと、ロビイの方に出てきたと、私は前に書いたが、いったいその小孩どもは、彼とどんな関係にあるのであろうか。

それらの小孩（子供）たちは、どう見たって、こんな鶯々荘ホテルになど、縁のありそうな柄ではない。

王府井などを歩いてくると、とつぜん「一センチョウダイ」と一つおぼえの日本語をつかって、腰のあたりにまつわりついてくるあの痛々しい（しかもなかなか図々しい）小孩の一群にでっくわすことがあるが、洋車ひき李、即ち合屋達人氏の周囲に群らがってる小孩は、王府井を漁りまわる貧窮児童よりは、いくらかましではあるとは云え、しかし、ホテルの食堂で美食する家庭の子供たちでは、ぜったいにない。

「いったい、――これらの子供たちは、どういう意味の子供たちなんです」私は、不思議さに堪《た》えかねて合屋氏に質問したのであった。

「どういう意味？」

合屋氏はこう云って、子供達の群を一渡り見廻してから、

「これらの子供達については、なかなかどうして、大した意味があるんですよ。それが今から三年三月ばかり前の話でね」

合屋氏は、子供らを、ホテルの玄関口まで送ってゆき、それぞれの家まで年長者の教導によって、間違いなく帰るように、命じておいてから、またロビイに引き返してきた。そうして、話を続けたのである。

「あれらは、東亜胡同《フートン》の子供らなんですよ」

「東亜胡同？」

私はそんな名の胡同は聞いたこともなかった。

「これは、私が勝手に附けた名だから、まだ一般には拡まってはいない、だが、遠からずみんなに知られるようになるに違いない」

その訳を、合屋氏は説明するのである。

三年ばかり前に、その胡同に、日本人一家族が引越してきた。なにしろ一般に支那の裏町はひどく汚ない。とりわけ、その胡同（後で、東亜胡同と呼ばれるようになったその裏町）は、北京でも一段と汚ない方であった。

もっとも、支那へ来て、綺麗とか汚いとかを、神経質に気にしていたら、一刻《とき》だって、住めるわけのものではない。気にした方が完全に負けるのである。

しかし、ここに一つ特別な例外があった。――それは、この胡同に引越してきた日本人の一家族であり、彼らは支那人街の汚さを気にし、遂にこれを「浄《きよ》められたる一画」とすることに成功したのである。

この日本人は中年の会社員であり、むしろ目立たない地味すぎる存在であった。彼は会社から退《ひ》けてくると、丹念に胡同を掃除しはじめた。彼は聖人でもなければ宣伝屋でもなかった。ただ平凡な北京市民の一人として平凡なことをコツコツやりだしたのである。胡同の路上に

は小便が溝をなして流れ、ここかしこに脱糞の山があり、喀啖《かくえん》、煤球児《メイチョル》（燃料）の焚殻《たきがら》、鼠の屍体など、所かまわず散乱していた。

彼は、この胡同の清掃作業をひとりで、やり始めたのである。最初、この日本人一家にちょっとした夫婦喧嘩があった。夫が、妻にこの清掃作業を手伝えと云った。細君は相手にしなかった。胡同の掃除を、自分達だけでやろうなどということは、第一恥しいばかりか無駄な事だった。

支那人街をきれいにしようとすることは、いわば、黄河の水を、手桶ひとつで、清水《せいすい》を入れ換える位、むずかしいことだと、細君が云うのである。夫は仕方なしに一人で仕事を続けた。

道路の凸凹《でこぼこ》を均《な》らしたり、塵埃《ごみ》を片づけたりした。その次の日は、日曜日だったので、朝からこの仕事を続けた。

小学校に行ってる息子が手伝った。仕事が捗《はか》どり、周囲が小ざっぱりとなったのではじめ反対していた細君も、鍬だのシャベルなどを持って、応援するようになった。

しかし、翌日になると、たちまち、旧《もと》通りになって、糞小便は遠慮なく道路を汚し、煤球児の焚殻がぶち撒かれてあった。これは、隣近所の中国人の仕業であり、口汚く罵しってやりたいところだが、清掃作業の主《ぬし》である日本人は一言半句も、不平は云わなかった。

「ここが難しいところなんですよ」合屋氏は云うのだ。「自分が綺麗ずきだと、相手も綺麗ずきであることを望む、そういう点において、日本人は、ややせっかち過ぎるため、いつも失敗する。しかし、この東亜胡同の日本人は相手に対して、極めて寛大だった。いくら汚《よご》されても、決して、腹を立てなかった。しかも、清掃作業は、一日として、怠ることはなかった。近所隣の中国人にしても、永年の民族性で汚いことに鈍感になってるというだけで、特に悪意があるわけではないから、この日本人一家の清掃作業を見ているうち、これじゃ相すまない、という気持が、次第に、一同の心のうちにひろがりだした――彼らは進んで協力しだした。だから、その日本人一家が、とうに転勤になって、今はそこにいないにも拘らず、東亜胡同は、北京中で、一番綺麗な、すくなくとも最も清掃の行き届いた裏町なんです――そういうことは北京中をかけ廻る洋車曳きの吾々が一番よく知ってるわけだが、月給もあんまり高くない平凡な一会社員の感化が、こんなに立派な成績を残しているんだから、地位や肩書ばかりで仕事ができると思ってる連中には、やや皮肉な美談かも知れない」

私は、合屋氏が、ホテルにつれきたった子供たちが、いわゆる「浄められたる一画」の小孩たちであることを漸くのみこむことができた。

「胡同の清掃作業に一番精を出すのは、やっぱり小学校の小孩たちですよ。彼らは、これはすべきことだとハッキリわかると、今までの行きがかりなんかに囚われずに、実に朗らかに、むしろ面白がってやる――大人のように因循姑息《いんじゅんこそく》でなくて、その点、子供は全くいいですな――あれらが大人になる頃は日華合作も、いよいよ本式に実を結ぶ時代です。――きょう、私は彼ら小孩に、思いきり御馳走してやったんです。日頃の勤労に報いる意味でね。彼らは目を白黒させて、鱈腹貪《むさぼ》りくいおった――実に気持がよかったですよ」

私は、最後まで、聞きそびれていた例の問題、即ちゆうべ雪の王府井通りで、日本人の紳士を叩きすえたあの不敵な洋車曳きのことを、思い切って聞いてみたのである。

「ああ、あれですか――ありゃ、もちろん私ですよ。何も私もはじめから殴るつもりではなかった。相手がよっぱらいだから、たいていのことは大目に見るつもりでいたが、あちら、こちらと散々ぱら雪みちを乗り廻したあげく、王府井で降りる、と云うんです。降ろすと、こんどは車賃を払わないで、ステッキを振り廻し、意味もなく威嚇して胡麻化そうとするのだ。もちろん相手は私が日本人だなどとは気がつきようもなく、ただ無力な支那人洋車曳きだとばかり思い込んでいるものだからすっかりナメているんです。洋車曳きなどは虫ケラ同様なんだから日本人がステッキを振って一喝さえすれば、車賃など払わないでもすむ。なるほど一頃はそれでもよかったかも知れんが――しかし今は断然違う。今は、東亜の盟主として重大な責任をになってる日本人だ。そんなところで、日本人の優越感をふり廻して車曳きを痛《いた》ぶったりするようなシミッたれな了見ではてんでブチコワシじゃないか――私はそう思ったもんだから、たとえ酔っぱらいでも容赦しなかった。充分性根をたたき直してやりましたよ」

合屋氏がなおもつけ加えて云うところによると、当夜の酔っぱらい紳士は××会社の幹部社員で、北京でもなかなか羽振りのいい男であるそうだ。

「だから、羽振りのいい男だから、と云って必しも、日華協力の実践者とは限らないんです。名もない男でもエライ奴はやっぱりエライ奴ですよ――しかし、あの酔ぱらい紳士も、そう悪い男じゃなかった。私は酔ぱらいを敲《たた》き放しにしただけじゃ寝覚めが悪いから、夜があけると、彼の自宅へ行って一切のいきさつを明らかにしたのですが、彼は、極めて卒直に自己の非をみとめて謝罪した——その時の話に、東亜胡同の清掃作業のことも出たが、じゃ、その胡同の子供たちをぜひ慰労してやって下さい。そう提議したのが件の紳士であった、というようなわけで今夜は二重に楽しい思いを私はしたわけです」

北支派遣軍〇〇部隊嘱託の合屋達人氏の話を聴き終って私はこれこそ新東亜アラビアンナイトの良き一篇ではないか、と思った。折から、窓の外には、月が出たらしく、雪をかぶったホテルの庭が、匂うように明るんで、私たちの眼に映った。

# 短剣《クリス》

## 一

「狩猟許可証を取ってきてあるかね――」

米人医師ハイドはヴェランダの椅子に深々とこしかけたまま、マニラ・ブレチン紙から目を離さずに訊いた。

老僕のマテオは、新聞紙の蔭に蔽《かく》れていてまったく見えない主人の顔にむかって、うやうやしく一礼してから、

「ハイ、許可証は、もう昨日のうちに取ってきておきました」

マテオは、抜かりのない自分のまめまめしさを、主人に対して自信をもって云い得ることがいかにも嬉しい様子であった。

彼は、その長い長い奴僕《ぬぼく》生活で、主人からずいぶん酷い仕打ちもされた。もともと未開な東洋人の朴直なところが、気に入って、ハイドが、マテオを雇ったのであるが、その薄野呂《うすのろ》な仕草は、黒奴《ニッガー》の家婢にも劣ると云って口汚く罵られたり、時にはハイドの疳癖《かんぺき》にふれて体罰を加えられることもあった。

老マテオの、歯が抜けて小さく搾《しぼ》んだような口元から頬にかけて、今なお、それとわかる刃物の痕がついている。二十年も前のものだが、それも喧嘩の向う疵ではなく、主人ハイドの不興を買って拵えたのである。

その時へマをやらかしたのは確かにマテオの方だから、彼はただ、ひたすら恐縮していたわけだ。

その頃から狩猟好きのハイドが、マニラ近郊の沼沢《しょうたく》地で仕止めた鷭《ばん》を、それが非常に見事な奴であったので剝製にするつもりでいたのを、それとは知らぬマテオがすっかり毛をむしって、自信たっぷりに調理して、ハイドの食膳にそなえたので、激昂のあまり主人は、食卓用のナイフをマテオの顔に投げつけた――その傷である。

老マテオの人相が、そのために、一癖ありげに見えるというようなことはない。おそらく、それも無気力で、従順すぎるマテオの人柄のせいであろう、その疵が、陰影の加減で、むしろ、片笑窪《かたえくぼ》に見えることとさえあった――習い性となった追従《ついしょう》笑いが、そこから湧き上ってくる片笑窪である。

どういうものか、ハイドは老僕マテオに、真鍮の釦《ボタン》のついた白麻の詰襟をきせておくことが好きであった。主人の趣味に寸分違わない忠実さで、この老フィリッピン人は、白い鶏のように歩く。

「狩猟許可証が貰ってあるなら、あしたにでも出発するかな」

マニラ・ブレチン紙を籐卓子《テーブル》のうえに放りだして、ハイドは大きく伸びをした。折目のただしい寛闊《かんかつ》な白の背広を、小肥りの軀につけた彼は、その胸衣囊《かくし》からラエバナ煙草会社に別註文してつくらせた特製のシガーを引きぬいてくゆらしながら、

「銃の手入れは、自分でやらんと気がすまんから、十二番の方を出しておけよ」

「ハイ――かしこまりました」

老僕は、命ぜられるままに、明日から避暑がてら、バギオ高原に鉄砲打ちに出かける主人のために、なにかと細かしい用意をしなければならない――マテオは、いつもの癖で、鶏が餌をあさるような恰好で前こごみになりながら、リノリウムの床を、足音もさせずに階下の方へ歩きかけた。

「ああ、それから――」ハイドは、急に呼び戻した。

「あの女に、その後会ったかな」

「あの女?」

老僕は、ヴェランダの石柱にからみついて咲いてるアリマンダの黄色い花影に遠く瞳をおよがせながら、旦那のいう「あの女」を思い浮べようとして焦った。

「つい――こないだ、お前が、ルネタ広場で見かけたという女さ」

「アニセタのことですか」

「そう――そう、そのアニセタのことだがね――わしは、この頃ちょいちょい彼女《あれ》のことを考えだすようになった。年をとったなア」

めずらしく、しんみりした物の云い方であった。

「御冗談を……」

と言下にマテオが云ったのは、あながち追従だけではない。実際、ハイドは五十という年齢よりは、確しかに三つ四つは若く見える。青年の頃から、かなり無軌道な生活をやってきているにも拘らず、彼自身が医者であるために、栄養などの点は、さすがによく気をくばるせいか、軽いマラリヤをやった以外病気らしい病気はしたことのないハイドである。

つるつると滑らかな肌、小肥りのひき締った顎のあたりに、衰えを知らぬ精悍な血が潜んでいるように見受けられるのだ。

「とにかく、五十という年齢《とし》は、たしかに一つの決定的な区ぎりじゃ——これから先きの希望よりは、過ぎ去った頃の追憶の方が日々の糧となるのは、吾々の年齢からだよ」

マテオは神妙に頷いて見せたが、それは単なる反射作用にすぎなかった。白人の小むずかしい理窟は神妙な顔をして聞いてさえおれば無難であるという習慣からである。ともかく主人ハイドは要するに二十年前の女アニセタをもういちど探しだしてくることをマテオに求めているのだ。老マテオは、もどかしいくらいであった。

「あれも、ずいぶん老《ふ》けただろうな——ゆうべ、わしは夜あけに目をさまして、急にアニセタの老後のことが気にかかって睡られんだった——わしとしては、まったく奇妙な現象だったよ」

日頃から豪腹で、楽天的で、およそ区々たる感傷には決して囚われることのないハイドである——それが、二十幾年か前にちょっと馴染んだきり、まったくめぐり合う機会もなかったタガログ族の蛮婦《ばんぷ》アニセタのことなんか、もっともらしく云いだしたのであるから、老僕は、あきれたように目をしばたたいた。

「こないだ、お前がルネタ広場で彼女《あれ》に会ったとか云っていたが、どんな様子をしていたかね——」

先日ゆくりなくもアニセタを見かけたことを、一応ハイドの耳に入れておいたはずであるが、そのときにはさして気にとめずに聞きながしていたくせに、きょうは意外なほど、アニセタのことに拘《こだわ》っている主人の様子が、マテオには、へんに不気味でさえあった。

「もう彼女《あれ》もかれこれ、三十八か九になる勘定でございます——」

老僕は直立したまま、しごく生真面目《きまじめ》な口調で答えた。老僕にとって、アニセタとのめぐりあいは、近頃にない大事件であった。あの時はアニセタの方から声をかけられて、マテオは老《おい》の眼を見張ってドギマギした。それがアニセタであると見きわめるまで、ちょっと手間どったが、彼女だとわかると、やたらに涙が溢れ出そうで、マテオ老人はしきりに鼻頭をハンケチで押しつけた。

そのくせ、急には話のキッカケが見つからなかった。「おお、そうそう——」マテオ老人はやっと話題を見つけて、気忙《きぜわ》しくアニセタに訊いたのである。「子供は丈夫に育ったかね——あんとき、お前さんは妊娠《みごも》っていたはずだが——」

「子供《アナック》?」一瞬、女はキョトンとして、「誰の子供や?」

「ハイド旦那の子供さ」

アニセタは急に頰を紅《あか》らめた。単に恥しい、という以上に、もっと苛烈な光をきらめかせた瞳であった。

しかし、このタガログ族の蛮婦は、熱国の野性の匂いのする盛りあがった肩を、さも可笑しいというように揺《ゆす》ぶって、ことも無げにクックッと笑った。

「フン、息子のペドロのことかね——結構大きくなったよ。でも、親の手に負えん子でね。妾も成行きにまかせているわけさ。今頃、どこをウロつきおるものやら……」

投げだすように云うアニセタであった。

「妾は、アメリカ人の混血児《メスチザ》などは生みたくはなかったのだ」

ぐるりと大きい一重瞼《ひとえまぶた》のダガログ女の瞳には、水々しい感情が流れた。マテオ老人は、まるで処女とむきあっているような、息ぐるしい思いに胸を衝《つ》かれた。

フィリッピンでは、純粋のタガログ人などよりは、欧米人の血を引いた、いわゆる合の子《メスチザ》の方が、はるかに幅が利いて社会的位置も一段高い。マニラ銀座の繁華街エスコルダ通りなどを、これら混血児どもが、女はむろんパーマネント、それから爪を毒々しいまでに紅々《あかあか》とマニキュアをして颯爽《さっそう》と裾を蹴ってゆくし、男は華美《はで》な格子《チェック》の上衣《コート》、その胸のポケットからぞろりと葉巻の頭をのぞかせて、漫歩している。

したがって合の子を生んだ女は、それを誇りにしていいわけだ。それをこのアニセタだけは、まるで、変った云い方をするのである。

「アメリカ人の子を生むくらいなら、妾は、あんたの子でも生んだ方がましだった」

そう云って、アニセタはクスリと笑う。——老僕マテオは、鞭で素肌をたたかれたような厳しいものを彼女の笑いから受けとった。

「わしの子をかね？　まさか——」六十歳のマテオは、詰襟の窮屈なカラーの間に指を入れて緩めるようにしながら喘いだ。

「おじいさんたら、なにを真顔で、ほ、ほ、馬鹿馬鹿しい」

老マテオの懸命な視線を撥ねかえすようにして、アニセタは、しかし、女らしいふくらみのある声でつけ足した。

「マテオ、あんたは二十年前も今もちっとも変らないね、詰襟のお仕着せも、昔のまんまだし……」

白麻の詰襟は平常むしろマテオ老人の自慢だったのだが、その時は思わずムキになって老人は答えたのである。

「俺だって、ほかのいい口がありゃ、ハイド旦那のとこなんか、とっくに止めていたんだがなア」

しかし、長ったらしい老人《としより》の繰り言を聞かせられたんでは堪まらないと思ったのか、アニセタは相手にならず、活潑に区ぎりをつけた。

「まあ——軀だけは丈夫にした方がいいよ。じゃさよなら」

クルリと背中をむけると、アニセタは、燃えるような日盛りの舗装路を、ピタピタと素足のまま歩いていってしまった……。

マテオ老人は、ぼんやりと立ちつくし、遠ざかってゆくアニセタのチョコレート色の 腓《ふくらはぎ》 のあたりを、見るともなしに見つめていた。まるで、ハイドの家で一つ屋根の下で共に働いていたあの頃のような水々しい艶《なま》めかしさが、彼女のうえにもう一度よみがえってきたような不思議な錯覚に囚われていたのだ。

「二十年前か——俺の方で、ちょっとその気になりさえすれば、アニセタの心をつかまえるくらい訳なかったんだな」

しみじみ惜しい気がした。ハイド旦那の鼻いきばかり窺って、大きな幸福が身近かにあったことさえ気がつかずに二十年も過してきたのに気がついたのだ。

アニセタに会ったことを、老僕は、さしさわりのない程度に取りつくろって、ハイドへ一通り報告しておいた。それは一ト月ほど前のことで、ハイド旦那はさして気にも止めぬ様子で聞きながしていたのに、一ケ月経った今になって、とつぜんアニセタに興味を再燃させたらしい。

「アニセタの奴は、じゃ、どうにかこうにか暮しているんだな」

「そうらしいですよ。なんでもダバオの日本人農園で麻ひきしていた様子でしたが、近頃はこっちへ舞い戻ったような話でした」

「そうか——息子はペドロと云ったな、この方が問題だよ。たとえどんな浮浪人にしても、とにかくわしの児であるからには、行方不明ときいてそのまま知らん顔はできんからなア」

つまり、ペドロの行先きを、それとなく探ってこい、というのが、ハイドから、マテオに与えられた命令だった。

土着民に対しては、つねに高い威厳をもってのぞみ、みだりに恩情めいた言葉を発しないのを建前としている主人ハイドが、急にこんなことを云いだしたので、老僕マテオは今さらのように自分の耳を疑った。

「ペドロの行方はアニセタにもう一っぺん訊いてみるんだ。いいか、知らんはずはない」

「はい」

無理な註文だとは思いながらも、マテオは一応かしこまって、主人愛用の十二番の猟銃を取りだしてきた。それはもうこれ以上手入れをすることができないまでに、ピカピカと磨ききよめられていたが、ハイドはそれでも一応、とりあげてみなければ承知しなかった。

ハイドは、南加州の故郷を出てから、ろくに帰米したこともなかったし、むろん、本国に残してきた妻君とも、ずっと以前に離婚してしまって、今はなんの系累もなく、フィリッピンのような新天地で気まま至極な独身生活に浸っていられる境遇なのである。

しきりに銃を愛撫しているハイドの姿は、憎らしいくらい頑丈に見えた。太く、がっしり坐った首筋が二重にくびれていて、いかにも精力的であった。

ぼんやりと、マテオ老人はこの特別な人種、つまり白色人種の満足しきった姿を見つめていた。

気の向くままに、椰子小屋《ニッパハウス》から、土着民の娘を渫《さら》ってきてみたり、反古紙《ほごがみ》のように棄ててみたり、また拾い上げる気になったり、それがどれもこれも神の意志にかなっているように振舞っているのだ――その白い肌が、時には、人間の肌の色でなく、蛇《アハス》の冷い腹のような不気味な色に見えてくる。

して見ると、自分などは魔性《ましょう》に見込まれた犠牲《いけにえ》なのだと、マテオ老人は思わずゾッと首筋をすくめた。

## 二

気温がぐっと落ちて、爽やかな月夜である。

マンゴ樹の茂り葉のうえに、天鵞絨《ビロード》のような夜空が、深ぶかとひろがっているのが見え、静かすぎる夜景である。

主人ハイドに呼ばれて、マテオ老人は、例のごとく白い鶏のような恰好で、前かがみになりながら近づいてゆく。

ハイドはヴェランダの籐椅子によって、ウィスキーソーダのコップに口をつけている。その影が月の明るさのなかに切り抜き絵のように黒々と坐っているのだが、マテオ老人は、ハイドがどんな顔つきをしているのか、機嫌がいいのか悪いのか、黒い影絵だけでは察しがつかないので、いささか不安であった。

バギオ高原で、一週間余の狩猟を終えて、ハイドが帰宅してから、もう二ケ月余になる。例のペドロのことは、それなり忘れてしまったものか、ハイドはきりだきなかった。それが今晩、いきなりマテオ老人は、ペドロの消息について報告するように申し渡されたのだ。

「さて――」とマテオ老人は、ハイドの黒い影に近づきながら、胸を弾ませて考えるのだ。

「まさか――ペドロが監獄に入っていると、あけすけに打《ぶ》ちまけるわけにもいかないし」

マテオ老人は、そのことを自分に打ちあけたときのアニセタの激しい瞳の色を想い出さずにいられなかった。

彼女は中園幸次郎という日本人家具商（エスコルダ通り）の店に雑役婦として働いていた――そこへ、マテオ老人が訪ねていって、ペドロのことを根掘り葉掘り聞き出しにかかったのだ。無気力な老人のくせに厭に執念深いところがあって、それにはアニセタもずいぶん悩まされたらしく、はじめは知らない一点張りだった彼女も、ひどく激昂した面持で、とうとう唇を割ったのである。

「じゃ、真個《ほんと》のことをいうから、よくお聞きよ」

黒い肌の女は、そのなかに永い間抑圧されていた密林《ジャングル》の熱気を、一時に発散させるような激しい勢いで云って退けた。

「いいかい――ペドロはね。監獄で鎖につながれているんだよ」

「監獄だって？――まさか、冗談もいいかげんにするもんだ」

そうは反撥的に云ったものの、マテオ老人はアニセタの露わな言葉をそのままに信じるより仕方がなかった。もはや、微塵も疑う余地のない真っ正直なアニセタの顔色であった。

「どうして、また監獄なんかへ」

「そんなこと、妾になんか判るもんか――大方、アメリカ人の財布でも掻払らおうとしたせいだろうよ――まあ、それほどペドロのことが気になるなら、ハイドの旦那に云って、アドボ（牛肉のフィリッピン料理）の一皿でも差入れてやるようにお願いしたいね」

憎しみを罩《こ》めた燃えるようなアニセタの目に気圧《けお》されて、マテオ老人は這々《ほうほう》のていたらくで引き退がってきたのである。

「どうした――じいさん、その後ペドロの方は手掛りはあったかな」

首尾のいい答を、当然老僕マテオの口から予期しているような、しごく落つき払ったハイドの声であった。

ヴェランダの鉢には、鈴蘭に似たカデナ・デ・アモー(愛の鎖）の花房が、月明の夜露に濡れて咲いている。

「へえ――それがでございますよ」

老人はこう口ごもりながら、結局、出鱈目をいうことに腹を決めてしまった。

「なんでも、そのペドロは、ある日本人の世話で、レトラン専門学校で勉強させてもらってるらしいですよ」

マニラ市の東南隅に、サン・ジュアン・デ・レトラン学校というのがあって、市の刑務所とはものの一町も離れていない——この老人の報告は全く出鱈目には違いないが、ペドロのいる方角だけは、多少暗示していたことになる。

「なに、レトラン学校だって——はは ア、じいさんはすっかり騙されて来たんだな」

旦那のくゆらすマニラ煙草のけむりが、慌《うろ》たえた老僕の鼻孔をくすぐった。

「お前のいう方角は大体当っているがね——レトラン学校でなんかないよ。ペドロのいたところは学校からちょっとさきの刑務所さ」

冷々《れいれい》と落つき払った声でいうハイドである。

「——」

「あいつは猛烈な結核だった。——そうして、十日ばかり前の夜中に刑務所内の病監で息を引きとったよ」

「——」

マテオ老人は直立したまま押しだまっていた。不倖《ふしあわせ》なフィリッピン土着民の宿命が、老いさらばえた眼底にありありと映った。

「わしは、まったく偶然、ペドロが刑務所にいることを知らされたんだ。刑務所長のギルバート君とはおなじ猟の仲間で、こんどもバギオに一緒にでかけたんだ。つまり所長の口から、偶然、ペドロのことが出たのさ。わしは猟から戻ったその足で、すぐ病監にでかけてあいつを診察したんだが、もうその時は、手のだしようもないほど弱りきっていたんだ」

マテオ老人は、毛の抜けた鶏のような痩せた喉首から乾いた声をだして訊いた。

「どういうわけで、刑務所なんかへ入ったもんですかな」

「ふん——それがだよ——やっぱり病気のせいだよ」

「と云うと、結核のせいで?」

「いや、一種の精神病だ——独立病という奴さ。ほら、フィリッピン即時無条件独立というあれさ」

フィリッピン即時独立を唱え、アメリカとの妥協政策を排したサクダリストなる愛国結社員として、それが潰されてしまったあとも、なお非合法な秘密結社をつくって独立運動を続けていた、そういう陰謀団に、ペドロは属していたという。

「ふびんな奴さ——即時独立を叫ぶなんてたしかに病

気の一種だ。正しい常識は、つねにそれを教えている。即時独立などと生意気なことを云っても、アメリカから離れた瞬間に、その独立は忽ち他の者に併呑《スオロー》される――フィリッピンはアメリカに手を引いてもらわずに独り歩きができると考えるには、あまりに発育不良の子供だよ。わしの考えでは、クイディングズ・マクダフィ法が示す一九四六年に完全独立をゆるすという約束にしても、まだまだ早すぎると思うんだ。わかりやすい話が、対米関係でまずフィリッピンの貿易尻を考えてみても――」

老僕マテオは、かしこまって、旦那の独立尚早論《しょうそう》を聴いていたが、実は上の空だった。それが真理であってもなくっても、いつも判で押したように同じなので、聞き倦きてるせいもあった。

「ペドロの奴――」とハイドはまた喋りだした。「このわしまで口説き落そうとしたんだから他愛もない奴さ。牢に入っていたくせに、その居所は知らせず、おそらく同じ仲間の党員の手を通して、わしの所へこっそり手紙を、わしの子供と明記してよこしたことがある――なアにそんな古い話じゃない。ついこの間のことだ。ほら、お前が、ルネタ広場でアニセタに会ったとか云っていた、あれから間もないことだった。それで、わしはお前にペドロの行くえを探させたんだ。とにかくその手紙の文句がだな――振《ふる》っていたよ。――一種の陳情書で、このわしをフィリッピン即時独立運動に加担させ、わしの友人の弁務官に働きかけさせて、ワシントンを動かそうという、どえらい目論見《もくろみ》なんだ。常識のある紳士なら誰が真面目に受けとるもんか、即時独立に賛成するのはキューバの砂糖屋ぐらいなもんだ。あっちの砂糖業者は商売仇のフィリッピン糖が、独立とともに、高い関税を払わなければアメリカに輸出できなくなるから、あちら側としてはずっと競争が楽になる。その点を狙っているんだ――わしは砂糖屋じゃないからな。フィリッピンの独立は、おそければおそいほどいいという意見をかえることはできないんだ」

老マテオは旦那のいうことなんか半分も聞いてやしない。

月の明るい庭先きの草むらから流れるように虫の声が湧いてくる。

自分の老いぼれた影法師をみつめていると、なんとも云えず悲しくなってくるのだ。たとえ、刑務所の病監で野垂れ死にしたところで、混血児のペドロの方が、はるかにフィリッピノらしい生き方をしたわけだ。俺は詰襟のお仕着せをきせられたまま、三十年も何もせずに暮してきたが、こんなにもひどく疲れてしまっているのだ。

「オイ――じいさん、お前は立ちながら居睡りでもしているのか?」ハイドは立ち上って、「わしもそろそろ睡くなった――とにかくペドロの問題が片づいて一安心した。あの軀じゃ、独立のなんのと騒ぎ立てるより、早く天国へ行った方がいいにきまっているからな――どれ寝床へ引っ込むことにするか」

ハイドが就寝の際は、きまってマッサアジをマテオはやらされる。寝室に入って、ねそべった旦那の白い軀を、扱い馴れた老僕の浅黒い手が心よく揉みほぐすと、そのままトロトロと睡りに入るのだ。

金網ばりの窓の外を、大きな蛍が、呼吸《いき》をするように明滅しながら流れていくのを見ていると、とつぜん裏口から厨房《キッチン》の方へ通う扉が、微《かす》かに軋んで開いたような気配がした。

マテオ老人は、まだ戸締りしていなかったことを想い出し、ハイドの寝室を脱けだして、階段をおりると、裏口の扉が半びらきになっているのが見えた。それが区ぎり取った空間に、人影がはめ込んだように立ち塞がっていた。

「お前は誰だ?」《シノバカヨ》

老僕は英語ではなしに、思わずタガログ語で誰何《すいか》した。

「じいさん――妾だよ――アニセタ」息を詰めた、力のこもった囁きが夜気の底を流れた。「いるかい――旦那は」

黒蠟のようなピカピカしたアニセタの肌は、いちめんに汗を噴きだしていた。

「旦那か――旦那は今寐ついたばかりだ。なにか用があるのかね。用があってもなにしろ寝入りばなだから、なかなか起きやしないぜ」

アニセタは、しかし、マテオ老人の言葉なんか、一向気にも止めない風で、裸足のまま階段を上っていこうとするのだ。

「おい、アニセタ――やたらにのぼっていっちゃ困るなア――」

と追いすがるように云って、そのとき、老僕の視線は、アニセタの右手にきらっと閃くものをみつけた。

「ア、アニセタ――お前、短剣《クリス》なんか持って――」

歯の抜けたマテオ老人の口は階段上のアニセタの背中にむかって開かれたまま、顎骨がビリビリと痺れてろくに声もでなかった。

アニセタは見咎められても、波形の短剣の切尖《きっさき》を敢えて隠そうともしなかった。しかし、これ以上、マテオ老人に騒ぎたてられては困ると思ってか、彼女は、再び、足音を忍ばせるようにして、ゆっくり階段を下りてきた。

# 三

フィリッピンにおいて、もっとも文化的（?）な施設は、マニラ刑務所の死刑用具すなわち電気椅子である。

東洋諸国で電気死刑《エレクトロキュション》の椅子を持っているところはマニラ市以外にはない。独立を与えるにはすこぶる渋りがちであった米国が、電気椅子を、いちはやく、フィリッピンへ輸出することを許したのは、アングロサクソン式の人道主義の真の姿を伝えるものではなかろうか。

さて、医師ハイドは、猾友たる刑務所長に案内されて、彼の混血児ペドロの様子を、それとなく垣間見るためにマニラ刑務所を訪れたのである。

芝居がかりな親子の対面などは、もっての外だと、ハイドはひどく嫌っていたし、もとより、二十年まえの青年ハイドが、蛮地フィリッピンにおける有りあまる冒険的征服慾が溢れすぎたために蛮婦狩りをしたからといって、その結果について、終生責任を負わなければならないなどとは、およそ考えたこともなかった。

ことにペドロは、アメリカ人の血を引いてる混血児であるにもかかわらず、普通のメスチザと違って、アメリカの施策に対して、歯を剝きだして咆えたてる密林《ジャングル》の子としての性格を失わずにいるのだ。

だから、医師ハイドは、微塵も感傷的な心情などは持ち合せていなかった。むしろ嫌悪と憎悪とが先に立っているだけであった。

この可愛げのないサクダリスト（比島愛国党員）気取りのペドロに対しては、普通の刑務所見学者としての冷然たる一瞥を、彼の独房に投げてやればいいのだ。

男囚の作業場で、ペドロは、なかなか熱心に、課せられた労役である家具の製作に没頭して吾を忘れているように見えた。

ハイドは帰宅後、老僕のマテオに、ペドロは、手のつけられないまでに猛烈な結核に侵されていたなどと、まことしやかに話したけれど、事実はまるで反対で、ペドロは、いかにも土着民の子らしく隆々《りゅうりゅう》たる筋骨と厚い胸板を持っていた。

参観者の一行が囚人作業場の窓際を通りかかったとき、ペドロはそのなかに医師ハイドがいるのを見つけ、ふらふらと立ち上った。

この一瞬が、あとにも先きにも、ハイドと顔を見合せたただ一回だけの機会であったにも拘らず、ペドロは、どうしたわけか、ちゃんとハイドその人を見わけていたのである。マニラ市の有力者としてハイドの写真が、新聞紙上に掲載されるようなことは、別に珍しいことではなかったから、或いはそうした関係で、ペドロの方では、あらかじめ研究ずみであったのかも知れない。糞落着きに落着いていたつもりのハイドも、これには少々度胆《どぎも》を抜かれたかたちであった。

ペドロは、家具に塗りつける塗料の刷毛を、かなぐり捨てて、作業場のコンクリの床に、ジャリジャリと鉄鎖を引きずってきて、それを限度まで伸ばしきってピンと張りきったまま、看守の制するのも聴かず、ハイドを見据えて叫びだしたのである。

「ミスタア・ハイド」

「ミスタア・ハイド」

囚人作業場の天井にガンガン反響するその懸命な叫びには、さすがのハイドも一瞬顔色を変えた。あえて、明らさまに父と叫びかけてこない点に、いくらか謙虚なところがあったにしても、ハイドとしてはもうこれ以上、我慢がならなかった。

「比島独立のために——」

囚人ペドロは、なおも激しく訴えようと喚《わめ》きたてたが、ハイドは耳を覆って、そこを通りすぎたのである。

所長室にかえってくるとハイドは、日頃の艶つやした明るい表情を取り戻していた。そうして、彼は、激情や昂奮を雑《まじ》えない冷静な医師らしい断乎とした口調で、親友である刑務所長にすすめた。

「あの囚人は速刻電気椅子で坐らせるべきですな」

「電気椅子？」所長はいささか戸惑いしたらしかった。

「だって、あの囚人は、あと二年三ケ月ほどで刑期が終ることになっているのだから——つまり罪歴もその程度のものなんだがね」

「いや——これは医師として忠告だ——あの種の喧燥は、アモック（南洋土着民特有の狂暴性の精神病発作）の前駆症と見ていい。集団発狂《アモック》でも引き起されて、刑務所全体が収拾のつかない混乱に陥るかも知れない危険を考えたら、刑期になんか拘《こだわ》ってはいられまい」

所長は、医師ハイドのもっともらしい忠告を言葉どおり取上げたわけではないが、なんとかして、混血児ペドロを抹消しさえすれば、ハイドにとっては後くされが無くなることだぐらいのことは、所長も察していた。それから、所長にはもう一つの興味、つまり新着電気椅子はまだ使われずにあったが、この「天国へのぼる梯子の最初の一段目」を実際に使ってみたい興味が、なかなか強かった。——結局、所長は医師ハイドの進言にしたがった。

かくて、ペドロは刑務所内で、悪質な暴動計画を企みつつあったということが、新にその罪歴に加えられ、ついに彼の電気処刑《エレクトロキュション》が、しごく簡単に執行されたのである。

刑の執行八時間前に、死刑囚は希望にしたがって、(もちろん十人が十人それを希望する) 麻酔をほどこされることになっていたが、ペドロに限って、自らそれを拒否した。命数の尽きる瞬間まで、比島の即時独立を要求して叫びつづけたペドロであった。

このことの真相に関するかぎり周到に隠匿されていたはずであるが、それが意外に早く漏洩してしまった。少なくともアニセタをはじめ旧サクダリスト関係の一部には筒抜けにわかってしまったらしい。

アニセタが、ハイド旦那の寝室へ通ずる階段をのぼりかけて引返したのは、老僕マテオの無用な邪魔立てを封ずるために、一通り事の真相を打ちあけて納得させておく方がいいと思ったからにほかならなかった。

## 四

アニセタの短剣は柄もとおれとばかり、ハイド旦那のパジャマにくるまれた背中を寝台に縫いつけたまま発見された。

アニセタはもちろん、マテオ老人の姿も当然見当らなかったが、あれほど無気力に見えた老僕も、この復讐に一役買ったことは疑う余地がなかった。

ハイドの硬直した手の握拳《にぎりこぶし》を解《ほど》いてみると、マテオ老人のお仕着せの胸元から引きちぎられたらしい真鍮釦が一つ、きっちりと握りしめてあったそうだ。これによって、つまり、この老人は、あばれるハイドを必死になって押えつけておいて、アニセタに、思いきり復讐を遂げさせたその時の光景が、ほぼ想像されるのである。

間二日おいて、アニセタもマテオ老人も、同時に捕えられ、結局、混血児ペドロとひとしく、ともに電気椅子のうえで、落命した。

しかし、両人にとって、電気椅子が、皮肉な意味ではなしに、まったく「天国へ上る梯子の最初の一段目」であるかのように、椅子のベルトでくくられていながらも、妙に愉しそうであった、という。

ことに、マテオ老人であるが、彼には、もはや、毛の抜けた鶏のような老醜さの代りに、どこか、洒々落々《しゃしゃらくらく》とした余裕さえ見えていたというから不思議である。電気のかかる瞬間、老人は、六十の年齢には全く不似合なびっくりするような大声で、「マブハイ (万歳)」と絶叫して刑吏の肺腑を刺した。

さて、アニセタが傭われていたエスコルダ通りの日本人家具商中園幸次郎氏は、かねてから南洋系の波形短剣《クリス》の蒐集家であったが、日本軍マニラ占領後、刑務所の倉庫から、アニセタ使用のクリスを、ひどい苦労をして探しだしてもらったのである。短剣としては、ありふれた何の奇もないクリス・ブルロ・テガといわれる種類のものであるが、彼は、独立準備の全く成ったマニラの明るい日ざしに、この三つの紆《うね》りを見せた波形刀身をかざしてみては、おのずから「マブハイ（万歳）」と叫びださずにいられない気持だと、筆者への便りの端に書いてよこしたのである。

# 盲目人魚《めなし》

## 前篇

### 1　谷底館第一夜

　ここに来たばかりの頃は、しじゅう渓流の音が耳について、それが、いつも雨が降っている感じで、気になって仕方がなかったが、二三日もいると、すっかり耳馴れて苦にもならなくなった。

　奥上州の山また山に取りかこまれた、それこそ狐狸が通うといっても言葉のうえだけではなさそうなひどい僻《へき》村《そん》の温泉場である。

　そんな不便な辺僻《へんぺき》きわまるところであればこそ、（実際、地図を見ても、村の名は辛うじて見出せるが、温泉のマークなどは全然ついていない）私はそこに行く気になった。この春から、鉄道が開通し（いや、線路は戦争中から敷かれていたけれど、もっぱら沿線の鉱山や木材会社専用の貨物線であったのが）終戦後、はじめて旅客車が通ることになったので、私は、奥上州の景勝を探ぐる気持ちもあったし、いわゆる吾妻《あがつま》川流域の鉱毒問題についても、素人《しろうと》ながら若干の興味を持っていたので、それについての資料も、もし、できたら手に入れてみたいと思った――しかし、後者はたいしてその目的をはたすことはできなかった。というのは、まったく偶然から、その温泉場で私は実に異常な事件にでっくわし、そのために、すっかり興味とエネルギイを吸収されてしまったからである。

　それは、ちょッと想像もできかねるほど、複雑怪奇な事件だ。（実際、私はこの不幸な戦争を通じて、およそ血腥《ちなまぐさ》いこと、惨酷なことには、いやというまでに見聞し体得もしてきたので、自分の感受性は相当抵抗ができているものと考えていたのであるが、この事件について見ても、私のごときは、まだまだ人間悪の深さに知るところきわめて少ないと告白せざるを得ない）それで、この事件を語るに当っても、私は、その複雑怪奇さの故のみならず、それによって引き起こされた異常な昂奮がまださめきっていないので、事件の全貌を整理して、統一した物語としてお伝えするだけの心理的な余裕ができていないので、それが賢《さか》しいやり方でないにしても、ただ手帳にしるされた未整理のままメモの頁《ページ》を追って、お話するよりほかない次第である。

メモによると、私は、六月×日の夕刻近くこの温泉場に到着している。しかし、予定どおり行けばお午頃《ひる》にはついているはずであった。私は疎開先のS町から朝八時頃、長野原《ながのはら》線にのり、二時間ほどしてA駅で下車、そこからまたバスに二時間あまりを峡谷の山道を揺られていかなければならない。このバスが一日二回しか通わないのだが、始めての私は、勝手がわからず、A駅でまごついているうちに、午前のバスに乗りおくれてしまった。それも、ほんの一二分の差で、逸してしまった。私がA駅でバスの登着場所を訊いて、その地点まで駈けていったとき、バスの後姿を見とめることができたのだが、停留場の標柱の立ててある所に行きついた途端に、バスは走りだしてしまった。

これに乗りおくれると、次ぎのバスまでさらに四時間近くもこの見知らぬ町で待たねばならないことになるのだが、しかし、それほど、残念がらなくてもいいような奇妙なめぐり合わせになっていたのである。べつに急ぐ旅先ではなし、徳川時代からの静けさをそのまま保ち続けてきたような、白壁の土蔵作りの多いこの森閑とした田舎町をぶらついて無聊《ぶりょう》の時間を過すつもりでいたが、その必要もなかった。私は、バスの停留場にたどりついた瞬間から、一人の婦人に注意を奪われていたのだ。

彼女——聖河順子《ひじかわ》——もまた、私と同じく白鶴《しらづる》温泉へ行くために、その停留場に来ていたのである。

彼女はひじょうに美人であった。物語の主人公《ヒロイン》は、一応みな美人であらねばならぬという通俗小説の約束にしたがって、私もまた、彼女を美人扱いにしようというのではない。すでに一言したように、私はこの事件を小説化するだけの余裕をもたない。事件は、あまりにもナマナマしいからだ。要するに、今の所はありのまま申しべるより仕方がない。私のメモには、おそらく、鉛筆を舐めなめ書いたらしく、そこだけ特に際立って濃く「彼女はなかなかの美女、色白く、中肉中背、一見ハッとするような容姿」などと、しるしてある所から見ても、その印象が、相当鮮かで、ことに最後の文句などは、いささか批評の域を脱していて、われながら、気が引ける次第である。

しかし、彼女が、私の注意を惹いたのは、特に美人であったばかりではない。彼女が、私よりも、さきにバスの停留場にいたことは、そこへ駈けつけてゆく私の視野に、バスの後姿とともに、彼女のクリーム色のワンピースの姿も映っていたのであるから、断るまでもないのだが、私が、へんに思ったのは、彼女が充分バスに乗れたはずであるのに、わざと、やり過してしまったことである。私のように間に合わなかったわけではない。間に合っていながら、ふッと心変りがして、バスのステップに足を掛けたくせに、とつぜん、思いとどまった様子であった。

だから、そこには、わざと乗らなかった女と、乗ろうと焦って乗れなかった男とが、取り残されたわけであった。

私は、その場の照れくささを取りつくろうつもりもあって、彼女に、

「あなたはどうしてお乗りにならなかったんです」

と気軽に話しかけてみた。

と、彼女は、びくりとした様子で、私の顔を見た。

「ええ?」と、まごつきながら、

「実は、顔を合わせたくない人が、乗りこんでいたもんですから」と、見ず知らずの男からの不意の質問に、思わず本音をもらしてしまった気恥しさで彼女は顔を赤らめた。

これは、少々、立ち入ったことを訊いてしまったもんだ、と思いながらも、私は持ち前の好奇心を抑えるわけにはいかなかった。

彼女が顔を合わせたくない人?――いったい、相手は何者なのであろう――私は、今しも一本道の村道を、遠ざかってゆくバスの後姿を、瞳をこらして見送った。

ガタガタと揺れながら遠のいてゆくバスの乗降口から、半身をのりだすようにして、こっちを凝《じ》っと見つめている男の姿が、私の眼に入った。――むろん、その男は、ほかの者でもなく、当然彼女を、その灼《や》けつくような凝視でもって見守っていたことは、最早、疑う余地はなかった。

刻々に輪廓がボヤけて行き、その男の印象を確認する余裕などは、もちろんあるはずもなく、ただほんのチラッと見ただけであったが、その男が、顔半分を、片眼だけだして、繃帯していたので、そのことは、遠くからでも、よく目についたのである。

やがて、バスも、それ自身が捲き上げる砂埃りといっしょに、私の視野から、まったく見えなくなってしまった。私は、他事《ひとごと》ながらなんとなく気がかりな、後味の悪い感じであった。あの男――異様な繃帯男――と顔を合

わせるのを避けたこの女の素性も、むろん判らないが、さすが詮索好きの私も、これ以上突込んだ質問もできないので、話題を他へ転じた。

「そうすると、このつぎのバスは何時ですかね」

「今のが、戻ってきてからですから、三時過ぎになりますわ――」

「たまらないな――こんな田舎町に四五時間もほうり出されたんでは――」と私は思わず、独言めいた愚痴がでた。

「やっぱり白鶴温泉にいらっしゃいますの」

私が、うなずくと、

「どこかお悪いんですか」と女は訊きかえした。

「いや、べつに悪いところなんかありませんが、東京で焼けだされたり、その後始末やらで、相当軀も無理を重ねていますから、ここのところ、少しばかり温泉にでもつかってノンビリしたくなりましてね、――温泉も有名すぎる熱海だの箱根だの伊香保なんかは、ただ騒々しいばかりだから、どこか、名の知れてないできるだけ、へんぴな所をと思って、白鶴温泉を選んだわけですが――」

「さあ、白鶴では、そういう意味の保養ができますかしら――あすこは、そりゃ、へんぴはへんぴですけれど」

「というと？――」

「病人でもないかぎり行くところではございませんわ――来ているひとは、たいてい皮膚疾患のひとばかりで、この頃は、とくにそういう病人で混みあっていますの――白鶴は上州の数ある硫黄《いおう》泉のうちでも、皮膚病にはとてもよく利くらしいんですよ――南方や大陸から皮膚病をしょいこんできた復員軍人の方とか、空襲で火傷をされたひととかで、一杯になっていますから、騒々しくないとは云えませんわ――なにしろ病気が病気ですから、見た目もよくありませんし、かえって憂鬱になってしまいますの。とても綺麗ごとの湯治なんかできませんわ――それに、宿屋だって谷底館というのが一軒きりしかありませんもの――やっぱり、ただ保養なさるなら、伊香保とか四万《しま》なんかの方が、よろしくございません？」

これでは私の想像したのとは、だいぶ様子が違っていた。いくつになっても、子供っぽいロマンチックな根性の消え失せない私は、そんなにも辺僻な渓谷の温泉だということだけで、自分勝手な夢をひろげていたのだ。旅館といっても、おそらく百姓家なみのものだろう。そこで、渓流のせせらぎを聴きながら、純朴な山奥の人たちを相手に、湯にひたっていたら、いくらか、気保養にでもなるだろうぐらいに考えていたのだから、いい気なものだった。

しかし、私はべつに失望もしなかった。四万だの、伊香保だのに行先きを変更する気もぜんぜん起らなかった。それどころか、こりゃ、やっぱり白鶴温泉にかぎるという気がしてきたのである。保養などにならなくてもいっこう差しつかえない。保養よりは、おそらく、いい勉強になろう。そういう雑多な病人たちの間で、たとえ二三日でも暮していたら、桃源郷的な夢に酔い痴《し》れているよりは、もっとましな見聞を得ることだろう――と、私は、かえって、乗り気になってきた。

「おそらく、お話どおりに違いないと思いますがね」と、私は彼女に云った。

「しかし、ここまで来て、引ッ返えすのも気がききませんし、とにかく一応白鶴温泉なるものを見ておきたいですよ――それに」と、私は笑いながらつけ加えた。

「お見受け申すところ、貴女だって、べつにどこがお悪いという風でもなさそうじゃありませんか。それでもやはり白鶴へ行かれるんでしょう――」

実際、打ち見たところ、彼女の面《おも》ざしには、やや憂いげな翳はふくんではいるが、すくなくとも皮膚疾患などとはおよそ関係のない、つややかな絖《ぬめ》のような美しい肌色なのである。

「あんなことを仰有って――だって、それは無理ですわ――私は、病人の附添いですもの」

小指で突いたほどの片笑窪《かたえくぼ》が彼女の頬にうかんだ。

「この町まで買物に出てきて、今帰えるところですの」

なるほど、アケビ細工の白い手提籠には、夏蜜柑の肌が覗いていた。

「附添いですもの――いくら気味が悪くっても、辛抱しなければなりませんわ」

「そんなに気味が悪いですかね」

「ええいろいろと――気味が悪いやら、面倒くさいやら――盗難なんかしょっちゅうですの――なにしろ」と、彼女は、ここで、ちょっと嘆息をついて、

「あそこは、ちみもうりょうの巣みたいなところですもの」

「ちみもうりょう？」

私は北叟笑《ほくそえ》まずにいられなかった。こうなると、白鶴温泉はますます桃源郷的ではない――私は、新なる昂奮を感じたのである。だいたい、煩雑な世塵から、しばし遠ざかるつもりの私の逃避的な気持が、ここにいたって、すッかり逆になってしまった。俗悪中の俗悪なものへ、われとわが身を投げ入れてみたい奇妙な心理になってい

たのである。これも掘りさげてみれば根はわがロマンチック精神といくらかツラナリがあるらしい。

——とにかく、私は白鶴温泉にいよいよ足を踏み入れることになった。但し、バスに乗ってではなく、G鉱業の空トラックが通りかかったので、顔見知りの彼女が、乗せてもらうこととなり、私も、厚かましく、便乗させてもらったので、お蔭で三時前のバスよりは、一時間は、たっぷり早く宿につくことができた。

もう石油色のうす闇が、あたりにひろがり出していた。奥上州の山岳地帯で標高が高いだけに、夕ぐれはちょっと肌寒い感じだ。

谷底館と云っても、宿屋の本館は、谷のドン底にあるわけではなく、渓谷の断崖上に、一見宙吊りになったような恰好で建てられていて、いわゆる吾妻渓谷の美観をほしいままにできる位置にあった。ただし、温泉の湯壺だけは湯の湧出《ゆうしゅつ》個所との関係でずうッと下方の、谷底近いところに設けられてあり、そのために谷底館の名がつけられたものらしい。

宿は、満員で、自分だけで、一部屋をせしめることなどは、もとより無理であった。

彼女（聖河順子という名も後になってわかった）とは、宿屋の玄関まで一緒だったが、まさか彼女の部屋までついて行くわけにもいかず、そのまま別れたきりで、何番の室にいるのかさえも見当がつかなかった。

ひょッとしたら、バスで見かけたあのうす気味悪い繃帯男もこの宿屋（ほかには無いのだから）に泊っていそうな気がして、できることなら、私はあの男と合宿《あいやど》になれば、これも一興と思ったが、私が割りこませられたのは、背中の半面を空襲で火傷して療養にきている或る大学生の部屋だった。

「僕は、万年大学生の高麗《こうらい》三吉です。何ぶんよろしく願います」と、しごく気軽に先手を打って挨拶されたので、私の方で、面喰ったくらいである。いかにも気のおけない青年なので、私も、たちまち、寛ろいだ気分になった。彼自身の火傷の方も経過はすこぶる順調で、近々のうち、ここを引きあげてもいいくらいではあるが、と語り、

「しかし、暮してみると、ここは、なかなか好いところですよ——だから、アタフタと東京の焼跡へなんか帰る手はないと思っていますよ——」

云うことが、聖河順子とは、およそ反対であるのには、思わず微笑を誘われてしまった。彼は、順子のいわゆるちみもうりょうなどは、いっこう苦にもしていない様子であった。やっぱり順子は、女だけに、不必要に慴《おび》えて

いるのかも知れぬと私は思ってみたりした。

夕飯をすましてから、私は、谷底の浴室の方へ降りていった。長い長い素木《しらき》作りの階段がジグザグに曲折して、本館の廊下からそのまま客を谷底へと導いて行く。ずいぶん原始的ではあるが、なかなか趣きのある階段であった。階段には簡単に屋根が葺《ふ》いてあり、その両側は開け放し――ただ、丸太をぶっつけたこれもひどく素朴な欄干がついているだけだから、見晴しはよく利く。苔むした岩肌も、谷間を覆うている重畳《ちょうじょう》たる老樹の茂みも、すぐ鼻面《はなづら》に迫ってくるのだ。

私は、湯殿まで降りて行き、硝子《ガラス》戸越しに中を覗いて見たが、東京の洗湯《あらいば》そのままの混雑ぶりだ。それが、みんな皮膚病疾患者ばかりらしいので、さすがの私も、ちょっと辟易して、入浴は、いずれスキの時間を見はからってすることにして、ひとまず引ッかえすことにした。

廊下で、小耳に挟んだところによると、今夜、間もなく、素人演芸会が始まるらしい話であった。もちろん、この谷底館の客たちが憂さ晴らしにやるのだろう。――その時は、おそらく、浴室はガラアキになるだろうから、その間にユックリ湯にひたれるわけだ。

私も、一応演芸会を二階の広間に覗きにいった。谷底館は、それは終戦後の現象ではあろうが、この近在の客よりは、都会地からの療養客の方が、はるかに多い。種々雑多の客ダネのなかには素人ばなれのした芸達者の連中も見受けられた。

いかにも、のんきで愉しそうで、聖河順子が、ここを「ちみもうりょうの巣」のように恐がっているわけが、どうも解せない気もしてくるのであった。と云って、彼女の言葉を頭から否定し去る資格も、フラリと紛れこんできたばかりの私には有りそうもない。――私は、演芸会を中座して、昼間の汗を流してくるつもりで浴室へ降りていった。

案の条、浴室はガラアキであった。

浴槽一杯に、こんこんと噴き溢れてくる湯のなかに、私は首までつかって、しばし陶然としていた。時々、風に乗って、本館二階広間からの演芸会の賑わいが聞えてくる。

「あれは、ジョスラムの子守唄らしい」

そのヴァイオリンを弾いているのは、あの万年大学生にちがいない、と私は思った。彼が、先刻、渓谷を見下ろす欄干によりかかりながら、ヴァイオリンの糸をなおしているのを、私は見かけていたので、ふと思い当ったのだ。浪花節だの端歌だのの間にまじって、大学生の弾くジョスラムの子守唄は、これまた、なかなかの腕の冴えを示して、陰々と闇のこもる渓谷の冷気に美しく浸みとおるのだ。——人の子ひとりいない谷底の湯殿のなかでこれを聞くと、場所が場所だけに、なにか特別の感慨があった。

いや、ヴァイオリンばかりでなく、やがて、それに和する女の歌声も聞えてきた。おそらく最初は尻込みをしていたのを、満座の要求に断りきれなくなって、とうとう引ッ張り出されたものらしい。(この歌い手は、後から聞くと聖河順子であった)彼女の歌いッぷりも、素人の私には、ヴァイオリンに劣らず感心させられた。

それにしても、ここはなんと奇妙なところであろう——こんな山奥の、電燈ではなしにまだ石油ランプを使っているような温泉場で、これほど垢ぬけしたジョスラムの子守唄をきこうなどと思いも染めなかったので、いささか私は恍惚とし過ぎていたのだろう——私はそうやって、いつまでも、いい気になって湯につかっていたので、いくらかのぼせ気味になってきたので、浴槽から飛びだして、湯殿の硝子窓をあけて外の冷気にふれようとした。

その途端、私はギクッとして、その場に立ち竦んでしまった。冷水を浴びた感じとは、まさに、この時のようなことを云うのであろう。硝子戸越しに、外から、こっちを窺っている男の顔を発見したのである。それは、人など立ち寄りそうな場所ではない。辛うじて足溜りがあるとしても、そこは熊笹の密生した巌角《いわかど》になっていて、うっかりすると、脚下の激湍《げきたん》に逆おとしになりそうな危なっかしい場所なのだ。

そうして、男は、まさしく、昼間、バスでみかけたあの繃帯男だったのである。

もし、窓をあけなかったならば、たとえ彼が硝子戸へ鼻をくっつけるばかりにして覗きこんでいたとしても、うかつな私は彼の存在には気がつかずにしまったにちがいない。硝子に石油ランプの光が反射して、内側から外を見透すことはよほど困難であったからだ。

不意に窓硝子をあけられたので、くだんの男は、身を退く余裕は与えられなかった。

「おい——なんだって、こんな所へ、へばりついているんだ」

私は、正直なところ、怖さに舌をもつれさせながらも、こんな調子で、相手をきめつけなければならなかった。

男は、私が非力な青白きインテリの類《たぐい》と見破ってか、べっして、慌てふためいた気ぶりも見せず、何かこう、ほかのことにでも気がとられているような、トボけた様子で、

「たった今、歌ったのは、あれは誰ですかね」

と、視線を、はるかうえの、絶壁上の本館の方に向けて、

「どうも、聖河順子という女の声に似ていますが――この宿には、そういう名の女が泊ってはいないでしょうか」

私は返答に窮した。こっちの詰問などには、いっこう取り合わないばかりか、まったく素知らぬ顔で、女の歌声などを問題にしている――いったい、この男は、どういう種類の男なのだろうか。

私は、いよいよ募ってくる不気味さに気圧《けお》されながらも、相手の顔をまじまじと見据えずにいられなかった。

頭部から左半顔にかけて、印度《インド》人のターバンをずらしたような恰好に繃帯をぐるぐる巻きにしているので、顔そのものは、いわば仮面に近い感じで、正確に相手の人相を読みとることはできなかった。現れた部分だけからみれば、あながち悪相ではない。情況のよくない外地からの帰還者に見うけられるような光沢《つや》の失せた浮腫《むくみ》かげんの肌色はしているが、目鼻立ちも尋常で、むしろ愚直そうな――いや、繃帯を外したら、ガラリと人相が一変しそうな気もして、やっぱり、厭な、不安定な仮面的感じだ。

「妙な男だな――君は――そういう女客が泊っているか、いないかは、帳場へ行って訊けば、すぐわかるこっちゃないか」

私がきめつけると、彼はハッと吾にかえったような、強直した面持ちで、

「それや、そうに違いありませんが――いや飛んだお騒がせをいたしました。それから、まことに勝手な申し分ですが、このことは、ぜひ御内聞に願います」

男はそのまま闇のなかに消えた。

後には笹をわたる風――それに吹きやられるように、鮮かな蛍火がスイスイと流れてゆく。

## 2 大学生の失踪

こんな工合で、谷底館宿泊第一夜にして、私は、早くも、順子のいわゆるちみもうりょう的な何かに触れた感じであった。

ところが――、一週間目に万年大学生の高麗三吉の姿が見えなくなったと思ったら、翌朝、吾妻渓谷の橋脚に、彼の死骸がひっかかっているのが、行人の目に触れたのである。――他殺体であることは明瞭であった。下手人

は全然不明。

この一週間ほどのあいだに、高麗君と、私とは、なにしろ、合宿のよしみもあって、急速に親しくなっていった――もちろん、私としては彼から、いくらかなりと、聖河順子ならびにその良人についての知識を、引きだしたい気持も大いに手伝っていた。

彼女とは廊下ですれ違うこともあったが、通りいっぺんの挨拶をするきりで、彼女の方からそれ以上の親しさを見せるようなことはまずなかった。――何か警戒している――そんな風にひがんで、とれないこともなかった。あの繃帯男から口止めされたからというよりは、私があの一件について彼女と語りあうチャンスを摑めなかったのは、彼女自身のよそよそしい態度のせいでもある。

それに反して、大学生の方は、お互いに長逗留の間柄だから、順子たちとは、私以上に親しいのは当りまえだ。のみならず、彼は、気さくで、話上手《じょうず》だし、順子たちの部屋では大いにモテるらしい。ゆうべはトランプしたの、きょうは蕗《ふき》とりにいくのだなどと、私はしばしば聞かされたものである。

これでは、たとえ、背中の傷がおおかた治ってしまったからとて、この大学生氏は、東京の焼跡などへは帰ってゆく気にはなれぬはずだと、私は苦笑した。

私は、こういう型の大学生をあまり好きにはなれなかった。しかし、好き嫌いにかかわらず、私たちは急速に親しくなっていったのである。

こうした関係をさらに深めたことは、大学生のカメラがなくなり、それを私が見つけだしてやったことなども大いにあずかっていたらしい。盗難に対しては、宿は一切責任を負わなかった。また、実際責任の負いようもなかった。貴重品は帳場にあずけることになっていたのだが、面倒くさがり屋の大学生は、カメラを自分の部屋におきっ放しにし、それを盗まれたのである。

盗んだのは女中のおせいである。そう目ぼしをつけたのは、私自身であったが、それは、いわば怪我の功名に類するもので、べつに自慢する気はないが、この盗難事件をことさらに書くのは、この小事件が大学生の変死とも、あるツナガリを持っているのみならず、この奇怪な物語全体にとっても暗示的なものを含んでいるからである。

カメラが盗まれたとおぼしき時刻には、私も大学生も部屋にはいなかった。大学生は聖河順子夫妻の部屋に行っていたし、私は襖《ふすま》一つへだてた隣りへ行って将棋をさしていた。大学生は私よりも一足さきに自室へ戻ってきて、カメラが無いと云って騒ぎだした。

それはなかなか精巧なカメラで、ことに現在では容易に手に入れることのできないものだから、大学生の口悔しがるのも無理はないと私は思った。

「いや――カメラも惜しいが、中の写しかけのフィルムが惜しいんですよ――二度と写せないものを撮ってあるんだから残念ですよ」と、大学生の口悔しがること夥しい。

「二度と撮れないものって？　――順子夫人の裸体写真でも写したのかね」

私は、ちょッと皮肉ってみた。

「まさか――いくら、なんでも」と、即座に彼は否定したが、否定しながら、彼の顔には、ギクッと狼狽めいた色がひらめいたのを、私は見のがさなかった。

こんなにギクッとするところを見ると、たとえ順子夫人の裸体写真を撮るまでには到らないにしても、彼女と大学生の仲は、相当のところまで進んでいるのではないか、といよいよ私はひがまずにいられなかった。

とにかく、カメラの紛失は、私にも一半の責任がある。私が隣室に将棋をさしにいかなかったならば、いや行ったとしても、襖越しのことだから、もうすこし注意ぶかくあったら、そんなことにはならずに済んだであろう――将棋をさしはじめると、煙草をさかさにくわえる方だから、私には、自室に怪しげな気配がしたとしても、わかるはずもなかった。

その騒ぎで、私は自室によびかえされると、ひとまず部屋の中を仔細に点検した。責任上カメラは、ぜひ探しだしたいと思ったし、また、カメラの中味すなわち「二度とは撮れないもの」を写してあるというフィルム（その被写体は、必ずや、順子夫人と大いに関係があるにちがいない）に、私も、すくなからず好奇心を、そそられたので慎重に考えだした。

が、案外、造作なく、犯人をあげることができた。カメラはケースに入れたまま長押《なげし》の釘に掛けてあったのだが、その釘とならんで、もう一つあった釘の方には、何も掛けなかった。私は隣室にでかける際、自分の上衣をぬぎすてたまま、畳の上に放りだしておいた。それが何も掛けてなかった釘の方にちゃんと掛けてあるのであった。大学生も掛けたおぼえはないという。

私はここで、ふと女中心理というべきものに思い当った。彼女らは女中として物を片づけたり、拭《ふ》き掃除をしたりすることが、殆んど習性化していて、ことに客の部屋に入ってきた際などは、足元にほうりだされたり、丸められたりしてある上衣などを見かけると、日頃の習性から半ば無意識に、掛け釘とか衣桁とかに掛けてしまうのではなかろうか——もちろん、女中にもよることだが、おせいは、ことに几帳面で、そういう掃除癖のある女の一人であった。

部屋は、朝一回だけ受持ちの女中が掃除することになっていて、昼間はやらない。だから、おせいはそんな時刻に掃除するために私たちの部屋に入ってくる理由はないのだ。やっぱり盗みが目的で、忍びこんできたのであろうが、そんな場合でさえも、脱ぎすてられた上衣を、ひろいあげて、ヒョイと掛け釘にかけずにいられない女中的習性を、不用意に示してしまったものらしい。そのために、はからずも、犯人発見のサヂセスションを私に与えてしまったわけだ。それを、思い合せてみると、私が隣室で将棋をさしながら長考してるとき、廊下にむいてる障子の中桟《さん》の細い硝子越しに、おせいの紺ガスリのもんぺ姿がちらッと廊下を通ってゆくのを見かけた気がするのである。

私は「こん畜生」と思うといっしょに、何か可憐な気もしてきたのである。

おせいは、谷底館の女中のなかでも最も器量の悪い娘であった。赤い縮れ毛の、色の黒い、猪首《いくび》のおせいはまめまめしく働くにもかかわらず、朋輩中で、いちばん貰いがすくなかった。

順子夫人を白孔雀《くじゃく》とすれば、おせいは木兎《みみずく》のたぐいでもあろうか——同じ谷底館のうちに、美醜両極端の見本を眺めて、私はこの木兎のうえにも、べつの意味で心が惹かれた。

だから、私は、この一件はできるだけ穏便に処理してしまいたかった。

私は、裏庭から洗濯物の取りこみをすませて上ってくるおせいをそ知らぬ顔で、小暗い廊下の隅に招きよせ、静かに彼女の肩に手をおいて、

「おせい——高麗さんの写真機はすぐ出しちゃった方がいいよ、——今のうちなら、まだおそくないんだから——」

はじめ、おせいの小柄な軀に、強靱な力がこもって、キッと反抗の気勢を示すかに見えたが、彼女の目が私の視線と合うと、彼女は急にガックリと首を折って、さめざめと泣きだした……。

こんな次第で、案外、手軽に、写真機を取り戻すことができた。しかし、問題はこれで、解決したわけではなかったのである。

中のフィルムがすっかり駄目になっていた。写真機など扱いつけないおせいが、おそらく出鱈目にいじくり廻わした結果だろう。フィルムは全部光線をかぶってしま

っているのだ。――「二度と撮れない写真」――これは、大学生は、むろんのこと、私自身も大いにアテにしていたところのものだった。

　カメラを取り戻してやった御手柄を主張して、ぜひ、そのフィルムに封じこめられた秘中の秘を覗かしてもらうつもりでいただけに、私はすっかり拍子抜けがしてしまった。

　大学生にいたっては、なおのこと、不機嫌になっていた。いや、不機嫌というよりも、もっと悲愴な深刻な顔つきをして黙りこくっていた。

「そんなに考えこまなくてもいいじゃないか――カメラが戻ってきたんだもの――カメラさえありゃ、どんな写真だって写し放題じゃないか――何もそう腐らんでも」

　私が、なぐさめ顔に云っても、大学生は返事をしなかった。ごろん、と引ッくりかえったまま、やたらに煙草ばかり喫《ふ》かしていた。

「いずれ、モデルは順子夫人なんだろう。あしたにでも、また撮り直せばいいじゃないか、――どんな姿勢《ポーズ》でもつくってもらってさ」

　大学生ともあろうものが、これしきのことで、あんまり考えこんでいるので、私はからかってみたくなったのである。すると、大学生は、むくりと起きあがって、

「三好さん（私の名）は、どうも思いちがいをしているらしい――僕は順子夫人の写真なんか事実一枚もとってやしないんですよ――」

「じゃ誰の写真かね」

「それが、三好さんの前に言えるくらいなら苦労は無いんですがね――とにかく、あのフィルムで写したものは、ある重大な犯罪関係の資料ですよ」

「犯罪関係？」

　私は思わず釣られて問いかえした。

「そうですよ――それから三好さん」と、大学生はそう一段と声を低めて、私の顔をジイっとみつめた。

「おせいが、僕のカメラを盗んだのは、一見、貧乏人の娘の一時的な出来心のようにも考えられますが、事実は、ひじょうに計画的になされたんじゃないでしょうかね――僕は、今ふッとそんな気がしてきたんですよ」

「というと――」

「つまり、盗むのはカメラが目的でなく、中のフィルムであったんですよ。云いかえれば、フィルムに収められた犯罪資料を抹消することにあったんです」

「――」

「おせいの出来心なんかではなく、おせいは、ただ操

られた人形にすぎない、――おせいの背後には黒幕がいる――僕はそう睨んでいるんですよ」

「その犯罪なるものは、いったい、どういう質《たち》の犯罪なんかね」

「まだ、それを云う時期じゃないんですが、――相当、悪質な犯罪が、あの白孔雀夫人をめぐって企《たく》まれつつある――僕は、それを突きとめたい、ばっかりに、こんな山ん中の温泉場でのらりくらりしているんですよ――まァ、今のところは、その程度のことしか、申上られませんね」

　これまで、オッチョコチョイのようにばかり思っていた大学生が、案外、一癖ありげな口ぶりなので、私は、頼もしく思うと、いっしょに、何か不気味なものすら感じた。

　自分の家にいる時は、私は夜ふかしの方であった。それが谷底館に来てからは、早寝の方針に変った。というのは、私は昼間は、浴槽が混むので、一ト寝入りしてから、つまり夜なかの森閑たる時刻に入湯することにきめていたからである。

　その晩も、私は宵の口から寝床に、はいっていた。いつもと違って、すぐとは寝つかれなかった。

　耳馴れたはずの谷川で鳴るせせらぎの音が、妙に、神経につきまとった。やっぱり、カメラに係わる大学生の話が、私をかなり昂奮させたと見え、寝つきが悪くなっていたのだ。

　それでも、ウトウトしかけたとき、先刻出ていった大学生が、戻ってきたので、私は、またポカリ眼をあいた。

「オヤ、まだ、おきていたんですか――」

と、云い、大学生は私の枕元に胡座《あぐら》をかき、昼間の吸殻を、パイプにつめ直して、喫《す》いだした。

「おせいを探すつもりでしたが、ちょッと見当らないんでね――フィルムについての取り調べは、明朝《あした》にしましたよ」

　そう云いながら枕元の煤ぼけた台洋燈《ランプ》の芯を少しばかり出した。あたりは、ほの黄いろく明るんだ。

「三好さん――」大学生は、何か想いだした様子で、

「ドッペル・ゲエゲン（二重人格）って奴は、実在するんですかね――つまり、同一の人物が、同じ時刻に、違った場所に出現するなんてことは、あり得るんですか」

「まさか――」と私は打ち消しながら、大学生が、なぜ、今どき、そんな非物理的な愚問をもちだしたかが気になった。

「もっとも、外国の本なんかで、そんなことを読んだ

おぼえはあるよ――たとえばだね、全然同一の人物が、伯林《ベルリン》のフリードリッヒ・ストラッセを歩いていて、しかも同時刻に、巴里《パリ》のカルチェラテン街をぶらついていたなんて式の怪談的現象をね――そんなこと、しかし、今、なんだって問題にするんだい」

「べつに問題にするってほどのことでもないんですが、ただちょっと――」

と、大学生が云い淀んだが、また何かをしゃべりだそうとしたときに、誰かが廊下をしのびやかに歩いてくる気配がして、それが私の部屋の障子際に、しゃがんだ様子であった。

「おせいでございます――」

聞きとれないほど低い――一生懸命に息を詰めた声が障子際からしたのである。

「すみませんが、ちょッと高麗さんに――」

泣き入るような声なので、あとはハッキリ聞えなかった。なにかフィルムの件でおせいから大学生に話があるらしい――大学生は、廊下に出てゆき、何か首肯《うなず》いていたようであったが、そのまま二人連れだって足音は遠ざかっていった。

それッきり、大学生は帰って来なかった。永遠にである。もっとも私は、大学生が、フィルムについて何か新事実を確めて、いずれ引ッかえしてくるものとばかり考えていたのであった。

私は彼が出ていって、暫くしてから（たしか、もう十二時近かった）谷底の湯殿へ降りていった。

だが、この晩は、湯に浸ってるというよりは、あれこれと、とりとめもない考えごとに浸っていた、という方が適切だった。

湯殿には、熱《あつ》カンと緩《ぬる》カンと称する二つの浴槽が、ならんでいた。私はぬるカンを一浴びしてから、流し場に、のびたまま、天井から吊された洋燈の尻を眺めながら、考えごとに熱中していた。漫々たる浴槽からは、絶えず湯が溢れ出て、流し場にねそべっている私の軀を洗ってくれるので、この上もなく具合がよかった。だから、どんな風に寝ころんでいようと、一向人眼を気にしなくてもいい深夜の入湯を、私は狙わずにいられない次第である。

しかし、頭のなかは、それほどノンビリとしてはいなかった。なにしろ、この一週間の出来ごとを想えば、わからないことだらけである。とにかく、この谷底館には、何か奇怪な良からぬことが進行中のようである。しかし、私には、いっこうその本体がつかめないでいるのだ。繃帯男の出現、大学生のフィルム消失の件、彼の呟いた「二重人格《ドッペル・ゲエゲン》」とは何をさすのか——どれもこれもバラバラな断片的なものばかりであるが、これらは、いずれも聖河順子と糸がつながっているもののようである。

これらの事どもを、個々に解こうとしてもむだなことだ——聖河順子の本体をハッキリ摑みさえすれば、おのずから個々の謎が解けてきそうだが、さて、彼女と同じ旅館に泊り合わせながら、彼女については、充分知っているとは云いかねるのだ。むろん、大学生から聞き出せるだけは聞いてみたが、それとても、当り触わりのないことだけのようだ。何かギュッと急所をつかみたいものである。

——彼女の附添ってる皮膚病患者というのが、つまり、彼女の夫で、このほど大陸から帰った復員軍人である。（しかし、大学生の報告によると、両人は出征前から許婚《いいなずけ》の間柄であったが、復員したばかりだし、病気療養中でもあり、正式の結婚手続は、まだ挙げていないので、順子は夫の姓を名のっていない。彼は鴨志田信一という）年齢は二十八歳、帝大出の工学士、苦味《にがみ》の利いたなかなかの美《い》い男で、順子とは似合の夫婦だそうだが、私は、その男と、まともに顔を見合したことはまだなかった。ただ一度、順子とつれだって二階の階段をのぼってゆく後姿をちらりと見かけたことがあるきりだ。——この鴨志田君とも、もっとよく知りあってみたいものだ。

彼の病気は悪性の疥癬《かいせん》だったが、この頃では、あらかた、癒ってしまったらしい——彼が、まだ逗留しているのは、再度の憂いを根絶やしするべく、この際徹底的に治療するつもりだから、とも云い、或は、この温泉場から、あまり遠くないところにある硫黄や、鉄鉱の山々をS鉱業会社から買収する計画を煉っているためだとも云われていた。——若いに似合わず事業家肌の男らしい。これらの資本金などは素封家《そほうか》の順子の実家から出るとの噂さもあった。

私が順子夫妻について聞き嚙ったのは、この程度のことで、それだけではなんとも物足りない。もっと、ぐっと掘りさげた知識がほしい……私が、こうして、あれこれと胸中に去来する思いを追ってる最中に湯殿の戸が、ガラリとひき開けられた。

「おや——こんな深夜でも、湯に入りにくる客があると見える——自分ばかりだといい気になっていたのに——」

私のやや虚をつかれた形のところへ、男女一組の輪廓が、モヤモヤした湯気のなかに立ち現れた。それが、思いもかけず順子夫妻の姿であった。

## 3　インテリの刺青《ほりもの》

やア――これはお珍らしい、とでも云って、私は気軽に挨拶すべきであった。それを、どうしたものか、云いそびれてしまった。順子夫妻が私の存在にまるッきり気がつかなかったので、挨拶のキッカケを逸してしまったのだ。――私の黙想に浸りきって、寝そべっていた流し場は、ぬるかんの浴槽の、ちょうど蔭になっていて、私の軀は、その縁《ふち》にかくれて見えない。それに吊ランプの佗しい灯影のことだから片隅に横になっている私の姿など、いいかげんボヤけていて、いきなり入ってきたのでは、ちょっと気がつかないのも、もっともである。

私は今さら、名乗るのは、間がわるくなってしまった。ことに、裸の順子夫人の不意を衝《つ》くことは、先方よりも、こっちの方が気遅れのすることである。

私は、横着をきめて、見つかるまで、空トボケることにした。

私の眼には、彼らが立ってるときだけ、その背から上の部分が見える――順子夫人が熱かんから上ったとき、その玉のような肌も、湯の雫で濡れ光り、ちらりと私の窮屈な視野をよぎった。

「熱かんは、たまらないわ――熱すぎて、やっぱり、ぬるかんの方がいいわ」

「そうだろうよ――順子さんは冷血動物だからな」

私は、鴨志田なる人物が、彼女を、さんづけにして呼ぶのが可笑しく響いたが、それは、まだ正式の結婚手続も終了せず、呼ぶ名にしても、許婚時代の習わしが、まだ打ちきりになっていないせいだろうと思った。――彼女は、熱かんの浴槽から、ぬるかんの浴槽へと移ってきた。こりゃ、拙い、――見つかるかな、と私はヒヤヒヤしたが、しかし、やはり気がつかれずにすんだ。

「冷血動物でもいいわ――やっぱり、ぬるかんの方が性にあってるわ」

そういう順子の後を追って、鴨志田氏も結局、ぬるかんに移った。

私はこの時、まともに、鴨志田信一の顔を見る（ごく短時間であるが）チャンスをはじめて摑んだ。むこうからはわからないが、こっちからは、よく見えた。――ランプの光線のいちばん明るい部分に、彼の顔がさしかかった瞬間をとらえたからだ。

なるほど、ちょいと小粋《こいき》な顔だ。この程度なら美男の部類かも知れない。しかし、――と私は考えた。深夜の浴槽で、憚るところもなく、夫婦仲のいい光景をみせつけられたせいでもあろうか、美男は美男でも、どうも少少、品のなさすぎる二枚目という感じがした。しかし、これで、真面目に取り澄ましていたら、有能な工学士としての印象も甦ってくるのだろうが……。

待て、待て――私は、どこかで、見たような顔だと思ったが、しかし、どうしても、想い出されなかった。或は、単なる私の錯覚であったかとも考えた。

それから、彼について、私はさらに新なる発見をした。彼はぬるかんの浴槽に入ってきて、私の視線に対して、都合よく後向きになった。そして肘を湯ぶねの縁においた。――背なかから右腕の上膊部にかけて、おのずから私の目に入るようになった。

その上膊部に、斜うえからランプの光が落ちていて、私は、ゆくりなくも、その肌のうえに一ト所だけ刺青らしいものが描いてあるのに気がついたのである。――その図柄が何んであるかは、私の位置からは確めようはなかった。……何にしても意外な発見である。

「疥癬の方は、もうすっかり、よくなったわネ――」

順子が、鴨志田信一の肌を打ちながめながら、云ってるらしい声が聞えた。(私の方からは順子の姿は、ぜんぜん見えない)

「ああ、お蔭でね――しかし、こっちの皮膚病の方は、ちょいと癒りそうもないなア」

はたして、彼も、右腕の刺青は、相当気になるらしく弱音を吐いた。

「だから、そんなイタズラをしなければよかったのに――そんな立派な腕に人魚の黥《いれずみ》なんかするんですもの、――戦争心理なんて、まったく常識外れね」

「そうだよ――どうせ、生きて還れるって気がしなかったからネ――やることはいずれも衝動的で、みんな常識外れさ。あっちにいた時、器用に入れ墨をやる中国人の老頭児《ラオトオル》がいて、それの所へ戦友が、ちょくちょく通っちゃ、出征記念とかなんとか云って、簡単な刺青《ほりもの》をしてもらってきたんだ――僕の戦友は威勢のいい鯉をほってもらったが、僕は、鯉なんて泥臭い、いっそ人魚にしてくれってね――今から、考えると、まったく無茶だった――インテリだって、刺青ぐらいやれるぞって、妙な強がりもあってね。要するに自暴《やけ》を起して、向う見ずになっていたわけさ――それが、どうやら生きて戻れると、疥癬よりは、むしろ、この人魚の方が気になるよ――」

へえ、人魚の刺青をしてるのか――なるほど、そいつは、おなじ刺青でも、くりからもんもんなどにくらべると、洒落てるにはちがいない。――しかし、帝大出の工学士としては、なんと云っても柄が落ちることとなる――私は、流し場の片蔭に、窮屈に首を縮めながら、彼の右腕に改めて、好奇の視線を走らせずにいられなかった。

「――その刺青をなさるとき、わたしのことを考えて下さらなかったの?」

順子は指先で、湯水を弾きながら、不平がましく云う。

「それや考えたよ――考えないなんてことがあるもんか――考えすぎるほど考えて、あげくのハテのことだよ。とどのつまり何もかも忘れてしまいたくなるんだ。絶望のその日その日を、何か気狂《きちが》いじみたことでもして、まぎらわすよりほか、手がなくなるんだよ――こんな気持わかってくれるかい?」

「わかるような、わからないような――」

順子は、鴨志田の問に答えながら、湯のなかに肩を沈めた。「でも、戦争の、そういうヤケのヤンパチの気持なんか、戦争にいった人でなければ、ホントにわからないかも知れないわネ」

「しかし」と彼女はさらにつづける……。

「貴方は、出征前と違って、ずいぶん積極的になったわ。だって、出征前は硫黄の採掘なんか、慎重を期して、なかなか着手しようとしなかったじゃありませんの、――鉱毒が流出して、吾妻流域の農民たちに損害をかけると、ウルサイからって――こんどは、ちっとも尻込みなんかしないで……」

「そりゃそうさ――調査した結果、べつに尻込みする必要がないとわかったからさ、硫黄を採らなくたって、鉱毒は雨水にとけて、山の肌から自然に流出しているんだよ。山そのものが退《の》けられないかぎり、毒害は、防ぎようがないんだ――つまり自然相手じゃ話にならないから自然の災害を会社の責任に転化していくらかでも損害金をしぼり取って、自分たちの飲代を稼ごうとするのが地元の運動屋の手なんだ。会社から損害金を出したって、それが地元の福利には使われないうちに消えてしまうのが落ちさ――だから、僕はそんなことには神経質に拘《こだ》わらずに、会社は会社でドンドン仕事をする方がほんとうだと思うんだよ」

「それや、そうかも知れないわ――とにかく、前と違って、強引に物を押しきる力が出たのね――それも戦争で鍛えられたせいかしら――それとも、刺青のせいかしら」

「刺青、刺青って云いなさんなよ――まあ、そんなことはどうだっていいさ。なにはともあれ僕は、これからは、高天原《たかまがはら》の夢みたいなことは考えず、万事現実主義でやるつもりだよ」

それから、鴨志田は調子をかえて、

「順子さん――さあ、背中をお貸し、――今夜、僕が洗ってあげるから――今まで、ずいぶん順子さんの世話になってばかりいたからなア」

「あらッ――お天気が変わるわよ――いいのよ、自分で洗うから」

と順子も、いくらか面映《おもは》ゆげな様子であったが、しかし、結局私とは反対側の流し場に順子は坐らせられ、後に鴨志田信一が廻ったらしい。そのような甘すぎる情景も、私のところからは、ただ、彼の肩先が見えるだけであった。

そして……女の背中を流している男の片腕に人魚の刺青がピクピク動く……深夜の、森閑たる谷底温泉の湯殿の隅で、私が、こうした光景を眺めていたとき、もう一人の人影が、同じようにこれを眺めていたのだ。

私が、眺めつかれて首根っこのしこりをなおすために、われ知らず、窓ぎわの方へ頸筋をねじむけたとき、やっぱり窓硝子に吸いついている彼を見た。

先夜の繃帯男を――その途端、私は、まことに、有らぬ疑問を瞬間的に抱いた。

まさか、ドッペル・ゲエゲン――覗いている男は繃帯こそしておれ、現に女の背中を流している鴨志田信一そっくりの顔だちではないか――私は思わず流し場に逆爪をたててガリガリ引っ掻きたいような居たたまれない衝動に襲われた。

# 後　篇

## 1　矢毒とイマジネエション

翌朝、私は、案外、早く目をさました。

睡眠時間は、僅か三時間ぐらいなものだろう。なにしろ、昨夜、はからずも、谷底の湯殿で目撃したあの異常な光景は、場所が場所、時が時だけに、一方《ひとかた》ならぬ昂奮を強いられたのは、どうもやむ得ない。

あの時聖河夫妻が、ぜんぜん私の存在には気がつかず（ああ、しかし、気がつかれないように、浴槽のかげに息を殺して、ピッタリと吸いついていなければならなかったことは、みずから好んで苦行の座にすわった修道僧みたいなものではあるとは云え、今から想えば、いたってわがまま者の私が、よくも、あれだけ辛抱づよく、凝《じ》ッとしていられたもんだと感心する次第であるが）、彼らが湯殿から立ち去ってしまい、それから、あの奇怪な窓際の人物の姿も、それといっしょにかき消えてしまってからも、私は、しばらく、そのままの恰好で流し場にじっと身を横たえていた。つまり、身心ともに、この世ならぬ変てこな呪縛からそう急には解放してもらえないような、何もかもが痺れた状態であった。

湯殿の窓硝子の一枚が欠けていて、そこから、さすがに冷たい夜風が、木の葉を二三枚誘って吹きこんできた。私も、俄に肌寒さをおぼえて、たてつづけに嚔《くさめ》をして、やっとわれにかえって、自室へ戻ったのだ。

それから、夜明けまで僅かに浅い眠りをとることができたが、目ざめてみると、睡眠量の少ないわりに、頭は案外、ハッキリしていた。ぐずぐずしていられない気持だった。大学生高麗三吉が、おせいと連れだって出たまま、それっきり姿を見せないことに思いいたると、これも放っておけない気がしてくるのだ。

これまで、私自身が触れてきた個々の事実は、どれもこれも、幻めいていて、甚だ取組みにくいけれど、とにかく、あの順子夫人をめぐって何か異常な事件が進行しつつあることだけは、甚だ漠然ではあるが、どうやら私にも感得できるのである。――個々のバラバラなこれらの事実をつないでいる一筋の糸を、さぐり当てねばならない。

あの大学生が、あれほど執着していたフィルム――あれは、いったい何を映したものだろうか――それがわかりさえすれば事件ぜんたいの輪廓もだいぶハッキリしてくるのだが……当人の大学生が雲がくれしてしまった今では、文字どおり秘中の秘で、どうにも確めようもない。

――まだ谷底館の客は起きだした気配はない。僅かに調理場の方から、炊事の煙が、ゆるやかに立ちのぼりはじめたばかりだ。寝不足にもかかわらず、私はかなり早起きしたわけだ。

渓流ぞいの草深い小径を、私は、何かしらせきたてられるような気持ちで歩いてゆく。この一週間来、つぎつぎに起ってきた身辺の出来ごとが何一つ解決されず、迷いのいよいよ深まるばかりが、もどかしくってたまらないままに、朝の散歩にでる気になったのである。

あの大学生さえ居てくれたら――そう思いつつ歩いてる私の鼻先へ、（実際、危く鉢合せするところだった）、ぱったり出っくわした男――谷底館の小作男紋さんだった。朝霧にとざされて谷底の方から上ってきたこの男は、すっかり血相が変っている。

「どうしたんだ紋さん？――朝ッぱらから、ひどく慌てくさってるじゃないか」

汗を掻いてるのか、谷底の霧で洗われたのか、てらてら濡れてる顔を男は気ぜわしく私の方にふりむけて、

「おや、八番の旦那ですかい――朝ッぱらから、ほんとに縁起でもねえ話で喃《のう》――ホラ、旦那といっしょの、あの大学生がよ、――えらく怪我しておッ死《ち》んでいるで、おら胆《きも》つぶしてよウ――」

紋さんは、想いだすだけでも胸が悪くなると云わぬばかりに、ペッペッと唾を吐きながら、報告するのだ。

「えッ――じゃ、高麗君が――」

私は二の句が継げなかった。

だんだん話をきいてみると、紋さんは、ゆうべ、聖河順子の夫信一氏から電報を打つことを頼まれたのを、すッかり忘れていて、それを、明け方になってひょいと想い出し、あわてて部落の郵便局まで小半道もあるところを出かける途中、渓流にかけられた橋の橋脚に、大学生の屍体がひっかかっているのを、はからずも見掛けることになったのだ。こうなれば、もはや電報どころじゃない。とりあえず報告だけでもしておこうと途中からひッかえしてきたのだという。なるほど、紋さんは手に頼信紙を握ったままであった。

他人様の打つ電文を、盗み読みするのは、ちょっと後めたかったが、やっぱり読まずにはいられなかった。

電文そのものは、しごく平凡なもので、キユウヨウアリアスユクゴザイタクヲコウ――そして宛名は、東京都本所区向島×丁目一七番地、ナルミセンゾウとしてあった。

「じゃ――こうしよう――この電報は、僕が打ってきてやろう――だから、紋さんは、みんなに一刻も早く知らせるほうがいい、まず最初、駐在の方に報告しておかなきゃいかんな」

私は紋さんにそう云い、近所から自転車を借りて、部落の郵便局へ行って打電してやった。どうも電文を見てしまった手前、打電の役目ぐらいは代って引きうけないわけにもいかない気がしたからである。そして、このことはお互に他言しないことにした。

こんな廻り道をしたので、高麗三吉の屍体発見の現場へ馳せつける時刻は、ややおくれはしたが、この電報の宛名人、ナルミセンゾウの名を私の記憶にとどめたことは、決して、徒労ではなかった。

まァ、そのことは、いずれ明かにするとして、とにかく、不幸な大学生高麗三吉の屍体を目撃した事実を誌しておく方が順序であろう。

私が現場に着いた時は、駐在の巡査や村役場の吏員な

どはすでに集っていたが、谷底館の客たちは、まだ睡っている連中が多いと見え、それらしい人影は、ほとんど見当らなかった。朝霧は淡《うす》れかけていて、大学生の屍体はようやく水から引き揚げられたところだった。

折りしも山の端から、さしのぼったばかりの朝日が、屍体の上に、金色《こんじき》の光をみなぎらした。

「これは、また、なんという莫迦《ばか》げた変りようだ！」

そう、私は口走らずにいられなかった。あれほど明朗快活であった彼を知ってる私としては、実際、これ以外のどんな言葉を口にすることができただろう――清冽な朝の冷気のせいばかりではない。私はぞくッと身を慄わした。

「これは他殺だ！」

と、若い巡査が独り言のように呟いた。頭部はじめ全身に、おそらく吾妻渓谷の奔流に押しながされ、巌角に激突したせいだろう、大小十数ケ所の傷が、見るも無残に、口をあけていた。屍体発見の現場よりは、もっと上の方で渓流中に落ちこみ、それがここまで運ばれてきたものらしい。

これは、正しく他殺にちがいない。誰にしたって、そう判定せずにいられないような傷の現状だった。大学生はなかなかいい軀をしていた。これだけの体力をもっている青年であってみれば、たんに過失による溺死などとは受けとれないのである。

水は殆んど飲んでないことがわかった。つまり川に落ちるまえに、大学生は、生きる力を奪われていたということになる。すでに心臓は麻痺していたわけだ。

「へんな傷だ――ここんところの傷だけは、ちょッと奇妙だ」来合せていた村の嘱託が、屍体の頸筋の所の傷をさし示しながらいぶかしげな口振りだった。それは、巌角による裂傷などと思えない性質の小さくはあるが相当深く抉《え》ぐってある刺傷だった。その種の傷はただひとつしか見当らなかった。だが、それだけでは、致命傷になっているとも思えなかった。

こうなると、より精密な、専門的な方法による鑑定の結果をまつよりほかなかった。

「おや――こっちの手は、何か握っていますな」

ふと、それに気がついて、私は差出口《さしでぐち》をきいた。

屍体の左手は、ゆがんだなりに開いてはいるが、右手は、固く、まるで執念を罩《こ》めた恰好で、ギッシリと握り拳になっている。――さっそく開いてみると、瓶の口の栓みたいなものを握りしめていたのである。

「へえ、妙なものを、後生大事に握っていたもんだなァ――瓶のコロップとは、これやどうしたわけじゃ」

村の巡査は、ちょっと、おどけた口調で云って、小首をかしげた。

なるほど、それはコルクの栓によく似ていて、いかにも軽げな木製の品だった。

しかし、私は、それは瓶の栓ではあるまいという気がした。非常によく似ているが、栓にしては心持ち、円錐形であり過ぎる点に、私は疑いを抱かざるを得なかったのである。

私は名探偵ではない。市井一介の凡庸な小説作者にすぎない私に、特別な推理力や感覚などあろうとは思えない。

私が、屍体の手中にあった一個のコルク様《よう》の木栓めいた物を、木栓以外のものだと考えたのは、それは探偵としての犀利な推理力にもとづくというよりは、むしろ作家として当然持ってる想像力《イマジネエション》のせいに帰する方が私としても気が楽である。

木栓でなければ何か——私は、自分のイマジネエションの赴くがままに、非常に突飛な考え方をした。これは、ひょッとして、吹矢の矢羽ではないか、と考えたのである。私は、これに酷似したものを、南洋民族の土俗研究家である友人の蒐集品《コレクション》のなかで見かけたことがあったからで、その記憶が、たまたま甦ってきたのである。

ボルネオのダイヤ族の使用する吹矢が、所もあろうに、こんな奥上州の山のなかに紛れこんでいるなどと考えるところが、まさに私らしいとも云えるのだ。地道な探偵ならば、そのような飛躍的な想像を、かえって軽蔑するかも知れない——

私も、自分では、そんな風に想像しても、さすがに、人前で、その想像を披露《ひろう》するだけの自信はまだ熟していなかったし、またたとえそれを主張してみたところで、相手にされない気がしたので、黙っていた。

大学生の首筋にある刺傷が、南洋土着民使用の吹矢によるものとすれば、クラーレ毒が、いずれ検出されるであろう。

ボルネオのダイヤ族が使用してる矢毒は土語でカユ・イッポと称する原木から採取され、この猛毒クラーレを竹製の矢尻に塗って、木製の筒から吹くと、二、三十米《メートル》の圏内なら疾走する鳥獣もたやすく射とめることができると聞いている。この竹製の矢の尾端についてるのが、コルクの木栓によく似た円錐形の矢羽で、ごく軽い木で作ったものだ。

おそらく、大学生高麗三吉は、当夜、不意に吹矢で狙撃され、毒矢は首筋に命中した。彼はその毒矢を引き抜いたが、その際、彼は渓流ぞいの岸ぷちにでもいたのであろう、引抜いた矢は渓流に落ち、手中にはこの矢羽だけが残った。だが忽ち、クラーレ毒が神経系統を侵すに及んで、彼もそのまま、激流中に顚落した――こう考えてくると、一応私の想像はなりたつことになる。

しかし、犯人は誰だ？――何人《なんぴと》が、このように陰険兇悪な吹矢などを使用したものであろうか。

私が、勝手に、独りぎめの吹矢問題にイマジネエションを活躍させてる最中を、ポンと肩先を叩かれた。

「御同室の方が飛んでもないことになりましたなア――」

ふりかえると、聖河順子の夫信一氏が立っていた。この人から口をきかれたのは、私としては最初のことだった。谷底館の連中も、だいぶ見物にかけつけて来ていた。

「人の運命なんて、まったくアテにならないもんだと、しみじみ思いますよ――一夜あけると、このていたらくですからね」

私は、そう信一氏に挨拶をかえしながら、この人たちこそ、私以上に、この事件の真相に通じているはずだ、と思い、それとなく顔色をうかがった。

何喰わぬ顔だ――いや、驚いたり、呆れたりしているのは、今の場合、誰にしたって当然のことで、信一氏にしてもその程度の表情はしているが、それだけのことでは、何ものも探しだすわけにはいかない。

だが、信一氏は、谷底館の他の客たちとちがって（他の連中は大部分、起きぬけのまま、顔も洗わずにやってきたとしか想えない寝呆け面が多かったが）、彼だけは、日頃からおしゃれの方らしいが、よく磨きのゆき届いた顔で、朝霧を防ぐために、薄手のレンコートまで羽織っている用意のよさである。これは相当落着いた人物だと、私は思わざるを得なかった。それだけに、何か底知れないものをも感じさせるのだ。

「下手人は誰だと御推定になりますか」

愚問だと思ったが、私は彼に、こう訊かずにいられなかった。

「物云えば唇寒しですよ、――めったなことは云えませんからなア」

あたりを憚るような小声ではあるが、ハッキリした囁きで、私の耳元へ口をよせた。

「おせい――女中のおせいが、行方不明だって話じゃありませんか――何か、これと関係があるんじゃないですか」

「じゃ、犯人はおせいと云うことになりますか」と私は重ねて彼に問いかえした。

「いや、そうせっかちに決めるわけにはいかないが、一応嫌疑がかかるのは当然でしょう」

　私は、それもそうだと頷きかえしたものの、心のなかでは頭《かぶり》をふった。ダイヤ族のクラーレ毒を、おせいなんかがどうして手に入れることができるんだ、――いかに、ほしいままな私のイマジネエションでも、すぐそこまで飛躍するわけにはいかなかった。いや、おせいを犯人だとしてもいい、だが、それには一応の経路が必要だ。彼女は単に操られただけで真の犯人はその背後にあると見るべきだ。そいつが、ダイヤ族の吹矢を仕入れてきた、というのなら話がわかる。たとえば、ボルネオあたりからの復員軍人ならば、クラーレ毒を、ひそかに持ちかえる可能性がないとは云えない。

　だが、クラーレ毒についてのこうした問答は、ただ私の胸中でなされただけで、信一氏との会話には持ちだされなかった。うかつに、こんな話をさらけだして赤恥をかくのは気が利かんと思ったせいもあるが、信一氏なる存在には一応警戒を要するとも考えたからである。

　それというのも、やっぱり昨夜湯殿での鉢合せが、私の脳裡にこびりついているからだ。あの時目撃した信一氏の腕の刺青――順子夫人の背中を流してやるその動作につれてビクビクと慄えていた彼の腕の人魚――これは、ちょいと忘れられないシロモノである。見かけは紳士でも、容易に気がゆるせない感じだ。

　もちろん、順子夫人も屍体見物に来合わせていた。彼女はピンク色の絹合羽《オイルシルク》をまとった姿で、露っぽい草むらの中に、しゃがんで、さすがに顔色は蒼白だった。ハンケチで、口や鼻を押えたまま、しかし、小ゆるぎもせず、じっと大学生の屍体に視線を据えていた。

## 2　桔梗《ききょう》河原

　私は空腹になってきたので宿屋に引き上げた。朝飯をすまして、自室にぼんやり寝ころんでいた。

　あの屍体から、クラーレ毒を構成するアルカロイドを検出することは、私のような素人には不可能なことだ。それはもっぱら、警察当局の専門的な調査に待つよりほかない。いずれ県の警察部から専門家が出張してきて、本格的な調査に着手することだろうが、それまでの空白な時間が、私には待ちどおしくって、やりきれない重荷に感じられた。

　それをゴマかすために、桔梗河原へ散歩にでかけた。と云って、まんざらアテもなく、ただぶらつきに行ったわけでもない。何かこの事件に関聯して拾いものでもあれば、といくらか期待する気も手伝っていた。

大学生が殺される当日の午前中、彼は桔梗河原へ出掛けたらしい形跡があった。あの日、そんなことは、おくびにも出さなかったが、私は彼の靴を見て、そのことに思い到ったのである。

その靴は、私のと並べて部屋の片隅に、新聞紙を敷いてのせてある。履物の保管に宿屋の方では責任を持たなかった。こんな山奥の温泉場でも、時世のせち辛さが浸みこんでいて、履物一足でも目を離せない。盗難をさけるために客は各自に自分の部屋まで持ちこんでおくように宿屋側で勧めるのである。

私は所在なさに、ごろ寝をしながら、目の前の靴を眺めていた。靴の主が、僅か一夜を境いとして、この世の人でないことを想うと、甚だ味気ない気持だった。

宿屋の近ぺんをぶらつく位のことには、一々靴の持ちだしは面倒なので、宿の玄関に脱ぎすててあるちびた下駄とか藁草履とかを借用して間に合わせるのは誰もがやることで、大学生高麗三吉も、殺される当夜、遠くにでかける意志のなかったことは、彼は靴を部屋に置き放しにしていったことでもわかる。

しかし、その日の午前中、彼の靴が部屋に残っていなかったことを私は記憶していたから、その時は、おそらく大学生は、相当遠出をしたものと見ていい――死の当日どこへ彼は出かけたのであろうか――私は、今は亡き大学生の生前の行動について、能《あた》うかぎり、これを追究したい欲望に駆られていたのである。

ひょいと靴をつまみあげ裏返して、靴底を見た。

大学生は、チュウインガム（それはアメリカのリグレイ製なんかではなく、おそらく私製のまがいものだろうが）を口でくしゃくしゃやってる癖があった――そのしゃぶりカスが靴底に附着していた。そればかりか、チュウインガムと一緒に桔梗のちぎれた花弁がくっついているのだ。

「ひょっとすると、三吉先生、桔梗河原へでも行ってきたのではなかろうか」

桔梗河原と云うのは、このへんの部落民が、俗に、そう呼びならしている河原のことで、奥吾妻に流れ込む一支流の川沿いの或る地域をさしているのだ。そこには桔梗が野生らしくもない見事な大輪の花冠をぞっくり揃えて河原一帯に咲きあふれているのだ。

大学生の靴底にくッついた、踏みつけられたままの桔梗の花びらを見ていると、私自身も急に、そこへ行きたくなってきた。宿屋から二キロぐらいもあろうか――私が、その河原についたのはお午頃《ひる》で、人影は見当らなかった。

外光は眩《まば》ゆく、見る人もないのに、花のみ空《むな》しく美しいという感じだった。

私は、寂然《じゃくねん》と静まりかえった桔梗河原を、あちらこちらと、さまよい歩いた。歩きながら、私の思ったことは、大学生高麗三吉は、なんのために桔梗河原にやってきたのであろうか、ということであった。ただ花影に誘われて――とのみ解するのは、あの大学生には、いささか風流ごとに過ぎるような気がするではないか。

ただ、それだけのことに没頭するほど、心理的余裕が、彼にあったであろうか――或る重大な犯罪資料を集めているのだと、熱ッぽい囁きを洩らした彼であったことを想うと、私は、彼が死の当日、わざわざここまで出向いてきたことに、何か特別な意味をさぐりだしたかった。

と云ったところで、それを探りだす糸口が、このままでは、ちょッと見当りそうもない。

「まあ、弁当でも食ってから」

私は花影に坐して（これこそ、なかなか風流ではあるが、それは、とにかくとして）、まず宿で用意してきた握り飯にパクついたのである。

「あ――順子夫人じゃないか」

弁当をたべ終えた私の眼に、紛れもない彼女の姿が映った。ひじょうに、ゆっくり歩いてくる。顔は見えないが、彼女のかざしているパラソルには見おぼえがある。

いちめんに咲き溢れている桔梗のお花畑――そのなかを、強い陽ざしをパラソルで避けて、うつむき加減に、だんだんこっちに近づいてくる順子夫人の姿を、私は憑かれたもののように見まもっていた。

私のいることなどには、まるッきり気がついていない様子だ。

「なんだって、あんなにのろのろ歩いてるんだろう――」

もちろん、花に見惚《と》れてぶらぶらしてるんだと思って思えないこともないが、それだけでは、何かこう腑におちかねる歩きぶりである――ひょッとしたら、何か探しものがあって、桔梗河原まで出むいてきたのではあるまいか。

桔梗以外べつに見るものとてないここで、いったい何を彼女は探すつもりか。

そういう不審な挙動は、彼女自身もまた、白鶴温泉に巣喰う、いわゆるちみもうりょうの同類ではないかとさえ思わせるのだ。

私は、できるだけ姿勢を低くして、むらがり咲く桔梗の花茎を押しわけながら、彼女の方へしのび寄ることにした。もっと近間に行って、彼女の一挙一動を仔細に観察したかったからである。

御苦労千万な話であるが、行きがかり上止むを得ない。彼女との間には相当の距離があって、その間を潜行することは、考えたほど楽ではなかった。

一輪二輪の桔梗の花香は、仄かなものだが、群生する花のなかをもぐって進むとなると、その花香が芳烈という以上にどぎつい匂いとなって、しかも、それがムンムンする草いきれと一緒に、全身をつつむから、なかなかの苦業だ。

しかし、それも無駄ではなかった。私は、思いがけなくも貴重な拾いものをした。二つの拾いもの――その二つとも、草むらに潜りこんだおかげで見つけることができたのだ。写真器のリリーズと、手紙一通――いずれも、私をして、事件の中核にむかって数歩前進せしめることに役に立ったのである。

写真機のリリーズは、これはどうも、例の大学生が落したものらしかった。彼は、私が靴底の附着物から判断した通り、昨日午前中やっぱり、この桔梗河原へやってきたのだ。しかも写真機を携えて――何を写したかが問題である。その被写体が犯罪資料の一つであったことは、彼の口裏からも察せられることだ。が、桔梗河原に、どんな犯罪資料がころがっていたというのだろう――それを写したばかりに、命を狙われた彼ではなかったか。

もう一つの手紙――この方は、リリーズの落ちていた場所から、さらに五米ばかり離れて、桔梗の群生している地面がそろそろ終って、花影から清流の水面がチラチラ光って見えるへんで、拾いあげたものである。

この手紙は聖河順子にあてたものであった。これが落ちているところを見ると、彼女自身も、おそらく昨日（というのは手紙の消印から判断して）、ここへやってきたものと考えられる。――大学生とつれだってか、或は、べつべつにか、そのへんは判らないにしても、とにかく彼女はここへ姿をあらわしたのだ。

私は、かがみこんだまま、すでに開封されてあるその手紙の内容を一瞥した。

私は、思わず唸ってしまった。――たった便箋一枚に、それも、ただの一行しか書いてないのだ。

（奥さん、もう一匹の妖魚を探しなさい）――ただそれきりだ。封筒にも中にも差出人の署名もない。読む人が読んだならば、或はわかるのかも知らないが、形式からみても尋常一様の手紙でないことだけは確だ。

ただ妖魚という字を読んだとき、私に、ピンと応ずるものがあった。――妖魚とは人魚を指しているにちがいない。刺青の人魚のことを――深夜の浴室で、かいま見たあのぶるぶると慄えていた腕の人魚のことを……

しかし、もう一匹の妖魚とはどういうつもりか、或は、同じ人魚の刺青をした人間がもう一人いるということになるのかも知れないゾ……

ここで私は、思考の当然の結果として、あの谷底温泉の浴室で、ぴったり窓硝子に顔をくっつけていた奇怪な人物が想いうかんだ。二重人格かと疑いたくなるほど、同じくあの浴室に居合せていた信一氏その人と酷似していた窓の男、――あの男の腕にも人魚の刺青がしてあるのではなかったろうか、何もかもそっくり、腕の刺青までも……

おそらく、あの男は、信一氏と酷似しているのを利用して、何か良からぬことを企らんでいるのではないか、――「もう一匹の妖魚」こそあの怪人物にほかならない。つまり手紙は、それを警告しているのだ。「もう一匹の妖魚」を探しだして、身に迫る危険を未然にふせげ、と。

いずれにしても、相手は、よほど悪質な奴に違いない。おそらく、大学生高麗三吉も、「もう一匹の妖魚」に関する犯罪資料を手に入れようとして、遂に、妖魚の奸計に陥ちたのであるまいか。その妖魚は、昨日、桔梗河原を徘徊しながら、何かを画策していたのかも知れない

……こんな風に、私のイマジネエションは、ほしいままに脳裡を駈けめぐって、まったくキリがなかったのである。

ところが、急に、私のイマジネエションも腰をくだかれた。

「あらッ――三好さんじゃありません?」

いきなり声をかけられた。順子夫人の方から、私の在所《ありか》を見つけられてしまったのである。小賢《こざか》しくも花の波をくぐって忍びよってきたつもりだが、逆に見つけられてしまったのでは、まったく迂闊な話である。

しかし、私はべつに悪びれもしなかった。

「ああいう厭な事件があった後の憂さ晴らしのつもりで、きょうはこの桔梗河原へやってきたんですよ」

私の顔は汗だらけ、それに桔梗の黄色い花粉もベタベタくっついていた。それを腰の手拭《てぬぐい》で拭《ふ》き落しながら、

「ついいい気持になって、花の中で、ゴロ寝をしていたんですが――、ところで、奥さんは、やっぱり御散歩ですか」

「ええ散歩と云えば散歩ですわ――」

それから、彼女は、ちょっと、躊躇《ため》らった風で――

「この頃は、私も気がクサクサするもんですから」

「へえ――そんなもんですかね、何の気苦労もない温

泉暮しをなさっている結構な御身分としか見えませんが」

「飛んでもないわ——なまじい少こしばかりの財産があると、いろいろとウルサイことばかりですわ」

「信一氏が無事復員されたんだから、これからは、べつに心配ないでしょう——あの方ならどんなウルサイ問題でも、てきぱきと処理して行くでしょうが」

「やり方があんまり派手すぎるんですの——それで、親戚などから評判がよくないんですよ——まだ病気がなおらないうちから、あっちの山を買うの、こっちの工場を買収するのって、騒ぎですからね。戦争にゆく前とはまるで性格が変ったみたいですの、前はあんなに派手な人じゃなかったんですがね」

「これだけの大戦争で鍛えられたんだから、多少は性格もちがってくるのが、ホントウじゃないんですか」

「ええ、その点はわかる気がしますが、なにしろ、あんまり派手なもんですから——私、なんだか、とても不安ですわ」

　順子夫人は、傾《かし》げたパラソルの内から、上気した顔を覗かせて、熱っぽい瞳で私の方を見た。彼女の良人が、復員後どんな事業に着手したのか、詳細は、私にもわからないが、派手すぎる性格であることだけは充分察せられるのである。ほかのことは措くとしても、腕に人魚の刺青などをしている点から見ても、うなずかれるわけだ。いや、それは最早、派手などというよりは、卑俗な野蛮主義《バーバリズム》に類するものではないか、やけ糞な兵隊心理からそんな刺青をしたのだと、彼は浴室で順子夫人に説明をしていたが、それだけでは何か納得しかねるものが残る感じだ。

　もちろん、さすがの彼も、その点よほど気が引けると見え、おおびらには湯にも入らない。深夜に人目を憚って、コッそり入湯するのも、そのせいに違いないのだ。だが、奇妙なチャンスから、それをすッかり見てしまった私としては今、順子夫人を眼の前にして、チョッピリとでもいい、それに触れてみたい気がしたが、まアまアと逸《はや》る心を抑えて、まるで、ちがった質問をこころみた。

「つかぬことを聞くようですがね——奥さんのお知りあいのかたで、ボルネオあたりから帰還した人がありませんか」

「ボルネオですか——さア、私は知りませんけれど」

と順子夫人は、ちらッと私の方を見てから、

「なぜ、そんなことをおききになるの——私は知らないけれど、主人の友だちなら——ああそうそう、鳴海《なるみ》って、やっぱり復員の人ですが——あのひとは、たしかボ

ルネオから帰還したとか聞いていましたけど——一ケ月ほど前ここにも来たことがありましたわ」

鳴海！　私はすぐ想いだした。けさがた、代って打電してやった電報の宛名は、たしかナルミセンゾウとしてあった。

　これに気をよくして、私はさらに思いきった質問を発してみた。

「その鳴海って人は、腕に刺青でもしてあるような人ではありませんか」

「刺青ですか——」

と云ったまま、ちょッと口ごもって、しばらくの間、私の顔を彼女は刺すような強い視線で見つめていたが——

「ぜんぜん、知りませんわ——だって、私、鳴海さんが裸になるのを見たわけではありませんもの」

　わざとらしく微笑して、彼女は視線をそらした。

「重ねかさね不躾な質問で恐縮ですが、その人は、あなたに好意以上の、意志表示をするようなことはなかったでしょうか、奥さんぐらい美貌で、それに財産も沢山あるとなると、——」

「知りません——あなたは何を仰有るんですッ」

　しッぺ返しに、ニべもない返事だった。もとより、私もそのくらいの権幕は承知のうえだった。

「あの大学生の高麗君だって、奥さんの熱心なファンでしたよ、その結果、鳴海というボルネオ帰りの復員軍人と衝突して、とどのつまり、殺《や》られたんじゃないんですか——もちろん、これは僕の勝手至極な想像ですがね」

「まア、怖い——」

　彼女は、たたんだパラソルの柄に額を押しつけながら、顔を伏せた。

「もちろん、高麗さんは立派な青年で、あなたの仰有るような意味のことなんか無かったことは断言しますわ、でも第三者には、そんな風にとられなかったとも限りませんわね——三好さんの想像は、たとえ想像にしても、すっかり見抜いてるような感じで、わたし、とても怖いわ、ボルネオだの、刺青だのって、そういう連想を、あなたは、いったい、どこから持ってくるんでしょう」

　桔梗の花茎が揺れて、目をつぶった彼女の、色白な横顔へ花粉が静かにこぼれ散った。

## 3　もう一匹の妖魚

本所向島×丁目というのは言問橋《こととい ばし》を渡ってすぐの所である。

浅草なら相当馴染みのつもりの私も、すぐ目と鼻の間にあるくせに言問橋を渡った向う側はまるで不案内だった。どういうものか、あの三月九日夜の大空襲に、この一画だけが焼け残ったのは、まったく奇蹟に近い幸運で、このおかげで、昔どおりの所番地をたよりに鳴海仙三の家はあまり骨を折らずに探し出せるつもりでいた。

ところが、さて行ってみるとあの一画は、ゴミっぽい細《こま》こましい家ばかりが群がっていて、狭い横町や裏路次なども沢山あり、そう簡単には鳴海の家は見つからなかった。

私は一軒一軒覗きこむようにして探し歩いた。奥上州の緑滴る山峡の部落に十日ばかりいて、出てきてみると、もともと都育ちの私には、こうやって都会人のせせこましく群がり住み暮らしている姿が、今さらのように懐しく眺められるのだ。元来がそういう性分の私なのだ。山住いなど柄にない私なのだ。それだからこそ湯治のつもりで白鶴温泉に行っても、結局、ろくすっぽ入湯もせず自然の風物にも浸りきれず、かえって、人間臭い悲喜憎愛の渦巻のなかに好んで捲きこまれて、やれボルネオの毒矢がどうの、人魚の刺青がどうの、と頼まれもしない探偵の真似事をしはじめたのだ。

それもまた善し――私はそうした気持で、この焼残りの地域のゴミゴミした家並みを一軒一軒覗きこんで歩いたのである。

そのうちの何軒かに、鳴海仙三宅を訊ねたが、「ナルミセンゾウ――さア知らないね、なにしろ近頃はこの町内も、新しい人が相当入りこんでいるからね」と、いずれもそんな風な返答しか与えられなかった。

それが、とある横町の角店《かどみせ》になってる煙草屋で、私は宝籤《たからくじ》を一枚買ってから、同じ質問をくりかえした。

「その方、間借人じゃありませんの」と、そこで店番をしていた女学生風の娘がききかえした。

「さア――そうかも知れませんよ。なんでもボルネオから復員してきた者なんですがね」

「ボルネオ？　――そんならあの人かも知れないわ」

店番の娘は、やっと想い出した様子で、

「あの人はなんでもボルネオから帰ってきたって、話ですよ――この路次を入って右側五軒目の家、千草あけみって女優さんのお宅よ。そこに同居している人が、鳴海って方かもしれないわ」

と、教えながら、娘はまた、あわててつけ加えた。

「しかし、お留守かもわかんないわ、きのうから、ずうと、戸閉めになったままだから」

「戸閉めか、そいつは弱ったな」

「でも、なんだかわかんないわ――表口は閉めてあっても裏の方が開いてることだってありますからね。なにしろ女優さんのお宅って、ふつうの家とは様子が変っているらしいから、――とにかく行って御らんなさい」

路次の右側五軒目――教えられたままに来てみると、なるほど、この界隈の裏長家にくらべると、大分ましな感じの、こじんまりはしているが、ちょっと気の利いた門構えの家で、庭木なども塀越しに見えていた。むろん安づくりだが、玄関わきに、洋間らしい一室も見える。

ははア、これが千草あけみって女優の家か、あんまり聞いた名でもないが、いずれ終戦後になって浅草の小屋にでも出るようになって、新しく売りだした女優のひとりなんだろう。

千草あけみと草書でしるした表札の下に名刺が貼ってある。なるほど鳴海仙三としてある。やっと探しあてた思いで、ホッとしたものの、見も知らぬ男に対して、どうやって探りを入れたものか、いや、それよりもまず、当人がいるか、いないかが問題だ。見たところ、今の娘が云ったとおり、家は戸締りがしてあるが、物騒な近頃のことだから、掻っぱらいなどの用心に、玄関口などは、家人がいても締めたままにしておく家も多いし、あながち留守ともかぎらない。――私はとにかく、裏口へ廻ってみた。

お勝手の戸が二三寸あいてる――そこから私は声をかけてみた。しいんとして何の応答もない。

私はだんだんもどかしくなってきた。勝手口があく以上まるッきり留守とも思えない。誰かがいるような気もするのだ。睡っているのかも知れない。

それも熟睡してるのだろう、こんなに叫んでも返事をしないのだから、――とにかく私は踏みこんでみることとした。少こし乱暴だと思ったけれど、こと犯罪に関するとなれば、ためらっている場合ではない。

台所と茶の間の境の障子をあけて、まさに空巣狙いの恰好で入ってみると、およそ女優の住居なんてこんなものだろうか、見渡したところ、どの座敷も、だらしなく取り散らかしてあって、鏡台の引き出しは開け放しで、脱毛《ぬけげ》の絡んだままの櫛が、パーマ用のクリップや蓋のとれた白粉《おしろい》の瓶などといっしょに、ころがっている――靴下だの、派手な色の着物の脱き殻が、丸めたまま壁際に押しつけてあるような始末だ。

イヤハヤ、ここも、ちみもうりょう的だわい、と思いながら、あちらこちらと見廻したが、まったくの無人であることだけはもはや明瞭になった。居ないとなれば、引き下るより仕方がない。

せっかくここまで来て、同居人の鳴海という男に逢えないで引ッかえすのはまことに残念である。

だが、そういう思いばかりではない。雨戸を引き廻してあるので、薄暗いこの家のなかには、何か変にゾクッとするような不気味な気配が漂っている感じだ。これはちょっと口では説明しにくい微妙な気配で、いわゆる第六感で、仄かに感知される性質のものかも知れない。とにかく、私はそのままそこに吸引された感じで、なおも立ち去りかねていたのであるが、ふと奥六畳の間の、押し入れの襖に目が引かれた。うす暗いせいで、はじめはそれほど注意もしなかったのを、近づいていって、よく見ると、単なる汚染《しみ》のように思っていたのが、そうではないらしい。こころみにその汚染を指先で触ってみた、湿りが感じられて、指先は、赤く染まった。

血だ、血に違いない――押し入れの内側から血汐が滲みだしていたのだ。

襖をあけると、果して、屍体が、若い女の屍体がころがり出たのである。一見して、千草あけみその人らしいと判断される顔立ちの屍体であった。死顔だから、ずいぶん面変《おもがわ》りがしているだろうが、それでも充分女優商売を想わせる濃艶さが残っていて、それ故に、いっそう血紛れの生々しさが眼に浸みるのである。私は、あたかも足裏が畳に吸いついたように凝然として、その場に立ちすくんだ。

ごろんと押入れから転り出たはずみに、屍体の腕が、まっすぐ伸びて、うす暗がりのなかでも、白々と私の眼の前にほうり出された。大柄の朝顔模様のある浴衣《ゆかた》の片袖が、腕のつけ根まで捲くれて、肥り肉《じし》のむっちりとした肌が、いやでも私の眼につかずにいなかった。

「ああ人魚だ――これも人魚の刺青だ！」

こうなると、私は逆に冷静になった。そこに蹲《しゃが》みこんで、喰い入るように、彼女の腕を凝視した。聖河順子の良人の腕に見たそれと、大きさにおいて図柄において、まったく同一の人魚の刺青である。

「もう一匹の妖魚」とは、男でなくて、女であったのか。

## 4　人間世界

　ことここにいたっては、もはや私の手に負えない。私はただちに最寄の警察署に急報した。私の知ってるかぎりのことは総て申しのべた。大学生の死因が毒矢に在り、とする私自身の見解も、ついでに披露した。これがキッカケとなって検察陣は、奥上州の白鶴温泉の方とも連絡をとって、疾風迅雷《しっぷうじんらい》的な手配を行った。

　有力な容疑者として、順子の夫鴨志田信一と鳴海仙三とが捉《とら》えられた。ちょうど鴨志田が、東京で鳴海仙三と落ちあって、彼が新しく買収した硫黄工場へ向うべく、上野を立って、工場の所在地であるN駅で汽車を降りたところを押えられたのである。

　例のコルク様の吹矢の矢羽が、結局彼らの口を割らせて犯行を自供させるにいたったが、聞けば聞くほど複雑怪奇をきわめた事件というよりほかはない。

　つまり、鴨志田信一になりすましていた男は当の本人ではなく、実は内海譲次という信一の従兄弟であることが判明したのである。従兄弟であるが、あたかも双生児と思われるほどよく似ている点を悪用して、この陰謀を企てたのだった。

　不可能としか思えないこの暴挙を、一時的にもせよ成功させたのは、戦争そのものにほかならない。信一も譲次もそれぞれ出征した。信一の方は本籍地の上州のS町から、譲次は東京から応召して、もちろん所属部隊はちがっていたが二人とも中国の戦野へ派遣された。従兄弟同志とは云え、二人は応召前も、他人以上に交渉のない疎遠な間柄であった。境遇も性質もひどく違っていたからである。譲次は東京で中学をやりなかなか成績もよく、将来を期待されたが、信一は凡傭な田舎中学生で、たいして着目もされなかった。それから先は、予想に反して、譲次の方がぐれだし、私大の理工科も中退にして不良仲間に入り「街の紳士」になってしまったが、信一の方は、着実に高等学校を経て東大の工科を卒業し、郷里に近い地方の鉱業会社に応召前まで勤めていた。

　大陸に出征してからは、二人とも消息が絶え、しばらく生死もハッキリしなかった。そのうちに信一の戦死の公報が入り、町葬まですました所へ、死んだはずの信一がひょっくり帰ってきたのである。こんな例はザラにあることで、誰も疑わなかった。しかしそれは信一その人でなく信一になりすました譲次であった。

　そうして、譲次自身の消息は、すっかり抹殺されて、いまだに、大陸でどうなったものか行衛不明ということになったままである。譲次自身が、部隊で復員関係の事務などをやっていたこともあるらしく、終戦のどさくさに乗じて、鴨志田信一復員に関する一切の書類を偽造して、何喰わぬ顔で帰ってきたのだ。信一の美貌な婚約者順子も、その財産も、そっくり貰え受けられる位置へ、スッポリと譲次自身を置きかえたのである。

なにしろ、書類は整っているし、容貌は酷似しているし、それに丸四年も見ないのだから少こしぐらい違った感じはなんとでもゴマかせる。——こうして順子をはじめ親戚も、まんまと彼の術中に陥ってしまった。

ただ譲次自身が、もっとも気にしたのは腕の刺青だった。これこそ真物の信一と区別するもっともはっきりしたしるしだと自から考えていたからである。こればかりは削りとるわけにもいかない。やけ糞な兵隊心理から、大陸で試みたイタズラだと説明はつけておいたものの、なんとなく不安であった。

このちょっと風変りで小粋な人魚の刺青は出征直前に、酔っぱらったあげくにほりこんだもので、そのことはその頃彼と恋愛関係にあった千草あけみ（当時まだ浅草の剣劇一座の下ッ葉女優にすぎなかった）がよく知っていた。お俠《きゃ》んで、すぐ熱狂的になるあけみは、小娘らしくもない胆の太さを見せて、自分もまた譲次と一緒に、人魚の刺青を、その小肥りの真白な肌にほどこしたのであった。そうすることによって、あけみは将来を誓った男への心意気の深さを示したつもりだろう。この人魚には（それは説明されるまで気がつかなかったのであるが）、眼に瞳が入れてなかった。この目無《めなし》人魚に瞳を入れる時は、二人が天下晴れて世帯を持つとき、つまり譲次が首尾よく戦争から生還してきたとき、と堅い誓いの意味が含まれてあった。

しかし、譲次は譲次としては還ってこなかった。信一に化けて還ってきた彼は、もはや、あけみなどには用がなかったから、全然寄りつかなかった。

ところが、運命はもっと皮肉にできていた。譲次の注文どおりには必ずしもいかなかったのである。

ほんとうの鴨志田信一が、何の前ぶれもなしにヒョッコリと帰還してきたのである。しかし、彼は故郷へ向う汽車のなかで、順子たちの消息を、乗客たちからこと細かに聞かされて一時は茫然自失するばかりであった。万事はガッシリと工作されていて、当の自分が、偽者あつかいにされかねない事情にあることが、ハッキリしてきた。ことに彼は頭部に戦傷を受けていて、まだ繃帯を取るまでになっていなかった。そのことがいくらか彼を変貌させていて、四年前の面影をだいぶ歪めていると思うと、なおさら、真向から彼らと立ちむかうことが、躊躇されたらしかった。いや、あせらずにゆっくり対策を講ずる方がむしろ面白い見物になると思った。ひそかに彼らの様子を伺う程度にとどめておいたのである。

ただ信一は、白鶴温泉の近ぺんを徘徊中、ひとりの味方を得た。それが大学生高麗三吉だった。同じ大学の後輩とみかけて、話しかけてみると信頼ができそうなので、思いきって事情を打ちあけてみた。大学生は、しきりに憤慨して、今にも譲次の面皮を剝いでやろうと、いきまいた。が信一はむしろ、これを押しとどめた。ああいう奴は、ジリジリと締める方がいいんです、そうして動かない証拠を摑むことです。あいつは浅草で与太者仲間の顔役だったとかいう話を前に聞いたことがあるんだが、そういう方面を探ったら、あいつを締める何かいい材料が出てきそうな気がするんです。自分も探すから君もそういう材料に注意して下さい――、そう信一から云われると気早な大学生は、即日、白鶴温泉から上京して、どう探し廻わったものか、譲次なら、片腕に、人魚の入れ墨があるはずだということを聞きこんで戻り、譲次の素肌を覗く機会を虎視眈々《こしたんたん》として狙っていたわけだ。

なにしろ、疥癬を患っていたくせに、譲次は用心ぶかくて、入湯するのさえ、人目のない時刻をえらぶという工合だから、なかなかそのスキがなかった。

しかし、大学生高麗三吉が、譲次と順子のお供をして桔梗河原へハイキングにでかけた際、偶然にも絶好の機会が訪れた。

桔梗河原は、前面に水量はすくないけれど清冽なせせらぎをひかえて、水と花影とが相映じて、そのためにも、ひとしお風趣の加わるところだが、そこに架せられた土橋を、譲次たちが渡ろうとした時、戦争中から修理もせずにほうっておいた橋だけに、だいぶ傷んでいたと見え、いきなり、譲次の足をかけた個所が崩壊して、彼は水中によろけおちた。怪我もせず水を呑みもしなかったが着物はびしょ濡れになった。いやでも譲次は裸にならねばならなかった。大学生は、この時、カメラを携行していた。ここにくるまでにも、幾枚か、順子と譲次の夫妻姿をとりいれて、あたりの風趣を、パチリパチリとやってきていたし、いつでもスナップできるばかりに構えていたから、この機を逸せず、

「やア、これは珍景ですね――じゃ、信一氏の河童《かっぱ》風景を一枚」とかなんとか、おどけた調子でゴマかして、譲次の腕の刺青にピントを合わせると、素早く写してしまったのである。

その時、譲次の方では、気にもとめない様子で、大様《おおよう》に笑って見せたが、心のなかでは充分含むところがあったのだ。

かねてから、必要以上に狎れなれしくしてくる大学生として三吉を胡散くさく思っていた譲次は、大学生がこの挙に出るに及んで、或る決意をした——すなわち大学生高麗三吉は、ああいう始末になったわけである。

順子は譲次から、すっかり誑《たぶら》かされていたとは云え、何かしらピッタリしないものが感じられたことは事実であった。それを、大陸転戦丸四年にわたる苦労のせいに帰していくらか人変りがして感じられるのもやむを得ないと考えてはいたが、いちばん厭なのはやっぱり刺青のことであった。桔梗河原へくる前日、彼女のうけとった、「もう一匹の妖魚を探せ」と謎めいた手紙（これは真実の夫鴨志田信一の手になるもので、千草あけみという女が譲次と夫婦約束をした間柄で、おなじ刺青があることを探知して警告したもの）を見て以来、しだいに疑いがつのってきていたのだ。さりとて誰にも打ちあけかねているうちに、桔梗河原で落して私に拾われるにいたったのである。

思うに、いっこう名探偵でない私は作家にありがちな自からのイマジネエションに酔い知れて、「もう一匹の妖魚」を男だとばかり考えたり、大学生殺しの犯人を、順子の真実の夫信一氏に擬してみたり、さまざまな誤謬を犯したが、ただひとつ、毒矢の件だけは、黒星たることをまぬかれた。

警察側の詳細な調査の結果、大学生の首筋の刺傷は、南洋土民使用の毒矢によるものと認定され、クラーレ性のアルカロイドの検出が報告されたのであった。

これは、やはり私の想像どおり、ボルネオから復員した鳴海仙三が持って帰ったものであり、実際にこれを使用したのは、譲次であった。

あの当夜譲次にアリバイがあるように見えたのは、この吹矢を使用したからにほかならなかった。女中のおせいに大学生のカメラを盗ませただけでは安心せず、おせいをそそのかして大学生を渓流ぞいの崖ぷちまで誘い出させ、ちょうどその場所が、譲次の部屋の窓に面していたので、窓から吹矢で、大学生を射殺して、彼によって正体をあばかれるかも知れない危険を封じてしまおうと企らんだことが明かにされたのである。女中おせいはその場から逃出してしまったが、これもまもなく逮捕された。

「もう一匹の妖魚」である千草あけみも根が鉄火肌の女でもあり、譲次の所在が知れたら、相当物凄い啖呵をきって、盲目人魚の眼に瞳の書き入れを迫るにちがいないと見て、腹心の鳴海仙三を同居させて、警戒を怠らなかったのであるが、次第に身辺がうるさくなってきたので、遂に思い切った処置をとらせたわけだ。はじめ仙三は、クラーレ毒を、鰻《うなぎ》の蒲焼といっしょに、あけみに食わせて毒殺をはかった。クラーレは無色無味だからあけみは気がつかずに食い終ったが、中毒作用はいっこうに現れなかった。経口的にはクラーレは奏効しないことを無知な仙三は知らなかったのだ。内服されたクラーレは消化器内で分解され、尿とともに排泄されてしまうからだ。それで仙三は、ついに業を煮やして、最後の手段にうったえて、強盗の所為らしく見せかけようとしたが、思慮の足りない仙三には、それだけのカムフラージュができなかったのだ。

事件が一段落を告げて暫くしてから、私は改めて鴨志田信一氏や、順子夫人に会うべく、白鶴温泉に行ってみた。まだ二人とも、心身の疲労をいやしつつ滞在してるだろうと思ったからである。

しかし、二人ともすでに引き上げた後であった。

来たついでにと思って、私は桔梗河原へも行ってみた。すでに桔梗の花はすがれ、秋に近い空の色をうつした清流の向う岸には、芒《すすき》の穂波が銀色に光かっていた。

あらゆる人事とはおよそかかわりない美しい眺めであった。しかし、私は点景人物のない自然というものに酔いきることのできない人間らしい。やっぱり人間のなかに帰ろう、愛したり憎んだりする人間の中に帰ろう、私は三十分といないでそこから引ッかえしてきた。

# 青春探偵

## 頸飾り

### 1 女探偵《めす・ファルコン》

髪をアップにして首筋を白々と覗かせたまま、緑川鮎子は、今配達されたばかりの手紙を読んでいる――その後姿が、いきなりこっちをむいた。

「バカにしてるわ――清十郎大人《たいじん》たら、古いわよ。断然古いわよ」まさに気色ばんだ彼女の瞳《め》の色だった。

「そんなに昂奮するなよ――清十郎氏は何を云ってきたんだい」兄の緑川俊一弁護士は、鮎子のいきおいこんだ調子に、なかば、からかい掛けるような、冷ややかな言葉だった。

「ふフン――このてがみ御覧なさいよ――相変らず封建的騎士道よ――清十郎さんには新しい時代がなんであるかわからないのよ」

春木清十郎という優しい名前の男、そういう名にもかかわらず、彼は鮎子からみると、いっこう話せない種類の男に属するのだ。ガッチリ型の、建築技師である、――彼の手紙には、鮎子をめすファルコンと呼んでいる。ファルコンは隼《はやぶさ》という意味らしい。隼嬢というつもりなら、ミス・ファルコンと呼ぶべきだろうに、わざとめす（雌）ファルコンなんて意地悪な呼びかたをするのは、清十郎の癖である。

「女探偵になったんだってね――」彼の手紙は、いきなり、そんな風にはじまっている。で、彼は、さっそく鮎子が俊敏《しゅんびん》隼のごとき女探偵になるつもりだろうから、めす・ファルコンと呼んであげようと、大いに皮肉ってきているのである。

「しかしだね――男女同権になったからって、すぐ男の真似をするのは、どうかと思うね。お嬢さんはお嬢さんらしくさ、ニュースタイルの裁断の仕方でも学ぶべきではないかね。鮎子さんは、女《めす》はやぶさなんかでなく、やっぱりミス・アユコの方が僕は好きさ。だんぜん好きさ、女だてらに、十手を預るなんて、思っただけでも、僕は身慄《みぶるい》するよ、女隼《おんなはやぶさ》なんて、いかなる天魔が魅入《みい》りしものか、ああ」だって――そういう清十郎からの手紙なのである。鮎子はぷりぷり憤慨した。

「大きなお世話よ。なにも、わたしが清十郎技師のお嫁さんになるっていうわけじゃないし、よけいなお節介はしなくてもいいじゃないの。なるほど、あの人の云うとおり、美しくって、可愛らしくって、おしとやかで、ありさえすれば、あの人は、とても、女の子に親切なのよ。だから、あの人は、中世的騎士道を一歩も出てないと、わたしは云うのよ。いつまでたっても、『弱き者よ、汝の名は女なり』だから、厭になってしまうわ。そオら――兄さんだって、いずれ、あの人と同類項なんでしょう――へんな薄笑いをうかべてさ」なるほど緑川俊一は苦笑《にがわらい》をうかべていた。

「めす、ファルコン――いい名じゃないか。なにも経験だから、大いにやってみるさ、僕はこの際、意見をさし控えるよ」

徹頭徹尾実務家の兄俊一は、うす笑いをうかべているだけで、あまり多くを語らない。が、しかし、兄が春木清十郎技師と同一意見らしいことは、鮎子にもはっきりわかるのである。――要するに、女探偵としての鮎子は見くびられているのだ。「でも」と、鮎子は、清十郎からの手紙を封筒に収めながら、考え直した。「見縊《みくび》られている方が、買いかぶられてるよりは、ずっと気軽だわ、いいわ、わたしはわたしなりにやってみるから――」

鮎子は、去年女子大を出たばかりのまだ二十二歳の娘である。卒業すると、すぐ兄の法律事務所に助手として働いていた。しかし、兄の仕事の手伝いは、甚だ無味乾燥で、こんな退屈なビジネス――終日デスクに向ってもっぱら算盤《そろばん》をはじいたり、書類のコッピイをとったりするだけのことに、鮎子は自分の青春をスリ切らすのが、惜しい気がするのであった。もっとも彼女はどんなつまらない仕事だって、当てがわれた以上、いいかげんに放ったらかしておける性分ではない。それだけに、遂つまらない気もしてくるのである。

兄の俊一は弁護士だけれど、いくつかの会社の法律顧問をしていて、民事専門で、決して刑事訴訟などには関係したことがない。ただ正義派で糞真面目だから、脱税の研究ばかりしてるわけではないだろうが、鮎子からすれば、概して会社の顧問弁護士なんてものは、いかにして会社の利益のために法網を巧みにくぐるかということに、日夜頭をしぼっている雇人《やといにん》にすぎないので、日頃から、兄の仕事に興味は持てないのだ。一方兄は、鮎子の狭少な見識など相手にしない寛容さを示して、相変らず「法律の虫」であることに甘んじているのだ。生きている犯罪と四つに取組む――これが鮎子の次第に募ってきて、抑えきれなくなった青春の不思議な情熱なのである。

犯罪の裏に女あり――なんて、しごく手前勝手な男性は、都合のいいときだけ、女をダシに使うけれど、この古めかしい諺《ことわざ》をみとめさせようとするならば、女探偵の必要をも当然みとむべきではないか、それでなければ、甚しい片手落ちである。

そりア、いろいろ女としての仕事はある――育児でもお裁縫でも、栄養食の研究でも、罹災孤児の面倒を見る仕事にしても、考えようによっては、みんな、新しい時代の息吹きを吹きこんでやれば、やり甲斐のある仕事だ。しかし、すくなくとも自分は、――なんて皮肉な名前なんだろう――めすファルコン――いいわ、断然めすファルコンでいくわ。この頃のように犯罪の激増する混沌期に、めすファルコンの存在価値は充分あるはずだわ。兄さんの緑川法律事務所という看板とならべて、めすファルコン探偵事務所って看板をだしてみようかな、少こし堂々としすぎるかな、いや看板より実力だわ……

緑川法律事務所そのものも、あまり堂々としていない。実質主義の緑川弁護士は、見てくれだけの門戸を張る三百代言式《さんびゃくだいげんしき》のコケオドカシを軽蔑して、僅か五間《けん》足らずの借家で満足しているのだ。周囲のゴミッぽい家並が、強制疎開になって（この事務所だけは塀ひとつのところで、やっとまぬかれた）そのために見透しもきくし、風通しもなかなかよろしくなった。

春木清十郎技師（彼は、緑川弁護士のために理想的な法律事務所の建築設計図を三通りも用意してくれているのだが、まだ着工の運びにならない）――その清十郎から失礼な手紙を鮎子が受けとってから、あたかも一週間目の夕方のことである。

月はなかったけれど、遠空の星影のとても綺麗な宵――レースの窓掛が涼風をはらんでフンワリと波を打つ記憶すべき宵――この時、わがめすファルコンの腕だめしの事件こそは訪れたのである。

丁度、鮎子は、アガサー・クリスチイ女史の探偵小説を読みふけっていたのであるが、ふと窓の外を見やると、さえぎるものも無い広びろとした疎開跡の原っぱを、ひとつの光りもの――それは自転車にちがいない――が、疾走してくるのが目にはいった。

その自転車の前燈ひとつが、蒼茫と暮れなずんだ佗びしい原ッぱのなかの一本道をまっしぐらにこちらに向って走ってくる――そのたった一つの心細い灯《ともしび》が、周囲が暗いために、際立って鮮かに目に浸みる――なんだか、ただならぬ事件の前触れめいた予感をかんじさせる光り方だ。もっとも、鮎子は、ちかごろ、何かにつけて、ただならぬ事件の前触れめいた予感をかんじるような、妙な心理状態に置かれているらしい。といって事件らしいものには、何ひとつまだぶっつかっていないのだが……

その自転車は、みるみるこっちに近づいてきて、緑川法律事務所の入口の前をそのまま通りすぎるのかと思ったら、意外にもギュッとブレーキをかけた気配がして、そのはずみで、ひょろひょろとよろめいて、車上の主は危く横たおしになるところだった。よっぽど慌てているらしかった。と、その人影は、正式に玄関へは行かず、植込みを廻って、開け放しの洋間の窓、すなわち、アガサー・クリスチイを読んでいるその鼻先へ現れたのである。窓からの光をまともに浴びて、白っぽいワンピースの若い女の姿が、植込みを背に闇のなかに浮びあがった。

「あらッ厭だ。――千恵ちゃんじゃないの」

と、鮎子は、思わず口走ってしまった。その白い人影は、清十郎の妹春木千恵子である。鮎子と女子大同期生の仲よしである。

「イヤな千恵ちゃん――どうしたのさ、不意に幽霊みたいな現れかたをしてさ」

千恵子は、はアはア息をきらして、声も出ない様子である。

「あら、――涙ぐんだりして、ほんとにどうしたの、千恵ちゃん。ますます奇々怪々じゃないの――まア、そんなところに突立っていないで、おはいりなさいよ――藪蚊に刺されるわよ」

「とても、大事件なの――わたし、思案にあまっちゃって……」千恵子は、きらきらと涙を湛《たた》えた瞳で、まッすぐ鮎子を見据えながら云うのである。

「大事件? まア――可笑しな千恵ちゃんね――とにかく、そんな所じゃ話はできないじゃないの、さあ、上って」

「ウン、ここから上ってもいい? 玄関からはいると、お家の人に御挨拶しなきゃならないでしょう、そうすると秘密漏洩のおそれもあるし……」と、妙に大げさな調子で云ってから千恵子は、

「ねえ、手をひっぱって頂戴よゥ――」

と、鼻にかかった甘ったれた声をだした。

「いいわ、仕方がないわ――さア」と鮎子は、窓から乗りだして、両手をだして、千恵子をひっぱり上げた。窓からの乗り降りは、二人つれだって、汽車で買いだしに行ったこともあって、相当修練をつんでいるので、な

かなか鮮かであった。

「さア、聞かせて——大事件? て、いったい、なんなの」

「すみません、お冷を一杯——」

千恵子は肘かけ椅子に、ふかぶかと腰をおろすと、ホッとした面もちで、いつもの調子で、わがままを云うのである。

「なんのかんのって、このお嬢さん——ホントに世話がやけるのね」

鮎子はそう口小言を云いながら、それでもイソイソと、お皿に冷したトマトのとても色のいいのを一つと、グレープジュースを持ってきた。

「で、その大事件は? ……」

## 2 頸飾とルパン

「あの頸飾——失くなっちゃったの」そういうなり千恵子は、鮎子の膝に顔をうずめた。肩が小刻みにふるえている。

「まあ——あんなに大事にしていた頸飾をね——いったい、どこで紛失《なく》しちゃったっていうの?」

「落したり、置き忘れたり——そんなこと絶対に無いの——盗まれちゃったのよ、ホンのちょっとした間に……」

くわしい説明をしなければならない——そういう決意が、千恵子の顔を鮎子の膝からあげさせた。じいっと見据えた瞳、蒼ざめて、涙の隈のついている双頬、唇の紅も、心なしか色褪せて寒々としている。

「さあ、ちゃんと話して——盗られたって、——どんな風にして盗られたの?」

「ええ、それがとても憎らしいのよ——拙い字で『頸飾はいただいておきます。ルパンより』って置手紙まで残していったのよ」

千恵子がさしだした紙キレを見つめながら鮎子は云った。

「まあ、ルパンだって——いよいよ出たのね」

鮎子も、千恵子の頸飾は、前々から見つけているし、知りすぎるほどよく知っているのだから、あれが盗まれたとなると、まったく他事《ひとごと》でない気がするのだ。のならず、盗難にかかったという事実が、持ち前の探偵意識——つまり穿鑿《せんさく》癖を、煽られずにいられなかったのである。それにルパンなんて名乗っているところをみるといずれは小盗だろうが、それでもルパンの名は探偵にはやっぱり魅力的なものだ。千恵子の首飾は、見た眼にも甚だ美事なものだった。時価にみつもっていくらか——財産評価のくせがついているのは、弁護士事務所の手伝いをしつけたせいかも知れないが、その値ぶみは、鮎子には、そう簡単にできなかった。

しかし、そんなことは、まあ、後廻わしでいい——とにかく、細いごく細い金の鎖が、ダイヤをちりばめた小さなロケットを吊って、見るからに清浄で気品高く、ことに肌理《きめ》のこまやかな色白な千恵子の首に、それが掛っているのがちらっと襟元から見えたりすると、鮎子だって、ヤキモチがやけてくるほど、美しくも愛らしく見えるのであった。

鎖にしても、ダイヤにしても、紛い《イミテエション》ものではなさそうである。——それが、彼女にほんとによく似合い、美しく見えるという処にこそ値打ちがあるのであって、紛いものであろうが無かろうが、それは装身具として、たいして気にしなくてもいいことだ——。

しかし、その頸飾が単なる装身具以上の意味を持ってることを、鮎子は知っていた。戸村謙吉から、千恵子が贈《プレゼント》されたものだ。戸村は四年前、出征した。彼のことについては、鮎子もその当時はあまりよく知っていなかった。応召直前、彼と千恵子は結婚式をあげる手筈になっていたのが、ことがあまり急なので、結局挙式は帰還してからということになった。ところが、それッきり、戸村は帰還しなかった。満洲から、台湾へ、台湾からサイパンへ、サイパンへ転じたと思われる頃からずうッと音信が絶えてしまい、それから全島玉砕の報が伝わり、その後型通りの戦死の公報が来たので葬儀は、去年の秋とり行われたのであった。

あの時、無理に、結婚式なんか挙げずによかった——千恵子の親ばかりでなしに、親戚知己の十人が十人まで、そう思った。人妻というさえ、可笑しいくらい、千恵子は、お嬢さんで、まだまだ女学生の匂いのなかにあった。——それが、危く未亡人扱いされるというところだった。人々が、ホッとした気持になったのも無理はない。まあ、ことが許婚者《いいなずけ》の間柄の時期に、行われたので、さして深刻な悲劇にならずにすんだのである。

「なにしろ千恵ちゃんは、まだねんねだから、あんまりセンチメンタルになってはいないだろう——」

そう、鮎子だって思っていたのだ。戸村の葬式がすんでから、まもなく、鮎子が千恵子を訪ねたら、彼女は目を泣き腫らし、今は戸村の唯一の想い出となってしまった頸飾をしきりに弄《いじ》っていた。やっぱり、戸村の死のショックは相当なものであったことを、この様子を見て、鮎子もみとめなければならなかった。その時はじめて、鮎子は、その頸飾を見せてもらったのである。それが戸村からのプレゼントであることも、その際、説明してもらったのである。

「千恵ちゃんなんか、若いんだもの、いいえ、若いなんていうよりも、まだ赤ちゃんなんだもの、そんなにシヨゲてるのは、どうかと思うわ」と、わざと鮎子は、さりげなく、むしろ冷酷なくらい、千恵子の悲しみには無関心な調子でいってやったのである。

それから、あの『あしながおじさん』（このアメリカの小説も、鮎子は大好きだった）の一句を借用した。その小説の主人公《ヒロイン》ヂューディが云う、『あたしはまちがっても厭世家だなんて言われっこないわ。仮りに、あたしが良人や大勢の子供を一日のうちに地震で、みんな呑まれてしまっても、明くる朝には、にこにこしながら跳ね起きて、良人と子供を別に一組探し始めると思いますよ』

「ね――千恵ちゃん――この意気よ、あなただって、ヂューデイみたいに、また別に良人と子供を――子供はいずれ後廻しとしてもさ――一組、さっそく探すような気持にならなくっちゃ――」

こんな風に、鮎子は大いにハゲマシたつもりであったが、その時は、ひどく千恵子の、機嫌をそこねてしまった。

「まったく『人の気も知らないで』よ――」

千恵子は、鮎子の、頬っぺたを、いかにも憎らしげに力をこめて、ギュッとつねって、

「そ、そんなデタラメ、わたしには出来ッこないわ」

それ以来、千恵子はずうッと、頸飾を掛けているのである。頸飾に吊されているロケットには、戸村の豆写真が収められてあったはずである。鮎子は、ひどく薄情めいたことを云ったけれど、そんな風にしている千恵子の仕草を、哀れにも美しいものに思ったこともまた事実である。

しかし、このごろでは、千恵子にしたって、そうそう還えらぬ許婚者の幻影にばかりひたっていたわけではない。事実、見かけたところ、千恵子は、もうすっかり自分を取り戻しているように思えた。おしゃべりで、快活で、見るからに、みずみずしい処女《おとめ》に立ちかえっていた。映画なんかも、よく見に行くらしいし、お得意の自転車で買物にでかける千恵子の姿を見ただけでも、まことに颯爽《さつそう》たるもので、戦死した許婚者の写真を胸元にさげている娘のようには、まるで見えなかった。

「やっぱり、あれでいいんだわ――だってあんなに若

いんだもの――死んだひとの亡霊にいつまでも取り憑かれているなんて、可哀相すぎるわ」

しかし、鮎子は、元のあどけないお嬢さん姿に戻った千恵子は眺めながらも、刺戟することをおそれて、あれ以来、戸村についての質問は、いっさい差し控えていたのである。あの時ほどは、戸村さんの想い出に執着しなくなったんでしょう、どうお――なんて、下手《へた》にさぐりを入れて、また頬っぺたをつねられたりしたんでは敵わないと思っていたからだ。とにかく、いつも頸飾は千恵子の肌にすがすがしく煌《きらめ》き、それにつるされたロケットには、戸村の豆写真が尽せぬ愛情といっしょに収められていたわけであった。と、云って、鮎子がべつにロケットの蓋をあけてみたわけでもなかったが……

それが、いつだったか――そうそう半月ほど前であった。――そのロケットの中味を点検する機会が、鮎子に、偶然訪れた。久しぶりで、鮎子は千恵子と二人連れだって、鎌倉の伯母の所へ遊びにいったときだった。学校時代から水泳選手だった千恵子は泳ぎたくって堪らなかったらしく、ちゃんと水着も持ってきていて、その用意のなかった鮎子が尻り込みしている間に、彼女は、いかにも愉しげに泳ぎ廻った。その時彼女の頸飾は、鮎子が預っていたのである。


その娘むすめした千恵子の餅肌の四肢が、浪と戯れている間に、鮎子はこっそりロケットを開いてみた。千恵子の嬉々《きき》たる泳ぎッぷりを見ていると戸村の葬儀当時の打ちしおれた彼女とは、まるで別人のような気がして、小憎らしいくらいだった。――あれで、やっぱり戸村の写真を後生大事にロケットのなかに入れたまま、修道女のような気持でいるのかしらと考えると、鮎子は、好奇心が押えきれなくなってロケットの中を覗きたくなってしまった。

開いてみると、「あら、あら、まあ――」と、さすがに鮎子もアテが外れて、驚きの声をあげた。それが、なんと、戸村の写真と入れ変ってアメリカの人気俳優タイロン・パワーの写真が入っているではないか。

「どうせ、こんなことだろうと、思ったわ」――そう、鮎子は呟きはしたものの、実は、つゆさら、そんな風には考えていなかったはずである。やっぱり戸村の写真が入っているとばかり信じていた、という方がホントウである。しかし、開いてみて、映画スターのいることが、いかにも千恵子らしい罪のなさとも思えてくるのであった。反感も軽蔑もちっともわいてこなかった。あの頃はあんなに強がりを云ってたくせに、もうこれだ――と思わず微苦笑が浮かんでくるのであった。

海から得意そうに上ってきた千恵子に、鮎子は、自分が泳げなかった鬱憤をもらしたくなった。

「ロケットのなか見ちゃったわ」

鮎子は、千恵子の目顔をじいッと見据えながら云った。

「千恵坊の戸村さんは、この頃、ずいぶん、タイロン・パワーに似てきたわね」

「あらッ——」千恵子は、顔を真赤にしながら、「ひどいわ——だまって覗くなんて、卑怯よ——私は戸村を忘れたわけじゃないのよ、誤解しないでね——しかしいつまでもクヨクヨしてるのは厭でしょう——戸村をみるたんびに悲しくなるなんて、センチメンタルすぎると思って取ってしまったの——いっそ、映画スターかなんかの写真の方が、かえって気軽で、あたりさわりがないでしょう——だから、そうしたまでの話よ」

千恵子は弁解しきりに努めたが、鮎子は可笑しくて仕方がなかった。

「いいわよ、弁解しなくたって——千恵子の気持はよくわかる……」と、おどけた調子でいってやった。

とにかく、そういういきさつのある頸飾であった。それが盗まれた、という始末で、千恵子はこんなにもあわてて相談にきたのだ。

彼女は、頸飾を、きょう夜七時頃、お風呂に入る時、外して、(それ以外の時には絶対に外さなかった)、それを、自分の部屋の化粧箪笥の上の、汐汲み人形の首にかけてから浴室にいったのである。——上ってきたら、もうなかった、というのだ。家族のひとりひとりに当ってみたが、誰も知らないというし、第一、千恵子の部屋には、誰もそのとき、はいった様子がなかった。

「わたしは、——犯人は外部の者としか思えないわ。だって、そうでしょう、肉親の家族のものたちが盗む気づかいはないし、それに男兄弟ばかりでしょう、末ッ子の私の頸飾を盗ってみたところで、始らないわ——したがって、私は、どうしても外部からはいったにちがいないと思うの——」

千恵子は、まったく気が気でない様子である。

「あの頸飾は戸村のお母さんの形見なのよ。それを、戸村が貰って私にくれた、という、つまり二代の魂とツナガリがあって、戦争中の貴金属の献納の時だって、これればかりは断じて手ばなせなかったものでしょう——なくしたらとても悪い女になってしまうわ」

それに、あれだけの頸飾は、今どきちょっと、手に入る品ではない。——千恵子が、すっかり狼狽したのは、しかし、そんな理由ばかりではない。サイパン島は最初玉砕を云われたけれど、事実は若干の生存者もあるらしいことが、最近になって伝えられだしたので、葬儀もちゃんとすましてしまった戸村だって、ひょっとして生存者のうちに入っていないでもない。

戸村の家でも、千恵子の家でも、一縷の望を抱きはじめた矢さき、あの頸飾が盗られてしまうなんて、なんという皮肉な運命なんだろう——もし、万一戸村が生還でもしたら、合わせる顔がないと、千恵子が掻きくどくのである。「ロケットの中味は、やっぱりタイロン・パワーなの？」と鮎子が問えば、

「とりかえようと思いながら、つい、まだそのまんまにしてあったの」と仕方なしに答える千恵子であった。

「そんな心がけだから、盗まれちゃったのよ——仕様がないお嬢さんね、それであたしに、どうしろというの」

「だって、ほかの誰とも相談しようがないじゃないの——貴女は、女探偵じゃありませんか——私の頸飾を盗んだ犯人を捜しだしてよ——ね、おねがいだから」

千恵子は懸命なまなざしだった。

「いいわ——引き受けるわ——きっと捜しだしてみせるわ」

そう鮎子は、云い切ってしまった。云い切ってしまうと同時に、強い情熱と、何かしら自信めいたものが、胸中にたかまってくるのを感じた。

## 3　犯人は？

鮎子は千恵子を連れだって、さっそく現場の調査にむかった。いよいよとなれば、表沙汰にもしなければならないだろうが、ギリギリのところまでは女探偵《めすファルコン》の力でやっていきたい。これだけ千恵子にすがられてみると、鮎子もその気にならずにいられなかった。

「で、千恵ちゃんは、つまりお風呂に入ってる間に頸飾が盗みとられた——外部から侵入したものの手によって——とこういうんですね」

侵入するとすれば、窓から以外にはない——その窓は、夕方であったし、開け放しになっていた。——自由に出入できる状態になっていたわけだ。おそらく、夕闇に紛れて、庭先に忍びこんでいた浮浪者か、何かが、千恵子の姿が見えなくなるのを待って、早いとこ仕事をしたのではなかろうか？

千恵子の両親はすでに寝《しん》についていたし、兄の清十郎も夕飯をすますとどこかへ出掛けていって留守だという。だから鮎子は、気がねせずに調べることができるわけだ

った。彼女は夜の庭先をひとわたり歩き廻ってみた、その結果、千恵子の部屋の雨樋の下でサイズの非常に小さいハンチング――それはとても汚れていた――を拾い上げた。電燈の下で調べてみると、黄色い花粉がついている。

「ルパンはチンピラよ――そうして、やっぱり、植込みの下で、しばらく様子を窺っていたらしいわ――」

その植込みと目されてる繁みには、向日葵《ひまわり》が夜目にもしるく大輪の花冠を、夜風にゆられていた。ハンチングに着いてるのは、その向日葵の花粉にちがいなかった。

「あら、――違うわよ――その帽子は、英男のよ」と、千恵子がニべもなく云うのである。

英男というのは千恵子の末弟、国民学校の四年生だ。昼間、庭先で遊びほうけていたから、ハンチングを落しぱなしにしておいたのだろう――鮎子も、せっかく犯人の端緒をつかみかけたと勢《いきおい》込んだところを挫かれて、いささか気まりが悪かったが、もはや庭先からは、犯人の遺留品も、侵入したらしい痕跡も、まったく発見できなかった。

鮎子は、ふたたび千恵子の部屋に戻ってきて、内部の探索を、もう一度念入りにくりかえすことにした。まるで、検微鏡で、バイキンを覗くような、丹念なやりかたであったが、とうとう彼女も音をあげた様子であった。

「探偵業も口あけ早々で、まだ板につかんわ、ああ、しんど」

おおげさな嘆息《ためいき》といっしょに、彼女は、どっかりと、そこの夏座布団のうえに坐りこんでしまった。

「いやよ――そんなに気やすく投げだしちゃ」

「まあ、とにかく、お冷を一杯もってきてよ――こんどは千恵ちゃん貴女が親切にしてくれる順番よ――」

「厄介な女隼――だこと――」

千恵子は台所から、氷片《こおり》を浮かせたコーヒーシロップをもってきた。鮎子はそれを麦わらでチュウチュウ吸いながら、

「千恵子さん――犯人はわかったわよ」

「わかったの――まア」

「犯人がわかったから一休みする気にもなったし、あなたにこんなにわがまま云う気にもなったのよ――ああおいしいコーヒーだこと」

相変らず、チュウチュウをつづける。

「ルパンの正体わかったの?」

「ええ、ハッキリわかったわ」

「いったい、何者なの――やっぱりチンピラ?」

「ウうん――チンピラよりは少しは大型よ。――でも、

今は言えないの、もう少こし待っててね。明日までね——明日は犯人をつかまえて、きっと、頸飾りを取り戻してあげるから——」

鮎子の瞳も唇の色も、自信を含んで一段と光沢《つや》をましたように見えた。彼女は残りのコーヒーシロップをこんどは麦ワラは使わず、キュッとのみほしてしまった。

## 4 優しきルパン

春木清十郎がやっている建築文化研究所は内幸町《うちさいわいちょう》のビルのなかにある。翌日は日曜だった。このビルのなかには、数十の会社の事務所があったが、日曜だから、しんかんとしていた。清十郎の研究所の窓だけが、ほかの室の窓が、ことごとくブラインドをおろしているにもかかわらず、たった今ぽつんとあいた。

街路に立ってこのビルを眺めていた女がいた。今研究所の窓があいてその窓硝子《ガラス》の反射するのを見上げると白麻のすがすがしい外出着をつけたその女はビルの中に吸い込まれた。

清十郎がきょう日曜日でも、出勤してきたのは、彼が目下考案中のもっとも安価でしかも充分に文化的な簡易住宅の図をひくのに、夢中になっているからだ、と考えられないこともないが、ほかの何か理由もありそうだ——と、緑川鮎子は思うのである。

彼女の靴音はコツコツとコンクリの階段にひびき、それは三階の三十六号室の前でとまった。扉《ドア》の硝子には、建築文化研究所としたためてある。

軽くノックして、しかし、返事も待たずに、彼女はいきなりはいってしまった。中には清十郎たった一人だった。製図のデスクに向ってはいなかった。事務の小机の前で何かしていたらしい。鮎子が入っていったとき、新しく啣《くわ》えた莨《たばこ》に、ライターから火を移したところだった。

「やあ——誰かと思ったら、女《めす》、いや、ミスアユコの君か——これは珍らしい。さア、どうぞ」清十郎は、笑顔で迎えた。

「探偵業の方は、近頃どうですか」

「ええ、せいぜい勉強していますわ——昨夜《ゆうべ》はお宅へお伺いしましたの、かけちがってお目にかかれませんで」

「そうと知ったら、家にいるんだったなア」

「それは、そうと、清十郎さん、今何にしていらっしゃったの——莨も吸わずに」と、鮎子は、じっと清十郎の顔をみつめた。

「莨も吸わずとは、妙な御挨拶ですね――こうして、すっているじゃありませんか」

「だって、それはたった今――私がはいってくると同時にすいだしたんじゃありませんか、莨もすわずにと云うのは私がはいって来ない前のことですよ――灰皿はきれいに掃除されたまま吸殻ひとつ落ちていないでしょう――だから貴方は四十五分も前に、ここに来ていらっしゃったにもかかわらず――というのは、わたしはちゃんと貴方がここに入られるのを見ていたんですよ、――その四十五分間をどうしていらっしゃったの、しかも暗闇のなかでよ――だって、ここの窓をあけたのだって遂《つい》、三分ほど前のことじゃありませんか――つまり、その四十二分の間、あなたはこの部屋の闇のなかで、何をしていらっしゃったの――それをお聞きしてるんですよ」

「これは驚いた、――」と清十郎は、今さらのように、鮎子の顔を見かえした。

「一々どうも手きびしいなア――女探偵から、そうまで厳重に監視されねばならないのは、僕には、ちょっと呑みこめませんね」

「空トボケても駄目よ――貴方でしょう、千恵ちゃんのお部屋から頸飾を盗みだしたのは」

「これは、また、へんな云いがかりをつけるんだなア――そ、そんな馬鹿なことを」

「あくまで白を切るおつもりなら、云いますよ」鮎子の頰に、ちらりと片笑窪《かたえくぼ》が浮かんだ。

「いいですか、清十郎さん――ゆうべね、可哀相に千恵子さんが血相を変えて、私のところへ飛びこんでいらッしゃったの――」

彼女は、ゆうべの顚末をひととおり述べ終わり、

「千恵子さんはいわゆるルパンが外部から侵入して、頸飾を盗みだしたと主張するんですの――私も最初はその主張を、もっともなことと思いましたわ、まさか家族の一員が、ルパンなんて思う者はありませんものね――しかし、外部から侵入した形跡は、まったく発見できませんでした――それで、もう一度部屋のなかを、念入りにしらべなおしましたの、その結果、犯人は清十郎さんに違いないと断定しましたの」

「それはまたどういうわけで……」

「千恵子さんは、お風呂に入る前、頸飾を外して、御自分の御部屋においていったんです――化粧箪笥の上の汐汲人形の首にそれをかけて――仔細にその汐汲人形のあたりを調べてみますと、化粧箪笥の上に、莨の灰が落ちていましたわ、――いったい外部からの侵入者なら、いかに大胆不敵な人間でも、莨を吸いながら盗みを働く

なんてことは考えられませんわ、しかもまだ宵の口でしょう。見つかる危険だって充分ありますし、相当緊張して行動するのがホントウでしょう――とても莨を吸ってるほどの心理的余裕なんかありっこありませんわ、たとえ見つかっても慌てる必要のない人だからこそ、咥え莨で悠々と盗んでいったのです。そういう条件の人は家族の中にならいるはずです。しかもその人は莨をすうとなれば、千恵子ちゃん一家では清十郎さんひとりきりではありませんか、あとの人はみんなノー・スモーキングでしょう――駄目よ、そらトボケたって――」

ここまで追い詰められて、さすがの清十郎大人も、すっかり兜を脱いでしまった。「いや、負けましたよ――慧眼おそれ入ります――まさに、妹から頸飾を取りあげたのは、余人ならぬこの僕ですよ」と率直に、清十郎も自分の行為をみとめた。

「こう鮮かに見破られた以上、僕も、すっかり云ってしまいますがね、僕もこれで案外妹思いなんですよ」

「ええ、私だってその点はよく知っていますわ」

「つまりですね――僕が頸飾を盗んだというのも、結局、まア、妹のことを考えたうえでのことです――あれは、あの通り、善良な人間なんですが、なにしろ、いささかフラッパーすぎて、今のところ、まったくの気分屋ですからね――充分戸村のことは考えていながら、センチメンタルになりすぎていた反動として、タイロン・パワーの写真なんかロケットのなかに入れてぶらさげるような、お茶ピイなこともやらかす娘なんですよ。もちろん、外国の映画スターに本気になって熱をあげるわけもないんでしょうが、しかし、とにかく、そんなことは無邪気がすぎて、不謹慎だと云わざるを得ない――それが、ちょうど、昨夕、復員省関係の知人に偶然出あって、戸村の安否がハッキリしたんですよ、――おそくも来月中には帰ってくるだろうという話なんです。すぐ僕は家にかえってその吉報を妹に伝えるつもりで、あいつの部屋にはいっていったんです――ところが、彼女は入浴中で、部屋にはいなかった。見ると、汐汲人形に頸飾が掛けてある。そのロケットのなかが見たくなって開いてみると、あにはからんや、タイロン・パワーの写真がはいっているんで、あきれ返っちゃったんですよ。こいつは少々苛めてやれって気になって、こッそり持ってきてしまったというのが、つまりこの事件の真相なんです。で、僕としては、ただ取り上げただけでは曲がなさすぎる気がして、タイロン・パワーの写真を抜いて、その代り、戸村の写真に、スリかえてやれ、と、いくらかイタズラの気も出てきて、僕の持ってる戸村の写真の複製にとりかかったわけです。ゆうべその足でフィルムを買いに出て、きょうは日曜だけれど、出勤という形にして、ここへやってきて――」

「窓もあけずに、ここの暗室で、戸村さんのロケット用豆写真の製作に没頭なさっていたんでしょう――私も、どうやら、そのへんじゃないかと思いましたの――ああ嬉しいわ、犯人が、そんなに、優しいお兄さんであって――ほんとのルパンなら、私なんか手も足もでなかったでしょうが」

「いや、そんな段じゃない。まったく、お見それ申しやした――と云いたいところですよ。ほんもののルパンだって、この分なら、女隼《めす・ファルコン》の敵でないかも知れませんよ」

「厭！　めす・ファルコンなんて」

ひと気のない森閑とした日曜日のビルデングのなかで、二人の話声が、それからもしばらくの間愉しげにひびいていた。

# 薔薇と蜘蛛

## 1　姉と弟

「中学生誘拐事件なんて、とても私の手に負えないわ」

と云ったものの、女探偵《ミス・ファルコン》の緑川鮎子は、われ知らず瞳をかがやかさずにいられなかった。この話をもってきたのは、友だちの春木千恵子である。こないだの頸飾紛失事件以来、すっかり鮎子を信用しきっている千恵子は、彼女の親戚筋にあたる上州の芦沢家の誘拐事件を、鮎子の手によって一気に解決しようと考えて、彼女を誘いだしにきたのだ。

「そんなに買いかぶらないでよ――私、なんだか怖いわ」

そう、ひかえ目に云う鮎子であるが、千恵子は鮎子といっしょにいると、なんとなく暖い信頼感が湧いてきて何もかもお喋りしたくなってしまうのだ。

「まだ警察にも知らしてないのよ――何にしろ事件が

事件でしょう——うっかり密告したりすると、人命に係わるんだから——」

「おお怖い——つまり、例によって脅迫状でも舞いこんできたというのね——何万円かをコッそり持ってこい、でなけれや、その中学生の命をとるっていう式の——」

「ええ、命をとるという脅迫状が来たことは来たのよ。しかし、それがまるで風変りなのよ。一文《もん》だってお金なんか要求していないの——久美ちゃんの結婚式を取消せ、取消さなければ、その中学生つまり芳《よっ》ちゃんの命は保証しない、って云ってきてるんでしょう——お金が問題でないだけに、芦沢家でも困り抜いているのよ」

「その久美ちゃんって云うのは?」

「誘拐された中学生のお姉さんよ——その久美ちゃんの結婚式が、あと四日に迫っているんでしょう。だから、気が気じゃないの——弟の生命《いのち》の危険を無視して、結婚式をあげるわけにもいかないし、と云ってせっかく取りきめた結婚を解消するというとなると、これもまた大問題でしょう——とりあえず、結婚式の日取りでも延ばして、というような姑息《こそく》な方法もゆるされないらしいの。なにしろ、誘拐犯人の方からは、結婚解消の意志表示を、印刷文にして親戚知己一同に期日までに配布するようにとハッキリ要求してきているんですもの——ちょッと胡魔化しようがないわ」

「久美ちゃんてずいぶん綺麗なひとなんでしょう——それほどの事件を捲き起すヒロインなんだから」

「ええ、もっぱら美人の評判が高いわ——顔も綺麗だし、気立もいいから、それで、つまり娘一人に婿八人という工合で、結局、求婚に失敗した競争者の誰かが、弟芳ちゃんを囮《おと》りにして、こんど結婚の邪魔をしようと企らんだわけね——」

こういう千恵子の説明からすれば、この事件の性格はわりに簡単である。芦沢久美子にこれまで求婚してきた連中のリストにしたがって、ひとりひとりを調べて行けば、犯人はおのずからハッキリしてくるわけだ、——そう一応誰でも考える——実際、その見透しのもとに、芦沢家でも、丹念にしらべてみたが、今までのところ、その中から疑わしい人物をまだ見つけだすまでにはなっていない。こと細かに調べれば調べるほど、彼らの嫌疑はいっそう薄すれていくというような奇妙な実状なのである。おそらく犯人の方でも、それくらいのことは先刻承知の上でやったことだろうから、そう簡単に尻尾を擱まれるようなヘマはしない——よほど巧妙に仕組んだ犯行だとも考えられるのだ。そんなことに手間どっているうちに、結婚式の日限はジリジリと迫ってくる。思案にくれた芦沢家では、千恵子の家に、ひそかに相談を持ちかけてきた。結局警察に訴えるより手がないにしても、その前に一応ミス・ファルコンを煩わしてみようというのが千恵子の主張であった。

こうまで打ちあけられると、鮎子も、引ッこみがつかなくなった。というよりも、この風変りな事件の性格に、しだいに引きずりこまれて行く自分自身を抑えようがなかったのである。

「とにかく、その綺麗な花嫁さんにお目にかかってみようかしら――」

つい乗り気な口調で、口走ってしまった。

「まあ、行って下さる――サンキュー、ミス・ファルコン」

千恵子は、いきなり乱暴に鮎子を抱きしめて、嬉しい嬉しいと仰山《ぎょうさん》な噪《はしゃ》ぎようであった。

「まア、このひとッたら子供みたいに――」と千恵子の手をふりほどきながら鮎子は「でもね、千恵子さん、あんまり期待しないでね。わたしはただ見学にでかけるだけよ、というよりもただ山のロマンスに誘惑されていくだけよ、芦沢家のあるS町って云ったら、上州の山のなかでしょう」

「ええ、もう山また山にとり囲まれたそれは静かな田舎よ――そこで紅顔《こうがん》の美少年が、とつぜん紛失してしまったってわけだから、山のロマンスの一種かも知れないわネ」

「あたし――この事件を、あの盛岡の事件みたいに、血腥《ちなまぐ》さい予感にふるえながら、考えたくないの――怖いことは怖いけれど、何かべつなものがあるような気もするの、なんとなく――牧歌風なロマンチックな――もっともこれは、私だけの得手勝手な空想かも知れないけれど――」

そう云いながら、鮎子は、千恵子と顔をならべて、汽車の時間表をめくりはじめた。

二人は、上野駅から上越線に乗り、目的地に近づく頃は、もう車窓に細い夕月がかかっていた。

　恋は一目で火花を散らし
　やがて、真赤に燃えるもの

そろそろ退屈してきたらしい千恵子は、車窓によりかかって、低い声で「三日月娘」を歌っていた。その歌声に鮎子も惹き入れられながら、夕空をくぎって黒々と続いている山波を眺めていた。そうしていると、これから会わねばならぬ芦沢久美子の、まだ見ぬ面ざしが、ふッと心に描かれた。――「恋は一目で火花を散らし」――そういう情熱的な面ざしの娘の姿が、なんとなしに考えられてくるのであった。

## 2　山荘

芦沢家は、この地方きっての名門と云われているだけあって、時代を重ねて磨きこんだ、柱も棟も太い、ガッチリした屋組みの、見るからに旧家らしい構えの屋敷であった。

苔蒸した庭石づたいに奥まった一室に招じ入れられた二人は互いに顔を見合せて、なんとなく笑ってしまった。都会の文化住宅風な家屋に住みなれた鮎子たちには、いささか勝手がちがいすぎて、洋装の脚を窮屈に折って、厚ぼったい座蒲団にかしこまって昔風の森閑とした奥座敷に置物のように坐っている自分たちの姿が、どことなく漫画じみてさえ感じられるのである。

古めかしい金屛風《びょうぶ》だの、塗骨《ぬりぼね》の障子だのをキョロキョロと見廻しながら、鮎子は、

「たいしたお屋敷ね――これならずいぶん強請《ゆす》りがいがあるわね――」

クスッと忍び笑いを洩しながら云うと、千恵子は、

「そうよ――お金ですむなら、問題はないわ、これだけの構えだもの、いくらでも引き出せるわけだけど、おそらく犯人は千両箱を山と積んでも納得しないわ、――ただもう久美ちゃんの結婚解消だけを条件にしているんだから」

「その犯人は、よくよく、久美ちゃんが好きなんだわ――ほかの男に独占されることが我慢しきれなくって、そういう非常手段をとらざるを得なかったとすると――わたし、その犯人の方にも、ちょっぴり同情しちゃうわ」

「駄目よ――そんなの――なんのために来たんだかわかりゃしないわ」

「だから、出しなに、ちゃんとお断りしたでしょう――ただ山のロマンスに酔いに来ただけだって」と、すかさず云う鮎子なのである。

利根で取れた川魚に山菜の見事な料理、それに、もちろん、光るような白米の御飯を饗せられて、二人は、その年頃の健康な娘らしく、はしたないほど食慾をはずませてしまったが、こういう豪華な夕飯が、お腹のなかに落つくと、自分たちが、こうやって遥々、ここまで出むいてきたその用むきが、ぬきさしのならないものとして、改めて、ハッキリと意識されてくるのであった。

藤絵のある足高膳が下げられると、お給仕の女中と入

れ代って、芦沢夫人が柿をお盆に盛って、現われた。四十いくつかと聞いたが、その年齢よりずっと若々しく見える立派な顔だちの婦人だった。

当主の芦沢氏が、坐骨神経痛の気味で臥せっているから失礼させていただく、と前置きをして、夫人は、こんどの事件の次第を、仔細にわたたって鮎子に話してきかせた。

「私は、ここの子供たちにとっては、継母でございます」と、終りにハッキリと夫人は打ちあけることを忘れなかった。そのことは、すでに、千恵子から、鮎子も聞かされていたのであるが、夫人の口から直接それを云われると、こんどの事件で、夫人の立場の苦しさが、身に沁みて感じられるのである。

「おそらく生みの母の何層倍も、その点で気苦労するのでございますが、やっぱり及びませんわ。自分ではどうにかこうにか、親身の母親らしくなれたつもりでいても、こんどのような事件が持ちあがりますと、やっぱり自分の到らなさが、ハッキリ見せつけられた気がするのでございますよ——子供の躾が行き届いていたら、十五にもなって誘拐されるようなことにならないでしょうに——わたし、すッかり悲観してしまいましたわ」

「でも、芳雄さんは、学校でも優秀な成績でいらしったそうじゃありませんの——優秀なお子さんに対しては相手も誘拐の手口をそれ相当巧妙に考えるでしょうから、いちがいに躾の不満足なせいとばかり云えませんわ」

そう如才なく鮎子が云ったのは、躾の問題はこのくらいにきりあげて、それよりもまず、娘の久美子に早く会ってみたかったからである。

しかし、当の久美子は、事件以来すっかり鬱《ふさ》ぎこんでいて、人前にも、あんまり出たがらない様子なので、芦沢夫人もその点、いくらか気がねをしているらしく見えたが、それもつまりは継母らしい不必要な遠慮なんだと、鮎子は、そんな夫人の気がねは無視して、じゃア、こちらからお嬢さまのお部屋におうかがいいたしましょうと、気軽に立ち上った。

いずれにしても、女探偵という触れ込みで来てしまった以上、そのくらい積極的になるのが、あたりまえだと、鮎子は、ここに到って、はじめて探偵らしい構え方をした。

「まア、久美子の部屋までお越しを願うなんて、ほんとに身勝手なことばかり申し上げて、まことに恐入ります——」

夫人に案内されて、鮎子たちは、客室のある母屋から、渡り廊下をとおって、それが、久美子たちの部屋になっている離れの方へ近づいていった。広大な屋敷うちには、一隅に竹林があって、それが、渡り廊下を通るときに、見渡せる位置にあった。

さっき汽車の窓から見た新月の姿はすでになく、その代り、燦爛《さんらん》たる星屑ばかりの夜空であった。天を摩すばかりに伸びた孟宗《もうそう》竹の細い葉さきが、夜風にあおられて、さながら、星影を払い落すように揺れていた。そういう自然の姿も、見慣れた者の眼には、たいして奇もない風景だろうが、鮎子たちには、何か陰々と身に迫る鬼気のようなものをさえ感じるのであった。

「あらッ――」

どうしたわけか、芦沢夫人は渡り廊下での中途で立ちどまってしまったが、またすぐ吾に帰ったように歩きだした。

「どうしたんですの」

と、後からついてゆく鮎子は訊かずにいられなかった。

「いいえ――なんでもないんですの。芳雄がいなくなってからというものは、わたしは、ちょッとしたことにも、すぐハッとするんですよ――気病みが昂じて神経過敏になっているんですね――ホラ、芳雄が居ないのに、芳雄の部屋に灯《あかり》がついているでしょう」

夫人がそれと指さす部屋に、なるほど電燈がついていて、縁に面した障子が冴え冴えと明るい。

「考えてみればなんでもないんですよ。きっと久美子でも入っているんでしょう――芳雄は、変人でしてね、ふだんから、あんまり自分の部屋にひとを入れたがらないんですよ、親が入っていっても、いい顔をしないんですの――だから、あれが居なくなってからでも、あれの部屋は、そッとしておいてありますの、なにしろ几帳面な性質ですから、帰ってきて、鉛筆一本でも置き方がちがっているのがわかると、きっと機嫌を悪くすると思いましてね――それを、どうして、久美子が入っているんでしょうね」

芳雄の部屋の明るい障子の色に吸いよせられるように鮎子たちは近づいていった。

## 3　飼育瓶

「ああやっぱり――久美ちゃん、貴女だったわね」

芦沢夫人が障子をあけると、はたして、中には、久美子が立っていた。

鮎子も、夫人の背中に寄りそったまま、われ知らず、固唾をのむ感じで、部屋の中なるひとを見守った。かねがねの噂さどおり、やっぱり綺麗なお嬢さんだった。事件発生以来、激しい昂奮にゆすぶられつづけてきたせいだろう、美しいままに憔悴の色が濃かった。

　不意の闖入者に、さすがにびっくりした様子だった彼女は、寝巻のうえに伊達巻を締めたきりの姿だった。――鮎子と視線が合うと、面映ゆげに瞳を伏せた。

「まア、そんな恰好をして、こんな部屋に立っているなんて夢遊病にでも取り憑かれたみたいじゃありませんか――第一、見っともないより風邪をひくわ」

　夫人はそう云って、すぐ、隣りの娘の部屋から、銘仙の羽織をもってきて、彼女のすんなりした肩先にふわりと着せかけてやった。

　面《おも》やつれして、いっそう色白に見えるその顔が、紫矢絣《やがすり》の羽織とよく映って見えたが、鮎子としては、このひとに、パーマネントをかけさせて、ピンクのブラウスでもきせて、野天につれ出して、もっとその肌を太陽の直射で小麦色に焼いてやりたかった――そうしたら、もっともっと美しく活々《いきいき》としてくるにちがいないのにと、何か歯がゆい気持だった。

「さあ、とても良いお客さんをお連れしたわ――緑川鮎子さんよ、女流探偵の」

　うっかりしている間に芦沢夫人が、仰々《ぎょうぎょう》しく紹介したので、鮎子はあわてた様子でさえぎりながら、

「まあ、そんな大袈裟な――困りますわ、ただ同性のお友だちとしてお伺いしただけですのに」

　そう、さりげなく挨拶を交わしたが、その実、鮎子は、持ち前の探偵癖を、すでにこの部屋に入ると同時に、活潑に働かしているのであった。とにかくこの古色蒼然たる芦沢家の館――じっさい館とでも呼びたい雰囲気がこの奥深い屋敷に罩《こ》もっているのだ――そのうちでは、誘拐された芳雄の部屋だけは、また一種別の趣きをそなえていた。

　神経質にすぎると思われるくらい部屋中がきちんと整頓されてはいるが、しかし、結局少年の気ままな部屋であった。芳雄という一本気な中学生の夢や趣味が、一杯にあふれていた。それが、ことごとくと云ってもいいくらい理科（それも主として動植物学）の蒐集品や参考資料につらなっていた。

　勉強机の上には、南洋産の大とかげの剝製が載っていたし、壁にはこのへんの植物の分布図が、芳雄自身の、いかにも中学生らしい丹念な筆で、細かに色わけされて掛かっていた。

　書棚には植物図鑑や、シートンの動物記といったような書物が、整然とならべ立ててあって、そのほか採集し

た植物標本や昆虫箱の類が所せまいまでに積み重ねてあるのが見受けられた。なるほど、この部屋が、こういう性質の研究室がかったものであってみれば、芳雄が自分以外の誰れかれが、やたらに出入するのを気にするというのも、いくらか、わかってくるのであった。

しかし、久美子はここにいたのである。不眠症の気味で、疲労が激しく、自室で臥せっているはずの彼女が、寝巻姿のまま芳雄の部屋で、いったい何をしていたのであろうか——これには、何かあるナと鮎子は思わずにいられなかった。

今、鮎子たちがはいってきたとき、久美子は卓子《テーブル》の側で、何かしていたらしかった。卓子のうえには、大とかげの剝製以外に、昆虫でも飼育するらしい広口瓶がのっているだけでほかにはなんにも見当らなかった。この広口瓶はこの場合、久美子とは関係がありそうにも見えなかったが鮎子の方では、なんとなく、それに心がひかれた。

母親の芦沢夫人にしても、今どき、久美子が、弟の部屋に、ぼんやり立っていることが、当然腑に落ちない様子であった。

それについて、夫人が訊いても、久美子が伏目がちに答えたその答は、しごく簡単なものであった。

「わたし、なかなか睡れないでしょう。だから、何か気晴らしに、芳ちゃんの持ってる本でも借りて読もうと思いましたの——でも読みたいような本はなんにも見つからなかったわ——みんな生物関係の本ばかりなんですもの」

一応うなずかれる返事なので、夫人は納得して、

「そんなら、もう御自分のお部屋にもどって、緑川さんといろいろお話しなさったらいかが——」と娘を促した。

「じゃ、そう御ねがいするわ」と、久美子は熱っぽい視線をちらりと鮎子の方に送りながら、「でも、おふとんを敷いてあったりして、散らかっていますから、ちょっとお待ちになって」

と、久美子と芦沢夫人とが隣室を片づけている間、独り取り残された鮎子は、これを機会に、テーブルの上の広口瓶をもう一度見直した。

この瓶は、芳雄が居なくなってから、いやたった今、テーブルの上に置かれたものにちがいない。芳雄が誘拐されてからも、この部屋は、鉛筆一本動かさず、そっくりそのままにしてあると云った芦沢夫人の言葉は信じられる気がした。少年がいなくなってから三日たっている。テーブルの上は、その間、ぜんぜん拭掃除などもしなか

ったらしく、一面にうっすら埃りをかぶっている。

もし、広口瓶が三日以上前から机上に置かれてあったのなら、瓶の位置が、埃りのなかに丸く跡を残していなければならないはずなのに、瓶をもちあげてみても、そういう痕跡はまったく見当らず、その位置も、ほかと何ら変りなく、いちめんに薄埃りに覆われていた。——だからこの瓶は、ごく最近、ここに置かれたものだということに気がつくのである。

（変だわ——）と、鮎子は小首をかしげて考えた。

テーブルのすぐ側の壁に棚がつくってあり、それには同じような広口瓶が十個近くもならんでいる——その瓶の列に視線を転じたとき、彼女はもっとハッキリしたことがわかった。疑問の瓶は、この棚から取りおろされて机上に置かれたものなのである。棚の瓶の列ももちろん埃をかぶっていたが、それが置かれてあった場所には、くっきりと瓶の底の跡が印されてあり、こころみに机上の瓶をその跡に当てがってみると、ぴったりと合うのである。

とすると、久美子の不審な挙動と考え合せて、この瓶を棚から取り下ろしたものは彼女以外にはないと、思われてくるのであった。

久美子が誘拐された弟の部屋に入ってきた目的は、書物なんかではなく、実はこの瓶であったのだ。だが、あのお嬢さんが、この昆虫飼育用の広口瓶をどうするつもりであったのであろうか？

これは、すこぶる興味ある謎だ——この事実は、しっかり脳裡に刻んでおく必要があると思った。これが、案外、この事件を解く鍵《キイ》にならないものでもないから……

## 4　薔薇一片

朱骨《しゅぼね》の雪洞《ぼんぼり》風のスタンドが置いてあって、久美子の部屋は、弟の少年生物学者の部屋とちがって、さすがに艶めいていた。床の間の違い棚の上にある白磁観音の像は、雪洞の灯影のなかに、仄かな微笑をうかべていたが、この部屋のお嬢さんはあまりにも憂い顔である。鮎子には取りつく島もない感じであった。

鮎子が、この部屋に入ってくると同時に、芦沢夫人は、

「私みたいなお婆さんがいたんでは、かえって、気が重いかも知れませんね——若い人たちだけの方がよろしいでしょう」そう云って席を外した。

母の姿が消えると、久美子は、幾分シコリが解《ほ》ぐれたといったような気配をみせて、はじめて口をひらいた。

「ほんとに婦人探偵でいらっしゃいますの――わたくし、なんだか、そんな気がしなくって、お姉さまみたいな感じがしますの」

これがこのお嬢さんの本音かどうか、その口前にうっかり乗れない気がしたけれど、鮎子は、わざと情熱的に力をこめて、久美子の両の手をぎゅっと握った。

「探偵なんて可笑しいみたいなものだわ――私はね、久美子さん、探偵以上のものになりたいの」

「探偵以上のもの？――」

久美子は訊きかえした。彼女は形のいい白い歯ならびを雪洞の灯ざしのなかにきらめかせて、喘いでいるように見えた。

「今、あなた、おっしゃって下さったでしょう。私のことをお姉さんみたいな感じがするッて――私、ほんとに嬉しいわ、お姉さんって探偵以上のものだわ――探偵以上に、妹のことなら、よくわかっているはずでしょう――それが私は、あなたのこと、半分もわかっていないのよ。ただわかっていることは、貴女が、御両親にも、親戚の方にも隠して、何かしら秘密をもっているってことだけなの」

「秘密なんて――」

久美子は、両手を握られたまま鮎子から顔をねじ向けてしまった。

「秘密なんてないと仰有るの？――じゃアね、久美子さん、こんどの御結婚――それがこんどの脅迫のタネにされてしまったけれど、あなた御自身はじめっから、乗気でいらっしゃったの？」

「――」

「その点を、もし私をかりにもお姉さんみたいだと仰有って下さるのなら――まずその点をハッキリ聞かせていただきたいわ」

初対面のくせに、ずいぶん強引な云い方だと、自分ながら感じたけれど、鮎子は、わざと、そのひたむきな調子を緩めなかった。久美子は相変らず、首をそっぽに捻じまげて、頑《かたく》なに押しだまっていた。

「ただの御見合結婚――それとも恋愛結婚でいっらしゃるの」

鮎子の方でも、屈せず、たたみかけて訊いた。久美子のねじ向けた横顔に、目尻から一粒の涙の珠が光り落ちてスルリと糸を引いた。

「母は申し分ない相手だと云っていましたわ。後妻だけれど、先方は物わかりのいい捌けた紳士で、第一、金持ちだし、県会議員だし、土建方面でも顔役だし、なるほど、母の云うとおり申し分のない相手ですわ――だから、わたくしは、母の云いなりになりましたの」

「なるほどね――でも後妻じゃお可哀相ですわ」

「外地から復員してきた栄養失調の若い者なんかを相手に選ぶよりは、その方が、ずっと利口だと母は云いますの――母の考え方はとても現実的ですわ――後妻じゃ、可哀相などと仰有らないで下さい」

そう云うなり、久美子は、ガバッと、鮎子の膝のうえにうつぶしてしまった。肩をふるわせて、泣きじゃくるのを、さすがの鮎子も、ちょっと慰めようもない気持で、ただ久美子の黒々とした髪の毛を、なかば無意識に撫でているばかりであった。

と、その漆黒の髪の毛の間に、紛れ込んでいた一片の花びらを見つけた。紅天鵞絨《ビロード》のように鮮かな色の薔薇の花びら――この部屋に終日とじこもっていたはずの久美子は、いつ薔薇の花びらが髪のうえに散りかかるような所を歩いて来たものだろう――これも甚だいぶかしいことではないか――

## 5 誘惑蜘蛛

その夜、鮎子が、久美子の部屋から戻ってきたのはもう十一時近かった。千恵子も、鮎子とつれだって、久美子の部屋を見舞いたいと思ったが、今のところむしろ、出しゃばらないで、鮎子ひとりに任《ま》かしておいた方がいいと考え直して、その間当主の芦沢氏の病室の方に行っていた。

芦沢老は病中のせいか、こんどの事件についても、すべて成行き任かせ、という風に見えた。

「芳雄は、もう十五にもなっているから喃《のう》――誘拐されたにしてもじゃ――なんとか逃げだしてくる智恵才覚ぐらい持っていそうなもんじゃとわしは考えとるよ――結婚問題にしても、娘や母たちで、相談しあって適当にきめればいい――もう、あれ等はわしのような病みほうけの老骨に頼らずとも、テキパキとやってゆけそうなもんじゃと思っとるんだがな」

もっともな言葉だと聞いて、千恵子は引き下ってきたのだが、客室には、まだ鮎子の姿は見えず、待ちくたびれて、先に寝床にはいり、うとうとしかけた頃、やっと鮎子が戻ってきた気配がした。

千恵子は、蒲団のなかから、重い瞼をやっと開いて、寝支度をしはじめた鮎子の姿を認めると、「御苦労さま」と、ねぎらいの声をかけたつもりだったが、なにしろ睡い盛りだったので、ほんとにそう云ったかどうか自信がなかった。鮎子の方でも、何か云ったらしかった。

「このへんに、こんな綺麗な紅薔薇の咲いてるところを、千恵子ちゃん、知っている?」(後で訊くと、鮎子はそんな風に云ったそうだが)千恵子にはそれも、おぼろげにしか、聞えなかった。ただ、薔薇という言葉だけが、僅かに頭の隅に残っていた。

それが、翌朝目ざめてみると、鮎子の姿は見当らない。蒲団は藻抜けの殻だった。シーツも白々と冷えているところをみると、鮎子は、相当早起きして抜けだしていったことになる……

(昨晩だって、あんなに遅かったのに――)と不審がる彼女の瞳に映ったのは、その枕元に落ちている真紅《まっか》な薔薇の花びら一片であった。

(そう云えば、昨晩、あのひとは、薔薇がどうしたとか云っていたようだった)

そんなに朝早く起きぬけに、鮎子が薔薇の花を鑑賞にでかけたなどとも思えなかった。だいいち、薔薇と中学生誘拐事件と、結びつけて考えるというインスピレーションも湧いてこない千恵子ではあったが、しかし、この芦沢家の屋敷うちで、この種の薔薇の木のある所だけは、千恵子もいくらか心当りがあった。

戦争が始ってからは、芦沢の家とも足遠くなってはいたけれど、以前は、ことに小学生の頃など東京から休暇のたんびにやってきては、ひねもす広い屋敷うちを遊びほうけたことも珍しくなかった。

庭樹《にわき》の多いわりに、花樹類はすくなかったから、この薔薇の位置も忘れずにいた。それがまた、ひどく変な場所にあったから、なおさらよく憶えていたのかも知れない。裏庭の竹藪に接して、だいぶ年代を経た納屋があり、小学生の頃、隠れん坊をして、その納屋の裏手に廻ったとき、思いがけなくそこの陽だまりに、枝もたわわに咲きあふれている紅薔薇を見出した。指先が染まりそうな鮮かな花影が、誰からも見られないような、藪かげを色どっているのには、思わず目を見はったものだった。

今もその時と同じように咲いているにちがいない。鮎子の抜けだしていった寝床の側に落ちていた花びらは、すぐとその納屋裏の薔薇を連想させたので、千恵子は、急にその場所に行ってみたくなった。

陽は上ったばかりで、庭から見える山の頂きあたりが、ようやく金色に染められたところだった。納屋の片蔭の薔薇の木は、夜露に濡れたまま、まだ朝日の影はそのうえに射していないだろうと思いながら、庭下駄をつっかけて、まだシーンと静まりかえっている庭の、露ッぽい芝生のうえを横ぎっていった。

竹籔の方へ歩みかけたとき、ふいに、その中の細道から出てくる、久美子らしい女の姿を見かけた。それが近づいてみると久美子でなくて、鮎子だったので、二度びっくりしてしまった。鮎子は、久美子から借り着して和服をつけていた。東京から着てきたままの薄手の洋装一着では、山の中の朝冷えは強《き》つ過ぎたので、芦沢夫人が、久美子の和服を出してくれたのであった。それが遠目には、芦沢家の令嬢そっくりに見えたわけである。

「目をさましてみたら、あなたがいないんでしょう」

千恵子は、鮎子を見上げながら云った。「ちょッと心臓を弾ませちゃったわ——こんどは、貴女が誘拐されたんじゃないかと思って——いったいどこへ行ってらっしゃったの、こんな朝早くから」

「つまり任務精励ってわけよ」

鮎子は、にこやかに答えながら、そこの、ようやく陽の当りはじめた石のうえに、千恵子を誘って腰をおろした。

「あたしはね、千恵ちゃん——薔薇の木を求めてお庭中をさまよっていたのよ。——白じら明けの頃から今までかかって」

「で、見つかった?」

「おかげで見つかったわ——ホラ、この花よ」

鮎子の髪に挿した一輪の紅薔薇は、燦《きら》めく朝日をあびて、ひとしお鮮かであった。

「それがね、見つかったのは薔薇ばかりじゃないのよ——誘拐犯人も被誘拐者も、ことごとく一ッぺんに見つかっちゃったのよ」

「エッ——ほんと? それはまた、どうしたってわけなの」

それについて鮎子の説明するところによると、こうである。芦沢家のお嬢さんは自室に閉じこもっているらしく見えたけれど、どこかへコッソリ出かけて行くらしいことは、昨夜、髪の毛に薔薇の花びらが附いていた点からも推察された。その場所が、今朝になって突きとめることができた。納屋であった。納屋の裏手には薔薇が咲いていた。

「あの納屋には、いろんなガラクタ、——つまり芦沢家の不用品ばかりがしまってあるのよ——だから、ふだんは殆んど用がない所らしいのよ。そんな所へ、久美ちゃんがなんのためにでかけるんでしょう――」と、千恵子は訊かずにいられなかった。

「とにかく私はね、納屋の裏手で、薔薇をみつけたでしょう――それで、しばらくそこに立って考えていたの」

そうやって鮎子が立っているとき（彼女は説明をつづける）、不意に納屋の二階の窓の小さな金網張りの戸が、うち側から引き開けられる気配がした。そのときはやっと、夜が明けはなれたばかりで、まだ仄暗く、窓からは、外に立ってる鮎子の姿はわかるとしても、こちらからは窓のなかの顔を見届けることはできなかった。

「姉さん！」窓の戸のきしむ音といっしょにそういう声がしてきた。

「それを聞いても、それほど私は、ビックリしなかったの。たぶん、そんなことじゃないかと、いくぶん期するところがあったから――」と、鮎子の口調はなかなか自信にあふれていた。

「姉さんと、むこうが私を見誤ったのは、姉さんすなわち久美子さんの着物を借着していたからよ。またそんな場所へくる人は久美子さん以外には考えられなかったからでしょう、久美子さんはいつもそこに来て、納屋のなかと連絡を取っていたことがこれでハッキリしてきたんです――私は納屋のなかからの呼び声に応じて、こっちも当然返事をしなければならず、と云って久美子さんの声帯模写もできないでしょう――仕方ないから、黙って、手だけあげて返事の代りにしたのよ、そしたら、窓から、スルスルと細引がおろされてきて、その端に紙きれが結びつけてあったの。――それには、こう書いてあるのよ。お頼みした飼育瓶を早くもってきて下さい。ゆうべくるかと思ってあてにしていたのに――納屋のなかで、卵嚢を持った扁平蜘蛛《ひらたぐも》の素晴らしい巣をみつけたんですよ。飼育瓶がないと、せっかくの獲物を逃がしてしまうおそれがありますから、ぜひ僕の部屋の棚から持ってきて下さい――それはそうと、そちらの形勢はその後有利に展開していますか――」

その紙キレの文句を読んで聞かせてから、鮎子は、さらにつけ足した。

「つまり、この事件は、もうお察しがついたでしょうけど、はじめっから被誘拐者もなかったのですよ――芳雄さんと久美子さんが姉弟《きょうだい》力を合わせて打ったお芝居なのよ。久美子さんはこんどの縁談は、義理のお母さんの手前、どうしても反対しきれずズルズルと結婚式一歩手前まで押しつめられてきたけれど、居堪《いたたま》らなくなって、近頃流行の誘拐事件を利用する苦肉の策に出たってわけなのよ——芳雄も姉さんの気持に共鳴して誘拐されたと見せかけて、実は、納屋のなかに隠れていたんですよ。三日も納屋のなかにもぐりこんでいて、それほど退屈もしないで頑張っていられたのは、芳雄さんが純情で姉さん思いのせいもあるでしょうが、同時に少年生物学者でもあるせいよ——なにしろ、納屋のなかで、蜘蛛の生態研究に没頭していたんですもの——結局、芳雄さんを誘拐したのは扁平蜘蛛らしいわ」

これには語る鮎子も、聞いていた千恵子も、ともに笑ってしまったが、考えてみれば、それだけでは、この事件を完全に解決したことにはならない。探偵としての解決だけではすまされないものが、残されているからだ。

「だからね」と鮎子は、低いが情熱的な決意をこめて云った。

「納屋の生物学者のことはもう少しそっとしておいて、その前に、あのお母さんを極力説得して、久美子さんの青春を劬《いたわ》ってあげるように工作しなければいけないと思うわ。ね、千恵子さん、二人してこれから、芦沢夫人説きおとしに取りかかりましょうよ」

そういう声と一緒に二人は立ち上っていた。空は青、花は紅《くれない》——彼女たちも、朝の光のなかに爽やかな娘ぶりだった。

# 翡翠《ひすい》の娘

## 1　夜道

「あたしの顔、少こし青くないこと?」

鮎子が帰ってきたのは、九時をすでに過ぎていた。帰ってくるなり、彼女は、兄の緑川弁護士を見かけて、そう云った。兄のところには、春木清十郎——例の口の悪い建築技師も遊びに来ていて、兄といっしょに、そういう鮎子の顔を見まもった。

「なるほど少こし青いね——どうしたんだい」

兄の言葉を引き継ぐようにして、清十郎技師も、

「少こしどころか、だいぶ青いね——すくなくとも女隼（めす・ファルコン）の異名のある女探偵としては、いささか威厳《デグニティ》を損ずる青さだね」

「清十郎さんに申上げてるんじゃありませんのよ——どうぞお気にかけないで……」

彼女は、ちらッと清十郎を横眼で睨む真似をして、そ

れから白いトップ・コートを脱いで、兄の事務室の椅子に腰をおろした。

「——とても怖かったのよ。——家につくまでは、ほとんど無我夢中だったの——今になって急に怖さが身に沁みてきたわ」

なるほど、彼女の顔は、まさしく青い——女探偵を志願するだけあって、女としては、鮎子は物に動じないほうではあろうが、よほど、異常な出来ごとがあったらしい。切れ長なみずみずしい瞳《め》が露わな恐怖を覗かせて、胸のときめきさえ、まだスッカリおさまってはいない様子だった。

「ヘエ、そいつは耳よりな話だ。女探偵と恐怖とは両立しないものだと思いこんでいたんだが——さあ、出がらしだけれど、冷たいお茶でものんで、恐怖に硬ばった舌をソロソロ運転させて下さい」

清十郎は、口も悪いが、なかなか親切でもある。久須《きゅうす》から冷えきった番茶をついで、鮎子にサーヴィスした。

「まあ、お世話さま——」

彼女は、おいしそうにそれを呑みほして、

「やっと人心地がついたわ——、生れてからはじめてよ、こんな物凄い経験は——まだわたし、追いかけられてるような気がしてるの」

彼女はこわごわ窓のそとを見た。戸外は、雨気をはらんだ密雲がたれこめていて、漆黒の闇夜《やみよ》である。風のかげんで、遠くを走る省電の音が、時おり地の底から聞えるぐらいで、寂然と静まりかえっている。

「駅から下りて、ここまでの道ね、もとみたいに家並みがなくなってしまったでしょう——あの疎開あとの原っぱの道——」

彼女はそう云いさして、固唾をのんだ。

「あの道で、変な男につけられたってわけだね——あのへんは、街燈を復活させる必要があるね——」兄の俊一は呑みこみ顔で云った。

「駄目なんだよ——」と清十郎技師が云い添えた。「いくら点けても、電球を盗られちゃうから駄目さ——どだい、そんな暗すぎる夜道を、淑女が独り歩きするそのことがよくないんだよ——そうと云ってくれれば、駅まで迎えに行ってやったのに——いったい、相手は」と清十郎が云いかけると、

「相手は、そうね——清十郎氏よりも、もうちょッと強そうだったわ」

彼女の説明によるとこうだ——彼女の母校でひらかれた文化祭へ行っての帰えりだった。もっと早く帰えるつもりが、久しぶりで同窓の誰れかれとめぐりあって、話

もはずみ、意外に帰宅が遅れてしまった。

駅から家までの道のりが、ちょッと半キロちかくある。その道の大部分が疎開跡で、家らしい家は、ほとんど見かけられない。煙突だけが聳えたっている銭湯の跡だの、門柱だけが取り残されて野菜畑に変っている屋敷跡や、新築しかけたまま柱ばかりの家とかが点綴《てんてつ》しているぐらいで、後はただ草ぼうぼうの原っぱが続いているにすぎない。

駅で降りた人影もごくすくなかった。寂しいには違いないが、なまじ妙な道づれなんか無い方がいっそ気楽だと、鮎子は原っぱの中の道をひとりぼっちで小走りに急いだ。ところが、半分ばかり来たとき、急に鮎子は、自分の足音以外にもう一人の足音に気がついたのである。木の葉擦《こず》れでも、風のそよぎでもない——もう紛うかたなき人の足音である。それも、男の靴の足音だと、正確に聴きとれるのだ。

同じ道筋を歩く人間がいたからって、べつに怪しいとばかり考える必要はない。しかし、鮎子は、その足音ばかりに気をとられていた。全宇宙がその足音だけで占められてしまったように、聞くまいとしても、おのずから、耳について離れなかった。

それは足早に近づいてきて、しかし鮎子の距離が五六米《メートル》になると、その距離を保ったまま、それ以上急ごうともせず、こっちの歩調に合わせるようにして、ただ、しんねりむっつり追いてくるのだ。

それが、たまらなく、こっちの神経にまつわりつく、——鮎子は、わアッと叫んで、めくら滅法に駈けだしてしまいたくなるのをじっと堪《こら》えて、今までの歩調を崩さず、そ知らぬ顔で行く。もし下手に駈けだしたら、もっと不気味なことが起りそうな気もしてくるのだ。どんな場合でも平静さを失いたくない——そういうただ一つの念願にすがって歩いている彼女であった。

女は弱き者なり、と頭から決めてかかって、その弱さのなかに自分のほうから溺れこんでしまいたがるから、いっそう悪い状態を招きやすいのだ——彼女は油断なく気を配りながらも、ついてくる男には、まったく無関心な態度で歩いてゆく……

その、いわば野中の一本道みたいな道は、省線電車の線路に平行していた。ちょうど、その時、上り電車が、その土堤《どて》の上をちらちらと窓の灯影を、道ばたの草むらの上に振りこぼしながら、走り去った。

電車の窓の見も知らぬ人影を、鮎子はその時ほど、切ない懐かしい思いで見送ったことはなかったが、それも一瞬にして遠のいてしまった。

すると、突然うしろの男は急に歩幅を伸ばして、忽ち鮎子と肩をならべてしまった。

「暗い晩ですな――」

しごく、さりげない調子で、くだんの男はとつぜん話しかけてきた。

「ほんとに暗くって――まったく、不用心ですわ」

もう、こうなれば、度胸を据えて、言葉を交わすより仕方がなかった。

「不用心？ ――なるほど違いないや！ ――なにしろ、わしみたいな男が、ひょッくり飛びだすンだからな――」

果して、相手は、ただの通行人ではないらしい。陰々たる夜気のなかに白歯を見せて笑ってる様子だ。

「そうすると、あんたは――」と云いかけたまま、とっさには二の句をつげないほど恐怖に押しつけられた鮎子であった。

「つまり、夜の紳士、アッサリいえば追剥ぎだね」

相手を女と見て、まったく、ひらき直った高飛車な云い方である。まずこの一言で相手をすくみ上らせておく方が、万事しまつがしいい、とでも考えているような、ふてぶてしい口ぶりだった。

「――」

「わしは、これでなかなか夜目が利くんでね。たとえ真ッ暗やみのなかでも、あんたってお嬢さんが、どれほど素晴らしい美人かということもよくわかるし、その小粋な形の腕時計が、相当値打ちの舶来品だということも、いや――ハンドバックのなかの金高《かねだか》だってちゃんと見抜いているんだからね！ ――なアに、ね。もともと荒事なんかわしは嫌いな人間でね。――ただまともじゃ食えない世のなかなンだから、人間、せっぱ詰まれや、ノビもやりゃタタキもやるようになるってだけの話さ――」

相手の兇悪そのもののような人相が、暗澹《あんたん》たる闇のなかでもハッキリ見てとれるようで、いっそ気でも失ってしまったほうが楽にちがいないと鮎子は思うのであったが、ただ冗談にもせよ、女隼《めす・ファルコン》などと云われてる意識だけが辛うじて彼女をそこに踏みとどまらせていたのだ。

「ハンドバックはあげてもいいわ――だけど時計だけは堪忍してね」

彼女の声音はやや上ずって聞えたけれど、決して取り乱した感じではなかった。しゃべってるうちに、何か自信のようなものが少こしばかり出てきた。

「この時計はね――兄が瑞西《スイス》の公使時代に紀念に買ってくれたものなの――その兄も死んでしまったし、これが、ただ一つの形見になってしまったんだから、これだけはね——堪忍して……後生だから……」そう云いながらも、彼女はこッそり腕時計をはずしかけていた。

「フ、笑わせるよ——このお嬢さんは——」相手は、フッフフフと、うそ寒い笑《わらい》を洩らして、

「追剝から、仏ごころを引きだそうなんてシャレは止めた方がいいね——まるッきり無駄なんだから——わしは、ハンドバックなんかどうでもいいや、それよりは時計だね。なにしろ、その時計は、さッきの電車のなかからずウッと目をつけていたんだから、——ここまで後をつけてきて、今さら思い切れなんて、そりゃ無理だよ——」

そう云うなり、男は、鮎子の左手を摑みかかったが、彼女はすばやく身をひるがえす同時に、すでに外していた腕時計を、側の草むらの中にポンと投げこんだ。ポシャンと水の撥ねる音がした。そこには裸の水道管が破けて、噴きだした水が草むらのなかに小流れを作っているのを、鮎子自身は前から知っていたので、わざとそこを目がけて、時計をほうりこんだのだ。

しかし、うわべは、くだんの男の掠奪から、逃れようとした機《はず》みに、過って、時計を飛ばしてしまったようにしか見えなかった。

「ちぇッ——無茶だなア——せっかくの時計を水に漬けて、錆らかしちゃ、元も子もありゃしねえ」——男はあわてて水音のした方へすッ飛んでいった。

今の場合、男にとっては、草むらのなかの水溜りから、時計を引き上げることが何よりも急務であった。ありふれた品とはちがう——瑞西公使の記念品だ。錆らしちゃたいへんだと、寸秒を争う気忙《きぜわ》しさで、ガサガサと草むらのなかへ分け入ったのである。

これこそ絶好のチャンスだ——鮎子が、疾風のごとく逃げかえったのはもちろんである。

男は追いかけて来なかった。——途中で、彼女はちらッとふりかえってみたが、くだんの男は草むらの中を、及び腰になって探しているらしく、そこの草むらだけが一トところ懐中電燈の灯影を宿してポーッと蛍火のように、青っぽく明るんでいた。

自家《うち》の門まで、たどりつく前に、鮎子はもう一度ふり返えってみた。もう懐中電燈の光は消えてしまっていた。時計を、探し当てて男は引き上げてしまったのかも知れない。或はまた、こッそり、あとを追ってきて、そのへんに潜んでいるようにも思われて、まだ容易に気が許せなかったが、しかし心はどうやら落着いてきた。

で、とにかく、彼女は、自家にたどりついて、兄の顔を見るなり、さっそく事の次第を物語ったというわけな

のである。

しかし、事件は、むしろ、これからが本筋なのである。

## 2　耳飾り

「さすがに、女隼《めすファルコン》だけのことはあるね――精巧社出《で》来《き》の古時計を、追剝除《よ》けの身代りに使うなんて、相当なもんだね――」

春木清十郎も、兄も、鮎子の追剝奇談にはすッかり愉快がった。

「しがない弁護士稼業の僕が、瑞西公使に昇格させてもらったわけか――これは、ちょいと嬉しい話だね――じゃ、その時計の代りに、新しいのを一とつ心配してやらなくちゃならないかな――これはいささか痛いぜ――」

と、兄は破顔苦笑した。

「あの時計、和製だったけれど、外の側だけは外国出来のと、とりかえてあったのよ――和製でも、なかなか調子がよかったんだけど、戦争中防空演習のとき、水をかぶってから、どうも狂いがちで――この頃では、もうホンのお体裁だけの時計でしかなくなっていたのよ――だから、べつに惜しくもないの――お兄さんも新しいのをプレゼントしてくれるンなら、なおのこと心残りがないわ――でもね、お兄さんはあんまりアテにならないから――」鮎子は、小首をかしげながら微笑《わら》った。

「どうも兄貴は信用がないね――僕なんか、これでアテになるつもりなんだが」

と清十郎技師が、口を挿しはさんだ。

「どうだか、わからないわ、よそのお嬢さんには御親切でも、女探偵には冷淡なんだから――女だてらに十手を預るなんて、いかなる天魔の魅入りしか嗚呼《ああ》――って仰有ったのは誰アれ?」

「いや、あれは確に失言だった。――おみそれして申しわけありません――そのつぐないとして、国産でいいなら僕時計の方は心配するよ――時計ぐらいでよかった、これが例の翡翠となると、僕の手には負えないからね」

「そうだった――翡翠事件ってのがあったな――」兄の緑川弁護士も、すぐ、それを思い出した。「あれは、まだ、迷宮入りのままで犯人はあがっていないんだろう」

「そうよ――あれは時計でなくって、翡翠の耳飾りでしょう、わたしの古時計だって狙われるくらいだから、あれが狙われたのはまア当然ね」

奪《と》られた物も場所も、鮎子のそれとは、まったく違っていたけれど、被害者は、ほぼ同じ年頃の娘で、当時の情況も、だいたい似通っていたので、鮎子自身も当然、それを思い出さずにはいられなかった。

一ケ月ほど前のことである。――北條菊代という娘――と云っただけではわからないにしても『翡翠の女』と云えばきっと想い出すひともあるだろう――彼女が、中野辺の焼跡で、やはり追剝ぎに襲われて、翡翠の耳飾りを強奪された事件があった。菊代は、北京生れで、終戦までずうっと同地で育ったのであるが、この春、引揚民の一人として、はじめて故国の土を踏んだ娘である。彼女をモデルにして、若手の新進画家某氏が描き上げたのが、いわゆる『翡翠の女』で、それが銀座の或る画廊に出品されると、たちまち人気を集めるにいたった。

画家仲間でも相当評判がよかったようであるが、素人《しろうと》眼にも、たしかに異色ある傑作のように見えた。この絵で見ると、菊代は、豊満というタイプではなく、細おもての、むしろ寂しすぎるくらいに純東洋風の気品のある顔だちで、画面の色彩感も決して派手ではなかった。それでいて、形のいい耳と翡翠の耳輪とのつながりがいかにも冴えざえと美しくこの気品高い女体の内に秘められた青春の夢をそのまま伝えているようにも見えた。

鮎子も銀座に出たのをしおに、そこの画廊に立ちより、評判の『翡翠の女』に見入ったが、彼女もまたこの絵に魅惑された一人であった。噂によると、その翡翠は、正真正銘のホン物で、そこらへんの店で、手軽に漁れるようなまやかし物ではなく、なんでも遠く大陸のはて、天山南路《てんざんなんろ》あたりで入手した極めて優秀な品なんだと註釈を聞かしてくれる人もあったりして、いっそう、しみじみと『翡翠の女』を鮎子は見まもったものであった。

註釈は、なおそれ以上にもあった。――モデルの北條菊代と画家とは北京時代からの想思の仲であり、(その画家も、しばしば大陸へ写生行脚に行ったらしい)それだからこそ、あれだけの出来栄えを示したのである。『翡翠の女』は、むしろ感情を抑えて、出来るだけ冷やかな何気ない筆触で描きあげているようであるが、しかし、画面の底ふかく愛情がしみ通っていることは見のがせない。二人とも確に愛しあっているんだよ、――などと、まことしやかに伝える連中もいた。

その翡翠の耳飾りが強奪されたのは、『翡翠の女』が、ほぼ完成に近づいた頃で、その晩にかぎって、画家はいつものようにモデルの北條菊代を彼女のアパートまで送っていかなかった。折あしく、彼は風邪気味であったので戸外の夜気にふれるのを気づかい、菊代の方から同行をことわって、独りで、焼野原の夜道を歩いてきたところ追剝ぎに襲われたという次第である。

今日にいたっても犯人の目星はついていない様子だ。しかし、今夜の事件と翡翠事件とは、そのやりくちが似ているると言えば、ずいぶん似ているのである。

「同一犯人じゃないか――近頃、宝石とか時計とか指環といった類を、狙う一味が暗躍してるって噂じゃないか――そうした貴金属類は、隠匿するにしても場所を取らんからね。それだけに発覚の危険もすくないわけだ」

鮎子の兄も、今夜の事件と翡翠事件との相似点に興味を感じている様子だった。

「そうかも知れないな――」

清十郎技師も相槌を打ったが、だいぶ夜も更けたので、ようやく長尻をもちあげた。

「そろそろ御帰館ということにしよう――その一味の犯人検挙は女探偵氏《めす・ファルコン》に一任することにして、――いくら、男の僕だって、あんまり、遅くなると、夜道の独り歩きは、いささか薄気味悪いからなア――いや、正直な話、度胸と云い、機智と云い、鮎子さんとくらべて、だいぶ遜色があるからね。強味と云ったら、貴金属なるものをおよそ持っていないことだけさ、時計と云ったら、親父ゆずりの一弗時計《ワンダラ・ウオッチ》だし……」

その武骨のいわゆるワンダラ・ウオッチを、太い鎖といっしょに、鮎子の鼻先に、ひけらかして見せてから、この青年技師は、屈託なげに、帰っていった。

清十郎技師が帰ってから、だいぶ夜もふけていたので、鮎子たちは、すぐ寝《しん》についた。しかし、やっぱり昂奮しているのだ。鮎子はなかなか寝つかれなかった。

風が出てきた様子だった。雲切れがしたらしく、月光が洩れてきて、硝子戸の外が、うす白く明るんで、さやさや揺れる庭木の葉影が映った。美しい月夜になるらしかった。睡れないのは、あながち、先刻《さっき》の生々しい恐怖感がまだ消え去っていないせいばかりではなかった。その恐怖《スリル》よりは、むしろ銀座画廊で見た『翡翠の女』の画面が、鮎子の脳裡を去来するのであった。

静かで落着いた北條菊代の東洋風の顔だちも鮎子は好きであったし、その他味い深い画面のなかで異様に鮮かな色彩を点じている翡翠の耳飾りは、ことに魅惑的であった――その翡翠を、なんとかして、自分の手で取り戻したい野心が、急に胸底からのしあがってきて、そのために昂奮して、彼女は睡れないでいるのであった。

……とつぜん、玄関の戸を激しく叩く音がしたので、鮎子は『翡翠の女』の追想から、ハッと吾れにかえった。急いで、開けてみると、ついさっき、帰っていったばかりの春木清十郎技師であった。

「青いかい——僕の顔?」

青いかどころか黒すぎて、ハッキリしなかったけれど、ぜいぜいと息を切らしているところを見ると、やっぱり、何かあったらしい。

「青いわよ——あなたのお得意の青写真みたいよ——いったい、何があったの?」

「青いのはあたりまえさ——追剝なんかじゃないンだぜ、人殺しなんだ——人殺し《マアダー》があったんだよ、——ここへ来る前、警察へ寄ったりして、走り廻ったもんだから、すっかり喉が乾いちゃった——こんどは君がサーヴィスする番だぜ——とにかく水を一杯もってきて、——殺人事件のてんまつはそれからだ」

## 3 犯人

疎開跡の原っぱの一本道——風に飛ぶ雲足は早く、ひろがって行く紫紺《しこん》色の天空には月も顔をだしたし、べつに恐怖《スリル》も感ぜず、清十郎技師は、むしろ爽やかな気分で、その道を歩いていったのである。が、とつぜん、彼は、屍骸につまずいてしまった、という始末なのである。

つまずいてから、はじめて、それが屍骸であることに気がついた。

そこはあたかも、鮎子が追剝に襲われたとおぼしきへんらしかった。屍体は、道路のまん中よりは、南側に寄って、足は草むらのなかに突込んだまま、仰むけに倒れていた。この男が何者かに襲われて、草むらの方に逃げようとして、生いしげった草のなかに足を踏みこんだところを、背後から曳き戻して斬りつけたらしい。脇腹から流れだした血溜りに木の葉が散り落ち、月の光がふりそそいでいた、……

「そんなぐあいでね、さすがの僕もブルブル慄えちゃったよ——どうもあの道は、いよいよもって、物騒になったね——もっとも僕も慄えてばかりいたわけじゃない——すぐ、警察にも報告したし、屍体の始末にも協力してきたところなんだ——しかし、鮎子さんの耳にもぜひ入れておきたいと思ってね、戻ってきたわけなんだが——あながち、鮎子さんが腕ッききの女探偵だという意味ばかりじゃない——驚くべきことにはね、その屍体が、鮎子さん——君の腕時計をだね、いわゆる瑞西公使からの贈物なるその腕時計を、内ぶところ深くにしまいこんであったというわけなんだ」

清十郎技師のこうした説明をきいて鮎子は、今夜は、なんという不思議なそして不気味な夜なんだろうと思わずにいられなかった。まるで、事件のほうから鮎子の上に、ぐんぐん押し迫ってくるようなものだった。

「じゃアこんどは、あの追剝のほうが被害者ってわけね――」

鮎子は不審げな瞳を見はった。

「どうも、そうとしか思えないね――つまり、追剝以上に強力な敵が現われて、立ち廻りの末が、ああいうことになったらしい」

「わたし、なんだか怖いわ――こんな気味の悪い事件、女のわたしなんか、出る幕じゃなさそうだわ」

何か気圧された感じで彼女は一応そう云わずにいられなかった――その言葉は必しも嘘ではなかったが、しかし、そう云った言葉の底に、やっぱり、持前の好奇心と探索癖とが、事件がこんがらかって来れば来るほど、いよいよ高まってくるのも否みきれなかった。

「何を今さら、しおらしいことを――」

清十郎技師は、冷かすように云ったが、

「これからがいよいよ本舞台じゃないか――今までの事件は、要するに家庭内の一小事にすぎなくって、ミス・ファルコンの能力からすれば、僅かにその片鱗をのぞかせた程度のものなんだからね――それがこんどのは本物の殺人事件《マアダー・ケース》ときているんだ。ミス・ファルコンの名にかけても、ぜひ解決してもらわなけれや、第一、君のファンが失望するよ」

真顔になって、そそのかす清十郎技師である。

「まさに、そうだよ――」

側《かたわら》で聞いていた兄の緑川弁護士も、日頃は慎重主義の彼だが、この時ばかりは、清十郎技師と意見を同じくした。

「どうせやるんなら――トコトンまでやらなきゃ嘘だね――お転婆《てんば》もそこまで徹底すると、お転婆以上のものになるからな――それも一種の美しさだ――ひとつ、本気になって、この殺人事件を扱ってごらん」

この兄も、相当熱をもやしてるふうに見えた。

「よってたかって煽《おだ》てるのね――いいわ、いさぎよくお煽《だて》に乗っちゃうから――私は私なりにやってみるわ」

じゃ、今夜はおそいから、このくらいにして、といった身のこなしで、鮎子は、「おやすみなさい」と云うと、さっさと自室に引き上げていった。

その翌朝、兄も清十郎技師（彼はあのまま緑川家に泊った）も、まだ目をさます気配も見えなかったが、鮎子だけは夜の明けるのといっしょに起きだして殺人現場に行ってみたのである。

　この日は雲ひとつ無い快晴で、疎開跡の草原は、いちめんに露を宿して、今しものぼったばかりの朝日を受けて、煌めきわたり、そこに見える二三本のアカシヤの立木も、金色《こんじき》にいろづいた葉を輝かしていた。どこに昨夜《ゆうべ》の恐怖があるであろうか、――すがすがしい、おいしい空気、身も心も染まりそうな青空、のどかすぎる朝の風景ではないか。

　殺人現場には違いないが、屍体は昨夜のうちにすでに片づけられてあったし、そこの血溜りも地面に浸みこんでしまっていて、よほど注意深い通行人でないかぎり、それに気がつきようもないくらいの痕跡しか残っていなかった。

　鮎子は、その殺人現場を、およそ三十分ほどぶらついていた。よそ目には、このへんに菜園でもつくってる家の誰かが、朝の味噌汁の実でも採るために、疎開跡へやってきたもののようにしか見えなかった。ハタからどう見えようと、当人の鮎子は、すこぶる周到な注意深さで隈なくその辺一帯を調べ終った。

　彼女が戻ってきた時、ようやく起きだした男たち二人は歯ブラシを使っているところだった。

「今頃、お起きになったの――ずいぶんお寝坊ね」

と彼女は二人に声をかけた。

「そんなことより、どこへ行ってたんだね――」二人は異口同音に訊いた。

「もちろん、ゆうべの殺人現場よ」

「恐るべきハリキリかただね」

「だって、ゆうべ、あんなに焚きつけられたんだもの――あたりまえでしょう」

「どうだい――犯人の見透しはついたかい？」

兄の俊一は、妹の、みずみずしい瞳の色から、何か読みとろうとした。

「そりゃ無理だよ――いくら、女隼《めすファルコン》だって、殺人現場をちょッと見たぐらいで、そう簡単には犯人を嗅ぎだせるわけはないよ。ねえ、鮎子さん――そう手軽に扱われちゃ困るね。――ゆうべ、警察の連中も、ひととおり調べてみたんだが、べつに有力な手懸りはなかったらしいぜ」

　清十郎技師は当夜の屍体の発見者だけに、この事件が、そう簡単に片づけられてしまっては、張合抜けがするのかも知れない。そういった彼の表情である。

「それがね――いいあんばいに犯人の目星がついたんですの――とても意外な事実がみつかったもんだから」

「意外な事実て、――」

男二人はひとしく鮎子の顔を見返えした。

「意外な拾いものを現場でみつけたのよ――なんだとお思いになって?」

「――」

「それがね――翡翠なの――」

「ほう――翡翠がね――驚いたなア――じゃ、あの?――」

「ええ、『翡翠の女』の翡翠じゃないかとわたしも、思ったのよ――だって耳飾りなんですもの――もっとも片方だけだけれど――」

それについて彼女は説明した。

その事実は意外と云えば意外ではあるが、鮎子としても、全然、はじめからそういう予感がなかったわけではない。とくに、自分を襲った追剝が、その直後、何者かに殺害されていることを知ってからは、いっそうその予感が強くなった。つまりこの事件が、翡翠事件と一脈のツナガリがありそうな気がしてならなくなった。この追剝も、伝えられるところの宝石掠奪団の一味であって、その獲物争いから、仲間割れをきたして、追剝が所持していたらしい例えば翡翠といったような類のものを、ひそかに後を追ってきた一味の者が、奪いとろうとした結果、ついに追剝のほうが殺されるにいたったのではなかろうか、一応、そんなふうに考えて、鮎子は殺人現場に来てみたのである。

その翡翠は、昨夜、彼女が自分の身代りに腕時計を投げこんだあの草むらのなかの水溜り――そのすぐそばのおいかぶさった草の根もとに落ちていたのである。

追剝とその相手とが猛烈な立ち廻りをやったことは、現場の情況からも容易に判断されるが、しかし追剝の方は危《あや》うくなってきたので、所持していた翡翠を、草むらのなかに投りこんで相手に渡すまいとしたらしい。

とどのつまり、追剝は殺されてしまった。翡翠を草やぶのなかに投げこんだことも相手から見破られたが、しかし、相手も、結局その翡翠の耳飾りの一方しか探し出せなかったのだ。

鮎子は、それを、朝の光のなかで、見つけたのだ。

必しも白日の下だから、すぐ見つけられるとは云えない。草の根方にかくれてる小さな翡翠の珠《たま》である。それをみつけるためには、やはり、彼女特有の綿密な注意力集中《コンセントレエション》が必要だったにちがいない。

「やっぱり、この女《ひと》は相当なもんですよ――」清十郎技師は、口のあたりを歯磨粉だらけにしながら、感に堪えぬ顔つきであった。

「なるほど――それじゃ、犯人はつかまったも同然というわけだね」

兄の俊一も口を入れた。

「犯人は必ず、その翡翠の耳飾りの片われを探すために、もう一度、現場に姿を現わすに違いないからね――」

「それがもう現れちゃったのよ――わたしと、ほんの一足ちがいと云うとこなの」彼女は艶然と微笑した。

「まったく、危いところだったわ」

「危いところだって――それで、犯人の方はどう始末をつけたんだい」

「どう始末のつけようもないわ――あんまり急だったんですもの」

相手が兇悪至極であることは、すでに昨夜のやりくちでハッキリしているし、朝とは云え、やっと明け放なれたばかりで、疎開跡の原っぱにはほかに人影はなかった。くだんの男は現場に現われると、キョロキョロとあたりを見渡し、それから、さりげない態で、例の草やぶの中に入っていったのである。

鮎子が、そこで翡翠を見つけだし、その道を引ッかえして、五六分たつかたたないかと思われる頃、入れ代ってその男が立ち現れたので、その時、彼女は萱草《かやくさ》などの生いしげったアカシヤの立木の蔭に身を入れていたから、その男の視野には、はいらなかった。遠目ではあるが、男の風態などひととおり窺い知ることができた。

彼は空気銃を肩にし、雀でも追い廻わす態に見せかけた。普通人には、用もなさそうな草やぶに足を入れたのも、撃った雀が、そのへんに落ちたから、と云い抜けられる用意までしてあるようにも受けとられた。

「いくら根《こん》よく探したって見つかるわけはないでしょう――犯人は気が抜けた様子で帰っていったわ」

「じゃ――むざむざ、そいつを逃がしてしまったのかい」清十郎技師は、しきりに気にしている。

「私ひとりでは、もちろん怖くって手はでないでしょう――だから、コッソリ後をつけて見ることにしたの」

そうやって、とにかく、犯人の根城だけは確めておいたと云うのだ。

「これから先は、警察の方の仕事なんだから――わたしは、ただ案内役をする程度ですむわけね――犯人の居所は、案外近くなのよ――あの虹野アパートよ」

「へえ――あのちょっと小綺麗な焼け残りの虹野アパートか――じゃ、駅の反対側だ。ここから一ト走りで行けるところじゃないか」

こうなると男たち二人も、俄に色めきたつ。

「じゃ、これから、すぐ警察へ聯絡をつけに行こう」

二人とも、この捕物陣だけは見のがせないという、気負いたった顔付きである。

「でもね、清十郎さん、お口のところの歯磨粉だけは落してから、お出かけになったほうがいいわ――」

あッさり一本、鮎子にたしなめられて、さすがの清十郎技師もいささか威厳を落した形である。

4　ぬすびとはぎ

相手が、相当手剛《てごわ》い犯人だけに、朝のアパートでは、なかなか派手な捕物陣が展開された。観戦部隊に属していたはずの清十郎技師さえ見かねて飛びだしたような次第だから、手に汗を握るものがあったに違いない。

所轄署でも犯人は、ふてぶてしく構えて、容易に実を吐かなかった。今朝がた疎開跡の草原などに踏みこんだことさえも認めようとしない頑強ぶりだった。

「でも、この女《ひと》が、ちゃんとお前がそこで何やら探しているのを目撃しているんだ」

取しらべの係官の招くがままに鮎子は犯人の前に立った。もとより、犯人との対決などは、生まれて始ての経験で、彼女はやや気圧された態ではあったが、犯人と顔をつき合わせて、相手からグッと睨み据えられると、かえって、不思議な冷静さで、相手を見つめることができた。

「この人です――この人に違いありません、ちゃんとその証拠があります」

ハキハキした口調だった。

「なに証拠、――どんな証拠があるって云うんだッ」

犯人はますます威猛《いたけ》だかになって、鮎子を睨みつけた。

「あそこの草藪のなかに入ったという証拠ですの――このへんでは、あそこにだけしか見かけられないような草の実が、ズボンの折りかえしのところに附いてるじゃありませんか」

それは俗に、ぬすびとはぎと云われる荳科《まめか》に属する多年生の野草で、秋になって実が熟すと、妙に附着性の強いその種子《たね》が莢《さや》からはじけて、通りすがりの行人の衣服などに、すぐさまくっ附くものであるが、犯人にとっては、まことに生憎《あいにく》なことに、それが、あの草やぶの中だけに特に茂っていたのだ。この事実を鮎子から指摘されると、犯人は虚をつかれて、ハッと顔色をかえた。それからは、もう観念したと見え、彼の態度は急に軟化して、犯行の事実を、素直にみとめるにいたった。

所轄署へ、翡翠の耳飾りを受けとりに、北條菊代が出頭したとき、鮎子も、ちょうど、署に来合わせていて、絵姿でない、ほんものの『翡翠の女』を垣間見ることができた。これが殊勲の女探偵なんて、ことごとしく紹介されるのが気恥しくって、鮎子は衝立《ついたて》のかげで、素知らぬ顔をしていたのをとうとう見つかって、北條菊代に引き合わされた。

この頃ではこの両人は、非常に仲がよくなっているとのことであるが、その関係で、菊代を描いた画家にも紹介され、その画家から、こんどは鮎子をモデルに『美しき女探偵』を描いてみたいと申込まれて、彼女は、匆々《そうそう》として逃げかえったということである。

# 開かずの扉

## 1　女優ひとり

鶯《おうしゅん》春荘アパート十六号室の扉《ドア》は、午後になってもあかなかった。この部屋には、新劇女優の木崎三千代が住んでいた。三日ほど前、地方巡業から帰ってきたのだが、きょうからまた新宿の某劇場へ出ることになっているのだ。

職業柄、寝坊はしかたがないにしても、白鳥《はくちょう》座の初日をどうするつもりなんだろう――少々、変だということになり、アパートの事務所の方でも、ほうっておけない気持になった。扉はぴいんと錠が下りていて、いくら乱暴に叩いてみても、何の反応もない。熟睡しているにしても、これはちょッとひどすぎる……

裏に廻ってみた、西南に面した窓は、ヒッソリと、淡黄色のカーテンが引き廻わされていて、午さがりの明るい陽ざしが照っている硝子戸には、いずれも鍵がかかっていた。

その日は、ちょうど日曜だったので、同じアパート居住人の佐藤だの木村だの青沼夫妻だのが居合せていて、好奇心と不安とをいっしょにした顔つきで、それとなく廊下をぶらついてみたり、自分の部屋の扉を細目にあけて十六号室のほうをチョロチョロうかがったりしていた。

「ぼくン所の扉が、あかないからって、それほど気にもしないだろうがね——あいつ、また金がなくなったんで、寝たきりになっているンだぐらいにしか考えてくれないが、それが、どうだい——相手が女優だとなると、現金なもんさ、開かない扉のまえをいったり来たりして、まるで自分の細君ででもあるかのように気を揉んでいるんだからなア——」

そう云ったのは、医科大学の研究室にいる木村だった。そのくせ、そういう木村自身が、いちばん気を揉んでいる様子なので、佐藤だの青沼だの、という連中が、からかい半分にけしかけるのであった。

「木村さん——いっそ、あけてみたら——こんなに、あたりで騒いでも、彼女は起きないんだもの——なにしろ現金だわ」

青沼夫人が、しきりに開けてみたがってるそぶりだ。彼女は医学生の方にウインクを送りながら、

「ほら——こないだの晩ね——」と、つけたした。こないだの晩と云うのは、木村の行っている大学で、大学祭があったその夜のことだ。大学祭のくずれが、銀座に流れこみ、木村は相当酔っぱらって帰ったのだ。

「あの晩、あんたは、間違って——そうよ、間違って——わたし、善意に解釈して、そう云うのよ——あんたは、木崎さんの部屋をあけちゃって、彼女のベッドの縁に腰かけて、鸚鵡《おうむ》の歌をうたったっていうじゃないの——」

それから、青沼夫人は、小声でその歌を口ずさんだ。

……知らぬ顔して、だまっていても、鸚鵡はチャンと、チャンと、知っている……

「意地悪だなア——今さら、そんな歌、うたわなくたって——」と、医学生の木村は頭を掻いた。

「でも、今日は、後めたいことなんか、ちっとも無くってよ——三千代さんの扉をあけたって——夜陰にまぎれて、コッソリあけるンじゃなくって、衆人環視のうちで、しかも白昼あけるンだから——」

青沼夫人からなんか焚きつけられるまでもなく、木村自身としても、十六号室（ああ、まったく自烈《じれっ》たいまでに押し黙った扉のうす気味悪さよ……）の扉があけてみたくって、しようがなかった。

しかし、アパートの管理人としても、女優なんかの部屋を、おいソレと開けてみるのは、いかにも物好きみたいで、アパートの管理の上からも、軽はずみなことはしたがらなかった。

けれど、しまいに、木村や佐藤などが十六号室の裏手に廻って、西南むきの窓の方をしらべに行き、これは、いよいよ放っておけぬ、由々しき一大事であると云いだしたのである。もちろん、窓には、すっかりカーテンが下りていて、一見何ごともないかのように、静まりかえっていたが、ただ一ケ所、カーテンの裾がめくれているところがあった。窓ぎわに接して置いてあった花瓶——それにはカーネエションが挿してあり、それがもう色あせてしまっている点からみて、おそらく花は投げすてるつもりで、窓際に置いたものらしい——その花瓶に、カーテンの裾が引っかかって、そこだけ僅かにめくれていたのである。

その僅かな間隙を見つけて、まず木村が、中を覗きこんだ。覗きこんでみたが、なにしろ視野が、すこぶる狭少で、判然としたことはもとより判らない。

「だがね——とにかく変だよ」

守宮《やもり》のように、窓に吸いつき、硝子に鼻を押しつけていた医学生が、ドタリと地面に飛びおりてから云った。

顔色が、いくらか変っているように見えた。

「とにかく、あんな所に足が見えるのはおかしいよ——彼女はベッドのうえには寝ていないらしいぜ」

木村につづいて、区役所吏員の佐藤が窓にとびついた。飛びおりてから、佐藤もまた云った。

「ほんとだ。あんなところに足があるのはふつうの状態じゃないよ。彼女の素足、それも足くびだけしか見えないが、リノリュームの床のうえにあるんだ——」

隙見のできるその部分の硝子だけは、ほかのとちがって、素通しだった。こわして後から入れ代えたものだ。だから室内が見えることだけは見えるが、なにしても、カーテンのめくれた裾からの視野だから、床の上に、女の白い足くびだけがほんの僅か床の上に見えるきりだ。——それが視野に入ってくる光景の全部であった。

管理人の武藤さんが、いちばん最後に覗いて見て、「こりゃ、どうも……」と云ったきりだった。みんな立合の上で、武藤さんが事務所の合鍵で、十六号室、女優木崎三千代の部屋の「開かずの扉《とびら》」を開けてみることに相談が一決した。

## 2　密室訪問

「ちょッと変った事件です――貴女も、いっしょに来ませんか」

今では、女探偵《ミス・ファルコン》の存在は、都下の警察界でも、ひととおり知られるようになって来ていたが、警視庁捜査課一課にいて兄と中学時代の同窓生である森戸刑事から、今日も緑川鮎子に電話がかかってきた。電話での、かいつまんだ話では、いわゆる密室事件だという――、密室つまり、出入不可能な鍵のかかった部屋で行われた犯罪らしい。

「えッ、木崎三千代って――あの女優がですか――まア――どうしましょう……」密室で屍と化している木崎三千代が発見されたのだ、という――緑川鮎子は受話器を握ったまま異常な衝撃をおぼえた。

木崎三千代という女優を、鮎子はべつに、個人的に知ってるというわけではない。ただ舞台の上でなら、三四回見たことがある。美しいだけで、これと云って特色のない人形みたいな女優が多いなかに、木崎三千代は、すくなくとも、個性のハッキリした演技力を持った新劇女優のホープとして、劇評なんかでも、大いに注目されている一人だった。

その奔放不羈《ふき》な新劇女優木崎三千代が、なんだって、また密室などで殺されるようなことになってしまったンだろう……

殺害現場の検証になんか、おおっぴらにでかけるのは、生れて始めてであったが、ためらっている場合でない、という気がした。

「ええ、お伺いいたしますわ――女だてらにおかしんですけれど、……お言葉に甘えて、……所は？　はア……鶯春荘アパート……駅から徒歩十分……わかりましたわ、ではさッそく……」

側で聞いていた鮎子の兄は、電話の様子から判断して、彼自身大いに興味をそそられたらしい。

「うーむ、密室事件か、しかも被害者が、あの白鳥座のプリマドンナと来ているから、事件はなかなか派手じゃないか――ひょッとすると森戸君も手を焼いてるのかも知れんぞ、彼から呼び出しがかかるンだから、わが鮎子嬢も相当なもんだ」

そういう兄の言葉も上の空に聞いて、彼女は、気もそぞろに、鶯春荘アパートに駈けつけた。駅の附近は、すっかり焼けていたけれど、そのアパートの一画だけは焼残り、もと通り古家が立ちならんでいた。

アパートらしい建物は、鶯春荘一軒きりだったから、すぐわかった。場末にしては、ちょッと小綺麗な本格建築のアパートである。電車が、かなり長い間来なかったので、約束の時間よりだいぶ遅れてしまった。

気がせいていた鮎子は、一目であれが鶯春荘だと見当をつけて、道順も聞かずにやってきたのはよかったが、そのせいで、アパートの裏手に出てしまった。正面玄関に廻ろうとするところ、建物のなかから呼びとめられた。

「鮎子さん——ここですよ」

窓があいて、森戸刑事の顔がでた。そこが問題の十六号室だったのである。

「玄関に廻るより、裏木戸がほら右手にあるでしょう——そこから入っていらっしゃい」

裏木戸から入ると、かなりの空地があってそこはアパートの人たちが洗濯物などを干すのに使われている所らしく、そこから、ただちに建物のなかに入って行ける通用口があいていた。

その通用口の階段を上りさえすれば、十六号室はすぐ、とっつきにあるのだから、鮎子の姿は、一、二分のうちには、森戸刑事の鼻先へ現われるはずである。いくら始めてにしても、戸惑う余地がないくらい、ハッキリとさし示されていたのだから、部屋をまちがうわけもない——それが、しかし、鮎子は莫迦《ばか》に手間どって、五分もおくれてから、十六号室の扉《ドア》をあけた。

「この部屋がおわかりにならなかったんですか」

さっき首を出して、十六号室の所在を示したのだから、今さらこんな訊ね方はするのは、愚問にちがいないのだが、森戸刑事は、鮎子がここに入ってくるのに所要時間の倍以上もかかっているので、ちょっと、訊いてみたかったのである。

「いいえ——すぐわかりましたわ——でも裏庭で、道草をしていたもんですから」

「道草?」森戸君は、釣り込まれるように、訊きかえした。

「ちょッとした、拾いものをしたんですの——」鮎子は気軽に答えた。

「なんというアテもなく拾ったまでですの——ただの紙屑ですわ」

彼女は十六号室に入ると、ともに着ていた外套を脱いだ。そして、その外套のポケットから、彼女がたった今、裏庭で拾った、という紙屑をとりだして見せた。紙屑には違いなかったけれど、鮮麗《せんれい》な色刷りの紙片《かみきれ》だった。しわくちゃに丸めて捨てられてあったのを、鮎子は、その色彩の美しさに惹かされて、拾いあげた。

「拾ってみたら今年のカレンダーでしたの——七曜表ですわ。十二枚つづりのうち二月から四月まで、つまり三枚だけ、引きちぎって捨てたんですね。まだ、やっと二月の初めでしょう——過ぎ去った分をすてるのならわかりますがどうして、来月やそのつぎの分まで破いてすてたんでしょう——たいしたことじゃないんですけれど、妙に、そのことが気になって、——、というよりも、とても、印刷が綺麗でしょう、——これが気に入って、拾いあげてみたまでのことですわ」

実際、その七曜表の、ちぎれ紙を拾いあげたからとて、いきなり密室事件とそれとを関係つけて考えたわけではもちろんない。ただ、そんなものでも拾ってみたりするところが、いかにも、緑川鮎子らしいと、森戸刑事は、彼女の性格の一端に触れた気がしたのである。

だが、その森戸刑事にしても、この紙屑が、こんどの事件を追求するに際して、なかなか有力な資料になるだろう、などとは、正直なところ、全然考えていなかったのだ……

## 3　謎

鮎子は、木崎三千代の屍体を直接見ることはできなかった。すでにそれは、十六号室からかたづけられてあり、ただちに解剖に附せたから、間もなくそれについて、委《くわ》しい法医学上の所見が明かにされるはずだと、森戸刑事は耳打ちしてくれた。

「彼女は絞殺されていたンですよ——ちょうど、貴女が立っていられるそのへんの位置に胴体があったんです」

「じゃ、就寝中の出来ごとじゃないンですね——」

鮎子は、部屋の一隅にある空のベッドを見た。あの晩以来そのままになっているベッドには、就寝時を襲われたような痕跡はどこにも見当らなかった。ベッドの上には、蒲団はまだ敷かれていなかった。三千代の屍体の情況から判断して、犯行は一昨夜《おととい》、つまり土曜日の晩十時前後に行われたものらしい。

この部屋の扉がひらかれたのは、昨日の午後二時頃であった、という。——どこもかしこも、しっかり鍵が下りていたので、管理人の武藤が、事務所保管の合鍵で同宿の木村、佐藤、青沼などの立合いであけた。あけてみると、室内着をきた三千代が床上に倒れていた。

屍体が発見された当時、十六号室が完全な密室であったことは、管理人の武藤はじめ、立ち合った連中も、みな等しく認めるところであった。

「これが自殺ということになれば、事件は極めて平凡ですが、そうして、犯人の方も自殺らしく見せかけようとした作為のあとがあるのですが、検死の結果、自殺説が成立《なりたた》なくなったわけです」

天井から紐がつるされた痕跡があり、その下に、ひっくりかえった踏台がころがっていたりして、一見自殺らしく装われていたが、そのような状態でなされた縊死と屍体の現実の所見とが一致しない点が多く、警察医は、それが他殺体であることを主張した。

「そうですわ――心理的にだって、木崎三千代さんが自殺しなければならない理由なんかなさそうですわねえ――新劇のホープとして、うたわれている女優さんなんですもの」

地方巡業で、新円は、みっしり稼いできたらしいし、経済的にも、芸道の上からも、なんら行き詰まりがない様子だから、鮎子としても自殺説は考えにくかった。

「遺書もみつからないし、……」と森戸刑事は説明をつづけた。「それに三千代という女優は、相当気の強い女で、『心の傷手』なんていうものにはあんまり縁のないほうらしい、――失恋のはて、なんて解釈も彼女の場合は、すくなくともなり立ちそうもないンですよ。彼女のために失恋自殺をする男があったとしても、彼女自身が、それを敢てするようなことはおよそ考えられない。――だが、そうなると、この密室であるという事実が、いよいよ厄介至極な謎めいたことになってくるンですよ、犯人はどこから、入り、どこから消え失せたか――密室おきまりの疑問に当然、ぶツかるわけなんです」

森戸刑事は、鮎子をして、窓や扉の錠前の工合を一々験《ため》してみるように言った。

「ね、――みんな完全なもんでしょう――どれもが内側から、キチンと錠がかかるようになっているンだから、ごまかしようがないんです――この部屋の鍵は、箪笥のうえにのっかっていた。つまり彼女が戸締りしてから以後鍵はずうと化粧箪笥の上に置かれていたわけです」

マホガニイ色の化粧箪笥のうえに、なるほど、鍵はまだそのままうす白く光りながら、載っていた。その側に、蠟涙《ろうるい》のたれた燭台が置かれてあった。鮎子は、それに目をとめて訊いた。

「停電があったンですか――」

「そうそう——犯行のあった晩——アパートのトランスの故障で、一晩中停電だったことは事実です——つまり犯行は、停電のさなかに行われたわけですね」

その日の夕刻、六時半頃電燈が消え、木崎三千代は、蠟燭の買いおきが無いというので、管理人の事務室へローソクをねだりにきた。

「ね、武藤さん、借してよ、——一本でいいから、——闇のなかにいると闇の女になっちゃウかも知らないわよ」

と気軽るに笑って、

「ね、いいでしょう——そのかわり、白鳥座の切符あげるわよ」

「これが、ほんとの闇取引か——」

と武藤さんも、冗談を云いながら、新しいローソクを彼女に手渡してやった。

「それが最後だったンですよ——」と武藤さんは、森戸刑事にうったえた、——五十の坂を越えた相当苦労をしてきた老人だがこんな奇妙なベラボウな事件に係りあうなんて、よくよくの因縁だと、武藤さんは、感慨無量の態で語った。

「どんな人かって？——さア、一口には云えませんね。派手好みの勝気な女で、妖婦《ヴァンプ》だなんて噂もきいたこともありますが、ただ部屋を貸しておくきりの私どもには、深いことはわかりッこありませんね——男友だちも、数が多く、そのうちの誰と誰とが、特別の関係にあったかなんてことは、ハタから見たぐらいじゃ見当がつきませんよ——あれくらい美人だと、取りまきの多いのは、あたりまえでしょうからね——とにかく、私どもにとっちゃ、べつに悪い女《ひと》ではありませんでしたよ。しかし、また、なんだって殺されるようなことになったンでしょうなア——私には、ローソクを借りにきたあの女の顔が、目について離れないんですよ。事務所のローソクから火を移すと、それを持って暗い廊下を自分の部屋の方へ引ッかえしていったあの後姿——いいえ、影が薄いだなんて、ちっとも考えませんでしたね——ただね、ローソクの炎に揺られてゆくその姿を、舞台でも眺めているように私は眺めていただけですがね——想えば、それが最後の姿でした……まさか、翌日あんな風になって、発見されるようになろうとは……」

武藤老人の話からは、停電に際してローソクを一本、彼女が借りたという一事以外には、これと云って目ぼしい資料を得ることができなかった。木村や佐藤それから青沼などのアパート止宿人《ししゅくにん》についても、詳細にわたって当夜の行動をしらべたが、結局、密室犯罪の秘密を解く鍵は与えられなかった。佐藤とか木村などの若い連中は、しきりに口惜《くや》しがった。

「三千代さんが、どうせ、こんなことになるンだったら、――なにも、僕らにしたって、遠慮してることはなかったんだね、もっと積極的に働きかけてもよかったわけだ――」と医学生の木村は大真面目で、云った。

「そうだとも――大学祭の晩、よっぱらッて、彼女のベッドの縁に腰かけたぐらい、気にすることはないやね」

そう口走った青沼は、皮肉っぽい笑いをうかべて医学生の方を見たが、医学生自身はクスリとも笑わなかった。鮎子は、これらの人たちの話を、森戸刑事から間接にきかされたが、決定的な何者をも、それから曳きだすことはむずかしかった。

「つまり、こんなわけで――、周囲の連中に訊いても、何の手掛りも得られず、密室の謎は、いよいよ謎として深まってゆくばかりです――」

森戸刑事の視線は、挑戦するように、鮎子の双頰《そうきょう》に注がれた。

「実は、あなたをおよびしたのは、私が、事件の袋小路に迷いこんでしまったので、一つここで応援してもらいたかったんですよ――自分らの同僚じゃちがった考え方をするにしても新鮮味もないし、それで、今をときめく女探偵に……」

森戸刑事は、ここで、はじめて、莨をとりだして、火を点けた。今をときめく女探偵だって――ひどい、森戸さんは、わたしを、ここまで呼びだして、からかい半分に、試《た》めそうとしているんだわ。そんな手に乗らないわ――いや、乗ってあげよう、よろこんで……。

からかわれたって、ためされたって、そんなことはこの際、べつに問題じゃない、わたしは考えることが好きなんだから、いっしょうけんめい、考えさえすればいいンだから……うつむいていた彼女はとつぜん顔をあげた。彼女の双頰――先刻《さっき》まで、やや青ざめていたが、ようやく血の気がさしてきた。

「先生――」彼女は森戸刑事の方にむきなおった。

「エッ――、先生って誰のこと？」森戸氏も苦笑した。

「森戸先生のことですわ――探偵として大先輩でございますもの」

「いや、はや、鮎子さんもなかなか口が悪いや――先生といわれるほどの智慧もなしか――まア――先生なら先生でよろしい――それで、どうしたって云うンです？」

「密室事件の答案が半分ぐらいならできそうですわ」

## 4 蠟涙

「先生の御気に召す答案というわけには参りませんでしょうけれど……」

「これは、ますます辛辣《しんらつ》ですなア――さア、どうぞ――拝聴いたします」森戸刑事は、少しばかり照れながら、消した莨にもう一度、火をつけた。

「わたくしは、三千代さんが、停電中、どこにいたか、ということをまず問題にしたいと思いますわ」鮎子は、まっすぐに森戸刑事の眼をみつめた。

「停電中？――もちろん彼女は、この部屋にいたんですよ、管理人の武藤さんは、彼女が、ローソクを持ってこの部屋に入ったのを見届けているンですからね――停電中のクラヤミを、のそのそ歩き廻っていたという風には考えにくいですね」森戸刑事は、しかし、ちょッと興味をそそられた顔つきだった。

「はたして、三千代さんは、停電中、この部屋にとじこもったきりでしたろうか――そうでないような気がしますの――わたくしは、このローソクを見て、ふッとそんな疑問が湧いてきたんですの」化粧箪笥の上から、彼女は燭台をとりあげて、森戸刑事の視線をそれに誘った。

「彼女の死の推定時刻は、ほぼ十時前後ということだし電燈の消えたのが六時半頃と聞いていますから、六時半から十時まで約四時間近くの間を、一本のローソクでは間に合わないはずでしょう――それなのに、このローソクは三分の二も減っていないじゃありませんの、三分の二というと、せいぜい三四十分の時間しかローソクをつけていなかったことになりますわ――」

鮎子は、手のなかの燭台を見守りながら、話をつづける。

「彼女はローソクが無かったから、管理人のとこへ行って一本借りてきた。――その一本を燃やしきってしまって、新しいのをまた一本借りに行ったという事実はないようですし、燭台に残っている蠟涙の量から見ても、新しいのを継ぎたしたとは考えられません――と、すると、このローソクが三分の二しか使っていない事実から見て、彼女の死にいたる約三時間ばかりの時間は、まっくら闇のなかに坐っていた、ということになってしまいそうですが、そのクラヤミの時間に、何か秘密があるんじゃないでしょうか――わたくしは、その点を、あらためて追求してみたくなりましたの」

「……」

森戸刑事の吸いさしの莨の火はまたしても消えたままだ。あらためて火をつけようともしない。彼もまたクラヤミの時間に考えを集中しはじめた様子だ。

廊下をへだたった、向う側の部屋から、とつぜん蓄音機が鳴りだした。

女優怪死事件で、アパート中が、妙に怯びえきっているとき、居たたまらなくなってレコードでも鳴らす気になったという感じで、しんかんと静まりかえった真昼の空気を掻き廻わすように、陽気なジャズソングが聞えだした。

……赤いランタアン夜霧にゆれて、ジャズがむせぶよ、バンドの風に……

この「港シャンソン」で、ちょッと気分を中断された形の二人は思わず微苦笑をとり交わしたが、森戸刑事は、すぐ、言葉をついだ。

「じゃ——三千代嬢は、その三時間ほどの間は、この部屋にはいなかった、ということになるんですね、なるほど……」

それも一つの考え方だ、という顔つきで、森戸刑事は、さらにつけたした。

「停電してから、約三四十分たつと、彼女はローソクを消して、この部屋を出ていった。どこへ行ったか知らないが、とにかく出ていった。しかし、アパートの外へは出なかった。裏木戸はふだんは閉めきりになっているんですよ。きょうだけは、取りしらべの関係で鍵は外してあったけれど……、玄関から彼女のでてゆく姿は、見掛けられなかったと、管理人の武藤老人が証言しているんだから、……」

「もちろん、彼女はアパートの外へは出て行かなかった——わたくしも、そういうふうに考えていますの」

「じゃ、つまり彼女はアパート内には居たけれど、自分の部屋すなわち、この十六号室には居なかった、というんですね。三時間ばかりどこかへ行っていて、ここへ戻ってくるや否や彼女は殺された。犯人はおそらく、彼女が出ていくと、(その際、彼女はここには鍵をかけなかったと見て) 入れ代りにこの部屋に忍びこんで、彼女の帰ってくるのを待っていた。犯人は彼女を絞殺してしまうと、彼女の所持していた鍵で、戸締りをして、悠々と出て行き、その鍵は、外に廻って廻転窓から——」と、森戸刑事は、西南側の天井近くにあいてる小さな換気用の廻転窓をふり仰いだ。

「あの廻転窓から——あれは出窓のふちにのれば、手が届くからね——あそこから、鍵を、うまく化粧箪笥のうえに落ちるように、外から投げ込む——私も一応は、そんな風にも考えてみたんだが、どうもその考えだけでは、まだ不安定な感じがするんでね……」

「大いに不安定ですわ――廻転窓から鍵を投げこむことも一策でしょうけれど、しかし、それが、化粧箪笥の上にうまく落ちるパーセンテエジに信頼が置けない気がしますわ――わたくしの考えは、もうちょッと違っておりますの――」

この時、鮎子の瞳は、ひとしお、輝きをましたようにも見えた。思い切って自分の考えをのべる時の、微かなはにかみ笑いが彼女の双頰に浮かんだ。

「よろしい――貴女の考えを伺いましょう」

森戸刑事はすいさしの莨を灰皿にすてた。それと一緒に、この女探偵と張合《はりあ》おうとする気持も棄ててしまったらしい。ただひたすらに聴き入ろうとする熱意だけが見える。

「三千代さんは、この部屋に帰ってきたことは帰ってきたんですけれど、おそらく生きては帰って来なかったと思いますわ――帰ってきたのは魂なき彼女です」

「なるほど、屍体として運び込まれたってわけだね」

「そうですわ――つまり、三千代さんに危害が加えられたのは、この部屋ではない、ということになりますわ、絞殺となれば、いくら女でも、ことに勝気な三千代さんだとすれば、相当抵抗するはずです。すくなくとも、それらしい跡が、この部屋のなかに、残っていてもいいわけでしょう――それが全然ない、塵っぱ一つ動いていない感じです。コッそり、屍体を運びこんで来て、そのまま、そおッと床のうえに置いていった、としか考えられないんですもの――そして、自殺の態に見せかけ、部屋を厳重に戸締りして、出ていったのです」

「じゃ、鍵が化粧箪笥のうえに残っていたことは、どう解釈するンです」

「問題はそこです。鍵を廻転窓から投げ入れたという推理が不安定だとすると、こんな風な考え方はできないものでしょうか――管理人の武藤さんがここの扉が、いつまでたっても開かないので不審に思い事務所の合鍵で開けた。その時立ちあったアパートの人たちもドヤドヤと入りこんできて、屍体をとりまいて、一同呆然としてしまったわけですね、その際立ち合った人間のうちの誰かが、コッそり鍵を化粧箪笥のうえに置いて、あたかも前からそこにあったように見せかけて、何喰わぬ顔をしている――そのくらいのことは、一同呆然としている虚をねらって充分できると、わたくしは思いますわ」

「と、すると、犯人は、その立ち会った連中のなかにいるわけですなア――なるほど或はそうかも知れない

——あの時、立ち会った連中は、木村と佐藤と青沼夫婦——そんな顔ぶれだったように聞いてるが、……」

犯人は、医学生の木村か？

区役所吏員の佐藤か？

音盤《レコード》会社員の青沼か？

「わたくしも、ここまで来てしまうと、もう引ッ込みがつきませんわ——今さら、言葉尻をにごしてみても仕方がありませんから、思い切って云ってしまいますわ」

まだ、単なる想像の範囲を出ていないのだけれどと断って、

「青沼夫妻じゃありませんかしら——」

鮎子の言葉つきは、恐る恐るその名を口にしたというような表情だったけれど、その底に、何か冷たい刃《やいば》のような鋭い気稟《きひん》が感じとられた。

××××

青沼はなかなか口を割らなかった。しかし、昭和二十二年度の七曜表——鮎子がアパートの裏庭で拾ったあの千裂《ちぎ》られたカレンダーをさしつけられると、その途端に、青沼燐次郎は、観念してしまった様子であった。すらすらと淀みなく犯行の一切を自供した。

青沼は、ずッと以前から木崎三千代に莫大な金をつぎこんでいた。それはもちろん彼女の歓心を買うためであったが、新劇女優として有名になるにしたがって、彼女は次第に冷淡になってきた。遂に青沼もあきらめ、一切を精算して、今の細君と結婚した。青沼にしてもこのアパートを引越してから結婚するつもりであったが、住宅難のため手頃の家は見つからず、そのまま新婚生活に入った。いよいよ美しくなり、いよいよ羽振りのよくなってゆく三千代を見るごとに青沼は、あきらめつつも、憎まずにいられなかった。青沼の細君も、以前夫と親しかった女としての三千代を見ると憎まずにいられなかった。うわべはいずれも、さりげなく、つきあっていただけに、かえって始末が悪かったといえよう。青沼夫妻は、経済的にも苦しかった。いわゆる新円階級の三千代に、派手なやりくちを見せつけられて、以前と思い合せて、青沼はますます憎悪をつのらせた。それが昂じて殺意を生じ、あの停電の晩、退屈していたらしい三千代をレコードの新盤が来たからと自室にさそい入れ、彼女が蓄音機に聴き入っているところを、不意に絞殺してしまったのだ。

……

不意を襲われた三千代は、夢中で側の柱暦をひきちぎったものらしい。——それをさながらに伝えているような、激しい破り方であった。その七曜表の断《き》れはじめを、

なにげなく青沼夫妻が庭に掃き棄てたのを、ゆくりなくも鮎子が拾い上げたのだが、ようやく始ったばかりの本年度の真新しいカレンダーがそんなに不自然に引き千切られていることに、彼女は奇異な感じを抱かずにいられなかった。しかも、それが青沼の勤めている音盤会社の広告入りのカレンダーであったことが、青沼なる人物に注目するキッカケとなったわけである。

この事件が解決してから、鮎子は、兄の緑川弁護士に云った。

「新しい酒は新しい革袋へ——って聖書の文句はまったく真理ね」

「今さららしく、何を云い出すんだ?」

「だってね、こんどの事件にしてもよ、もし青沼新夫婦があんなアパートからさっさと引越してべつに一軒新家庭を持《もっ》ていたら、こんなことにならずにすんだにちがいないわ——結局これも住宅問題よ」

# 長崎物語

## 1　じゃがたらお春

「お春さんは香月《かつき》さんが好きなの?」

「あら、鮎子さんたら——どうして、そんなことを、今さららしくお訊きになるの? ——ひらきなおって、そんな風にきかれると、あたし、困っちまうわ——べつに嫌いじゃないわ、あの人、親切で、気が利いていて……」

「そのうえ、スマートで、お金ばなれもいいし……でしょう?」

「鮎子さんたら、皮肉ね——そんなら、べつに訊かなくてもいいようなもんじゃないの——?」

「そういえばそうに違いないけれど」

と云って、緑川鮎子は、お春の茹卵《ゆでたまご》を剝いたようにツルツルと光沢がよくって金茶色の生毛《うぶげ》が煙《けぶ》るように生えている頰を眺めいりながら微笑《わら》った。

ここは下谷《したや》の、『南風《なんぷう》』という喫茶店で、お春はこの店に勤めている娘である。『南風』も東京の焼跡の裏町に復活した群小喫茶店のひとつであることに変りはないが、バラック建てながらそんなに悪い感じはしない。店名が南風だから、南方の熱国風の気分も、ドぎつくない程度になんとか安造作《やすぞうさく》を工夫して、かもしだすようにしてある。

壁に、『南蛮人渡来之図』めいた古めかしい木版画が掲げてあったり、フェニックスといったたぐいの南洋蘭の鉢植えが置いてあったりしているが、そんな小道具よりも、もっとも南方的な印象を与えるのは、やっぱり、混血娘お春の存在である。

ゆきずりにひと目みたぐらいでは、すぐに混血児とは気がつきかねるのは、だいたい日本的な感じの方が強いからであろう。服装にしてもあたりまえのスウェターを着ている程度で、見馴れた日本娘の姿と、ちっとも変っていない。

が、二度三度と見ているうちに「おやッ」と気がつくのである。何か、こう異国的《エキゾチック》な美しさが、こっちの胸にしみこんでくる。あいの子と云われて、ああなるほどと、うなずくのだが、名前が春子というので、そんならジャガタラお春なんだネと、いつしかそれが、そのまま通り名になっている。

緑川鮎子もこの頃ではすッかりジャガタラお春のファンになってしまったらしく、しげしげとこの『南風』に通ってくる。あれほど身をいれていた探偵熱も、このところ、まるでキツネ憑きでもおちたみたいに、ケロリと忘れてしまって、ひたすら、お春に、うつつを抜かしている恰好である。

きょうも、まだ開店の時刻にもならないうちから、『只今準備中』という札を入口にたてかけたままの南風の奥で、お春といっしょに長椅子に腰を埋《うず》めて、さっきから、しきりに香月乙彦なる人物のことを問題にしてるのだ。香月は、鮎子に劣らず、足しげく南風に通ってくる客の一人である。もちろん彼がお春に並々ならぬ関心を持ってるらしいことも、一目してわかる。

鮎子にとっては、どうもこの香月氏が気に入らない様子だ。彼を強敵《ライヴァル》の一人と見ているのかも知らない、何か事件に立ちむかうと、小憎らしいほど冷静にスパスパと処理してゆく鮎子であるのに、それが、今、まるで女学生みたいに、たわいもない同性愛めいた雰囲気に熱中しているのは、いささか、どうかと思うのであるが、相手のお春の方では、鮎子が女探偵――あのミス・ファルコン（女隼）であろうなどとは、まるで知らない風である。

鮎子は自分では会社員だといっているが、ずいぶんのんきな会社らしく好きな時間に、気ままに出歩ける鮎子のことをお春は、うらやましがっていた。いずれにしても、鮎子は勤めなどはホンの申しわけ的な有閑令嬢らしいという風にこの店では見られていた。

「香月さんのことなんか、そんなに気にしなくたっていいわ――あたしは物事を、あんまり深刻に考えないことにしているのよ。だってその方が得よ」

そうは云ってもお春が香月のような客と親しくしていると、決してロクなことにならないと、末の末まで見とおしているような鮎子の目つきであった。その深い澄んだ色の瞳――お嬢さん風な初々しさを湛えているが、ときおり、キラリと大人っぽい詮索するような光がよぎるので、それを見ると、お春は、ちょッと、おっかなくなってくるのであった。

「香月さんのように、何にもかも揃っていて、一点非の打ちどころもないような人物には、かえって警戒しなくちゃならないものよ――」

鮎子が、どんなつもりで、そんなことを云いだすのか、お春には、充分のみこめなかった。香月さんは、三十代の落着いた紳士だ。すくなくとも紳士と云えるだけの服装はしている。軍靴なんかはいていない。ちゃんとネクタイもしているし、ぴったり軀に合った物のいい背広をきている。復員くずれの闇屋青年みたいに札びらをヒケらかすような真似はしないが金ばなれがよくってちっとも嫌味がない？　というので、店中で評判がいい。

ただ、ちょッと気になるのは、彼はいつも黒ッぽい色眼鏡《サン・グラス》をしていることだ。その人の眼を見れば、おおよそ、その人の性格がわかると云うが、色眼鏡をしているのでは、なんとなく正体がつかみかねるような気もするのだ。

しかし、正体がわからない、と云えば、香月さんを毛嫌いしている当の緑川鮎子だって、考えようによっては、ずいぶん、あいまいな存在だ。でも、お春は、店にくるお客のひとりひとりを、戸籍係みたいに、一々身もとを洗ってみなければ気がすまないわけではない。お客の云いなりに気軽にきいてるだけで、それ以上立ち入って、詮索がましいことは、こちらから尋ねないことにしている。というのは、お春自身、あれこれと、自分の身のうえを根ほり葉ほりされることは、とても嫌いだからである。

なにしろお春は、混血児というので、人一倍、その身の上に興味を持たれているし、この種の質問にはいいかげんウンザリさせられているのだが、実際、自分のことでありながら、お春自身だって、ほんの僅かしか知っていないのだ。先年病没したお春の母も、くわしいことは、ほとんど知らせてくれなかった。母が長崎の通天閣《つうてんかく》の仲居をしていた頃、生れたのが自分だということは知っていても、父親は、どこの誰かハッキリ教えてもらえなかった。――当時長崎に来ていた外国船員の一人だったということぐらいしか、わかっていなかった。

だからこそ、彼女は、戦争中はなおさらのこと、終戦になってからも、父のことには、誰からも、触れられたくなかったのである。

ジャガタラお春――と、どの客かが云いだしたのを、いい幸《さいわい》にして、「そうよ、――あたし、ジャガタラお春よ」と、空とぼけて、詮索がましい客の質問を、ほど善くはぐらかしてきた。どの客も、少こし顔馴染みになると、きまって、そこに触れてくるが、香月にしても、鮎子にしても、やっぱり同様であった。とりわけ鮎子ときたら（女の方が、いっそう好奇心が猛烈なのであろうか）、なかなか執拗で、手をかえ品をかえ、具体的な彼女の身の上噺しを聴きたがった。

「お父さんの名前ぐらい知ってないはずないでしょう――教えてよ」

「だって、ホントにお母アさんは教えてくれなかったんですもの――そりゃ、あたしだって、パパの名前くらい知っていないのは寂しいと思うわ――でもネ――実際知らないンだから仕方ないでしょう」

お春としては、それが正直なところだった。いろいろと想いだしたら、想い出ばなしも相当あるが、どれもこれも日蔭の花みたいな想い出ばかりで話しがいがない。生れたのは、大浦の天主堂に近い南山手の木影にかこまれた小さな家であった。そこにも、あまり永くは居ないで、転々として長崎市内を移り住んだ。寄合町《よりあいまち》それから銀屋町《ぎんやちょう》というふうに……

そんなあんばいに、つぎつぎと居を変えたのも、暮しむきが苦しかったせいだった。結局、水商売から足を洗えなかった母ではあったが、お春には、とても優しい母であった。母の許を離れ祖父の家に、引きとられて女学校に通うようになってからは、その母も古風な士族気質《かたぎ》の祖父に気がねしてか、あんまり会いに来なかった。そのうち母は病死した。その頃お春は、戦時中動員されて軍需工場の女子寮に寄宿していたので、やッと病院に駆けつけたときは、すでに母は臨終間際だった。母は視力もだいぶ衰えかけていたが、その眼で、しッかりとお春の顔を見据えながら、最後の力をふりしぼって何か云おうとした。父の名を告げるつもりらしかった。その言葉が色褪せた唇から云われようとしたとき、気丈な祖父がそれをさえぎった。母は「お前のお父さんは」と云いかけたままピッタリ口をとじた。母の痩せた小さな顔が涙におおわれ、やがて息を引き取った。

頑固一徹だったけれど、祖父は決して悪い人間ではなかったので、お春は祖父を憎む気になれなかった。それに彼女自身も、この空虚な戦いを聖戦と思いこませられていた女学生の一人に、ほかならなかった。今さら、父の名などを確めたところでなんになろう——心の底では、こっそりまだ見ぬ父をいとおしみながら、彼女はその感傷をギュッと押し殺して、勤労動員の工場の寮に戻っていったのであった。

「想いだすと哀しいことばかりなの——だから過去のことなんか、今さら想いだしたくないわ」

お春は、鮎子から、根ほり葉ほり訊かれるたびに、そんな風に撥《は》ねかえすのである。

「それに肝腎なことは、なんにも知らないんだから仕方がないわ——べつにごまかしてるわけじゃないんですもの」

「なんとか調べようがないの?」

依然として、あきらめきれない鮎子なのである。

「まったく、あきれちゃうわね——鮎子さんたら、どうして、そんなに、しつッこいんでしょう——調べようなんかないわ、お祖父さんは亡くなってしまったし、長崎は原子爆弾であの通りのしまつでしょう、いくら私たちのことを知っていたかもしれないような近所の人たちだって、いまはどうなったか、探しようもないわ——なにもかも綺麗も灰になってしまったんですもの。いっそ、あたしは、その方が気楽よ」

長崎が原子爆弾の攻撃を受けた当時、彼女は、偶然、中心からかなり離れた分工場の方に交代になって行っていたので、危く難をまぬかれたわけであった。祖父の家も焼かれてしまったので、彼女は単身東京に出て働く気になった。何もかも失った、頼るべき藁屑《わらくず》一本もないことが、彼女をいっそう大胆にした。急には、思わしい勤め口もみつからないので、むしろ衝動的な無鉄砲さで、『南風』に入ってみたのであったが、あながち心配したようなものでもなく、主人も、ものわかりのいい苦労人で、彼女を何くれとなく、いたわってくれた。

「長崎のことなんか、もう聞かないでネ——なつかしい長崎、哀しい長崎は、あたしの心のなかだけで、コッソリ生きているのよ——そッとしておいてもらった方がいいわ——話しがいの無いことは話さない方がいいんですもの……」

そう云うお春を、鮎子は、いかにも歯がゆいと云いたげな顔で見詰めていたが、いきなり自分の両掌《りょうて》で、お春の顔を挟んで、まじまじと見据え、そうして、日頃の彼女らしくもない、思いつめたような感情的な声音《こわね》で、

「よくってお春さん。――わたくしは貴女が好きよ、大好きよ。わたしが根ほり葉ほりしつッこく貴女の身のうえを聞きたがるのも、結局、あなたが好きなせいよ。いろいろと知りたがるのも、ただの物好きとは違ってるつもりなのよ。そして、今、こんなことを云うのは、少こし早すぎるけれど、貴女が、へんな事件に引ずりこまれやしないかと、それを心配してるのよ」

「へんな事件って?」

混血児お春は、鮎子の両手で、顔をはさまれたまま青ばんだ翳の深い眼をパチパチさせた。

「こんな風なアイマイな云い方は、へんに思わせぶりみたいだけれど、とにかく、あんまり気持ちのよくない事件が起りそうな気がするのよ――お春さんを中心にして――」

「えッ――あたしを中心に?」おうむ返えしにお春は訊かずにいられなかったけれど、鮎子はそれには直接答えないで、急に言葉の調子を変えて、

「お春さんは、フェルステーヘンという人知らない?」

「フェルステーヘン――全然知らないわ――そのひと、どういうひと?」

「そういう名を、ちらッとでもいいわ――つまり小耳に挟んだという程度でもいい、聞いたことないの?」

「ないわ――まるッきりないわ」

どんなに念を押されても、そう答えるより仕方がないお春であった。

「フェルステーヘンという名が、貴女のお父さんの名でなかったかどうか、あたし知りたかったのよ――でも、貴女が、ぜんぜん覚えがないというんだから、問題にならないわけね。ああ、フェルステーヘン、あなたがちょっとでもこの名とかかりあいがあってくれたら」

鮎子は宙を見つめるような表情をしていたが、急にお春を、居たたまらないように抱きしめて、

「可哀そうなお春さん――でもね、わたしは最後まであなたの味方よ。たとえ、あなたのお父さんがフェルステーヘンでなくても、きっと、ほんとのお父さんを、世界中の隅々までも尋ね歩いて見つけてきてあげるわよ。それまでは決して他人の口車になんかに軽々しく乗らないことだわ、うッかりすると、飛んでもない事件に捲きこまれるようなことになるわ」

鮎子の言葉は、全部がひとり飲みこみで、お春には、

さッぱり訳がわからなかった。いったい、どんな大事件が勃発すると云うンだろう。いずれにしても、なにしろ薄気味悪い感じであった。

「とにかく、香月さんには充分気をつけた方がいいわ――あのひと、なかなかの策師らしいから――」

それだけのことしか云わず、鮎子は、そのまま帰っていってしまったのである。

## 2　拳銃と聖書

故フェルステーヘン氏の遺産は、米貨に換算して二百万ドルというのだから、今の邦貨で云ったら莫大な額に達する――その半分に近い額が故人の遺志にもとづいて、日本の長崎在住の遺児マリア・フェルステーヘンに与えるということが、このほど瓜哇《ジャワ》のバタビヤ市から渡日したあるカソリック宣教師の手を経て、伝えられた。

ちょうど緑川鮎子の同窓生永見和枝が長崎出身で、その一家が代々カソリック信徒であるところから、そういう珍しいニュースを、鮎子はいち早く訊きだすことができたのである。

つまりその友だちの父永見氏が、それについて、鮎子の積極的な協力をもとめてきたというのが真相である。

だが遺児マリア・フェルステーヘンと云うだけでは、なんとも頼りない。遺言状にもその遺児を探しだす手掛りになるようなことはほとんど書かれていなかった。故人が周囲の者にも長崎に遺児のあることなど一切秘密にしていたものらしく、ただ遺言状に、家人にはまるッきり未知のマリア・フェルステーヘンの名が遺産受取人の一人として記されてあった、という突然な話なのである。くわしいことは余の日記に依るべし、と註がついていたが、その日記が、いくら探しても見当らない。日記は、なお探しつづけることにして、とりあえず、当のマリア・フェルステーヘンの所在を確める方針である、と云うのだ。

なにしろ十八年も前の話であり、ことに長崎そのものが昔の面影をすっかりなくしてしまっている現在では、マリア探しも容易な仕事ではない――が、もし、かりに『南風』のお春がマリア・フェルステーヘンであったとしたらばどうであろう。

鮎子にしても、マリア・フェルステーヘン探しはひとまず長崎を振り出しに、はじめなければならないと思いながらも、なにしろ遠い長崎のことなので行きそびれているうちに、彼女は、『南風』に出入するようになった。

このことは、しかし、あながち偶然とばかりは云えない。彼女が南風に足を運ぶに至ったそもそもの原因は、やっぱり香月という人物に関係があった。

鮎子が故ヘンドリック・フェルステーヘン氏の遺言の話を聞かされてから一週間目、無論まだなんにもマリアの手掛りなどつかむアテもなかった時分、渋谷の永見家に立ちよってみた際、別室で永見氏と話していたのが、香月乙彦であった。それを、鮎子の耳に囁いたのは、和枝であった。

「案外ね――心配したもんじゃないわ――どうやら、マリア・フェルステーヘンさんが見つかるらしいお話よ」

その話を持ってきたのは、香月乙彦その人であった。

そんなに簡単に、と鮎子は目を丸くした。信じられない気持だった。和枝の二階の部屋から、その人物の帰って行く姿が見受けられた。香月の遮光眼鏡が、ギラリと外光を撥ねかえして、何か一癖ありげな感じであった。好奇心が抑えられなくなり、後を尾《つ》けてみる気になった。一足おくれて永見家を辞した鮎子は、香月乙彦の後を追いかけた。

――彼は、地下鉄で上野へ出て、その足で、まっすぐ『南風』に入っていったのである。

『南風』には、混血児ジャガタラお春が居た――と、すると、これは、てッきりお春こそ、問題のマリア・フェルステーヘンだ――それにちがいないと、その時は思わずにいられなかった彼女であった。

だが、その後の様子がどうも可笑しい。すぐにでも、香月がお春の手を引いて、マリア・フェルステーヘン捜索本部である永見邸へ連れて行くだろうと思っていると、いつまで経ってもそんな気配が見えない。

これは実に解せないことだ――この不思議な思いが、いっそう鮎子を『南風』に入りびたせるようなことにしてしまったのである。それとなく、お春に当ってみても、香月がお春にフェルステーヘンのフの字も知らせていない様子である。それでは香月が、その所在を確めたというマリアはお春のことではないのか？

別人ならば、なぜ、香月はこうも、足繁くお春のもとへ通ってくるのであろうか？

先日、永見家へ赴いて香月がもたらした報告を（あの時、鮎子は詳しいことを聞くひまもなかったが）、その後、あらためて和枝の口から聞いてみると、香月も長崎市民で、土地のカソリック信者から、フェルステーヘンの遺書の件をきいて、長崎中を虱潰《しらみつぶ》しに探してみたにも拘らずそこではマリア・フェルステーヘンの所在を確め得なかった。彼女は現在大阪方面にいる模様であるから、近々のうちに同伴するとの中間的報告を永見氏に打ちあけたのだ、と云う――こうなってくると、いよいよお春なんかどうでもいいことになるが、しかし香月は依然として『南風』通いを止めない――いや、ますます熱心になってくる。こうした彼の胸中は、全くはかり知られなかったが、それが、ふとしたキッカケから、鮎子は彼の秘密の一端に、はからずも触れるようなことになったのである。

その晩、鮎子は八時すぎてから、『南風』に立ちよってみた。扉《ドア》は閉めきってあり、休業の札が掲げてあったが、なかには人声がしていて、レコードの音さえ聞えていた。鮎子は、しばらく、外に立ったまま中の様子に耳を傾けた。すッかり気温が和らぎ、春めいた朧月夜《おぼろづきよ》で、赤い花なら曼珠沙華《まんじゅしゃげ》……というあのメロディがしいんとした夜気を縫って流れていた。

聴耳をたてながら、鮎子は下らない、と思った。この辺一帯の飲食店の同業者が、従業員の慰安をかねて、復興祭をしようとの目ろみは前から小耳に挟んでいたし、その際、混血児のお春に長崎物語を踊らせようというのが、世話人たちの思いつきであることも鮎子は知っていた。それはなるほど思いつきだろうが、鮎子は感心しなかった。今さらジャガタラお春でもないじゃないか――結局、混血児という点を呼び物にするのだろうが、それが、鮎子にはなにか傷々《いたいた》しい気がするのである。

その話を耳にしたとき、当のお春にではなく、同じ南風の朋輩に鮎子は訊いてみた。

「お春さんは、だいたい着たきり雀の方じゃないの――『長崎物語』を踊るにしたって、第一ジャガタラお春の衣裳なんかどうするつもりなんだろう」

「そんな心配要らないわよ――ちっとも――だって、立派なパトロンがちゃんとついてるじゃないの――」その朋輩はちらっと片眼をつぶってみせた。香月のことを云っているのだった。

『長崎物語』に必要な衣裳はむろん、髪の物まで一切香月氏がお春のために取り揃えるということだった。今どきこれだけの物を工面することは容易なことでない。――これにはさすがに鮎子もびッくりした。しかし、驚いたのはそれだけではない。香月はそれについて、代償を求めたのである。

「僕はね、お春さん、外国の郵便切手を集めるのが道楽なんでね――」と前置きして、もしお春の父から来た郵便物でもあったら、その切手を無心したいと申出たということである。もちろんそんなものがあるはずはない。

美々しい振袖や装身具一式の代償としては、代償とも云えないほどに無慾すぎる要求のように見えるが、しかし鮎子からすれば聞き棄てにならない言葉として胸にひびいた。香月氏もやっぱり鮎子同様、お春から、彼女の疑問の父について何かを引きだそうとしていることだけは争えない。しかも、鮎子以上に執拗にさえ見える。

「だって——そんなもの無いわ」とその時、お春は香月に答えるより仕方がなかった。「あるくらいなら苦労しないじゃないの——父《パパ》のものらしいと想われるものはこれだけ」

お春が見せたのは、古びた一冊の革表紙の聖書《バイブル》だった。（それは鮎子も一度見せてもらったことがある）もうだいぶ手擂れのした三方金のバイブル——和蘭語《オランダ》かとも思われる見馴れぬ外国語で書かれてあった。

「そんな変な外国語の聖書だから、父のものじゃないかと思うだけよ、サインでもあればべつですけれど——」お春はそう云いながら、しかし、それだけに、どうにも手放しかねる様子を（かつて鮎子に示したように）香月にも示したにちがいない。

「バイブルか——バイブルじゃ貰っても仕方がないや——」と、あっさり笑って、香月は、それきり別に新しい要求は持ち出さなかった、ということである。

それはそれとして、とにかく『長崎物語』を踊るに必要な衣裳はできてきた。——それをはじめて、身につけたお春の姿を、その晩、鮎子は、閉めきった『南風』の硝子窓越しに覗きこんだ。問題の復興祭も間近かに迫ったので、店の方は早仕舞いにしてその下稽古にとりかかっている様子であった。

顔馴染の鮎子のことだから、入る気なら中に入れるのを、そんな狭い裏路次から泥棒猫さながらに、中をうかがう必要もないわけであったが、鮎子も、そのへんが探偵気質というものであろうか、いずれ、中へ入るにしても、一応そこから覗いてみずにはいられなかった。

居る居る——マスターも、コックも、もちろん香月も、それから朋輩の蘭子だ、明美だ千草だのいう連中もみんな壁際に片寄せた椅子に、目白押しに腰かけて、お春の『長崎物語』の踊り振りを、われを忘れた態で見まもっている。

むしろ、愚かしいまでに恍惚とした顔で見惚《みと》れている。

日頃から流行歌だの、その流行歌にふりつけた新舞踊などというものに、それほど心酔できない性質の鮎子であったが、この時ばかりは室内の連中と同じようにわれながら、いささか、ウットリしてしまった。

朧めく春の夜の雰囲気が、いくらか感傷めいていたせいもあってか、日頃の彼女らしくもなくつい恍惚としてしまったのかも知れない。

…………
うつる月影、彩玻璃《いろガラス》
父は異国の人ゆえに
金の十字架、心に抱けど
乙女盛りをああ曇りがち
…………

下手《へた》だからこそ稽古をしているので、なるほど、こういう蓄音機のレコードにあわせて踊るお春のさし手ひくて手が、いささか戸惑いがちであったことは否めない。それにも拘らず、みんな恍惚としてしまったのは、やっぱりこの混血児の異常な美しさのせいだ。

お春が日本服をきているのを見るのは、これがはじめてであった。ましてその日本服も今宵は仕立おろしの絢《けん》爛《らん》たる友禅模様の振袖がすらりとした混血娘の良質のバタのような肌に艶《なま》めかしく映えて、噎《む》せるばかりな異国情趣が、あふれている——それは、哀れにも鮮かすぎて、痛々しいまでの美しさだ。

こんどは照明器を使うらしい気配であった。着色のセロファンをボール箱の穴にはりつけたのを電気スタンドにかぶせたという程度の簡単のものでそんな玩具《おもちゃ》みたいなスポットライトなんか使用しては、かえって度強《どぎつ》い下卑《げ》《び》たものになってしまうばかりだと、鮎子が気にしていると、照明具の位置の都合上見物人側の椅子が押しやられ、香月たちも、こっちへ席を変えた。その際、彼は、鮎子が覗きこんでいる硝子戸ぎわに外套を掛けた——その硝子は三分の一ほど欠けていて、覗きこむのに都合がよかったのだがその割れ目を、香月の外套が、すっぽり塞いでしまったので、鮎子の視野は封じられた形であった。

鮎子は、窓際にぶら下っているその邪魔な外套を、割れ目の穴から指をさし入れそっと退けるようにしながら、覗き得られる程度の隙間をつくろうとした。その時、外套に触れた彼女の指の感じが、少こしばかり彼女の持前の好奇心を刺激した、指の触れた部分はポケットであった。

「おや——このへんに固いものは何かしら?」

指頭で、人知れず撫で廻しているうちに、指先がそのまま氷りついてしまいそうな感じで、思わず、ゴクリと固唾をのんだ。

(どうも拳銃らしい——)こうなると、彼女は引ッ張りだして見ずにはいられなかった。室内の連中は、スポットライトのなかの長崎物語、照明は安っぽくケバケバしかったが、それはそれで、やっぱり別種の美しさがあり夜光虫のように燦《きら》めきわたる混血児の舞姿にすっかり夢中になっていたので、鮎子の動作に気がついたものは、さいわい一人もなかった。

引だしてみると、やっぱり拳銃だった。ポケットには、まだ残っているものがあった。それも引きだしてみた。——聖書ではないか！　お春が、それだけを、まだ見ぬ父のただ一つの形見と一人ぎめに想いこんで、肌身離さずにいたあの三方の金箔もすッかり薄れてしまった古めかしいバイブル。このバイブルが、どうして、香月の手に渡ったのであろう。

鮎子は片手にバイブル、片手に拳銃という妙な姿で、裏路次の闇のなかに、立ち竦んだ形であった。

…………

平戸離れて幾百里
つづる文さえつくものを
なぜに帰えらぬジャガタラお春

…………

なかの稽古は、まだ止みそうもない……

## 3　月下の二人

「香月さんじゃありません？」

香月は、ギョッとした態でふりむいた。

なにしろ、そのへんは昼間はなかなか人通りも賑やかな所だが、夜にはいると、ぴったり人影も絶えてしまって、昼間店をならべていた露天商の引きあげた跡が、もとのままの焼野原の姿に立ちかえって、曲りくねった焼ビルの鉄骨などが、おぼろな春月に残骸をさらしているといったような寥々《りょうりょう》たる夜景だから、こんな所で、若い女から声を掛けられようと思わなかったのも無理はない。

「おや、貴方は、花房さん——？」

と、ようやく相手を確認し得たものの、香月の声は、やっぱり、うろたえ気味であった。花房というのは、鮎子が、『南風』などで出鱈目に名乗ってる姓である。

「今夜は、ハナブサでなくってハヤブサよ」

夜目にも彼女の白々とした歯ならびが、何か不敵な微笑をつたえていた。

「ハヤブサというと……」

「女隼って、これでもなかなかの名探偵のつもりよ」

「探偵?」

「そんなに、空とぼけなくてもいいわよ——あなただって探偵に後をつけられるくらいの憶えはあるはずよ」

「それはまた、のッけから洒落た御挨拶ですね——そうすると、つまり僕を悪党と見込んで……」

と云いざま、香月はすばやく鮎子を羽掻絞《はがいじ》めにしようとしたが、彼女はすでにピストルの銃口をさしつけていた。

「これは、香月さん、あなたのピストルよ、こんなもの、わたし持っていてもしようがないの。だからお返しするわ——けれど、その前にちょッと聞かせてもらいたいことがあるの——いったい、あなたの云うマリア・フェルステーヘンはどこにいるンです——近いうちに連れてくるって、永見さんのところへ報告に行ったこと、わたし、ちゃんと知ってるのよ」

「——」

しばし言葉がとぎれ、シーンとしてしまった。

男はふらふらとよろめき、そこの焼跡に転がっている土台石へ腰をおろして、まだつきつけられている拳銃の先きをチラリと見た。彼は落着こうとして莨をくわえた。莨の火がブルブルと慄えていた。

「一敗地にまみれたか……諦めよう、白状しちゃいますよ。もうこうなりゃ、洗いざらい、何かも——」

男はようやく意を決したらしく、しゃべりはじめた。

「マリア・フェルステーヘンの替玉を使おうと思っていたんですよ」

男は最近まで瓜哇に居て、フェルステーヘンの経営していたカボック農園に働いていた。フェルステーヘンが長崎に来て、通天閣の仲居と親しくなった当時は貨物船のしがない一船員であったが、その後下船して、カボック栽培に着手し、粒々苦心《りゅうりゅうくしん》の結果、ついに産をなすにいたった。その農園で働いていた香月乙彦は、フェルステーヘンが病没した当時、農園事務所のデスクにあったフェルステーヘンの若い頃の日記をみつけ、読んでいるうちに、日本にのこした遺児マリアの件を知り、その日記を盗みだして、莫大な遺産の受取人として自分の義妹を仕たてることを企らんだわけである。つまり、当のお春のことはその頃の日記による以外にフェルステーヘンの遺児マリアたることを証明するものが、殆んど無いに等しく、日本名のお春は遺言状にも誌《しる》されていないことに着目して、真実《ほんとう》のマリアの方を抹殺し、自分の義妹（これは神戸でダンサアをしている、やっぱり混血児）を替玉にして遺産をゆずり受けようとする計画であった。フエルステーヘンの日記によると、お春の母に、バイブルを与えたことまでが細々しく書き入れられてあり、何か、その類のフェルステーヘンの形見らしいものを、替玉の方でも持っていないと尤《もっと》もらしくないところから、今晩、『長崎物語』の稽古の際、お春が新調の振袖に着かえてる隙に盗みとっておいた次第も、香月は淀みなく告白した。

「実は、今晩、お春をピストルで射殺する手筈まで考えていたんですよ。スポット・ライトを照らすときの暗がりを利用して、狙いうちする、そして、嫌疑は、コックの田村の方に掛かるように仕組んでおくつもりだったンです、あのコックはお春にぞっこん参いっていましたからね。それだけまたひどくお春から嫌われてもいて、情痴のはての怨恨から射殺したらしく、筋書を持って行けば行けそうな気がしていたんですが……」

どこか遠く（上野の森あたりで）夜鳥《よどり》の啼く声が、霞んだ春月の空にひびいた。

「やっぱり、『長崎物語』は近代式に明るい正しいハッピエンドで行く方がいいってことが、今さらながらしみじみ分った気がするンです。よかった。ホントによかった。なんだかまるで、夢からさめたような気持ですよ。図に乗って人殺しでもしていたら、――ああゾッとしますよ、私は嬉しい――。とても嬉しいですよ。あんたに、ピストルを取り上げてもらったことが……」

そんな風に昂奮した男の汗か涙だかにうす光る顔が春月のなかにほの白く浮き上っていた。

# 夢みる夫人

## 1　探偵依頼人

夜来の雨は、すっかり晴れあがって、庭先の黒土からは、水蒸気が立ちのぼっていた。

鮎子は事務室の窓からその庭先を眺めて、思わず感歎の声をあげた。

「まア、ヒヤシンスが綺麗だこと――」

するとその時、玄関へ人の訪ねてきた気配がした。見も知らぬ三十代の男だった。弁護士の兄の所へきた客だと思ったら、案に相違して緑川鮎子自身へ折入っておねがいしたいという叮重な挨拶だった。つまり探偵依頼人だったのである。

「あらッ――」と思わず顔をあからめて尻込みするあたり、鮎子の探偵業も、まだ職業的な物腰にまでなっていないわけである。今まで、いくつか事件を手がけてきたけれど、どれもが知人だとか友達などの関係で着手したものが多く、今日のように、いきなり正面から、一面識もない男が押しかけてきて探偵を依頼するようなことは、まったくこれが始めてなので、鮎子はすくなからずあわてたのである。が、相手は、照れくさがっている鮎子の様子などには、一切お構いなく、椅子に腰をおろすなり、ただちに用件をしゃべりはじめた。

「はじめから、恥を申さなければならんのですが、私は妻を信じることができないんです」

――どうも深刻な話らしい。

果して、その妻の私行上の疑惑を、内偵してもらいたいという唐突な依頼なのである。

新聞広告などで見かける私立探偵は、どれも男性で、この種のデリケエトな夫婦間の問題を依頼するには、単に事務所に形式だけの解決を押しつけられそうで、なんとなく気がすすまない――やっぱりこんなことは婦人探偵の方がいいにきまっている。ことに、ミス・ファルコン（女隼）として、そのこまやかな感覚と明智とをもって鳴る緑川鮎子が存在する以上、何を苦しんで、鼻ッぱしばかり強い男の探偵などに頼みこむ気になれるだろうか――と、真鶴《まなづる》聖吾氏は、しごく真顔になって、それをいささかもお世辞らしくない口吻《くちぶり》でいうのである。

「でも、ほかのこと、たとえば盗難事件みたいなものならとにかく、御夫婦の間の愛情に関する問題など、わたしのような未婚者には手ぎわよく処理できそうもありませんわ――とてもむずかしいわ――だって、まるで経験がないンですもの、無理ですわ」

鮎子としては、これが本音であった。まったく自信がなかった。そのくせ、この奇妙な依頼人を、そのまま追いかえす気にもなれなかった。自信がないだけに、その内容が知りたかった。この、いかにも好人物らしい私立大学助教授の奥さんがいったいどんなことから、それほどまでに夫の疑惑を招いているのか、ちょッぴりでもいいから聞いてみたかったのである。

「いいや――あなたなら、おわかりになる。すくなくとも事実を事実と見きわめて下さるに違いないと、僕は信じこんでいうンですよ――あなたは未婚者であるだけ、かえって純粋な、曇りなき観察眼をもって……」

おやおや、これは飛んでもない買いかぶりだと思いながらも、聞耳をたてずにいられない鮎子だった。男はつづける。

「僕はフィリッピンで、三年以上も一兵卒として苦労しておりましたが、去年の末やっと、内地へ帰ることができました。一時は戦死の誤報さえ伝えられたくらいですから、妻は、僕が不意に帰還すると、狂喜して迎えました。が、今から想うと、はたしてそれがホントに彼女の喜びであったかどうか、疑わしくさえなってくるのです――戦死の公報が入った以上、彼女はすでに、僕という男の束縛からは解放されていたわけで、しかもその公報があってからかなり月日もたっているンですから、その間自由になった彼女が、新しい愛人を探しあてたとしても、いっこう無理でないと思うンですよ」

「ほんとに愛人がおありになったの?」

「それが、そう手軽るにわかるなら、かえってあきらめがついて、気が楽なんですが、なかなか、そうした事実の尻尾をつかむことができないんですよ」

と彼は、かなり昂奮していた。こけた頬の近眼鏡の奥の瞳は、熱っぽくギラギラしていた。

「僕の口から申すのもなんですが、蘭子は、なかなか悧口な女で、うかつに尻尾をつかまれるようなことはしません。うわべだけは以前となんの変りもありません。この頃になって、よそよそしくなったような所は、どこにも見当りません。これといって文句の云いようもないくらいよくやってくれますが、ただ一つだけ腑に落ちかねることがあるンです」

それは、奥さんの蘭子が、この頃急に贅沢になったことだという――だいたい私立大学工学部助教授ぐらいの月給では、別途の収入でもないかぎり、その日暮しのタケノコ生活であることに、変りはない。蘭子がいかに器用でも、およそ贅沢などという状態とは縁遠い毎日であるべきはずだ。

ところが事実、蘭子は、

「今夜、鶏鍋にしますわ——」などと、食物《たべもの》の点でもしごく無造作にぜいたくをするようになった。

また以前は、聖吾氏の靴下にしてもシャツにしも、手まめに継ぎはぎして、最大限に活用する蘭子であったが、この頃では彼女は、どこから工面してくるのか、純毛ではないにしても、真新しいシャツや靴下を魔法使いみたいに気軽に取りだして見せるようになったという。

「僕自身の収入はビタ一文も殖えていないのに、この現象をどう解釈していいか、僕はすッかり迷ってしまったわけです。まさか妻が、万引やサギを働いてるとも思いませんが、薄気味悪くなってきたことは事実です。蘭子に云わせると、それ相当の理由があって、たとえば、指輪を、学校友達のダンサアにゆずったとか、丸帯は材木成金の近藤の奥さんに売ったとか、それが案外値がよく売れたから、ちょッとばかり贅沢の真似事をしただけと、しごくケロリとした返答をして笑ってるばかりです。僕は蘭子の箪笥のなかを、掻き廻わしてみたことはない——しかし、いくら、そういうことに疎い僕だって、箪笥のなかが、とうの昔にからッぽになっているくらいのことは、感づいていたンです。僕たちは今、田舎町のアパートで暮らしています。東京の近郊と云えば近郊にちがいないが、勤先の大学までの往復が、たっぷり四時間以上もかかるので、これには全く閉口してるんです。いつ東京へ帰えれるかわからないにしても、いずれは帰るつもりだから、その時の引越の費用なども考えておかなくてはならない。いや、いやそんなことよりも、こんぽんは蘭子が、どこから、どんな方法で、あれだけの金を引き出してくるのか、それがどうにも気になるンです。ほかに愛人があって——ああ、こんな浅猿《あさま》しい想像をめぐらすことは、僕としても、卑しいかぎりだと思いますが——その愛人が、ブルジョアの御曹子かなにかであって、惜しげもなく彼女に金をみつぐ——だから、あんなに派手にパッパッと使いたがる浪費癖がついてしまったんだ——これは、もちろん今のとこ想像の範囲をでていませんが、しかし、疑心暗鬼のたぐいか、アパートの連中に、それとなく訊いてみると、この頃蘭子は、急に外出がちになったという話だし、どうも怪しい節々が次第に多くなってくるしまつです。もちろん、蘭子にむかっては僕の面子《メンツ》からしてもそんな疑いをおくびにもだす気になれません。今まで通り寛大な――実際今までは、寛大というよりは自分の学術上の研究にかまけてむしろ無頓着すぎる夫であったことは確です――そういう夫として、何喰わぬ顔で暮らしているンですが、それがこの間――」と、聖吾氏は、ここで、また一段、哀しげな表情をした。

この間、蘭子が近所の銭湯に行った留守に、彼女の春外套のポケットを聖吾氏はさぐってみた。彼女は時折り、「あ、忘れていたッけ」といった調子で、手のつけてない煙草の一箱か二箱を、そのポケットから取り出して、聖吾氏の机の上にポンとのッけてくれるようなこともあった。その時も、ちょうど煙草を切らしていた聖吾氏は、もしかすると、彼女の外套のポケットに、(それは一種の魔力をもっているかのように思われた)、煙草の一箱ぐらい、忽然として湧きだしてくるかも知れないと意地汚くも探ぐってみた。潔癖な聖吾氏としては細君の留守につけこんで、彼女の脱ぎすてておいた外套の衣嚢《かくし》をまさぐるなんて、かつてない後ぐらい行為であった。そうして、この行為は、たちどころ手きびしい仕返えしを受けた。――煙草なんか半カケも見当らなかった。手に触れたものは一枚の紙きれ――よく町中を歩いてると街頭のスナップ屋から手渡されるあの写真引換券であった。

どんな写真が写っているのか、チラリとでもいい、覗いてみたい誘惑を抑えきれずそこで、聖吾氏はただちに取りよせてみたんだ、という。

「取りよせない方がよかったンです――いったい、どんな写真だと思いますか」工学部のもの堅い助教授らしく、みずからハニカミながら、聖吾氏はその豆写真を鮎子に見せた。

「男と二人で、銀座なんかをいい気になって歩いてる所を、パチリとやられたらしいンです……あいつめッ――」

聖吾氏は、鮎子との対談中、ここに至ってはじめて細君蘭子のことを、「あいつめッ」とよび、いかにもいまいましげに舌打ちした。

なるほど、そういえばそうとも見える二人の男女の姿が、真正面からなかなか手ぎわよく捉えられてあった。

「ずいぶんお綺麗な、――それに、なかなか活潑そうな奥さんじゃございません? ――こちらの男の方が愛人ですッて――失言ですわ――そんなこと――二人で歩いてるからって、いきなり愛人って決めちゃうなんて少々狭量《ナローマインド》だわ」

「いや、僕は――」と、彼は息ぐるしげに、カラーでも緩めかかる風に喉元に手をさし入れながら喘えいだ。

「そうと、ハッキリ決めたわけじゃありません――がいずれにしても、タダの鼠じゃなさそうです――だからこそ、その決定を貴女におねがいしていするンです」

## 2　変な二人

聖吾氏のアパートのあるその町には、鮎子もお芋の買いだしで二三回行ったことがある。

大仰に探偵などというほどのこともない。こんな問題は当の蘭子夫人に直接ぶつかって、疑惑をただすほうが、なまじ小細工を弄するよりは、ずッと早いにちがいない。と考えて、ともかくも、緑川鮎子はその町へ行ってみる気になった。

「あアあア探偵家業は辛いわ――」

などと、家人に不平がましく云って出てきたものの、半ば清々《すがすが》しい初夏の外気に誘われてきた感じでもあった。

汽車を下りて、五分ほど麦畑ぞいの道を歩くと、聖吾氏夫妻のアパートへたどりついた。

「あら、一足ちがいでしたわ――たった今、お出かけになったばっかり――」

アパートの玄関先でそう教えられたが、

「ホラ――あそこを」と、そこの窓から街上を指示され、今しも、曲りかどから折れようとする蘭子夫人の後姿を辛うじてキャッチすることができた。

バタバタと追いかけて行きながら、途中でふと鮎子は心変りがした。ひとまず尾行してみることだ。正面切って挨拶するのは、いつだって出来るンだから……

「ホントに、写真で見かけたあの愛人（かどうかハッキリは云いかねるにしても）のもとへ彼女は出かけて行く気かしら?」

兇悪な強盗容疑者を跟《つ》けるよりも、もっと胸のワクワクさす思いで、鮎子の全身は緊張した。

蘭子夫人は、まっすぐに駅へ行き、上野行きの汽車にさッさと乗ってしまった。

鮎子も何喰わぬ顔で同車した。

車内は混んではいたがラッシュの時間は外れていたので、鮨詰めとまではなっていなかった。人波を押しわけて、鮎子は、蘭子夫人と肩がすれ合うほど接近した。

どんなに不遠慮に、蘭子夫人を観察しても、夫人の方は、鮎子のことなど知るはずもないので、いっこう気にもしなかった。

鮎子の方が少こしばかり背が高かった。

蘭子夫人の耳は、車窓からさしこむはつ夏の陽ざしに美しく明るんで、ひとしお愛らしく見えた。その耳越しに夫人が読みふけってる本を、鮎子もいっしょに覗きこんだ。それは恋愛小説らしかった。それらしい情緒的な文字が、ちらちら、鮎子の盗み読みする眼にも映った。

（このひとは浮気者かしら？）

なにも恋愛小説を読んでいたからって、いきなりそんな風にきめるのは無茶なわけだが、すくなくとも、この夫人の胸には、豊かな青春の夢が息づいている感じであった。年だって、二十五六というところだろうか。

だが、そうして人知れず見ているうちに、なんとなく鮎子は、この夫人が好きになってしまった。蘭子夫人の万人むきのする美しい顔だちのせいでもあろう――鮎子自身が、だんだん夫人の魅力にひきこまれていきそうな気がするのである。

いッそ単刀直入に話しかけて、この胸のうちの擽《くす》ぐったいようなもどかしさを綺麗サッパリ片づけてしまおうかしら――と、ふとそんなように考えながら、鮎子が、なんとはなしにあたりを見廻したとき、彼女は思わず「あッ」と声をのんでしまった。蘭子夫人の一人おいて隣りに、例の写真の男が、そしらぬ顔で立っているのに、気がついたからである。

聖吾氏よりは、だいぶ若い男である。聖吾氏のように無精ひげなど生やしていない。青々と剃った頰のあたりが、何か薄手な感じで、聖吾氏の方が、たとえ地味でも、含蓄のある容貌をしていると、鮎子は思った。洋服とといいもぎれで作った鳥打帽《ハンチング》をかぶっているのも、これ見よがしで、どうも新円の恵み豊かな階級らしくって、鮎子の眼には少々嫌味であった。

（これが、蘭子夫人の新しい恋人なのであろうか――一つ汽車で、落ち合って、これから、二人はどこへ行くのかしら？）

それにしても、二人ともすっかり取り澄ましていて、ここではまったく知らぬ他人のような振りをしているのも鮎子には可笑しかった。

おそらく、しめし合わせて乗車したのであろうが、東京とはちがって、このへんは乗客のなかにも顔見知りが多いと見え、それを憚かって、車中では二人とも互いに素知らぬ顔をとおすつもりらしい。

まだ、上野へ着くまでは一時間半ぐらいある。――その間じゅう、この二人の男女は、一ト言も口をきかないつもりであろうか。たとえ、口をきかないにしても、チラッとホホ笑み交わすというようなことが、絶対にないであろうか。

そういう微妙な彼および彼女の秘密ッぽい表情の変化

を――なにしろ車中の退屈なせいもあって、探偵心理ばかりではなしに、いくらか悪戯じみた気分もうごいて――鮎子は油断なく看視しようと構えこんでいた。

## 3　車中スリル

そのうち、汽車はある駅につき、またドヤドヤと客が乗りこんできたので、車内は、さらに窮屈になった。入口の方から、ぐッと圧力が加ったのを、それとなく利用して（男の一挙一動細大洩さず見まもっている鮎子の眼には、それがまったく利用して、という風にしか見えなかった）男は、ぴったり、蘭子夫人の背により添う位置に入れ代ってしまった。

さっきからいくら目配せしても、いっこう反応がないのに、じれッたくなって、図々しくも（しかし、恋人同志であってみれば、それもやむ得ないことかも知れないが）互いに体温の伝うるくらいの位置にまで歩を進めなければならない気分に駆りたてられたのであろう。こうなると、恋愛なんて、まことに小ウルサイ児戯に類するものだと、鮎子はいささかの哀感を催したほどである。

上野に近づく一駅ごとに、乗客は殖えてくるばかりで、車内は混雑をきわめた。車内専任の整理員が、坐席の背《せな》あてのてッぺんに泥靴のままずッくと立ちあがり、網棚のふちに片手をかけて、しきりに声をからして、乗客によび掛けはじめた。

「もう一ッ時の御辛抱でございます、みなさまなにとぞ御協力を願います。通路には、お荷物は置かないように願います。整理すれば網棚にもまだまだ荷物はあがります。腰掛けの下にも入ります。――ええとそちらの大黒様そっくりの品のいいおじいさん、もう十センチばかり中へおすすみ願います。それから、こちらの、高峰三枝子さん生き写しのお嬢さんのお方、そうです貴女です、どうぞ窓ぎわの方へ、ぐっと割りこんで下さい、ええ、その調子その調子、結構でございます」

係員は、こんなぐあいに卑俗な笑談をふりまきながら、整理を一通り終ると、さらに一段と声をはげまして、

「ついでながら、スリの方が、万一このなかに居りますならば、一言申上げておきます。スリ組合員は、目下ゼネスト決行中とのことでございますから、車中におかれましても、そのむね御承知おきねがって、かりそめにも、こんな真似は（と指をカギに曲げて見せ）なさらんようにくれぐれも御注意申上げます」

乗客は、みんなさも可笑しそうにわらった。

そのへんにスリがいるかどうかと、今さら身《からだ》を固くするような敏感な客が居るようには見えなかった。だが、この警告は、すくなくとも鮎子にとっては、思わざる即効があった。

彼女は、掏摸《すり》と聞いてハッとした。強い衝撃が全身をつらぬいた感じであった。一時に何もかも感づいた始末であった。今までどうしてそのことに、思い及ばなかったのかと、自分の迂闊さかげんにあきれるばかりであった。聖吾氏から与えられたあんな簡単な先入観念にとらわれすぎて、鮎子は物事を、スッカリ裏がえしにして見ていたことに気がついたのである。

(愛人どころか、この男は掏摸に違いない——掏摸と見立てたほうが、よっぽどピッタリしてくる……)

愛人から掏摸へと役の振りかえは、ずいぶん意地悪だけれど、そう観点を裏がえしにしてみると、今までのこの男の一挙一動が、それらしい体臭をともなって、いちいち肯ずかれる感じがしてくるのだ。

この掏摸は、おそらく、かなり前から、蘭子夫人を狙っていたものにちがいない。

街頭のスナップ写真も、この男がそれとなく夫人をつけ狙って、ついてきたところを、偶然撮られたのであって、出来上りをみれば、あたかも仲よく二人ならんで歩いているような姿になっているだけのことで、蘭子夫人に何の責任もない——そんな風に考えるほうが、蘭子夫人が、だんだん好きになってきているせいもあって、鮎子には、より自然な感じがしてくるのだ。そうなってくると、まさに興味津々たるものである。

鮎子は、全身を眼にして、この男の、どんな微細な素振をも一つ残らず見きわめんものと身がまえた。

すると、はたしてである——果して、彼女の心臓は俄にトキメキだした。

くだんの男が指と指との間に、安全剃刀の替刃様《よう》の薄い切れものを、器用に隠して持ってることさえ、鮎子は、すッかり見抜いてしまったからである。

この切れものを、彼が、いかなる瞬間を選んで使用するかが見ものだ——鮎子の生涯を通じて、このようなスリル満喫の見せものは、そう何遍もめぐってくるものではない。もちろん見るものも見られるほうも、きわめて巧妙に、さあらぬ態を装っている点においては両者とも何ら変りがない。おそらく、内心の緊張の度合いにおいても、二人ともほぼ同じものであったろうと思われる。

この次ぎの停車駅は、省線電車への乗換駅でもあり、その線の駅では、乗降客の量がすこぶる多いのである。その駅へ近づくにつれ、車内は、下車の準備のために、押しあいへしあいが次第に激しくなり、今までギッシリ詰まったまま静まっていた人壁が、あちこちで、足掻《あが》きだし、崩れはじめた。

そのドサクサに乗じて、はたして、くだんの男は、目にも止まらぬ早業をやった。蘭子夫人の半コートの、それはちょうど内側の胸ポケットに当る部分を、外側から、例の薄い刃で、スーッと斬った。人浪に押されて、よろけるようなふりをしながら……

鮎子だから、――虎視眈々《こしたんたん》たる鮎子だからこそ、それが辛うじてわかったのである。ふつうなら、とても気がつくものではない。それほど、手練の早業であった。

……スーッと薄刃で撫《な》でておいて、(まったく、なにげなく撫でたとしか見えなかった)その切れ目から(派手なピンク色の裏地が、ちらッと覗き見えたほどだから、やっぱり正確に切りさいてあったのだ)その間から、男の手は、すばやく夫人の革の紙幣入《さつ》れを引き抜いた……

鮎子は、まるで、自分が被害者であるような実感がした。肉体的な苦痛さえ感じたほどである。

その衝撃に押しこくられたように、鮎子は、すかさず男の手を――引き抜いた紙幣入れを自分の洋服のポケットに、いちはやく、しまい込もうとするその手の甲を、思いきり、ギュッと抓《つめ》った。

その時の男の表情ったらなかった。

鮎子はあやうく、笑いがこみあげてくるのを堪えて、男の狼狽しきった顔を、じいッと見据えた。

男の手から、ポロリと紙幣入れが足もとに落ちた。鮎子は、それをそのまま、靴先で押えつけて、

「ストライキ破りなんかやるもんじゃなくってよ」小声ながら、さわやかな調子で云ってやったのである。

## 4 彼女はどこへ

そんなイキサツは露知らない蘭子夫人は、その乗換駅に停車するや否やさッさッと降りてしまい、反対側のホームに待ってる省電の京浜線に乗りこんでしまった。

掏摸から奪還《うばいかえ》した紙幣入れを、手渡す暇もないしまつである。「あッ――奥さん、これを」と鮎子はあわてて追いかけた。

その間に、掏摸はもちろん、チョロリと群集のなかに姿を消していたのである。

電車の混みかた――これがまた汽車以上で、蘭子夫人が、同じ車のむこう端に乗っていることがわかっていながら、鮎子が、そこまで歩みよることは、まったく不可

能な状態であった。

　結局、ヤキモキしながら大森駅まで持っていかれた。夫人がそこで降りたので、鮎子もそれにつづいた。二人は山王台《さんのうだい》側の道に出た。

　後からついて行く鮎子は、あんまり急がない。夫人との距離を適当な程度に縮めて、それ以上は追いつこうとせず、ユックリ歩いていった。

　どうせ、ここまで尾けてきたんだから、できることなら、蘭子夫人の行先をつきとめておきたいものだ——紙幣入れを夫人に返えすのは、それからでも、べつに差支えなさそうだ。

（それにしても蘭子夫人はどこへ行くンだろう——やっぱり愛人のところへかしら——お金はタンマリあるし……）

　自分の衣嚢のなかに預ってある蘭子夫人の紙幣入れ——熱帯魚の模様をろうけつ染にしてある革財布を、鮎子が上からそッと抑えただけで、相当の新円の厚味が、掌に感じられるのである。

　いや、こっちの気のせいばかりではない、三十メートルほど前を歩いてゆく蘭子夫人の後姿を見ただけでも、なんとなく楽しそうだ。活潑な足さばき——何か、小声で歌でも口ずさんでいるような、リズミカルなイソイソとした歩きぶりである。

　広い舗装路から、その後姿が、ふッと枝道にそれる。——見失っては、と小走り気味にして鮎子も曲った。

　そのへんは、ゆたかな落着いた感じの住宅区で、戦災も受けていず、木立の影も深々としていかにも住みよさそうな一画であった。

　そのなかの一軒——いかにも中流市民の家らしく、こじんまりとまとまっている、一軒へ、蘭子夫人は、吸われるように入っていってしまった。

　鮎子がちょッと二の足を踏んでるうちに、蘭子夫人を吸いこんだ玄関のドアはピーンと閉ざされてしまった。

　門扉《もんぴ》には佐伯《さえき》という表札が掛かっていた。するとすぐ、玄関脇の窓がひらかれ、中の人声がハッキリ聴きとれた。

「ずいぶん待っていましたよ——僕はもう待ちくたびれちゃった。ホントウに……」

　生垣により添って聴耳をたてていた鮎子は、窓からつつぬけに洩れてくるその声音によって、若い男を脳裡に描いた。

「ふふん——とすると、あれが愛人かしらん……」

## 5　夢美しく

その夜鮎子が帰宅したのは、八時近かった。

探偵依頼人の真鶴聖吾氏が、先刻から応接室で、鮎子の帰えりを待ちわびているとのことだった。探偵の結果如何《いかん》を気にして、大学が退けるとすぐこっちへ廻ったらしい。彼女が応接室に入ってみると、不安にジリジリしていたらしい聖吾氏は、そこの花瓶から、花をむしって、花占いでもやっていたのか、床の上に、花びらが散り敷いていた。

「お待ち遠さま」

彼女は、どしんと大きく尻もちをついた恰好で、そこの椅子に腰をおろした。きょうの探偵には彼女も相当疲れたらしい。

「なにもかも、たいへんな見込み違いよ——きょうは——ただし良き意味の——」

「但し、良き意味の？——」

聖吾氏はおうむがえしにそう云ったが、まさに腑に落ちぬ顔つきだった。

「なにもかも幸福なる錯覚でしたわ——奥さま、とても、たいしたお方だわ」

「えッ？——」解せぬ顔の聖吾氏を前にして、鮎子は、きょうのいちぶしじゅうを説明した。

……蘭子夫人は佐伯という家に入ったまま容易に出てくる様子も見えなかった。そこで鮎子は、それとなく近所の人達に佐伯という家の様子を訊いてみた。佐伯さんは、最近福島県下に肥料工場を経営することとなり、近日中に永住のつもりで、あの家を売って福島の方へ引越して行くという話。家の買い手もすでに決定したらしい、とのことであった。

そんな話を聞き漁って、鮎子が、ふたたび佐伯家の門前に立ちもどってくるなり、その玄関から出てくる蘭子夫人と、それこそ正面衝突といった形で、バッタリ出あってしまった。——夫人の顔色からは、さっきのような潑溂さが消えて、その沈痛な瞳の色と、鮎子はイキナリ見合わしてしまったのである。

「これでございましょう——奥様」

鮎子は、にこやかな微笑とともに、例のろうけつ染めの紙幣入れを差し出した。

「あらッ——」

と云ったまま、夫人は衝動的に、鮎子をやにわに抱きしめたほどの喜びようだった。むろん、鮎子はこれをシオにかねての疑問をききただす機会を逃がさなかった。

蘭子夫人は、鮎子に、すっかりカン所を抑えられた形で、むしろ愉快げに、おしゃべりを始めた。

「真鶴がお話したように、私たちの生活は、まったく苦しかったわ。それこそ爪に火をともすようなぐあいでしたの――それが、とにかくこの家を買いとるのに、七万円ポンと耳を揃えて出せるような、めぐり合わせになったンですもの。もっとも、貴女が、これをスリの手から、取り戻して下さらなかったら、その夢はおじゃんになったわけだけど、――ここしばらくの間、わたしは、まったく『夢みる女』でしたわ。いいえ、べつにたいした秘密なんてありませんわ――ただ十万円の宝くじが、偶然当ったというだけのことなんです。――日頃チビチビと一円のお札だって出し惜しみをしていた私ですもの。それをどんな風に使うかってことが、たいへん楽しみでしたわ。

良人《たく》には、ぜったい秘密にしていましたの――東京で自家《うち》を買うってことが、私のただ一つの（そしてとうてい実現できそうもない）最大の夢でしたわ。これが、まったく不意に宝くじのおかげで実現できそうになったンでしょう――だから、いっそのこと、その夢の家が実際に手に入るまでは、宝くじに当ったことも、良人には一切かくしておきたかったンですの。そうして、いよいよ手に入ったら、その家へ良人を何喰わぬ顔で案内していって、『これ貴方のお家よ』って不意に知らせてやったら、どんなに、ビックリして目を丸くするだろう――その不意打ちの楽しさを考えると、どんなことがあっても、私はそれまでは沈黙をまもり通そうという気になったンですの――そうして、東京中の売家を、良人には内緒で夢中になって見て廻りましたわ。みんな馬鹿々々しく高くって手頃なこれはと思う家はなかなか見つからなかったんですが、それがとつぜんこの佐伯さん御一家が田舎へ移られるンで、そのお宅をゆずって下さることになったわけですの――佐伯さんの奥さんとは女学校時代からのお友達ですし、万事好都合に運んで、これだけのお家が、僅か七万円、市価の半値ぐらいで、私たちに開放して下さるンですもの、――私、きょうそのお金を佐伯さんの御主人にお渡しするつもりで、――幸福感にひたりきって出かけてきたところを、スッポリ抜かれたンでしょう――気がついたトタン目の先きが真黒になって発狂しそうだったわ。スリの奴、きっと私が宝くじに当ったことを嗅ぎだして、ずうッとつけ廻わしていったんですネ――ああもし貴女という方がいらッしゃらなかったら……」

蘭子夫人は、なんべんとなく、鮎子の手を、痺れてそこのところがアザになるくらい、ぎゅッと握ぎりしめるのであった。

——そういうてんまつを、聖吾氏に打ちあけると、彼氏は、ヒョロリと立ちあがり、やにわに、蘭子夫人とおなじ調子で、鮎子の右手を握ろうとした。

鮎子は、あわてて蘭子夫人に握られ通しでいささか痛みをおぼえる右手をひッこめて、では、こっちの手にして、と左手を握らせたのであった。

「ああ」と彼は、鮎子の左手を握りしめながら、溢れ出るような、詠歎調で叫んだ。

「ああ、なんて、モノスゴイ夢だ。東京で……われらの家が……われら自身の家が——……手に——われらの手に、はいったんだ——ああなんて、ロマンチックな夢の実現だ！」

聖吾氏の握っている手が、ブルブル慄えた。

戸外《そと》は、爽かな初夏の春の宵である。

# ケイスケとオメガ倶楽部のこと

渡辺　東

ギャラリーオキュルスが開廊したのは一九八〇年のことである。

港区高輪三ノ十ノ七の一階である。近くにプリンスホテルや閑静な住宅があり不思議な界隈であった。

—オキュルス—

は眼という意味もあり窓にも通じると父が命名したのである。

特に多角的な視野を持ちなさいと言った。

その頃父は鴉の絵を描いていた。頭の中には鴉が住んでいて私を鳥の目でみていたのかも知れない。

いろいろな人達が集ってきた。

編集者、建築家、画家、詩人、教師や一般の主婦……等。

いわゆる烏合の衆である。

その人達の発案で父を中心にした「鴉の会」が発足した。

月に一度午後二時から五時まで思い切りおしゃべりをするのだ。

それぞれが、今面白いと感じている事や恋愛観、悩んでいる事、音楽の話、絵画、映画、など。ある時は現在世間を騒がせている殺人事件の犯人は誰か？　などと話題はつきなかった。

そのうち皆で同人雑誌をつくろうという事になり、「鴉」が誕生したのである。

父は口ぐせのように言った。

—僕は長寿病をやんでいるけれど文章は一生書くつもりだ。皆さんもうまい表現をしようとか、よい文章を書こうとか余計なことを考えずに、作業をするつもりで一緒に楽しくやって行きましょう。ただし宗教や政治のことは書かないように。—

そして「鴉」は年に一回発刊され、父が亡くなるまで続いた。

二〇一五年にオキュルスは父の精神と共に、高輪から白金台に移転することになった。

港区白金台二ノ二六ノ八ノ202に。

「鴉」の最終号から十二年が経過していた。転居先にもいろいろな人達が出入りした。

元鴉のメンバーの何人かが—また何かしたいね—と言い始める。鴉の会みたいな楽しい交流空間を新しい場所で素的な出合いを求めて新しい形式でやりたいという事になりオキュルス倶楽部が出発することになった。

会員制にして誰でも参加することが出来た。

やがて年に一回雑誌を出すことになり、発起人を立て事務局をつくり、オキュルスに集る人々に呼びかけた。

二〇一五年の十月であった。

二〇一六年に創刊号が出版された。「Ωマガジン」として。

版型もかえてＡ４版の新しいデザインであった。

編集長は建築家の小島洋児氏が担当され編集は岩崎寛氏が力を尽して下さった。新しい会員も日を追って増えて2号も500部ほど刷り評判が良かった。

こんどは3号の原稿をあつめて出版されることになる。

オキュルスもサロンを開き皆さんに楽しんでいただいている。

父も地球外居住者として嬉しがっているに違いない。

時々ようす伺いに鴉に変身して白金台を飛び廻っているように思えた。

「Ωマガジン」も何号まで続けられるかわからないが、いつまでも父の夢が会員の遺伝子となり続いていくように思えた。

「Ωマガジン」は明日という希望のために羽を広げて羽撃《はばた》いていくに違いない。

現在も渋川時代の「B文学」最年少であった高橋房雄氏も82才のオキュルス倶楽部の会員である。春陽会の重鎮として版画界でもはなばなしく活躍していらっしゃる。

今年も渋川市美術館で個展を開催する。その広い会場の隅にオメガコーナーが設けられているらしい。

そこには「Ωマガジン」が並べられて渡辺啓助の気に入りのデンマーク調の3点セットがあり、休息出来るように配慮が行きとどいている。

そこでも鴉が鳴いているらしい。

# 編者解題

浜田雄介

本書は、戦前から終戦直後にかけての渡辺啓助の探偵小説およびその周辺の作品を収録する。二〇一九年三月現在において比較的読むことの難しい作品の収録を優先し、啓助作品の選集である『聖悪魔』（一九九二年、国書刊行会）、『ネメクモア』（二〇〇一年、東京創元社）『渡辺啓助集　地獄横丁』（二〇〇二年、ちくま文庫）に収録された作品は除いた。また、戦時の国際冒険小説にも再評価されるべき力作は多いが、今回は省いた。つまり、従来代表作と目されてきた作品群は、およそ省かれていることになる。また、作品は論創社の黒田明氏の選に編者が加除した結果、およそ半分が黒田氏由来、半分が編者由来となった。すなわち必ずしも一つの視点からの選択ではない。このように記せば落穂拾いのように響こうが、そこに積極的な意味がないわけではない。それを言うために、渡辺啓助という作家の特異性に触れておく。

渡辺啓助は一九〇一（明治三四）年一月一〇日、秋田県仙北郡白岩村に出生したと、一般には知られている。逝去は二〇〇二（平成一四）年一月一九日なので、生を享けること一〇一年と九日。すでにして野上弥生子や丹羽文雄をしのぐ長寿だが、実はそれよりもさらに少し、長命であった。戸籍は右の通りだが、渡辺家には「明治三拾二年十一月廿日午前九時誕生　渡邉圭介臍緒」という臍緒書が遺されており、これによれば渡辺啓助は、一八九九年から二〇〇二年まで、足かけ三世紀を生きた作家ということになる（拙稿「渡辺啓助追跡（一）」『新青年』趣味』一四号、二〇一三年一〇月）。

戸籍への届けが遅れたのは父母の婚姻をめぐるいきさつによると思われるが、先妻の籍が残る難しい状況下において、臍緒書はせめてもの出生証明であったとも推測される。多難だったのは誕生までだけではない。生後間もなく移り住んだ函館近郊の谷好村で、幼時の啓助は大火傷を負う。父は北海道セメント株式会社に技師として勤め、母は近隣の小学校に奉職、子守りが目を離した隙に囲炉裏に落ちた啓助は、鉄瓶の熱湯をあびた。函館の病院に運ばれ一命はとりとめたものの、その顔にはケロイド状の痕が残り、長きにわたって煩悶のもととなる。

　父の転職で住居は北海道から東京、茨城に移った。水戸中学では寄宿舎に馴染めず自宅から貨物列車で通学、文芸活動を始めるが、失踪、整形外科手術、休学、教会通いなどのすえ、青山学院高等部に入学して上京する。卒業後は英語教師として群馬県立渋川中学校に赴任するも二年の勤務で退職し、九州帝国大学の開設間もない法文学部に進学。江戸川乱歩の名義でＥ・Ａ・ポーの翻訳をし、映画俳優岡田時彦の作として『新青年』に「偽眼のマドンナ」を寄せたのが一九二九年のことであった。幼少期より弟の温とは行動を共にし、ポーの翻訳も『新青年』デビューも、先行して作家となり、編集者となった温の紹介であったが、その温は翌三〇年に交通事故で没する。

　顔に聖痕を持ち、共同体を転々とし、ゴーストライターとしてデビューしたかと思えば親しい者の突然の死。生まれた時から世界の外側に立たされたかのような経歴である。そのようにして作家となった人間にあって、一世紀を超える長寿とは、たまたま健康で長生きしたなどというものではあり得ない。そんな説明を許すほどに、私たちの好奇心は飼い慣らされてはいまい。歴史や詩に惹かれつつミステリーという表現形式を選んだ渡辺啓助が、そのミステリーにこだわりつつ怪奇な作風から冒険小説へ、また明朗あるいはエロティックな通俗作品やＳＦもこなし、探偵作家クラブの会長として法人化を果たし、やがて絵画の世界に赴いたことを、現在の私たちは知っている。この作家にとって、百年を生きるとはどのようなことだったのだろう。彼が生きた百年とは、どのような時代であったのだろうか。

　もとより、作家本人が最初から百年の生を想定していたわけではあるまいし、作家自身と同じようにその百年を見ることはできないだろう。けれども後世の人間たる私たちには、やや無責任に、時代を俯瞰することも許されていよう。時代と作家の関係の軌跡は作品に刻印されているはずだ。そのように考えると、怪奇性や芸術性、あるいはトリックや論理性といった特定の評価軸からは漏れるような作品にこそ、むしろ雑多な痕跡が残されているということもあり得るだろう。それが、落穂拾いのような編集を試みたゆえんである。

以下、作品ごとに、最初にインデクスを兼ねて前半の梗概を煽り風にまとめ、初出についての情報を記した。その先の段落では作品の結末に触れることも特に避けなかったが、一方で各作品の全体像を解説することを心がけたわけではなく、編者なりに気づいたことを記したのみなので、一つの切り口として、読者自身が作品に向き合う際の参考にしていただければ幸いである。

## 屍版

妻と子を相次いで亡くした歴史学の教授真木駿は、せめてものことに死児の拓本を作るが、なお憂鬱は晴れない。今をときめく歌劇女優月輪弓子は旧師である彼を解放しようとするが、彼女に横恋慕した不良少年銀之助は何かを企んでいる様子である。――


春秋社から刊行された渡辺啓助の初めての作品集『地獄横丁』（一九三五年一一月、春秋社）に発表された。

一九二九（昭和四）年に「偽眼のマドンナ」でデビューした数ヶ月後、啓助は渋川の教師時代に知り合った久保君子と結婚している。翌三〇年には長女の潤子が生まれ、弟の温が死に、そして九州帝大を卒業した啓助は福岡県八女中学校の教師となった。八女中時代に次女燦子が生まれ、次いで最初の男子温介も生を受けたが生誕後間もなく死亡したという。温の死とともに縁が切れたと思われた『新青年』であったが、水谷準編集長の誘いにより、以後一年に数編ずつを寄せることになる。教師をしつつ書かれた作品がほぼ一冊分になり、『地獄横丁』がまとめられる時に書かれたのが「屍版」である。

結婚、教員体験、子供の死と、個々の要素をたどれば、執筆において実体験が想起されていなかったとは考えにくいだろう。教え子が少女歌劇のスターとはいささか現実感が薄い設定かもしれないが、築地小劇場の名子役にして松竹の映画女優となった及川道子は渡辺温の恋人であった。及川は赤ん坊の潤子も抱いてくれた、という回想を、筆者は啓助からの直話で聞いている。女優は必ずしも遠い存在ではなかった。

人体拓本は、六〇年代後半には星野眞吾らによる試みなどが知られるが、戦前における試行については寡聞にして知らない。星野の場合も父の死がきっかけになったとされるが、久留米の医者に往診を依頼しつつ及ばなかった温介の死に向き合おうとする啓助の姿を、長女潤子が記録にとどめている（渡辺潤子「神よ願わくば生きるための死を」『鴉』一九号、二〇〇四年一月）。そして幼児の皮膚の意識化には、啓助自身の幼少期の火傷も連想されよう。

断片化された体験の集積は夢想の構築に向かうが、しかしグロテスクな夢想のすえに、真木の再生が描かれているのは注目してよいだろう。一九三五（昭和一〇）年の『地獄横丁』出版は啓助にとって新しい生のための一つの区切りであったはずで、翌三六年には八女中学を退職して茨城県立龍ヶ崎高等女学校に移り、三七年には『新青年』新人に課せられる半年間の連続短編をこなして専業作家として立つことになる。

## 幽霊荘に来た女

無理心中の道連れにされかけて盲目になった女が相手の妻に監禁され殺される話を描いた『幽霊荘綺談』の著者黒木青蛾のもとに、郵便局員の丹野百合子が保険の勧誘に行く。話しているうちに、天井裏から、奇妙な音が聞こえてくる。――

『逓信協会雑誌』一九三六年一〇月号に発表された。目次タイトルには「小説」と標記がある。挿絵画家未詳。同誌は財団法人逓信協会の会報誌で、この前後の時期には海野十三をはじめ大下宇陀児、水谷準、小栗虫太郎ら探偵小説界の錚々が作品を寄せている。本作が掲載された一〇月号は、「簡易保険二十周年、郵便年金十周年記念特輯号」である。

前年、江戸川乱歩は探偵小説作家の全体像把握を試みた「日本の探偵小説」（『日本探偵小説傑作集』一九三五年、春秋社）において、渡辺啓助を「怪奇派」に配し、その主調を「怪奇なる幻想への憧れ、「悪」への異様なる情熱」などにあると評した。この評は以後の固定的な渡辺啓助像となってゆくが、その啓助像を踏まえた自己パロディが、本作の黒木青蛾である。作中作「幽霊荘綺談」は一部に「地獄横丁」を思わせるプロットを持つが、「地獄横丁」の雨宮不泣もまた「悪魔派」のレッテルを貼られた作家であった。

その悪魔派ないし怪奇派の作家イメージを突き崩すのが、簡易保険勧誘に来た郵便局員丹野百合子である。三等郵便局とは後の特定郵便局だが、明治期に郵便制度浸透のため、地域の名士や大地主に委託する形で設置された起源を持つ郵便局で、国家の機関であるとともに地域共同体の施設であった。また簡易保険とは、不慮の災難すなわち異常事態による日常の切断に備える制度である。異常を描くことを生業とする黒木への丹野の働きかけは、ある種象徴的とも言えるだろう。

ただし黒木青蛾の、あるいは渡辺啓助の怪奇世界は、飛行機や蓄音器といったモダンの道具立てに満ちている。飛行機は、江戸川乱歩であれば「黄金仮面」の犯人が飛行機を操って逃走を図るように、派手な活劇にはお約束の小道具だが、一九一三年、啓助が水戸中学に入学した一ヶ月後には、卒業生武石浩玻が都市間連絡飛行で墜落、日本における民間飛行家最初の犠牲者となっている。水戸中学では武石の死を悼み、募金により校内に銅像を建立した。

蓄音器から流れるグノーのセレナードとは、二九年にビクターから発売された関屋敏子の「夜の調べ」であろうが、本作発表の翌一九三七年にはコロンビアから諏訪根自子のバイオリンによるグノーの「セレナーデ」も発売されている。閉ざされた部屋に籠もりつつ、しかし青蛾は蓄音器と天才少女たちを通して世界につながっていた。

### 死の日曜日

黒沢田鶴子は、パトロンの浜川万平を奪った女給仲間の花木カホルが、映画スターに出世したことに心穏やかでない。田鶴子は自分を尾けまわしてきた少年に暗示をかけ、復讐を果たそうとする。――

渡辺啓助の第二作品集『聖悪魔』（一九三七年六月、春秋社）に発表された。

前年に龍ヶ崎高等女学校教師となった啓助は、『新青年』編集長水谷準に相談して作家専業を志し、同誌が新人作家に課す半年間連続の短編掲載に挑戦した。三七年一月から六月にかけて「聖悪魔」「血蝙蝠」「屍くずれ」「タンタラスの呪い皿」「決闘記」「殺人液の話」が発表されたが、本作は「紅耳」とともに、この時書きためられて誌上掲載には至らなかったものという。これらはいずれも『聖悪魔』に収録された。

作中、「筆者」が登場し、黒沢の犯罪について「探偵小説の悪影響」か「偶然」かという発言をする。探偵映画「ジゴマ」の時代から今日でも繰り返されている議論だが、本作においては、一九三三年にハンガリーで楽譜が発表され、三五年以降、世界中の歌手に歌われた「暗い日曜日」を繞る騒動が踏まえられていると言うべきだろう。シェレシュ・レジェー作曲ヤーヴォル・ラースロー作詞。曲を聴いて自殺する者が続出し、各国で放送禁止になったという曰く付きの楽曲で、日本でも同時期にテイチク（ディック・ミネ）やポリドール（東海林太郎）、コロムビア（淡谷のり子）などからレコードが発売された。「エノケンの暗い日曜日」（ポリドール）の笑劇への反転もかえって本作に通じるものがあろう。探偵小説誌の世界でも七曜生「暗い日曜日」(『ぷろふいる』一九三六年一二月号)などの記事が見つかる。自殺の聖歌と言われる「暗い日曜日」を通奏低音のように響かせながら、一九三七年には、読まれたはずの一編である。

もう一つ時代の問題を指摘しておくと、一九三五年から翌年にかけて、中河与一「偶然の毛毬」(『東京朝日新聞』二月九日〜一一日)をきっかけに、いわゆる偶然文学論争が戦わされている。「不思議」を喪失した文学の蘇生のために偶然を導入せよとする中河の提唱は、文壇を超えて人文、社会、自然諸科学の各分野からの発言を引き起こした。同じ時期の探偵小説ジャンルでは、この論争とは無関係にジャンル概念をめぐるさまざまの議論がなされていたが、おそらく啓助は、必然と偶然の鬩ぎ合いないし戯れを、ジャンルの根源的なドラマツルギーに関わるものと見ている。

## 亡霊の情熱

女学校に赴任した野瀬は、教え子の門馬ユリに言い寄る氷室健一に交際を断念させ、結果的に死に追い込む。門馬と結婚した野瀬は氷室の亡霊から逃れるように学問に打ち込むが、門馬はそれを許さない。——

『新青年』一九三七年一〇月号に発表された。挿絵は川瀬成一郎。

この年二月、石坂洋次郎の『若い人』が改造社から刊行され、同年一一月には映画化(豊田四郎監督、東京発声映画製作所)されるほどのベストセラーになっている。既に「暗室」(『新青年』三五年六月)などの作品を持ち、三六年四月から一年間女学校に勤めた啓助が関心を持たなかったとは考えにくい。作文や日記を通したコミュニケーションなどを含め、女学校の教師が強烈な感受性を持つ女生徒に振り回される枠組みは、同時代の読者も女学校世界の物語の広がりを連続的に感じつつ読んだであろう。

ただしタイトルになっている「亡霊の情熱」とは、何よりも氷室健一のそれである。野瀬が引導を渡した直後、氷室が貨物列車に轢かれて死んで行くことに着目すれば、啓助にとってこれは紛れもなく弟、渡辺温の死である。七年前、温は『新青年』編集者として出張した際、乗車したタクシーが貨物列車と衝突、夙川の踏切で二七歳の命を落とした。氷室の轢死が温の轢死とすれば、門馬の病弱は、温の恋人であった及川道子の肺病を思わせるかもしれない。かつて及川との結婚を望む温に引導を渡したのは、啓助であった。

啓助には既に弟の死を物語化した「吸血花」（『新青年』三四年一月）の作もあるが、作家として立つことを決断する際に、温との対話が繰り返されたであろうことは、「亡霊問答」（『月刊探偵』三六年二月）、「亡霊写真引伸変化―渡辺温―」（『ぷろふいる』三六年八月）などの芸術論議に痕跡を残している。どこまでが記憶の再現でどこからが自問自答か。偶然と必然の境界にも似て曖昧な主客の対話は、おそらく啓助の作家としての生涯にわたって続くものであった。

**薔薇悪魔の話**

かつて私（春木）が衝動的に買い求めた、薔薇の刺繍の帯が紛失した。数日後、その帯を締めた美人を見つけた私は身元を探り、夫である菰田嘉六氏に手紙を出す。返事を貰って家を訪ねた私に、菰田氏は妻の死を告げる。

――

『新青年』一九三八年一月号に発表された。挿絵は横井福次郎。創作欄に並ぶ顔ぶれは久生十蘭、横溝正史、大下宇陀児、海野十三、木々高太郎、城昌幸、小栗虫太郎、甲賀三郎、妹尾アキ夫、渡辺啓助、大阪圭吉と、新年号らしく人気作家たちの堂々たる布陣だが、その目次の創作欄自体の名称に、「探偵作家総動員傑作集」とある。前年七月の盧溝橋事件以来、戦争に向けた国民精神総動員運動が展開し、三八年に入ると国家総動員法の国会審議、五月五日に施行という時代であった。この時局には啓助もやがて関わって行くが、本作はまだ従来の作風から変わるものではない。

菰田教授と春木が住む中野は、一八八九年の甲武鉄道開通以降都市化が進み、第一次世界大戦前後の他府県からの転入、さらに一九二三年の関東大震災後の被災者の受け入れで人口が急激に増えた。三二年には東京市域が拡大し、中野区が成立する。転入者が多いということは、喫茶店など都市の施設が整備され、そこでの人間関係は成立しても、そこで出会う人々の家庭や歴史はわからないということである。本作の場合、そこに想像力を掻きたてる手がかりになるのが薔薇の刺繍の帯であった。

啓助と薔薇については三七年一〇月から『シュピオ』に連載中のエッセイも「薔薇雑記」と題されている。必ずしも薔薇についての偏愛を語ったものではなく、「ばらばらな雑記」だから、とも回想する（渡辺啓助『鴉白書』一九九一年、東京創元社）が、ばらばらなものを薔薇がつなぐというのは案外、本作理解の補助線になるかもしれない。

都市化の進む中野は、日清戦争以後陸軍関係の施設が集まり、関係者の居住する陸軍の町でもあった。本作発表の翌年には、やがて陸軍中野学校と呼ばれるスパイ養成学校が移転してくる。作品には描かれないが、そんな時代、そんな場所を本作は背景としている。

**三吉の食慾**

S商会に住み込み夜学に通う一戸三吉は常に腹をすかしていたが、拾った財布が正当に自分のものになり、三円という大金を手にする。銀座に出た三吉は食堂の前で途方にくれるが、ひょんなことから爽快な犯罪(?)を成し遂げる。——

『文藝汎論』一九三八年一月号に発表された。同誌は三一年九月創刊の文芸雑誌で、編集は岩佐東一郎と城左門。城は探偵小説作家の城昌幸で、啓助は城から執筆を依頼されたという。

本文中の会話で語られる新劇俳優友田恭助は築地小劇場の創立メンバーである。啓助自身も築地小劇場には通っていたが、スタッフとも親しかった弟の温から三吉のように噂話を聞いたことがあったかもしれない。一九三四年に新橋の飛行館で上演された『にんじん』は友田が妻の田村秋子と結成した築地座の舞台だが、三七年九月に文学座を創立した友田は同月に応召、旗揚げ公演を見ることなく一〇月六日、呉淞《ウースン》で戦死を遂げた(第二次上海事変)。

令嬢たちの銀座界隈に対して、神田には専修大学や日本大学など夜学の伝統を持つ大学も多かったが、三吉が通うのは苦学生でも賑わうその界隈の夜間授業を行う各種学校、いわゆる夜間中学であろう。従来、その通学生が中学卒業資格を取るには専門学校入学者検定(専検)に合格する必要があったが、関東大震災以降、校舎使用可能な中学校が次々に夜間部を付設することで夜間中学のイメージは上がり、世論の後押しもあって三二年には一定の基準を満たした夜間中学卒業生に専検資格が与えられることとなった。

同じ神田を舞台にした志賀直哉の「小僧の神様」(一九二〇年)では寿司を奢る貴族院議員と奢られる小僧の間に神と人ほどの距離があったが、三吉には圧倒的に上流の階層に属する令嬢たちにビフテキを奢るという可能性が開けているのである。本作自体は探偵小説ではないが、この関係性の転倒は、三吉の匿名性とともに探偵小説にも通じよう。

**幽霊の歯形**

メキシコに密航して物質的に成功した私は、死んだ密航仲間虹崎に成りすまして彼の孫娘真澄の庇護者となり、葛原杏太郎を結婚相手に選ぶ。だが自分を遠ざけようとする葛原の言葉を聞いた私は、彼を殺して古井戸に埋めてしまった。やがて、その幽霊が真澄のもとに現れるようになる。――

『講談倶楽部』一九三八年一月増刊号に発表された。目次、本文のタイトルに「探偵小説」の標記。挿絵は嶺田弘。渡辺啓助にとって初めての大衆雑誌への執筆である。

二年前に江戸川乱歩が同じ講談社の『少年倶楽部』に連載した初めての少年もの「怪人二十面相」も、十年前に家出してボルネオ島で成功した兄の帰国から始まっていた。さかのぼれば黒岩涙香の翻案にも外国帰りの謎の人物がしばしば登場するように、外国はミステリーにとって悪のイメージに結びつく基本の道具立てであった。外側の世界に対する共同体の恐怖を描くのも、また本作のように、共同体に対する強い憧憬の視線を注ぐ外側の人間、偽物としての存在の悲しみを描くのも、ミステリーに相応しいテーマではあったろう。

本作の殺人の舞台背景となっている夜間演習は、国家という共同体が自らを守るためのシステムである。一九二五年の「陸軍現役将校学校配属令」により官公立及び任意の私立の学校に陸軍現役将校が配属されて教練を指導することとなるが、教練そのものはそれ以前から存在しており、夜間を含む野外演習は遠足や運動会の趣もある一種の祭りであった。啓助も水戸中学時代に参加し、「南軍」の「審判官補兼従軍記者」として「秋季発火演習従軍記」(『知道月報』一七年一二月)を記している。そのような共同体の行事を「ちょいと観戦」に行く杏太郎と、殺人の手段として使う私という構図を思えば、啓助ならではの悪人心理も、やはり時代における表現として活性化されていると言えるだろう。

## 蛍小僧

ソーニャ・ペトロヴェナが惨殺された。蛍小僧の仕業であろうか、現場には無数の蛍が飛ぶ。小室良一は、受験勉強の合間に屋根に上り、ソーニャの部屋をのぞき込むのが日課になっていたが、事件の夜、千木良慎吾がその部屋から出てゆくのを見たのだった。弾劾する良一に、慎吾は一日の猶予を請う。――

『講談倶楽部』一九三八年二月号に発表された。目次、本文のタイトルに「探偵小説」の標記。挿絵は田代光。

最後に明かされる蛍小僧の正体は、やや飛躍が大きく唐突感も否めないが、良一と慎吾の会話にあるように彼等の憧れ出る魂が蛍なのだとすれば、おそらくは慎吾の父大佐も含めて四人の男たちそれぞれが蛍小僧なのであろう。

一九一七年の十月革命以後、日本にも大量の白系ロシア人——ソビエト政権を支持せず、亡命した人々が訪れた。当時の文献に描かれた彼等のイメージを、沢田和彦は「哀切で、美しく、はかない」「帝政ロシア貴族の、優雅で誇り高い」「ロシア正教のエキゾチック」「奇矯な振る舞い」「力強い」という五つにまとめている（『白系ロシア人と日本文化』二〇〇七年、成文社）。「祖国を逐われた流浪の民」の「数々の悲劇」は多くの作家の作品の源泉となったが、啓助自身にも翌年の「たちあな探検記」（一九三九年一月）があり、また戦後に発表される『鮮血洋燈《ランプ》』（五六年二月、大日本雄弁会講談社）の構想も既に温められていた。

亡命露人らしい影などは微塵もないとされるのが本作のソーニャだが、栄養の行き届いた妖婦のように見えて彼女は、結局、男たちの身勝手な欲望や思惑に満ちた視線にさらされ、運命に翻弄されて死んで行く。ソーニャが関わった日露戦争沈没軍艦の引き揚げ騒動のモデルは、三二年に新聞広告等で三二万円を集めたというナヒモフ号、またはこれに続くアンナ号、ローザンヌ号、スワロフ号、リューリック号などの事件であろうか。三四年十一月十二日の朝日新聞夕刊は、これらを合わせて「十六万人の夢破れ／哀れなる総決算」と報じている。

ソーニャの演説は日露の融和を演出したかもしれないが、事業全体から言えば作中にある通り操り人形に過ぎまいし、今また彼女は「某国スパイ」と目されながら申し開きもできない。とびかう蛍はにぎやかながらも「哀切で、美しく、はかない」ものの象徴、亡命露人のための鎮魂とも読めようか。

**センチメンタルな蝦蟇**

三十半ばを超えた文学青年芒野寒三郎は、探偵小説が売れて二百円の大金を得る。妻子のために使おうとしても、妻は一人で静養せよと言うだろうと考え、寒三郎はアメリカ村の空家を借り、さまざまの思いに耽る。——『文藝汎論』一九三八年八月号に発表された。図式的には、「怪談」の季節、「探偵小説」作家により、「文学」雑誌に掲載された作品ということになる。ジャンルの静かな交響も読み取ることができよう。

エピグラフに使われている『ケーベル博士続々小品集』は久保勉の訳で一九二四年九月岩波書店刊。本文中のローデンバッハの詩は『海潮音』（一九〇五年）に収録された上田敏の訳詩「黄昏」である。ともに明治期の帝国大学に教鞭を執ったケーベル、上田の引用は、古典的な教養主義を漂わせよう。海彼の文化への憧憬は、寒三郎が身を置く探偵小説にも、通じるものがあったはずである。

けれども近代日本において外国とは、文化的憧憬の対象であっただけではない。『新青年』が創刊期には海外雄飛をめざす農村青年向けの雑誌であったように、また「幽霊の歯型」にも密航と就労が描かれるように、南北アメリカは日本の過剰な労働力にとってまずは出稼ぎの地であり、ことに合衆国の排日移民法（一九二四年）以降の南米は、国家的に移民が企てられた新天地であった。

そして一方、アジアの植民地化もまた、資源と労働力を求める国家の政策である。韓国併合が一九一〇年、死んだ朝鮮の女はその頃の生まれであろうか。作品の結末では、「ナショナル」ランプが照らす空間に、アメリカと朝鮮という不在の外国が浮かび上がる。

寒三郎の探偵小説の欠点は、「悪の華」に惹かれながらも「善人風なところ」があるために「最後まで冷酷に仮借することなく」悪を描き切れないこととされていた。必ずしもそのまま作者啓助の自己評価ではあるまいが、夢想の末にそれぞれの他者の生を感得し、自らの家に戻ってゆく寒三郎は、その不徹底を受け入れ、むしろそこに可能性を求めていると言えるだろう。肯定される欠点は、欠点ではあり得ない。

## ヴィナスの閨

新婚で幸福なはずのつる代だが、夫の鵜飼三吉は悪魔と称される画家で、絵の依頼主の織田マヤ子との間に何やら関係もあるらしい。ある夜、心中常習犯の烏山吉次と知り合ったつる代は、彼に自宅の鍵を渡し、睡眠薬で眠っている間に自分を殺して欲しいと依頼する。――『新青年』一九二八年九月号に発表された。挿絵は清水崑。

本作における烏山の行為は実際には心中ではなく殺人だが、連続する死の立ち会いと言えば、時代の記憶には一九三三年の三原山自殺事件がまだ生々しく、つる代も「御神火」に言及している。事件後も依然として自殺の流行は続き、死の連鎖は三原山以外にも、たとえば『新青年』の関係では三二年に心中未遂（相手の高輪芳子は死亡）、三四年に睡眠薬による死（事故か自殺かは不明）を遂げた中村進治郎が連想されよう。「死の日曜日」のリアリティを支えた社会風潮とも言えるが、「心中常習犯」としては太宰治の連想が強いだろう。三〇年一一月の田部シメ子との心中未遂（田部は死亡）に続き、小山初代との自殺未遂事件を起こしたのは本作発表の前年三月である。太宰はまだ今日のように国民的に知られた作家ではなく、モデルとまで見るべきではあるまいが、彼が心中を繰り返したような時代相に対して、啓助が意識的であったことは確認できよう。

作品結末は「円らかな夢の裡に、つる代を少しでも長く涵しておきたいと、筆者自身も思うのである。」と結ばれる。「センチメンタルな蝦蟇」に評されていた「古めかしい感傷癖」の典型のようにも見えよう。探偵小説の隠された真相にあたるものは、本作の場合悪魔的な芸術家の意外な純愛であろうが、その真相にたどり着くのは謎解きではない。真相は、つる代とつる代に共振する読者のために、つまり残された者のために構築されたものだ。次の「白薔薇教会」にも関わるが、弟に死なれたことの啓助にとっての重みが、ここにも見えてくる。

### 白薔薇教会

靖国神社に参拝して妻静枝の兄殿村賢吉の霊に二人の結婚の報告をして帰宅すると、玄関前に妙な男がいる。「白薔薇協会日本支部主事神谷剣三郎」の名刺を出した男は、やがて教会のブルーヌ師殺害をめぐる静枝の関与を語り出す。――

『講談倶楽部』一九三九年一月増刊号に発表された。目次、本文のタイトルに「探偵小説」の標記。挿絵は吉田貫三郎。

靖国神社はもと維新戦争以来の戦没者を祭る東京招魂社として創建された国家神道の主要施設であり、その宗教性についてはしばしば議論がなされていた。一九三二年四月、満州事変・上海事変の戦死者を合祀する臨時大祭の際には、礼拝しないキリスト教系の学校生徒らを問題視した陸軍が配属将校を引き揚げる事件が起きている。三五年の第二次大本事件、三七年のひとのみち事件など、国家神道と相容れない教義に対する弾圧も激しさを増していた（大江志乃夫『靖国神社』一九八四年、岩波新書）。

大本から離れた浅野和三郎が福来友吉とともに国際スピリチュアリスト連盟（ＩＳＦ）の第三回会議（ロンドン）に参加したのは二八年だが、以後浅野は国体との関係に注意を払いつつ、精力的に講演や著述、翻訳、研究会活動をこなし、スピリチュアリズムの普及に尽力する。三七年に浅野は没するが、以後も心霊科学研究会出版部による著作の刊行は続いていた。

渡辺啓助はキリスト教系の青山学院で学び、また弟温の死後、霊界通信を試みてもいる（「弟ワタナベオンの想ひ出」『オアシス』一九三四年二月号）。宗教への希求と関心はありながら必ずしも信仰には向かわず、本作においても想像力を刺激する自由な素材となっているが、戦死者の増えている時代にあって、霊の行方が重い問題であったことは間違いない。

　本作の語り手は相手を詐欺師と知りつつ金で帰らせる。妻の罪の判断は警察に委ね、殺人事件の真相は当初の警察の捜査通りという展開は、タイトルに角書きされた「探偵小説」の常道からはやはり逸脱している。逸脱に時代の制約を読むことも、また時代の読者に求められた物語への模索を読むことも、文学の味わいであろう。

**落書する女**

　希望ヶ丘を見上げる通称絶望の谷の古本屋二階に住む私（杉山）は、隣家の二階に住む染谷アイと結婚して切り詰めた生活を送り、念願叶って希望ヶ丘に引っ越しをする。今度は家を傷つけないように神経を張り詰める日々が始まるが、やがて子供ができる。――

『新青年』一九四〇年一月号に発表された。目次ではタイトルに「人情短篇」の標記。挿絵は松田文雄。

　渡辺啓助は怪奇小説のイメージが強いが、「偽眼のマドンナ」が発表された一九二九年は、中村正常「マカロニ」が『改造』懸賞戯曲に当選し、雑誌『近代生活』が創刊された年である。『新青年』では辰野九紫が「青バスの女」でデビューしている。そもそもモダニズムの潮流のただ中に出発した作家ではあった。

「×省の技手」（技師と紛れないよう、しばしば「ぎて」と呼ばれる）という杉山は判任官に属し、高等官ではないものの官吏である。すなわち絶望の谷に住む人間は、官吏である杉山と共働きの妻、官公庁や会社には雇われているがその下層に属する雇員や平社員、賃銀労働で生計を立てる労働者、というおよそ三層の階級が住んでいると言える。ちなみに啓助の父伊太郎はもと秋田県の技師で、啓助誕生後は北海道セメント株式会社、のち鈴木セメント製造所の技師となった。民間の技師はむろん官吏ではないが、啓助の回想類によれば、深川の貧民街の中で自分たちは社宅に住む階級ではあった。

　染谷アイも私も家族親族から離れて二階に間借りする都市生活者だが、結婚すれば通常は一定の社会階層に配置される。一方で将来を望みつつもあえて特異な階級の居住地に住むのは、社会階層への配属を自らコントロールしているとも言えるが、その自らのコントロールによって縛られてしまったのが移転後の彼らであろう。それを突き崩したのが、子供のいたずら書きであった。

渡辺啓助は、自らもメモ魔であり、書くことの、手の運動としての意味について繰り返し周囲にも語っていた。書くことは、作品の書かれた一九四〇年においても、何かを打ち破る夢だったはずである。

### 壁の中の女

洋裁店の戸田綾子は鴉田久蔵という男から娘の夜会服の依頼を受けるが、配達に行くと彼女の死を告げられる。メキシコから帰国する実の父親柏木豊吉のために、一晩彼女の替玉となるよう懇願され、なんとかやり遂げて床に入った綾子の耳に、隣室で壁を削る音が聞こえてくる。

――

『冨士』一九四〇年一月号に発表された。目次、本文のタイトルに「探偵小説」の標記。挿絵および口絵は嶺田弘。

壁の向こうの死者は、エドガー・アラン・ポー「黒猫」「アッシャー家の崩壊」や佐藤春夫「指紋」などにつながるイメージであろうし、帰朝する家族や人間の入れ替わりは「恐怖の歯型」の裏返しとも言える。サスペンスのガジェットがちりばめられた作品だが、読みどころは「心根の優しい娘とそれに慰められる老人の、仮想的肉親愛に支えられた小説」（阿部崇「壁の中の女」『渡辺啓助100』〈『新青年』趣味〉編集委員会、二〇〇一年一月）と見るべきだろう。

老人が慰められ、仮想的肉親愛が成立するのは、綾子が現実を生きているあたりまえの女性として描かれているためである。綾子は、たとえば職業を持つ。

明治期の洋装は鹿鳴館で知られる上流階級のためのものであったが、男性服に続いて大正後半には女性の洋装も進み、洋裁も専門職人の仕事から、女性の自立に向く職業として考えられるようになった。爆発的に洋裁人口が増えるのは戦後のことだが、一九二二年には文化裁縫女学院、二六年にはドレスメーカー女学院、三七年には田中千代服飾学園がそれぞれ創立されている。当時の洋裁技術者の進路の一つに洋裁店開業があり、「高級洋裁店もあったが、一般的には町の一角に店を構え、布地を置き、注文により子供服や婦人服を仕立てた。家庭洋裁を目指す人には無料裁断をしたり、ミシンのない人には部分的にミシンをかけてあげたり、直し物もするといった店が大勢であった」という（吉本洋子「花開く洋裁学校」小泉和子編『洋裁の時代』二〇〇四年、OM出版）。一般洋裁店にとって夜会服が珍しく心躍る注文であった様子は本文から察せられるが、作品発表の一九四〇年は、衣の合理化簡素化をめざした国民服が制定される年でもある。男性向けの国民服に比べて女性の標準服はそれほど普及もしなかったようだが、服飾面でも統制が進み、夜会服などは縁遠いものになってゆく時代ではあった。

## 獣医学校風俗

男爵が、田川先生排斥運動の首謀者ゴリカンを殴ろうと言う。受験に失敗して獣医学校に入った僕とは異なり、男爵は志ある級友で、田川先生は無骨ながら愛情深い指導者だった。卒業を控え、僕は逡巡するが、男爵は単身ゴリカンに挑んで行く。——

『文藝汎論』一九四〇年一二月号に発表された。

満蒙へ、という田川先生の慫慂は一九四〇年という時代の国是に沿ったものであり、男爵が破綻した株屋の空家でゴリカンを殴るというのも恐慌が戦争を引き起こす時代の象徴であろう。最後の語り手の決意も含め、本作はもとより国策に応じたプロパガンダだが、国策すなわち戦争ではない。獣医とはそもそも近代化という国策を担う仕事であった。

日本における獣医学は、一八七三年に学則追加で獣医学校が専門学校として規定され、また同年陸軍兵学寮における馬医養成も始まった。八一年には陸軍軍医学舎出身の獣医官によって私立獣医学校が創立され、九三年には「陸軍獣医学校条例」により陸軍獣医学校の設立となる。以後、獣医師免許とも関わって教育組織の編成替えも繰り返されるが、産業育成目的のほか、日露戦争における優良な軍馬の要請や、外地の畜産における伝染病対策など、近代化を背景に獣医の需要は増える。

東京の牛乳会社か満蒙の畜産かという進路選択は獣医学に対するそれぞれの要請に応ずるものである。そして描かれる若者たち——目的に迷いのない男爵、インテリらしく右顧左眄する語り手、そして自らの主張が一切語られないゴリカン。それぞれの形で描かれる彼等は、国策の要請のもとに青春を生きる若者の諸相なのであって、本作はそれを描いているのである。

なお一方で、彼らを振り回す田川に「亡霊の情熱」の野瀬のような迷いはない。迷いのあるのが一概によいとも悪いとも言えまいが、啓助は戦前、戦時、戦後の各時代ごとに、それぞれ異なる教師の姿を書き続けた作家でもあった。

## 謎の金塊

北京に住む中井英助は、大物抗日分子の長兄、密輸事件で失踪中の次兄がいるらしい淑春に家庭教師を頼んでいたが、ある時の金銭的援助が誇りを傷つけたらしく、以来やって来なくなった。張家口に転勤になった英助は、とつぜん裕福な身なりの淑春から声をかけられ、渡米すると告げられる。――

『日の出』一九四二年九月号に発表。目次ではタイトル上に「怪奇小説」の標記があるが、編集後記には「最近北支の視察を終へて帰へられた渡辺氏の「謎の金塊」は、探偵味あふる、新しい大陸小説として、注目さるべき構想の冴えをみせてゐる」と紹介されている。挿絵は嶺田弘。

渡辺啓助は一九四二年五月一〇日、陸軍報道部の嘱託により従軍記者として中国に派遣される。美川きよと共に北支蒙古班として新京から北京に入り、包頭から黄河を超えてオルドス地方に踏み入ったが、大同を経て北京に戻ったところで赤痢を発症する。陸軍病院に入院して回復を待ち、六月一八日に帰国した。帰国後の執筆としては従軍報道の「北支旅情」（『新青年』四二年七月号）や実話に基づく「北京前線」（同八月号）があるが、純然たる創作としては本作が最初の小説である。

北京には当時、八女中学教員時代の教え子である中薗英助がいた。中薗は八女中学卒業後、日本を脱出して旧満州新京から北京に渡り、この時期には日本語新聞「東亜新報」の記者を務めていた。四二年二月には文芸同人誌「燕京文学」に参加し、以後主要メンバーとなっている。本作主人公の名前は中薗に由来しよう。淑春にモデルがいたかはわからないが、赤痢で療養中の渡辺が強い関心を持っていたのは、一九二九年に発見され、ロックフェラー病院（正確には病院に隣接し、ロックフェラー財団の創設になる北京協和医科大学）に保管されていたはずの北京原人の行方だった。その頭骨化石は米中の学者によって研究が進められていたが、太平洋戦争が勃発し日本軍が建物を接収した際には姿を消していた。真相は今日にいたっても不明だが、多くの憶測の前提となった物語――中国にある貴重なものを持ち去ろうとするアメリカと、中国に留めて支配下に置こうとする日本という構図は、本作の金塊密輸をめぐる構図と相似的であろう。この構図は、「中井平助」が登場する翌年の「朱鷺春の皿」（『新青年』三三年八月号）にも共通する。

啓助はやがて「北京人類」（『新青年』四四年七月号）を書き、中薗は以後も取材を続けて二〇〇二年に『北京原人追跡』（新潮社）をまとめる。本作における中井英助と殿村老人の会話は、北京の病院で取材ネタを前に交わされたであろう中薗と啓助との推理比べを想像させよう。

## 雪の夜の事件

報道上の任務で北京に来た私は、雪の夜、日本人の酔客に毅然とした対応を示す中国人車夫を目撃する。その車夫に会いたいと思い、車夫仲間に顔の利く李という男を探り当てると、李の正体はかねて知る軍事探偵の合屋達人であった。——

『譚海』一九四二年一二月号に発表された。同誌は博文館発行の少年雑誌で、渡辺はこの年の従軍前にもいくつかの作品を発表し、九月には従軍記「黄河を越えてオルドスへ」を寄せている。目次ではタイトルに「現地読物」の角書。挿絵は三芳悌吉。雑誌は異なるが、合屋達人は「香妃の靴」（『日の出』四二年一〇月号）にも登場する。

雑誌の刊行に合わせて季節は冬だが、啓助が中央公園を訪れたのは五月である。渡辺家に残されている一九四二年の手帳には、五月十四日、盧溝橋に案内された後に次の記述がある。

帰途、西郊の新市街（目下建設中）を見物、さらに中央公園を見る。中央公園の美しさ、シャクヤクの花の香り、青い陶瓦の美しさ、公園内では来る三十日より開かれる筈の大東亜博覧会の準備中、温室、金魚（実に美事な珍種奇魚多し）。一旦宿にかへり、七時頃、洋車（ヤンチョ）に乗り北京飯店まで行く（二角）。

北京飯店に行ったのは北支軍幹部からの取材のためだが、右は手帳の中でも珍しく平和な情景描写である。とはいえ、中央公園は、一九一四年の開園時は中央公園、二八年には孫文にちなんで中山公園と改称されたが、日本の支配下にあった三七年以降は中央公園の名で呼ばれていた（戦後は再び中山公園に戻された）。大東亜博覧会の語にも見えるように、啓助が政治的な文化政策の中の時間を過ごしていたことは間違いない。

権力の驕りや性急をたしなめる言葉が書かれていたとしても、現実の情勢下では、合屋の活躍も彼が語る美談も、政治と表裏となった物語である。さらに言えば、北京風俗を語る時に必ず出てくる洋車（東洋車の略。東洋とは日本を指す言葉）も日本から輸出された製品であり、安易な言い方をすればあらゆる文化伝播に政治性を読めないことはあるまい。だが、どのような背景があれ公園の美しさは人を癒やし、奉仕の行動は人を動かし、車夫や探偵の物語は人の心を躍らせる。横井司が「アラビアンナイト」の一語に「しょせんはお伽話、という皮肉」の可能性を指摘する（横井司「雪の夜の事件」『渡辺啓助一〇〇』前出）のは注目すべき見解だが、美や理想の儚さや翳りを漂わせつつ、しかし啓助は物語を捨てるのではなく、アラビアンナイトを量産する道を選んでいる。

**短剣《クリス》**

主人のハイドから、二十数年前にアニセタに生ませた息子ペドロの行方を探るよう命じられた老僕マテオは、彼が監獄に入っていることを知る。マテオはそれを伝えまいとしたが、ハイドはなぜかそのことを知っている。その夜、アニセタが短剣を手にハイド邸に忍び込んでくる。――

『新青年』一九四三年一一月号に発表。目次ではタイトルに「東亜小説」の標記がある。挿絵は霜野二一彦。

一八九八年に米西戦争に勝利してフィリピンの統治権を手に入れたアメリカは、フィリピン独立を宣言したアギナルド大統領を米比戦争で破り、植民地支配を固めた。以後英語教育をほどこすなど「友愛的同化」を進めたが、二九年の世界恐慌が起こると、砂糖に関税を課すためにフィリピンを独立させる声が上がり、米議会は一九三四年のタイディングス・マクダフィー法で一〇年後の完全独立を認めた。サクダル党のベニグノ・ラモスは即時の完全独立を主張して三五年五月に蜂起するが失敗、主導者のラモスは日本に亡命する。四一年一二月にアメリカと開戦した日本はただちにフィリピンに侵攻、合衆国陸軍司令官のダグラス・マッカーサーを撤退させ、四二年前半にはフィリピン全土を占領する。五月の御前会議で独立を認め、四三年一〇月一四日、ホセ・ラウレルを大統領とするフィリピン第二共和国が成立した。本作が発表されたのはそのような時期であった。

全土を制圧したと言ってもゲリラは数多く、また翌年にはアメリカの反撃が始まり、戦史上に残る悲惨な戦いが始まる時期でもある。生々しい時代に生きながら、同時期の戦闘からは離れて歴史に目をやるのは、史学を学んだ啓助らしいとも言えるが、それ以上に作者らしいのは、タイトルにもなった短剣《クリス》であろう。東南アジア諸国に文化的背景を持つ短剣で、特徴的な波形の刃を持つものがある。

渡辺啓助を「フェティシズムを描いた作家」と評する権田萬治は、その根底にあるものを浪漫的な歴史観だと言う（『日本探偵作家論』一九七五年、幻影城）。「偽眼のマドンナ」や「紅耳」、あるいはミイラやアルコール漬けなどへの偏愛を論ずる文脈での指摘だが、短剣もまた身体の延長である。ことにスペインやアメリカとの戦いでも用いられてきたアイデンティティの拠り所であるならば、それは持ち主の存在を偲ばせる何ものかであるだろう。おそらく啓助にとって、作品にフェティシズムを書くことは、モノを通してそのような名も無き存在に思いを馳せることであった。

### 盲目《めなし》人魚

奥上州の白鶴温泉に来た私（三好）は、来る途中で誰かを怖れる美貌の聖河順子と出会い、顔に包帯を巻いた男を目撃する。やがて同室の高麗三吉のカメラ盗難事件が起こり、その奥に深刻な犯罪があることをほのめかして三吉は失踪する。その夜更け、順子と共に温泉に入ってきた夫の鴨志田信一の腕には、人魚の刺青がある。

『宝石』一九四六年一〇月号、一一月号に発表された。挿絵は今村恒美。

——

渡辺啓助は一九四五年三月に家族を群馬県渋川町に疎開させ、終戦は学徒動員で残った長女の潤子とともに雪が谷で迎えたが、終戦後、渋川町に移った。近くには吾妻川が流れ、伊香保をはじめ温泉も多い。『魔女物語』（四九年、岩谷選書）の「あとがき」には本作と「魔女物語」への愛惜について「温泉や湖などのある地方に疎開してゐたので、さう云ふものが、自然作品のなかに出てきてゐる。／こゝに来て、自然の美しさや、その風景に滲み出てゐる虚無想《ママ》寂寥が、私を新鮮な魅力でとり巻いてゐた頃であつた」とある。疎開体験による自然や村の再発見という点からは横溝正史らとの同時代性あるいは表現の差異を考えることもできよう。

ただし自然の中に住まえば、情報収集には苦心することになる。当時、啓助が付けていた日記（「渋川日記」と題さる）に、こんな記載がある。

九月八日（日）【晴】——盲目人魚半ピラ、八枚
「盲目人魚」を書くに刺青のことをしりたく思ひ、□□といふ渋女の専攻科生（潤子の友だち）を通して、□□といふ青年（早大生とか）にしらべて貰ふやうにした。彼の知ってる青年たちのうちには、ホリモノのある若者もゐることだから。しかし、これに端を発して、□□青年は彼らから散々殴ぐられたとのこと。相手は血ざくら組の不良たち。
渋川文庫（貸本屋）より「ボルネオ紀行」を借りる。

刺青については「人肌地図」（三九年一月）で使われ、「ダイヤック族」の毒矢については「密林《ジャングル》の医師」（四二年六月）にも言及があった。戦時の国際冒険小説で使わ

れたアイテムが探偵小説に組み込まれたわけで、それゆえの調整過程を読むこともできよう。刺青をめぐる聞き取りは犯人の性格や言動にあるいは反映しているかもしれないし、毒矢をめぐる情報更新（部族名や毒の種類）には右の小倉清太郎『ボルネオ紀行』（一九四一年、畝傍書房）の寄与が見られる。刺青や毒によって性格付けられる犯人像は、平和な温泉郷に侵入する戦争の害悪という時代表現にも繫がっていよう。

探偵小説的な道具立てを多用し、温泉宿から桔梗河原、一転して本所向島へと舞台も変わり、本格物らしく謎は深まってゆくが、自ら殺人事件の第一発見者となったとたん、語り手は限界を感じて警察にすべてを委ねてしまう。謎解きとしてはあっけないとも言えよう。だが、同時代の探偵小説界を見通せば、本格推理はまだ進むべき道の一つの可能性に過ぎない。横溝正史が金田一耕助をデビューさせたばかり、死の直前に会った小栗虫太郎は社会主義探偵小説を書こうとしていた。

そもそも語り手は鉱毒問題に興味を持って白鶴温泉に来たのだった。草津温泉などに水源を持つ吾妻川は、強酸性の水質でほとんど魚の生息しない死の川ではあった。鉱山からの水も流れ込んではいたが、鉱毒と言えばむしろ足尾鉱毒事件の渡良瀬川が、やはり渋川からは赤城山を隔てて遠くはない場所を流れている。足尾銅山の鉱毒は一八八〇年代から問題化し、九〇年代以降激しい反対運動が展開された。一定の対策もとられてはきたが、古河鉱業が鉱毒の賠償責任を認めるのは一九七四年の調停以降のことである。足尾の鉱毒は近代日本を陰のように覆う公害で、本作の書かれた一九四六年の段階ではなお鉱毒の実害は解決せず、反対運動も終息していなかった。そして本作の犯人は、その足尾の鉱毒を吾妻川まで拡大しようとしているのである。

社会派の先駆け、などと不用意なレッテルはまったく適当ではあるまいが、時代の中で、本作あるいはその先に、渡辺啓助がどのような探偵小説を構想していたのか。誘惑的な問いである。

### 青春探偵シリーズ

『講談雑誌』に連載された緑川鮎子探偵の事件簿。挿絵はすべて高井貞二。目次と本文のタイトルにそれぞれシリーズ名等が付されているが、若干の揺れがあるので、刊行月とともにまとめて記しておく。

頸飾り　一九四六年一〇月号。
　目次「女流探偵」、本文「青春探偵・第一話」

薔薇と蜘蛛　一九四六年一一月号。
　目次「青春探偵・第二話」
翡翠の娘　一九四七年一月号。
　目次「春姿青春探偵」、本文「新春《はる》姿青春探偵第三話」
開かずの扉　一九四七年二月号。
　目次「青春探偵」、本文「明朗青春探偵」
長崎物語　一九四七年三月号。
　目次「青春探偵」、本文「明朗青春探偵」
夢みる夫人　一九四七年五月号。
　目次「明朗小説・青春女探偵の活躍」、本文「明朗青春探偵」

## 頸飾り

緑川鮎子の第一の事件。兄の緑川俊一弁護士、建築技師春木清十郎という常連登場人物の紹介に始まる。依頼人は清十郎の妹千恵子で、出征した婚約者戸村謙吉から贈られた頸飾りを盗まれたという。――

千恵子や清十郎それぞれの心理に波紋をもたらすタイロン・パワーは、戦前の日本でも「シカゴ」「世紀の楽園」「スエズ」などが封切られていたが、戦時は海兵隊に入隊して硫黄島や沖縄の輸送にあたり、戦後は進駐軍として来日、ニュース映画などにも登場していた。

## 薔薇と蜘蛛

「頸飾り」の事件で鮎子に心酔した千恵子が、知り合いの家の中学生が誘拐されたという事件を持ち込んでくる。犯人の要求は、姉の久美子の結婚を解消せよ、というもの。――

鮎子は山のロマンスを求めて上州の山中に赴くが、山の幸と白米でもてなされるのは同時代読者の夢であったろう。「盛岡の事件」と書かれる誘拐事件も、中学生を誘拐し殺害した犯人は台湾から引き揚げた闇屋であった。

## 翡翠の娘

夜遅く、鮎子が青い顔で帰って来る。駅から家に向かう途中で追剥ぎに遭い、時計を捨てて逃げてきたという。よく似た事件の話をして清十郎が帰って行くが、しばらくして青い顔で戻り、殺人事件だと告げる。――

鮎子自身が被害者となり、また初めて扱う殺人事件である。兄と清十郎にけしかけられた鮎子は翌朝には犯人を見つけてしまう。夜道の不安はいつの時代にもあるが、電球がすぐに盗まれるという戦後的な事情が印象的である。

## 開かずの扉

鶯桜荘アパート一六号室で新劇女優の木崎三千代の死体が発見された。兄の中学同窓生である警視庁捜査課一課の森戸刑事から誘いを受け、鮎子はこの密室殺人事件に乗り出す。――

捜査一課刑事から鮎子への誘いにリアリティがあるわけではないが、本作発表前後は占領政策の重要課題として警察組織の民主化が検討されていた時代ではある。四六年八月の探偵作家サロン土曜会では大下宇陀児の招きで警視庁捜査一課の安達梅蔵警部が講話を行い、また一〇月には乱歩と水谷準が高津署管内の犯罪現場を見学、捜査会議に列していた。

## 長崎物語

鮎子は行きつけの喫茶店「南風」で働く混血のお春がお気に入りで、父親のことをしつこく訊くとともに香月乙彦に気をつけろという。実は長崎出身の同窓生氷見和枝から、莫大な遺産の相続人を探している話を聞いていたからだ。――

「じゃがたらお春」は鎖国政策で海外に追いやられた混血の娘で、故郷に宛てた哀切な手紙で知られる。啓助にも「じゃがたらお春」（「日の出」一九四二年六月号）の作があるが、由利あけみの「長崎物語」（三九年、ビクター）が人口に膾炙していた。「うつる月影、彩玻璃」以下はレコードで省かれることが多い二番の歌詞だが、啓助は「渋川日記」（前出）に全曲をメモしている。

## 夢みる夫人

鮎子は私立大学助教授の真鶴聖吾から妻蘭子の素行調査を依頼される。最近妻が急に贅沢になり、街頭写真屋の撮ったスナップには男と写っているという。蘭子を尾行した鮎子は、上野行きの列車に乗った蘭子の近くに写真の男を発見する。――

東京まで往復四時間かかる近郊という距離は、当時啓助の住んでいた渋川もそれに近い。『鴉白書』（九六年一月、東京創元社）によれば、雑誌『ロマンス』から頼まれた原稿を義妹に託したところ、赤羽駅付近で掏られてしまい、徹夜でもう一度書いたという。「黄薔薇の麗人」（『ロマンス』一九四七年三月）の原稿と思われ、だとすればこの事件が本作の発想のもとになっていよう。

「ファルコン＝隼」という言葉からは久山秀子の隼お秀シリーズ（一九二五～三七年）も連想され、女性の活躍するユーモア作品という意味では系譜をたどることもできるが、二二歳という鮎子には馴染みがあるまい。

「十手」「捕物陣」などの言葉も彼女にとっては不本意かもしれないが、『講談雑誌』の読者にはほどよく馴染む感覚であったろう。ちょうど捕物帳が江戸の風物を描くように、本シリーズは戦後の東京を描く。捕物帳の郷愁がなかば虚構であるように、ここに描かれる新時代の潑剌さもなかば虚構であろうが、それゆえに、時代の求める虚構のまぎれもない輝きが感じられよう。住宅不足や混血差別など深刻な問題をはらみつつも、その扱いは徹底して明るく、事件は発生してほぼ一両日のうちに解決する。

友人の家庭内の謎解きに始まり、殺人事件に関わって警察に協力し、やがて新規の依頼客が来るというように、探偵行為とともに鮎子をめぐる状況は次第に変化する。けれども、好奇心を武器としてさまざまな事件に物怖じせず向き合い、自分で解答を出す鮎子の姿勢は変わらない。それはやはり、気恥ずかしいほどに、男女同権の民主社会を創造する夢の明るさであったろう。

解説に記すのが適切かどうかわからないが、本稿を書きながら編者が感じた渡辺啓助像は、時代と並走して人間の夢を見てきた作家、というものだった。「時代の中で」でもなく、「時代を超えて」でもなく、隣人のような距離感で時代と親しくつきあいつつ、自分を含めた人間たちの物語を見続けた作家。あるいは夢を見ることで時代とも人間とも関わって、百年を生きた作家。

けれども本巻の収録作は、ほんの十一、二年の間の著作である。長い時代のようで、渡辺啓助百年のうちの僅々十余年。第二巻以降が楽しみでならない。

なお、底本はすべて初出を用いた。

また解説執筆にあたり（実際にはかねてより）、渡辺東さんをはじめ、渡辺家のご家族にはしばしばお話を伺い、貴重な家蔵資料を見せていただいた。また解説文の性格上逐次的には記さないが、『ネメクモア』（二〇〇一年、東京創元社）に収録された奥木幹男氏の「年譜、作品目録、著書目録」および同氏のホームページをはじめとして、注記した以外にも多くの文献、ホームページを参照させていただいた。深く謝す。

［著者］渡辺啓助（わたなべ・けいすけ）
1901年、秋田県生まれ。本名・圭介（けいすけ）。九州帝国大学法文学部史学科在学中の29年、実弟の温とともに江戸川乱歩名義でE・A・ポーの短編を翻訳し、映画俳優のゴーストライターとして「偽眼（いれめ）のマドンナ」を執筆する。卒業後は教員を務めながら創作活動を行い、37年より専業作家となった。42年、陸軍報道部の従軍記者として大陸に派遣され、その時の体験を基にした小説「オルドスの鷹」などが三期続けて直木賞候補に挙げられた。戦後は作家グループのまとめ役として日本探偵作家クラブ（現・日本推理作家協会）会長を務め、SF同人グループ〈おめがクラブ〉の創立にも尽力。書画や詩作なども積極的に手掛けており、80年には文芸サークル「鴉の会」を立ち上げた。2002年逝去。

［編者］浜田雄介（はまだ・ゆうすけ）
1959年、愛知県生まれ。成蹊大学文学部教授。専門は近代日本文学。『新青年』研究会会員。編著に『江戸川乱歩作品集』（岩波文庫）、共著に『昭和文化のダイナミクス』（ミネルヴァ書房）、『怪異を魅せる』（青弓社）など。

［巻末エッセイ］渡辺 東（わたなべ・あずま）
渡辺啓助の四女。単行本の装画や雑誌の挿絵など画家として活躍し、画廊「ギャラリー・オキュルス」のオーナーも務める。

渡辺啓助探偵小説選《わたなべけいすけたんていしょうせつせん》Ⅰ　〔論創ミステリ叢書119〕

2019年5月20日　初版第1刷印刷
2019年5月30日　初版第1刷発行

著　者　渡辺啓助
編　者　浜田雄介
装　訂　栗原裕孝
発行人　森下紀夫
発行所　論　創　社
〒101-0051　東京都千代田区神田神保町2-23　北井ビル
電話　03-3264-5254　振替口座　00160-1-155266
http://www.ronso.co.jp/

印刷・製本　中央精版印刷
組版　フレックスアート


ISBN978-4-8460-1805-4

# 論創ミステリ叢書

①平林初之輔Ⅰ
②平林初之輔Ⅱ
③甲賀三郎
④松本泰Ⅰ
⑤松本泰Ⅱ
⑥浜尾四郎
⑦松本恵子
⑧小酒井不木
⑨久山秀子Ⅰ
⑩久山秀子Ⅱ
⑪橋本五郎Ⅰ
⑫橋本五郎Ⅱ
⑬徳冨蘆花
⑭山本禾太郎Ⅰ
⑮山本禾太郎Ⅱ
⑯久山秀子Ⅲ
⑰久山秀子Ⅳ
⑱黒岩涙香Ⅰ
⑲黒岩涙香Ⅱ
⑳中村美与子
㉑大庭武年Ⅰ
㉒大庭武年Ⅱ
㉓西尾正Ⅰ
㉔西尾正Ⅱ
㉕戸田巽Ⅰ
㉖戸田巽Ⅱ
㉗山下利三郎Ⅰ
㉘山下利三郎Ⅱ
㉙林不忘
㉚牧逸馬
㉛風間光枝探偵日記
㉜延原謙Ⅰ
㉝森下雨村
㉞酒井嘉七
㉟横溝正史Ⅰ
㊱横溝正史Ⅱ
㊲横溝正史Ⅲ
㊳宮野村子Ⅰ
㊴宮野村子Ⅱ
㊵三遊亭円朝
㊶角田喜久雄
㊷瀬下耽
㊸高木彬光
㊹狩久
㊺大阪圭吉
㊻木々高太郎
㊼水谷準
㊽宮原龍雄
㊾大倉燁子
㊿戦前探偵小説四人集
(別)怪盗対名探偵初期翻案集
(51)守友恒
(52)大下宇陀児Ⅰ
(53)大下宇陀児Ⅱ
(54)蒼井雄
(55)妹尾アキ夫
(56)正木不如丘Ⅰ
(57)正木不如丘Ⅱ
(58)葛山二郎
(59)蘭郁二郎Ⅰ
(60)蘭郁二郎Ⅱ
(61)岡村雄輔Ⅰ
(62)岡村雄輔Ⅱ
(63)菊池幽芳
(64)水上幻一郎
(65)吉野賛十
(66)北洋
(67)光石介太郎
(68)坪田宏
(69)丘美丈二郎Ⅰ
(70)丘美丈二郎Ⅱ
(71)新羽精之Ⅰ
(72)新羽精之Ⅱ
(73)本田緒生Ⅰ
(74)本田緒生Ⅱ
(75)桜田十九郎
(76)金来成
(77)岡田鯱彦Ⅰ
(78)岡田鯱彦Ⅱ
(79)北町一郎Ⅰ
(80)北町一郎Ⅱ
(81)藤村正太Ⅰ
(82)藤村正太Ⅱ
(83)千葉淳平
(84)千代有三Ⅰ
(85)千代有三Ⅱ
(86)藤雪夫Ⅰ
(87)藤雪夫Ⅱ
(88)竹村直伸Ⅰ
(89)竹村直伸Ⅱ
(90)藤井礼子
(91)梅原北明
(92)赤沼三郎
(93)香住春吾Ⅰ
(94)香住春吾Ⅱ
(95)飛鳥高Ⅰ
(96)飛鳥高Ⅱ
(97)大河内常平Ⅰ
(98)大河内常平Ⅱ
(99)横溝正史Ⅳ
(100)横溝正史Ⅴ
(101)保篠龍緒Ⅰ
(102)保篠龍緒Ⅱ
(103)甲賀三郎Ⅱ
(104)甲賀三郎Ⅲ
(105)飛鳥高Ⅲ
(106)鮎川哲也
(107)松本泰Ⅲ
(108)岩田賛
(109)小酒井不木Ⅱ
(110)森下雨村Ⅱ
(111)森下雨村Ⅲ
(112)加納一朗
(113)藤原宰太郎
(114)飛鳥高Ⅳ
(115)川野京輔Ⅰ
(116)川野京輔Ⅱ
(117)鮎川哲也Ⅱ
(118)鮎川哲也Ⅲ（'19年6月刊）
(119)渡辺啓助Ⅰ
(120)渡辺啓助Ⅱ（'19年6月刊）

論創社